colección
grandes
biografías

LOS CONQUISTADORES
DEL IMPERIO ESPAÑOL

JEAN DESCOLA

LOS CONQUISTADORES DEL IMPERIO ESPAÑOL

TRADUCCIÓN DE
CONSUELO BERGES

EDITORIAL JUVENTUD, S. A.
PROVENZA, 101 - BARCELONA

No se permite la reproducción total o parcial
de este libro, ni su introducción en un sistema informático,
ni su transmisión en cualquier forma o por cualquier
medio, ya sea electrónico, mecánico, por fotocopia,
por registro o por otros métodos, sin el permiso previo
y por escrito de los titulares del copyright.

Título original: LES CONQUISTADORS
© Jean Descola, 1957
© de la traducción española:
   Editorial Juventud, 1957
Tercera edición, 1989
Depósito Legal, B. 29.058-1989
ISBN 84-261-1357-5
Núm. de edición de E.J.: 8.178
Impreso en España - Printed in Spain
INGRAF - 08018 Barcelona

PRÓLOGO

Tierra incógnita

Escucha, oh Sócrates —dijo Critón—, una historia maravillosa, pero verídica, contada antiguamente por Solón, el más sabio de los Siete Sabios...

(DIÁLOGOS CON PLATÓN)

Esta inscripción que se lee en las esferas armilares de la Edad Media, en el lugar de las Américas, recuerda que hasta fines del siglo XV el mundo terminaba en el Atlántico. Como la Esfinge, el «Oceanus Occidentalis» devoraba a los hombres lo bastante insensatos como para intentar arrancarle sus secretos. Era en verdad el «Mar Tenebroso», gran devorador de paraísos perdidos y de imperios sumergidos. En él navegaban torpemente tritones monstruosos, de aletas más pesadas que el bronce. Las aguas del ecuador bullían como la lava en surtidores negros. En todas partes acechaba el enemigo: en el aire, bajo el mar y, sobre todo, en el firmamento, alborotado por la ira de los dioses. Pues solamente la furia celestial podía dar sentido a aquellas trombas marinas que, en unos minutos, pulverizaban las carabelas. Así discurrían los navegantes españoles y portugueses que volvían de las islas atlánticas.

Cierto que, ya en el siglo XI, los rudos vikingos habían reconocido Islandia y Groenlandia y probablemente habían arribado a la costa norteamericana, sin sospechar que se prolongaba hacia el sur. Doscientos años más tarde, los genoveses pusieron pie en las Azores y colonizaron las Canarias y las Madera. Pasados otros dos siglos, los portugueses descubrieron las islas de Cabo Verde. Con esto parecía haberse llegado al último límite de la temeridad humana. Más allá de una línea ideal que iba de Islandia a Cabo Verde, era la noche —una noche poblada de sueños fantásticos—. Cuanto más se adentraban los navegantes en el Mar Tenebroso, cuanto más se prolongaban sus itinerarios desde las costas africanas, más se exaltaba su imaginación. A cada nuevo punto que trazaba en los portulanos la mano, trémula de alegría, de los cosmógrafos, a cada isla descubierta, se imaginaban otras. ¿No había indicado Tolomeo el número de veintisiete mil? El archipiélago de los Sátiros, la isla de Antilla (llamada también isla de las Siete Ciudades), la isla de Meropes y aquella donde Briareo, hijo del Cielo y de la Tierra, vela el sueño de Saturno. Y la más maravillosa de todas, la Atlántida.

La Atlántida

La leyenda precede a la historia. El sueño engendra la acción. En pos de las quimeras se llega a la realidad. ¿Habría resplandecido tan prodigiosamente la llama de la Conquista de no haberla atizado la seducción del mito? Así, Cristóbal Colón, partiendo en busca del Gran Kan de las Indias, descubre América. En el umbral del Descubrimiento está el concepto de la Atlántida, y acaso aquél no se hubiera realizado sin este necesario espejismo. Si queremos entender la mentalidad de los conquistadores, lo primero que tenemos que hacer es compartir sus nostalgias y revivir sus sueños. El enigma de la Atlántida hizo más por la Conquista que la política de los príncipes. El señuelo del oro no habría suscitado tan afanosa afluencia al Nuevo Mundo si no lo hubiera superado otra fascinación más poderosa: la del misterio.

Dos textos de Platón, el *Timeo* y el *Critón*, evocan la Atlántida. En el primer diálogo, al que asisten Sócrates, Hermócrates, Timeo y Critón, refiérese éste a las revelaciones que hicieron a Solón los sacerdotes de Sais en su viaje a Egipto. «Cuentan nuestros libros cómo resistió Atenas en los tiempos antiguos a innumerables tropas enemigas que, procedentes del mar Atlántico, invadieron casi simultáneamente Europa y Asia. Pues este mar era entonce fácil de atravesar. En su em-

Tierra incógnita 7

bocadura, hacia el lugar que llamáis las Columnas de Hércules, había una isla más grande que Libia y Asia juntas. Desde esta isla se podía pasar fácilmente a otras islas y, a través de ellas, a las tierras que había enfrente, lindantes con el mar. Lo que hay aquende el estrecho de que hablamos es como un gran puerto de angosto acceso. Pero es un verdadero mar y la tierra que lo rodea es un verdadero continente. En la isla Atlántida imperaban unos reyes de formidable poderío que se extendía a toda la isla, a otras muchas islas y a la mayor parte del continente. Dominaban además las tierras que están actualmente en nuestro poder, pues, por un lado, habían conquistado esa tercera parte del mundo llamada Libia, hasta cerca de Egipto, y, por otro, ocupaban la parte de Europa al occidente del mar Tirreno. Todas las fuerzas reunidas invadieron nuestro país y también el vuestro, Solón, y, en una palabra, todas las tierras de las Columnas de Hércules para acá. Fue entonces cuando Atenas, por el valor de sus habitantes, puso de manifiesto su superioridad sobre las demás ciudades y los demás pueblos, luciendo con sin igual esplendor su valentía y su habilidad en la guerra. Ora unida a los otros griegos, ora sola y reducida a sus únicas fuerzas por la cobardía de los pueblos vecinos, viose al principio en desesperado trance, pero no tardó en rehacerse, venciendo al enemigo y devolviendo a sus aliados el preciado bien de la libertad. Poco después, un terrible terremoto y un diluvio producido por una lluvia continua y torrencial de un día y una noche abrió la tierra, que se tragó a todos los guerreros de vuestro país. Y la Atlántida desapareció bajo el mar. Por eso, desde entonces, ese mar está vedado a los navegantes, debido al cieno y a los bajíos, restos de la isla sumergida.»

Platón completa en *Critón* su relato: «Cuando los dioses se repartieron el mundo —pone en boca de Critón—, cada uno de ellos se adjudicó una zona, grande o pequeña, en la que erigió templos y dispuso sacrificios en su propio honor. La Atlántida le correspondió a Neptuno. Era una llanura situada cerca del mar y, en el centro de la isla, la más fértil de las llanuras. A cincuenta estadios, y también en el centro de la llanura, había una montaña de poca elevación. Allí moraba, con su esposa Leucipa, Evenor, uno de los hombres engendrados en otro tiempo por la Tierra. No tenían más descendencia que una hija, llamada Clito, que era núbil cuando los dos murieron. Neptuno se prendó de ella y la hizo suya... El primogénito de Neptuno, primer rey de aquel imperio, tuvo por nombre Atlas, y de él viene el de la isla entera y el del mar Atlántico que la rodea. A su hermano le tocó el extremo de la isla más cercano a las Columnas de Hércules. Se llamaba *Gadir* en la lengua del país, y de él viene el nombre del país, *Gadírico*.»

Ya tenemos situada la Atlántida entre el estrecho de Gibraltar, que los antiguos llamaban las Columnas de Hércules, llegando a Cádiz por su extremo oriental, y el mar de las Antillas, cuyas olas batían su flanco occidental.

Platón, por boca de Critón, describe el reino fabuloso de los atlantes. Tenía una vegetación pasmosa: frutos leñosos «que ofrecían a la vez bebida, alimento y aroma» y esos «frutos de corteza, difíciles de conservar y que sirven para los juegos de infancia». Abundaba el oro y, más aún, ese metal misterioso, el «oricalco, de reflejos de fuego».

A continuación, el filósofo griego relata los gigantescos trabajos realizados por los atlantes: templos, palacios, puertos, diques de carena para los trirremes... La muralla de la isla estaba cubierta de bronce por el exterior y, por el interior, de placas de estaño; en los muros de la Acrópolis resplandecía el oricalco. «En el centro se alzaba el templo consagrado a Clito y a Neptuno, lugar imponente, rodeado de una muralla de oro, donde aquéllos habían engendrado y donde nacieron los diez jefes de las dinastías reales. Allí acudían cada año peregrinos de las diez provincias del imperio a ofrecer a las dos divinidades las primicias de los frutos de la tierra... El templo medía un estadio de longitud, tres arpentas de ancho y una altura proporcional. En su aspecto había algo de bárbaro. Todo el exterior estaba revestido de plata, menos los extremos, que eran de oro, de plata y de oricalco. Las paredes, las columnas y los suelos estaban chapados de marfil. Había estatuas de oro, destacándose el dios de pie en su carro conduciendo seis corceles alados; era tal su altura, que la cabeza rozaba la bóveda del templo. Le rodeaban cien nereidas sentadas sobre delfines... En el exterior rodeaban el templo las estatuas de oro de todas las reinas y de todos los reyes descendientes de los diez hijos de Neptuno.»

Cada uno de los diez reyes atlantes tenían poder de vida y muerte sobre sus súbditos, en el dominio de su provincia. Legislaba inspirándose en las órdenes de Neptuno que le habían sido transmitidas por la ley soberana y figuraban, grabadas

Tierra incógnita

en oricalco, en una columna erigida en el templo. «Los diez reyes se reunían sucesivamente el año quinto y el sexto, alternando los números par e impar. Discutían los intereses públicos, investigaban si se había cometido alguna infracción de la ley y sentenciaban, después de darse mutuamente fe en la forma siguiente: se soltaban unos toros en el templo de Neptuno. Los diez reyes, solos, rogaban al dios que eligiera la víctima propiciatoria, y se aprestaban a cazarla, sin más armas que una especie de pica de madera y una red de cuerda. Cuando se apoderaban de un toro, lo llevaban hacia la columna y lo degollaban sobre ella, como estaba prescrito. En la columna se leía, además de las leyes, un juramento terrible y unos anatemas implacables para quienquiera que lo violara. Cumplido el sacrificio y consagrados con arreglo a la ley los miembros del toro, los reyes vertían gota a gota en un cráter la sangre de la víctima, arrojaban el resto al fuego y purificaban la columna. Luego sacaban sangre del cráter con copas de oro, derramaban una parte en el fuego, juraban juzgar con arreglo a las leyes inscritas en la columna, bebían la sangre y colocaban la copa como exvoto en el santuario del dios... Llegada la noche y consumido el fuego del sacrificio, se vestían unas bellísimas túnicas azules y se sentaban en el suelo junto a los últimos vestigios del sacrificio. Ya por completo extinto todo el fuego en el templo, los reyes pronunciaban sus sentencias, las inscribían, al alba, en una plancha de oro y colgaban ésta, con sus túnicas, en las paredes del templo, a guisa de recuerdo y de advertencia.»

Mientras subsistió en el alma de los atlantes la esencia divina de su origen, fue prudente su conducta y justo su gobierno. Pero a medida que se fueron mezclando con criaturas terrestres, tendiendo a prevalecer lo humano sobre lo divino, fueron degenerando los hijos del dios de las aguas. En contacto con los hijos de los hombres, fueron debilitándose paulatinamente sus virtudes. Bajo el peso de tal fortuna y de tal poderío, los descendientes de Neptuno se corrompieron y cedieron a las sugestiones de la violencia y de la ambición. «Entonces, Júpiter, el dios de los dioses, el supremo rector del universo..., viendo cómo se depravaba una raza tan noble, decidió castigarla, a fin de que, aprendiendo por una triste experiencia a moderar su ambición, se hiciera más justa y menos ambiciosa. Convocó, pues, al Consejo de los dioses en el Olimpo, ese lugar sublime desde el cual, dominando la tierra entera, ven todas las generaciones a sus pies, y cuando estuvieron todos reunidos, dijo...»

Aquí queda cortado el manuscrito de Platón. Homero, Estrabón, Plutarco y Plinio —y tantos otros— prosiguen la maravillosa historia de la Atlántida. Algunos niegan que haya existido. Un sabio del siglo XX opina rotundamente: «La civilización atlantidiana no ha podido existir en ninguna época, no puede situarse sino fuera del tiempo, lo mismo que está fuera del espacio. No ha existido en ninguna parte. No ha existido jamás.» Esta sentencia coincide curiosamente con la de Aristóteles, que escribió a propósito de la Atlántida: «Quien la creó la destruyó.» Pero, en la Edad Media, nadie ponía en duda el relato platónico. No hubo un navegante que, surcando el Atlántico hacia el oeste, no imaginara la sumersión de la Atlántida y no creyera oír en el océano la voz tronitonante de los dioses: «¡Atlantes, habéis de perecer!» La isla divina ha existido durante siglos en la memoria de los poetas. Obsesionó a los navegantes. Suscitó el Descubrimiento y estimuló a los descubridores. La historia de los conquistadores comienza en las Columnas de Hércules.

Por mucho que absorbieran a Cristóbal Colón sus designios políticos, no podía menos de pensar en la Atlántida cuando trazaba la ruta en el castillo de la *Santa María*. A poco de zarpar del puerto de Palos, pasaba por Cádiz —el peñón de Gadir, resto del continente en el que reinaba el hermano de Atlas—. Después, desde Canarias, ponía proa al oeste. Costeando el pico de Tenerife —«la boca de fuego del Teide»—, el genovés sabía que iba rozando una de las cimas de la cordillera atlántica sumergida, prolongada por las islas Azores, las de Cabo Verde y la meseta de las Bermudas. Y seguramente reconoció en el mar de los Sargazos, donde varaban sus carabelas, aquel mar «impracticable para los navegantes por el cieno y los bajíos, restos de la isla sumergida» de que habla Platón. En aquel espíritu en que se aunaban paradójicamente un agudo sentido de las realidades y una vocación de profeta, el sueño cabalgaba la acción con toda naturalidad. Cristóbal Colón bogaba en busca del Gran Kan, pero no desesperaba de encontrar en su ruta la isla de los dioses saturnianos, el imperio del Bronce y del Sol.

De la misma manera, los compañeros de Pizarro, al penetrar en los arrabales de Cuzco, la ciudad imperial de los incas, debieron de pensar en las ciudades de la Atlántida.

Tierra incógnita

Aquel templo del Sol y aquel «Jardín metálico» cuyas terrazas descendían hasta el río Huantanay en gradas chapadas de oro puro, ¿no eran acaso la pasmosa réplica del templo de Neptuno? ¿Y qué pensaría Cortés al ver Tenochtitlán, la capital del imperio azteca, rodeada de agua y de canales, como la Poseidonis descrita por Platón? Que más de diez siglos antes de la era cristiana se sumergiera, en un cataclismo que recuerda singularmente la tradición bíblica del Diluvio, un continente enorme, desde las costas de Portugal y de Marruecos hasta el mar de las Antillas, es cosa que hoy no interesa ya más que a los geólogos. Basta sólo imaginar lo que, para los marineros de Isabel o de Carlos V que aparejaban en los puertos andaluces, podía ser aquella partida hacia las tierras desconocidas. Basta oír el canto raciniano de Verdaguer:

> ¿Què val ara que mostra Plató diví a la història
> mon nom escrit ab astres del cel en lo llindar,
> si ja de mi perdéreu, ingrates, la memòria,
> mes ai! i'm bat per sempre la inmensitat del mar?

¿Qué conquistador no ha oído este clamor desesperado de la Atlántida sumergida?

Europa mira hacia Oriente

¿Preocupación esencial de Europa a finales del siglo XV? Oriente.

La antigüedad legó a la Edad Media, que la transfirió al Renacimiento, la obsesión de Asia. Allí se hallaban la Tierra Santa y el sepulcro de Cristo: la meta de las cruzadas y del apostolado. Después y más allá, la India, el Japón —«Cipango»—, la China —«Catay»— y las islas paradisíacas de Oceanía. Rescatar de manos musulmanas el Santo Sepulcro, conquistar los mercados asiáticos, convertir a la verdadera fe a los pueblos amarillos: varios siglos hacía que se estaba jugando esta triple partida entre Europa y Oriente. La toma de Constantinopla por Mahomet II, que cerró a los cristianos de Occidente la ruta del Oriente cristiano, estimuló el afán conquistador de los navegantes. Mientras Vasco de Gama se disponía a doblar el cabo de Buena Esperanza, aventureros audaces llegaban a las costas de la India y de la China. Mucho antes de Marco Polo era ya conocido el camino de las Indias. Se habían establecido contactos diplomáticos entre las potencias europeas y los príncipes de Asia. Pero el oeste seguía cerrado para Europa. En realidad, Europa no se interesaba por el Occidente. No creía en su existencia. Lo consideraba, si acaso, un espejismo.

Pero en el último cuarto del siglo XV, Europa entró en una era de conocimiento y de curiosidad. En Italia, en Portugal, en España, los ojos se volvían hacia África y hacia Asia. Aquellos reinos jóvenes necesitaban dar salida a su exceso de energía. Y, además, las luces del Renacimiento acababan de reemplazar a las nobles sombras de la Edad Media. Gutenberg había perfeccionado su sistema. Las prensas daban nuevo realce a los textos de la antigüedad, a la vez que difundían los más recientes descubrimientos de la ciencia. Nadie ponía ya en duda que la Tierra fuera redonda. Un polaco llamado Copérnico había llegado hasta demostrar el doble movimiento de los planetas, sobre sí mismos y alrededor del Sol. Toda Europa mordía el fruto, verde aún, del Árbol de la Ciencia. Y su ácido sabor embriagaba las cabezas más frías.

Mientras gemían las prensas, jamás los hornos de los alquimistas habían conocido pareja actividad. Los especialistas, inclinados sobre las retortas y los alambiques, no desesperaban de encontrar al fin la piedra filosofal que transformaría los metales en oro. ¿Pero no sería más fácil ir a buscar el oro donde lo había? Se creía, en efecto, que el oro extraído de las minas era sol petrificado por la acción del tiempo. Los países de sol tenían que estar rebosantes de oro.

Oro para una gran política

Cuatro reyes se repartían la Europa del siglo XV: Luis XI de Francia, Maximiliano de Alemania, Enrique VII de Inglaterra y Fernando de España. Cada uno de estos monarcas —¡todos de derecho divino!— soñaba en secreto con reconstituir en beneficio propio el Imperio de Occidente. De aquí la necesidad de hacer una gran política, primer paso hacia la conquista de Europa. Los dos instrumentos de esa indispensable política de prestigio eran el Ejército y las Finanzas.

Tierra incógnita 13

A finales del siglo XV, el arte militar llegaba a su apogeo. Era la época en que en los campos de batalla comenzaba a cargar la caballería blindada —hombres y caballos acorazados de hierro—, y empezaban a rodar por los caminos de Italia piezas de artillería pesada montadas sobre cuatro ruedas. Las batallas eran sabias y entre mercenarios seleccionados. Luis XI tenía sus suizos; Maximiliano, sus lansquenetes, y Gonzalo de Córdoba creaba la terrible infantería española, reina de los combates. La verdad es que nunca la guerra tuvo a su servicio un personal más atento y mejor instruido que en los últimos años del siglo XV.

Pero el ejército es el más caro de los lujos para un príncipe ambicioso. La fundición de cañones, el armamento, las remontas y, sobre todo, las soldadas —un solo mes de retraso, y los mercenarios abandonaban el campo— exigían una tesorería siempre bien provista. «¡Si no hay dinero, no hay suizos!» Ni tampoco ejército. Luego para sostener una gran política se necesita oro.

El metal precioso escaseaba en Europa. En el momento de embarcar Cristóbal Colón para las Indias occidentales, la fortuna de Europa en oro y en plata no pasaba de mil millones de francos oro, es decir, una cantidad de metal que, amonedada en 1914, hubiera valido esta cantidad. Un montón de plata de tres mil doscientas toneladas equivalía a los dos quintos de la producción anual de plata en el mundo en 1937. Un montón de oro inferior a noventa toneladas representa la duodécima parte de la producción anual del mundo en el mismo año. Una imagen: todo el oro de Europa fundido en un solo lingote formaría un cubo de dos metros de lado.

Así, pues, el principal objetivo de los soberanos de Europa era acumular el metal precioso y constituir *stocks* del mismo lo más importantes que fuera posible. Disponer de dinero líquido para poder pagar al contado era la gran ambición de los candidatos al Imperio. Ambición tanto más grave cuanto que, para realizarla, les faltaba precisamente el «líquido». No hay gran política sin un ejército fuerte; no hay ejército fuerte sin un Tesoro rico. Los cuatro principales se veían encerrados en este dilema.

Europa carecía de oro. El que habían arramblado de las arcas turcas, las no muchas pepitas que trajeran de África los exploradores portugueses, la fundición de las vajillas no había significado más que un pequeño aumento en las reservas del codiciado metal. ¿Con qué se iba a pagar a los proveedores? ¿Cómo llenar los sacos de los capitanes reclutadores y los carros de monedas que seguían a los ejércitos? El numerario en circulación no bastaba ya para las crecientes exigencias de los reinos continentales. Y al margen de los conflictos declarados se libraba otra batalla: la del oro. Localizada durante mucho tiempo en las vías terrestres de las caravanas orientales y a lo largo de las costas africanas, la batalla del oro iba a extenderse pronto al Mar Tenebroso. Pues sólo en las Indias se podía encontrar oro.

Carabelas contra el islam

Pero la ciencia y el oro eran solamente medios. La Europa cristiana, tanto tiempo humillada por el poderío árabe, sentía renacer en ella el gusto y la vocación de las Cruzadas. Doscientos años hacía que había caído San Juan de Acre en poder de los sarracenos y que había muerto en Cartago San Luis. Había que rematar la derrota del islam, que se disponía a abandonar Europa. Arrojar de Granada a los moros y atacarlos por la espalda en África: el éxito de esta doble operación combinada vengaría Mansura y el Guadalete.

El final del siglo XV se caracteriza por la confusión. Pudiera creerse que los acontecimientos nuevos sustituyen a los antiguos. Pero no fue así. Jamás se entendieron tan bien lo real y lo maravilloso. Los relatos de los viajeros, las observaciones de los sabios, lejos de destruir las leyendas, contribuían a darles crédito. ¡No se renuncia tan fácilmente a las quimeras! Y los objetivos se contradecían o se superponían!

Confusión de conocimientos, confusión de propósitos. Europa es como un gran cuerpo hambriento y que lleva mucho tiempo clavado en el suelo. Sus ligaduras acaban de ceder. Se estira lentamente los entumecidos miembros. Se incorpora. Mira en torno de ella. Se le va despertando y creciéndole un ansia terrible y confusa. Renacimiento.

Hay un portugués que reúne en su persona las pasiones contradictorias de su época. Es don Enrique, quinto hijo del rey Juan I de Portugal, quien, a su vez, es hijo natural de Pedro el Cruel y fundador de la dinastía de Aviz.

Tierra incógnita 15

En su juventud figuró entre los conquistadores de Ceuta. Mientras se calza las espuelas de caballero —recompensa a su valerosa conducta—, echa una mirada deslumbrada al océano y a la línea violeta del Atlas. ¡África! Cuando su padre vuelve a Portugal, le nombra gran maestre de la Orden de Cristo, fundada para combatir a los musulmanes. En lo sucesivo consagrará su carrera a este doble objetivo: la conquista de África y la ruina del islam. Confusión del fin con los medios. Conquistando África, se enriquecerá. El oro fabuloso que, según dicen, abunda tan prodigiosamente en África, lo utilizará para financiar una expedición contra los musulmanes de Berbería, a los que piensa perseguir hasta Jerusalén. ¿Quién le impedirá entonces conquistar los Santos Lugares? Don Enrique, llamado «el Navegante», no navegó jamás. Hace algo mejor: es el educador de Portugal. Nombrado por su padre gobernador del Algarve, provincia meridional, se queda en ella toda su vida. Cerca del cabo San Vicente, en el promontorio de Sagres, que se interna en el océano más de un kilómetro y termina en forma de maza, instala un observatorio astronómico y funda una escuela de cosmografía. De todas partes acuden a su lado hombres doctos en las cosas del mar. Portugueses, catalanes, mallorquines —hasta judíos y hasta moros procedentes de Marruecos—, se instalan en Sagres y comienzan a trabajar.

¡Un buen ejemplo de la gran fraternidad de la ciencia! Los estudiosos de Sagres, de diferentes lenguas y religiones, olvidan por un tiempo a sus países y a sus dioses. Deliberadamente vuelven la espalda a Europa. No quieren saber lo que pasa en ella. ¡Y sin embargo...! En España, el favorito Álvaro de Luna confisca en beneficio propio el poder real y hace la vida imposible a la nobleza. Portugal mima y trae en jaque, alternativamente, a su vecina España. Italia es un rompecabezas cuyos fragmentos se disputan los príncipes, mientras en Florencia, capital de los Médicis, va a surgir el Renacimiento. En Francia, Carlos VII, «el Bien Servido», galvanizado por Juana de Arco, ha expulsado a los ingleses. La guerra de los Cien Años ha terminado. A los sabios de Sagres les tiene sin cuidado todo esto. Piensan que el porvenir de Europa se juega en el mar. Hay que reconocer África y, costeándola, encontrar el camino de las Indias.

Sagres no es sólo un seminario científico. Es también un arsenal. Bajo la dirección de especialistas italianos, se arman carabelas y se echan a la mar. Llegan todo lo lejos que pueden y vuelven cargadas de mercancías curiosas, pero no traen aún informaciones sensacionales. Durante el medio siglo que el infante don Enrique consagra a su locura —muere a los sesenta y siete años, cuando Luis XI sube al trono de Francia—, los navegantes portugueses llegan a más de la mitad del camino que separa a Lisboa del cabo de Buena Esperanza. Medio siglo invierten en realizar este periplo africano: Madera, las Canarias, las islas de Cabo Verde, el Senegal, Gamboa, Guinea y su golfo. ¡Ya se ha llegado a la región ecuatorial que Aristóteles y Tolomeo declararon inhabitable!

La muerte de don Enrique no extingue la ardiente curiosidad de los exploradores. Mientras los mercaderes desembarcan en las costas, penetran en las tierras y remontan intrépidos los ríos, los marinos portugueses siguen bajando hacia el sur. Diego Cao, acompañado por el astrónomo Martín Behaim, descubre el Congo el mismo año en que Cristóbal Colón se presenta a los Reyes Católicos. Dos años después, Bartolomé Díaz llega a la punta meridional de África. Es el «Cabo de las Tormentas» —una terrible tempestad estuvo a punto de destrozar los navíos de Díaz—, al que el rey Juan II de Portugal dará el nombre de cabo de Buena Esperanza.

Bartolomé Díaz torna a Lisboa y da cuenta al rey de su expedición. Honores, parabienes. ¿Pero es seguro que aquel cabo señala el fin de África? ¿Lo ha rodeado de verdad? Pues el quid está en esto. El eterno objetivo: el camino de las Indias.

Bartolomé Díaz no doblará jamás el cabo de Buena Esperanza. Hallará la muerte en una tormenta. ¿No había dicho Adamastor, el espíritu del cabo: «Tomaré venganza del primero que venga a turbar mi reposo»? Y el primero fue Díaz. El segundo será Vasco de Gama, que, diez años después, doblará el cabo de Buena Esperanza.

Dos autores de moda: Marco Polo y Juan de la Barbe

Aquel camino de las Indias lo habían seguido ya, por vía terrestre, doscientos años antes de la muerte de Enrique el Navegante, dos mercaderes venecianos, los hermanos Polo.

Tierra incógnita 17

Los acompañaba un muchacho de diecisiete años: Marco, hijo del mayor y futuro historiador del viaje. ¿Su itinerario? Constantinopla, Bagdad, Ormuz, la costa india, Ceilán, Sumatra, Malaca, Cochinchina, China, la India, Madagascar, Etiopía, Arabia y Persia. Este fantástico viaje —¡en el siglo XIII!—, jalonado por largas permanencias en los países visitados, duró veinticuatro años. Cuando los tres Polo volvieron a Venecia, no los reconoció nadie. Hablaban con dificultad el veneciano, y su atuendo, como sus maneras, eran asiáticos. Dieron un gran banquete, al que asistieron los miembros de su familia y los notables de la ciudad. A los postres, los Polo descosieron las costuras de sus vestidos, de grosera estofa. Y de ellas salieron torrentes de piedras preciosas —zafiros, esmeraldas, rubíes—. Esto convenció a los invitados. ¡Unos hombres tan ricos no podían mentir! Y toda Venecia rindió pleitesía a los Polo. Marco pasó a ser *Messer Millione*. Y se puso a escribir la relación de sus viajes.

A fines del siglo XV, el *Libro de las maravillas* no ha perdido aún su poder de encantamiento. Ha hecho soñar a los ignorantes y reflexionar a los sabios. Es el libro de cabecera de los que aman lo maravilloso. La Biblia de los futuros exploradores. Se encuentra en los equipajes de los conquistadores y en el baúl de los capitanes. ¿Qué cuenta este libro, a la vez novela, relato de viajes y tratado?

Era en el tiempo en que reinaba Kubilai, nieto de Gengis Kan, en el inmenso imperio mongol que se extendía desde Polonia hasta el mar de China. Guerrero temible, como su abuelo, invadió el territorio chino al frente de un poderoso ejército mongol. En pocos años sometió la totalidad del país y creó un Estado tres veces más extenso que Europa. Fundador de la dinastía mongólica de los Yuan, él y sus sucesores gobernaron la China durante un siglo, hasta el advenimiento de los Ming. Kubilai residía en Pekín, no lejos de la Gran Muralla, en pleno corazón de la China. Le llamaban el Gran Kan. Su palacio, decorado de oro y plata, era tan grande como una ciudad. En la sala del festín cabían seis mil invitados. Como el Gran Kan padecía de gota, iba de caza en un lecho forrado de pieles de león y con sábanas de oro, tirado por cuatro elefantes. Le escoltaban diez mil halconeros. El imperio chino estaba surcado de carreteras, de caminos de dimensiones asombrosas. Miles de barcos cargados de especias y de géneros desconocidos en Europa subían y bajaban por los ríos,

tan grandes como el mar. Marco Polo supo ser grato a Kubilai. Diecisiete años estuvo a su servicio.
 Encargado por el Gran Kan de misiones diplomáticas y comerciales, Marco Polo viajó por toda la China. Asistió a batallas regulares entre lanceros cabalgando elefantes y arqueros a pie. Cuando llegó a Quinsay (Hang-Cheu), a orillas del río Tsien-Tang-Kiang, le pareció encontrarse de nuevo en su ciudad natal. Quinsay estaba edificada en un grupo de islotes. Doce mil puentes de mármol sobre los canales. Seiscientas mil casas, cuatro mil establecimientos de baños y, hecho extraordinario, iglesias cristianas servidas por sacerdotes nestorianos, sectarios de Nestorio, el inventor de la doctrina que atribuía a Jesucristo dos personas y dos naturalezas, divina y humana. Más de cincuenta mil personas acudían al mercado que tenía lugar tres veces por semana.
 Después de la China, la prestigiosa isla de Cipango —el Japón—. Marco Polo no estuvo en aquella isla, pero oyó hablar de ella. Oro y perlas rosadas. Java, país de la nuez moscada y del girasol. Sumatra, poblada de monos a los que Marco Polo llama hombres con rabo. Ceilán, donde los guijarros eran rubíes y topacios.
 Antes que Marco Polo, nadie sabía en Europa que allende los desiertos sin nombre había ciudades tan imperiales como Toledo, puertos tan florecientes como Sevilla, dinastías tan nobles como los Médicis.
 Otro libro apasiona a los hombres del siglo xv. Es una novela, atribuida a cierto caballero inglés, Juan de Mandeville, pero cuyo verdadero autor es un astrónomo de Lieja, llamado, según unos, Juan de la Barbe, y, según otros, Juan de Bourgogne. El libro de Juan de la Barbe, escrito cincuenta años antes de la relación de Marco Polo, es una síntesis novelada de los conocimientos geográficos de la época. En este libro se habla de la India, de la China y de las islas malayas. Pero el soberano fabuloso no es el Gran Kan. Es el Preste Juan, personaje misterioso que, según parece, reinó en el Asia central antes de Gengis Kan. En la tradición, se confunde con el rey-sacerdote Joannes, negus de Abisinia.
 Juan de Mandeville cuenta haber asistido a ceremonias cuyo esplendor corre parejas con la liturgia oriental. Dice que vio montañas incrustadas de diamantes, hombres con cabezas de perro, combates entre pigmeos y titanes. Cerca de las fuentes del Ganges, los indígenas se alimentaban exclusi-

Tierra incógnita

vamente de perfumes y del aroma de las manzanas. Otros tenían unas orejas enormes, con las que se envolvían como si fueran capas. Vio también tribus de cíclopes. Afirma en fin —y esto era lo que más intrigaba a los geógrafos— que un europeo que había salido en dirección a la India, después de recorrer más de cinco mil islas, llegó a un país donde se hablaba su propia lengua, donde los labradores, vestidos como él, arreaban a los bueyes con palabras que él conocía.

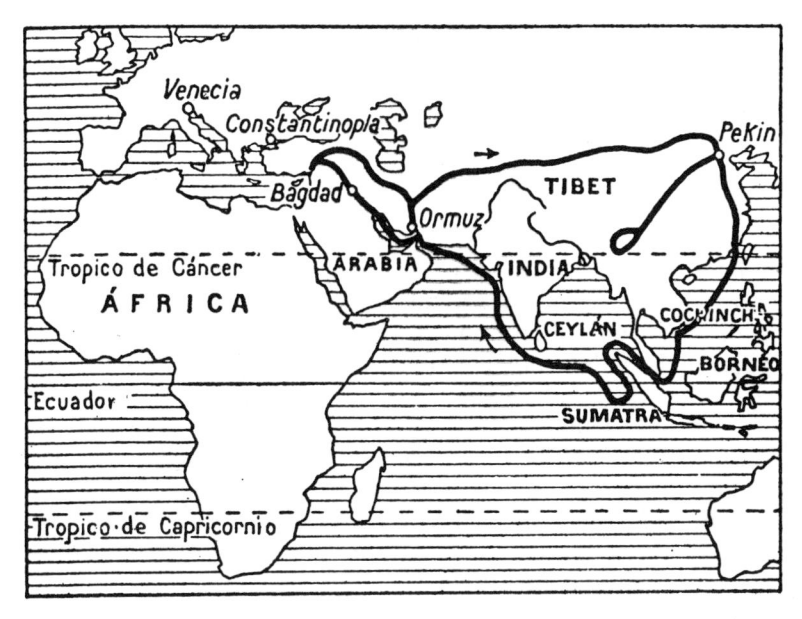

Ruta terrestre de las Indias
Itinerario de Marco Polo (1271-1295)

Había vuelto a su punto de partida. Es decir, que la Tierra era redonda. Europa, Asia y África formaban un continente único, bañado por un solo océano.

El mundo, tal como lo concebía el supuesto caballero inglés, era una sola tierra firme rodeada de un poco de agua. Algunos archipiélagos en esta escasa agua.

¡Qué gran película en color el libro de Marco Polo y el de Juan de la Barbe!

El siglo XV finiquita en un clima de exaltación. Las mentes, exaltadas por los libros recién salidos de las prensas, siguiendo paso a paso la penetración de los navegantes —que se clava como una cuña en África—, no saben ya distinguir la verdad de la leyenda. La segunda mitad del siglo XV es para la geografía lo que será para la técnica la primera mitad del siglo XX. Un período de progreso brusco. El mundo se abre de golpe. Y los curiosos están impacientes por pasar las páginas del gran libro. Impulsan a las carabelas: «¡Más de prisa y más allá!» Arden en deseos de trazar en el vacilante puntilleo de los cosmógrafos la línea fulgurante de la certidumbre. Cada vez que se descubre una nueva isla, cada vez que se echa el ancla en una playa desconocida, se calma por breve tiempo la sed de lo fabuloso. El sueño toma la dura consistencia de la realidad. El humo de la fantasía se convierte en columna de mármol. Causa maravilla que las tierras descubiertas superen en esplendor a las tierras imaginadas.

Rutilancia de los brillantes tafetanes de Samarcanda. Aromas de quemar sándalo de Java. Pimienta y nuez moscada de Malabar. Brillar de gemas de Cipango. Es natural que todo esto se les suba a la cabeza a los contemporáneos de Leonardo de Vinci y de Pico de la Mirándola, símbolo el uno de la presciencia, y de la ciencia el otro. Esta vez, lo que se sabe supera a lo que se adivinaba.

¡Oro y especias, desde luego! Pero no sólo esto. La codicia de los mercaderes, la ambición de los navegantes, la imaginación de los poetas encubren designios políticos de mayor importancia. Por lo pronto, la conquista de ultramar asegurará a sus autores el dominio de Europa. ¿España o Portugal? Ambos países están bien situados. Pero Italia vigila. Y más aún el Papado, árbitro de los príncipes y soberano espiritual de los países descubiertos y por descubrir. ¿No es el guardián de la parte de Dios?

Dominar Europa ya está bien. ¿Pero por qué no el mundo? Se trata solamente de reanudar con el Gran Kan —se cree que es favorable a las ideas cristianas— la alianza esbozada dos siglos atrás por los hermanos Polo, legados honorarios de Gregorio X. Una vez asociadas estas dos fuerzas, ¿permitirán que subsista una tercera? Ciertamente que no. Los ejércitos de Su Majestad Católica y los del emperador tártaro se aliarán y se unirán en Constantinopla. Y, como las mandíbulas de unas formidables fauces, se cerrarán sobre el islam, aplastando al viejo enemigo de Europa como una cáscara de nuez.

¿Condición previa para este formidable designio? Llegar hasta el Gran Kan.

Por el momento, no hay más que un camino para llegar a las Indias, el de Marco Polo, la ruta del este. Miles de kilómetros que atravesar por tierras hostiles. Muchos son los que se han lanzado a la empresa. Pocos los que han pasado de las mesetas del Cáucaso.

Se dice que el portugués Vasco de Gama va a intentar descubrir la vía marítima de las Indias doblando el cabo de Buena Esperanza. Pero ¡qué viaje!

Se dice también que por el oeste...

PRIMERA PARTE

MAESE CRISTÓBAL EL INFORTUNADO O EL ERROR DE DESCUBRIR UN MUNDO

Mando a Su Majestad un mapa dibujado por mi propia mano. En él está delimitada toda la parte occidental del mundo habitual, desde Irlanda hasta Guinea, así como todas las islas que se encuentran en esta ruta. Exactamente enfrente de éstas, derecho hacia el oeste, está reproducido el nacimiento de la India, con sus islas y sus ciudades...

(Carta de Toscanelli al confesor del rey Juan II de Portugal, con copia de la misma a Cristóbal Colón. Florencia, 25 de junio de 1474.)

Islas descubiertas por Colón

CAPÍTULO PRIMERO
En busca del Gran Kan

«A Castilla y a León / nuevo mundo dio Colón.»
Es verdad que Cristóbal Colón dio un mundo nuevo a España. Y sin embargo...
El primer conquistador español no era español.
El propagador de la fe descendía, probablemente, de una familia judía.
Este geógrafo no estaba seguro de que la Tierra fuera redonda. No se ha llegado a tener nunca la prueba de que supiera trazar un mapa.
Este matemático sabía sólo contar. Sus conocimientos astronómicos no pasaban de los de Tolomeo.
Este almirante —«Almirante Mayor de la Mar Océana»— se equivocaba al tomar la altura. Calculaba a ojo la ruta marina.
Este descubridor de América se creía en Asia.
Incongruencias fundamentales que enturbian la fisonomía de Colón. Este hombre, cada vez que nos acercamos a él, aparece marcado con él signo de la contradicción; acaso hasta con el sigo de la impostura.
En realidad, es a la vez más simple y más complejo. No es posible definirle con un solo trazo. Sólo siguiéndole paso a paso a lo largo de su carrera alternativamente desdichada y afortunada —extrema en el infortunio y en la suerte— se llega a vislumbrar un poco, como emergiendo de una niebla, los elementos esenciales de su personalidad, tan diversos, que su síntesis no parece posible. Colón, hombre de cien caras

—iluminado y práctico, cándido y astuto, mago y comerciante, asceta y voluptuoso—, sólo en detalle es comprensible. Sus cualidades se superponen, no son complementarias. Sus defectos, más que envilecerle, le realzan. La suma de unas y otras no forma un todo. Pero en la fisonomía moral de Cristóbal Colón hay algo que se impone con fuerza. A medida que desciende la curva de su fortuna, se va elevando inversamente la de su alma. A partir de su tercer viaje comienza esa progresión continua —esa ascesis— hacia una especie de cordura heroica, de serenidad sobrehumana, que acaban convirtiendo al genovés charlatán y devorado de hambre de aventura en una especie de santo.

El desquite de este hombre infortunado no será nunca de este mundo —de aquel mundo que él no hará más que entrever y que otros le robarán—. Pero, después de tantos fracasos que jalonaron su camino —todas sus victorias fueron seguidas de amargos desengaños—, ¡qué enorme triunfo moral! De todos sus descubrimientos, el más grande fue el descubrimiento de sí mismo.

Un origen misterioso

Un día se presenta al prior del convento de la Rábida un vagabundo con un niño. Agotado por el hambre, se había derrumbado sobre las gradas de la cruz que se alzaba frente al pórtico. El hermano portero levantó a los dos menesterosos y los llevó a presencia del superior. El vagabundo y el niño son Cristóbal Colón y su hijo Diego.

Así fue la primera aparición de Colón en tierra española.

Por esta época, Colón pasa bastante de los treinta años. ¿Qué ha hecho hasta ahora? ¿De dónde viene? A su edad, los hombres de su oficio tienen ya un pasado. Están a la mitad de su carrera. Algunos, hasta al término de la misma. Colón parece comenzar su vida.

Once ciudades italianas se disputan el privilegio de haber sido su cuna: Génova, Savona, Cuccaro, Nervi, Prodello, ...glia, Finale, Quinto, Palestrella, Albissola y Cosseria. ...bres melodiosos, de los que sólo debemos retener uno: ... Pero la cosa no para aquí. En Calvi enseñan la casa ...ació Colón. Algunos españoles aseguran, aduciendo ...ue nació en Extremadura, que desciende de don

Pablo de Santa María, un rabino de Cartagena que, convertido al catolicismo, llegó a ser arzobispo de Burgos. Es posible que naciera en Galicia, en la provincia de Pontevedra, de madre judía. ¡Catorce lugares de nacimiento! El más verosímil es Génova. «*Essendo io nato en Genova...*», escribe Colón en su testamento. Su origen judío, en el que coinciden numerosos testimonios, es probable. Se manifiesta en muchos aspectos de su comportamiento. ¿Ligur teñido de semitismo? Así parece, aunque no se puede afirmar.

Su padre se llama Domingo. Es cardador de lana y tiene una taberna. Su madre lleva el tierno nombre de Susana Fontanarosa. Tiene dos hermanos: Bartolomé y Diego. La primera infancia la pasa con sus padres. Pero parece que, a muy temprana edad, se echa a la mar. «Desde la edad de catorce años...», dirá más adelante. Entre dos cortos viajes por las costas italianas, baja a tierra, ayuda a su padre en su modesto comercio de lana y de vino y luego se vuelve a marchar. Su empleo a bordo es modesto. Mientras lava el puente o ayuda al carpintero, se va instruyendo. Y no sólo en el dominio de los conocimientos prácticos. Pues este aprendiz de marinero es un soñador. Tumbado en el muelle abrasador de Génova o de codos en la baranda de una pasadera, lee. Sin tardar mucho, lo habrá leído ya todo: la *Imago Mundi* del cardenal Pedro de Ailly, que acaba de imprimirse; la *Astronomía* de Tolomeo, la *Cronografía* de Pomponio Mela, los viajes de Marco Polo, la *Historia* de Eneas Silvio Piccolomini y la *Vida de los hombres ilustres* de Plutarco. ¿Llegará a ser también él un hombre ilustrado? Lee todo lo que cae en sus manos, tan insaciable es su hambre de saber. Es un autodidacta. Le falta un maestro que dirija y coordine sus desordenadas lecturas. Esta amalgama de conocimientos confusos es la primera levadura que fermenta sus sueños. Pero ¡cuántas lagunas en esta ciencia ingerida demasiado vorazmente!

«De muy pequeña edad, entré en la mar, navegando...» Navega, pues, muy joven. Después de hacer su aprendizaje como marino, viaja por sus negocios a Chíos, la pequeña isla del archipiélago griego que fue cuna de Homero; va a buscar esa especie de resina llamada almáciga, muy apreciada por los andaluces. Frotan con ella el fondo de las jarras, y esto hace al vino más dulce que la miel. Durante varios años —¿cuántos?— navega Cristóbal Colón por el Mediterráneo, colocando mercancías o transportando cargas. Años oscuros, ocupados en no se sabe qué y sobre los que más adelante se mostrará Colón discreto o reticente.

¿Será verdad que llegó hasta las islas británicas? Pasado el tiempo, contará su expedición a Tulé —el fin del mundo, hacia el norte, y, en realidad, una de las islas Shetland— y la aventura que le ocurrió en los alrededores del cabo San Vicente. Yendo rumbo a Inglaterra, el navío en que viajaba fue atacado e incendiado por unos piratas. Colón se tiró al mar y, cabalgando un madero, llegó a la costa portuguesa. ¿Pero no estaría él en el lado de los piratas?

Otra aventura, ésta belicosa. Dice que mandó un barco por cuenta del duque de Anjou, «el buen rey René», y se batió en Túnez bajo su bandera. Y que sirvió a Portugal contra los venecianos y a España contra los moros. Pero no hay prueba alguna de estos hechos de armas, contradictorios con frecuencia.

¿Condotiero o viajante de comercio? Seguramente ambas cosas. Un denso misterio envuelve la juventud de Colón. Él no hará nunca nada por disiparlo. Por el contrario, se diría que tiene empeño en borrar las pistas. El gran hablador sabe ser mudo cuando hace falta.

Un balcón al Mar Tenebroso

Después de haberle perdido la pista, una vez más, durante varios años, volvemos a encontrar a Cristóbal Colón en Lisboa. ¿Qué hace allí? Negocios, probablemente. Anda cerca de los treinta años. Todas las mañanas —pues es muy devoto— va a oír misa en la capilla de un convento de Lisboa donde se educan las huérfanas pobres cuyos padres han servido a Portugal. Allí conoce a la joven Felipa Muñiz de Perestrello. Su padre era marino al servicio del infante don Enrique y había contribuido al descubrimiento de la isla de Porto Santo, cerca de Madera.

¿De qué van a hablar, lo primero, los dos jóvenes? De aquella famosa isla de Porto Santo. El infante se la había \do a Perestrello creyendo hacerle un bien, pues parecía \cil de cultivar que su gran vecina, Madera, cubierta de \s bosques —de donde le venía el nombre, *madera*—. \añeros de Perestrello, no sabiendo cómo roturar \cidieron prenderle fuego. El incendio duró siete años. Cuando quedó reducida a una llanura cubierta de cenizas, los colonos plantaron caña de azúcar y viñas importadas de Portugal. El admirable vino de Madera iba a hacer la fortuna de aquellos a quienes el infante creía perjudicar. En cuanto a Perestrello, señor y dueño de Porto Santo, alcanzó muy pronto excelentes resultados. Pero una imprudencia destruyó su obra. Se le ocurrió la idea de llevar a Porto Santo una pareja de conejos. Se multiplicaron en tal proporción, que en pocos años devoraron todas las cosechas.

Llorando cuenta Felipa esta aventura a Cristóbal Colón. A su padre, desesperado y arruinado, le costó la vida. Y ahora es su hermano quien gobierna aquella isla desolada, que será ya siempre la pariente pobre de su rica y embriagadora vecina.

Cristóbal Colón se casa con Felipa y va a vivir con ella a Porto Santo, al lado de su cuñado el gobernador.

¿Por qué se casa Colón con Felipa? Sin duda es joven y guapa, pero no rica. Y el genovés, si bien aprecia la belleza, estima más aún la riqueza. ¿Qué hay, pues, detrás de esta boda que parece puramente sentimental? Colón mira más lejos, mucho más lejos del amor y de la ventaja inmediata. Tiende las manos hacia la dote de su mujer: las cartas marinas, las observaciones, los documentos de Perestrello, mal administrador pero excelente navegante. Ese montón de manuscritos y de vitelas amarillentos contiene todos los conocimientos de la época sobre navegación y geografía. Contiene también notas personales, observaciones, fruto de una larga carrera. ¡Qué alimento tan sustancioso para ese hambriento de ciencia que no se había podido saciar con las lecturas someras y desordenadas de su juventud! Felipa aporta al marido una fortuna mucho más preciosa que el oro: el camino del oro.

Colón arrambla con estos papeles, los aprieta contra su corazón —como aprieta un avaro su tesoro— y los lleva consigo a Porto Santo, en donde permanece tres años. ¡Extraña luna de miel, en una isla barrida por los vientos del Atlántico! Y época importante en la vida de Colón, pues en Porto Santo cristalizan sus confusos sueños. Gracias a la documentación de su suegro completa y enriquece su bagaje, rudimentario hasta entonces. Y, además, ¡qué avanzadilla en el océano, qué balcón al futuro Nuevo Mundo es ese trozo de tierra sacudido por las tempestades! Los portugueses se habían apoderado ya de las Azores, de las Canarias y de las islas de Cabo Verde. La invasión occidental está en marcha. Se despliega en abanico, desde las costas portuguesas al litoral africano. Ya han sido conquistados los archipiélagos volcánicos. ¿A quién y dónde tocará la próxima etapa de esta carrera hacia lo desconocido? A partir de este momento, la mirada de Cristóbal Colón al Mar Tenebroso es una mirada de amo. Durante tres años estará como sobre un promontorio, abarcando el cielo y el mar y esa masa color de bronce de las olas y de las nubes amalgamadas, buscando la manera de violar el cerrado misterio a punto de romperse. Esa contemplación voraz, dolorosa, del Atlántico; ese encarnizado bucear en los libros, ¿no es para Colón una especie de noviciado? ¡Afortunada conjunción del lugar y del momento! Para completar y tonificar la enseñanza de los libros necesitaba Colón la mordedura de la brisa atlántica y, sobre todo, la visión permanente de aquel desierto líquido donde enlazaban las movedizas rutas del mundo a descubrir. Seguramente, también la presencia de Felipa hacía su papel de catalizador. Pues, a veces, la portuguesa se acerca, inquieta, a su marido. ¿Teme acaso que ceda al vértigo y le aspire el Mar Tenebroso, como se tragó aquella montaña de imán de que hablan los navegantes árabes del océano Índico? Y es ella la que le atrae a sus brazos.

Fracaso en Portugal

Han pasado tres años. El sueño ha tomado forma. La idea cristaliza en propósito, el propósito en proyecto. Ya no queda más que realizarlo. ¿Qué proyecto? Ir a las Indias por el oeste.

En realidad, la idea no es nueva. Hace tiempo que se habla de ella. Está inscrita virtualmente en los mapas de la época. El «Mapamundi catalán», el de Toscanelli, el globo terráqueo de Martín Behaim y la *Imago Mundi* del cardenal de Ailly conciden en un punto. Portugal está muy cerca del extremo oriental de Asia, o sea Cipango —el Japón—. La Tierra es mucho menos grande de lo que se cree, y Asia ocupa la mayor parte de ella. En cuanto al mar, ocupa sólo un séptimo del Globo. Por otra parte, Toscanelli calculó exactamente las dimensiones comparadas de las tierras europeas y asiáticas y del océano. Entre Lisboa y el imperio del Gran Kan no hay más de setecientas leguas —unos cuatro mil kilómetros—. Todo esto está demostrado por matemáticas. No se trata más que de hacerse a la mar y poner proa al oeste. A condición de seguir rigurosamente la línea recta por el paralelo veintiocho, sin desviarse un grado, es seguro que al cabo de unas semanas de travesía se llegará al primer puerto indio.

¡Ésta es la verdadera ruta de las Indias! Directa y rápida, económica por tanto, exenta de obstáculos naturales y humanos, luego segura. Debe sustituir a la ya caducada de Marco Polo. Y también a la que Vasco de Gama aspira a trazar en el mar doblando el cabo de las Tormentas, suponiendo que llegue algún día a realizar este insensato periplo.

¿Arribar a la India por el oeste? Nada más sencillo, al fin y al cabo. Era sólo cosa de pensarlo.

La verdad es que se pensaba desde hacía mucho tiempo. Pero el inventor de la idea, el primero que la materializó en un mapa, fue un médico de Florencia, Paolo Toscanelli.

Cristóbal Colón conocía la existencia de este mapa. Parece que su autor se lo mandó a Juan II, rey de Portugal. Colón lo necesita urgentemente. Escribe a Toscanelli, y éste —es admirable tal desinterés— no pone ningún inconveniente al envío de su famosa carta marina. El eremita de Porto Santo despliega, trémulo de alegría, el mapa de Toscanelli. Es como él lo imaginaba. Sigue con el dedo, de este a oeste, el paralelo veintiocho. ¡De Lisboa a Cipango no hay más que un paso! Cifras cantan: Europa y Asia juntas ocupan 270 grados, mientras que el océano que separa la punta occidental de Europa del extremo occidental de Asia ocupa solamente 130 grados.

Toscanelli adjunta a su mapa la copia de la instancia dirigida a don Juan II a través de su confesor. «No te extrañe ver —escribe— que llamo Occidente a los lugares donde se dan las especias, pues, en general, se suele decir que prosperan en Oriente. Pero el que siga navegando hacia el oeste encontrará esos lugares en el oeste. Y el que, por vía terrestre, viaje sin parar en dirección al este, encontrará esos lugares en el este.»

Colón da las gracias al florentino, y aprovecha la ocasión para exponerle su plan. Toscanelli le contesta: «...Me place mucho que te des cuenta de que el viaje no es sólo posible, sino seguro, y de que su realización no ofrece duda... Esta ruta conduce a poderosos reinos, a ciudades y provincias célebres, donde se encuentra en masa todo lo que nosotros necesitamos, por ejemplo, toda clase de especias en grandísima abundancia y piedras preciosas en superabundancia... Esos príncipes y esos reyes a los que vamos a llegar deberían alegrarse más aún que nosotros de entrar en relación con los cristianos de nuestros países, puesto que muchos de ellos son cristianos...»

No cabe mayor coincidencia con lo que piensa Cristóbal Colón. Oro y almas. Pues, en el fervoroso espíritu del genovés, ya el deseo del lucro es inseparable del apostolado. No basta que algunos súbditos del Gran Kan sean cristianos. Deben serlo todos. El camino de las Indias conduce a la posesión del mundo, pero, al mismo tiempo, retorna a Cristo. ¿No tuvieron las cruzadas, todas las cruzadas, el doble signo del oro y de la fe?

Tener la idea es bueno, saber realizarla es mejor. Lo que ahora necesita Cristóbal Colón es un auditor de calidad para confidente de sus sueños. Necesita, sobre todo, un comanditario. ¿Dónde encontrarlo sino en la corte?

Año 1483... Colón acaba por obtener una audiencia de Juan de Portugal. El nuevo monarca —acaba de subir al trono— continúa la obra emprendida por Enrique el Navegante. Después de largas dudas, ha llegado a la convicción de que el porvenir de Portugal está en el mar. En su palacio de Lisboa se ocupa más de astronomía y de navegación que de diplomacia. Como el infante de Sagres, ha reunido en torno de él una corte de sabios. Está en correspondencia con especialistas extranjeros, particularmente con el judío Abraham Zacuto, profesor de matemáticas en Salamanca. Parece, pues, que Colón debe encontrar en la corte una acogida favorable.

Con la cabeza alta, andando a paso rápido por las losas del palacio, apretando con mano firme el rollo de papeles, va Cristóbal Colón a ver al rey. Tiene buen porte. De estatura mediana, pero bien plantado. Los ojos azul claro, la piel muy blanca y con algunas pecas. Se presiente que esa palidez pecosa —azotada por el viento marino— puede enrojecer. Lleva el pelo largo y toda la barba. Es rubio, tirando a pelirrojo. Cosa extraña: aunque parece que no pasa mucho de los treinta, tiene ya las sienes blancas. La nariz, aquilina. La frente, grande y despejada, ostenta una arruga vertical en el medio, indicio de una voluntad poco común. El traje, raído pero limpio, es de hombre de calidad. Lleva en la mano un gorro de velludo con cuchillos de seda. Viste un tabardo de paño verde, ese capote corto con la capucha echada hacia atrás que se lleva sobre la armadura y que los moros de Granada pusieron de moda entre los cristianos. Bajo el faldón de la casaca asoman las calzas nuevas. Lleva borceguíes rojos de cuero cordobés. De su cintura pende esa espada ancha y corta que usan los capitanes de navío.

El alto y docto areópago ante el que comparece no intimida a Cristóbal Colón. Como un abogado en el foro, abre su legajo. Desdobla sus mapas. Extiende sus planos. Y, sobre todo, habla, habla... Pues la facundia de ese diablo de hombre es mareante. Acumula números, referencias. Cita textos, invoca a Aristóteles, a Séneca, a Tolomeo, a los maestros de ayer y a los de hoy. Se burla del reverendo Cosmos Indicopleustes, aquel viajero eclesiástico de la baja Edad Media que representaba la Tierra como un disco en torno al cual giraba el Sol. Deplora —con prudencia, pues la Iglesia está dignamente representada en el areópago— los errores de San Agustín y de ciertos doctores. ¿Cómo se explica que teorías tan absurdas hayan podido recibir durante tanto tiempo la aprobación de los medios oficiales —y hasta ser consideradas como dogmas—, cuando, desde hace varios siglos, los musulmanes en sus academias, los judíos en sus sinagogas y los simples frailes en sus conventos habían demostrado su falsedad? Y Cristóbal Colón recita de memoria pasajes enteros de autores reprobados antiguamente por la Iglesia.

Este exordio no es del agrado de la junta real. Los obispos presentes fruncen el entrecejo. Los sabios aprietan los labios. Juan II reprime una sonrisa e interrumpe secamente a Colón: «¿Adónde queréis ir a parar?»

El tono de Cristóbal tórnase entonces más pomposo. Él no es un postulante, sino un donante. Su indumentaria no es precisamente rica, pero posee un secreto que vale oro. No quiere guardarlo para sí. Piensa ofrecérselo a Portugal, su patria de adopción. Y enarbola triunfal su plano del camino de las Indias.

El soberano portugués, los sabios y los eclesiásticos se inclinan sobre este pergamino de Colón, extendido en una mesa de mármol. Martínez, el confesor de Su Majestad, exclama: «¡Pero si es el mapa de Toscanelli!» En efecto, las medidas son las mismas y en el diseño de Colón aparecen los contornos indicados por el médico florentino. ¡El proyecto no es y poco faltó para que le encerraran. Locura de ayer, cordura de hoy. Pero Cristóbal se muerde los labios. Esta reflexión se la guardará para él.

La corte de Portugal sabe lo que tiene que hacer, no necesita que un extranjero le recuerde sus deberes. Nunca ha dejado de reconocer el interés material y político de la ruta de las Indias. Esa conjunción con el Gran Kan —tan deseable para Europa y para la cristiandad— se realizará el día en que los navíos puedan doblar el cabo de Buena Esperanza y llegar al extremo oriental de Asia atravesando el océano en su totalidad. Los estudios iban ya muy adelantados. Portugal tiene bastantes hombres de valor y de talento como para poder esperar que, sin tardar mucho, un navegante continúe y corone la proeza de Bartolomé Díaz. ¿El camino del oeste? ¡Locura! Y Colón, sin decir palabra, piensa en don Enrique y en aquellos otros locos que tenían razón.

Va a terminar la audiencia. Juan II, medio en serio, medio en broma, pregunta a Cristóbal Colón cuáles serían sus condiciones si le encomendara el mando de una expedición hacia el oeste. El genovés, imperturbable, las enumera. El título de Almirante del Océano, el virreinato y el gobierno de todas las tierras descubiertas y por descubrir, títulos transmisibles a sus herederos, la décima parte de las riquezas adquiridas y el derecho exclusivo de legislar en los territorios conquistados.

Una carcajada responde a las pretensiones de Colón. Le advierten que los portugueses no acostumbran monetizar los servicios que hacen a su país. Por lo demás, sus fábulas son grotescas. Ya ha abusado bastante de la regia paciencia: la audiencia ha terminado.

Cristóbal Colón recoge sus papeles, se inclina ante el rey y, sin mirar a los señores del areópago, sale de la estancia. En el momento de cruzar el umbral, se encoge ligeramente de hombros. ¿Portugal rechaza su proyecto? ¡Qué se le va a hacer! Irá a proponérselo a otras naciones. ¿Francia o España?

Victoria en Granada

Será España.

Su fracaso con el rey de Portugal ha herido cruelmente el amor propio de Cristóbal Colón, muy impresionable a pesar de su dura apariencia. Durante varios meses anda por las

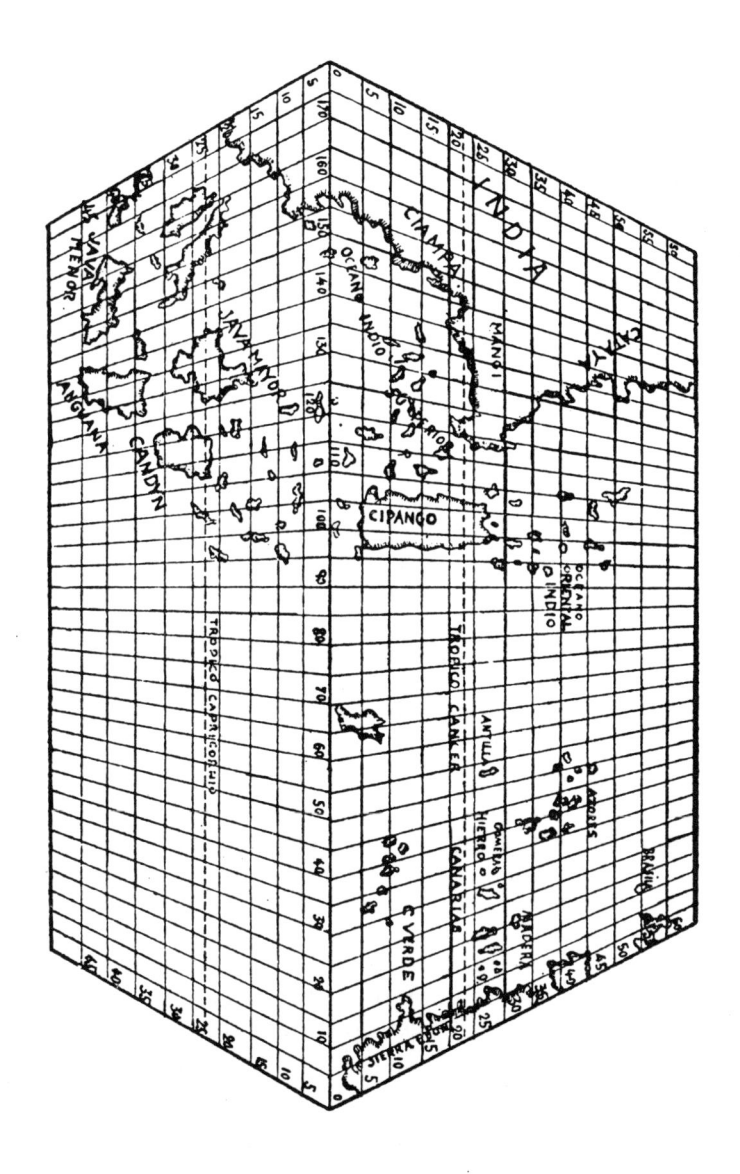

Mapa de Toscanelli
Dibujado según las indicaciones atribuidas a Toscanelli.

nuevo! Sin embargo, lo discuten. Sin gran convicción. El rey no había tomado nunca en serio el plan de Toscanelli. ¿Qué crédito se podía dar a aquel italiano, ciertamente versado en ciencias naturales, pero que no había estudiado nunca la geografía ni, menos aún, navegado? Conocido es el fondo del asunto Toscanelli. Su familia —una de las más ricas de Florencia— había hecho fortuna en el comercio de las especias. La toma de Constantinopla por los turcos, al cortar el camino terrestre de las Indias, arruinó a los Toscanelli. Paolo es ya viejo. Pero siente más que nunca sed de oro. No quiere morir sin haber reanudado su comercio. Y en su retiro ha inventado una nueva vía para ir a aquellos países donde, según él dice, «hay mucho que ganar». Imaginación de avaro, delirio senil que una inteligencia sana no puede tomar en consideración. Y los matemáticos del rey Juan II se inclinan con desdén sobre la carta marina de Colón. Sus medidas son falsas. Ha confundido los grados de Euclides con los de Tolomeo, las millas árabes de Afragan con las de Behaim. Pero Cristóbal Colón no se da por vencido. Se las tiene tiesas con la junta. Aun suponiendo que sus medidas sean inexactas, ¿dejará por eso de valer oro el proyecto? Y no solamente oro, sino también una alianza con los soberanos más poderosos de la Tierra, que significaría el fin del islam. ¡Y qué campo de apostolado cristiano...!

El canciller del rey corta la palabra a Cristóbal Colón. Ese proyecto lo tiene él en sus archivos desde hace mucho tiempo. Figura con todas las letras en la bula que el papa Nicolás V dio hace treinta años al antecesor del rey Juan II con motivo de las conquistas del infante don Enrique. El funcionario regio da lectura al documento: «El infante, recordando que nunca, de memoria de hombre, se había sabido navegar por esa mar océana..., creyó que ofrecería a Dios el mayor testimonio de sumisión si, por su celo, se podía hacer navegable esa mar océana hasta las Indias que dicen sumisas a Cristo. Si entraba en relación con esos pueblos, los movilizaría para que vinieran en socorro de los cristianos de Occidente contra los sarracenos y los enemigos de la fe. Al mismo tiempo, sometería, con la licencia real, a los paganos de esas comarcas, no infectados por la peste mahometana, haciéndoles conocer el nombre de Cristo...»

Esta vez le toca a Cristóbal Colón sonreír. ¡Ahora salen invocando el nombre de don Enrique! En vida pasaba por loco, calles de Lisboa errante como alma en pena. ¿De qué vive? Seguramente de poco. Y este poco, prestado. Su situación en Portugal va siendo cada vez más difícil. Ya no tiene nada que esperar de este reino ingrato, a no ser nuevas afrentas y acaso la prisión por deudas. Huye.

Pues eso, un fugitivo, es el hombre que, una noche de invierno, se derrumba al pie de la cruz erigida frente al monasterio de Santa María de la Rábida. Está extenuado de cansancio, medio muerto de hambre. Lleva de la mano a un niño de cuatro años, su hijo Diego. ¿Qué se ha hecho de su mujer, la apacible Felipa? ¿Por qué ha dejado Portugal? ¿Es abandono premeditado? ¿Es que ha muerto? En todo caso, ha muerto para nosotros. La joven pensionista de Lisboa, la tierna esposa de Porto Santo, no se ha borrado nunca en el fresco colombino. Su nombre canta siempre: doña Felipa Muñiz de Perestrello.

El convento franciscano de la Rábida —«atalaya» en árabe— se encuentra a unos cien kilómetros de Sevilla, a dos horas de Huelva a pie. Con sus muros encalados, su arboleda curvada por la brisa, parece una alquería más que un monasterio. O una casa de familia. El convento no tiene más que dos claustros interiores, una pequeña iglesia y una docena de celdas para los frailes. Pero su cúpula se ve de lejos desde el mar y sirve de guía a los pilotos. En torno al monasterio, pitas y palmeras. Pero los bancales, sostenidos por muretes de adobe, sucumben bajo el aromático peso de los frutales: vides, limoneros, higueras y alcaparrales. Un paisaje que es ya africano. El convento, levantado sobre una colina arbolada, tiene a sus pies la confluencia del Tinto y del Odiel. Desde sus ventanas altas se divisa el golfo de Cádiz. Seis kilómetros más allá está Palos de la Frontera, de donde partirá Colón.

Por el momento, piensa partir, desde luego, pero con dirección a Francia. Carlos VIII acaba de suceder a Luis XI. Dicen que tiene gran imaginación. Colón le llevará con qué satisfacerla. Mientras medita tristemente, apoyado en el estilóbato de piedra, se dirige hacia él el hermano portero. Colón le señala a Diego y murmura simplemente: «¡Pan y agua para mi hijo!»

El fraile, emocionado por aquella penuria, impresionado por la nobleza y la presencia del extranjero, va a hablar con el prior, Juan Pérez. Éste sale de su celda, pasa el portal del monasterio, contempla un momento a Cristóbal Colón y le pone la mano en el hombro. Le lleva al convento. La puerta se cierra tras ellos.

A la primera conversación de Juan Pérez con Cristóbal Colón asiste un fraile, Antonio de Marchena, muy versado en la ciencia geográfica. Los dos hombres escuchan atentamente los planes del vagabundo. Abren libros viejos, extienden mapas. En cierto modo, es como si los franciscanos sometieran a Colón a un examen. El examen parece satisfactorio. El proyecto vale la pena estudiarlo. La aventura merece, acaso, intentarla. Pero se necesitan apoyos y subsidios enormes. Juan Pérez, antiguo confesor de la reina Isabel la Católica, no está tan retirado del mundo que no haya conservado relaciones con la corte. Y está dispuesto a ponerlas en juego en favor de Cristóbal Colón: hasta tal punto le ha conquistado la palabra de aquel inspirado.

¿Qué sale exactamente de la conversación de los tres hombres? Seguramente nada preciso, nada inmediato. Pero sí una adhesión en principio y una promesa formal de apoyo. Por el momento, a Cristóbal Colón le basta. Es de esos que, siempre entre la acción y el sueño, saben conformarse con el sueño, a condición de que el sueño encamine a la acción. Deja a su hijo al cuidado de los franciscanos y desaparece.

Otra gran mancha de sombra en su vida. Durante dos años, apenas se le ve. Hace frecuentes escapadas entre la Rábida y Sevilla, para en Huelva —¿en casa de una cuñada?— y luego se le pierde de vista. En todo caso, parece que sus asuntos van mejor. La intervención del prior Juan Pérez ha debido de dar resultados positivos. Va a visitar con frecuencia a los grandes señores de Sevilla, a los magnates de los negocios andaluces, siempre en busca de la subvención que le permita pasar —¡por fin!— a la fase de las realizaciones. Le recibe, en primer lugar, el duque de Medinasidonia, rico armador de Sevilla que posee el monopolio de la pesca del atún en la región de Gibraltar. Luego, fracasado con este noble pescador, se acerca a otro duque, el de Medinaceli, que posee, en su señorío del Puerto de Santa María, una flotilla de carabelas y de veleros de tres mástiles fletados para dos fines: el comercio y la continuación de la guerra contra los moros de Granada. Medinaceli se deja seducir por Cristóbal Colón. Al cabo de la ruta occidental de las Indias, el duque huele el perfume de las especias. La aventura bien vale el riesgo de dos navíos. En el último momento, Medinaceli se vuelve atrás. Bien pensado, el negocio es superior a sus fuerzas. Cosas de reyes. Y, además, otros cuidados más urgentes le reclaman. Es convocado en Córdoba con sus hombres de armas. El rey Frenando necesita de todas las fuerzas disponibles en la cristiana España. Ha comenzado el último asalto contra Granada. ¡Dios sabe cuánto puede durar!

La cuestión a la orden del día en España, la que apasiona a la opinión pública y preocupa a los príncipes, es la coronación de la Reconquista. Fernando III el Santo, rey de Castilla y León, había llevado sus fronteras hasta Córdoba y Sevilla. Jaime I de Aragón, el Conquistador, se había apoderado de las Baleares y de Murcia. ¡Pero hacía ya dos siglos! Por increíble que parezca tal atasco, entre la toma de Córdoba y la de Granada transcurrieron más de doscientos años. Guerras civiles, rivalidades dinásticas, particularismos locales explican esta larguísima pausa. Casi toda España ha vuelto a ser cristiana, menos el reino de Granada, que se extiende, por la costa mediterránea, desde Gibraltar a Almería, y, por el norte, llega a las fuentes del Guadalquivir. ¡Dos siglos para pasar una montaña: Sierra Nevada!

Isabel y Fernando, que acaban de unir a la vez su amor y sus estados, han inscrito a la cabeza de su programa político la expulsión de los moros. Han exigido a las Cortes que voten los fondos necesarios para el éxito de la campaña —costará al Tesoro un millón de ducados de dinero—. El papa Sixto IV les ha concedido una bula de cruzada, consagrando así el carácter religioso de la empresa. Cien mil soldados hay en línea. La liberación definitiva de España bien vale lo que cuesta.

Málaga, Almería, Cádiz, acaban de caer en poder de los cruzados. Pero Granada resiste. Es una espina clavada en el talón de España, y hay que arrancarla.

Al correrse hacia el sur el centro de gravedad de la batalla contra los moros, ha cambiado también la sede de la corte. Ahora, la capital de España en guerra es Córdoba —durante mucho tiempo la ciudad fronteriza, constantemente amenazada por las incursiones árabes—. Los Reyes Católicos, abandonando por algún tiempo Valladolid, sientan sus reales en Córdoba, a ciento sesenta kilómetros de Granada. Puesto de combate más aún que residencia regia.

Cristóbal Colón, abandonado por su protector el duque de Medinaceli, se va de Sevilla a Córdoba. Ha conocido a Gabriel de Acosta, hombre curioso, médico, astrólogo y geógrafo. A Acosta le ha interesado el carácter enigmático de Colón. Éste cultiva en la persona de Acosta la relación útil que le abrirá paso al trono de los soberanos españoles. Pues, en estos momentos, la idea fija de Colón es llegar a los Reyes Católicos para proponerles su plan.

Colón, tenaz y procediendo por etapas, comienza sus gestiones a través de los escribas de la Secretaría real. Las reservas de paciencia de este obstinado son inagotables. En unos meses ha interesado por sus planes al maestre de cuentas, Alfonso de Quintanilla; a Cabrero, el gran chambelán; a Luis de Santángel, secretario contador del rey Fernando. De uno en uno acaba por ser recibido por el cardenal de España, González de Mendoza, el «tercer rey». El prelado, político hábil, hombre de guerra valeroso y gran señor, no entiende gran cosa de ciencias prácticas. Presta, pues, un oído complaciente a las explicaciones de Cristóbal Colón.

Las perspectivas que describe el genovés le seducen. La alianza con el Gran Kan le parece deseable. Completará la decisiva acción que en estos momentos realizan en torno a Granada los ejércitos de Sus Majestades Católicas. En cuanto a los argumentos puramente científicos explanados por Colón, el cardenal-soldado no está en condiciones de discutirlos. Pero los comprende lo bastante para que le parezcan dignos de ser examinados por los especialistas. En todo caso, el asunto es importante. Puede y debe ser sometido a la autoridad real.

1486... Año señalado en la vida de Cristóbal Colón. Comparece ante los Reyes Católicos. Al mismo tiempo, conoce a Beatriz Enríquez de Arana, la mujer a quien más amará en el mundo. Isabel de Castilla y Beatriz de Córdoba: una, la dueña de su destino; la otra, de su corazón.

La entrevista de Cristóbal Colón con Isabel y Fernando tiene lugar en el antiguo alcázar de los soberanos árabes, ahora palacio de los soberanos españoles. Nunca eatuvo más elocuente el genovés. Sabe bien que se juega acaso la última oportunidad. Insiste en el aspecto político y religioso de la empresa. Recuerda que el Gran Kan había sido tocado por la gracia dos siglos atrás y que Marco Polo procuró establecer relaciones diplomáticas entre el «Rey de Reyes» y el Papado. Pero no llegaron a realizarse por completo; entre Roma y Pekín, el camino era largo. Los enviados pontificios y los del

Gran Kan se quedaban en el camino. Sólo dos embajadas llegaron a su destino: la de Marco Polo, en nombre de Gregorio X, cerca de Kubilai, y, en sentido inverso, la enviada medio siglo hacía por su sucesor a Eugenio IV. Desde entonces no se sabía nada de lo que ocurría en la corte de China. A los Reyes Católicos cumple —afirma con energía Cristóbal Colón— reanudar el contacto con el emperador asiático, aliarse con él y formar así la más formidable confederación de pueblos que jamás se viera. Ya no pesarán más los musulmanes en esa balanza cuyos dos platillos serán Europa y Asia. ¡Y qué cosecha de almas para la Iglesia de Cristo! Cristóbal Colón está dispuesto a hacer suyo el grito de las Cruzadas: «¡Dios lo quiere!»

Isabel y Fernando escuchan con atención esa voz musical que mana como el agua de una fuente. Después de sonar como una trompeta, evocando el servicio de Dios, se torna insinuante al referirse a las riquezas de Catay. Ahora, Cristóbal une el gesto a la palabra. Sus manos de profeta dibujan en el aire muelles de mármol, palacios chapados de oro, naves de velas multicolores y con las proas ornadas de dragones, interminables filas de hombres cargando al hombro cajones llenos de diamantes y perlas... El tema es ya familiar para Colón y lo desarrolla con la facilidad del comediante en su centésima representación.

Isabel sueña. Es mujer. Su coquetería, su afición a las galas se conmueve ante las evocaciones del extranjero. ¡Piedras preciosas, sedas...! La princesa no ha olvidado su infancia casi pobre en Madrigal de las Altas Torres, en las «tierras negras» de Castilla la Vieja. Cristóbal Colón se enternece al ver brillar en las pupilas de la niña rubia el áureo reflejo de su descripción. ¿Acabará también él por creerlo del todo?

Fernando de Aragón, con la mejilla derecha apoyada en el puño, sueña también. Piensa en los portugueses, en su avance a lo largo de las costas africanas, en su lenta y penosa penetración en tierras desconocidas. Durante mucho tiempo, los españoles se han reído de esta carrera. ¡Cuánto dinero gastado para nada por culpa de aquel loco de don Enrique, navegante en el papel! Pero resulta que, desde poco ha, el negocio ha empezado a rendir. El oro de Sierra Leona, la malaquita de Guinea están en vías de reembolsar treinta años de gastos. Por otra parte, los cosmógrafos de Lisboa anuncian que muy pronto será practicable la vía de las Indias por el cabo de Buena Esperanza. La ventaja de los portugueses sobre los españoles es innegable. El proyecto de Cristóbal Colón —si es viable— permitiría a España no sólo neutralizar esa ventaja, sino cambiarla de signo. ¡Qué deslumbrante perspectiva el camino de las Indias inmediato y derecho!

La alianza con el Gran Kan, la ruina del islam, la ventaja sobre Portugal, la dominación espiritual y material de cientos de millones de hombres, la conquista de las fuentes del oro y de la riqueza: todo eso equivale, en suma, a la posesión del mundo. La proposición es tentadora. ¡Demasiado! Pues si Fernando es ambicioso, es también, y más aún, prudente. Ese vagabundo con ribetes de mago y de predicador quizá tenga razón. Pero quizá también sea un farsante. Por otra parte, no es el momento de infligir una nueva sangría al Tesoro, maltrecho por la guerra contra Granada. Los Reyes Católicos están en trance de reconquistar «grano a grano» el último reducto de los ocupantes árabes. Y cada grano cuesta caro a las arcas reales. Fernando decide someter el plan de Cristóbal Colón a una junta de sabios. La presidirá el fraile Talavera, prior de Santa María del Prado, de Valladolid, confesor de la reina y muy pronto arzobispo de Granada.

Una vez más, la causa de Cristóbal Colón han de fallarla los especialistas. Lo que quiere decir que será aplazada *sine die*. El genovés no espera nada bueno de los sabios. Son unos dogmáticos que carecen de una cualidad primordial: imaginación. La primera reunión de la junta en Córdoba confirma sus temores. Acuerda rechazar el plan, que no se apoya —opinan— en ninguna base sólida para que se pueda exponer en tal empresa el buen nombre de España y la vida de los que la acompañaran.

Cristóbal Colón se consuela de este nuevo fracaso en los brazos de Beatriz Enríquez de Arana, a la que acaba de conocer. Es una rubia espléndida, de ojos azules, como Isabel de Castilla. Va a tener pronto un hijo de ella, al que pondrá el nombre de Fernando.

Pasan los meses. La guerra contra los moros de Granada se eterniza. Cristóbal Colón se desanima. Se le ve en el convento de San Esteban, en Salamanca, tratando de convencer a los dominicos. Y parece que en Málaga, que ha vuelto a ser cristiana, en busca de navíos disponibles. A pesar de los malos recuerdos que tiene de Portugal, escribe a Juan II ofreciéndole su plan por segunda vez. Envía a su hermano Bartolomé a Inglaterra. Pero ni el soberano portugués ni Enrique VII toman en serio el proyecto de Colón. Vuelve a poner sus esperanzas en los soberanos españoles. Gracias a las amistades que conserva en la corte de los Reyes Católicos —especialmente la del padre Diego de Deza, preceptor del príncipe heredero—, logra que le convoquen en el campamento de Santa Fe, bajo las murallas de Granada sitiada.

Así asiste Cristóbal Colón a las últimas convulsiones del poderío árabe. ¡Qué batalla y qué escenario! Sobre las tres colinas en que mueren los contrafuertes de Sierra Nevada se levanta la ciudad de Granada: la Torre Bermeja, la Alhambra, la Alcazaba. Y, rodeándolo todo, la vega granadina, bañada por el Genil. El perpetuo encanto de las huertas andaluzas, la profusión de arbustos, el dulce olor de los naranjos forman un impresionante contraste con el estrépito del pueblo armado y el olor de la pólvora. Naturalmente, Isabel y Fernando están demasiado ocupados para dar audiencia a Cristóbal Colón. Pero le mandan a decir que su asunto será estudiado tan pronto como haya caído Granada.

¿Tan pronto como haya caído Granada? Colón toma buena nota de esta promesa. Mientras tanto, decide quedarse en el campamento de Santa Fe. Y el genovés se aburre durante varios meses olvidado entre la multitud, perdido entre los cincuenta mil infantes españoles. Trepa a la Zubia, que domina Granada. Las tres colinas sangran, en efecto, al sol como los tres cuarterones de una granada. En la más alta se yergue, como una antorcha, la Alhambra. Colón adivina en la sombra el patio de los Mirtos, la sala de Embajadores. ¡Qué colores, a la vez violentos y voluptuosos! Pero menos violentos y menos voluptuosos que los que él imagina allende el Mar Tenebroso.

Por fin capitula Boabdil, el último rey moro. Amanece en Granada el 2 de enero de 1492. Los Reyes Católicos, precedidos por los pendones de Santiago y de la Virgen, salen del campamento de Santa Fe. A su lado cabalga el gran cardenal de España. Boabdil sale al encuentro de los vencedores escoltado por cincuenta jinetes. Al llegar a la orilla del Genil, el moro se apea de su caballo y entrega a Fernando las llaves del Alcázar. Luego, mientras entran en Granada las vanguardias cristianas, el cardenal Mendoza planta en la cúspide de la torre de Comares el estandarte de Castilla. «¡Granada por los Reyes Católicos!», proclama un heraldo desde la torre de la Vela. Se acabó la dominación árabe, que había durado cerca de ocho siglos. Se acabó la España musulmana.

Cristóbal Colón contempla desde lejos la histórica escena. Se encoge de hombros. ¡Cuánto aparato para tan poca cosa! Diez años y un millón de ducados han necesitado los Reyes Católicos para dar cuenta de un reyezuelo usurpador —¡había que ver al menguado moro lloriqueando en las faldas de su madre!—, mientras él, Cristóbal Colón, no pide más que unas semanas y una carabela para ir a buscar un imperio y la alianza del Gran Kan.

Llega la hora, para Cristóbal Colón, de encontrarse de nuevo ante los soberanos españoles, y, para éstos, la de cumplir su palabra. ¿Tan pronto como haya caído Granada? Pues ya cayó Granada, conque... Una mañana, caliente aún la victoria cristiana, comparece Colón en la tienda que Sus Altezas continúan habitando en el campamento de Santa Fe, donde se encuentran más a gusto que en la Alhambra.

Aquel forastero al que, por burla, llaman «el hombre de la capa raída», se presenta por segunda vez a los Reyes Católicos con grandes ínfulas. Al fin y al cabo, ¿no es proveedor de reinos? Y la conversación iniciada en Córdoba seis años antes se reanuda en los mismos términos. Su proyecto no ha cambiado. Sus exigencias, tampoco. Son las mismas que formuló siempre y de las que está decidido a no rebajar nada. Se las va enumerando a Fernando, que las escucha estupefacto. El título de almirante de la Mar Océana, el virreinato de las tierras descubiertas, un diez por ciento de las riquezas que se adquieran... El rey no le deja seguir. ¡Las pretensiones de ese desconocido son insensatas! Isabel, a pesar de su simpatía por Colón, comparte la irritación de su esposo ante tan desmesuradas ambiciones. Y despiden fríamente al genovés, como lo había despedido Juan II de Portugal.

Esta vez, Cristóbal Colón pierde la paciencia. Puesto que ni España ni Portugal aceptan su proyecto, irá a ofrecérselo a Francia. Se reservaba esta última carta. Ahora la jugará.

¿De dónde sacar dinero para ir a Francia? ¡Del convento de la Rábida! Deja Granada y, pasando por Sevilla y Huelva, llama un día a la puerta del monasterio. Ocho años han pasado desde su primera visita. Y desde entonces no ha adelantado apenas nada. Vuelve a hablar con Juan Pérez, con Antonio de Marchena y con los demás frailes amigos suyos. Les

En busca del Gran Kan 45

cuenta sus fracasos y su resolución. Juan Pérez no se conforma. Puede que Colón sea un loco, pero mayor locura es dejarle partir. El prior conserva gran ascendiente sobre la reina. Y no vacila en escribirle al campamento de Santa Fe suplicándole que tome en consideración el plan de su recomendado. Invoca nada menos que el interés de la Corona y de la cristiandad, cuya guarda corresponde a España y no a Francia. ¿Quieren que Carlos VIII de Valois acepte lo que Isabel de Castilla ha rechazado?
    La respuesta de la reina no se hace esperar. Accede a reanudar los tratos con Colón. ¡Que vaya Juan Pérez a Granada con su protegido! A las razones de su antiguo confesor no les ha sido difícil ganar el corazón y el entendimiento de la joven soberana, muy inclinada desde el primer momento a la causa de Colón. ¡Pero hay que convencer a Fernando! Para ello es necesaria la presencia del franciscano.
    No es Juan Pérez el único que pone sitio al rey de Aragón. Ha encontrado aliados cerca de los soberanos españoles. Además de Santángel, su «escribano de ración», favorable desde hace mucho tiempo a las ideas de Colón, todos los que de cerca o de lejos manejan los dineros reales esperan que el descubrimiento de las Indias enriquecerá el Tesoro. El oro y las especias de Catay sanearán las finanzas del Estado. Y siempre quedará un pellizco para los empleados, piensan aquellos íntegros servidores.
    Son, pues, los eclesiásticos —aparte algunos teólogos prudentes— y los judíos los que apoyan la causa de Colón. Los primeros —Juan Pérez, Marchena, el cardenal Mendoza, Diego de Deza, Talavera— vislumbran en el triunfo de Colón el de un amplio plan político, al mismo tiempo que religioso: la dominación del mundo bajo el signo de Cristo. Los demás —Cabrero, Santángel, un tal Sánchez, funcionario influyente, todos judíos conversos, pero judíos de todos modos— demuestran defendiendo a Colón sus sentimientos cristianos, puesto que se trata de una empresa de evangelización. ¡He aquí una buena ocasión de poner bien de manifiesto su celo de neófitos! Y, además, al final del camino hay oro.
    ¿Frailes y judíos, fervientes paladines de Colón? Sí. Lo son sin duda en el aspecto misional y práctico de la expedición. Pero ni unos ni otros habrían conseguido la adhesión de Fernando si no hubiera sido por Isabel. Es la reina la que ahora

lleva en sí, como un hijo, el gran designio político inspirado por Colón. El designio duro y preciso que ella adorna con los extraños colores de la desconocido. Pues esta mujer razonadora tiene además imaginación. Pesa con frialdad los riesgos y las ventajas del negocio. Calcula el activo y el pasivo. Pero, al mismo tiempo, no puede menos de soñar. La fría luz de lo real y el centelleo del espejismo iluminan conjuntamente la noble frente de Isabel de Castilla.

Fernando, presionado por sus consejeros, va cediendo poco a poco a los argumentos de Colón. Admite que el viaje puede dar resultados felices. Acepta la idea de una alianza con el Gran Kan. Cree en la virtud del oro, que, según Colón —en una carta escrita posteriormente a sus soberanos— es la primera cosa del mundo. «El oro —dice con una punta de herejía— es excelentísimo: del oro se hace tesoro, y con él, quien lo tiene, hace cuanto quiere en el mundo y llega a que echa las ánimas al paraíso...»

En fin, ¿se decide Fernando o no? Todavía no. Consiente por lo pronto en patrocinar a Colón, en facilitarle las cosas y en darle los fondos necesarios —o al menos una parte— para equipar la flota. Está dispuesto a firmar el contrato. Pero no se decide a otorgar a Colón los honores que exige. ¡El almirantazgo de la Mar Océana, el virreinato vitalicio, transmisible a sus herederos! Esto equivaldría a convertir a aquel aventurero —¡que ni siquiera era español!— en el segundo personaje del reino. O acaso el primero, si sus descubrimientos ponían en peligro la corona de España. El orgullo de Fernando se alborota de sólo pensar en aquel imperio de ultramar que absorbería el suyo. ¡No, no será él quien cree con sus propias manos un posible rival! ¡Que le dejen reflexionar un poco más!

Fernando dice que tiene que reflexionar. Cristóbal Colón, por su parte, está firmemente determinado a no ceder nada de sus pretensiones. ¿Se aplaza, pues, el asunto una vez más? No, Colón se va a jugar el todo por el todo. Ese cómico consumado inventa una comedia. Finge que renuncia al proyecto, dice a sus amigos que se han roto las negociaciones y que se va a marchar del país. Monta en su mula y se aleja del campamento de Santa Fe. Pero no sin avisar a Santángel.

Esta falsa partida es sin duda la mejor jugada de Colón. Una jugada peligrosa, en la que se decidía su destino. Todo o nada, se decía el genovés cabalgando despacio —muy des-

En busca del Gran Kan 47

pacio— por el camino de Granada. ¿Y si no salen tras él...? Pero sí saldrán.

A dos leguas de Granada, en el lugar llamado Puente de los Pinos, oye Colón a sus espaldas el galope de un caballo. ¡El correo de Isabel! El ruido de los cascos sobre la tierra seca es como un toque de fanfarria.

Y Colón, antes de que le alcance el mensajero, sabe ya que ha triunfado.

Después de hacerse rogar un poco —lo justo para representar bien la comedia—, Colón se deja ablandar. Bueno, «accederá» a las instancias de la princesa. ¡Es tan buena! No se resistirá a tan dulce violencia. Y vuelve atrás.

Una hermosa mañana de abril, a los tres meses de la toma de Granada, Cristóbal Colón y los Reyes Católicos firman las capitulaciones de Santa Fe. Estas capitulaciones dan, con creces, plena satisfacción al genovés. Véase:

«Fagan desde agora al dicho Don Cristóbal Colón su Almirante en todas aquellas islas y tierras firmes que por su mano e industria se descubrieren o ganaren en las dichas mares Océanas para durante toda su vida y después dél muerto a sus herederos.» Y esto con las mismas prerrogativas de que gozaban los almirantes de Castilla.

En la segunda cláusula se le nombra «Visorrey» de las tierras descubiertas: «...e para que el regimiento de cada uno y cualquier dellas faga él elección de tres personas para cada oficio: e que Vuestras Altezas tomen y escojan uno».

«Item —prescribe la tercera cláusula— que todas e cualquier mercadurías, siquier sean perlas, piedras preciosas, oro, plata, especiería, e otras cualesquier cosas e mercadurías de cualquier especie, nombre o manera que sean, que se compraren, trocaren, fallaren, ganaren e hubieren dentro de los límites del dicho Almirantazgo, que desde agora Vuestras Altezas facen merced al dicho Don Cristóbal Colón y quieren que haya y lleve para sí la décima parte de todo ello, quitadas las costas.»

Se especifica que los pleitos que «acaecieren» serán juzgados por el almirante o por su teniente. Y en la última cláusula se establece:

«Item que en todos los navíos que se armaren para el dicho trato e navegación, cada e cuando e cuantas veces se armaren que pueda el dicho Don Cristóbal Colón, si quisiere, contribuir e pagar la ochava parte de todo lo que se gastare en el armazón; e que también haya e lleve del provecho la ochava de lo que resultare de tal armada» (1).

Éste es el exorbitante contrato de Cristóbal Colón con los Reyes Católicos. Nunca se vio ni se verá otro parecido. Es un tratado sobre lo desconocido. Y los reyes españoles especulan en secreto con lo aleatorio de la empresa. Si Cristóbal Colón no encuentra nada o perece en el mar, la Corona habrá hecho una mala inversión. El riesgo es mínimo. Si triunfa, los Reyes Católicos sabrán limitar, en la práctica, el alcance de los acuerdos concluidos. Y, por otra parte, ¿no es inconcebible que, con unos centenares de hombres y dos o tres carabelas, pueda Colón vencer —caso de haber batalla— al innumerable ejército del Gran Kan?

Es decir, que el compromiso no es del todo sincero, ni por parte de Cristóbal Colón ni por parte de Isabel y Fernando. Tanto uno como otros proceden con reservas. Colón no está seguro de su éxito, y los Reyes Católicos piensan no cumplir sus promesas sino a medias. Pero, por lo pronto, Colón ha ganado la primera mano en esta insensata partida que emprendiera ocho años atrás contra la naturaleza.

CAPÍTULO II

El grito de Bermejo

De la desembocadura del Guadiana a la del Guadalquivir, la costa andaluza forma un arco de círculo regular, ampliamente abierto al golfo de Cádiz. Pocas ciudades y pequeñas. Huelva, propiedad de los duques de Medinasidonia, se encuentra en una penínula formada por el Tinto y el Odiel. Siguiendo la orilla izquierda del Odiel, plantada de palmeras, se llega a la Rábida en una hora escasa. A una hora más está

Texto castellano tomado de Antonio Ballesteros, *Historia de América*, tomo IV. — *N. de la T.*

El grito de Bermejo

Palos de la Frontera, a igual distancia de Moguer. El río Tinto, saturado de cobre, riega y tiñe la tierra. Pero la provincia de Huelva no es rica sólo en mineral. Los armadores han hecho de ella su centro de actividad. El trazado regular de la costa y su admirable orientación se prestan extraordinariamente para construir y botar embarcaciones. Más lejos, hacia el sur, Sanlúcar de Barrameda, y después Cádiz.

Palos, Moguer, la Rábida... Casas deslumbradoramente blancas, antiguos palacios árabes de estilo mudéjar, restos de fortalezas romanas y, sobre la arena de las playas plantadas de pinos, inmensas redes secándose al terrible sol de Andalucía. Decoración resplandeciente de las últimas inquietudes de Cristóbal Colón antes de su partida.

Una cosa es dar una orden y otra hacer que se cumpla. Esta amarga verdad la comprobará Colón a sus expensas.

Se ha encontrado el dinero para financiar la expedición. No ha tenido Isabel necesidad de empeñar sus alhajas a los judíos. Rebañando los fondos de los cajones, acudiendo a la Santa Hermandad, se ha logrado reunir el millón de maravedís —¡en oro!— necesario para los primeros gastos. Pues se prevé que habrá otros. Un mes después de las capitulaciones de Santa Fe llega a Palos el nuevo almirante. Entre tanto, Colón ha conseguido que los Reyes Católicos le otorguen el título de «Don» y declaren hereditarias para sus descendientes las dignidades y prerrogativas de virrey. Es portador de unas ordenanzas reales mandando al municipio que equipe y arme dos carabelas dentro de un plazo de diez días. Colón embarga inmediatamente las dos mejores carabelas que encuentra entre la flota anclada en el puerto. Ahora hay que reclutar la tripulación.

Transcurre el plazo de diez días. Van pasando semanas. Llega el verano. Nadie acude a apuntarse en la lista de inscripción. ¿Por qué esa desconfianza? En primer lugar, Cristóbal Colón no tiene ningún prestigio entre los marineros de Palos. Todo el mundo sabe que ha navegado más por las antesalas reales que por el mar. Hace años que se le vio en la Rábida harapiento y viviendo a costa de los frailes. Y aunque ahora lleve casaca bordada, espada al cinto y un doble collar de cuentas de ámbar, nadie se olvida del vagabundo de antaño. ¿Y con qué derecho invoca altaneramente ese extranjero el nombre de los Reyes Católicos? Por otra parte, aquellos hombres de mar, aquellos viejos navegantes del océano

—algunos de ellos han llegado hasta Guinea—, no creen en las fantasías de Colón. Los hay que han llegado muy lejos rumbo al oeste. Recuerdan con terror aquel mar de los Sargazos, aquella pradera líquida en la que se enredaban las carabelas. ¿Cipango? ¿El Gran Kan? ¿Por qué no el paraíso terrenal? Y los veteranos capitanes hacen un gesto escéptico.

Colón se desespera. Tiene los barcos, el dinero, la garantía de los reyes. Y, con todo esto, se estrella ante un obstáculo imprevisto. Porque ni por un momento había pensado que le iba a fallar la tripulación. Furioso, manda retirar el tablero de inscripción que antes mandó poner delante de la iglesia de Palos. Aunque cubierta de monedas de oro, nadie se había acercado a ella sino de lejos y en son de burla.

Una vez más, Colón encuentra ayuda y consuelo en Juan Pérez. Aún queda alguna esperanza. Martín Alonso, el más influyente y el más rico de la familia Pinzón —que reina, por el dinero, en Palos de Moguer—, está de viaje hacia el puerto de Ostia con un cargamento de vinos de Andalucía. No tardará en volver. Es hombre de buen consejo. Y de la tierra. Se interesa por la geografía y, sobre todo, es más rico que todos los duques andaluces juntos.

Cristóbal Colón se entrevista con Martín Alonso Pinzón en el convento de la Rábida —¡asilo predestinado!—. Resulta que el viajero se había llegado hasta Roma, donde fue huésped de un familiar del papa Inocencio VIII. Hojeando los mapas de la biblioteca vaticana, le llamó la atención uno de ellos donde figuraba Cipango, al oeste de la costa española. El andaluz no se figuraba que Europa estuviera tan cerca de las Indias —¿mil leguas desde las Canarias?— por el camino del mar. Compara los datos que trae de Roma con los de Cristóbal Colón. La coincidencia es impresionante; es posible el acuerdo. Pinzón se entusiasma. Colón también, pero disimula su alegría. Necesita de Martín Alonso y no conviene manifestarlo demasiado. Comanditarios, accionistas, colaboradores, desde luego. Pero no asociados. Él solo.

Sin embargo, Colón esconde las garras. Se muestra conciliador, hasta humilde, pues quiere domeñar a Pinzón. Lo consigue fácilmente a fuerza de lisonjas. ¡Qué no se obtendrá de una persona ponderando su experiencia o su talento! Por fin, el andaluz se aviene a asumir la dirección técnica de los preparativos, en personal y en material. Colón encuentra siempre en el momento crítico al hombre providencial que salva la si-

El grito de Bermejo 51

tuación. ¡Expresa tan calurosamente sus proyectos, sus necesidades, su desesperación! No hay modo de resistir a su elocuencia, que parece haber tomado la unción de los frailes, la brillantez de los italianos, el vigor nervioso de los españoles y la sutileza de los judíos. Saber hablar: ahí está el quid.

Preparativos

Martín Alonso era el jefe de la familia Pinzón, formada por dos ramas: la suya, que comprendía tres hermanos, Francisco Martín, Vicente Yáñez y el propio Martín Alonso, con numerosos hijos cada uno, y la de su primo Diego Martín, apodado «el Viejo», con numerosa progenie también. Todos ellos, padres e hijos, eran marinos. Además, los Pinzones estaban emparentados, por diversos enlaces, con las familias más notables de la comarca. Eran, pues, una dinastía de capitanes y de negociantes que reinaba en los puertos del río Tinto y del Odiel. Su comercio era próspero. Traficaban con Guinea y con las Canarias, llegando hasta Sicilia.

Lo primero que hizo Martín Alonso fue ir a ver las dos carabelas elegidas por Colón. Le bastó una ojeada para darse cuenta de que no servían para la expedición. Se deshizo de ellas y adquirió otras dos, las mejores sin duda de todas las que se mecían suavemente en el puerto de Palos. Llevaban los graciosos nombres de *Pinta* y *Niña*, porque sus propietarios se llamaban Pinto y Niño.

Para acompañar al genovés en su fabulosa expedición, no hay más remedio que echar un vistazo a las carabelas. Son las mismas que desde los comienzos del siglo XV llevaron a buen puerto a los primeros descubridores. ¿Qué hubieran podido hacer los héroes de la Conquista sin ese maravilloso instrumento: la carabela?

La carabela es un invento portugués. Simples barcos mercantes en su origen, habían sido concebidas para el cabotaje y el transporte de mercancías. Pero en las travesías cada vez más largas a tierras cada vez más remotas conquistaron sus títulos de nobleza, hasta llegar a ser las naves del Descubrimiento.

Todas las naciones, incluidos los turcos, habían adoptado ya este tipo de embarcación rápida, ligera y fácil de manejar. Las carabelas se componían, esencialmente, de un casco con fondo plano en un tercio de la longitud de la quilla y con los extremos muy anchos. El *encintado* y las defensas verticales —*balarcanas*— reforzaban el casco. En la parte trasera del puente estaban la *tolda*, rematada por la *toldilla*. El castillo de proa sobresalía en el *branque*. Las dos toldas, la de proa y la de popa, estaban muy altas con relación al puente.

El camarote del capitán —la *chopa* o *chupeta*— estaba debajo de la toldilla. La tripulación, oficiales y marineros, se guarecía, mal que bien, bajo la tolda, protegiéndose de la intemperie con bacas. La arboladura constaba de tres palos y un bauprés. El palo mayor, sólidamente plantado en la carlinga, sostenido por los *obenques*, tenía una gran vela cuadra.

El palo de mesana, fijo en el puente, sostenía una vela más pequeña y también cuadra, llamada *trinquete*. En el palo de popa flotaba una vela latina, triangular. Había, por último, el bauprés, que salía de la proa y se inclinaba hacia el horizonte batiendo la *cebadera*.

El poco calado de las carabelas facilitaba la maniobra. No teniendo que temer ni los arrecifes ni los bancos, podían navegar por costas peligrosas, afrontar pasos difíciles y meterse en los ríos.

La tripulación de las carabelas era de unos cuarenta hombres. Su velocidad —rápida para la época— no pasaba apenas de diez kilómetros por hora. A veces se las representa cubiertas de oro y de esculturas, pero esto es pura fantasía. Las carabelas eran barcos de carga y no solían llevar pasajeros. Por lo demás, carecían de toda comodidad. Ni siquiera tenían revestimientos interiores. En ellas, la vida era dura, y el peligro, constante. Es un milagro que tales naves —cáscaras de nuez danzando a merced de las olas y de que un vendaval se las llevara— pudieran, a fin de cuentas, vencer al Mar Tenebroso.

Las carabelas fueron los vehículos del Descubrimiento. Pero, además de las cartas marinas, los conquistadores disponían de instrumentos para dirigir sus naves. Utilizaban la brújula, el astrolabio, los portulanos y las tablas astronómicas.

La brújula, no conocida por los antiguos, pero empleada por los chinos más de mil años antes de la era cristiana, llegó a los españoles a través de los árabes. La llamaban también *compás*. Se componía de una aguja imantada que flotaba en

El grito de Bermejo

la superficie del agua dentro de una caja de madera. Indicaba a los navegantes la dirección del norte.

El astrolabio, inventado por Hiparco dos siglos antes de Jesucristo, perfeccionado por el astrónomo alemán Juan de Koenisberg, servía para determinar la posición de los astros y su altura sobre el horizonte.

Además de la brújula y del astrolabio, los marinos consultaban los gráficos elaborados por los geógrafos y los astrónomos. En los portulanos, hechos por sabios o por frailes, estaban señalados los puertos de mar, las corrientes y las mareas. Era una caligrafía en colores del mundo conocido, escrupulosamente revisada y modificada con arreglo a los descubrimientos. ¡Pero cuántos contornos inseguros en el pergamino iluminado! Por último, las tablas astronómicas eran una imagen aproximada del firmamento. Para guiarse prácticamente por tales garabatos, ininteligibles para el vulgo, hacía falta mucho saber y mucha paciencia.

Éstos eran los medios técnicos de que disponían los navegantes cuando Cristóbal Colón se aprestaba a atravesar el Mar Tenebroso. Y hay que tener en cuenta que eran muy pocos los pilotos que sabían utilizar eficazmente tales medios. No siempre la audacia corría parejas con la ciencia. El mismo Colón era incapaz de explicar a su gente las variaciones de la brújula. Y eso que los hombres de su tiempo conocían el fenómeno de la declinación local, o sea el ángulo que, bajo la influencia del magnetismo terrestre, forma la aguja imantada con el norte geográfico.

La *Pinta* y la *Niña* se mecían suavemente en el puerto de Palos. Cristóbal Colón hubo de ratificar la elección de Martín Alonso, cuya competencia era indiscutible. Pero, en su fuero interno, aquellas carabelas le parecían muy modestas para un embajador de los Reyes Católicos. Harían una triste figura al lado de las naves del Gran Kan, decoradas de dragones y de unicornios, esculpidos en el casco mismo. Para no herir la susceptibilidad del capitán andaluz, aceptó la *Pinta* y la *Niña*, pero sugiriendo que se añadiera otra carabela destinada al capitán general de la flota, jefe de la expedición, es decir, a él mismo. Desde que llegó a Palos, Colón se había fijado en una nave que se destacaba de las demás por sus grandes dimensiones. Un gallo rodeado de polluelos. Seguramente desplazaba más de ciento veinte toneladas, mientras que la *Pinta* y la *Niña* no pasaban de cien. Además, alcanzaba una velocidad de nueve nudos por hora, o sea dieciséis kilómetros y medio. Exactamente lo que le convenía a aquel explorador para el que no había nada demasiado noble. Pues aquel vagabundo, hijo de un tabernero, se pasó la vida obsesionado por la cuestión de las jerarquías. Y en la pequeña población de Palos, como en Lisboa, Córdoba o en Santa Fe, manifiesta siempre la misma altanera exigencia. ¿Carabelas? Muy bien, pero, para él, una más grande que las otras.

La nave codiciada por Colón llevaba el nombre, un poco picaresco, de *Marigalante*. Como había sido construida en un puerto de Galicia, la llamaban también «la Gallega».

El capitán y propietario de la *Marigalante* era Juan de la Cosa, natural de Santoña, villa situada entre Bilbao y Santander. Juan de la Cosa le gustó a Colón desde el primer momento. Aquel vasco parecía poseer todas las cualidades de su raza: seriedad, sobriedad, empeño silencioso en el trabajo. Hablaba poco, sonreía a menudo y observaba mucho. Aparentemente, la dulzura en persona. Pero su pronunciada mandíbula, sus ojos hundidos en una órbita ósea permitían adivinar que aquel hombre pequeño y tranquilo podía ser, en circunstancias graves, un jefe despiadado. Por lo demás, toda la tripulación de la *Marigalante* estaba cortada por el mismo patrón. Todos vascos, acostumbrados a las duras navegaciones del mar de Vizcaya, tenían la corteza áspera y no entendían de bromas. Despreciaban todo lo que no fuera gallego o vasco. Excelentes marineros, pero levantiscos, obedecían sin pestañear a Juan de la Cosa. ¿Aceptarían a otro capitán?

Cristóbal Colón supo encontrar las palabras adecuadas para convencer a Juan de la Cosa. Le proponía, simplemente, la gloria y la fortuna. ¿Quién rechaza la gloria y la fortuna? El vasco aceptó entregar su barco a Colón. Con su persona encima. Aunque propietaio y capitán de la *Marigalante*, se avino a ostentar a bordo la doble función de simple jefe de la tripulación y de piloto. De este modo, inspiraba confianza a sus marineros, que nunca hubieran consentido en alistarse a las órdenes de un extranjero. Colón había hecho una excelente operación: un barco sólido —¡y más grande que los demás!—, un piloto experimentado, una tripulación segura, y todo ello sin desembolsar un maravedí. Porque Juan de la Cosa no quiso oír hablar de dinero. Ya habría tiempo, al volver de Cipango, de reclamar a los Reyes Católicos el importe de

El grito de Bermejo

los gastos de la expedición. A Colón le mortificaba un último escrúpulo. El nombre de *Marigalante* recordaba inconvenientemente a esas mozas ligeras de cascos que vendían sus encantos a los marineros. ¿Cómo podía ostentar tal nombre la nave almirante de una flota cristiana? Y no había que olvidar que la embajada de Colón era también apostólica. Unos cuantos brochazos dieron cuenta de aquella inscripción profana. Y la *Marigalante* se convirtió en la *Santa María*.

El problema del armamento estaba resuelto. Quedaba por solucionar el de la tripulación de la *Pinta* y la *Niña*. De esto se encargó Martín Alonso. El mayor de los Pinzones tenía, como Cristóbal Colón, mucho poder de seducción. Pero su método no era el mismo. En su trato con los hombres no ponía desdén ni suficiencia. Los trataba con una mezcla de familiaridad y de respeto: «Señor marino...», decía a los mozallones morenos e hirsutos, apestando a sebo y a alquitrán, que remendaban sus redes en la playa de Palos. Y les daba grandes sombrerazos, como en la corte. «¡Venid a Cipango, la ciudad de las tejas de oro!», añadía conduciéndolos galanamente al registro de inscripción. Poco a poco iba disminuyendo el montón de oro. Hasta tal punto, que Colón comenzó a preocuparse. El millón de la reina, al que había añadido Santángel espontáneamente cuarenta mil maravedís, estaba ya muy mermado. Los anticipos a la tripulación, la carena de las naves, la compra de municiones y de bastimentos —¡un año de víveres!— se habían llevado una gran parte de la subvención real. Se necesitaba otro medio millón de maravedís en oro. No era cosa de solicitar una vez más el apoyo de la reina Isabel. Martín Alonso, cuando Colón le comunicó su cuita, sonrió. ¿Que faltan quinientos mil maravedís? Pues por eso no ha de quedar. Ya los encontrará él. Y en unos días, la familia Pinzón reunió la cantidad necesaria. A los allegados que se alarmaban por aquella asociación no sancionada por ningún documento, Martín Alonso les respondía: «¡Vale más palabra de marino que garabato de notario!»

El entusiasmo comunicativo de Martín Alonso, la aportación del medio millón suplementario, el ejemplo dado por la tripulación de la *Santa María* produjeron su efecto. En tres semanas quedó completo el personal de la flotilla. Ciento veinte hombres en total, procedentes, en su mayoría, de las localidades situadas a lo largo de los ríos Tinto y Odiel. Los demás, aparte los vascos de Juan de la Cosa, eran de diversas regiones. Había entre ellos un valenciano, Juan Martínez de Azogue; cuatro condenados a muerte, sacados de la cárcel de Huelva; un inglés, Tallarte de Lages; un irlandés, Ires de Galvey, y algunos castellanos que se hallaban en Palos.

Cristóbal Colón, «el hombre de la capa raída», convertido en almirante, se había adjudicado la *Santa María*. La pilotaría Juan de la Cosa, llevando de segundo a Sancho Ruiz. El contramaestre sería Juan de Lequeitio, alias «Chachu», y el ecónomo, Gil Pérez, un veterano navegante. En la galera capitana irían los hombres más allegados a Colón: los que él cultivaba porque tenía necesidad de ellos y los que le adulaban porque lo esperaban todo de él. Entre los primeros figuraban Rodrigo de Escobedo, notario de la flota, y Rodrigo Sánchez de Segovia, intendente real. Entre los segundos, Diego de Arana, primo de Beatriz, apremiaba a Colón, que le había prometido el cargo de primer alguacil, es decir, de gran magistrado de la justicia. Pedro de Terrenos desempeñaría las funciones de mayordomo particular del gran hombre.

Martín Alonso Pinzón se reservó el mando de la *Pinta*, considerada el mejor velero de los tres. El piloto y el jefe de la tripulación eran parientes suyos. Los marineros y los grumetes eran todos de Palos de Moguer: hijos de la tierra.

Vicente Yáñez, hermano menor de Martín Alonso, mandaba la *Niña*. La tripulación se componía de primos, sobrinos y compañeros de infancia de los Pinzones. Todos excelentes marinos, entre ellos Bartolomé Roldán y Juan Bermúdez, que, unos años más tarde, habían de descubrir las islas que hoy llevan sus nombres.

Las dos carabelas y la nave almirante estaban ancladas en el puerto de Palos, en el lugar llamado Estero de Domingo Rubio. Era la parte más profunda del río Tinto. Siguiendo su orilla se llegaba al convento de la Rábida.

Nunca hubo en el pequeño puerto de Palos tanta animación como durante el mes de julio de 1492. Había que abastecer los tres navíos para todo un año. Era continuo el ajetreo en los tres muelles. Los marineros empujaban barriles hasta la *Fontanilla* para llenarlos de agua potable. Del interior iban llegando hombres cargados de cajones y reatas de mulas con legumbres secas, cecina y todo lo necesario para una larga travesía. Pero la animación no era sólo exterior. Estaba también en los corazones y en las mentes. Por la noche, cuando el abrumador calor del día comenzaba a amainar, los habitantes de Palos de Moguer se reunían en las tabernas o en casa de Pedro Vázquez, un veterano piloto que, treinta años atrás, había llegado hasta el mar de los Sargazos, muy cerca de la isla de las Siete Ciudades —así la llamaban los portugueses—, o Antilia —según el nombre español—. Se pasaba la noche —pues hacía demasiado calor para dormir— hablando del oeste. En el siglo VIII, siete obispos, españoles y portugueses, huyendo de los moros, se habían lanzado al Mar Tenebroso y, después de meses de navegación, habían descubierto la Antilia. Cada obispo fundó un reino insular, y nunca más se volvió a saber nada de dichos reinos, salvo que la tierra de aquellas islas era polvo de oro. Después, unos portugueses, decididos a explorar hasta el fin el mismo Mar Tenebroso, desembarcaron en unas islas extrañas: la isla de los «Carneros de Carne Amarga», la de los «Hombres Rojos», la de «San Barandán», dominio de un gigante convertido al cristianismo. Y acababan por hablar de Cipango, de sus palacios chapados con unas placas de oro tan gruesas como una moneda de dos reales, y de sus innumerables perlas, que los pescadores recogían a cestadas. Los niños, mecidos por la grave voz del viejo Vázquez, dormitaban. Aquello era para los marineros de Cristóbal Colón como velar las armas. El relato de los antiguos, el espeso vino de Andalucía, la nerviosidad de la próxima partida, el solazo del día enfebrecían aquellas cabezas ya calientes. Pero las mujeres, pensando en los peligros a que se exponían el marido, el hermano o el hijo, palidecían. O le rezaban a la Virgen de los Milagros. Si no era por milagro, ¿cómo habían de volver los compañeros de Colón? Y aunque la noche iba ya muy avanzada, nadie tenía ganas de dormir. Avizorando en el cielo andaluz la resplandeciente franja del sol naciente, imaginaban, muy lejos, en el extremo Oriente, la cenefa de oro del Mar Tenebroso.

¡En nombre de Dios..., largad!

Día 2 de agosto de 1492. Seis meses justos hace que cayó Granada. Mañana, las carabelas de Colón navegarán rumbo a Cipango.

Gracias a Martín Alonso se han terminado los preparativos. La tripulación está completa y en sus puestos. Se ha pasado revista —se ha *hecho alarde*— a los hombres y al material. Como daba la casualidad de que aquel día era la fiesta tradicional de la Virgen de los Milagros, el pueblo entero rezó de rodillas. En la misa mayor celebrada en el convento de la Rábida comulgó el capitán general.

A la mañana siguiente, poco antes del alba, todo el mundo está a bordo. Han subido las chalupas al puente. Los marineros están en sus puestos. No falta nada ni nadie. Colón ha pensado incluso en llevar dos intérpretes que saben el caldeo, el árabe y el hebreo. Lo ha previsto todo, menos un sacerdote. ¡Extraño olvido en un embajador de los Reyes Católicos!

En la orilla del río, en la primera fila de la muchedumbre, Juan Pérez, el prior de la Rábida, no aparta los ojos de la galera capitana. ¿No es él quien ha hecho posible esta hora única? Junto a él, el veterano Pedro Vázquez y Diego, el hijo de Colón. Las familias de los que se van. ¿Volverán? Las mujeres lanzan gritos agudos, a la manera andaluza. Se cruzan palabras de despedida. Martín Alonso Pinzón promete una teja de oro a cada uno de sus amigos. En el aire sonoro de la madrugada, las voces se enlazan y se querellan tiernamente. El chirriar de los cabrestantes enrollando los cables, el chasquido de las velas que los grumetes separan de las vergas apagan el rumor sollozante de la villa de Palos. Los tres capitanes, inmóviles en el castillo de popa, iluminado el rostro por la luz del farol, vigilan la maniobra. Cristóbal Colón va de gran gala. Lleva con soltura el uniforme de almirante: calzas, casaca y capa corta forrada de piel, las tres prendas color granate, el color de los almirantes de Castilla. Se ha cuidado de llegar a la flota al son de las trompetas, como lo exige la tradición. Quiere todos los honores. Tiene derecho a ellos, y nadie más que él lo tiene.

Algo brilla en las aguas del río Tinto. Tiembla un reflejo sobre el casco alquitranado de las naves. ¡El sol! Cristóbal Colón se destoca, se inclina, mira a lo alto de los mástiles y exclama con voz tonante: «¡En nombre de Dios..., largad!» Todas las velas, desplegadas, hacen un ruido de trueno. Las tres carabelas, navegando ya por el río Tinto, semejan tres albatros: tan fuerte sopla el viento. Son pesadas y, como los albatros, se balancean lentamente. Pero avanzan. Sobre la *Santa María* flota la insignia almirante con la imagen de Cristo clavado en la cruz. En el palo mayor de la *Pinta* y de la *Niña*, la bandera de la expedición: una cruz verde enlazando las iniciales reales rematadas por una corona. Esta flota

El grito de Bermejo

sin limosnero está, sin embargo, bajo el signo de Dios. Su himno de partida es la *Salve Regina*.
El prior de la Rábida ha vuelto al monasterio. Desde la terraza bendice las carabelas, que, impulsadas por una fuerte brisa, han rebasado ya la confluencia del Tinto y del Odiel. Pasan la barra de Saltes. Levantando remolinos de espuma, entran en el océano. Durante mucho tiempo, la tripulación continúa viendo las amplias mangas de Juan Pérez dibujando en el cielo una cruz movediza. El fraile escucha los gemidos de.las mujeres que tornan a sus casas. Y el son, cada vez más lejano, de la *Salve Regina* llega a Palos hasta que se hunden en el mar las velas altas de las carabelas. Los tres pequeños puntos que el horizonte absorbe señalan el fin del diálogo. Es mediodía.

En el momento en que los marineros se esfuerzan todavía por distinguir la costa, se eleva un gran lamento. ¿Es el suspiro de Palos llevado por el viento, o es ya el canto de las sirenas legendarias? El clamor se aproxima. Toma forma. A poco se divisan unas bocas abiertas. Son hombres, no fantasmas. Remordimientos, no recuerdos. Las tres carabelas se ven casi obligadas a virar de bordo para no chocar con unas veinticinco naves de la siniestra flotilla que, proa hacia África, surcan el océano con una larga estela. Los tripulantes tienen un aspecto mísero. Viejos de espalda encorvada y mentón saliente, mujeres enormes que parecen brujas, muchachas preciosas de nariz aquilina y tez de alabastro. Toda aquella gente va cantando, si eso es cantar, un himno desesperado acompañado de tambores vascos. Son los judíos expulsados de España. Los Reyes Católicos les han dado un plazo de cuatro meses —con una prórroga de nueve días debida a la benevolencia de Torquemada— para salir para siempre de su patria adoptiva. Después de liquidar mal que bien sus negocios, han recorrido por última vez los caminos andaluces hacia los puertos del sur, a pie o hacinados en carros, precedidos por tocadores de violín y acompañados de sus rabinos. En Cádiz o en el Puerto de Santa María les esperaba una escuadrilla mandada por el corsario Pedro Cabrón. Y ahora navega hacia la costa marroquí.

Los marineros de Cristóbal Colón, inclinados sobre la borda, ven pasar la flota maldita. Tres días y tres noches pasaron las mujeres llorando sin parar —como las antiguas plañideras— en las tumbas de sus antepasados, cuyos huesos quedaban en tierra española. Han proseguido sus lamentos, retorciéndose las manos, a lo largo de los caminos que conducían al puerto. Y continúan en el mar la aguda queja. El gemido es la oración de los judíos, cuyo poder de lamentación no conoce la fatiga. En realidad, no hacen sino prolongar, a través de los siglos, las lamentaciones de las tribus israelitas caminando hacia Canaán o las de los cautivos de Babilonia. Pero una nota de esperanza vibra en este lamento propiciatorio. El pueblo judío, alternativamente elegido y perseguido, ha entrevisto siempre, al final de su éxodo, las luces de una cita bienaventurada. Acaso estos proscritos van a encontrar, enterradas en la arena de Berbería, las ruinas de una nueva Sión. Reconstruirán las ruinas y edificarán otras Jerusalenes.

Cristóbal Colón, apoyado en la baranda del castillo, medita. No tiene ni una lágrima para ese rebaño hebreo, deportado por los mismos príncipes que acaban de ponerle en el camino de la fortuna y que la esperan de él. No hay más remedio que preservar de toda mácula la *limpia sangre*. Pero ¿es pura la suya? ¿Y mandaría hoy estas carabelas a no ser por los amigos judíos que tenía en la corte y por el oro judío —poco importaba que fueran conversos— de los *marranos*? Colón ahuyenta estos pensamientos molestos. Piensa que él es el nuevo Moisés conduciendo al pueblo español a la tierra prometida. Es el profeta y la ley.

La *Salve Regina* y el canto del Salmista, que por un momento se confundieran en la misma imploración, se separan y acaban por morir. La flota de Colón continúa rumbo al sur, mientras la de Cabrón vira hacia el este. Va llegando la noche —una noche calurosa—, envolviendo con sus pesados pliegues la jornada del 3 de agosto.

La travesía

Cristóbal Colón ha puesto proa a las Canarias, primera etapa. Desde allí piensa tomar directamente hacia el oeste y seguir derecho el paralelo 28. Es el mismo itinerario que se fijó siempre.

Pasan tres días sin historia. Las carabelas navegan a buena marcha. El tiempo es excelente y la tripulación parece satisfecha. En la mañana del cuarto día llega hasta el almirante una noticia: «¡El timón de la *Pinta* tiene avería!» Mal

El grito de Bermejo

negocio. La *Pinta* sin timón es como un cadáver a la deriva. Además, es el mejor velero de la flotila y, como tal, precede a la *Niña* y a la *Santa María*. Martín Alonso procura como puede encajar de nuevo el timón. Lo consigue. El timón resistirá hasta las Canarias. A los tres días de una navegación peligrosa —¡ahora la *Niña* hace agua!— llegan las carabelas a Gomera, una de las islas Canarias. Colón quisiera deshacerse de la *Pinta* y cambiarla por otro barco. Pero Martín Alonso se opone. El navío es excelente, y basta con repararlo. Durante las cuatro semanas que duran los trabajos —del 9 de agosto al 16 de septiembre—, la *Santa María* y la *Niña* navegan de isla en isla: Fuerteventura, Lanzarote y Hierro. Colón *toma lenguas* con los indígenas y saca de sus relatos nuevas certidumbres. Parece que, algunos atardeceres, se perfilan sobre el mar, hacia el oeste, unas cumbres misteriosas. ¡Y qué terror el de los marineros españoles al ver, en la «isla del Infierno», el pico de Tenerife, la «boca de fuego del Teide», vomitando llamas! El almirante los tranquiliza. Ese fenómeno volcánico es perfectamente natural. Pues la habilidad de Colón consiste en dosificar lo maravilloso y lo real según las circunstancias. Las cosas son terroríficas o normales según lo que él quiera que sean.

Ya está nueva la *Pinta*. El timón funciona. El casco ha sido calafateado. Se ha transformado el velamen: en el palo de mesana y en el mayor ha puesto velas cuadras en lugar de la vela latina o triangular. Aprovechando esta escala forzosa, se han abastecido de agua y de carne salada. Todo está a punto. Cristóbal Colón da la orden de zarpar. ¡Adelante! Es el 6 de septiembre.

La *Pinta*, rejuvenecida, muy pimpante, con las velas batiendo al viento, vuelve a ponerse a la cabeza del convoy. Ahora comienza el verdadero viaje. ¡Momento oportuno! Tres carabelas portuguesas andan por aquellos parajes con la misión de retardar —y hasta de impedir— la expedición española. Cristóbal deja atrás al adversario, gana distancia y, forzando la velocidad, pone rumbo derecho al oeste. La tripulación pierde de vista las Canarias. ¡Adiós, islas Afortunadas!

Colón, siguiendo indicaciones muy vagas, calcula en setecientas leguas la distancia que separa las Canarias del litoral de Cipango. Pero no está seguro. Por eso, desde la salida, lleva dos cuentas de la distancia recorrida: una, para su uso, con las cifras reales; otra, destinada a la tripulación, con cifras inferiores. Esta treta infantil —que no pasa inadvertida a los hermanos Pinzón ni a Juan de la Cosa— engaña a los marineros, o al menos Colón lo cree así. La astucia y la mentira son sus armas principales en los momentos difíciles. Cuando no sabe, inventa. Y su aplomo es tal, que convence a los más escépticos. Así, cuando, el 13 de septiembre, se le acercan los hombres a decirle, aterrados, que la aguja de la brújula declina del norte al este, el almirante no se inmuta. Lo que ha cambiado no es la aguja —dice—, sino la estrella polar. La brújula es infalible, pero las estrellas son versátiles. La explicación satisface a los tripulantes. Sin embargo, Colón la ha improvisado. La verdad es que el fenómeno le deja pasmado. Así consta en su diario de ruta: «...al comienzo de la noche, las agujas suduestaban, y a la mañana noruestaban algún tanto». Comprueba, se sorprende, pero no argumenta. Esa brújula veleidosa entre las atracciones opuestas de los dos polos le parece loca. ¿Por qué? No lo sabe, pero ¡no importa! Lo esencial es seguir rigurosamente el paralelo 28.

El 14 de septiembre, los marineros de la *Niña* ven volar por encima de ellos una garza real y uno de esos pájaros cuya cola termina en dos plumas puntiagudas y que se llaman faetones. Es una especie que no suele alejarse de tierra más de veinte leguas. Prueba de la proximidad de las islas. Hace calor, «como en el mes de abril en Andalucía», escribe Colón. Y añade: «No falta más que el canto del ruiseñor.» El cielo es de un azul tan intenso, que casi no se le puede mirar. Al llegar la noche, cruza el horizonte un maravilloso meteoro, parecido a una rama de fuego. La tripulación se asusta. El almirante encuentra la explicación una vez más. Es un trozo de estrella que se ha desprendido. Nada más natural.

A partir del 17 aumentan los indicios de tierra próxima. Enormes masas de algas dificultan la marcha de las naves. Son los fucos del mar de los Sargazos. Es como si la flotilla avanzara por una pradera inundada. Los marineros echan redes e izan a bordo aquellas plantas aglomeradas. No cabe duda: es «yerba de río» y no flora marina. Entre ellas se encuentra un cangrejo vivo. Otro indicio favorable: los crustáceos no llegan a alta mar. Un vuelo de faetones —esos «pájaros de los trópicos»— surca nuevamente el cielo. Sin duda tienen cerca el puerto de recalada. Hasta el sabor, singularmente dulce, del agua de mar —seguramente mezclada con la de los ríos— demuestra que la tierra no está lejos.

El grito de Bermejo

La noche del 17 al 18 transcurre en una especie de confusión exaltada. El más nimio fenómeno es interpretado por la tripulación como un indicio de la tierra próxima. Cristóbal Colón no hace nada por disipar la ilusión. Imprudentemente, deja madurar y caldearse aquel clima de entusiasmo. La mañana del 18, el mar, invadido por las algas, está tan llano como un tillado. Entonces se dan cuenta de que los pájaros son nubes, y las islas, olas. ¡Decepción! Al día siguiente llueve. Los timoneles comprueban la distancia recorrida desde las Canarias. No están de acuerdo entre ellos. La *Niña* da quinientas cuarenta leguas; la *Pinta*, cuatrocientas veinte, y la *Santa María*, cuatrocientas.

Días 19, 20, 21, 22, 23, 24, 25 de septiembre... Hace diecinueve que las carabelas salieron de Gomera. La tripulación empieza a impacientarse. Está cansada de cielo y de mar. Colón se esfuerza por mantenerlos expectantes. Un pájaro que se enreda en las velas —el almirante juraría que es una gaviota—, el vuelo de un pelícano, las barbas de una ballena que surge entre las olas: no necesita más Colón para asegurar a sus hombres que muy pronto tendrán tierra a la vista. Al anochecer del 28 de septiembre, la *Pinta* y la *Niña* se aproximan a la *Santa María*, como todas las noches y todas las mañanas. Van a «tomar órdenes». Colón y Martín Alonso, mediante sus portavoces, se comunican las observaciones de la jornada. Según sus cálculos y las indicaciones de las cartas, debieran haber llegado aquel mismo día a Antilia, la isla de las Siete Ciudades. Sin embargo, la mar es lisa y no se ve la menor irregularidad en la línea del horizonte. Mientras Cristóbal Colón y Juan de la Cosa confrontan sus observaciones, Martín Alonso, desde lo más alto de su carabela, escruta la lejanía. El sol desciende hacia el mar. Es la hora fantástica en que reina el espejismo. De pronto, un cañonazo. Y un grito: «¡Tierra!» Cristóbal Colón se arrodilla. Toda la tripulación le imita. Los hombres de la *Pinta*, los primeros que vieron la tierra, cantan el *Gloria in excelsis Deo*. Las otras dos carabelas repiten el cántico. Martín Alonso calcula en veinticinco leguas la distancia que falta para llegar al punto que él ha descubierto.

En esta noche de exaltación no duerme nadie. Los navíos, virando ligeramente hacia el sur, navegan con cautela. Amanece. Ya no se ve nada en el horizonte. La tierra vislumbrada por el mayor de los Pinzones no era más que una bandada de nubes. Y ya se han disipado. Sigue la espléndida monotonía del cielo y el mar. La decepción de los marinos es desoladora. ¿Estará la flota condenada a errar miserablemente hasta el fin de los siglos? En realidad, ha hecho la mitad del viaje, pero no lo sabe. El 1 de octubre, Cristóbal Colón comprueba que las carabelas han recorrido setecientas leguas. Para sus hombres, rebaja unas cien. El artificio es grosero, pues los marinos experimentados calculan las distancias a bulto. ¡Setecientas leguas! Normalmente y si sus cálculos son exactos, debían estar ya en Cipango. ¿Qué ocurría? El 6 de octubre, Martín Alonso sugiere a Colón la conveniencia de virar al sudoeste, dirección netamente indicada por el vuelo de los pájaros. Pero el almirante no ceja en su idea fija: el oeste. Al día siguiente, la tripulación de la *Niña* dispara a su vez un tiro de bombarda. Ha creído ver tierra. Otra ilusión óptica. Martín Alonso suplica al almirante que se varíe de rumbo. La situación es grave. Los hombres están desanimados. ¡No hay motivo para ello! La tierra está cerca, con seguridad. No hay más que observar el vuelo de los pájaros y guiarse por ellos. Eso hacían los portugueses. Colón se deja convencer. Da orden de poner rumbo al oesudueste.

«¡*Tierra!*»

Día 10 de octubre... ¡Treinta y cuatro desde las Canarias! El tiempo es bueno. El mar está tranquilo como un lago. Se respira con deleite un aire embalsamado, anota Colón en su diario. Si la naturaleza está tranquila, los hombres no tanto. Hasta ahora Cristóbal Colón ha podido imponerse con su palabra calurosa, su noble prestancia y su título de almirante. Pero su prestigio va declinando. Los marineros, por ignorantes que sean, han comprendido que el capitán general sabe tan poco como ellos. En cuanto a los marineros experimentados, comprueban que Colón es un aficionado. Sus errores de navegación son flagrantes. Y, además, el genovés es duro con la tripulación. Sus iras son terribles y, muchas veces, injustificadas. Carece en absoluto de ese sentido social, de ese espíritu de equipo que son tradicionales en la marina. Los vascos de la *Santa María* no se recatan para murmurar abier-

El grito de Bermejo

tamente, y por las noches, reunidos en torno a la lumbre de la cocina, discuten de firme. Hay que poner fin a esta expedición ridícula. ¿Por qué no tirar al agua al almirante de broma? Después volverán a España. Sólo una cosa se opone a este proyecto: la proximidad de las otras dos carabelas. A los hermanos Pinzón no se les desmanda su gente. Son buenos con los hombres y éstos confían ciegamente en ellos; pero aquellos alegres capitanes, siempre dispuestos a divertirse con los marineros, no se andan con bromas en el capítulo de la disciplina. Reprimirían con el máximo rigor la menor tentativa de rebelión de la *Santa María*.

Las protestas de la cocina suben hasta el castillo. Bueno, ¿qué va a ser esto?, se murmura. Cristóbal Colón manda disparar un tiro de bombarda. La *Pinta*, que va a la cabeza, se para. La *Santa María* la alcanza. La *Pinta* forma en línea. Desde lo alto del castilo de popa grita Colón: «¡Capitanes, mi tripulación se queja! ¿Qué os parece que hagamos?» Vicente Yáñez Pinzón contesta: «Seguir adelante dos mil leguas más, y después, si no encontramos nada, volver.» La baladronada de Vicente es acogida con una carcajada. Pero Martín Alonso no está para bromas. No hay como un antiguo corsario para imponer obediencia. Y el primogénito de los Pinzones grita a todo pulmón: «¡Mande colgar o echar al mar a media docena de esos descontentos!» Luego añade: «Yo he jurado por la corona real que ni yo ni ninguno de nosotros volveremos antes de haber descubierto una tierra... ¡El que quiera volverse que se vuelva! ¡Yo, por mi parte, seguiré adelante, pues he de descubrir una tierra o morir en la demanda!» Esta voz tonante domina el ruido de las olas. Y apaga las murmuraciones de los rebeldes. Todo vuelve al orden.

Cristóbal Colón era el alma de la empresa. Pero Martín Alonso era el brazo. De no ser por él, Colón no hubiera podido llevarla a cabo. Sus indiscutibles dotes de orador elocuente y de brillante capitán iban perdiendo poder a medida que se prolongaba la travesía. No resistieron a la prueba del contacto cotidiano con los hombres, al cuerpo a cuerpo con una naturaleza indomeñable, a la lenta penetración en un horizonte que huía constantemente. Para los vascos de Juan de la Cosa y los andaluces de los hermanos Pinzón, Cristóbal Colón seguía siendo un extranjero. Pero en Martín Alonso respetaban al piloto sin par, al hijo de Palos y al jefe humano. Fue Martín Alonso quien hizo posible a Cristóbal Colón.

El almirante se habría reído mucho si alguien le hubiera dicho esto. ¿Los hermanos Pinzón? Unos accionistas útiles, unos buenos técnicos, unos excelentes jefes de tripulación. Pero nada más. El genio, la idea fundamental, es él. Y, en cierto modo, tiene razón. En la base de toda empresa está, en primer lugar, la imagen creadora, concretada por el verbo y que los artesanos ejecutan. ¿La imagen y el verbo? Cristóbal Colón. En este anochecer del 10 de octubre, Cristóbal Colón sigue pensando aún —tan penetrado está de mesianismo— en Moisés conduciendo al pueblo judío en su huida de Egipto. ¡Y esa multitud, liberada de la esclavitud casi a pesar suyo, murmura contra el que la ha salvado! «¡Ingratos!», suspira el almirante la noche de la rebelión.

La enérgica actitud de Martín Alonso y su demostración de solidaridad con Cristóbal Colón han producido su efecto. La tripulación de la *Santa María* no dice una palabra. Las intrigas «alrededor de la lumbre» se han acabado. Por otra parte, el tiempo es propicio a sosegar los ánimos. Por un día, los marineros se bañan en un agua casi caliente. En torno a ellos juguetean con las olas salmones y doradas. Por la noche se reúnen en el castillo de proa. La tibia y perfumada humedad de los trópicos produce un lánguido bienestar, amenizado por el rasguear de las guitarras. Se imaginan que están bogando por el Guadalquivir una noche de agosto. El cielo de Sevilla es tan estrellado como este cielo desconocido. Sollozo cristalino de las cuerdas, ronco lamento del *cante jondo*, grato al almirante. En este canto triste vibra una gran esperanza. Y es que, en efecto, se van multiplicando las señales de tierra próxima. Una caña flotando. Unas gaviotas —¡gaviotas de verdad!— que se posan un momento en la punta del palo mayor. Un palo cubierto de babosas. Una rama con unas bayas encarnadas. ¡Esta vez no está lejos Cipango!

La noche del 11 de octubre, Cristóbal Colón sube a su castillo. Espera a que los hombres terminen el oficio vespertino. Luego, después de la *Salve,* los arenga con su hermosa voz musical. Pues cuando quiere y cuando es necesario, convence y encanta. Comunica a los hombres que están a setecientas cincuenta leguas al oeste de la isla de Hierro y que, pasadas unas horas, verán tierra. Sabe encontrar palabras poéticas y afectuosas para describir de antemano la llegada al país del Gran Kan y dar las gracias a la tripulación por su paciencia. Y acaba prometiendo al primero que vea tierra, además de

El grito de Bermejo

una renta vitalicia de diez mil maravedís oro en nombre de la reina, un jubón de seda como regalo personal. Es tal su poder de seducción, que todos los hombres le aclaman, olvidando que, dos días antes, querían tirarle por la borda.

Noche del 11 al 12 de octubre... A las diez, el almirante —que desde que anocheció no ha dejado de escrutar la densa sombra— divisa un leve resplandor, «como una pequeña candela que se alzara y bajara alternativamente». ¡Es tan pálido y tan lejano! ¿No será el reflejo de una estrella? Colón llama a sus allegados: Pedro de Terrenos, su mayordomo; Sánchez de Segovia, el intendente real. Ambos comprueban el fenómeno. Debe de ser la antorcha de un indígena. El almirante da orden de desplegar las velas. Las carabelas alcanzan una velocidad media de cuatro leguas por hora. Por el momento, sólo Colón y sus confidentes conocen la noticia.

A medianoche, el cielo, un poco nublado, se despeja. Casi todo el mundo está durmiendo. Son las dos de la mañana. Las naves, a toda vela, nunca avanzaron tan de prisa. De pronto, un grito, repetido: «¡Tierra! ¡Tierra!» Inmediatamente, un cañonazo.

Un marinero se encarama en la proa de la *Pinta*. En la noche, ahora clara, se distinguen sus movimientos de loco. La *Pinta*, a la cabeza de la flotilla, como siempre, se para. La alcanza la galera capitana. Cristóbal Colón, inclinándose sobre la barandilla del castillo, grita a Martín Alonso: «¿Habéis hallado tierra?» «No, yo no —contesta el mayor de los Pinzones—, sino uno de los marineros, Juan Rodríguez Bermejo, natural de Triana.»

En efecto, a la luz de la luna aparece el contorno de una costa. Es tierra, no cabe duda. Los capitanes mandan arriar las velas y poner los barcos a través del viento. Con gran ruido de jarcias y de surtidores de agua, las carabelas se detienen en seco. Hay que esperar a que amanezca.

Bermejo espera la recompensa prometida: los diez mil maravedís oro de Isabel y el jubón de seda del almirante. Martín Alonso, su patrón, sorprendido por el silencio de Colón a este respecto —acaso por olvido—, se cree en el deber de refrescarle la memoria. El almirante se finge extrañado. ¿Quién fue el primero que vio aquella luz vacilante en la playa, a las diez de la noche del 11 de octubre? ¿Quién sino él, Cristóbal Colón, almirante de la Mar Océana? El grito de Bermejo, cuatro horas después, no era más que una confirmación. ¡Los diez mil maravedís le correspondían a él! En cuanto al jubón, ya se vería más adelante.

Los hermanos Pinzón están consternados. ¡Cómo es posible que en esta hora —sin igual en el mundo— pueda pensar Cristóbal Colón en despojar al pobre Bermejo de la renta real —una fortuna para él—, cuando el almirante va a recibir el diezmo de fabulosas riquezas, ahora al alcance de la mano! ¿Hay algo de verosímil, ya que no de cierto, en esa pretensión del almirante de haber visto una luz en el horizonte tanto tiempo antes de la aparición de la costa? En el momento en que Colón se equipara a los monarcas más poderosos de la Tierra, no teme entablar una disputa sórdida con un simple marinero. ¿Estamos en un navío almirante o en la tienda de un judío? Este mezquino regateo empaña la pureza de un instante que quisiéramos limpio de toda bajeza. Colón compromete su prestigio por unas monedas de oro. Disminuye lamentablemente su propia figura. Y eso que se cuida mucho de componer sus actitudes. Pero ese comediante consumado no sabe resistir a la atracción del lucro.

Inconsciente quizá de su injusticia con Bermejo, ignorando que acaba de perder la amistad de los Pinzones, el gran hombre, solo en el castillo de la *Santa María*, espera a que amanezca. Dentro de nada, los primeros rayos del sol encenderán los famosos tejados de tejas de oro y teñirán de rosa los muelles de mármol. Iluminarán las naves del Gran Kan, chapadas de laca y cuyas proas son hipogrifos. Y verán el desfile interminable de teorías de elefantes cubiertos de seda roja y llevando en los lomos torrecillas de plata cincelada.

¿Cree Colón sinceramente que va a surgir de las tinieblas este cuadro? En realidad, vacila —como vacilará siempre— entre su desmesurado apetito de lo maravilloso y su frío realismo. Todavía no sabe si va a atracar en una isla o en un continente. Pero está convencido de que, al salir el sol, pondrá pie en una tierra dependiente de la autoridad del Gran Kan, bien sea una isla de Catay —la China—, bien una punta adelantada de Cipango —el Japón.

Ante la noche ya turbada por el pálido asomar del alba, Cristóbal Colón prepara su papel. Mete la mano debajo del jubón, mucho más que para contener las palpitaciones de su corazón, para palpar la carta dirigida al Gran Kan por los Reyes Católicos. Repite las primeras palabras: «Al Serenísimo Príncipe, nuestro altísimo amigo...» Ese imaginativo, que se adelanta siempre a los acontecimientos, masculla su discurso. Pues no se ha de limitar a entregar al emperador la misiva de sus señores. La comentará. Convencerá al Gran Kan. Le dirá...

¿Cipango? ¿El Gran Kan? Cristóbal Colón se equivocaba dos veces.

No estaba ni en el Japón, ni en la China, sino en las islas Bahamas, en las Antillas, a unos tres mil kilómetros de la futura Nueva York. Unos grados más al norte y tocaría en Florida —ese jardín exuberante, salpicado de lagos y con su eterno verano—. España hubiera ganado por la mano a Inglaterra, y su destino imperial hubiera estado en Miami. No hubiera habido dos Américas, una anglosajona y otra hispanoportuguesa, sino una sola: América latina. ¿Quimera? *Chi lo sa?* En todo caso, si Cristóbal Colón hubiera seguido rigurosamente el paralelo 28, como pensaba, la cabeza de puente de la Conquista habría estado en algún punto de la Florida. Pero Martín Alonso le hizo torcer al sur.

Colón no estaba en Asia. Pero no importaba. Hacía ya tiempo que la dinastía china de los Ming se había hecho dueña del poder, detentado hasta entonces por la dinastía mongólica de los Yuan, fundada por Kubilai. Hacía ciento veinticinco años que había dejado de existir el imperio del Gran Kan.

¿Cipango? ¿El Gran Kan? Ni lo uno ni lo otro.

CAPÍTULO III

El esquivo Cipango

Amanece de repente, como amanece en el cielo de los trópicos. Es como si se levantara un telón en un teatro. Pero ¿dónde están las calzadas de mármol y los juncos de laca? Los primeros rayos del sol descubren una isla como cualquiera otra. Una isla frondosa. A través de los árboles espejea un lago. Ni un solo edificio, ni un tejado, ni una barca anuncian la presencia del hombre. Seguramente, una isla desierta. ¿Esto es Cipango?

Pero es tan luminosa esta mañana de octubre, tan embriagador el perfume de la canela y de los franchipanieros, que los españoles no tienen ni un momento de decepción. En treinta y tres días no han visto más que mar y cielo. Por fin van a tocar tierra. ¿No era éste el colmo de sus aspiraciones? Colón ha cumplido sus promesas. Los oficiales dan el espaldarazo al que ahora es de verdad almirante de la Mar Océana. Los marineros se postran a sus pies y le piden perdón. El momento es hermoso. Remisión y gloria.

El capitán general, sin sospechar su mala suerte —por poco no ha arribado al continente americano—, se dispone a tomar tierra. Se viste su uniforme azul oscuro de almirante, manda botar la chalupa y entra en ella acompañado de una escolta armada hasta los dientes. La embarcación cede bajo el peso de los marinos transformados en soldados con casco y rodela. Algunos van embutidos en una coraza o llevan la espingarda en bandolera. Hay que estar preparado para cualquier evento. Cristóbal Colón abraza el pendón de Castilla. Por primera vez flamea en el azul tropical el emblema de Cristo clavado en la cruz. Las chalupas de los hermanos Pinzón siguen de cerca a la del almirante. Los dos capitanes enarbolan el estandarte de la expedición: la cruz verde enlazada con las iniciales reales.

En el momento de llegar a la playa las chalupas surgen de entre los árboles unos hombres. Van desnudos. Algunos arrastran por la arena unos troncos de árboles ahuecados. Se lanzan al mar y se acercan, con gran algarabía, al encuentro de los españoles. ¿Conque la isla está habitada? Por el momento, a Colón le importa poco. Lo más urgente es tomar posesión de la tierra descubierta. El almirante llega a la playa, salta de la chalupa y se adentra lentamente unos pasos por la arena. Detrás de él, Rodrigo de Escobedo y Sánchez de Segovia, notario e intendente real, testigos y escribanos titulados. Colón tira de espada, corta unas hierbas y arranca la corteza de unos árboles cercanos —gesto simbólico para manifestar su derecho de propiedad—. Y los funcionarios levantan acta oficial testimoniando como el almirante toma posesión, en nombre de los Reyes Católicos, de aquella isla, a la que se

El esquivo Cipango

pone el nombre de San Salvador. Los indígenas la llamaban Guanahani. Mucho más tarde será la isla Watling, perteneciente al archipiélago de las Bahamas o Lucayas, en las Antillas Británicas.

Así, en la luminosa mañana del 12 de octubre de 1492, se descubrió América. Descubrimiento relativo si tenemos en

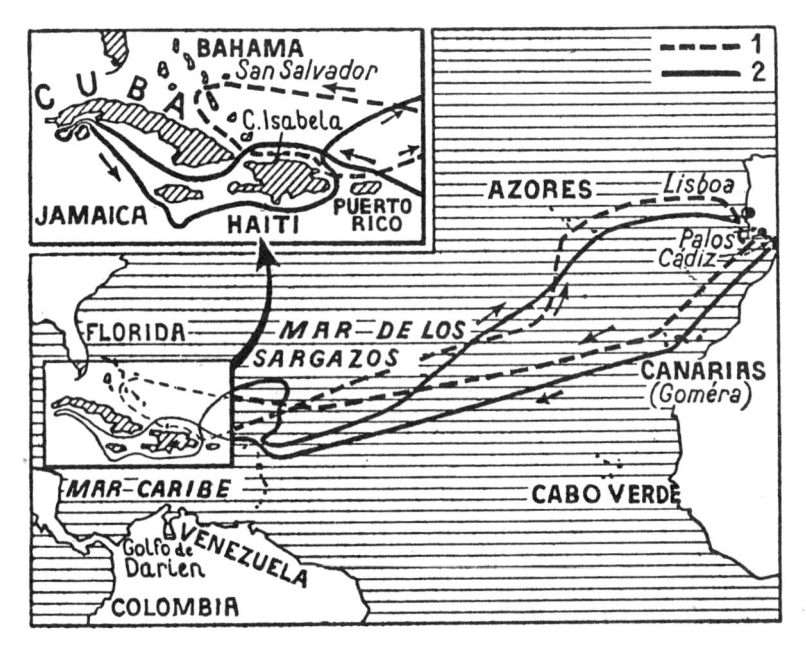

Cristóbal Colón en busca del Gran Kan
Primer viaje (3 de agosto de 1492 - 4 de marzo de 1493)
Segundo viaje (25 de septiembre de 1493 - 11 de junio de 1496)

cuenta que Cristóbal Colón se creía en Asia y que estaba sólo en las cercanías de la verdadera América.

Colón no pierde nunca la cabeza. Lo mismo en el pináculo del triunfo que en el fracaso más amargo, conserva siempre un pasmoso realismo. La embriaguez del orgullo no alterará jamás su sentido práctico. En cualquier circunstancia, necesita ante todo un documento, debidamente firmado y rubricado. Heredó de su padre, el comerciante genovés, o acaso de algún antepasado judío, el miedo al mal pagador y esa exigencia del contrato escrito sin la cual no puede haber compromiso valedero. Por eso, en cuanto pone el pie en la nueva tierra, su primer acto es jurídico. Después, sólo después, besará el suelo, dará gracias a Dios y mandará cantar un tedéum. Primero los negocios, después los sentimientos.

En el umbral del Nuevo Mundo

Los indígenas se quedan a respetuosa distancia de los españoles. Tienen miedo. Pero vence la curiosidad. Paso a paso se van aproximando a aquellas divinidades. Los más intrépidos tocan esa cosa extraordinaria que es la barba de los extranjeros —no se han afeitado desde la escala en las Canarias, y la barba de Colón es casi blanca—, las estofas más rutilantes que el plumaje de los loros y las duras curvas de las armaduras. Un insular agarra fuerte con la mano la hoja de una espada. Lanza un grito y mira cómo le corre la sangre. Nadie ha visto jamás esa materia brillante que corta.

¿Cómo son los indígenas? En conjunto, hermosos y bien formados. Llevan el pelo corto y tieso en la parte alta de la cabeza, y por detrás les cae como una crin. El color de la piel, ni blanco ni negro, es como el de los canarios. Son amables, simpáticos. Parecen pacíficos. Primitivos.

Cristóbal Colón no se detendrá mucho en San Salvador. No tiene nada que sacar de aquella isla llena de loros, ni tampoco de aquellos indígenas cándidos. A las preguntas que les hace el almirante —por señas—, los nativos de Guanahani no saben contestar más que con risas infantiles. ¿Cómo averiguar si hay oro y dónde se encuentra Cipango? Pues echándose de nuevo a la mar.

El 14 de octubre, las carabelas levan anclas. Colón ha embarcado, de grado o por fuerza, siete indígenas. Al día siguiente por la noche, la flotilla topa con una isla que el almirante bautiza con el nombre de Santa María de la Concepción. Al otro día, otra isla: Fernandina. La cuarta, más exuberante que las otras —«las manadas de los papagayos que oscurecen el sol»—, llevará el nombre de Isabela. Cada vez más perfumes y más flores. Una naturaleza virgen y unas criaturas inocentes, como en las primeras edades. Esta resurrección del paraíso terrenal encanta a Cristóbal Colón, pero no hasta el punto de hacerle olvidar su meta: llegar hasta el Gran Kan y encontrar oro. Está convencido de que se halla

El esquivo Cipango

muy cerca. Los informes de los indígenas afianzan su seguridad. Le hablan de un rey poderoso y rico cuyo imperio no está lejos. A veces llegan a las islas sus soldados en grandes piraguas. Capturan a lo mejor de la población y se los llevan como esclavos. Les llaman los *caribes.* ¿En qué dirección se marchan? Los indígenas extienden el brazo hacia el oeste. No puede ser sino Cipango, o tal vez Quinsay, la metrópoli china. Estas indicaciones confirman la certidumbre que tiene Colón de hallarse en las Indias occidentales, a pocos días de la residencia del emperador de Tartaria. Y el almirante murmura sonriendo el extraño nombre que aquellos salvajes dan a Cipango: «¡Cuba!»

El 20 de octubre llega la flota a Cuba. «...La isla más fermosa cosa que yo vi», escribe Colón. Hojas de palmera tan grandes que sirven de tejado a las casas. En la playa, miles de conchas nacaradas. Un agua límpida. Y siempre aquella sinfonía enloquecedora de cantos de pájaros. En cambio, la humanidad no se diferencia de las otras islas antes descubiertas. Los indios —así tienen que llamarlos, puesto que habitan el extremo oriental del continente asiático— son de apacible índole. Se los amaestra como a los animales jóvenes. Colón, recordando su misión apostólica, les hace repetir la salve y el avemaría. Y anota en su diario de ruta que será fácil convertirlos en buenos cristianos.

Hasta el 2 de noviembre, las carabelas costean la isla cubana por su parte oriental. Nada de particular. Un aire delicioso, ni caliente ni frío. Una flora superabundante. Una fauna curiosa. Pero los hombres son poco numerosos. Viven bien, en chozas hechas con hojas de palmera, del producto de la pesca. Son pobres, es decir, no tienen la noción de la riqueza. Son medrosos, pues hablan a menudo de un temible soberano con el que su propio rey está en guerra. Colón caza al vuelo estas oscuras alusiones. Decide anclar en la desembocadura de un río —el Máximo— y enviar por tierra dos embajadores al monarca local. Acaso les dé noticias del Gran Kan. Para esta embajada elige al judío Luis de Torres, su principal intérprete, y a un marinero de Huelva que tiene fama de espabilado. La misión se pone en camino el 2 de noviembre. A los cuatro días vuelve mohína. Nadie sabe dónde reside el Gran Kan. Mientras tanto, Colón ha tomado la altura, calculando que, desde la isla de Hierro, la expedición ha recorrido más de mil leguas. Además, ha adquirido la certidumbre de que Cuba no es una isla, sino una provincia continental del imperio del Gran Kan. En cuanto a Cipango, la han dejado atrás. Los indígenas le llaman *Babeque* o *Bohío*. Hay que retroceder y dejar para más adelante la exploración del continente.

El 12 de noviembre, Cristóbal Colón da orden de salir de Cuba, que él bautiza con el nombre de Juana, el de la infanta de España. El almirante ha embarcado seis cubanos, con sus mujeres y sus hijos. ¡Rumbo a Babeque! El 21 de noviembre ocurre un incidente grave. La *Pinta*, que ha ido siempre en cabeza de la flota desde que empezó el viaje, desaparece en el horizonte. ¿Habrá perdido de vista Martín Alonso las farolas de la *Santa María*, o se habrá separado deliberadamente de la expedición? Colón interpreta esta desaparición como una huida premeditada. Martín Alonso quiere llegar a Cipango antes que él. Hipótesis verosímil, pues, desde la actitud del almirante con Bermejo, son tirantes las relaciones entre los Pinzones y Colón. Sin embargo, Vicente Yáñez le sigue siendo fiel.

El 6 de diciembre, la *Niña* y la galera capitana arriban a la isla de Bohío. ¿Es que la flotilla ha vuelto a España? Porque, aun antes de tocar tierra los navíos, los marineros distinguen sembrados de trigo, como en el campo de Córdoba. Hay amplios valles, altas montañas, como un paisaje de Castilla la Vieja. Canta un ruiseñor, despertando en el corazón de los marinos la nostalgia de la patria. Colón da el nombre de Española a esta isla que se parece a España. Más adelante será Haití, y su hermana, Santo Domingo. Mientras la tripulación se alborota con la emoción de ver aquella tierra tan parecida a España —peces y crustáceos familiares se deslizan al costado de las chalupas, y, al anochecer, cantan grillos y ranas lo mismo que en Extremadura—, Cristóbal Colón «toma lenguas» con los indígenas. Son pacíficos, pero viven aterrorizados por los *caribes*, antropófagos crueles a los que ya aludieron los habitantes de Isabela. Les llaman también *kaníbales*. Al almirante le da un salto el corazón. ¡Kaníbales! ¡Pardiez, ésos son súbditos del Gran Kan! En realidad, se trata de los *caribes*, tribus temibles de las Antillas y de las costas de la América Central. Pero a Colón le reaviva la esperanza cualquier indicio, por nimio que sea. Va de isla en isla, preguntando por Cipango, como un viajero extraviado. Engaña su hambre de conquista bautizando islas y puertos: la Tor-

El esquivo Cipango 75

tuga, el Puerto de la Paz, el Valle del Paraíso... ¿Que le gusta un riachuelo? Pues le llama Guadalquivir. Pero todo esto no es más que aperitivos para ese hombre hambriento de gloria Lo que él busca es un imperio y oro. Hasta ahora no ha encontrado ni lo uno ni lo otro. Se acercan las Navidades. Obedeciendo a una vaga indicación, Colón pone rumbo al este. Encontrará por fin el país del oro: *Cibao*. ¡Un nombre que se parece mucho a Cipango! Es el 24 de diciembre. Cerca de medianoche. En la *Santa María* está durmiendo todo el mundo, menos el timonel. Pero también él —seguramente se ha festejado con exceso la Nochebuena— siente que le domina el sueño. Confía el timón a un grumete y se va a la cama. De pronto, un ligero choque despierta al almirante. Ya no se oye el ruido de alta mar, sino el de la resaca contra los escollos. ¿Qué ocurre? La carabela ha varado en un banco de arena. Cristóbal Colón despierta a su gente. Cortan un mástil para aligerar el barco. Juan de la Cosa menea la cabeza. No queda otro recurso que abandonar la nave. El casco, insuficientemente protegido, hace agua por todas partes. Echan la chalupa al mar. En unos minutos, la tripulación se traslada a la *Niña*. La galera capitana ya es sólo un cascarón que un sudario de arena y agua va cubriendo lentamente. ¡Triste noche de Navidad!

Primer regreso

Una vez más cae sobre Colón la mala suerte. No ha encontrado nada de lo que buscaba —ni oro ni imperio—, le ha abandonado su mejor comanditario y ahora pierde su barco. De las tres carabelas, sólo una está en pie, pero no tiene ya la lozanía ni el ímpetu de la partida. El almirante, como siempre que la cosas no van como él quisiera, se encoleriza violentamente. La toma con los elementos y con los hombres, acusa a Juan de la Cosa de no conocer su oficio, y a su tripulación de haberse dormido. Luego, una vez que ha soltado la bilis, piensa en las disposiciones que hay que tomar. Pues este hombre indomable no conoce la desesperación estéril. En esta dramática coyuntura, encuentra precioso apoyo en un cacique, Guacanagari, con el que ha hecho amistad. El indio coopera, con los suyos, en el salvamento de lo que queda de la *Santa María*. Desmontan la carabela. Con el casco, los dos puentes y los castillos de popa y de proa construyen un fuerte, al que llaman «Navidad». Colón deja en él a los tripulantes que no puede llevar a España. Cuarenta y un hombres en total, entre ellos Diego de Arana —que será el gobernador— y Escobedo, provistos de víveres para un año y defendidos por la artilería de la *Santa María*. Ésta será la primera colonia europea del Nuevo Mundo. Al cabo de diez meses, cuando Cristóbal Colón, fiel a su promesa, vuelve a buscar a sus compañeros, no encontrará ni uno. Una cabeza cortada. Unos cuantos cadáveres. El triste silencio del cacique. Pero ésta es otra historia. La contaremos más adelante.

El jefe indio no se limita a ayudar al almirante. Le da oro. ¡Oh, muy poco! Una mascarilla, unos pendientes, unas humildes alhajas. Pero esto basta a Colón para no presentarse con las manos vacías ante los Reyes Católicos. Un poco de oro prueba que hay oro.

El 4 de enero de 1493, al alba, la *Niña* se aleja, muy cargada, del fuerte «Navidad». Un hombre encaramado en un peñasco, pulsando las cuerdas de un arpa, sigue con los ojos la carabela que se aleja. Es el irlandés Ires de Galvey. Su amigo, el inglés Tallarte de Lages, va a bordo de la *Niña*. Ires le dedica el canto fúnebre del «Navidad».

Dos días después, una sorpresa. El vigía señala una vela. Es la *Pinta*. La *Niña* se le acerca. Las dos carabelas echan el ancla en un fondeadero seguro. Martín Alonso se presenta ante el almirante. ¿Por qué se separó de la flota? Por una razón muy sencilla: la *Pinta* llevaba mucho adelanto a las otras naves y se alejó insensiblemente, hasta perderlas de vista. Cristóbal Colón admite la explicación de Martín Alonso, al menos en apariencia. En el fondo, no lo cree. Pero ya arreglarán cuentas más adelante. Por el momento, el almirante necesita a Pinzón, y por eso le trata con muchos miramientos. Pero apenas consigue disimular su despecho cuando se entera de que Martín Alonso desembarcó antes que él en la isla de Haití, por el este. Y allí recogió oro. Resulta, pues, que el verdadero descubridor de la Española es el mayor de los Pinzones.

La *Pinta* y la *Niña*, juntas de nuevo, arriban al extremo oriental de Haití. Permanecen en aquellos parajes hasta el 15 de enero. El 16, tres horas antes de amanecer, navegan hacia España, dirección nordeste.

Durante veintiocho días, el mar está tan sereno como a la

El esquivo Cipango

ida. Pero el 12 de febrero se levanta el viento y comienza la tempestad, que llega a su mayor violencia la noche del 14 al 15. La *Pinta* desaparece por segunda vez. Cristóbal Colón la considera perdida. ¿Correrá igual suerte la *Niña*? El almirante conserva su sangre fría. Escribe en un pegamino el relato de su viaje, lo envuelve en una tela encerada y lo echa al mar. El mensaje lleva la dirección de los Reyes Católicos. ¡Mil ducados a quien lo entregue! Cristóbal Colón no perece en el mar. El 15 de febrero por la mañana, la tempestad se calma. Se columbra una isla a través de la niebla. «¡Madera!», grita el hombre de proa. Era Santa María, una de las Azores. El 18 de febrero, día de Carnaval, la *Niña* hace escala en las Azores. Vuelve a zarpar a los seis días. Una violenta tempestad pone de nuevo en peligro a la desventurada carabela. Es la última prueba. El 4 de marzo, lo que queda de la flota da vista al promontorio de Cintra, en la desembocadura del Tajo. ¡Portugal! Casi la patria. El 8 de marzo, el almirante es recibido por Juan II. El «hombre de la capa raída» se toma el desquite. Por fin, el 15 de marzo, la carabela pasa la barra de Saltes y echa el ancla en el puerto de Palos. El primer viaje de Cristóbal Colón había durado siete meses y un día. A las pocas horas, arribaba a su vez la *Pinta* al puerto de Palos. Contra lo que pensaba Colón, se había salvado de la tempestad. Pero llegaba demasiado tarde. Pocos fueron los que vieron desembarcar de la *Pinta* a Martín Alonso en brazos de sus marineros. La pena de verse frustrado en su parte de triunfo y las penalidades físicas dieron cuenta del viejo atleta. Se fue a morir en el convento de la Rábida, no sin oír —confundiéndose con el ruido del mar— las aclamaciones que acompañaban a Colón en el camino de Sevilla.

La corte no está en Sevilla, sino en Barcelona. Colón va a Barcelona. A mediados de abril, atraviesa la metrópoli catalana un extraño cortejo. Unos grumetes llevan largos palos por los que se pasean unos loros. Otros sostienen en las palmas de las manos unos cojines y, prendidos de ellos, mascarillas de oro y joyas. Otros exhiben peces, plantas —pitas y ruibarbos—, pelotas de algodón, todo ello más llamativo por lo insólito que por su valor intrínseco. Parece un muestrario. ¿Pero no había sido Colón viajante de comercio? El conjunto hubiera sido bastante pobre de no ir a la cabeza del cortejo el espécimen humano: los seis indios cogidos en Cuba. Temblaban de frío en su mísera ropa. Más que la piel cobriza, lo que sorprende a los reyes de España es la inocencia de aquellas almas. ¡Qué admirable terreno para la semilla evangélica! ¡Millones de hombres ganados para la causa de Cristo! Esta perspectiva compensa ampliamente la modestia de las placas de oro y de las pobres joyas —*guañines*— que trae Colón de su viaje. El rey, la reina y la infanta, sentados bajo un dosel de brocado, no tienen ojos más que para los seis indios prosternados a sus pies. El almirante insiste hábilmente en la conquista espiritual. En cuanto a la material, sigue con las vaguedades de siempre, limitándose a evocar —con más talento que nunca— las riquezas de Cipango y de Catay, sólo entrevistas. Mañana llegarán, seguro, los montones de oro. Pero la cosecha de almas ha comenzado ya. Colón se engaña a sí mismo con su propia elocuencia y rompe a sollozar. Isabel no tarda en imitarle. Los cantores de la capilla real entonan el *Te Deum laudamus*. Toda la concurrencia se arrodilla. Cristóbal Colón ha conquistado a su público una vez más.

Segundo viaje

A Colón se le confirma en sus derechos. Es almirante de la Mar Océana y virrey. Ostenta el título de «don» para él y para sus descendientes. Le faltaba un blasón y se lo dan: un escudo acuartelado; en el primer cuartel y en el segundo, las armas de Castilla y León —un castillo y un león—; en el tercero, el mar de azur con un grupo de islas de oro, y el cuarto, de azur con cinco anclas de oro. Podrá cabalgar al lado del rey. Cena como familiar en la mesa de los Reyes Católicos y en la del gran cardenal. Hasta los señores más encopetados se disputan el honor de tratarle. Esto se le subiría a la cabeza a cualquier otro que no fuera Cristóbal Colón. Pero la suya es fría. Adivina que le queda por realizar lo más difícil. Esta gloria que acaba de conquistar hay que mantenerla. Su destino está en el oeste. Le llama...

El almirante pasa unas semanas saboreando su triunfo. Conoce por primera vez la miel de la adulación y, ya, la hiel de la envidia. En torno a él surgen los odios. Los adivina en la crispadura de una sonrisa, en un encogerse de hombros, en un silencio. Se destaparán el rostro más tarde, cuando Cristó-

El esquivo Cipango

bal Colón comience a tropezar. En un festín, unos cortesanos, medio en serio, medio en broma, se permiten decir que la proeza de Colón es cosa fácil. El almirante les invita a sostener un huevo en pie sobre la mesa. Ninguno lo consigue. Entonces, Colón deja plantado el huevo aplastándolo un poco por un extremo. Los invitados exclaman: «¡Pues es muy sencillo!» «¡Muy sencillo, en efecto —replica el almirante—; no había más que pensarlo! ¡Lo mismo que mi viaje a las Indias!» A las Indias Occidentales, claro es.

Mientras Cristóbal Colón disfruta de la satisfacción del retorno victorioso, al mismo tiempo que medita su próximo viaje, los Reyes Católicos se ocupan en confirmar el descubrimiento del almirante y, sobre todo, en regularizar por anticipado los futuros descubrimientos. Pues Isabel y Fernando dan por descontado que habrá otros. Hasta entonces, los monopolizaba Portugal. Gracias al viaje de Colón, España era ya una rival peligrosa para el país vecino. De la rivalidad a la hostilidad no hay más que un paso. La prudencia del papa español Alejandro VI evitó que se diera este paso.

Exactamente a los dos meses de anclar Colón en Palos, Alejandro VI firma una bula asignando a España todas las tierras situadas a cien leguas al oeste de la última de las islas Azores. Portugal tendría derecho a los territorios descubiertos al este de esta frontera imaginaria. ¿Cómo determinó el papa los límites respectivos del imperio español y del imperio portugués presentes y futuros? Pues tirando una línea de polo a polo en el globo terrestre. Pero este inaudito privilegio temporal —¡una simple raya en una esfera, y el mundo queda repartido!— implica para los Reyes Católicos la obligación de instruir en la fe cristiana a los pueblos conquistados. Juan II de Portugal protesta contra esta delimitación arbitraria, y en Tordesillas se llega a un acuerdo hispano-portugués en virtud del cual la línea de demarcación se traslada de ciento a trescientas setenta leguas al oeste de las Azores y de Cabo Verde. Por eso, Álvarez Cabral, empujado hacia el oeste por las corrientes cuando se dirigía al cabo de Buena Esperanza, toma posesión, en nombre de Portugal, de una tierra situada a menos de trescientas setenta leguas de Cabo Verde, es decir, dentro de los límites de la concesión portuguesa. Por el azar de una deriva y el cortés regateo de Tordesillas, el Brasil viene a ser posesión portuguesa. Un viento contrario y una rúbrica al pie de un pergamino privan al orbe español del inmenso Brasil, el Estado más grande de América del Sur. Así, por azar, nacen los imperios.

Los Reyes Católicos, convencidos ya de la realidad de las Indias Occidentales, deciden proseguir la expedición metódicamente. Crean una comisión, política y comercial, para reglamentar los intercambios con los nuevos territorios españoles. Preside esta comisión el obispo Juan Rodríguez de Fonseca, miembro del Consejo de Castilla y pronto «patriarca de las Indias». Sus poderes son amplios. Tiene el derecho absoluto de requisa de hombres y material. Es, en suma, el gran jefe de los asuntos coloniales.

La carrera de Fonseca es brillante. De simple archidiácono de Sevilla, llega sucesivamente a obispo de Badajoz, de Palencia y de Burgos. Más adelante, escribe Las Casas, refiriéndose a él, que era «muy capaz para mundanos negocios». Este despierto eclesiástico, muy dotado, en efecto, para los negocios temporales, sabe captar la confianza de los Reyes Católicos. Con Carlos V será menos afortunado. El joven emperador, informado por Cortés, destituye a Fonseca de la presidencia del Consejo de Indias. El obispo de Burgos detesta a Cristóbal Colón, como más tarde detestará a Cortés y, en general, a todos los conquistadores, con excepción de los que son hechura suya. Odio de burócrata a los hombres de acción. Envidia del alto funcionario, encerrado en su escritorio, a los aventureros. Ministro de la Conquista, no conseguirá nunca que los conquistadores le obedezcan. No obstante, es tan hábil en la maniobra, que conserva su cargo durante veinticinco años. Explotando el descontento, oponiendo intereses, colocando hombres suyos en los principales puestos administrativos, consigue mantener una apariencia de poder y engañar a la Corona. Gran maestro en la intriga, Fonseca no cesa nunca de perseguir, bajo mano, a los conquistadores, uno tras otro. Cristóbal Colón es su víctima más ilustre. Durante un cuarto de siglo, nadie osará atacar de frente al obispo-presidente. Nadie, excepto Cortés.

Cristóbal Colón está impaciente por emprender un nuevo viaje. Y lo emprende el 25 de septiembre, esta vez al frente de una verdadera expedición colonial. Catorce carabelas y tres carracas, mil quinientos hombres, un estado mayor completo. El almirante ha llamado a su hermano menor, Diego. Se ha rodeado de «técnicos»: un cartógrafo, Juan de la Cosa; un astrónomo, el padre Antonio de Marchena —¡dos antiguos co-

Fernando el Católico
(Castillo de Windsor)

Cristóbal Colón
(De la colección de retratos del archiduque Fernando del Tirol)

El esquivo Cipango

nocidos!—; un médico, Chanca. Esta vez no ha olvidado al limosnero: fray Bernardo Boyle, al que el papa da el título de «vicario apostólico de Indias». En torno al gran hombre gravitan los futuros conquistadores, sus enemigos de mañana: Alonso de Hojeda, Ponce de León, muy valientes pero codiciosos como animales de presa. La flota, concentrada en el puerto de Cádiz, leva anclas entre salvas de artillería y aclamaciones. Colón se acuerda de la triste salida de Palos, un año antes. ¡Cómo han cambiado los tiempos! El objetivo de Cristóbal Colón es la Hispaniola. Sigue el mismo itinerario, pero navega un poco más al sur. A los veinte días de zarpar de las Canarias, la escuadra da vista a un archipiélago. Son las Pequeñas Antillas. Van desgranándose una a una las doradas islas: Deseada, Domenica, Marigalante, Santa María la Redonda, Santa María la Antigua, Guadalupe, Once Mil Vírgenes y Puerto Rico. Subiendo hacia el norte llega Cristóbal Colón a la Hispaniola. Están en vísperas de Navidad. Ni una luz brilla en la costa. El almirante manda disparar un cañonazo. Sólo responde el eco de las montañas. ¿Qué pasa? Desciende a tierra un pelotón de marinos armados. En el lugar del fuerte no quedan más que horribles restos humanos. Colón manda buscar a Guacanagari. Exige explicaciones. El cacique se las da. Él no tiene ninguna culpa en la siniestra liquidación de la colonia española. Los compañeros del almirante, entregados a sí mismos, no habían podido resistir a la dulzura del clima ni a la belleza primitiva de las mujeres. ¿No era aquél el lugar y el momento de resucitar en la costa haitiana las voluptuosidades del paraíso terrenal? Pero en aquel paraíso —más musulmán que cristiano— hacían falta huríes. ¿Dónde encontrarlas sino entre los indígenas? Y los españoles decidieron hacer redadas en la población aborigen. Este proceder no podía durar mucho. Los indios de la «Navidad», justamente irritados contra sus opresores, atacaron a los españoles e hicieron una horrible matanza. Los que escaparon de la venganza huyeron al interior. Nunca jamás fueron hallados. La protección de Guacanagari había resultado impotente. La primera fundación europea del Nuevo Mundo fue un fracaso. Para gobernar a los hombres, lo primero que hace falta es gobernar las propias pasiones.

Esta historia de la «Navidad» ensombrece al almirante. Comienza a comprender que conquista y colonización son cosas diferentes. Pero no tiene tiempo de ahondar en el problema. Lo que le interesa por lo pronto es proseguir la conquista. Ha prometido a los Reyes Católicos tierras inmensas, oro en abundancia, el camino de Asia... Hasta ahora, las tierras son decepcionantes, el oro no se encuentra y Cipango tampoco. ¡Cipango! Este nombre le quema como un hierro al rojo. Los indígenas, cada vez que les hablan de Cipango, dan a entender que está muy cerca. ¿No quiere decir Cibao? Colón explora Cibao —una montaña de Haití—, da a un valle el nombre de Vega Real, acaba por descubrir en él un poco de oro, torna a la mar y se dirige a Cuba. De camino, echa el ancla en una isla nueva: Jamaica. Costea indefinidamente el sur de Cuba en dirección oeste, en busca de Cipango o de Catay. Encuentra un grupo de islas —los Jardines de la Reina—, que Colón confunde con el Archipiélago de las Especias señalado por Marco Polo en la costa oriental asiática. Ahora está seguro de que se acerca al Quersoneso de Oro —Malaca—, extrañándose de no encontrar ninguna de las poderosas ciudades descritas por los viajeros. ¡No se le ocurra a nadie decirle que Cuba es una isla! Está convencido de que es un saliente del continente asiático. Dos días más de navegación y hubiera llegado al extremo oriental de Cuba, dándole la vuelta y tornando al punto de partida. Pero decide volver atrás en el momento en que la costa comienza a doblar. En un momento de rabia pueril, ordena a sus hombres jurar, ante notario, que se puede volver a pie de Cuba a España por tierra, atravesando Asia.

Mientras Cristóbal Colón se obstina en perseguir quimeras, sus oficiales procuran gobernar. Unos, como Alonso de Hojeda, y Diego Colón y Bartolomé Colón —que se han unido a su hermano en la Hispaniola—, se distinguen por sus talentos y su humanidad. Otros, entre ellos Pedro de Margarit, no piensan más que en enriquecerse por todos los medios. Se forman clanes —en pro o en contra del almirante—. Se organizan partidos —en pro o en contra de los indios—. Tan abusivas son las exacciones de ciertos españoles, que un cacique llamado Caonabo, de acuerdo con todos los jefes haitianos, levanta un ejército contra los ocupantes. Los españoles, mejor equipados, curtidos en los combates, derrotan a las tropas indias y se apoderan de Caonabo. La victoria española era inevitable. Pero el efecto en la población es lamentable. Pasó ya el tiempo en que los recién llegados procuraban ganarse a los

El esquivo Cipango

indígenas. Ahora, los españoles no se andan ya con miramientos para conseguir la mano de obra que necesitan. Todavía es demasiado pronto para hablar de colonización, pero no para pronunciar la palabra explotación. Más tarde se reglamentarán las condiciones de trabajo, al menos en principio. Por el momento no hay otra ley que la del más fuerte. Se obliga a los haitianos a suministrar trimestralmente cierta cantidad de oro puro. El lavado del metal es muy penoso. Los españoles que han podido instalar explotaciones pecuarias o agrícolas están obsesionados por la noción de rendimiento. Es necesario que sus animales domésticos o sus cereales importados de España produzcan lo más posible. Concepto nuevo para los indios, que viven al día. Pero, quieran o no, contribuyen con su trabajo al incremento de una producción que no es para ellos.

La segunda estancia de Cristóbal Colón en las Antillas dura tres años y medio. Pero se mantuvo en contacto con España. Doce navíos, mandados por Antonio Torres, repatriaron a la península a los colonos inútiles o indeseables. Torres es portador de noticias interesantes: la fundación de Isabela en la costa haitiana —la primera población española—, el descubrimiento de minas de oro en Cibao, la sumisión de los indios. A este respecto, Cristóbal Colón expone sus grandes necesidades de personal. Hacen falta especialmente mineros para la extracción y manipulación del oro. ¿No se podría pensar en el empleo de esclavos? Hasta llega a proponer el tráfico de los mismos con la metrópoli. ¡Los caribes son fuertes! Los Reyes Católicos dan una respuesta dilatoria a esta pregunta claramente formulada. La costumbre de Castilla es no considerar esclavos más que a los prisioneros de guerra no cristianos. Torres lleva al almirante este mensaje. ¡Por eso no ha de quedar! A los pocos meses, Torres embarca para España un cargamento de quinientos indios. Se han rebelado contra el almirante. El almirante los ha hecho prisioneros. Y como, además, son paganos, reúnen las dos condiciones exigidas. Quedan cubiertas las apariencias legales. ¡Quinientos esclavos para los Reyes Católicos! Y quinientas almas para la Iglesia, pues los convertirán.

Los mensajeros de Colón no transmiten más que informaciones favorables. Algunos se hacen eco de las quejas sobre el carácter difícil del almirante y sobre sus errores de mando. Isabela está lejos de Cádiz, pero nada —ni siquiera el Mar Tenebroso— detiene el grito de la ira ni el cuchicheo de la calumnia. En todo caso, estos rumores no dejan de impresionar a los Reyes Católicos, puesto que promulgan un edicto concediendo a todo súbdito español el derecho de comerciar libremente con las nuevas tierras descubiertas y establecerse en ellas. Primer ataque a las capitulaciones de Santa Fe.

Una mañana de octubre de 1495 ancla en el puerto de Isabela una carabela. Conduce a la Hispaniola a Juan de Aguado, comisario regio encargado de investigar la actuación del almirante. Colón no está allí. Se halla guerreando con los indios en las cercanías. Le avisan de la llegada del visitador. Vuelve a Isabela, recibe con frialdad a Juan de Aguado, aplaza para el día siguiente la lectura de sus credenciales, pero le deja el campo libre para su investigación. El comisario invierte cinco meses en hacer su expediente. El principal cargo de los colonos contra el almirante es la insuficiencia de la comida. ¿No es ésta, siempre, la reclamación de los soldados en campaña? Y, además, echan de menos a España. El voto unánime es: «¡Dios me lleve a Castilla!»

Mientras el visitador prosigue sus indagaciones, Cristóbal Colón disimula la profunda mortificación que está sufriendo. Como siempre que se halla en juego su prestigio, toma una actitud teatral. Elige la humildad y se viste de franciscano. Durante los cinco meses que permanece aún en Isabela y durante el viaje de retorno, no se quita el sayal. Pero no es sólo un gesto por su parte. Calcula, desde luego, la impresión favorable que el hábito franciscano producirá sin duda en la piadosa Isabel —un medio seguro de obtener el perdón—; pero a este cálculo interesado va unido un sincero arrepentimiento. Si ha cometido faltas, quiere expiarlas. Se da golpes de pecho. ¡Pero cuánto orgullo en esta penitencia!

Por un acontecimiento imprevisto, Aguado debe agradecimiento a Cristóbal Colón. En el puerto de Isabela se levanta un terrible huracán que echa a pique la nave del visitador. El almirante, galantemente —y con su poco de malicia—, manda construir una carabela para Aguado. Navegarán, pues, de conserva, como buenos amigos. Pues Colón no quiere aplazar más su regreso a España. Toma sus disposiciones y zarpa. Delega sus poderes en su hermano Bartolomé, dejándole de teniente al otro hermano, Diego. Instala unos fortines con sus

El esquivo Cipango

correspondientes guarniciones, preparando bien las cosas para evitar otro drama como el de la «Navidad».
El 10 de marzo de 1496, la venerable *Niña* se dispone a levar anclas. A bordo va Cristóbal Colón. Le acompañan treinta indios —entre ellos Caonabo, que morirá en el camino— y doscientos veinte colonos de triste vitola —conquistadores desencantados—. Largan velas. La *Niña* se aleja de la costa, flanqueada por la carabela de Aguado, nuevecita.
El viaje es largo y penoso. El visitador y el visitado no llegan a Cádiz hasta el 11 de junio, después de cincuenta y dos días de mala travesía.
No es un almirante rutilante, con una casaca color rojo granate, quien desciende de la *Niña*, sino un penitente vestido de sayal pardo y con el cordón de San Francisco a la cintura. ¿Y qué ha sido de su brillante escolta? La verdad es que parecen náufragos. La multitud gaditana, congregada en el muelle, contempla sin decir palabra a aquellos marinos casi moribundos, entre los cuales es difícil reconocer a los suyos. Menos mal que la tropa de indios y su extraño atuendo atenúan la mala impresión de este retorno.
Esta vez, la entrevista de Cristóbal Colón con los Reyes Católicos tiene lugar en Burgos. El almirante necesita más que nunca de todos sus recursos para disipar las nubes que sus enemigos han acumulado sobre su gloria. Está dispuesto a justificarse. ¿Pero de qué se le acusa? Imaginamos, ante el trono real, aquella cabeza erguida —ya casi blanca— y el amplio ademán de las dos mangas de sayal. Va refutando uno a uno los cargos de sus detractores. ¿Quinientos esclavos? ¿No recibió una vez el papa Inocencio VIII, como presente, cien moros? ¡Y la misma reina regaló veinte hermosas esclavas a su prima la reina de Nápoles! Además, aquellos indios eran prisioneros de guerra. Luego era lícito hacerlos esclavos. ¿Que no trató con los debidos respetos a los nobles de la expedición? ¿Que se negó a suministrar víveres a los colonos de la Hispaniola? ¡Absurdos y mentiras! Siempre fue su primer cuidado tratar a la nobleza con la consideración que le era debida. En cuanto al abastecimiento, eso no era cosa suya, pero nunca oyó decir que los hombres se hubieran muerto de hambre. En todo caso, él se encargaba de llevar a la Hispaniola todos los víveres necesarios. Éste será uno de los principales objetivos de su tercer viaje. ¿Su tercer viaje? Isabel y Fernando se consultan con la mirada. El momento es

poco favorable para emprender un asunto de tal importancia. Designios más urgentes absorben la atención de los Reyes Católicos. España está en guerra con Francia. Hay que liquidar la aventura y dedicarse a las cosas serias: afianzar en Europa el joven poderío español. Está decidida la boda de Juana, hija de Fernando y de Isabel, con el archiduque de Austria, Felipe el Hermoso, hijo del emperador Maximiliano. Se celebrará en el otoño. ¿No es este matrimonio el germen de un colosal imperio que acaso un día reunirá en una cabeza española, además de la herencia de los Reyes Católicos, Alemania, Austria, los Países Bajos y fastuosas provincias francesas e italianas? Cristóbal Colón saluda la promesa inscrita en esta alianza con los Habsburgos. Significa, en realidad, la posesión del mundo occidental. ¿Pero quién será el dueño de la otra parte del mundo, la que se extiende hacia Oriente? Ya es bastante que Portugal haya llevado sus carabelas más lejos aún de lo que señalaba la bula de Alejandro VI, extendiendo el poder de la dinastía de Aviz hasta el cabo de las Tormentas. El grandioso proyecto de los Reyes Católicos —la anexión en beneficio suyo del Sacro Imperio Romano Germánico— se completa con el no menos grandioso que Cristóbal Colón está en trance de realizar. Y el almirante presenta el balance de su último viaje: ha explorado trescientas treinta leguas de tierra firme —la costa meridional de Cuba—, ha descubierto cerca de setecientas islas y ha completado la conquista de la Hispaniola. Las riquezas de estos territorios son inmensas. ¡Sírvanse Sus Altezas dar una ojeada a ese collar de oro macizo que lleva al cuello Caonabo, hermano del cacique de Cibao! ¡Consideren un momento a esos robustos indios, representantes de innumerables poblaciones, que están pidiendo ser subordinadas a la Corona de España y pagarle tributo! Oro y hombres, a la espera de la fructífera alianza con el Gran Kan: ¡eso trae el almirante a los Reyes Católicos! ¡Cipango vale tanto como la Casa de Austria!

Colón convence una vez más a Fernando e Isabel. Como continuación de la pragmática de abril de 1495, publican un edicto confirmando los derechos de Colón sobre las tierras descubiertas. Confirman asimismo el nombramiento de Bartolomé en el cargo de adelantado del almirante. Por último, se comprometen a ayudar a Cristóbal Colón para su tercer viaje. El franciscano ha ganado la partida.

Tercer viaje

Dos años transcurren antes de que Cristóbal Colón embarque por tercera vez.

Ahora, las seis carabelas del almirante salen de Sanlúcar de Barrameda, en la desembocadura del Guadalquivir. Al llegar a su primera escala habitual —la isla de Hierro, en las Canarias—, Colón divide su flota: la mitad se dirigirá directamente a la Hispaniola, y la otra mitad, bajo su mando, pondrá rumbo al ecuador. ¿Qué busca? Cipango, desde luego.

Colón tarda exactamente tres meses en llegar a la Hispaniola. En el transcurso de una penosa travesía —hace tanto calor, que el alquitrán se derrite y resbala por el casco de los barcos—, el almirante descubre la isla de la Trinidad y echa el ancla en el golfo de Paria. Aquí le espera una sorpresa: el agua del golfo es dulce. Pero Colón no se corta ante las preguntas de los marineros. ¡Beban sin temor esa agua milagrosa! Se la envía Dios. La Tierra no es completamente redonda; tiene más bien la forma de una pera; la parte superior es el paraíso terrenal, y el pedúnculo, el Árbol de la Vida. En el paraíso nacen cuatro ríos: el Nilo, el Tigris, el Éufrates y el Ganges. El agua de Paria viene del paraíso y aquel río es el Ganges. ¡Buena prueba de que están en Asia! A dos pasos del estrecho de Malaca y en la desembocadura del Ganges. El paraíso está al alcance de la mano. Por lo demás, bien se ve en el paisaje: jardines, pájaros multicolores y, en la playa, montones tornasolados de perlas. Los nuevos reclutas del almirante —presidiarios la mayoría de ellos— saborean la linfa paradisíaca. Y Cristóbal Colón no espera ni un minuto para cortar su pluma de ganso y dar cuenta del acontecimiento a los Reyes Católicos.

Una vez más, el almirante se equivoca. El río que baña el estrave de sus carabelas no es el Ganges, sino el Orinoco. Y no desciende del paraíso, sino de los Andes. La tierra exuberante que pisa no es Asia, pero sí un continente. Por primera vez, y sin saberlo, un verdadero continente. Cristóbal Colón ha puesto el pie en tierra firme. Ha rebasado los archipiélagos. Este país maravilloso, «uno de los más hermosos del mundo», se llamará más tarde Venezuela. Este continente es América.

El almirante no tiene tiempo de proseguir más adentro sus observaciones. Tiene prisa —¿será un presentimiento?— por llegar a la Hispaniola. ¿Qué será de sus dos hermanos? Se aleja, pues, del continente, descubre en el camino una isla, Margarita, y se dirige a toda vela a su colonia. Encuentra la Hispaniola en plena revolución. Los españoles están divididos en dos partidos opuestos, cada uno de los cuales se apoya en un clan indio. El de Roldán —el almirante tenía tal confianza en él, que le había encomendado las funciones de juez— y el de los hermanos Colón. Roldán se ha rebelado contra la autoridad del adelantado y de su hermano. Éstos intentan reducirle a la obediencia. El conflicto se encuentra en esa fase aguda en que sólo las armas pueden determinar la decisión. El almirante, alternando promesas y amenazas, logra evitar lo peor, la guerra fratricida. Restablece la paz, aunque precaria, entre los españoles.

Durante la ausencia de Cristóbal Colón, Bartolomé ha descubierto minas de oro. Ha fundado una ciudad, Santo Domingo, al sur de la Hispaniola. Y ha fortificado la isla. Pero como administrador no ha tenido tanto acierto. La necesidad de mantener el orden y de hacer respetar su autoridad le ha llevado a violencias impolíticas. Han sido reducidos a la esclavitud centenares de indios. Han perecido en la hoguera algunos indígenas acusados de sacrilegio. ¿Qué va a hacer Colón?

En realidad, el almirante no está mejor inspirado que su hermano. Después de restablecer en su cargo a Roldán, cabecilla, sin embargo, de la rebelión, agrava la explotación de los indios. Interpretando a su modo las instrucciones de los reyes, introduce en la Hispaniola el sistema del *repartimiento* de los indígenas entre los colonos españoles titulares de una concesión. Primera etapa hacia el sistema de *encomiendas* que diez años más tarde se generalizará en los territorios pertenecientes a la Corona de España. Por el momento, no hay apenas diferencia entre los trabajadores sometidos a la requisa y los simples esclavos, aunque, por expreso deseo de Isabel, sean jurídicamente considerados como vasallos. Porque la reina tiene ya empeño en manifestar su voluntad de que los indios sean tratados humanitariamente. Deseo conmovedor, pero platónico. Como ocurre en los comienzos de toda empresa colonial, una cosa es lo que ordena el poder metropolitano y otra lo que ejecuta la delegación local. ¡Desde Valladolid a Isabela hay mucho camino! Y no es de extra-

El esquivo Cipango

ñar que, en su transcurso, pierdan fuerza las pragmáticas reales.

Pasan dos años mal que bien. En ellos, Cristóbal Colón da nuevas pruebas de ser tan mal administrador como fue navegante obstinado. El *Descubridor* no nació para los asuntos públicos. Ni para gobernar hombres. Aquel encantador que sedujo a los príncipes no sabe fascinar a los colonos. Los

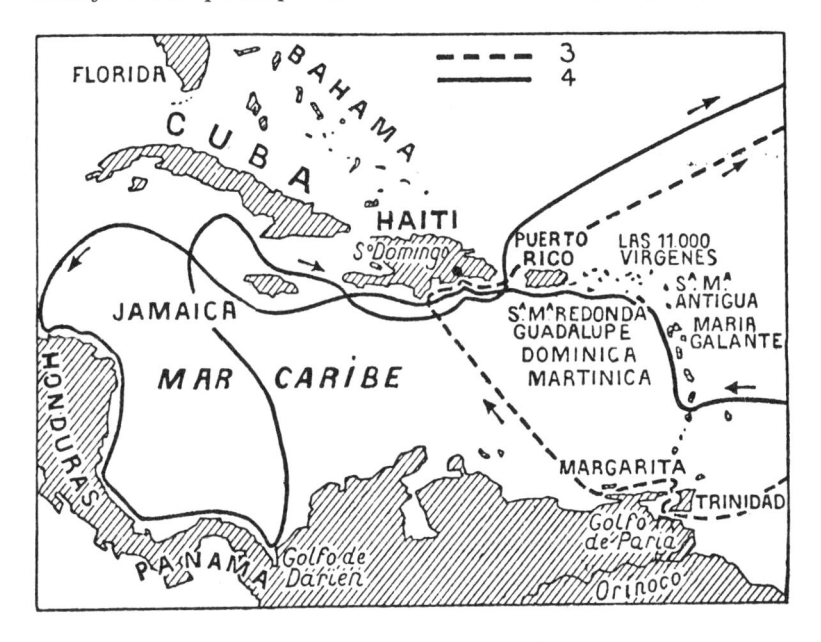

Cristóbal Colón en busca de Cipango
Tercer viaje (30 de mayo de 1498 - 25 de noviembre de 1500)
Cuarto viaje (11 de mayo de 1502 - 7 de noviembre de 1504)

nobles de la Hispaniola le ponen mala cara: es un advenedizo y un extranjero. El resto de los españoles —los hay buenos y malos, desde el honrado comerciante andaluz que ha ido a enriquecerse hasta el delincuente de derecho común deseoso de regenerarse— soportan mal la autoridad del almirante: los trata como a perros. Lo más grave es que unos y otros sospechan que es judío, tara imperdonable en un tiempo en que todos y cada uno valoran celosamente sus gotas de sangre limpia. Colón no ignora los rumores que corren a cuenta de él sobre el particular. Se queja a los Reyes Católicos. ¿Cómo se puede acusar de converso a un hombre como él, que labora por la cristiana España y no ha dejado jamás de ir a misa? Los disgustos abruman al almirante. Comienza a pesarle la carga. En una carta a los soberanos, les pide que le envíen a alguien «para que le ayude». Primera muestra de cansancio en un hombre al que se creía infatigable. Isabel y Fernando, después de pensarlo mucho, acceden a su demanda. Le enviarán a alguien. ¿Sospecha Cristóbal Colón que ese alguien no será su ayudante, sino su juez y su verdugo?

Una mañana arriban a Santo Domingo dos carabelas, la *Gorda* y la *Antigua*. Una de ellas conduce al visitador Francisco de Bobadilla, comendador de la orden de Calatrava, «gran caballero y amado de todos», dicen sus amigos. Sus poderes, limitados inicialmente a una simple investigación sobre la rebelión contra el almirante, fueron notablemente ampliados por los Reyes Católicos como consecuencia de nuevos informes llegados a la corte. En realidad, Bobadilla viene a asumir las funciones de gobernador de la Hispaniola. Es inevitable el conflicto entre el comendador y Cristóbal Colón. Fácil le es a éste demostrar sus derechos y los de su hermano Bartolomé, derechos reconocidos y acreditados por las ordenanzas reales. Bobadilla exhibe los suyos. ¿Quién tiene razón? Es difícil aclararlo, porque el visitador ha recibido instrucciones verbales de los Reyes Católicos. En todo caso, la llegada de Bobadilla a la Hispaniola causa gran agitación entre los colonos, que la interpretan como la caída en desgracia de Colón. El visitador, con una evidente prevención contra el almirante, pone en libertad a los rebeldes, proclama la de comercio y, muy hábilmente, exime del tributo a los indígenas. Estas medidas demagógicas son acogidas con entusiasmo, y todos los enemigos de Colón, españoles e indios, se ponen al lado de Bobadilla. Por último, el visitador, decidido a completar su actuación con un gesto espectacular, manda prender a los tres hermanos Colón, encadenarlos —al almirante le encadena su propio cocinero— y encarcelarlos.

Bobadilla llega a la Hispaniola en agosto. Dos meses después, son embarcados para España, para que sean allí juzgados, Cristóbal Colón y sus hermanos.

El capitán del barco, Alonso de Vallejo, conmovido por tan triste infortunio, quiere liberar de sus cadenas al almirante. Colón no acepta: va encadenado por orden de los Reyes Católicos, y sólo los Reyes Católicos pueden desencadenarle.

Además, tiene la firme intención de conservar toda su vida y llevarse a la tumba aquellos pesados grilletes de hierro, en recuerdo de los servicios que ha hecho a España y de la recompensa recibida.

La carabela zarpa de la Hispaniola a los ocho años justos de descubrir Colón Guanahani. ¡Con qué ojos mira el virrey destronado alejarse la costa haitiana! Los mismos que, durante este lúgubre viaje de regreso, fija en la mar océana. La travesía dura seis semanas —cuarenta días y cuarenta noches—. El almirante las va llenando con sus amargos pensamientos. No tan amargos, sin embargo, que no quepa en ellos una chispa de ironía. Gracias a Bobadilla va a poder hacer una entrada impresionante en la corte. Y ya calcula sus efectos favorables. ¡Después del hábito franciscano, el atuendo de delincuente! ¡Qué golpe para la reina!

Una triste madrugada de noviembre entra la carabela en la bahía de Cádiz. Una inmensa muchedumbre se congrega en los muelles. ¿Es que se ha dado cita en el puerto todo el pueblo de España? Un enorme clamor saluda al Descubridor encadenado.

CAPÍTULO IV

Su mejor descubrimiento, el de sí mismo

Asoma en España el gran sol del Siglo de Oro. ¿Su simbolismo? El nacimiento, en Gante, en febrero del año 1500, del futuro Carlos V, el príncipe ambicioso que intentará edificar un poderoso mundo ibérico a imagen del Sacro Imperio Romano, mientras los grandes clérigos y maestros construirán, paralelamente, un universo místico perennemente vivo.

A ese Siglo de Oro pertenece también el desventurado que, en diciembre de 1500, se derrumba a los pies de Isabel la Católica en su palacio de Granada. «¡Ved mis cadenas, mi cabello blanco y mis lágrimas!» Por las ventanas de la Alhambra, ampliamente abiertas frente a Sierra Nevada, llega el rumor de la multitud. El mismo que en Cádiz tres semanas antes. Indignación y cólera de ver encadenado como un vulgar malhechor al que ha descubierto el camino de Cipango. El pueblo está con él. Y también la reina, que nunca le abandonó.

Los soberanos mandan a Cristóbal Colón que se levante y que se explique. Colón lo hace con su acostumbrada elocuencia. Aunque fatigado por el mal trato que ha sufrido, con los ojos inflamados por una oftalmía, las muñecas y los tobillos lastimados por los grilletes, el almirante conserva su prestancia. Su voz, al principio recortada por los sollozos, va cobrando firmeza y se torna cortante cuando habla de sus enemigos. Acusa a sus acusadores y pulveriza la calumnia. Acaba por convencer a toda la concurrencia. Le liberan de las cadenas. Reclamarán a Bobadilla. Devolverán a Colón sus dignidades y prerrogativas. El almirante ha ganado. Pero será su último triunfo.

Un triunfo más aparente que real. Es verdad que Bobadilla se ha excedido evidentemente en sus atribuciones. Por ello será relevado de su misión en la Hispaniola. Pero, en su lugar, será nombrado Nicolás de Ovando. Cristóbal Colón ya no es gobernador de la Hispaniola. Y hasta se le prohíbe volver a ella, por razones de orden público. Queda reducido a una especie de virrey honorario. Pero sigue recibiendo las rentas de las tierras descubiertas. En realidad, pasa a la situación de licenciado, sin esperanza de volver a desempeñar un papel activo.

La decisión de los Reyes Católicos —firme en su principio, mesurada en sus matices— pone de manifiesto sus sentimientos hacia el almirante. Le están agradecidos por su primer triunfo. Le tienen afecto —sobre todo Isabel—, y lo demostrarán siempre. Pero son clarividentes. La ineptitud de Colón para mandar hombres y su total carencia de cualidades administrativas constituyen un peligro para el porvenir de los territorios que ha descubierto. Hay que apartarle de ellos. En el momento en que la dura y conquistadora España está en trance de crear su imperio, sus dos dueños —«Yo el Rey, Yo la Reina»— no pueden permitirse el lujo del favoritismo. Por otra parte, por Cristóbal Colón lo han hecho todo, menos instaurarle en un trono. ¿Y por qué hablar de ingratitud cuando se debe decir razón de Estado?

Cristóbal Colón profetiza

Los Reyes Católicos, por muy bien informado que estuvieran sobre la psicología de Cristóbal Colón, se equivocaban al pensar que iba a conformarse con aquella jubilación anticipada. El almirante, apenas de vuelta, piensa ya en partir de nuevo. Por cuarta vez emprende gestiones laboriosísimas. Tropieza con la misma frialdad, las mismas reticencias que cuando preparaba su primer viaje. Parece que se ha olvidado la apoteosis de Barcelona. Fingen extrañarse de que todavía piense en otros descubrimientos. Él ya ha triunfado: ¡que deje el sitio a los jóvenes! Ahora que el obispo Fonseca ha decretado la libertad del camino de las Indias, la mar océana va a estar tan frecuentada como el Guadalquivir. Ya pasó el tiempo de las aventuras. Al fin y al cabo, la situación del Descubridor es envidiable. ¿No sigue siendo almirante y virrey? Es verdad que sin flota y sin reino, pero cobra el diezmo de los beneficios. Así murmuran los nobles de Castilla y de Aragón en los patios de la Alhambra. Sonrisas melosas y reverencias. Y, en el fondo, una inmensa satisfacción de ver al ídolo desmoronarse.

Pero Cristóbal Colón no se conforma. Aunque anda cerca de los cincuenta, se siente joven. ¡Aún no está todo descubierto, ni mucho menos! Falta explorar Cipango, camino de Jerusalén. Pues resulta que en Colón se despierta un período de exaltación religiosa. Abandona la corte, elige en Granada un refugio donde estará tranquilo y se sumerge apasionadamente en el estudio. Ahora no son los geógrafos, como en Porto Santo, los que tienen su preferencia. Seguramente cree que ya ha agotado los conocimientos humanos en esta materia. Y orienta su meditación y sus lecturas a los temas de la Biblia. La Sagrada Escritura es su alimento esencial. Después de absorber durante cerca de un año los textos de los profetas —especialmente los de Isaías, Jeremías y Ezequiel—, los sintetiza en una obra titulada *Libro de las profecías*. Esta extraña obra —profusa, pero impregnada a veces de una belleza sobrehumana— revela un Cristóbal Colón nuevo, que podía adivinarse en ciertas apresuradas notas de su diario de viaje. A través de este libro torrencial, atiborrado de reminiscencias y de citas —trasciende en él el autodidacta—, pero en el que se siente constantemente un poderoso aliento, se dibujan, como una filigrana, los contornos inesperados pero presentidos de un Cristóbal Colón a la vez místico y vaticinador. Se cree él mismo profeta y padre de la Iglesia y, en cierto modo, es ambas cosas.

¿Cuáles son los temas esenciales del *Libro de las profecías*? En primer lugar, afirma y define su doctrina religiosa. Es audaz para la época y frisa en la herejía. «Digo que el Espíritu Santo obra en cristianos, judíos, moros y en todos los otros de toda seta, y no solamente en los sabios, mas en los ynorantes...»

He aquí una proposición que anuncia la Reforma y tiene cierto tufo de converso. Más atrevidas aún son las alusiones a una Iglesia universal que reúna en su seno a judíos y a cristianos, teniendo en cuenta que el edicto de proscripción cuenta sólo ocho años. Fundándose en los Salmos de David, Cristóbal Colón llega a afirmar que un converso puede seguir siendo un infiel. ¿Qué es, en suma, lo que quiere demostrar? ¿Que la conversión a la fe cristiana no implica forzosamente la renuncia al judaísmo? ¿Pretende reivindicar así su origen hebraico? En todo caso, resulta patente su propósito de defender a los judíos, de explicarlos. ¡Con qué fraternales acentos patrocina su causa! ¡Con cuánta fuerza armoniza y hace suyo el gran lamento de Israel!

La lectura apasionada de los profetas exalta a Cristóbal Colón. No se limita a comentar: inventa. Más aún: profetiza. Invocando a San Agustín, a Alfonso el Sabio, astrónomo y rey de Castilla, anuncia el fin del mundo. ¿Para cuándo? Es sabido que el mundo acabará en el séptimo milenario de su existencia. Y Cristóbal Colón cita a Isaías y a Jeremía: «Oíd, islas; oíd, pueblos remotos...» El nuevo profeta, en una especie de trance místico, recuerda la vocación histórica del pueblo de Israel. En verdad, es el pueblo elegido. Dios lo escogió para gobernar a los hombres y realizar grandes cosas. Y Colón mezcla, en un desorden hábil, las deslumbrantes imágenes del Antiguo Testamento con los motivos solemnes de la cruzada española. Invita a los Reyes Católicos a completar la Reconquista recuperando el Santo Sepulcro de manos de los musulmanes. Tenían el tiempo contado. Y eran ellos los destinados a cerrar la historia del mundo con un gesto político y religioso a la vez. ¡Pero tenían que darse prisa!

El oro de Cipango, el paraíso terrenal del golfo de Paria, la

Su mejor descubrimiento, el de sí mismo

conversión de los indios, la conquista de Jerusalén, las especias y las perlas, las enseñanzas de la Biblia y los cálculos de los astrólogos... ¿Es esto el discurso de un iluminado o la tesis de un doctor? Sin embargo, estas ideas dispersas están ligadas por una apariencia de lógica. El hombre que vaticina en su retiro granadino no es tan diferente del que, quince años antes, exponía su proyecto a los reyes de España. El descubrimiento del camino de las Indias, la alianza con el Gran Kan no son un fin, sino un medio. Se trata de cosechar, en las tierras orientales, legiones de conversos. Y el oro —¡nunca será demasiado!— servirá para financiar la colosal expedición que devolverá a Sión su primitiva grandeza. El retorno a Dios de la «Casa Santa»: ése es el fin de todo, aunque el almirante se cuide de aclarar que en la Casa Santa tendrán sitio cristianos y judíos. Cristóbal Colón está obsesionado por esta idea: la unión de las Iglesias. ¡Qué raro adelanto para aquel siglo tan celoso de la ortodoxia!

El almirante destina su *Libro de las profecías* a los Reyes Católicos. Pero no lo recibirán jamás. ¿Teme Colón, a última hora, haber desvelado excesivamente su pensamiento? La verdad es que en su libro resuenan con más frecuencia los irritados trenos de Jehová que la tierna voz de Jesucristo. Colón se inspira en el Antiguo Testamento más que en el Evangelio. La verdad es también que su religión personal tiene todos los caracteres del judaísmo: una inquietud ardiente, el sentido mesiánico, cierta inclinación al catastrofismo y, sobre todo, ese mirar el mundo con ojos sombríos de perseguido. Esa vida que se acaba, ¿no habrá sido un largo sollozo? Y ese cristianismo transido de gritos, bañado de lágrimas, sacudido por las olas apocalípticas de una desesperación lúcida, ¿es el cristianismo de un cristiano viejo?

El color del pelo y de la piel, la belleza de los ojos, la forma de los labios y de la nariz, la aptitud para el comercio, el amor al lucro, no bastan para reconocer a un judío. Pero lo que no engaña es creerse elegido, saber esperar y sufrir, buscar el martirio, ser duro en el poder, estoico en la servidumbre. Y tales son las virtudes esenciales del genovés Cristóbal Colón.

Adiós a Cipango

¡Qué pobre es esa flotilla que, en mayo de 1502, leva anclas en el puerto de Cádiz! Cuatro carabelas de tonelaje medio y no más de cincuenta hombres de tripulación. Esta vez no le han permitido más al almirante. A bordo va un funcionario regio encargado de registrar los incidentes del viaje y, sobre todo, de vigilar el comportamiento de Cristóbal Colón. Se le prohíbe tocar en la Hispaniola y emplear indígenas como esclavos. Resulta claro que desconfían de él. Si le autorizan este viaje es más como misión de estudio que como inspección colonial. Y para que los Reyes Católicos se decidan a ello ha tenido que producirse un acontecimiento grave para España: Vasco de Gama ha doblado el cabo de Buena Esperanza. ¡Un portugués ha descubierto el camino marítimo de las Indias! Como la ruta seguida por Vasco de Gama se encuentra al este de la línea de demarcación fijada por Alejandro VI, los españoles quedan excluidos de ella. ¿Va a girar la suerte a favor de Portugal? Desde luego, a menos que la ruta del oeste resulte más corta. Hay que insistir en el proyecto de Cristóbal Colón, darle por última vez carta blanca, tanto más cuanto que él asegura que conoce, al oeste del golfo de Paria, el estrecho que da acceso al océano Índico.

El camino de las Indias, Cipango... Nadie puede pensar que el almirante mayor ha renunciado a su proyecto fabuloso. ¿Pasar páginas de libros? ¿Darle a la pluma? ¿Acaso se hicieron para eso esas manos endurecidas por la barra del timón? El viejo león —tiene cincuenta años— no puede vivir sin el olor de la sal y del alquitrán. Y, además, quiere sacarse la espina.

De Cádiz a la Martinica —*Martinino*—, pasando por las Canarias, la travesía es tranquila, casi monótona. Han bastado diez años para que aquella hazaña temeraria —aquella proeza inimaginable— sea ya una empresa, si no corriente aún, al menos sin misterio. Durante las cinco semanas del viaje, los hombres de la tripulación están tranquilos. Cristóbal Colón, no tanto. Es verdad que, desde que vive retirado en Granada, ya no es el mismo hombre. Una gran paz se ha adentrado en él. ¿Adquirirá por fin esa filosofía de los acontecimientos que siempre le faltó? ¿Sabrá considerar la vani-

Fernando Magallanes
(De la colección de retratos del archiduque Fernando del Tirol)

Hernán Cortés
(De la colección de retratos del archiduque Fernando del Tirol)

Su mejor descubrimiento, el de sí mismo 97

dad de toda conquista terrenal? ¡Todavía no! Pues la inquietud que le domina es terriblemente humana. Mientras se va acercando al archipiélago antillano, piensa en todos los competidores que, desde su tercer viaje, han seguido y rebasado sus propias huellas. Conoce de memoria sus nombres, sus itinerarios, sus aventuras. A algunos de ellos hasta los ha estrechado él en sus brazos. Vicente Yáñez Pinzón ha pasado el ecuador, ha llegado a la costa del Brasil y ha anclado en el golfo de Paria. Alonso de Hojeda ha hecho el mismo periplo,

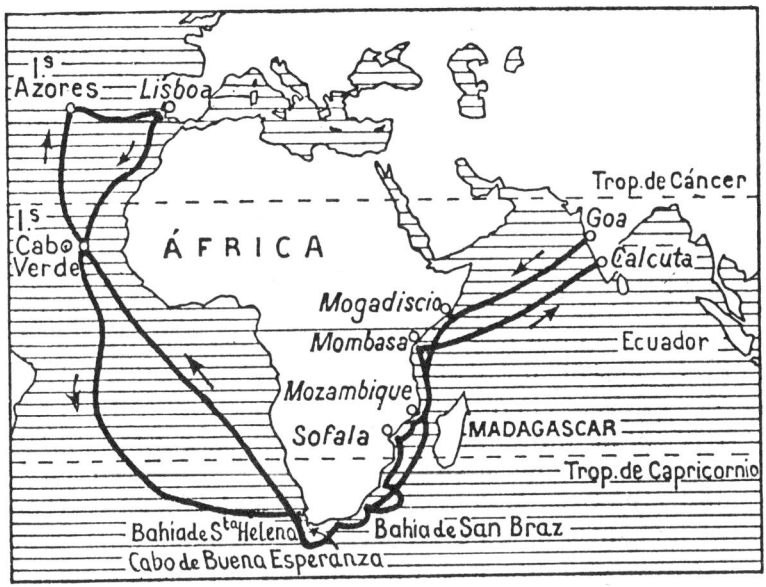

El viaje de Vasco de Gama (1497-1499)

acompañado por Juan de la Cosa. Los tres —su socio, su segundo, su piloto— le han traicionado. Los dos últimos se asociaron con un florentino llamado Américo Vespucio, del que se habla muy bien. Está también el portugués Cabral, que ha descubierto las tierras de Santa Cruz —el Brasil—, y el español Rodrigo de Bastidas, que ha llegado al golfo de Darién. Todo esto en tres años escasos. Todo esto mientras Cristóbal Colón —el maestro de todos ellos— atravesaba el océano encadenado como un criminal o meditaba, devorando la Biblia, sobre el destino de España. En resumidas cuentas, todos esos navegantes no han hecho más que repetir su gesto. Pero cuando ese gesto no va informado por un fin grandioso, carece de importancia. El fin lo ha señalado él, Cristóbal Colón, desde hace mucho tiempo: las Indias Occidentales, su emperador, su oro y su pueblo, más innumerables que los peces en el mar. Cipango... siempre. De esta presa, a la vez política y mística, no se ha apoderado nadie todavía. Hay que lograrla, y Colón la logrará. Este hombre audaz, que desafía a los nuevos conquistadores, les dobla, sin embargo, la edad. Está medio ciego, atormentado por la gota, consumido por terribles penalidades. Pero tiene el alma joven y una voluntad que sólo la muerte quebrará. Así, casi tranquilo, pero no resignado —resignado, nunca—, está Cristóbal Colón en su último combate con el Mar Tenebroso.

El proyecto del genovés es el siguiente: llegar a Jamaica y, desde allí, continuar directamente a América central, siguiendo las costas septentrinales hasta descubrir el famoso estrecho que da paso a la China... o al Japón. Cuando la flota acaba de perder de vista la Martinica, se levanta una violenta tempestad que inflige graves daños a las carabelas de Colón. Lo único que cabe hacer es pedir auxilio a la Hispaniola, cuyos contornos se dibujan a través de la niebla. ¡Hispaniola, tierra prohibida! ¡Ahí está Santo Domingo, ahí está el paraíso haitiano que el almirante descubrió —¡su reino!— y que, sin embargo, está cerrado para él! Envía un bote a tierra. Su mensajero es despedido sin contemplaciones. El gobernador Ovando es inflexible. Se atiene a las ordenanzas reales: ¡prohibido que Cristóbal Colón desembarque en la Hispaniola bajo ningún pretexto! ¡Que siga su camino!

Colón recibe impertérrito el golpe. ¡Qué remedio le queda! Mientras las cuatro míseras carabelas pasan de largo por la costa haitiana, se aleja de ella una poderosa flota —¡más de treinta naves!—. Va rumbo a España, cargada de riquezas. De ellas, cuatro mil piezas de oro para los Reyes Católicos. Entre los pasajeros van Bobadilla y Roldán, los sañudos vencedores de Colón. Se van a cruzar las dos flotas, la del proscrito y la de los amos de la Hispaniola. Ya sólo unos cuantos cables distan una de otra. La tormenta es cada vez má furiosa. Colón vocifera a los capitanes que vuelvan a Santo Domingo. La orden del almirante se pierde en el estrépito de las olas. Unas horas más tarde, casi toda la escuadra —unos veinte navíos— se hunde en el mar. Entre las víctimas estaban Bobadilla y Roldán. ¿Venganza del cielo? Cristóbal Colón no está lejos de creerlo así. En todo caso, su miserable flota sale indemne

Su mejor descubrimiento, el de sí mismo

de la tempestad y prosigue su insensata carrera hacia un puerto quimérico. El cuarto viaje de Colón dura cerca de dos años y medio. ¿Viaje? Más bien una navegación errante a través de un laberinto líquido. Aquel hilo de Ariadna que Colón cree tener no es más que la fluídica cinta de su obstinado sueño. Sigamos en el mapa su desordenada huella. Colón abandona las aguas de la Hispaniola, en las que sobrenadan los restos de la flota perdida. Costea el sudoeste de Jamaica. Dejando a su derecha los Jardines de la Reina, pone proa hacia Honduras y ancla a la altura de la actual ciudad de Trujillo. Desembarca y pregunta a los indígenas en qué lugares se encuentra el oro. Le dicen que en Veragua, y él interpreta Malaca —el Quersoneso de Oro—. Zarpa de nuevo. A pesar de otra tormenta endemoniada que dura veinticuatro días, consigue doblar el cabo Gracias a Dios, en los confines de Honduras y Nicaragua. Recorre las costas de estos dos países, baja hacia el sur por Costa Rica y Veragua y llega al istmo de Panamá. Aquí tiene que estar la desembocadura del Ganges. Cristóbal Colón está seguro de ello: ha reconocido el lugar en sus cartas marinas. Pasa varios meses rondando por las inmediaciones de Panamá, sin hallar falla alguna en aquel abrupto acantilado. Llega hasta el golfo de Darién. ¿Qué significa esa barrera infranqueable? El desdichado estaba lejos de sospechar que bastaba desembarcar en la costa panameña y recorrer doscientos kilómetros al oeste para encontrar, no el mar Índico y el imperio asiático, pero sí el océano Pacífico. ¿Mas hubieran podido resistir sus compañeros los miasmas mortíferos de la selva tropical? Sin embargo, no tardarán otros en abrir la asfixiante cortina del istmo de Darién.

Cristóbal Colón ha perdido. Esta audaz exploración, desde Honduras hasta las fronteras de Colombia, no le ha enseñado nada. Al norte se le ha escapado Yucatán, futura base de partida de Cortés para la conquista de México. Al sur ha perdido Colombia, saliente de la enorme Tierra Firme. Al oeste se le ha escapado el Pacífico, el mar más grande del mundo. Al Descubridor le persiguió la mala suerte de quedarse siempre al borde del gran Descubrimiento y de entreabrir las puertas que otros franquearán. ¿Su error? Cipango.

Cristóbal Colón decide volver a España. ¡Triste retorno! Sólo le quedan dos de las cuatro carabelas, con las carenas comidas por la carcoma. Parecen «panales de miel». Los hombres están cansados. Sólo el hermano y el hijo del almirante —Bartolomé y Fernando Colón— se muestran todavía con buen ánimo. Nobleza obliga. El almirante está tranquilo. Habla poco, pero escribe mucho. Vigila la maniobra. En el estado en que se encuentran los barcos y la tripulación, cualquier descuido puede dar lugar a una catástrofe. Después de una primera escala en Cuba, en la que Colón intenta calafatear sus carabelas, la tormenta le obliga a varar su flota en la costa norte de Jamaica. ¿Su flota? Dos cascarones que sirven para sostener a la tripulación mientras le llega al almirante algún socorro. Dos marineros, Méndez y Fieschi, entran en tratos con unos indígenas, se procuran dos piraguas y realizan la extraordinaria proeza de recorrer en cinco días la distancia que hay entre Jamaica y la Hispaniola. Doscientos kilómetros, a remo, por un mar encrespado. Mientras vuelven los dos intrépidos remeros, Cristóbal Colón escribe a los Reyes Católicos una misiva que llamará *Lettera rarissima* y que, en cierto modo, es la continuación del *Libro de las profecías*. En esta carta no se limita a hacer un patético relato de su último viaje: pide justicia para él y los suyos. Pide que se castigue a sus enemigos. Con una especie de codicia dolorosa, evoca las tejas de oro de Catay, las piedras preciosas de Cipango, las minas de cobre, afirmando que sólo él conoce el camino de aquellos tesoros. Pero «el otro negocio famosísimo» es la liberación de Jerusalén, con el que Colón no ha cesado de aporrear los oídos regios durante los siete años que ha pasado en la corte. ¡Y ya le tenemos arrastrado por un huracán profético! Cita al salmista, clama su desesperación y su fe, invoca a Jehová.

Esta carta a los Reyes Católicos la escribe Colón tres años antes de su muerte y en unas condiciones que no permiten poner en duda su sinceridad. Está enfermo, incapaz de moverse, clavado en un cascarón, rodeado de hombres de los que desconfía, a los que apenas ve, no sabiendo si Méndez y Fieschi volverán jamás, espiando la murmuración irritada de los españoles y el chapoteo amenazador de las piraguas indias. Las circunstancias se prestan muy poco a la mentira, mucho menos teniendo en cuenta que Colón no debe de hacerse ilusiones sobre la suerte de su carta. Si él muere en Jamaica, ¿quién va a cuidar de ese pergamino? Más que una súplica a los soberanos de España, es una conversación consigo mismo. Conversación impresionante, que confirma los ras-

Su mejor descubrimiento, el de sí mismo

gos más salientes de un rostro ya conocido —como la pincelada sobre el boceto al carbón— y destaca su elemento esencial: la contradicción. Debilidad y fuerza, orgullo y humildad, astucia y candor, realismo y descuido. Por encima de todo, una fe ardiente en su misión profética. Y, a pesar de todo, un estoicismo y una fe en Dios que resaltan en ciertos clamores de auténtica emoción. «Me sostiene la esperanza de Aquel que ha creado a todos los hombres.» Y esta exclamación: «Allí donde no hay amor, todo se para.» Pensamiento singularmente parecido al que formulará San Juan de la Cruz tres cuartos de siglo más tarde: «Y adonde no hay amor, ponga amor y sacará amor.»

Méndez y Fieschi, que tardaron sólo cinco días para ir de Jamaica a la Hispaniola, necesitaron un año para hacer el recorrido inverso. Vencer la hostilidad de Ovando no fue cosa fácil. Por otra parte, estaba muy ocupado en reprimir una insurrección sobrevenida en su colonia. Y es fácil suponer que las cuitas de su predecesor tendrían para él una importancia secundaria. También Colón, mientras esperaba el retorno de sus embajadores, tuvo que hacer frente a un motín de su tripulación. El uno en la Hispaniola, el otro en Jamaica, acabaron por dominar la situación. Aparejaron para Jamaica dos navíos. Ya era hora. Faltaban los víveres y el almirante no podía más.

Los dos barcos ponen proa a Santo Domingo. A Cristóbal Colón se le concede el inesperado privilegio de desembarcar y recibe la sorpresa de verse cordialmente recibido por Ovando. Seguramente, el gobernador de la Hispaniola piensa que el almirante es hombre acabado. Ya no resulta peligroso, y bien se le puede tratar con un poco de cortesía. Colón y sus compañeros permanecen tres meses en Santo Domingo. Luego embarcan para España. Una última mirada turbia —el Descubridor apenas distingue la forma y el color de las cosas— al horizonte de Cipango. Una última tormenta en aguas de las islas Canarias. Y a comienzos de noviembre ven arribar al puerto de Sanlúcar dos carabelas desmanteladas. Nadie presta atención a aquel caballero de alta estatura, blancos el cabello y la barba, que desembarca en una litera. Vuelve hacia el oeste unos ojos ciegos. Por allí están las Indias Occidentales. Cipango...

El canto del cisne

Cristóbal Colón desembarca en Sanlúcar de Barrameda el 7 de noviembre de 1504. Unos días más tarde —26 de noviembre— muere en Medina del Campo Isabel la Católica. El almirante ha perdido a su protectora, su único apoyo. Es la última prueba que le faltaba. Dios se la envía. Apurará, pues, el cáliz hasta las heces. Pues la muerte de Isabel hará la suya más amarga aún.

Colón, naturalmente, tiene mucha prisa en trasladarse a la corte. Pero Fernando no tiene ninguna por recibirle. ¿Qué va a oír él si no es el eco de aquella queja cuyo agresivo acento conoce demasiado bien desde hace casi veinte años? Con pretextos dilatorios, el rey va aplazando la audiencia que solicita —que exige— el almirante. Mientras tanto, Cristóbal Colón envía carta tras carta a su hijo Diego, paje de la corte, encomendándole mensajes para el soberano. ¡Que no deje de besarle la mano de su parte! ¡Que se entere de si la difunta reina ha manifestado en su testamento el deseo de que él recupere la posesión de las Indias! Ya no es Cipango lo que le obsesiona, sino que el rey confirme las capitulaciones de Santa Fe, o sea la transmisión a su hijo de sus cargos y títulos. Está más atento que nunca a lo que pasa en las Indias, se extraña de que no le pidan consejo sobre el nombramiento de tres obispos para los territorios conquistados y pide que le presenten cuentas. Él, que ha dado pruebas de ser tan mal administrador, da ahora al rey consejos muy prudentes. En donde se demuestra una vez más que la teoría es más fácil que la práctica.

Pensando que es insuficiente la influencia de su hijo Diego en la corte, Cristóbal Colón le envía refuerzos: su otro hijo, Fernando, y su hermano Bartolomé. Los tres Colón están dentro de la plaza. Y se dedican a lograr el triunfo del punto de vista del almirante, cuya base jurídica es intacable. Las capitulaciones de Santa Fe concedieron a Cristóbal Colón el título y las prerrogativas de almirante de la Mar Océana y de las islas y tierras firmes, transmisibles a sus herederos. Los títulos de virrey y de gobernador general eran personales, pero una carta de privilegio, firmada por los Reyes Católicos unos días después de las capitulaciones, hizo extensivos a los herederos del almirante estos últimos títulos —los más importantes en cuanto a consecuencias materiales—. Se comprende el empeño de los Colón en defender la tesis de la «legalidad». Y también se comprende la resistencia de la Corona. La estricta aplicación de los textos hubiera consagrado por un período ilimitado el reinado de una dinastía de aventureros —extranjeros además— en un imperio que parecía ya rebasar en extensión y en riquezas al reino de España.

Mientras, en Segovia, los tres Colón asedian con sus quejas al rey Fernando, el almirante hierve, en Sevilla, de impaciencia. No se trata de curarse: se dará por satisfecho con recobrar sólo un poco de fuerza para ir a la corte. Hay que encontrar un medio de transporte, pues no puede moverse. Le proponen la suntuosa litera que, dos años antes, llevó de Tendilla a Sevilla los despojos del gran cardenal de España. Cristóbal Colón rechaza este ofrecimiento macabro. Hace que le monten en una mula y, a los seis meses de su triste desembarco en Sanlúcar de Barrameda, se pone en camino para Segovia. Cuando llega —¡cuán penosamente!—, se entera de que la corte se ha trasladado a Salamanca. Por eso no ha de quedar: irá a Salamanca.

El recibimiento del rey Fernando a Colón es correcto nada más. El soberano se limita a escuchar las peticiones del almirante. Promete considerarlas con benevolencia. Palabras amables que no pueden satisfacer a Cristóbal Colón. El almirante levanta la voz. Fernando propone nombrar un funcionario con la misión especial de examinar en la Cancillería los derechos del almirante. Por otra parte, ¿no aceptaría cambiar todos sus títulos —discutibles, en el fondo— por el gobierno de una ciudad en Castilla? Colón no se deja engañar por este lenguaje de corte. No cederá en sus pretensiones. Lo que pide es que le hagan justicia, simplemente. Y se retira, muy apuesto y muy digno todavía, a pesar de su invalidez física.

Se ve al gran hombre en las antesalas regias esperando su turno entre los cortesanos. Ahora, Fernando ha fijado su corte en Valladolid. Cristóbal Colón le sigue y le persigue como un remordimiento. ¡Cuántas veces los irritados ojos del príncipe tropiezan con ese fantasma inmóvil, de pie junto a una ventana, con la casaca granate de los almirantes de Castilla y con el sombrero en la cabeza! Permanecer cubierto en presencia del rey y cabalgar a su lado no son más que algunos de los privilegios a los que el Descubridor no piensa renunciar.

La princesa Juana, hija de Isabel la Católica, ha sucedido a su madre en el trono de Castilla y León. Procedente de Flandes, llega a Valladolid para tomar posesión de su reino, acompañada de su marido, Felipe el Hermoso, hijo del emperador Maximiliano de Austria. En el corazón del Descubridor surge una última esperanza. Se acuerda de Isabel —la infantina de Madrigal de las Altas Torres—, a quien él prometió el oro de Cipango. A poco que Isabel reviva en su hija, todavía se puede salvar todo. ¿Salvar qué? Su honor, es decir, sus intereses y los de sus descendientes.

Sólo unos centenares de metros separan la modesta morada de Cristóbal Colón —después de su muerte, los duques de Veragua la transformarán en palacio— de la residencia real. Pero es demasiado para el peregrino del Mar Tenebroso. Ya no puede caminar más espacio que el de su habitación. Pasados unos días, apenas podrá darse vuelta en la cama. Encarga a su hermano Bartolomé entregar a doña Juana una carta cuyos términos resultan asombrosos sabiendo que la ha escrito un hombre a dos dedos de la muerte. «Todavía puedo rendir a Su Majestad servicios como nunca se vieran...» ¿A qué servicios se refiere Colón, paralítico de las cuatro extremidades y los ojos extintos? ¡Qué más da! Esta última ofrenda —él mismo, casi cadáver— a la Corona de España encaja bien en la línea mística del personaje. ¡Lo habrá dado todo!

El mensaje del Descubridor no le merece a la nueva reina ni un segundo de atención. Tiene un carácter taciturno, y en esta mujer inquieta y nerviosa asoma ya Juana la Loca. Por otra parte, las infidelidades de su marido la preocupan mucho más que la suerte del almirante caído. En cuanto a Felipe, el «Príncipe Seductor», dirige el baile, coloca a sus amigos flamencos en los buenos cargos y trae a mal traer a su suegro. El último clamor de fidelidad del servidor moribundo se pierde entre las voces guturales de los favoritos del archiduque austríaco.

Cristóbal Colón no comprende que es ya un héroe pasado, fuera de su tiempo. Se cree todavía en la toma de Granada, en la exaltación de la Reconquista, en los mitos de la caballería: en fin, en la época heroica. Mientras él se extraviaba por los caminos de ultramar, España se iba endureciendo. Iba realizando su unidad, que, pasados pocos años, culmina bajo la

Su mejor descubrimiento, el de sí mismo

firme dirección del emperador flamenco. Por el momento, el amo es Felipe el Hermoso, simple príncipe consorte, pero encaminado a más altos destinos. No viene a Valladolid como visitante. Precede a los Habsburgo. Pone pie en España. Con él entra la Casa de Austria en el palacio de los Trastámara. A Fernando le preocupa —¡un poco tarde!— este yerno inoportuno. Sin embargo, él quiso este matrimonio. Y ahora ve con angustia cómo adelanta la breve carrera española de Felipe. ¡Si él lo llega a saber!... Pero los dados están ya sobre la mesa, y la partida va de prisa. En abril de 1506 llega Felipe el Hermoso a Valladolid. En junio es proclamado rey de Castilla conjuntamente con su mujer. En julio, las Cortes de Valladolid prestan juramento a la reina Juana, al rey Felipe y a Carlos, príncipe de Asturias. Fernando ya no es nada en Castilla, pero conserva la soberanía de Aragón. En septiembre muere Felipe casi de repente. La trayectoria del nuevo astro en el cielo de Castilla ha sido fulgurante. ¡Cinco meses! El tiempo justo para preparar el camino al que desembarcará en Villaviciosa dentro de diez años —y que tiene ahora seis—: su hijo, el nieto de Maximiliano, el tataranieto del Temerario: el futuro Carlos V. Fernando, quiera o no y a pesar de estériles combinaciones para arrancar a la Casa de Austria la herencia de Isabel, ha ganado el imperio. ¿Pero ha conservado España?

Este mes de mayo de 1506 no pertenece, pues, a ningún tiempo. Está en la encrucijada de dos caminos: uno enclavado aún en el claroscuro de la Edad Media; otro que se abre a las perspectivas imperiales. La verdad es que Cristóbal Colón no podía morir en peor momento. Los períodos de transición no son favorables a los grandes hombres. Pero la indiferencia de España hacia el almirante sólo la iguala la propia indiferencia del almirante hacia los acontecimientos que se están preparando. Mientras Fernando se agarra a la herencia española, Cristóbal Colón no piensa más que en la suya. Hace testamento. Quiere dejar sus asuntos en orden, proteger a sus hijos contra el abandono regio, siempre posible. Pero testa también —*testari*: atestiguar— para la historia. Lo escrito queda, piensa este paralítico, cuyo cerebro nunca estuvo tan lúcido. El 19 de mayo, el Descubridor entabla, ante el notario Pedro de Hinojedo, su último coloquio con los hombres.

Por compleja que sea la personalidad de Cristóbal Colón, sus escritos la dilucidan singularmente. Podados de su ampulosidad verbal, exentos de sus contradicciones, los textos del almirante le pintan mejor aún que los testimonios de sus contemporáneos. Sus notas de viaje, su *Libro de las profecías*, su correspondencia y su carta a los Reyes Católicos escrita desde Jamaica tienen su complemento en el último acto público que realiza Colón. Su testamento confirma los rasgos esenciales de su carácter. Acaba de modelar el personaje. Pero no enseña más de lo que ya se sabe del gran hombre.

Cristóbal Colón, repitiendo los términos de otro testamento que había otorgado ocho años antes, nombra heredero universal a su hijo Diego, recordándole sus derechos y deberes. ¿Sus derechos? El almirantazgo de la Mar Océana, el virreinato de las Indias Occidentales y las rentas correspondientes. ¿Sus deberes? Edificar una capilla en la que se dirán cada día tres misas: una en honor de la Santísima Trinidad, otra a la gloria de la Concepción de Nuestra Señora y otra por el alma de los padres del Descubridor y de su mujer —Felipa Muñiz de Perestrello, la dulce portuguesa olvidada, madre de Diego—. Colón encarga también a su hijo contribuya al honor y a la prosperidad de la ciudad de Génova. Por último, le recomienda a Beatriz Enríquez, madre de su otro hijo, Fernando, añadiendo que lo haga en descargo de su conciencia, en la que pesa mucho aquello. «La razón dello no es lícito de la escribir aquí», termina. Es decir, que Cristóbal Colón, antes de morir, vuelve a sus antiguos amores: su patria, su mujer y su compañera de los malos tiempos. Ha sido infiel a las tres, a Génova, a Felipa y a Beatriz... Tres pesados remordimientos, en efecto. El almirante no dice más. Debe de pensar que cualquier comentario sobre este tema está fuera de lugar en un testamento. ¡Pero qué confesión en esta breve frase púdica! ¡Cómo se da cuenta ahora de que lo ha sacrificado todo al orgullo!

Pasan unos días... Aquella gran paz que le había tocado con su ala durante su retiro en Granada, ahora le cobija enteramente. Como la reina Isabel, se viste el hábito de la Orden Tercera de Santo Domingo. No aparta la mirada del crucifijo. Han arrastrado hasta su lecho el arca donde guarda «sus reliquias»: las cadenas que le puso Bobadilla al volver de su tercer viaje. Nunca se ha separado de ellas. Seguramente esas cadenas le recuerdan, más que la ingratitud española y su humillación, los quinientos esclavos indios encadenados por orden suya. Sí, sus carabelas las guiaba Dios. ¡Pero el oro lo malogró todo! Velan al almirante de la Mar Océana su hijo Diego y los dos marineros que le salvaron en Jamaica: Méndez y Fieschi. Un portugués y un genovés. ¿Podía Cristóbal Colón esperar una guardia de honor más simbólica? Junto a su lecho de muerte, la presencia de su primera y su segunda patria, y de aquella humilde «tropa» —¡con qué altanería la trataba!— que tuvo confianza en su estrella.

El 21 de mayo —día de la Ascensión—, Cristóbal Colón suspira: «En tus manos, Señor, encomiendo mi espíritu.» En seguida muere. Tenía cincuenta y cinco años. Su muerte pasó inadvertida. La crónica de Valladolid no hace mención de ella.

Cristóbal Colón murió en su maravilloso error. Pero este error le salvó de la desesperación. Pues este hombre de mala suerte ignoró siempre su mala suerte. Recordemos: *estuvo a punto* —un grado más al norte— de llegar a Florida—; *estuvo a punto* —le hubiera bastado seguir el curso del Orinoco— de penetrar en el corazón de América del Sur; *estuvo a punto* —no había más que atravesar el istmo de Panamá— de descubrir el Pacífico. Imagínese el destino de España dueña, antes de terminar el siglo XV, del Atlántico norte, del Atlántico sur y del Pacífico. Imagínese la gloria del hombre que hubiera descubierto las dos Américas y forzado la puerta del Pacífico. Cristóbal Colón *estuvo a punto* de ser ese hombre. Si no hubiese estado obsesionado por Cipango; si le hubieran sido constantemente propicios el mar, los hombres y la época; si la pasión del oro... Pero el condicional no tiene nada que ver con los hechos. Por otra parte, poco importa que, de todas las flechas disparadas hacia el oeste del Mar Tenebroso —el norte, el centro y el sur— por aquel jenízaro inspirado, ninguna diera realmente en el blanco. Aquellas rayas de fuego iluminaron la noche atlántica. Y, desde el punto de vista del hombre, ¿no es lo esencial que Cristóbal Colón, en la última fase de su vida, descubriera, a la negra luz del sufrimiento, el camino de sí mismo?

¿Con qué imagen de Cristóbal Colón nos quedaremos? ¿Maese Cristóbal Colón, el joven marino? ¿El proscrito de la Rábida? ¿Don Cristóbal Colón, almirante de la Mar Océana, vestido de grana y ostentando el propio collar de Isabel la Católica? ¿El franciscano contrito, al regreso de su segundo viaje? ¿El condenado, cargado de cadenas, a su vuelta a España por tercera vez? ¿El terciario de Santo Domingo, agonizante, casi solo, a dos pasos de los príncipes cuya gloria ha forjado? Cada una de estas estampas es auténtica. Todas ilustran las sinceridades sucesivas de Cristóbal Colón. Pero hay que guardar la última imagen, pues completa el personaje. El mártir ha acabado de luchar. Ese hombre de apetitos ya sólo tiene hambre de penitencia. Su alma —¡cuán ligera es esta carabela que él lleva ahora a puerto!— se acerca a la Tierra Prometida, que ya no es Cipango, sino el Reino de Dios. ¡Ya está aquí! Cristóbal Colón se abisma en él, en una amarga apoteosis.

Muerto Cristóbal Colón se descubre América

La tenacidad de Cristóbal Colón será recompensada, al menos en cuanto a su herencia. Después de un proceso interminable, Diego, el legatario universal de Colón, obtiene la confirmación de los privilegios de su padre, incluido el título de «almirante de las Indias». ¡En España había jueces! Por un extraordinario cambio de fortuna, Diego llegó a ser nombrado gobernador de la Hispaniola, en sustitución de Ovando. ¡Qué desquite póstumo para el proscrito! Justo era que la corte de España reparase sus entuertos con el padre en la persona de su hijo. Fernando Colón se dedicó a la ciencia y formó en Sevilla una admirable biblioteca. Ambos gozaron del favor del emperador Carlos V. Pero, habiendo muerto sin sucesión los dos hijos de Diego Colón, y Fernando sin herederos, se extinguió la fastuosa herencia del almirante. Nada iba a quedar de Cristóbal Colón y de sus dos hijos. Apenas unos huesos reunidos bajo una losa sepulcral en medio de la nave central de la catedral de Sevilla. Y aun en esto hay que señalar una última prueba de mala suerte. Los restos de Cristóbal Colón, trasladados después de su muerte al claustro de Santa María de las Cuevas, en Sevilla, lo fueron luego a Santo Domingo, y de aquí a La Habana, donde se mezclaron con los de Diego. Cerca de cuatro siglos después de la muerte de Cristóbal Colón, un féretro procedente de La Habana se unió al que contenía los despojos de Fernando. Cuatro heraldos en dalmática, con las armas de los reinos de España, montan su marmórea guardia junto a una losa bajo la cual se acaba de disgregar un montoncito de polvo calcáreo: el Descubridor y sus hijos, juntos.

Más grave aún que la desaparición física es la sombra proyectada sobre la obra de Cristóbal Colón en los primeros tiempos del siglo XVI. Y hasta sobre su nombre, sustituido por otro: Américo Vespucio. ¿Quién era Américo Vespucio? Un hombre curioso, en los dos sentidos de la palabra. Nacido en Florencia de padres acomodados, estudió matemáticas y física y fue encargado por los Médicis de organizar el segundo viaje de Colón. Con este fin se trasladó a Sevilla, donde entabló relaciones con el almirante, entonces en el pináculo de su gloria. A este sabio convertido en hombre de negocios no tardó en seducirle el demonio de la aventura. Participó en numerosos viajes de exploración, acompañó a Vicente Yáñez Pinzón y a Coelho en los que hicieron por las costas de América central y del Brasil y fue uno de los que plantaron la bandera portuguesa en las Tierras de Santa Cruz. Pero, en suma, no parece ser más que una especie de turista aficionado. Si bien es verdad que tomó parte en expediciones lejanas, no tuvo nunca en ellas ni la iniciativa, ni la dirección, ni los riesgos. A bordo de las carabelas portuguesas y españolas, fue un simple pasajero de marca, muy escuchado por la tripulación debido a su ciencia. A veces, hasta un consejero infalible. Aconsejaba, pero no mandaba. Y el título de *piloto mayor* que le fue otorgado es un homenaje a sus conocimientos teóricos más bien que una consagración de unas cualidades de navegante que muy rara vez tuvo ocasión de demostrar. No es que no tomara alguna vez el timón. Lo justo para entrenarse. Américo Vespucio no era un marino en el sentido en que lo eran un Juan de la Cosa o los hermanos Pinzón. ¿Por qué, pues, recae sobre su persona y sobre su nombre la paternidad de un descubrimiento que parece, en buena ley, corresponder por entero a Cristóbal Colón? Una simple frase lo aclara todo: la que escribió Américo Vespucio a Lorenzo de Médicis al regreso de su primer viaje al Brasil: «...En estos países meridionales he encontrado un continente más poblado de hombres y de animales que nuestra Europa, que Asia y África, con un clima más templado, más suave que en cualquier región de las que conocemos nosotros... Se puede, en buena ley, darle el nombre de Nuevo Mundo...» Frase capital, si la comparamos con la afirmación de Colón: «Toda la tierra es una isla», y con su seguridad de que, navegando hacia el oeste, llegaría a Asia. Aquel *Mundus Novus*, netamente distinto del mundo conocido y separado de él por un océano, fue Américo Vespucio quien lo señaló a los hombres de su tiempo. Cristóbal Colón no había sospechado nunca su existencia.

No todo está en descubrir: hay que dar un sentido al descubrimiento. Los increíbles esfuerzos, las lágrimas y el sudor de sangre del almirante de la Mar Océana no habrían servido de nada si un sabio sereno no hubiera borrado el nombre Cipango para escribir otro: *Mundus Novus*. Colón atravesó de parte a parte el Mar Tenebroso, forzó una barrera tenida por infranqueable, tocó orillas maravillosas, sin ver en ellas nada más que el reflejo de su sueño interior. Aquel vagabundo sublime miró el Nuevo Mundo con unos ojos ciegos. Américo Vespucio lo miró de verdad y lo reconoció. De todos modos, el genovés visionario y el florentino lúcido pueden darse la mano. Cristóbal Colón sigue siendo el Descubridor de América, y Américo Vespucio el que la explicó.

Maese Cristóbal el Desventurado... El testimonio de Vespucio es uno más de su desventura. A no ser por él, no se hablaría ahora de las Américas, sino de las Colombias...

SEGUNDA PARTE

HERNÁN CORTÉS Y SUS COMPAÑEROS A LA CONQUISTA DE MÉXICO, O EL RETORNO DEL DIOS BLANCO

Cuando llegue el tiempo, volveré hasta vosotros, por el mar oriental, acompañado de unos hombres blancos y barbudos...

(Proclama al pueblo tolteca de Quetzalcóatl, dios y rey, en el año mil de la era cristiana. Leyenda azteca.)

CAPÍTULO PRIMERO

América

Cristóbal Colón emprendió su primer viaje en 1492. Murió en Valladolid en 1506. Al mismo tiempo que él, otras flotillas recorrían el Mar Tenebroso. ¿Cuál es el balance de estos quince años de descubrimiento?

En total, Cristóbal Colón y sus compañeros descubrieron las Grandes y las Pequeñas Antillas, el golfo de México, Yucatán, las costas de Honduras y de Nicaragua, el istmo de Panamá y el golfo de Darién, así como la costa venezolana y las bocas del Orinoco. Si, como muchos comienzan a pensar, estas tierras no son las Indias Occidentales, hay que darles un nombre. El nombre lo encuentra un alemán.

Al año siguiente de la muerte de Cristóbal Colón, Martín Waldseemuller, de nacionalidad alemana, pero profesor de geografía en Saint-Dié, publica, con el seudónimo de «Hylacomulus», una obra titulada *Cosmographie Introductio*, en la que, después de hablar de las tres partes del mundo, se expresa así: «...Pero estas partes del mundo son ya bien conocidas. Como pronto se verá, Américo Vespucio ha descubierto una cuarta parte. ¿Por qué no llamarla *Amerige* o *América*, es decir, tierra de Americus —*Americi terram*—, con el nombre de su sagaz y gran descubridor, así como Europa y Asia llevan nombres de mujeres?» En efecto, ¿por qué no? ¿No fue Américo Vespucio el que hizo inteligible el descubrimiento? ¡Pues para él todo el provecho y toda la gloria! Es más fácil bautizar un imperio que conquistarlo. Basta un poco de propaganda.

Más adelante, Waldseemuller se dará cuenta de su ligereza. Una información más exacta —¿acaso un remordimiento?— le hará desdecirse de su proposición. El mérito de Vespucio era innegable. ¿Pero se iban a olvidar, por su clarividencia, los esfuerzos y las tribulaciones de Cristóbal Colón, sin los cuales no hubiera habido Nuevo Mundo? La honradez del alemán no encontró eco. La idea por él lanzada se había abierto camino. Y ya no podía detenerla. La carta de Américo Vespucio a Lorenzo de Médicis atraía sobre él la atención de Europa, mientras que la de Cristóbal Colón a los Reyes Católicos —¡escrita el mismo año!— pasaba inadvertida.

Y la palabra «América», aplicada al principio a los territorios situados al sur del ecuador —el Brasil se llamaba *Terra incognita*—, acabó por designar la totalidad del Nuevo Mundo. En 1541, treinta y cinco años después de morir Colón, un geógrafo holandés, Gerardo Mercator, dibuja un mapa en el que por primera vez y claramente aparece el *Mundus Novus* separado de Asia. Lleva el nombre de América.

El periplo de fuego de los conquistadores

¡América! Ya es hora de echar una ojeada a ese mundo que acaba de nacer, si hemos de apreciar la audacia de los primeros conquistadores. Para comprender a los aventureros hay que situar el lugar de la aventura. Volemos, desde el norte hasta el sur, sobre el Nuevo Mundo, campo de batalla, imperio y cementerio de los conquistadores.

El continente americano, formado por dos triángulos cuyos vértices miran al sur y están unidos por una estrecha faja de tierra, se extiende, en latitud, desde los 71º norte hasta los 56º sur, o sea 127 grados. El ecuador atraviesa América casi exactamente por la mitad.

En realidad, el Nuevo Mundo comprende dos continentes, unidos por un rosario de islas y de istmos. Considerando las enormes distancias que lo separan de Europa, África y Asia, se comprende que se tardara tanto en descubrirlo. De Dakar a Natal hay tres mil kilómetros; de Lisboa a Buenos Aires, nueve mil quinientos; de Sevilla a Lima, once mil quinientos. Quince mil kilómetros separan la costa de Chile de las riberas australianas, y entre el istmo de Panamá y la costa oriental

América 115

de Indonesia hay cerca de veinte mil kilómetros: aproximadamente la mitad de la circunferencia terrestre. Elocuencia de las cifras que, aun consideradas en el siglo del avión, explican por qué América siguió siendo *terra incognita* hasta el siglo XV.
Retrato físico del Nuevo Mundo. Al oeste, una espina dorsal montañosa que traza su curva desde el estrecho de Behring hasta el de Magallanes. Esta cadena continua —Montañas Rocosas en América del Norte y cordillera de los Andes en América del Sur— es como un gigantesco acantilado a pico sobre el océano Pacífico. En el centro, llanuras, desde la bahía de Hudson hasta el golfo de México, en el norte; desde la desembocadura del Amazonas hasta Tierra del Fuego, en el sur. En el este, mesetas que van descendiendo hasta sumergirse en el océano Atlántico. En resumen: de oeste a este, tres zonas de relieve paralelas —montañas, llanuras, mesetas— que se prolongan de norte a sur.

La gran extensión en latitud de América —mientras que Europa y Asia son mucho más anchas que largas— hace que tenga una pasmosa variedad de climas y de vegetaciones. En la América del Sur septentrional (Amazonia, Guayanas, Colombia y Venezuela), el clima es ecuatorial, cálido y húmedo. Las lluvias son abundantes y constantes. Una espesa selva de árboles gigantes, una flora exuberante y extraña palpitan con una vitalidad amenazadora. Pocos hombres se aventuran a internarse en ella. Es el tenebroso reino de los insectos, de los monos de cola prensil balanceándose en las lianas, de los tapires... Sólo el zumbar de los mosquitos, por miríadas, y el rugir del jaguar rompen el silencio. A cada lado de esta faja ecuatorial, dos zonas tropicales: al norte, América Central, México y el sur de los Estados Unidos; al sur, el Brasil y el norte de la Argentina y de Chile. Hace el mismo calor continuo, pero no llueve más que en verano. La selva, imponente también, se aclara, entreabriendo su techo de follaje. Cae la luz en gotitas de oro. Compacta y cerrada a orillas de los ríos, la selva se va desvaneciendo progresivamente. Ahora es el monte bajo, salpicado de haces de árboles. Está poblado de innumerables pájaros y reina el puma. A uno y otro lado de las dos zonas tropicales comienzan las zonas de climas templados continentales. El invierno es glacial, y el verano, tórrido. En el norte, el bosque boreal y su flora semejante a la de Europa; luego, la pradera, inmensa, apenas ondulada. En el sur, la monótona pampa. Por último, en los dos extremos del continente —desde Alaska hasta Tierra del Fuego—, el frío, polar en las costas del océano Glacial Ártico.

El clima americano, muy frío, tórrido o muy húmedo, se suaviza en las costas occidentales al contacto con los vientos del oeste y de las corrientes marinas. Gracias a esto, las costas californiana y chilena, estrechamente comprimidas entre las montañas y el océano Pacífico, gozan de un admirable clima. Agua y sol. Un viento templado, naranjos, limoneros y el suave murmullo de las palmeras.

La estructura del relieve americano ha determinado la formación de un poderoso sistema hidrográfico. Esas inmensas llanuras no cortadas por ninguna montaña forman un vasto lecho para que las aguas se precipiten desde los glaciares del oeste. En América del Norte, dos grandes ríos: el San Lorenzo y el Misisipí-Missouri, diez veces más largo que el Sena. En América del Sur, tres ríos principales: el Orinoco, el Río de la Plata y el Amazonas, cuya cuenca tiene una superficie diez veces más grande que la de Francia.

No es inútil comenzar por subrayar el carácter grandioso, las colosales dimensiones de la naturaleza americana y su extraordinaria variedad. Lo primero que vieron los conquistadores, con ojos estupefactos, fue el paisaje. Sólo después procuraron traspasar la decoración para encontrar el hombre y el metal.

Paisaje variado y suntuoso, que evocaba inesperadas analogías. ¿Es esto el desierto peruano, o el Sahara? ¿Las mesetas de Atacama, o ciertas soledades persas? ¿Las altiplanicies de Bolivia, o las suaves ondulaciones del Tíbet? Y esa pampa argentina, tan parecida a la estepa rusa. Habrá que volver sobre estas semejanzas geográficas. No hay un solo aspecto en el Viejo Mundo que no se repita en el Nuevo. Como si, verdaderamente, América fuera la prolongación de Eurasia por el estrecho de Behring, istmo antes.

Aunque, desde el punto de vista físico, no se puedan disociar las Américas del Norte, del Centro y del Sur, comprendidas las tres en un mismo sistema arquitectónico, aquí hablaremos sólo de las dos últimas. Lo que se llama «América de los conquistadores» es, en realidad, la parte central del continente americano, cuyas fronteras ideales serían, al norte, el Yucatán, y, al sur, el Río de la Plata. Un área de sol, de manantiales de agua y de tierras volcánicas limitada por los

América

trópicos de Cáncer y de Capricornio y dividida en dos por el ecuador. Es, pues, al sur de los Estados Unidos donde comienza el prestigioso imperio de los conquistadores, cien veces formado, deshecho y vuelto a hacer. El fantástico itinerario que, en menos de cincuenta años, trazaron las carabelas españolas en el mapa del continente americano partió de Palos. Sigamos esta línea de fuego. Avanza hacia el oeste a través del Atlántico. Las Canarias. El mar de los Sargazos. Llega a las Antillas, al llamado «Mediterráneo americano», al mar Caribe en su parte occidental. He aquí el archipiélago tropical, con sus dramáticas tormentas, sus ciclones y sus flores gigantescas, de colores deslumbrantes. Cuba, Haití, Puerto Rico y las islas Vírgenes, Jamaica y las islas del Viento. Un rosario de islas exuberantes de caña de azúcar y de bananeros. Después, la curva de oro se aleja de las Antillas, envolviendo la América Central. Un istmo de dos mil kilómetros que va de México a Colombia, Guatemala, Honduras, Nicaragua, Costa Rica y Panamá. Un relieve retorcido como por la mano de un titán. Oscuras selvas de árboles encadenados por las lianas. Grandes lagos azules en los que se reflejan los volcanes. Y la estrecha cinta que une la América Central con la del Sur: Panamá. Al este, el golfo de Darién, obsesión de los primeros navegantes. Paisaje de fin de mundo. Naturaleza feroz, rebelde al esfuerzo del hombre. Inmensas marismas que despiden gases mortíferos. El sol tropical abrasa. Subiendo hacia el norte, la curva conquistadora atraviesa el mar Caribe y pasa por la península de Yucatán. Es una altiplanicie calcárea, árida en el norte, devorada por la selva en el sur. Pocas corrientes de agua. Alternan la sabana árida y la olorosa selva. Doblando hacia el oeste, la línea fulgurante para en México. Vario país de triple faz. El norte: prolongacion de los Estados Unidos; altas mesetas estériles encuadradas por cadenas montañosas y los picos de la Sierra Madre occidental. El centro: volcanes —el Popocatépetl, de 5.452 metros de altura— y la maravillosa fertilidad del suelo, desde el pino al platanero. Aquí se encuentran todos los climas de la Tierra: tierra caliente, tierra templada y tierra fría. México, la Venecia de las montañas, en una laguna a 2.250 metros de altitud. Por último, el sur mexicano, con sus playas tropicales, sus bosques de caobos y de cedros. El istmo de Tehuantepec une la ribera atlántica con el Pacífico.

La sierra se ensancha. Remolinos de espuma en los ríos. Innumerables ríos bajan a la llanura, para morir en las costas del golfo de México. La línea, serpenteando de nuevo a lo largo de América Central, torna hacia el sur. Roza el mar de las Antillas, atraviesa el istmo de Darién y topa con la América del Sur. Esta vez, el trazado es neto. Han quedado enlazados los continentes norte y sur. La América del Sur es como un gigantesco y macizo testuz de toro. Un testuz de dos caras: la septentrional, mirando al mar antillano, con las Guayanas, Venezuela y una parte de Colombia, y la meridional, mirando al Pacífico, con el Ecuador, Perú, Chile, Bolivia y el Paraguay. Cada una de esas dos caras tiene su carácter original. Veamos primero la cara septentrional, al norte de la línea que coincide con el ecuador. La meseta de las Guayanas, erizada de espesas selvas donde crece el palo de rosa junto al árbol del caucho. Venezuela, bordeada al norte por los Andes, bañada en el centro por el Orinoco, y sus llanos periódicamente inundados por lluvias diluviales. Colombia, llanura al este, montaña al oeste, reúne, como México, todos los tipos de clima: humedad tibia de la Amazonia y frío intenso de las altas cumbres de la cordillera. En las laderas de las montañas, minas de metales preciosos. Y los secretos yacimientos de esmeraldas.

Al sur de Colombia, América mira al Pacífico. Una espina dorsal gigantesca: los Andes. Formidable barrera que va de norte a sur, con altísimos picos y volcanes —el Chimborazo: 6.272 metros; el Aconcagua: 7.400 metros—, la cordillera de los Andes se acerca mucho al litoral del Pacífico. La cenefa costera es angosta y, con frecuencia, la falda de los altos montes llega hasta la costa. El Ecuador, metido como una cuña entre Colombia y el Perú, encuadrado al oeste por una llanura litoral y al este por la montaña, está constantemente amenazado por los seísmos. Luego, el triple rostro del Perú. El desierto costero, poblado de innumerables pájaros. Las altas tierras andinas, las cumbres nevadas, los macizos montañosos cortados por majestuosos valles, con lagos muy azules extensos como mares. Al nordeste, en forma de media luna, el Oriente, que los peruanos llaman la *Montaña*, tierra del alto Amazonas donde campea la selva virgen, con espumosos ríos: el Marañón —alto Amazonas—, el Ucayali... Entre las cumbres de la cordillera de los Andes y el océano Pacífico

América

se extiende la prolongada longitud de Chile, estrecha banda litoral: cuatro mil kilómetros de largo, trescientos cincuenta de ancho cuando más —veinte veces más largo que ancho—; picos de más de seis mil metros; un clima casi tropical en el norte, casi polar en el sur, en los confines de Tierra del Fuego. Trágica sucesión de desiertos abrasadores, de alturas silenciosas, de tierras heladas. Por último, Bolivia y el Paraguay, aunque continentales o interiores, completan la fachada de América del Sur.

El itinerario de los conquistadores toca a su fin. Siguiendo la costa chilena, la línea de la conquista llega a la Patagonia; abandona, en el estrecho de Magallanes, el océano Pacífico; entra de nuevo en el Atlántico; sube hacia el norte, y se detiene en el Río de la Plata. He aquí la desembocadura del Paraná y del Uruguay, puerta abierta del continente. Dos países: el Uruguay y la Argentina.

El Uruguay, entre Brasil y la Argentina, tiene un relieve uniforme. Es una llanura alfombrada de altas hierbas, ampliamente abierta a las influencias marítimas. Dominando un paisaje de bosques y praderas, se alzan algunos montes, muy pocos. La Argentina, adosada a Chile, ocupa toda la fachada atlántica de la América del Sur meridional. Se extiende desde el trópico de Capricornio hasta muy cerca del cabo de Hornos, en más de treinta grados de latitud. El corazón de la Argentina es la pampa, parienta de la pradera norteamericana. Húmeda y pantanosa, se mueve y gime bajo el viento, como el mar. Al noroeste, las áridas altiplanicies de la Puna de Atacama, con algunos oasis. Al nordeste, el Chaco, transición entre la desolada aridez de las regiones subandinas y la pampa. Al sur, la Patagonia, con su cielo surcado de franjas anaranjadas, sus costas abruptamente acantiladas, sus aguas polares constantemente agitadas. Por último, la siniestra isla de Tierra del Fuego, separada de la Argentina por el estrecho de Magallanes. Un revoltijo caótico de aguas furiosas y de tierras desoladas. Aquí acaba el continente sudamericano. Pudiera creerse que aquí acaba también el mundo: tan rigurosa es la naturaleza de esta Tierra del Fuego y tan vacía está de hombres.

Desde el Río de la Plata, la curva intrépida salta, sin detenerse, al Brasil —feudo de los portugueses—, retorna al mar Caribe y vuelve a hacer, en sentido inverso, la travesía del Atlántico. De nuevo el mar de los Sargazos, las Canarias, los puertos andaluces. El fulgurante arabesco ha terminado su curso.

Tal es, a grandes rasgos, esquematizado, el paisaje que vieron por primera vez los conquistadores. Si le damos aquí nombres modernos, si dividimos su geografía, es para que el lector abarque más fácilmente su inmensidad. En realidad, los lugares descubiertos por los conquistadores españoles tenían otros nombres y las fronteras eran diferentes. ¿Pero cómo seguir sin puntos de referencia las etapas del descubrimiento? Por otra parte, ya nos internaremos más en los países conquistados siguiendo a los conquistadores a medida que avanzan. Primero, el telón de fondo, sin personajes. Una ojeada de conjunto al Nuevo Mundo, cuya prodigiosa variedad de climas y de relieves ilumina una vez más el heroísmo —la locura— y la exaltación de los conquistadores. Sí, primero el paisaje desnudo. Y después, los hombres.

Hombres llegados de otras tierras

Cuando los primeros conquistadores desembarcaron en las tierras desconocidas, encontraron, por lo pronto, el silencio y el desierto. Pensaron que iban a escribir ellos la primera página de la historia del Nuevo Mundo. Pero en seguida les salieron al encuentro unos hombres extraños. Su piel era de un color nunca visto: ni blanca ni negra, sino parecida al bronce, o, a veces, como la arena roja. Los españoles les dieron el nombre de «indios de América». Denominación normal, puesto que los recién llegados se creían en las Indias Occidentales. A medida que iban avanzando por territorio conquistado, los asombrados españoles iban descubriendo aldeas, pueblos y, por último, grandes ciudades que llevaban la marca de una antigua civilización. La historia de América había empezado ya desde hacía mucho tiempo.

El Nuevo Mundo estaba habitado, en efecto, mucho antes de que en Europa se pensara siquiera en la existencia de aquel continente. Más aún: conquistadores aztecas, mayas, incas habían precedido a los enviados del rey de España en los mismos caminos de gloria. También ellos, y antes que éstos, habían descubierto territorios, habían encontrado y sometido hombres. ¿Quiénes eran aquellos hombres y de dónde procedían?

América

Es imposible asignar una fecha a la aparición del hombre en América. ¿Cinco mil años antes de Jesucristo? Puede ser. Pero interesa más el origen de la población precolombina que su antigüedad.

¿Habrá que creer al sabio argentino Ameghino Florentino cuando intenta probar que el hombre americano nació en América e incluso que la genealogía del *homo sapiens* se remonta al mono terciario de la Patagonia llamado «homúnculo»? Llega a afirmar que la Argentina fue la cuna del mundo, y la pampa, la plataforma donde se formaron y se pusieron en marcha las migraciones humanas.

Según otra tesis —la de Arias Montano, autor de la *Biblia poliglota*—, los judíos descubrieron y colonizaron el Nuevo Mundo. Los hijos de Jectán, bisnieto de Sem, hijo de Noé, fueron, según esta tesis, los primeros pobladores de América. Orfis llegó al noroeste de América y, de aquí, al Perú. Jobal fijó sus reales en el Brasil. ¿Los judíos, primeros conquistadores del Nuevo Mundo? ¿Por qué no? Es verdad que faltan las pruebas —y hasta las presunciones—, ¿pero quién puede atravesar las tinieblas de las primeras edades? El primer hombre americano no podemos más que imaginarlo.

¿Hemos de renunciar a la idea de que fuera autóctono y admitir, por consiguiente, que fue inmigrado? Problema siempre discutido y que nadie puede fallar con seguridad. Pero en cada paso que se da en la tierra americana aparece el origen asiático. Esos rostros de pómulos salientes y ojos oblicuos, ¿no son los mismos que en Camboya o en el Tíbet? Máscaras bolivianas y máscaras chinas. Cordones de contar del Annam y quipos de los incas, y ese mismo olor picante de las mujeres de Ceilán y de las mujeres indias que entretuvieron a los conquistadores... Analogías significativas que se encuentran en las costumbres y en la arquitectura. Las cabezas esculpidas en las rocas de Yucatán son la réplica de las que se yerguen —con un hieratismo siniestro— en la fachada de los templos de Angkor. ¿Qué misterioso parentesco unía a los mayas con los khmers? Incas y faraones, diadema y *pschent*, pirámides de Menfis y teocalis mexicanos, Tebas «la de las cien puertas» y el Cuzco. Las relaciones son evidentes. Baste recordar que Ra, el dios de los egipcios, e Inti, el de los incas, representados respectivamente en los pórticos de Luksor y en los templos peruanos, son el mismo dios: el Sol.

Si los primeros mexicanos procedían de Asia, hay que

imaginar cómo y por dónde llegaron. Echemos otra ojeada al mapa de América. El extremo nordeste de Asia y el extremo noroeste de América del Norte están tan próximos, que se piensa en seguida que, en alguna época, debieron de estar unidos. El estrecho de Behring, que actualmente separa Rusia de Alaska, poco profundo y con una anchura de sólo cien kilómetros, debió de ser en otro tiempo —en las épocas glaciales— el punto natural que utilizaron las hordas asiáticas para pasar al continente americano. Bastaba un día de navegación a vela o unas horas de andar —si lo pasaban a pie—. El archipiélago de las Aleutianas, al sur del estrecho, es otro puente entre Asia y América. Pasado uno de estos puentes, es verosímil suponer que las migraciones orientarían su marcha hacia el este, llegarían a los grandes lagos, seguirían la gran arteria del Misisipí o del San Lorenzo y, según que bordearan la costa occidental o siguieran los caminos orientales, llegarían al istmo de Panamá o a las Antillas.

En América Central, los nómadas de Behring encontrarían otras colonias de inmigrantes, llegados éstos de Australia por las etapas de las islas polinésicas. Este aluvión de nómadas se extendería luego, en oleadas sucesivas, por el inmenso espacio sudamericano, girando cien veces sobre sí mismo y dirigiéndose de preferencia, al parecer, hacia el oeste, a la región de las altiplanicies.

Algunos emigrantes —raros y muy audaces— llegaron a América por vía marítima. Desde Australia, desde el Japón, desde Milanesia, pudieron encallar sus balsas en la costa occidental de América del Sur algunos navegantes primitivos, impulsados por corrientes favorables y guiados por los pájaros marinos. ¡Asombrosa conjunción de la suerte y del valor, de las corrientes y del viento! Entre África y la costa sudamericana, las comunicaciones marítimas, si es que las hubo, fueron efímeras. A menos de admitir el mito de la Atlántida, la isla de los Dioses que servía de puente entre África del Norte y América y de donde partieran las grandes invasiones legendarias. A menos que, sin tener en cuenta las estrictas indicaciones de la antropología y de la etnología clásicas, aceptemos la hipótesis de una ocupación de América Central por los colonos atlantes. Cuando Moctezuma evocaba ante el pueblo azteca el lejano recuerdo de sus antepasados, procedentes del oriente, del norte y del nordeste, aludía a su llegada «de regiones frías y heladas, por un mar triste y nebuloso». ¿En qué se apoyaba esta tradición y qué mar sino el Atlántico podía ser aquél?

En resumen, y en el estado actual de la ciencia, se admite que la población americana se transformó por cuatro grandes corrientes de migraciones. Las primeras —después del período glacial— llegaron de Asia por el estrecho de Behring. Las segundas llegaron de Australia por vía marítima. Las terceras, constituidas principalmente por elementos polinésicos, arribaron de Oceanía a través de las islas del Pacífico. Y las cuartas, de origen más reciente, fueron las de los esquimales, que se extendieron por regiones polares de América y de Eurasia.

En todo caso, cualesquiera que fuesen las vías de penetración en territorio americano, es impresionante imaginar la triste marcha al azar —¿no era más bien el éxodo del hambre?— de unos hombres vestidos con pieles de animales a través de extensiones infinitas, glaciales la mayor parte del tiempo, desde el estrecho de Behring a Tierra del Fuego, casi de polo a polo. O aquellas piraguas errantes de isla en isla y que la tormenta arrojaba contra unas costas desconocidas. Primera y siniestra toma de posesión de un mundo.

Si excluimos la hipótesis de la Atlántida, aquellos hombres llegados de otros mundos eran, pues, asiáticos mezclados con malayo-polinésicos. Ignoraban la rueda y los cereales y no habían domesticado aún a los animales. Es decir, que no practicaban ni la agricultura ni el pastoreo. Su única actividad era la caza y la pesca. Matar para comer. Lo que explica su nomadismo. Para aquellos hambrientos, el oro eran los grandes lagos y sus pescas milagrosas, las llanuras norteamericanas rebosantes de caza. La hora del metal deslumbrador no ha llegado aún. Los conquistadores de la edad de piedra codician la carne cruda y la sangre fresca. Tienen frío. Tienen hambre. ¡Sol y comida!

La población de América, comenzada probablemente en los alrededores del período glacial, continuó en la edad paleolítica y en la neolítica, aumentando a medida que fueron mejorando las condiciones de existencia de las tribus primitivas. Este proceso de población fue, probablemente, una penetración, muy lenta pero continua, por mar, por tierra, a lo largo de las costas. Han de pasar milenios para que coordinen sus movimientos estos rebaños humanos, errantes a

América 1550

América 1950

orillas de los ríos, extraviados en los laberintos alternativamente helados y tórridos de la naturaleza americana, volviendo sobre sus pasos para avanzar por otros laberintos. Sin embargo, aquel disperso circular de humanidad bajo el cálido resplandor de la luna, bajo la lumbre abrasadora del sol o bajo la pesadumbre de un cielo negro, era ya la conquista del suelo.
Sobre este fondo, sobre este substrato, se levantan las civilizaciones precolombinas.
Unas leyendas. Un paisaje. Unos hombres. Después, los conquistadores.

Una mancha de aceite que se extiende

Cristóbal Colón ha descubierto un mundo. Américo Vespucio le ha dado nombre. Tomado ya el impulso, Haití y Cuba, las grandes islas antillanas, serán la plataforma de donde se lanzarán los conquistadores. Pues ya no está el problema en la línea España-Antillas, ni la aventura en el Mar Tenebroso. Ahora tiene su punto de partida no en los puertos andaluces, sino en Santo Domingo, futura capital de la República Dominicana, en la isla de Haití. El problema que ahora se plantea es proseguir el descubrimiento a partir y más allá de las Antillas. ¡Qué progreso: Santo Domingo, cabeza de puente de la conquista!

La penetración española, implantada en las Antillas, se va a extender, como una mancha de aceite, hacia el centro, el norte y el sur de América. ¡Dichosos los mozos aquellos que, en los albores del siglo XV, vieron abrirse el más vasto campo de acción de todos los tiempos! Fueron muchos, fueron legión los que ardieron en deseos de seguir las huellas de sus predecesores. La mayoría de ellos se limitaron a repetir lo que otros habían hecho ya. Pero algunos —los mejores— prolongaron, audaces, el surco abierto en el océano por la *Santa María*. Fueron los conquistadores.

¿Los mejores? ¡No, ciertamente, en el sentido de la bondad! Pues, en este aspecto, fueron más bien los peores. ¡Su superioridad estaba en la rudeza! De cualquier condición social que fueran —hidalgos, antiguos soldados de las guerras de Italia, ex presidiarios, poetas extraviados en busca de emociones fuertes—, no tenían más remedio que adaptarse a las particulares condiciones impuestas por la naturaleza y por los hombres. Unos músculos de hierro, un estómago a prueba de náuseas y de hambres, unos hombres capaces de soportar la armadura bajo el sol tropical, una epidermis acorazada contra las flechas de los caribes y la picadura de las hormigas gigantes; esto en cuanto a facultades físicas. Y, naturalmente, tal dureza de cuerpo no podía menos de endurecer también el corazón. Los conquistadores tenían el alma templada como su espada. Nada de debilidades, nada de enternecimientos. Había que ser duro o morir. Resistir o sucumbir era la alternativa que tenían aquellos forzados de la conquista.

De Yucatán a Darién

Se inicia un nuevo período de quince años: el que va desde 1506 —año en que muere Cristóbal Colón— a 1521 —año en que Hernán Cortés se apodera de México—. Entre estos dos soberbios centinelas —el Descubridor y el Conquistador— haciendo celosa guardia en el umbral del Nuevo Mundo, se van destacando unos hombres, se van insinuando unas figuras armadas. Durante estos quince años de exploración a tientas se van formando los conquistadores. Es un período de ensayo y de improvisación. ¡Pero qué aprendizaje tan sangriento! Entre esta tropa despiadada se destacan unos cuantos nombres: Alonso de Hojeda, Juan de la Cosa, Ponce de León, Vicente Yáñez Pinzón —antiguos conocidos—, y después los jóvenes: Diego de Nicuesa, Diego Velázquez, Francisco Pizarro... Un poco más adelante los veremos unidos a la suerte de Cortés, o, como Pizarro, fundar un imperio. Por el momento se lanzan, con la cabeza baja, hacia un objetivo disfumado aún por la niebla de las leyendas.

Durante el primer cuarto del siglo XVI quedan aún por cubrir algunas etapas del descubrimiento...

Mientras Vicente Yáñez Pinzón desembarca en la península de Yucatán, Alonso de Hojeda y Diego de Nicuesa se asocian para explorar y explotar las costas del Caribe. A Hojeda se le adjudica administrativamente el territorio comprendido entre el cabo de la Vela y el golfo de Urabá, en un extremo del golfo de Darién, entre Colombia y Panamá, es decir, en realidad, la parte de Colombia que mira al mar Caribe. Nicuesa dispone —en el papel— de la costa que va de Urabá a Gracias a Dios, exactamente la frontera de Nicaragua y de Honduras. Una V gigantesca apoyada en Darién. El lado este se llama ya —con audaz antelación— Nueva Andalucía, y el lado oeste, Castilla del Oro.

Hojeda y Nicuesa, provistos de los privilegios reales, salen de Santo Domingo para su colonia. Acompañan a Hojeda Juan de la Cosa y Francisco Pizarro. Nicuesa lleva entre su tripulación a un joven extremeño del que espera mucho: Núñez de Balboa. Pizarro, Balboa... No tardarán los discípulos en dejar atrás a sus maestros. Los dos gobernadores navegan a toda vela, cada uno por su lado, hacia donde creen que les espera la fortuna. Pero encontrarán la desgracia. Aquellas tierras a las que dieran de antemano los dulces nombres de sus provincias —Hojeda es de Cuenca, y Nicuesa vio la luz en Baeza— los rechazan. Es muy bonito tener la garantía del soberano y trazar en un pergamino los límites de una concesión. Pero la caligrafía de un escribano y la firma del rey de España no tienen aún valor legal en el país de los caribes. Hojeda y Nicuesa lo comprueban en amarga experiencia.

La expedición de Hojeda desembarca en las cercanías de Cartagena, en Colombia. Es el dominio de los caribes, famosos por su crueldad. Siembran el terror en todos los pueblos de América Central y de las Antillas. Pero los españoles de Hojeda no conocen el miedo, y se internan en la selva, buscando precisamente a aquellos caribes con intención de dominarlos. No les dan éstos tiempo de adentrarse mucho: una nube de flechas envenenadas los rodea y diezma la expedición. El curare no perdona. Hojeda escapa de la muerte, pero Juan de la Cosa muere de las heridas. Nuevo San Sebastián, le atan a un árbol y le acribillan a flechazos. El veterano de los conquistadores, el compañero de Cristóbal Colón, el piloto de la *Santa María*, ya no es más que un cadáver tumefacto, tan erizado de dardos, que parece un puerco espín. Hojeda y sus hombres embarcan precipitadamente. En el camino de regreso se encuentran con la expedición de Nicuesa, se unen a ella y hacen algunas *razzias* por los pueblos costeros. Luego, Hojeda y Nicuesa se separan. Mientras Nicuesa se dirige a Veragua, Hojeda permanece algún tiempo en la costa de Darién. Y en ella funda la colonia de San Sebastián. Fatigado por sus heridas, cede el mando a Pizarro y se vuelve a Santo Domingo, donde muere en la miseria y en el olvido.

Pizarro, al ver que no vuelve Hojeda, decide abandonar San

América

Sebastián. Se cruza con la expedición del bachiller Fernández de Enciso y, por consejo de éste, retrocede hacia Darién. La gente de Pizarro y la de Enciso desembarcan juntas al oeste del golfo de Darién e instalan allí un campamento provisional, al que dan el nombre de Santa María la Antigua. ¿Pero qué dirá Nicuesa, a quien pertenece el feudo? ¡Bah!, seguramente ha perecido allí en el norte.
Pero no. Nicuesa no ha muerto. Ha fundado, en Panamá, Nombre de Dios —la futura ciudad de Colón—. Después de mil avatares —el hambre obligó a sus hombres a comer cadáveres de indios medio podridos—, Nicuesa pone proa a Darién. Arriba a Santa María la Antigua. Desembarca. ¡Compatriotas por fin! Mas, para él, serán peores que los caribes. Aunque tiene jurisdicción legal sobre la colonia, le expulsan, embarcándole con los suyos en una nave carcomida que hace agua por todas partes. ¡Que se vaya a España, si puede! Los desdichados no llegan ni siquiera a la Hispaniola: se van a pique frente a la misma costa. El cotarro lo maneja un hombre: Balboa. Se ha desembarazado de Nicuesa. Unas semanas antes había hecho lo mismo con Enciso. Ahora, el gobernador es él. Así procedían los conquistadores. ¡Ay del vencido!
Ponce de León —otro compañero de Colón— vuelve los ojos hacia Borinquen —Puerto Rico—. Logra que le nombren gobernador de la isla y funda la colonia de Caparra. ¿Su objetivo? Encontrar oro. Hay mucho, pero no tanto como él quiere. ¿Se verá alguna vez un conquistador ahíto de metal amarillo? Parece ser que los excesos de Ponce de León y su rigor con los indígenas conmueven al poder real, pues recibe orden de salir de Puerto Rico e ir a explorar una comarca misteriosa al noroeste de las Antillas. Le llaman la isla de Bimini. Ponce de León se pone en camino. Deja a la izquierda la Hispaniola, va derecho hacia el archipiélago de las Bahamas. Y le da este nombre: Florida. Lo merece bien, pues, durante centenares de kilómetros, parece, en efecto, la perfumada prolongación de una huerta andaluza. Pero en este cuadro tan vivo de colores hay una sombra. Abunda el coral, pero el oro es raro. Y los indios, tan feroces como los caribes, manejan el arco con mucha puntería. Ponce de León se aleja prudentemente de aquellas riberas encantadas. Volverá, pero al frente de una expedición más importante y como gobernador. Esta vez será más fuerte que los indios, pero éstos le acosan a él y a sus hombres. Una flecha en mitad del corazón pone

fin a la carrera de Ponce de León, conquistador de Borinquen y descubridor de la Florida.

Diego Velázquez es gobernador de Cuba. En su tarea le asisten unos hombres audaces: Hernández de Córdoba, Juan de Grijalva, Pánfilo de Narváez, Pedro de Alvarado... No tardarán estos nombres en brillar en el cielo de México. Velázquez ha elegido como secretario a un joven estudiante de Salamanca: Hernán Cortés. Ha fijado su capital en Santiago, en la costa sur de Cuba, a ochocientos kilómetros de Yucatán.

El primer empeño de Velázquez es terminar el descubrimiento territorial de Cuba. Ha dado la vuelta completa a la isla y se adentra en ella. Su lugarteniente, Pánfilo de Narváez, pone los cimientos del puerto de San Cristóbal de la Habana —La Habana actual—. Cuba se va acreditando, a su vez, como una excelente base de partida y tiende a suplantar a Haití. Un hecho importante aumenta la importancia de Cuba, que pronto llega a ser la escala natural entre el Viejo y el Nuevo Mundo.

Una mañana de febrero zarpa de la costa cubana, hacia el oeste —¡siempre hacia el oeste!—, una expedición mandada por Hernández de Córdoba. A los nueve días da vista a una península: Yucatán. Por la playa corren unos hombres, no desnudos y de aspecto salvaje como los caribes, sino de noble porte y llevando con gracia vestidos de algodón. Desde lejos, los españoles distinguen monumentos, templos, palacios artísticamente labrados en la piedra, una piedra extraña de color ocre, casi del mismo color que la piel de aquellos indios nunca vistos. Y sobre todo —¡oh milagro!—, campos cultivados. La expedición dobla el cabo Catoche y procura hacer escala en Champotón, pero es rechazada por una lluvia de flechas y retorna a Cuba. Aquel pueblo es sin duda muy civilizado, pero poco sociable. Córdoba tiene buena prueba de ello, con sus doce heridas en el cuerpo.

Hernández de Córdoba informa al gobernador. Velázquez, borracho de orgullo, está convencido de la proximidad, al oeste, de aquel famoso imperio que, desde hace veinte años, escapa al abrazo de los conquistadores. ¡Qué magnífico regalo de bienvenida para Carlos V! Porque precisamente cuando Córdoba descubre Yucatán, desembarca en Villaviciosa el joven príncipe, impaciente por tomar posesión del reino español. ¡Y qué maravilloso augurio para el heredero alemán esos dos caminos que se abren simultáneamente, uno hacia Vallado-

América

lid, capital de los Reyes Católicos, y otro a México, residencia del emperador legendario! Todavía no se ha ceñido la corona de España y ya se pierden de vista los límites de un imperio en el que no se pondrá el sol. A los pocos meses de regresar a Cuba Hernández de Córdoba, zarpa hacia Yucatán una flota importante. Velázquez ha encomendado el mando de la misma a su sobrino Juan de Grijalva. Forman parte de la expedición Pedro de Alvarado, el piloto Alaminos y Bernal Díaz del Castillo, futuro historiador de Hernán Cortés.

Después de tocar en la isla de Cozumel —la isla de las Golondrinas—, los navíos de Grijalva suben hasta la punta de la península de Yucatán, la doblan y costean el golfo de México: Campeche, Tabasco, Tampico... Se aventuran a desembarcar. Primer contacto con el continente norteamericano. La sorpresa de los españoles va en aumento. Las casas son blancas, con postigos de colores vivos, como en Andalucía. Hay estatuas colosales, que representan príncipes o dioses, signos extraños grabados en la piedra, caminos bien trazados. ¿Será esto la China? Los habitantes se amansan e intentan entablar con los recién llegados conversaciones elementales. Llevan joyas de oro en las orejas, en los tobillos y en las muñecas. ¿Había, pues, oro allí? A las preguntas de los españoles, los indígenas contestan con una palabra; «¡México!» Y extienden el brazo hacia el oeste. ¿Es el nombre de un país o el de un soberano? Pues parece que no lejos de allí reina un poderoso emperador. Grijalva está loco de alegría. La abundancia de oro, la grave majestad de los monumentos de piedra, aquel rey muy próximo, son otras tantas señales de que las fabulosas tierras prometidas por Cristóbal Colón están muy cerca. Aquel Moctezuma o Montezuma cuyo nombre repiten a menudo los indígenas —¡con qué temblor en la voz!— no puede ser otro que el Gran Kan. Ya han puesto el pie en su territorio, ya están tocando la meta. Los españoles de Cuba van a coger y desmontar la preciosa quimera durante tanto tiempo codiciada. Pero una sombra empaña este horizonte deslumbrador. En los suburbios de Tabasco hay sangre seca junto a unos ídolos monstruosos. En la punta de una pica, una horrible cabeza cortada. ¿A qué bárbaro culto ofrecen sacrificios los súbditos del Gran Kan? Habrá que volver con sacerdotes y convertir a estos paganos.

Grijalva pone rumbo a Cuba, precedido por Alvarado. Da

cuenta de su misión a Velázquez. Las noticias son excelentes. Atraviesan el mar y llegan a la corte. Los presentes de oro prueban la realidad del descubrimiento. Por fin, los negocios coloniales van acaso a ser productivos. Velázquez recibe orden de preparar una tercera expedición. El gobernador de Cuba se pondrá a ello sin pérdida de tiempo. ¿Quién va a mandar esta empresa de la que Velázquez espera gloria y provecho? ¿Córdoba? ¿Grijalva? Hernán Cortés, que, como buen secretario, asiste a las discusiones, sonríe.

Balboa, conquistador de la «Mar del Sur»

Vasco Núñez de Balboa nació en Jerez de los Caballeros. Es una ciudad curiosa, encaramada en un peñasco dominado por la oscura muralla de Sierra Morena. Todavía es Extremadura, pero muy cerca ya de Andalucía. La patria chica de Balboa, a igual distancia de Badajoz que de Huelva, está en el cruce de dos provincias, tan diferentes entre sí como lo puedan ser el color de estameña de la sierra de Guadalupe y el nácar deslumbrante de las marismas aledañas al Guadalquivir. O, mejor aún, el áspero horizonte, devorado por el sol, de la Tierra de Barros y la huerta andaluza que baja al mismo mar. ¡Tan próximo este mar! Sanlúcar de Barrameda, Huelva, Palos... El embarque hacia las islas...

Este paisaje mixto, de tan fuertes contrastes, ha formado al hombre. Extremeño y andaluz a la vez. A Extremadura debe Balboa su dureza, su encarnizamiento en la tarea; a Andalucía, su orgullo. ¡Y cómo no iba a saborear muy pronto el niño Vasco el gusto por la aventura, su olor a sal y a sangre! ¿No viene del mar ese viento que se cuela por el Guadiana y acaricia los muros sarracenos de Jerez de los Caballeros? ¿Y no es el mismo viento que hinchó la vela alta de las carabelas? Cuando Colón leva anclas en Palos para su primer viaje, Balboa tiene sólo seis años. Apenas una o dos jornadas de mula entre su pueblo y el puerto. Le zumban al muchacho en los oídos las canciones de los marineros y la —irresistible— del Mar Tenebroso. A los veintiséis años parte para el Nuevo Mundo.

Balboa embarca para la Hispaniola con Bastidas y Juan de la Cosa. Por el momento, la exploración le interesa menos que los negocios. Se hace plantador en Santo Domingo. No por mucho tiempo. Quiebra. Perseguido por sus acreedores, se esconde en un tonel vacío. Empujan el barril a bordo de una de las naves del bachiller Enciso. La flota se aleja hacia el sur. En pleno mar, Balboa surge de su tonel, se presenta a Enciso, se arrodilla a sus pies, le abraza las rodillas. Le suplica que le haga la merced de aceptarle como simple marinero. El bachiller se enternece. ¡Buena la hace! El hombre del tonel se desembarazará de él como del infortunado Nicuesa. Y reinará en Santa María la Antigua, a la espera de otro reino más grande. ¿Cuál? Todavía no tiene ni la menor idea, pero el señor de Darién cree en su estrella.

El que va a orientar la carrera de Balboa es un hijo de cacique, Panciaca. Sorprendido de ver a los españoles pelearse por el oro, el indio les dice que él conoce el país donde nace. No tienen más que caminar seis días hacia el oeste y encontrarán campos de oro. En aquel país, donde todo abunda muchísimo, vive un pueblo extraordinariamente rico. Naves más rápidas y más grandes que las carabelas españolas surcan el mar. Balboa aplica el oído. ¿El mar? ¿Hay, pues, un océano al otro lado del Nuevo Mundo? Vale la pena comprobarlo, ir a ver. El amo de Darién tiene tanta más prisa de ponerse en campaña cuanto que las noticias de España son malas para él. Desde que apartó de su camino tan brutalmente a Nicuesa y Enciso, está mal en la corte. El uno pereció en el mar, pero el otro se salvó. Y el odio a Balboa ha soltado la lengua al jurista Enciso, muy expedita de por sí, cuando informa al rey Fernando. La partida de Balboa hacia el mar desconocido parece una huida.

Los medios de que dispone la expedición son muy modestos. Un solo navío, nueve piraguas, doscientos españoles apenas, unos cuantos cargadores indígenas y una jauría de galgos corredores. Más que una expedición, es una salida. Balboa echa el ancla, sin saberlo, en la parte donde es más estrecho el istmo de Panamá —en las cercanías de Acla— y desembarca con sus hombres. Una parte de ellos se queda en la costa para vigilar la pequeña flota. La otra parte se interna en la espesura con Balboa.

¿La espesura? ¡El infierno más bien! Imagínese a aquellos hombres de Castilla y de Extremadura, con casco y coraza como en un campo de batalla español, abriéndose camino con la espada a través de la selva panameña. Es la primera vez que unos hombres penetraban en aquella jungla de árboles tan juntos, de lianas tan enmarañadas, que había que ir derribando la fortaleza muro tras muro. En pleno mediodía era como de noche. A los compañeros de Balboa les pesaba en los hombros, se les pegaba a la piel, les azotaba el rostro el viscoso aliento de la selva tropical. ¡Y aquella humedad cálida que rezumaba por doquier!

Veinte días tarda la heroica tropa en recorrer ciento cuarenta kilómetros. La picadura de los insectos —hay arañas como tortugas, serpientes enormes que se confunden con las raíces—, las emboscadas de los indios, el agua cenagosa de los pantanos dan cuenta de buena parte de la expedición. Pero los que sobreviven a la tremenda epopeya reciben una generosa compensación de sus penalidades.

La mañana del vigésimo día llega el destacamento al pie de una colina. Al olor sofocante de la selva sucede de repente un olor ácido. Balboa respira a pleno pulmón aquel perfume de alga y de sal. Empuña la espada y sube despacio y solo la falda de la colina. Ya está en la cumbre. Sus compañeros le ven arrodillarse y levantar los brazos al cielo. Se unen a él. Allá abajo, en la otra vertiente, espejea bajo el sol de los trópicos algo inmensamente azul: el mar.

Como Cristóbal Colón en San Salvador, Balboa entona un tedéum y manda al notario levantar acta del descubrimiento. Pues los conquistadores llevaban siempre un sacerdote y un notario para legalizar la conquista espiritual y material. El acta tienen que firmarla, además, los españoles presentes, entre ellos Francisco Pizarro. Graban las iniciales del rey de España en la corteza de los árboles como símbolo de toma de posesión. Ya no hay más que bajar hacia el mar desconocido. No sin clavar antes en la montaña una gran cruz de madera.

Tres días después, la expedición pisa la ribera del nuevo océano. Balboa se adelanta solo a tocar el primero aquel agua espejeante. Avanza hacia el mar, en marea baja. Su armadura, su casco y su espada resplandecen al sol. Enarbola el estandarte de Castilla y de Aragón. Se mete en el mar hasta la cintura y, en nombre de Fernando y de Juana, soberanos de Castilla, de León y de Aragón, toma posesión de aquel océano meridional —la «Mar del Sur»—, con sus puertos, sus islas y sus costas. Posesión «real, corporal, actual y eterna», se cuida bien de precisar. El gesto, tan español, de Balboa tiene su precedente —casi quinientos años antes— en el de Alfon-

América

so VI adentrándose con su caballo en el mar de Tarifa. Aquel jinete forrado de hierro que, después de atravesar España de parte a parte —de León a Sevilla—, galopa por la playa andaluza y este conquistador revestido de acero que se abre camino en la espuma de la Mar del Sur se dan la mano por encima de medio milenio. Negros arcángeles, uno y otro, de la Reconquista y de la Conquista.

En recompensa de su loca empresa, Balboa recibe el título de adelantado de la Mar del Sur. Que éste es el nombre que dan a aquellas aguas tan tranquilas que más adelante se llamarán el Pacífico.

Cuatro siglos más tarde, un conquistador francés renovará el gesto de Núñez de Balboa: Ferdinand de Lesseps.

Ahora puede saborear Balboa el gusto embriagador del triunfo. ¡Que se dé prisa! Le durará poco. Como el sorbo de agua —¡tan fresco al principio!— que bebió en la ribera de la Mar del Sur, tendrá que escupir este trago de gloria, que se torna amargo como la muerte.

Mientras Balboa se abría intrépidamente un camino a través del istmo de Panamá, las lenguas hacían lo suyo, a buen paso, en Valladolid. Enciso se había jurado perder al insolente Balboa. Para lograr sus fines puso sitio al obispo Fonseca, que seguía teniendo mucha influencia en todo lo referente a los asuntos de Indias. No le fue difícil al bachiller conseguir que se nombrara un gobernador, en el puesto de Nicuesa, para los territorios de Castilla del Oro, o Panamá. Se llamaba Pedro Arias de Ávila, familiarmente designado con el nombre de Pedrarias Dávila. ¿No era justo quitarle a Balboa lo que él se había apropiado indebidamente y por la fuerza? Pedrarias Dávila, gobernador de Panamá, y Enciso, con el título de alguacil mayor, pusieron proa al golfo de Darién, uno para hacerse cargo de su puesto, el otro para hacer justicia y tomar venganza del hombre que le había echado.

Cuando Pedrarias y Enciso desembarcan en Acla, Balboa ha vuelto ya de su expedición a la Mar del Sur. Da a sus jueces la pasmosa noticia. Ante los enviados del rey depone toda arrogancia —¡suprema habilidad!— y declara que se somete a las órdenes de Su Majestad. Gran embarazo de Pedrarias y Enciso. La humildad de Balboa los desarma. Llegados para castigar al rebelde, se ven obligados a cumplimentarle. Pasadas unas semanas, llega de España la confirmación de Balboa en las dignidades de adelantado de la Mar del Sur y gobernador de Panamá. ¿Qué remedio les queda sino inclinarse? Pedrarias simula celebrar los éxitos de Balboa. Más aún: le da su propia hija en matrimonio. Por poder, puesto que la novia está en España. El adelantado está loco de orgullo. Atraviesa de nuevo el istmo de Panamá con ambiciones todavía más vastas. Le acompañan centenares de indios, cargando a las espaldas las piezas desmontadas de cuatro naves. Al llegar a la orilla del Pacífico, Balboa manda armar las piezas de los barcos, los lanza al mar y navega hacia el sur. ¿Cuál es su meta? El país del oro, indicado por Panciaca. Pero no puede rebasar la bahía de San Miguel y la isla de las Perlas. Retrocede, echa el ancla, pasa a la inversa el istmo de Panamá y vuelve a Acla. Nada más llegar, le citan para una conferencia. Se apresura a acudir. Se adelanta, con las manos tendidas, hacia Pedrarias, su suegro. Pedrarias permanece impasible. Se acerca a Balboa un hombre al frente de un pelotón armado. Es Francisco Pizarro, su compañero de lucha. A una señal de éste, se apoderan del adelantado, le cargan de cadenas y le arrastran ante un tribunal improvisado. El tribunal le condena a muerte. ¿Con qué pretexto? Traición y manejos sediciosos. Por lo demás, el motivo de la acusación importa poco. Había triunfado. Tenía que morir.

Aquel mismo día, al ponerse el sol, en la plaza mayor de Acla, rueda la cabeza de Vasco Núñez de Balboa por el polvo ocre de Castilla del Oro. Detenido por su amigo más querido, condenado por su suegro; ejecutado por sus soldados... Fin casi normal para un conquistador.

Esas estrellas que fulguran un instante y en seguida se extinguen; esos reyezuelos de un día, acampados a la orilla de un golfo y que se creen los amos del mundo, a la espera de que otro los arroje al mar; esa camaradería «a vida o muerte» que cualquier minucia torna en mortal enemistad: hechos que se repiten a lo largo de la Conquista.

CAPÍTULO II

Un hijo de familia prueba suerte

Cada paso de los conquistadores hacia delante —por vacilante y arriesgado que sea— los aproxima a la meta. Una meta que ellos mismos ignoran. Pues, en efecto, no saben que van cercando cada vez más estrechamente esa realidad gigantesca que en los mapamundis todavía no es más que un espacio vacío: América. Van, como caminantes ciegos, derechos hacia delante, siempre cara al oeste. Lo único que saben es que avanzan y que el camino es largo, pero que al final está la fortuna. ¿Pero acabará alguna vez ese viaje a ciegas? Y esa laguna conquistada —¡a qué precio! —¿será el fin del mundo o su principio?

Sin embargo, aunque esta exploración no obedezca a ningún plan, se organiza naturalmente. El azar tiene sus métodos. El esfuerzo individual no se pierde, ni siquiera cuando parece saldarse con un fracaso. Los movimientos de los conquistadores, desordenados en apariencia, siguen una especie de lógica rigurosa que está por encima de ellos. Puede decirse que este imperio español, todavía informe, será el resultado de una improvisación anónima. Sus movedizas líneas las fijarán unos jefes intrépidos y unos príncipes calculadores.

¿Dónde están los españoles en el momento en que Hernán Cortés, a la sazón simple lugarteniente a las órdenes de Velázquez, medita vastos designios?

La cuestión de las Antillas está ya arreglada. Haití y Cuba están sólidamente ocupadas y aseguradas. Todas las demás islas del archipiélago, exploradas. Se va poblando Darién y las costas colombianas y venezolanas. Panamá es el punto de partida de las rutas que se dirigen, por el sur, hacia el Perú; por el norte, hacia Costa Rica, Nicaragua y Honduras. El golfo de los Caribes ha desvelado su angustioso secreto. El de México lo ha entreabierto, pues los hombres de Hernández de

Córdoba y de Grijalva han costeado la península de Yucatán por el este y por el oeste —sin saber bien si se trataba de una isla o de un continente—, mientras Ponce de León llegaba a Florida. Todavía no se imaginan los exploradores españoles esa muralla colosal que va de la bahía de Hudson a Tierra del Fuego. Pero ya saben que los territorios descubiertos por Cristóbal Colón no son Asia y que hay que atravesarlos de parte a parte —a no ser que se encuentre un estrecho— para llegar a la Mar del Sur y, atravesando este océano, a la China y al Japón. Se esfuma el mito de Cipango. Se deja atrás la quimera del oro. Y en su lugar: la realidad del oro.

Pero la dirección del oeste designada por el genovés, aunque sus sucesores la hayan torcido hacia el norte y hacia el sur, sigue siendo la de los conquistadores. Obedeciendo a la atracción occidental, el centro de gravedad de la Conquista se traslada de Cuba y de Haití hacia Yucatán y Panamá. Mañana estará en Lima y en México. Paralelamente —Carlos I de España es ya Carlos V—, el centro de gravedad político de la metrópoli se traslada de Madrid a Viena. Los colosales dominios del flamenco se van extendiendo a ambos lados del Mar Tenebroso, en el este y en el oeste. Cada mes que pasa añade un eslabón a la cadena tendida entre la brumosa Pomerania y la abrasadora ribera del Pacífico. El Habsburgo no tiene aún veinte años y ya debe hacer el inventario de un reino cuyas fronteras son inimaginables.

Y el mismo año en que Cortés se emancipa de la tutela de Diego Velázquez, Fernando de Magalhaes —Magallanes—, hidalgo portugués, embarca en Sanlúcar de Barrameda para dar la primera vuelta al mundo. También él busca el macizo de la India, pero por el sur. Le protege Carlos V. El obispo Fonseca le ha dado su bendición. ¡Feliz viajero que ha podido prevalerse de la garantía imperial y de la recomendación de la Iglesia! En resumidas cuentas, no hace más que reivindicar el sueño de Cristóbal Colón: llegar al Asia oriental por el oeste. Al frente de una flota de cinco naves, pone rumbo a las Canarias, pasa las islas de Cabo Verde y, a la altura de Sierra Leona, atraviesa el Atlántico. Toca la costa brasileña en Pernambuco y echa anclas en Río de Janeiro, siguiendo el viaje al sur tras breve escala. El Río de la Plata —Mar Dulce— y Patagonia. Después de unos meses en San Julián —las tierras glaciales han sucedido a la exuberancia de los trópicos—, la expedición se dirige hacia el extremo sur. Esta parada inver-

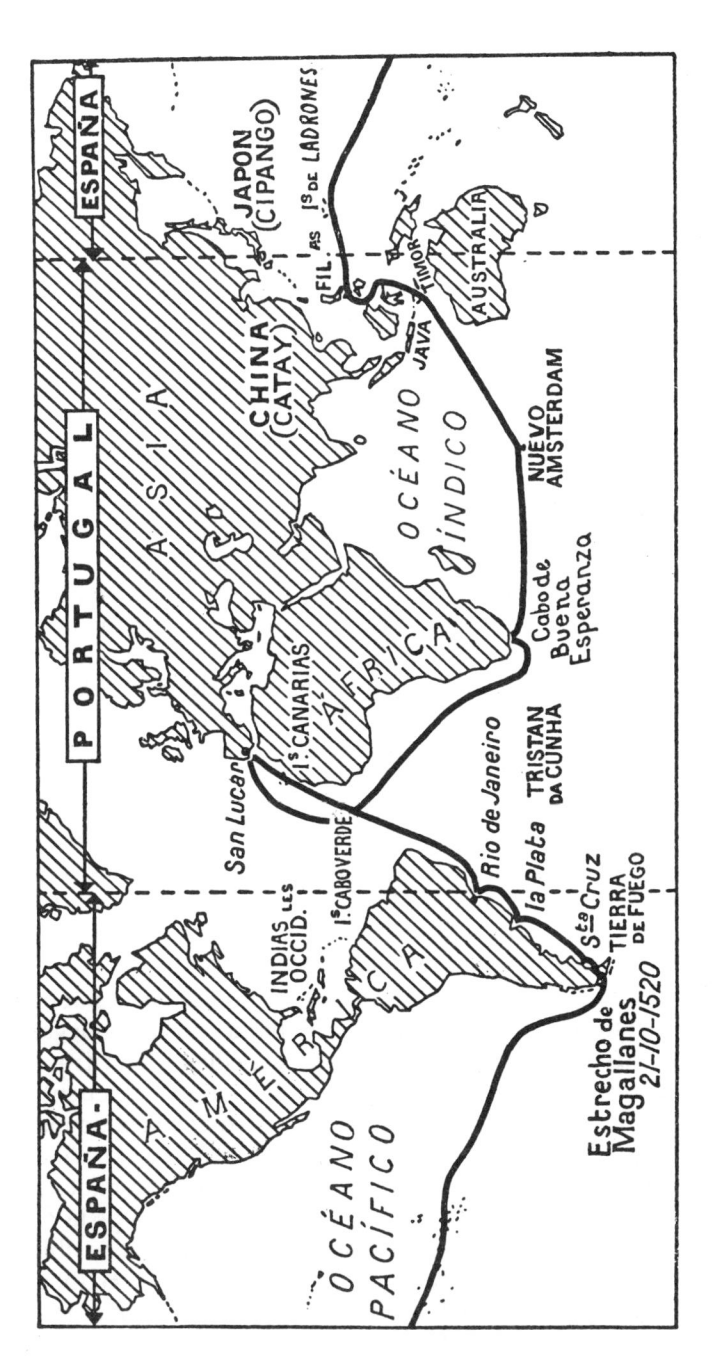

El año en que Cortés se lanza a la conquista del imperio azteca, Magallanes parte para su viaje alrededor del mundo (20 de septiembre de 1519 - 6 de septiembre de 1522)

nal ha estado a punto de malograrlo todo. Los hombres de Magallanes, aislados en un paisaje algodonoso atravesado por las sombras gigantescas y fantasmales de los patagones, intentan amotinarse. La acción los salva de la desesperación. Al cabo de mil penalidades, después de atravesar tormentas espantosas, los exploradores llegan al cabo de las Vírgenes. Lo doblan, se internan en un brazo de mar y desembocan en pleno océano Pacífico. Tal es el descubrimiento del estrecho de Magallanes. Pero el portugués no se conforma con esta victoria, por muy trascendental que sea; atraviesa el Mar del Sur, llega a las islas que más tarde habían de ser llamadas Filipinas y permanece en ellas algún tiempo. Hace sus ejercicios diplomáticos, se alía con el rey de Zebú y muere a su lado combatiendo contra su rival. ¡Terrible catástrofe! Sin embargo, el principal lugarteniente de Magallanes, Sebastián Elcano, se hace de nuevo a la mar. Sólo quedan dos de los cinco navíos. A los dos años de zarpar de Sanlúcar, la expedición llega a las Molucas. ¡Las Indias al fin! Así queda realizada la comunicación entre España y Asia por el oeste. Almanzor, el sultán de Tidora, recibe con toda pompa a los supervivientes de la flota. Luego el retorno: Timor, el cabo de Buena Esperanza, las islas de Cabo Verde... Un sólo navío entra en el puerto de Sanlúcar, después de navegar tres años. Y Sebastián Elcano podrá, con todo derecho, escribir en su blasón rodeando el globo terrestre: «*Primus circumdedisti me*».

Magallanes estaba seguro de ser él quien cerraría el circuito. Su contrato con el rey no era tan ventajoso como el de Cristóbal Colón. No se había olvidado la lección de Santa Fe. Pero el portugués sabía adónde iba. Estaba seguro de la existencia de un estrecho que atravesaba el Nuevo Mundo y salía a la Mar del Sur. Estaba seguro de que se podía dar la vuelta al mundo. Estaba seguro de volver a España con las bodegas de sus barcos atiborradas de oro y de especias y con tratados de alianza en su jubón. Muerto él —a los cincuenta años— bajo las azagayas de los filipinos, otro acabará de materializar sus designios, inspirado también por las experiencias de Cristóbal Colón y de Balboa. Pues todo es una cadena, y un hecho llama a otro. La historia de la Conquista es la de una sucesión de conquistas cada una de las cuales fue posible gracias a la anterior. Magallanes es tributario de Balboa, como Balboa lo fue de Cristóbal Colón. ¿No es éste, en el fondo, el que no debe nada a nadie?

Un hijo de familia prueba suerte

La partida de Magallanes para la vuelta al mundo, el acceso de Carlos de España al imperio, la huida de Hernán Cortés hacia México... La verdad es que este año de 1519 resplandece de promesas.

Un bachiller de Salamanca cambia la pluma por la espada

¿Quién de Medellín —pequeña población extremeña— hubiera imaginado, cuando en ella nació Hernán Cortés, la prodigiosa carrera que le esperaba? Todavía no pensaba nadie en el Nuevo Mundo. En el año 1485 muere Abdul Hassán, sultán de Granada, lo que significaba para los españoles la intensificación y acaso la terminación victoriosa de la Reconquista. La gente de Córdoba hablaba mucho de un genovés que había visitado a los Reyes Católicos. Aseguraba que llegaría a las Indias por el oeste. Nadie hacía caso a aquel loco. Todas las miradas, todos los pensamientos, todas las esperanzas estaban puestas en Granada.

Cortés era «de buena familia». Sus padres pertenecían a la pequeña nobleza de Extremadura, con más blasones que fortuna. Unos hidalgos pobres. Martín Cortés de Monroy, capitán de infantería, había ganado, al servicio de la Corona, menos oro que heridas. Añadiremos que este capitán, antes de ser un fiel vasallo de la reina Isabel, había hecho armas contra ella, cuando la soberana se dedicó a meter en cintura a la aristocracia feudal. Pecado de juventud que Isabel había ya perdonado tiempo hacía.

Hernán vivió los primeros años de su vida en un paisaje abrasado por el sol, sin árboles y casi sin hombres, entre el azul vibrante del cielo y la tierra desnuda; mimado —pues era hijo único— por una madre orgullosa, una Pizarro Altamirano, y por un padre de más baja nobleza, pero cristiano viejo y de estirpe honorable, y que, como Don Quijote, ocupaba sus ocios leyendo libros de caballerías y cazando. Su yantar cotidiano no era mejor que el del héroe de la Mancha. Fundaba muchas esperanzas en Hernán. Aunque el muchacho era más bien enclenque, le destinaba a la carrera de las armas. ¿Qué otro oficio podía haber para el hijo de un hidalgo?

A los catorce años mandaron a Hernán Cortés a la Universidad de Salamanca. Resultó un alumno desigual y fantástico, bien dotado para las letras, refractario a las matemáticas; en fin, nada serio como estudiante. ¿Llegó a tener el grado de bachiller? La historia no lo aclara, ni tampoco dice nada de lo que hizo desde que volvió a Medellín hasta que salió para el Nuevo Mundo. Pero es fácil adivinar las deliciosas ocupaciones a que se entregaría el estudiante de Salamanca liberado de pronto del medio familiar y de sus servidumbres. Cortejar a las doncellas, frecuentar las tabernas con los amigos, tocar la guitarra bajo las rejas de un palacio blasonado: ¡qué encanto para aquel mozo al que su padre zurraba todavía por cualquier futesa! Pues el viejo capitán tenía la mano dura cuando acariciaba con la fusta el espinazo de Hernán por haber faltado en algo a la moral, al honor o a la fe. Y el estudiante se sometía como un niño a aquella disciplina. Recibir los latigazos paternos era un honor para el hijo de un hidalgo.

Cuando Hernán Cortés cumplió los dieciocho años, franceses y españoles se batían en Pouilles por la posesión del reino de Nápoles. Se enfrentaban dos adversarios ilustres: Gonzalo de Córdoba —el Gran Capitán— y Bayardo —el Caballero sin Tacha y sin Miedo—. Más que una guerra, aquello era una sucesión de duelos, en los que franceses y españoles se cubrían alternativamente de una gloria cortés. Los lanceros de Gonzalo de Córdoba cabalgaban bajo las murallas de Barletta como en un torneo, con una especie de galantería heroica. Corría la sangre, pero con elegancia. Los adversarios no se injuriaban. Y la misma sonrisa de gente de buena casa iluminaba aquellos rostros bajo los empenachados cascos. ¿No estaba el sitio de Hernán Cortés en aquellas justas caballerescas? Su padre así lo creía. Pero, por más que le instara a ello, no pudo decidir a Hernán a que partiera para Italia. Y no es que el mozo rehuyera las batallas, sino que le absorbían otras cosas más urgentes. El amor, naturalmente, y, sobre todo, un deseo furibundo de pasar el mar. Aquel año que hubiera debido consagrarse al oficio de las armas lo dedicó por entero a recorrer puertos, desde Sevilla a Cádiz.

El monótono y severo horizonte de Extremadura, la rígida educación de sus primeros años, su estancia en Salamanca, aquel olor a pólvora que llegaba de los campos de batalla italianos, sus escapadas por la costa andaluza habían aficionado a Hernán a la libertad, a la guerra y a las letras. Estaba ya maduro para las cosas grandes. Un día, en Medellín, ex-

Un hijo de familia prueba suerte   143

plicó sus proyectos a sus padres, les pidió su bendición y se fue. Al día siguiente embarcó en un barco mercante con rumbo a Santo Domingo. Tenía diecinueve años. Comenzaba la aventura.

Entre los gerifaltes

Primera etapa: Santo Domingo, capital de Haití. Capital, también, del imperio español en gestación. Santo Domingo, desde que la descubrió Cristóbal Colón, ha adquirido traza de ciudad. Se han construido casas de piedra y una iglesia; se ha hecho una especie de puerto. Obras rudimentarias, pero que deslumbran a Cortés y, en cierto sentido, quizá le decepcionan, pues pensaba encontrar poco más que la jungla y los indios.

El gobernador de Haití es Ovando. Su jurisdicción se extiende hasta Cuba, la isla vecina, y más lejos aún, hasta los imprecisos confines de aquel mundo apenas salido de la leyenda: las Indias. De este mundo se saben pocas cosas. Se ignoran sus dimensiones y su estructura: se cree que Cuba es el continente, y la costa venezolana, una isla. Cuando Cortés desembarca en Santo Domingo, acaba de zarpar Cristóbal Colón después de su breve visita a Ovando. Mientras el genovés acaba su cuarto y último viaje, Cortés comienza el suyo. El adolescente y el hombre ya viejo se cruzan sin reconocerse. Así ocurrirá en todo el transcurso del Descubrimiento: siempre habrá alguno para recoger la antorcha, pero los jóvenes serán ingratos con los viejos y no les reconocerán sus méritos.

Cortés comienza su carrera de conquistador como escribano público. En las filas españolas escaseaban los intelectuales. Sin embargo, eran necesarios para llevar la administración. Cortés, resignado de momento a todo con tal de estar allí, emborrona papel mientras llega el momento de ceñir espada. Y no tarda en llegarle la ocasión de probar sus facultades. Diego Colón, hijo y heredero del Descubridor, acaba de suceder a Ovando como gobernador y virrey de las Indias. Decide proseguir metódicamente la conquista y, especialmente, acabar la exploración de Cuba. ¡Ya es hora de saber si es una isla o un saliente de tierra firme! Diego encomienda a Velázquez el mando de la expedición. Trescientos hombres en total, entre los cuales destacan los nombres de Pánfilo de

Narváez y de Bartolomé de las Casas, el futuro «apóstol de los indios». Va también Cortés.

Diego Velázquez es un hidalgo de trato agradable, amigo de bromear con sus hombres, sin perder por eso su autoridad sobre ellos. Le quieren y le temen a la vez. Pánfilo de Narváez se parece poco a su capitán. Es un mozallón pelirrojo, combativo, siempre dispuesto a devolver golpe por golpe. Tiene buen sentido, pero carece de habilidad política. Su conversación es inteligente, y sus maneras, corteses. Es de los que, sin verdadera madera de jefe, sirven muy bien para los puestos de segundo. En cuanto a Bartolomé de las Casas, que lleva varios años en Haití administrando los dominios de su padre, Francisco, compañero de Cristóbal Colón, participará en la campaña de Cuba como observador. Arde en fervor ciistiano y no piensa más que en la conversión de los indios. Y se erigirá en protector de los mismos precisamente al acabar esta expedición cubana, dirigida por Velázquez con crueldad.

Ya ha sido reconocida, explorada y conquistada Cuba. Velázquez es gobernador de la isla. Nombrará a Cortés secretario y tesorero suyo. Al mismo tiempo, el joven recibe un repartimiento de esclavos y una concesión de tierras. Ya le tenemos, a los veintiséis años, plantador, funcionario regio y favorito del gobernador. Otro que no fuera Cortés se hubiese conformado con esta envidiable situación. Pero él no fue al Nuevo Mundo para medrar como funcionario ni para dedicarse a la agricultura. Su alma y su espíritu están con los conquistadores —Córdoba, Grijalva, Narváez y Alvarado— que, más afortunados que él, han recorrido Yucatán y la costa del golfo de México. ¿Por qué Cortés se ha abstenido hasta ahora de esas expediciones? Es de suponer que nada ni nadie le hubiera impedido unirse a los que habían ido hasta Campeche y Tabasco. Eran compañeros suyos y de la misma edad que él. Luego no podía ser cuestión de precedencias ni de edad. La verdad es que Cortés se reserva. Y de la misma manera que en Medellín iba aplazando la fecha de su marcha a Italia, en Santiago de Cuba deja voluntariamente pasar el tiempo. Espera su momento. Sus compañeros están a las puertas del reino vedado. Le están preparando el camino. Le darán mascada la tarea. Cortés saldrá a escena en el momento elegido por él. ¿Para qué gastar energías en los preliminares de una empresa que él se propone llevar a cabo cuando la juzgue bien madura?

El emperador Carlos V
(Pintura de Tiziano)

Cerámica de origen precolombino
(Río Balsas, Guerrero, México)

Un hijo de familia prueba suerte

Sin dejar de atender a lo que pasa en el oeste, administra bien sus negocios. Sus plantaciones prosperan. Ahorra dinero. Para entretener el aburrimiento, se mete en una intriga amorosa. Vale la pena recordarla, pues no deja de tener relación con la tirantez que se manifiesta ya entre Cortés y Velázquez. En el origen del drama hay una comedia de estilo clásico español. Vivía en Cuba un granadino expatriado, llamado Juárez, con sus cuatro hermanas, pobres, bellas y virtuosas... El apuesto Cortés se declara a una de ellas, Catalina. La doncella se deja convencer fácilmente. ¿Quién se resiste al ímpetu de un conquistador? Pero, una vez lograda la victoria, Cortés remolonea para consagrarla oficialmente. El hermano se indigna y tiene miedo. Va a ver al gobernador. ¿No es cosa sagrada la promesa de matrimonio de un hidalgo? Velázquez toma partido por la víctima, con tanta más energía cuanto que él, a su vez, corteja a una de las hermanas, lo que le hace sentir más a lo vivo la afrenta hecha a Catalina. Pero no es esto sólo. A la vez que la queja del hermano ultrajado, le llega otro informe más abrumador aún para Cortés. Su favorito, su secretario, está conspirando contra él. Pretendía nada menos que derribarle y ocupar su puesto. Cortés, rebelde y perjuro, merece la horca. Pero escapa con una condena de cárcel. Se fuga, le cogen, vuelve a evadirse y —¡el colmo de la audacia!— va a buscar refugio en la propia casa del hermano ofendido. La aventura termina como en el teatro: Cortés se casa con Catalina. Velázquez le perdona: queda lavado el honor del hermano. Pero el golpe estaba dado. Velázquez sabe ya que Cortés no es seguro y que volverá a traicionarle en la primera ocasión. Y bajo el exterior picante de una comedia de costumbres que hubiera podido firmar Lope de Rueda, continúa la representación de un drama, el de una guerra sorda entre Velázquez y Cortés que no acabará hasta la muerte de ambos. Drama de odio y de rivalidad cuyos ecos llegarán hasta el trono de Carlos V. Drama que envenena la conquista de México.

Aparentemente, Velázquez y Cortés han hecho las paces. El gobernador, animado por los resultados de las expediciones de Grijalva y de Córdoba, apoyado en la protección real, decide armar una flota importante. Esta vez, el objetivo no se limitará a una simple exploración. La ambición de Velázquez es fundar, en aquel misterioso país del oeste, colonias dependientes de su autoridad. ¿A quién pondrá al frente de la expedición? Candidatos no faltan; acosan al gobernador como una jauría a un ciervo. Con gran sorpresa de todos, acaso del mismo favorecido, es designado Cortés. Decisión sorprendente, en efecto, después de los manejos de Cortés, pero que dice mucho a favor de Velázquez. A menos que obedeciera a una segunda intención invisible, parece que Velázquez, pasando por alto sus legítimos rencores, no pensó más que en el éxito de la empresa. Elegir a Cortés era una prueba de inteligencia y de noble olvido de las ofensas.

Le ha llegado la hora al hijo del capitán Cortés de Monroy. Está en lo mejor de la edad —¡treinta y cuatro años!—, ha tenido tiempo de conocer a los hombres, de ejercitar su valor físico en los combates de Cuba, de perfeccionar sus disposiciones naturales para el arte de gobernar. En la antesala de Velázquez se aprendía. Además, es muy popular entre los marineros y soldados españoles. Cortés sabe los nombres y los secretos de todos ellos. Pues casi todos aquellos hombres tienen sobre su conciencia un pecado, a veces un asesinato. Algunos han tenido que ver con la Santa Hermandad o —lo que es más grave— con el Santo Oficio. Han huido a las islas. No tienen gran cosa que perder y sí todo que ganar, incluso el honor. Cortés cerrará los ojos en cuanto al pasado. Sólo exigirá a sus compañeros una obediencia ciega y una valentía a toda prueba.

¿Qué necesita un capitán general para triunfar? Una tropa disciplinada y un estado mayor. El suyo es religioso y militar, pues se trata de conquistar y de convertir. Cortés elige como lugarteniente a Pedro de Alvarado —un magnífico mozo con barba de oro—, a Cristóbal de Olid, a Gonzalo de Sandoval, a Juan Velázquez de León —pariente del gobernador—, a Alonso Hernández de Portocarrero, a Juan de Escalante, a Montejo, a Diego de Ordaz, a Francisco de Morla, todos hidalgos y ya veteranos de la Conquista. A cargo de los intereses espirituales de la expedición va el padre Bartolomé de Olmedo. Es a la vez limosnero militar y consejero moral. Por último, Bernal Díaz del Castillo, que hará la crónica. En realidad, no toda esa gente se encuentra en Santiago de Cuba. Una gran parte está en la Trinidad o en La Habana. Pero ya sabrá Cortés reunirlos a todos en el momento oportuno. Entre estos brillantes caballeros hay uno no solicitado: Pánfilo de Narváez, favorito del gobernador.

Una partida que parece una fuga

Gran movimiento en Santiago de Cuba. La muchedumbre india y española, apretujada en el muelle, no pierde detalle de los preparativos de Cortés. Cubanas adornadas con flores, frailes pasando las cuentas del rosario, ricos plantadores con gruesos pendientes se codean en la bulla de los gritos y el irisar de los colores. No le ha sido difícil a Cortés reclutar los trescientos hombres que necesitaba. Tiene mucho prestigio entre la gente. Y, además, es alcalde de Santiago. Le ha costado reunir los víveres. Porque hay que echar para largo: ¡Dios sabe cuánto tiempo durará la expedición! Oficialmente, Cortés ha recibido orden de establecer bases en la costa mexicana, fundar en ellas colonias y buscar a los compañeros de Grijalva y de Nicuesa —¡si es que queda algùno!— desaparecidos en los viajes anteriores. Pero el conquistador, en su fuero interno, sabe muy bien que irá más allá de su misión. Lo que él se propone es penetrar en el corazón del imperio desconocido, y no como vasallo de Velázquez, sino como jefe.

Las seis naves de Cortés se balancean en el puerto. En el mástil de la más grande flamea un pabellón de terciopelo negro bordado en oro. Se distingue una cruz roja envuelta en llamas azules y blancas. Es la insignia del nuevo capitán general. Lleva esta divisa: «Hermanos y compañeros, sigamos la señal de la Santa Cruz con fe verdadera, que con ella venceremos.» *In hoc signo vinces!* Las mismas palabras flameaban en el *labarum* de Constantino. Es decir, que Cortés tiene empeño en subrayar el carácter evangélico de su empresa. Parte para una cruzada. Pero también se ha cuidado de que su estandarte lleve bordadas las armas de Castilla. Pues, además, es representante, por poder, del rey de España. Enviado de Dios, enviado de Carlos V... Afirmación tal no es como para complacer a Velázquez. Y éste comienza, en efecto, a arrepentirse de su elección. La representación que se abroga Cortés de la Corona y de la Iglesia y la ostentación de sus preparativos despiertan malos recuerdos en la memoria del gobernador. ¿No le ha traicionado ya dos veces su secretario? Cortés, por su parte, se da cuenta de su imprudencia. Da prisa a su gente, activa las operaciones del embarque. Lo importante es salir antes de que Velázquez se vuelva atrás. Y un día de noviembre de 1518, en el momento en que Cortés va a levar anclas, recibe orden del gobernador mandándole que aplace la salida. ¿Qué hacer? Mentir, proceder con astucia. El capitán general finge que se somete a la voluntad de Velázquez, con grandes manifestaciones de fidelidad. Así gana unas horas. Aquella misma noche manda soltar amarras y, en el silencio rumoroso del mar tropical, huye. Pues el hombre que, al mando de seis naves, contempla aquella noche Santiago de Cuba, que muy pronto se perderá en la sombra, es sin duda eso: un fugitivo. Pronto, un rebelde.

Ya está Cortés fuera del alcance de Velázquez. Pero su precipitada partida no le ha dado tiempo a completar sus preparativos del personal y del material. Hace escala en Trinidad. Allí encuentra a Alvarado, a Velázquez de León, a Cristóbal de Olid y a Hernández de Portocarrero. Los alista, zarpa de nuevo y pone rumbo a La Habana. En este puerto, situado en el extremo occidental de Cuba, Cortés da la última mano a su empresa. Completa el reclutamiento, se cuida especialmente de la artillería y atiborra de víveres las bodegas de sus barcos. Entre tanto, Velázquez ha enviado mensaje tras mensaje a los oficiales de Trinidad y de La Habana ordenándoles que detengan a Cortés. Pero se hacen los sordos. Más aún: algunos de ellos se suman al rebelde y se embarcan bajo su bandera. Cortés, como buen político, no quiere romper oficialmente con Velázquez. Cuando el padre Olmedo le informa de las órdenes del gobernador, se hace el sorprendido. Todo lo que pasa es debido a un equívoco. ¿Cuál? Cortés no lo explica. Pero escribe a Velázquez una carta reiterándole, en términos muy emocionantes, su lealtad. Espera salvaguardar así su retaguardia. La facilidad de pluma de Cortés, su habilidad para redondear frases —herencia de Salamanca— le serán muy útiles en su carrera.

En los primeros días de febrero de 1519 está todo dispuesto. La armada comprende ocho navíos, quinientos ochenta soldados y capitanes, cien marineros —incluidos pilotos y maestranza—, dieciséis caballos, diez cañones, cuatro falconetes, trece arcabuces y treinta y dos ballestas. Durante su breve estancia en La Habana, Cortés ha reclutado más gente. Se han alistado bajo su estandarte la mayoría de los antiguos compañeros de Grijalva. Y ya lo estaban Alvarado y Sandoval, así como Bernal Díaz del Castillo —adolescentes aún— y Alaminos, emérito piloto que había guiado a Cristóbal Colón en su cuarto viaje. Conoce el golfo de México y llevará el timón de la galera capitana. Es decir, que Cortés ha arramblado con los mejores técnicos y los hombres más valientes que hay en las islas. Ha pensado en todo, incluso en un músico, Ortiz, y hasta lleva mujeres para los trabajos domésticos. Sin olvidar el intérprete, Melchor, ni el astrólogo, Botello. Ya no hay más que zarpar. Y zarpa. Esta vez, la escuadra que se aleja de La Habana, aclamada por una innumerable multitud, tiene verdaderas trazas de flota conquistadora. Comienza el verdadero viaje.

Primera etapa: la isla de Cozumel, al nordeste de Yucatán. Paisaje conocido para algunos, pero nuevo para Cortés. Los españoles echan el ancla y desembarcan. Alvarado, siempre dispuesto para la batalla, empieza a saquear y a imponer tributo a los insulares. Cortés frena el ardor de su lugarteniente. Él no entiende la conquista así. Por medio de Melchor, toma lenguas con los indígenas. Empiezan las conversaciones y los intercambios. Cortés contempla detenidamente aquellos templos de piedras, cuyas columnas están a veces decoradas con cruces. ¿Serán vestigios de una remota influencia cristiana? Cortés se inclina a creerlo hasta que asiste a la celebración del culto. Un sacerdote con una túnica de algodón negra y con el pelo en trenzas que le caen hasta los hombros gesticula ante una silenciosa concurrencia de fieles. Les señala, para que los adoren, unos groseros ídolos tallados en granito y embadurnados de sangre. De sangre humana, aclara el intérprete. Estos ritos se parecen poco a los de la religión católica.

Entonces Cortés pronuncia su primer discurso político. ¡Si quieren ser amigos suyos, que derriben inmediatamente aquellos ídolos de piedra! Los indios, mudos y consternados, no saben qué pensar de este sorprendente lenguaje. ¿Puede haber dioses distintos —y mejores— que los suyos? Se estremecen de horror al ver a los soldados blancos derribar las estatuas sagradas, lavar los altares manchados de sangre y arrojar a sablazos —de plano— a los sacerdotes con el pelo rizado. En lugar de los ídolos, Cortés manda poner una imagen de la Virgen con el Niño Jesús. El conmovedor símbolo de la maternidad sustituye a los horribles rostros de los dioses ensangrentados. El padre Olmedo dice misa en el altar purificado. Y, por intermedio de Melchor, predica a los paganos. Sea por la elocuencia del predicador o por la pasividad de los indígenas, el caso es que éstos parecen fáciles de convencer. Muchos aceptan el bautismo.

A Cortés le espera una sorpresa durante su estancia en Cozumel. Se le acerca un indio y se arroja a sus pies deshecho en lágrimas. Este indio es... castellano. Formaba parte, ocho años atrás, de la expedición de Nicuesa. Capturado por los indígenas, pasó a ser esclavo de un cacique. ¡Amargo destino para un diácono de la Iglesia romana! Pues Jerónimo de Aguilar había recibido las órdenes menores. El capitán general se congratula de este encuentro. ¡Ya tiene el intérprete que necesita para entender a los soberanos del país! Melchor —un prisionero indio que había sido llevado a España y convertido al cristianismo— servía a lo sumo para chapurrear con el pueblo. Aguilar será a la vez intérprete y diplomático. No sabe Cortés que va a encontrar algo mejor aún para intérprete y para embajador.

Segunda etapa: Tabasco. Cortés envía a Aguilar a conferenciar con los caciques locales para transmitirles su mensaje de paz, que es, al mismo tiempo, una declaración de anexión. Los argumentos de Cortés son claros: Dios ha encomendado a San Pedro el cuidado de todos los hombres, lo mismo príncipes que mendigos. El sucesor de San Pedro es el papa. El papa ha donado al rey de España las islas y tierras firmes de la mar océana. ¿No es justo —y hasta legal— que los indios se sometan sin resistencia a la ley de Cortés, delegado de Carlos de España? Los indígenas de Tabasco no entienden en absoluto este lenguaje especioso. ¿Qué tienen que ver ellos con ese príncipe lejano y ese gran sacerdote exigente? Del lenguaje del español sólo se fijan en la amenaza que da a entender. Resulta claro que, si rechazan la proposición de Cortés, éste les impondrá el yugo por la fuerza. Los indios son valientes y aceptan el reto.

La batalla es dura. Indios y españoles se enfrentan con furia en una nube de polvo rojizo. A un lado, las azagayas, las flechas, las espadas de obsidiana. Al otro, las lanzas y, sobre todo, los cañones. Durante mucho tiempo, la partida está equilibrada. Los indios tienen a su favor el número y la combatividad feroz de los primitivos. Los españoles poseen la ciencia militar y la pólvora. A pesar de esto, se pudiera temer por un momento que ganen los indios. Los hombres de Cortés flaquean y ceden terreno. De pronto, unos relinchos furiosos dominan el estrépito de las armas. De las marismas de Tabasco surgen las cabezas empenachadas de los caballos españoles. ¿De qué mundo sobrenatural han emergido esos animales fantásticos echando fuego por las narices y chispas por las patas? Los indios no han visto jamás monstruos semejantes. Y huyen a la desbandada, perseguidos por los «grandes ciervos» con caparazón de acero, ensordecidos por la artillería, aguijoneados por los lanceros castellanos. Los cañones y los caballos de Cortés han sido más eficaces que las arengas para demostrar a los indígenas la fuerza de España. Los caciques de Tabasco no tienen más remedio que someterse. Prometen fidelidad al capitán general. Para sellar la alianza le colman de presentes: vestidos de algodón, víveres, polvo de oro, cuatro diademas, alhajas en forma de lagartos y de perros, pendientes y otros mil objetos de oro. Además, los caciques ofrendan al vencedor veinte mujeres, elegidas entre las más bellas del país. Hay sobre todo una que se destaca entre las demás por su distinción y su gracia. Su historia es emocionante. Procede de la gran tribu de los aztecas, que reina allá por el norte. Su padre era un gran señor. Pero murió joven aún, y la viuda, que se volvió a casar muy pronto, la vendió a unos traficantes de esclavos, los cuales, a su vez, la cedieron al cacique de Tabasco. Su porte de princesa, su tez clara, sus ojos de cierva impresionaron a Cortés. ¿Va a hacer suya a la hermosa cautiva? Todavía no. Aún no ha llegado la hora del amor. Otros cuidados le apremian, otra ambición le abrasa. Piensa en una presa fabulosa, no de carne, sino de metal. ¿Va a ceder a los impulsos del corazón, cuando un afán irresistible le lleva hacia un imperio inimaginable? Nada puede distraer de su designio al ardoroso capitán. Ardoroso de gloria más aún que de abrazos. Por el momento, se contenta con repartir los indios entre sus oficiales, después de bautizados por el padre Olmedo. Adjudica la hija del cacique a Portocarrero, amigo y confidente del conquistador. Pero, en su fuero interno, sabe bien que, llegado el momento, será su favorita. Sus compañeros lo sospechan, pues la tratan ya con gran respeto. ¿No parece una señora? Es, en efecto, una señora. Y con toda naturalidad le dan el título de *doña*. Y doña Marina será hasta el día en que los indios la llamen *Malintzin* —palabra formada de Marina y del sufijo *tzin*, que indica nobleza—. Consejera e intérprete de Cortés, a ella se dirigirán los indígenas para las cosas grandes y para las pequeñas. Amiga de los humildes y portavoz de los príncipes cobrizos, protegerá a los desgraciados y confesará a los jefes de guerra. Unos y otros se acostumbrarán de tal modo a tratar con Cortés por intermedio de Malintzin, que acabarán por llamar así al capitán español. Para los indios, Cortés será Malintzin o *Malinche*. Por su tacto, por su inteligencia política, por su actitud tan hábil como generosa con indígenas y españoles y por su benéfico papel de mediadora, Marina merece ese doble honor: el de que los españoles de Cortés —ninguno de los cuales, ni siquiera él, tenía derecho al *don*— le otorgüen el tratamiento de *doña*, reservado hereditariamente a las tres grandes damas españolas, y el dar, por un rodeo imprevisto, su propio nombre hispano-indio al hijo del capitán Martín Cortés de Monroy. Honrosos títulos para la que poco antes era esclava de un cacique, aunque de sangre noble.

A las puertas del imperio azteca

A fin de cuentas, el choque de Tabasco no fue más que una escaramuza. Eso pensó Cortés una vez que salió del paso con honor. Pero sirvió para tantear la defensa adversaria y probar las propias fuerzas. Gracias a Dios, Cortés se sentía fuerte. La aventura empezaba bien.

Desde Tabasco, los once navíos de la armada costearon el continente en dirección al norte. Iban lo bastante cerca de tierra como para distinguir la playa de oro pegada a la selva y, encima, los picos nevados cortando el intenso cielo azul. El optimismo del capitán general se había comunicado a la tripulación. Todo el mundo —soldados e hidalgos— respiraba, con el viento del golfo mexicano, los aromas misteriosos de la Tierra Prometida. La disciplina, inflexible en tierra, era suave a bordo. ¿Cómo podía no serlo en las estrechas carabelas donde iban amontonados oficiales y marineros, indios cautivos y ganado? Doña Marina iba en la galera capitana. Portocarrero la acosaba, pero la hermosa azteca no apartaba del rostro de Cortés su lánguida mirada.

Desde lo alto de la toldilla surgió una voz grave acompañada de laúd. Era el músico Ortiz, que cantaba un viejo romance:

> Cata Francia, Montesinos,
> cata París la ciudad,
> cata las aguas del Duero,
> do van a dar a la mar.

Como se acercara el capitán general, Portocarrero continuó, dirigiéndose a él:

> Ved esta tierra tan rica
> y sabedla gobernar.

Y Cortés, guiñando el ojo, canturreó esta respuesta:

> Diome Dios la fortuna de las armas,
> como a Rolando, el paladín.
> Avanzad, caballeros valerosos.
> Yo guardaré muy bien lo que queráis dejarme.

Una gran carcajada celebra la respuesta zumbona de Cortés. Pero algunos se mordieron los labios. ¿Porque quién dudaba que Cortés se iba a reservar la parte del león de las futuras conquistas? ¿Qué necesidad tenía de subrayarlo con aquella insistencia cínica?

El Jueves Santo de 1519 —a los dos meses de zarpar de La Habana—, la flota española echa el ancla en San Juan de Ulúa.

Apenas terminadas las operaciones se acercan a la galera capitana —reconocible por el pendón— varias chalupas. Ya junto al casco de la nave española, los ocupantes indios —hermosas siluetas empenachadas de plumas— preguntan a Cortés, por intermedio de doña Marina, cuáles son sus intenciones. Tranquilizados por las amables palabras del capitán, vuelven a tierra. Al día siguiente, Viernes Santo, los españoles desembarcan.

Una multitud silenciosa contempla la instalación de los extranjeros. La colocación de los cañones los asombra, pero más los asombran los caballos. Nadie había visto aquellos monstruos piafantes. Lo primero que hizo Cortés fue mandar levantar un altar. Inmediatamente, el padre Olmedo celebró una misa. ¿No era el aniversario de la muerte de Cristo? Los indios, estupefactos pero respetuosos, no perdieron ni un gesto de aquella extraña ceremonia. El Sábado Santo se presenta Cuitlalpitoc, enviado del gobernador local. ¿Qué quieren aquellos hombres blancos? Nada más que hacer una visita al poderoso vecino, asegura Cortés. A los pocos días se presenta ante el español el gobernador en persona, Tendile. Trae ricos presentes y llega acompañado de numerosa caravana. Cortés le ruega, antes que nada, que asista a la misa.

Después los jefes indios y españoles festejan el encuentro. Tendile y Cortés hablan de sus respectivos emperadores. Uno se llama Carlos; el otro, Moctezuma.

¡Moctezuma! ¡Por fin se oye pronunciar este nombre, hasta entonces sólo susurrado! Los supervivientes de la expedición de Grijalva y los guerreros de Tabasco hablaban de él como de un soberano casi legendario. Tendile, que era pariente suyo, acababa de verle. Esta vez, ya no se trataba de una ilusión, sino de una presencia. ¡Extraño diálogo el del español y el indio! Frases cortas e incoherentes traducidas por doña Marina. Ideas elementales, cortadas por largos silencios. Todos y cada uno procuraban imaginar la traza del emperador desconocido y calcular su poder. A Tendile le intrigaban la piel blanca y la barba negra de Cortés. Hasta se aventuró varias veces a tocarle la cara. ¿Le recordaba algo, alguna profecía? Un hombre blanco y barbudo...

Cortés no hizo nada por disipar el miedo que inspiraba al indio. Al contrario. Decidió hacer una demostración impresionante de su poder. Cargaron los cañones, ensillaron los caballos y, al anochecer, con la marea baja, los jinetes españoles se lanzaron al galope por la playa blandiendo sus lanzas, mientras los artilleros disparaban los cañones. Los relinchos de los caballos, el estrépito de las bombardas repercutiendo en las montañas, los alaridos de los jinetes sembraron el espanto en la caravana india. No cabía duda de que aquellos hombres llegados de Oriente eran de raza divina. Mandaban en el trueno y en los animales. Mientras tanto, unos escribas hábiles trazaban en hojas de maguey las extraordinarias escenas. Gracias a su rápido pincel, Moctezuma conocería los rostros barbudos de los invasores, las enormes embarcaciones rematadas por torres y los marineros de multicolor atuendo. Vería desfilar la furibunda carga de los jinetes por la playa de Chalchiuhuecán.

Tendile, deslumbrado por tantas maravillas pero sin manifestarlo demasiado, se despide de Cortés. El capitán gene-

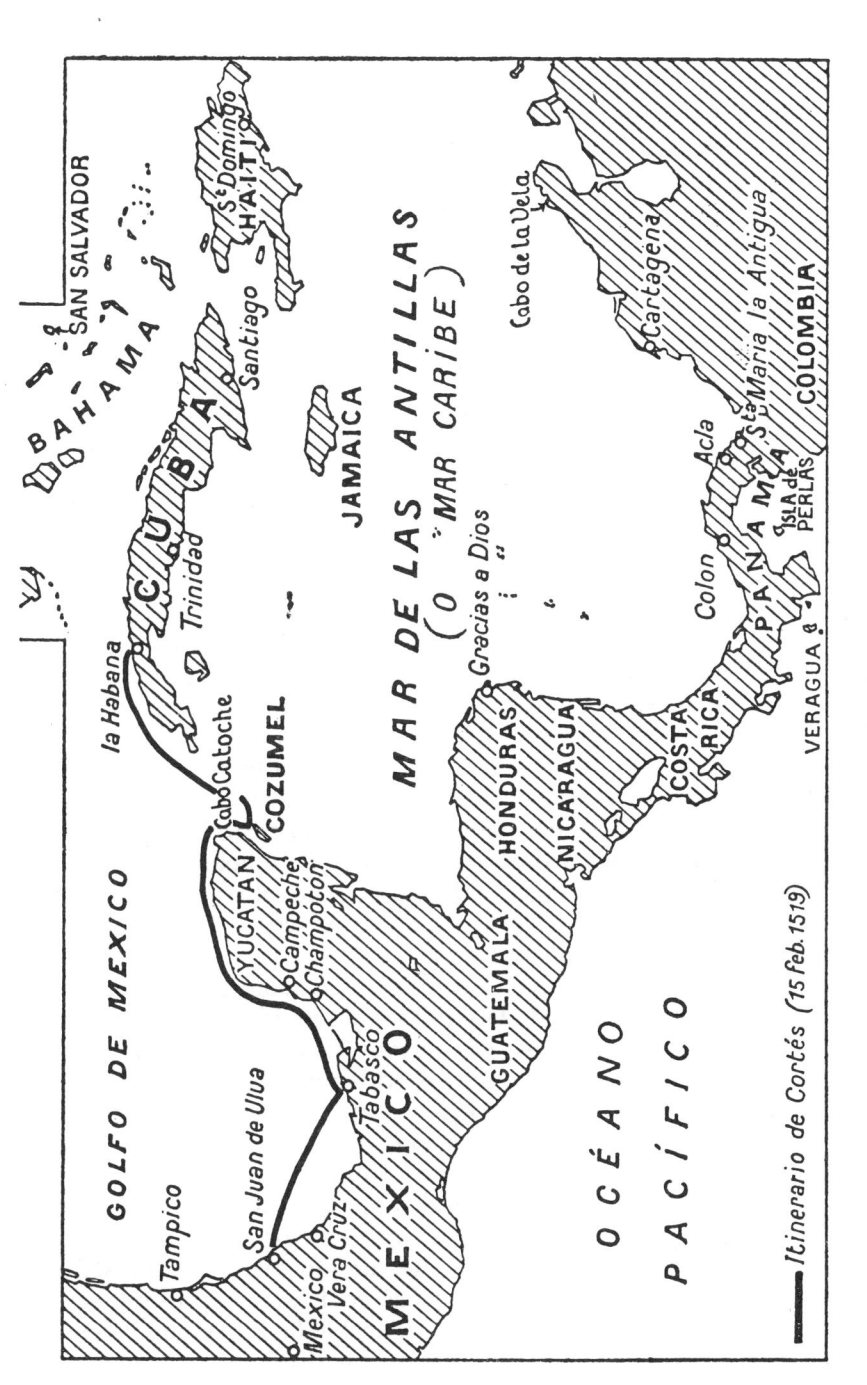

En las proximidades del imperio azteca

ral le entrega una silla esculpida y un gorro de seda roja destinado a Moctezuma, deseando que la primera le sirva de trono y el segundo de ornamento cuando consienta en concederle una audiencia. Le da, además, unas cuentas de vidrio de parte del rey de España. Menguados presentes que Tendile recibe con gran dignidad. Al ver a un soldado que lleva un casco de oro, manifiesta el deseo de llevárselo a su señor, pues es parecidísimo al de Huitzilopochtli, el dios de la guerra. Al oír estas palabras, Cortés aplica el oído. ¡El dios de la guerra: la cosa promete! Mientras tanto y con el pretexto de comparar el oro de España con el de aquel país, el capitán general ruega a Tendile que le traiga el casco lleno de oro, para regalárselo a su emperador. Tendile se aleja.

En resumidas cuentas, en la entrevista del capitán Cortés con el embajador indio no averiguaron nada ninguno de los dos. Uno y otro fanfarronearon para impresionarse mutuamente. Sondear las intenciones secretas del adversario eventual, tentar la espada, éste era el juego, disimulado bajo las apariencias de una mortal cortesía. Pero uno y otro permanecieron impenetrables. La astucia india y la sutileza española se anularon. Pero a Tendile le fue difícil ocultar su inquietud, y hasta su reverencia casi religiosa, ante Cortés. Su actitud vacilante —parecía temer y desear, alternativamente, la visita de Cortés a Moctezuma— reflejaba sin duda las propias.incertidumbres del monarca. En todo caso, las reticencias de Tendile chocaron con la resolución inquebrantable de Cortés. Quisiéralo o no el emperador indio, él iría a verle en su palacio, armado o desarmado, según como lo trataran: como amigo o como enemigo.

Pasaron unas semanas. Tendile volvió acompañado de un plenipotenciario llamado Quintalbor y seguido de una imponente comitiva de nobles y de esclavos. Los nobles ostentaban rutilantes insignias. Los esclavos traían a las espaldas, listadas de latigazos, envoltorios y cajas. Tendile presentó, sonriente, a Cortés el casco del soldado español. Estaba lleno hasta rebosar de monedas de oro. Echó incienso de copal a los pies del conquistador y mandó abrir las cajas. Ante los estupefactos ojos de los españoles, los esclavos fueron poniendo sobre unos lienzos los presentes de Moctezuma. Un disco de oro del tamaño de una rueda de coche que representaba el Sol, un disco de plata que figuraba la Luna; animales —lagartos, perros, tigres y leones— esculpidos en oro maci-

Un hijo de familia prueba suerte

zo, collares, una gran cabeza de cocodrilo, escudos, flechas, abanicos, todo ello de oro. Oro. Oro. Y cinco esmeraldas enormes. Una gran hoguera iluminaba el campamento español. Cortés, mientras sus oficiales y su tropa estaban con la boca abierta de admiración, calculaba mentalmente cuántos pesos de oro representaba aquella montaña milagrosa. Sólo el disco valía seguramente veinte mil. Con esto bastaba y sobraba para pagar los gastos de la campaña. Mientras Cortés se pierde en un sueño constelado de cifras, Tendile se acerca a él. Con su sonrisa estereotipada, le suplica que considere aquellos presentes como una prenda de amistad de Moctezuma. El emperador no desea otra cosa que mantener buenas relaciones con él. Pero le aconseja que desista de su viaje hasta la capital. Encontraría en el camino demasiados obstáculos. Cortés contesta, muy tranquilo, que no existen obstáculos para un caballero español y que, por otra parte, ha de cumplir la misión que su propio emperador le ha encomendado. Irá, pues, a saludar a Moctezuma de parte de Carlos de Austria, aunque para ello haya de levantar montañas. Tendile se inclina. No ha hecho más que transmitir el mensaje de su señor. Y se inclina más aún cuando Cortés, para no ser menos que el monarca indio, entrega a su emisario una copa cincelada de cristal de Florencia y tres camisas de holanda. Pobres presentes que Tendile recibe como suntuosos regalos. Y con esto, se va. Antes, los hechiceros de Moctezuma habían ofrecido a los españoles una sesión de magia.

Cortés tenía que enfrentarse ahora con un grave problema: el de sus relaciones con Diego Velázquez. Los partidarios de éste —manejados por Escudero y por Carmeño— no se recataban para criticar abiertamente la conducta del capitán general. Mucho prometerles un imperio, pero, en realidad, estaban acampados en una playa tórrida, devorados por los mosquitos y con el estómago vacío. ¿Hasta cuándo iban a tener que alimentarse de esperanzas? Para calmar el descontento, Cortés envía a Montejo a reconocer la costa en busca de un lugar más sano. Al mismo tiempo se preocupa de regularizar su propia situación con el gobernador de Cuba, o, más exactamente, con la Corona. En realidad, mientras depende de Velázquez, está obligado a rendirle cuentas. En situación de rebeldía por su huida de Cuba, tenía que volver a Santiago humilde y arrepentido. En la hipótesis más favorable y previo reconocimiento de su culpa, Velázquez le autorizaría a proseguir la conquista por su cuenta. Condición inadmisible. Él no pensaba depender más que de un amo: el emperador. Por otra parte, la humildad y el arrepentimiento no entraban en su carácter. Lo que tenía que hacer, pues, era romper para siempre su dependencia de Velázquez. Lo difícil era encontrar una fórmula jurídica. La encontró.

Siguiendo las indicaciones de Montejo al volver de su exploración, los españoles trasladaron su campamento al norte, a un lugar llamado Quiahuitzlán. El camino pasaba por la población de Cempoala, habitada por los totonacas. Por primera vez desde hacía muchas semanas, los conquistadores vieron casas blanqueadas con cal. Comieron frutos nuevos para ellos, pero sabrosos; cogieron flores y se tendieron en el césped de los jardines. Esta evocación de Andalucía los conmovió. El paisaje era amable. Los habitantes lo estuvieron también. El cacique de Cempoala no sabía qué hacer para ser agradable a los extranjeros. ¿Por qué tal acogida? Cortés no tardará en saberlo. Al mismo tiempo que los españoles, habían llegado a Cempoala oficiales aztecas. Iban a recaudar, en nombre de Moctezuma, los impuestos rituales. El jefe totonaca aprovechó la ocasión de esta presencia para quejarse amargamente a Cortés de las exacciones de que eran víctimas por parte del emperador indio. Jamás se vio déspota más insaciable. ¡Y si al menos se conformara con los tributos ordinarios! Pero exigía también sangre para apaciguar a sus dioses. Periódicamente, los recaudadores de Moctezuma entraban a saco en la población de Cempoala y elegían los jóvenes más hermosos para degollarlos en el ara de los sacrificios. Cortés, horrorizado, sugirió al cacique apoderarse de los oficiales aztecas como represalia. Cosa que el totonaca hizo inmediatamente con el mayor entusiasmo. Pero aquella misma noche, Cortés liberó en secreto a los prisioneros, asegurándoles que él no había tenido intervención alguna en el asunto. ¡Que volvieran inmediatamente cerca de Moctezuma y le anunciaran su próxima visita! Desaparecidos los aztecas, Cortés promete a los totonacas ponerse a su lado contra Moctezuma y apoyar con las armas sus justas reivindicaciones. No les pone más que una condición: que abandonen los sacrificios humanos y destruyan sus ídolos. Los totonacas ponen el grito en el cielo. ¿Renunciar a sus dioses? ¡Jamás! A una rápida orden de Cortés, cincuenta españoles se lanzan a

Un hijo de familia prueba suerte

las gradas del templo, cogen las efigies divinas y las rompen. Aumenta el horrorizado griterío de la multitud totonaca. Pero se corta en seco cuando Cortés les hace reparar en que la caída de los ídolos no había determinado ninguna intervención celestial. Prueba de que eran falsos dioses. Los totonacas lo reconocen, recogen los restos de sus divinidades destronadas y los echan al fuego. Acabada esta tarea, no oponen dificultad alguna para prestar juramento de obediencia al rey de España y reconocer como único Dios a aquel cuya imagen crucificada se ha apresurado el padre Olmedo a erigir en el lugar de las estatuas paganas.

Mientras Cortés releva a las tribus totonacas de la autoridad de Moctezuma y les impone la religión cristiana, comienza a realizar el misterioso plan que ha concebido para legalizar su situación con el soberano. Con ayuda de sus amigos de Cempoala, manda edficar rápidamente una ciudad en el llano que se extiende ante Quiahuitzlán. Le da el nombre de Villa Rica de la Vera Cruz, sonoro nombre que contiene la promesa del oro y la del reino de Dios. Después nombra a Portocarrero y a Montejo alcaldes de la nueva población. Nombra, además, regidores, alguaciles y un consejo municipal. No olvida nada, ni siquiera la horca. Hace que se reúna en sesión solemne el consejo municipal, que le convoque a ella, y le presenta los poderes que le había otorgado Diego Velázquez. El consejo, después de examinar gravemente estos poderes, declara que no son válidos. En consecuencia, quedan canceladas las funciones de Cortés. Tiene que presentar la dimisión. Pero, al mismo tiempo que Cortés renuncia solemnemente a su cargo y el consejo municipal levanta acta de la renuncia, el mismo consejo le nombra capitán general y justicia mayor de la nueva colonia en nombre de Su Majestad el rey de España. ¡Buena jugada! Unos colonos han fundado una ciudad dependiente del poder real. Han nombrado libremente un jefe por sufragio universal. ¿Hay nada más regular? En lo sucesivo, Cortés no es ya un capitán rebelde a las órdenes de Velázquez, sino un ciudadano de Villa Rica de la Vera Cruz «elegido» por sus compañeros para el mando administrativo y militar. El leguleyo más puntilloso no hallaría nada que oponer. En realidad, Cortés se había sometido a un plebiscito. ¿No es esto lo que han hecho en todo tiempo los generales vencedores para ejercer legítimamente el poder civil?

Cortés, liberado de la hipoteca cubana, se siente más ligero. Ahora podrá obrar. Lo primero que hace es redactar un informe para el rey —firmado por todos los soldados y todos los capitanes, menos los partidarios de Velázquez— relatando los últimos acontecimientos, especialmente la fundación de Villa Rica de la Vera Cruz y su nombramiento de capitán general. Se suplica a Su Majestad que tenga a bien confirmar este nombramiento. Con el informe iba un importante tesoro —testimonio material de la conquista—, para el cual cedieron todos su parte de botín. Fueron designados para entregar al soberano la misiva y el tesoro Portocarrero y Montejo, los fieles más distinguidos. Embarcaron en San Juan de Ulúa, no sin haberles recomendado Cortés que pasaran lo más lejos posible de la costa cubana.

Cortés está impaciente por ponerse en camino para la residencia de Moctezuma. Pero quiere estar seguro de la retaguardia. Su elección y su mensaje al rey de España debilitan singularmente el peligro personificado por Diego Velázquez, pero no lo eliminan por completo. Los velazquistas son todavía numerosos en la colonia de Vera Cruz. Algunos hasta abrigan el propósito de apoderarse de varios navíos y volverse a Cuba. Había que ahogar la insurrección en el germen mismo. Y Cortés no vaciló. Mandó desmantelar y echar a pique sus naves, menos una. Así quedaba rota toda comunicación con Cuba y con España. Nadie podía retroceder. Cortés señaló el único barco que quedaba: lo había reservado para los que murmuraban, para los cobardes. Las palabras, como latigazos, del capitán general produjeron su efecto. Nadie quiso pasar por cobarde. El conquistador no se limitó a esto. No se liquida una rebelión sin escarmientos. Y para algo había mandado Cortés levantar una horca en la plaza mayor de la nueva ciudad. Escudero y Carmeño fueron ahorcados. Al piloto Umbría, reconocida su menor culpabilidad, le flagelaron duramente y le cortaron los pies. Se acabó la oposición.

Cortés es amigo de alternar el látigo con los halagos. Ahora que ha echado a pique su flota y aniquilado a sus adversarios, puede permitirse el lujo de la elocuencia. Ha llegado la hora, en vísperas de la campaña, de *calentar* a sus soldados. Y Cortés, frente a sus tropas, concentradas en la plaza mayor de Cempoala, improvisa una elocuente arenga. Recomienda a los que se quedan en Villa Rica —un centenar de soldados y de marineros, bajo el mando de Juan de Escalante— que tengan paciencia, que vigilen la costa y que acaben de construir

Máscara de piedra verde semitranslúcida
(Veracruz, hacia el siglo v)

Pirámide del Sol, Teotihuacán
(Fotografía de Pablo Zendrera)

Relieves del templo de Quetzalcóatl
(Teotihuacán. Hacia los siglos VII-VIII. Fotografía de P. Zendrera)

la iglesia y la fortaleza. A los que se van con él les subraya las dificultades que habrá que superar. Pero al final del camino están la fortuna y la gloria. Los presentes de Moctezuma no son más que las migajas del festín de oro que les espera. «¡A México, señores!», exclama la vibrante voz del capitán general. «¡A México!», repiten los conquistadores. Y Cortés da la orden de partida.

En el momento en que la expedición se va a poner en marcha, Cortés recibe un correo de Juan de Escalante avisándole de que cruzan frente a la costa y hacen señales unos navíos sospechosos. El capitán general, confiando su ejército a Alvarado y a Sandoval, monta a caballo y llega de una galopada a Villa Rica. En efecto, tres naves se balancean frente a la costa. Cuatro hombres habían desembarcado y preguntado por Cortés. Los enviaba Alonso de Pineda, capitán de la flotilla, para notificar a Cortés la toma de posesión de todo aquel territorio en nombre de Francisco de Garay, gobernador de la isla de Jamaica. Al capitán general le hace gracia la embajada. A guisa de respuesta, hace prisioneros a los cuatro emisarios de Garay, recoge a tres marineros que se habían escapado de sus barcos y se vuelve a Cempoala con ellos. Pineda comprende que se las tiene que haber con alguien más fuerte que él y leva anclas para Jamaica. En cuanto a Cortés, se queda con siete soldados más. Con el corazón ligero vuelve a sus tropas y, saliendo de Cempoala —esta vez de verdad—, avanza camino de México.

Hernán Cortés había salido de La Habana el 15 de febrero de 1519. Sale de Cempoala el 16 de agosto del mismo año: seis meses después.

¿Cuál es el balance de este medio año?

Se ha emancipado —muy hábilmente— de la tutela de Velázquez.

Poniéndose al lado de los totonacas contra los aztecas, se ha ganado a los primeros como aliados. Cuatrocientos guerreros de Cempoala, entre ellos cincuenta nobles, refuerzan su retaguardia. Al mismo tiempo aparece como defensor de los oprimidos.

Derribando los ídolos se ha acreditado como defensor de la fe.

De esta manera comienza a componer su papel, detenidamente meditado en Medellín y en Cuba. Ahora le falta completarlo. Y lo completará seguramente en México.

Dos trazos más iluminan con una luz crudísima esta fisonomía moral, todavía enigmática. En Villa Rica hace que sus soldados le nombren jefe supremo. Como Galba, sucesor de Nerón. Después quema sus naves. Como Tomarco, como Agatocles. ¿Ha recordado sus clásicos —¡oh lecciones de Salamanca!—, o ha inventado estas estratagemas?

Ahí le tenemos camino de lo desconocido. No sabe casi nada —ni la extensión ni los hombres— del imperio que codicia. Sólo que lo habitan numerosos pueblos, formando una vasta confederación. ¿Pero qué sabe del emperador sanguinario que reina en México, aparte que su nombre hace temblar y tartamudear de terror a los soldados más intrépidos? ¿Será, por fin, el fabuloso Gran Kan del que todo el mundo habla y al que nadie ha visto nunca?

Cortés no está seguro de su camino, pero sí de que ningún conquistador antes que él llegó tan lejos en las tierras del oeste.

En este punto, Cortés se equivocaba. No era el primer conquistador.

CAPÍTULO III

Los conquistadores rojos

Las civilizaciones precolombinas nacieron y se desarrollaron al sudoeste de América del Norte, en América Central y en la parte noroeste de América del Sur, en la zona del Pacífico.

Esencialmente, México y el Perú.
Los aztecas, en el México central.
Los mayas, al sur de México, en la península de Yucatán y hasta Guatemala.
Los incas, en el Perú y en Bolivia.
A medida que se desciende hacia el sur van siendo más raras las huellas de civilización. Ya no se puede hablar de pueblos, sino de tribus, de hombres primitivos, vagamente

asociados en clanes y que, cuando la tierra no les ofrece ya los recursos necesarios para su subsistencia, se trasladan a otro sitio.

Contra lo que se pudiera pensar de la influencia del clima en la actividad humana, las civilizaciones precolombinas, con excepción de la de los mayas, se desarrollaron en las tierras áridas, en torno al ecuador y no en las zonas templadas. Lo mismo ocurrió con ciertas naciones, madres de la humanidad —Egipto, Persia—, que también actuaron en un suelo estéril y esculpieron en una materia dura modelos de arte y de sabiduría que aún veneramos. Tierras ingratas para el labrador, propicias para el genio.

La civilización precolombina nació, pues, en el corazón del continente americano, en un eje México-Lima. Y allí mismo empezó la Conquista, allí pusieron los pies los conquistadores españoles, precedidos en varios siglos, en los mismos lugares, por los conquistadores indios. Los hombres se baten siempre en los mismos campos de batalla.

En los comienzos de nuestra era envuelve a América una niebla a través de la cual se distinguen unos pueblos errantes. Van y vienen en zigzag, como columnas de hormigas. Alimentarse, defenderse del enemigo, pescar, cazar, fabricar la honda y el bumerán, el escudo de corteza de árbol, la canoa forrada de pieles, trenzar el agave, cocer los objetos de barro y —¡ya!— sacar del bígaro o de la flauta de Pan una especie de música: tales son las ocupaciones de los primeros indios. Pero hacia el siglo VI se disipa la niebla. Se ve más claro.

Los maestros constructores toltecas

El valle de México, siglo VI.
Llega a este valle el pueblo tolteca, conducido por un sacerdote astrólogo. Procede de California. De la misma manera condujo Moisés a los hebreos hacia la Tierra Prometida. Los toltecas fundan la ciudad de Tollán y eligen un rey —sin duda, el primero de América—. En los anales mexicanos se les llama «maestros constructores». Su obra maestra es Teotihuacán. Ciudad consagrada a los dioses, es también la capital política del imperio tolteca. Pero los soberanos tienen menos importancia que los dioses, en honor de los cuales se levantan monumentos majestuosos. La pirámide de la Luna y la

del Sol —de sesenta metros de altura— dominan una serie de columnas y de templos. Estas pirámides proclaman la gloria del dios Sol y de la diosa Luna. Trescientos años después aparece un personaje misterioso, Quetzalcóatl, la «Serpiente con Plumas», a la vez héroe y sabio. Predica a las muchedumbres, impone las manos, enseña la moral y la ciencia. Las gentes le veneran a su paso. Pero, a la larga, se cansan de ese mesías demasiado riguroso. Quetzalcóatl se retira al desierto y anuncia el fin del mundo. Algún tiempo después de su muerte, los toltecas le proclaman «Dios de la Sabiduría», le adoran y le erigen en Teotihuacán un templo decorado de inmensas serpientes con plumas, con los ojos de obsidiana pulimentada. Nos gustaría saber qué lenguaje hablaba aquel indio, mago y taumaturgo que, deificado al fin, conoció sucesivamente el fervor de los hombres, sus persecuciones y la gloria póstuma. Pero de su evangelio y de sus enseñanzas no queda más que unas imágenes de piedra.

Mientras los toltecas suben los escalones de las pirámdes sagradas; mientras, en un lugar de Yucatán, una asamblea de sabios inventa un calendario, al otro lado del Atlántico, Carlomagno es coronado emperador de Occidente.

Aproximadamente en la misma época, un gran peligro amenaza al imperio tolteca. Diezmado por las epidemias, reblandecido por una vida demasiado fácil, dividido por querellas religiosas y políticas, está maduro para la invasión. Ésta vendrá del norte. Cae sobre el valle de México el poderoso ejército de los chichimecas. Hay que huir, abandonar Tollán y Teotihuacán, la Bizancio de América. Entonces interviene el primer conquistador.

En Tollán reina una dinastía tolteca. Pero más absoluto que el poder real es el que ejerce el gran sacerdote, jefe de la religión y representante, en la tierra, de Quetzalcóatl, el hombre hecho dios. Como es costumbre en el protocolo ritual, el gran sacerdote ostenta él mismo el nombre de dios. En medio de la desmoralización general —el rey se ahorca en la cueva de Cincalco, cerca de México—, Quetzalcóatl es el único que conserva la calma. Reúne al pueblo tolteca, se pone al frente de él y le conduce a las puertas de Yucatán. En el camino se tropieza con los tzentales. Les presenta batalla, los derrota y, para afianzar su conquista, casa a sus oficiales y a sus soldados con mujeres tzentales. Así, los tzentales quedan absorbidos por los toltecas. Quetzalcóatl, dueño ya de un

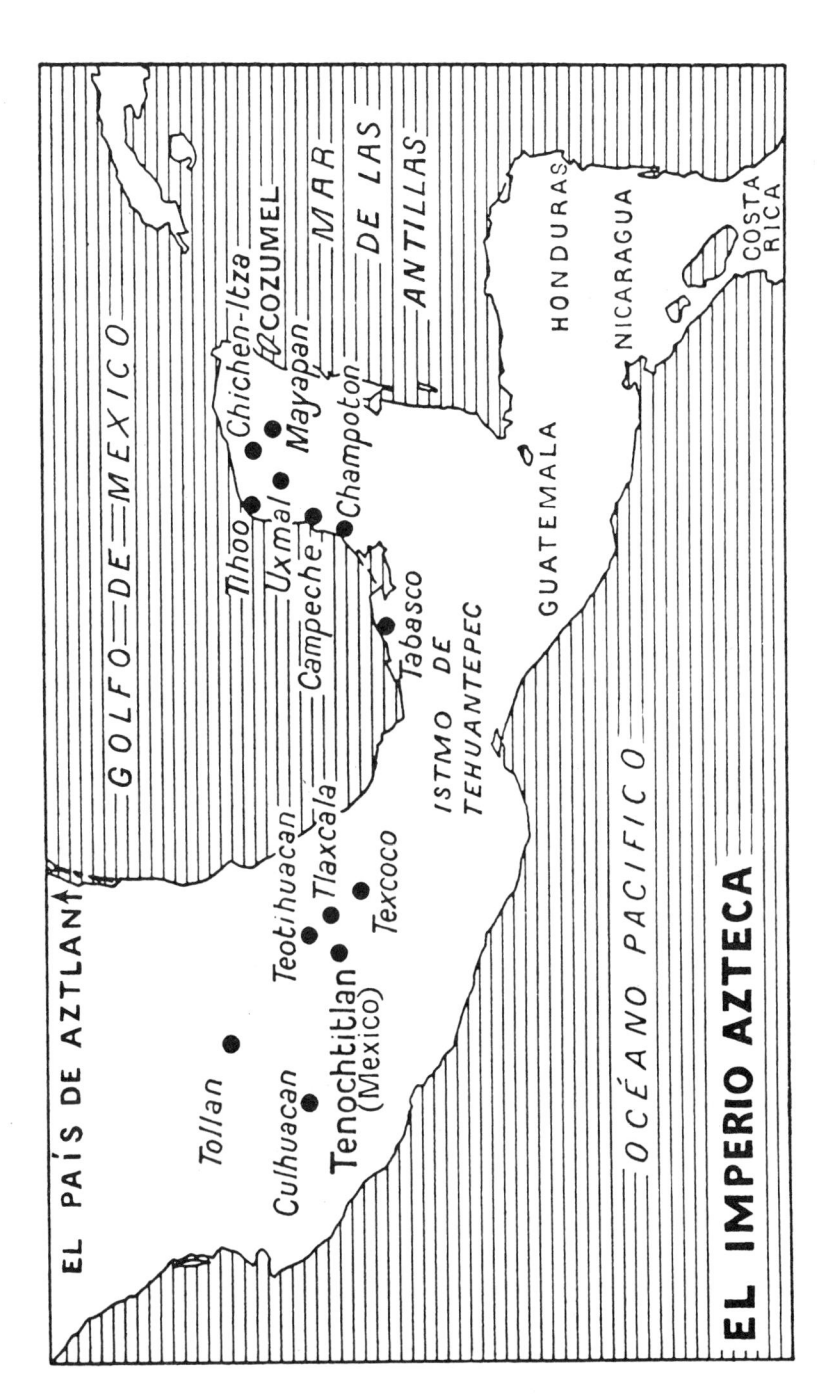

El imperio azteca

gran pueblo, decide fundar grandes ciudades a su medida. Los toltecas son constructores. Y no tardan en surgir del suelo varias ciudades. Lo mismo que en Tollán, hay más templos que palacios, pues Quetzalcóatl no olvida que es también jefe religioso y representante único del único dios verdadero, cuyo nombre lleva. Impone al país conquistado la doctrina y la liturgia del dios con cabeza de serpiente empenachada de plumas. Crea una iglesia, instituye un clero. Pues ya se han acoplado perfectamente la conquista política y militar y la conquista espiritual. El vencedor transporta, con sus armas, sus altares. Hay que captar las almas.

Los toltecas, que habían partido del valle de México, ocupan ahora una región comprendida entre el istmo de Tehuantepec y la ciudad de Tabasco, en la base de la península de Yucatán. Pero este imperio no satisface la ambición de Quetzalcóatl. El conquistador tolteca vuelve los ojos hacia el norte. Sabe que Yucatán está en manos del poderoso pueblo de los mayas. Sin embargo, los viajeros y los mercaderes han traído a Quetzalcóatl noticias singulares y, en suma, alentadoras para él. Las grandes familias mayas —los itzás, los quitchás, los tutulxiuhs— no se entienden. Hasta hay algunos que emigran hacia Guatemala y Honduras. ¿Quién podría creer esto de los mayas, maravillosos arquitectos, hábiles pintores, a la vez que temibles guerreros? Pero Quetzalcóatl no se asombra de nada. La ocasión es inesperada, y la aprovecha. Organiza su ejército, arma una flota de guerra para costear el litoral y, llegado el momento, marcha hacia Champotón, la primera población itzá.

Los itzás, sorprendidos por la llegada en masa del ejército tolteca, no ofrecen más que una débil resistencia. Quetzalcóatl quema la ciudad y sigue su camino. Subiendo por el golfo de México, se apodera sucesivamente de Campeche, de Tihoo y de Chichén-Itzá. Paralelamente, su flota se adueña de las costas de la península de Yucatán. Sólo se libra de su invasión la isla de Cozumel. Mientras Quetzalcóatl organiza el territorio conquistado, los tutulxiuhs se reagrupan en el centro de Yucatán. Y hasta edifican una ciudad —Uxmal— en las fronteras del nuevo estado tolteca. Éste responde fundando una ciudad santa, Mayapán, cerca de la actual Mérida. Quetzalcóatl va a poder instalar a sus dioses en moradas adecuadas. Pues él es el mesías de la nueva religión, el descendiente espiritual del dios de la Serpiente con Plumas

Los conquistadores rojos

—*Quetzalli*: pluma preciosa; *coatl*: serpiente—. Y surgen los teocalis, antecesores de los templos aztecas. Se sube a ellos por escaleras labradas en la roca. Pronto corre la sangre por los altares, sellando la alianza entre el dios de Tollán y las divinidades itzás. Pues, entre la guerra y la paz, Quetzalcóatl, avisado en política, ha elegido la paz. El nuevo imperio federado tendrá tres capitales: Mayapán, Uxmal y Chichén-Itzá. Ejercerán el poder tres reyes, cada uno en su reino, pero se consultarán para los asuntos políticos, administrativos y religiosos que interesen a toda la península. Queda así realizada toda la unidad de Yucatán.

Quetzalcóatl echa una mirada satisfecha a su obra. Ha dado la paz a aquel extenso país, hasta entonces despedazado por el odio. Las tribus toltecas, tzentales, itzás, quitchás y tutulxiuhs, unidas bajo el cetro de tres cabezas de los triarcas, fusionadas por los matrimonios, asociadas en los mismos ritos, forman ahora una sola comunidad: el pueblo yucateca. Una última ojeada —la del dueño y señor— a esta gran construcción humana y material. Templos para los dioses. Palacios para los príncipes. Seminarios para los sacerdotes. Cuarteles para los soldados. Hospitales para los enfermos. Leyes para todos. ¡Ya está! La Serpiente con Plumas ha laborado bien. Puede retirarse. Y se retira. Acompañado por varios fieles, pasa las fronteras del imperio que ha creado. Sigue su camino de inspirado. Toma, a la inversa, su ruta jalonada de victorias. Campeche, Champotón... Baja hacia el sur, se apodera de Guatemala. Aquí se pierden sus huellas. Pero a nadie se le ocurre que haya podido morir. ¿No prometió el conquistador de Yucatán que volvería algún día, por el mar oriental, acompañado de unos hombres blancos y barbudos, cuando los tiempos se cumplieran?

Mientras el héroe tolteca esboza un imperio, el Occidente alumbra dolorosamente el año mil. Los bárbaros ponen sitio a Europa. Los carolingios se derrumban. Los crueles magiares, los normandos, los sarracenos toman aliento antes de arrojarse de nuevo sobre su presa ensangrentada. El vikingo Olaf devasta las llanuras francesas. El moro El Monsur saquea y destruye Santiago de Compostela. Europa, acosada por todas partes, moralmente enferma —los vicios engendran la desesperación y el hambre—, en constante batallar, desangrándose por mil heridas, presenta todas las señales de una muerte próxima. Sin embargo, vivirá.

La dictadura azteca: de la serpiente con plumas a los teocalis

¿Qué pasaba mientras tanto en el valle de México? Columnas de emigrantes procedentes también del norte dominaron a la población chichimeca. En Tollán reinaba una nueva dinastía, la de los Culhuas, que más adelante fundaron su propia capital: Culhuacán o Coyoacán, al sur de México. Durante varios siglos, el templo de la Colina de la Estrella, dominando las lagunas, es el centro religioso más importante del valle. En él se celebra el rito del «Fuego Nuevo» hasta la llegada de los conquistadores españoles.

Frente a Culhuacán, al otro lado de la laguna de México, en la ribera oriental, se funda una ciudad rival: Tezcuco, que llega a ser la sede de un vasto imperio cuyas fronteras se prolongan hasta los aledaños de Veracruz.

La historia del valle de México —desde el año mil hasta la monarquía azteca— es la de una sangrienta querella ente tribus. Y es también la historia de unos jefes intrépidos y sin escrúpulos que supieron reunir tropas, equiparlas, fanatizarlas y llevarlas a la batalla y a la conquista.

El pueblo tepaneca, comprimido en los estrechos límites de la ciudad de Atzcapotzalco, tiene hambre. Surge un jefe, Tezozomoc, y señala el camino a seguir: el de Culhuacán. Los tepanecas entran a saco en la capital de los culhuas. Prosiguen su *raid*. Ahora dominan Tezcuco. Tezozomoc ha conquistado todo el norte del valle. Le sucede su hijo, Maxtla. Pero el hijo no es el padre. Mientras él intenta, alternando la intriga con la opresión, afianzar su poder sobre los culhuas y los tezcucanos, éstos concluyen una alianza secreta e invitan a sumarse a ella a las demás comunidades oprimidas, particularmente a los tenochcas y a los aztecas. Maxtla sucumbe ante la fuerza del adversario. Es condenado a muerte e incendiada su capital. En cuanto a los tepanecas que han escapado de la matanza, son incorporados por la fuerza a las tribus aliadas.

¿Quiénes son esos aztecas cuyo heroísmo ha inclinado la balanza a favor de la coalición de los culhuas y los tezcucanos? En otro tiempo vivían en el lejano país de Aztlán, al nor-

Los conquistadores rojos

te de México. Eran de la raza *naoa*. Adoraban a un dios llamado Huitzilopochtli: el Hechicero-Pájaro-Mosca, una especie de pitonisa dotada de palabra, que les ordenó partir a la conquista del mundo. Y partieron. Mientras ellos se ponían en marcha, San Bernardo predicaba en Francia la segunda cruzada. Durante mucho tiempo, los aztecas anduvieron errantes por el valle de México. Establecidos por fin en la cumbre del monte Chapultepec, pudieron creerse por algún tiempo dueños del majestuoso valle y de sus cinco lagos, tan vastos como el mar y más azules. Le dieron el nombre de Anáhuac, «vecina del agua». Pero cayeron en poder de los culhuas y de su rey, Coxcox. Gracias a su brillante actuación militar junto a los culhuas, pasaron, de vasallos, a aliados.

Pero el éxodo de los aztecas no ha terminado. Su dios Huitzilopochtli exige que sigan adelante y, tomando la forma de un colibrí, les enseña el camino. Una mañana de verano —un siglo después de su alianza con los culhuas— llegan a orillas del lago Tezcuco. En medio del lago hay una isla cubierta de rocas, entre las cuales abundan los nopales. Y en esto, ante los ojos maravillados del pueblo errante, aparece un águila real que, posada en un nopal, devora una serpiente. Es la señal, esperada desde hace quinientos años, con la que el dios de los aztecas les dice que pueden detenerse, armar sus tiendas y construir una ciudad. Inmediatamente ponen manos a la obra, sin miedo a emprender una tarea enorme, pues se trata de edificar una ciudad en medio del agua. Antes de que acabe el siglo XIV, los albañiles aztecas han terminado su obra. En el centro de la laguna de Tezcuco se levanta una ciudad, unida a la orilla por tres calzadas. Es Tenochtitlán o México —lugar de Mexitli, segundo nombre de Huitzilopochtli—. Es la capital de México, la Venecia del Nuevo Mundo, creada bajo el símbolo del águila azteca de poderosas garras, como las águilas romanas.

Antes de que los aztecas se instalaran en Tenochtitlán, el reino de Tezcuco, liberado de la amenaza tepaneca, tuvo una era de prosperidad económica y de cordura política, bajo el cetro de Netzahualcóyotl. Soberano filósofo, soberano de las artes y de las letras, el rey de Tezcuco instituyó consejos y promulgó un código civil. Organizó el trabajo e imprimió un fuerte impulso a la agricultura. Poeta él mismo, cantaba las bellezas de la vida: «Todas las cosas de la tierra tienen un fin. A través de su vanidad y de su esplendor, pierden su fuerza y se hunden en el polvo.» Pero más sorprendente y más audaz aún era su acto de fe: «Esos ídolos de piedra y de madera, que no pueden oír ni sentir, son aún más incapaces de haber creado los cielos, la tierra y al hombre, dueño de todas las cosas. El cielo y la tierra deben ser obra de un dios desconocido y omnipotente, único en el que debo buscar consuelo y ayuda.» Netzahualcóyotl consagró un templo de líneas sobrias y severas a ese dios desconocido al que él llamaba el Altísimo. Ningún sacrificio cruento debía mancillar sus altares. Una sola ofrenda: el humo aromático de la resina ardiendo en el corazón de los cuencos.

El rey esclarecido, legista, mítico, constructor y poeta murió, a los cuarenta años de reinado, en el momento en que terminaba en Francia la guerra de los Cien Años.

Con el advenimiento de su hijo, Netzahualpilli, aunque había heredado las cualidades de su padre, se inició una era de desórdenes y de dificultades. De aliado de los aztecas, fue pasando progresivamente a ser vasallo. Su muerte prematura y las sangrientas querellas entre los candidatos a su sucesión acabaron de destruir la obra de Netzahualcóyotl. El reino de Tezcuco cayó bajo la dependencia azteca. Acaso el príncipe filósofo presintió esa decadencia al cantar: «Cuando ya no tengas el cetro en tus manos, tus servidores errarán desolados en el patio de tu palacio, tus hijos y los hijos de tus nobles apurarán la copa del dolor hasta las heces. Y toda la pompa de tus victorias y de tus triunfos vivirá sólo en su memoria.» Así profetizaba el jefe indio en su palacio, labrado en la roca viva de Texcotcingo.

Poco a poco, el valle de México llega a ser una gran confederación. Se van fundando dinastías, por la violencia o en virtud de matrimonios. El hierro o las bodas. Pero la supremacía pertenece al pueblo de Aztlán. Bajo el reinado de Itzcóatl se afianza esta supremacía. El imperio azteca, apoyado en tres ciudades principales —Tenochtitlán, Tezcuco y Tlacopán—, ha absorbido a todas las tribus del valle. Va del océano Pacífico al océano Atlántico y se extiende, por el sur, hasta Nicaragua.

Faltan aún cien años para que Cortés desembarque en San Juan de Ulúa. Cien años durante los cuales los aztecas consolidan sus adquisiciones y perfeccionan un sistema político, comunal y dictatorial al mismo tiempo. Siglo de organización, pero también de fuego y de sangre. Pues el sucesor de

Los conquistadores rojos

Itzcóatl, Moctezuma I Ilhuicamina, el «Arquero del Cielo», no se conforma con extender más aún, al norte y al sur, la supremacía de Tenochtitlán. Propaga y glorifica el rito de los sacrificios humanos. Su hijo, Axayacatl, acentúa el carácter sanguinario de la religión de Huitzilopochtli. Bajo su reinado y el de sus sucesores se erige un templo gigantesco consagrado al dios de la guerra. El día de su inauguración inmolan veinte mil cautivos. Veinte mil corazones humanos arden en el ara llamada «de los sacrificios». Ahora el rey de Tenochtitlán se hace proclamar emperador. Todas las tribus de México han aceptado el yugo de los aztecas, sus leyes y sus dioses. Se ha hecho la pacificación. Se ha realizado la unidad. ¿Pero a qué precio?

Unos años después de desembarcar Colón en las Antillas sube al trono de México Moctezuma II Xocoyotzin. Será el último soberano indio de un imperio que acaba de ser políticamente realizado, a costa de grandes esfuerzos. Ya no se atreve nadie a discutir la autoridad azteca. Desde su palacio lacustre —aquel Escorial en medio de las aguas— contempla Moctezuma la obra de sus antecesores. Le parece tan perfecta, que, más que en proseguirla, piensa en conservarla.

¿Cómo funcionaba aquella enorme máquina? A la cabeza del Estado, una triarquía: los reyes de Tenochtitlán, de Tezcuco y de Tlacopán. Pero el primero ostentaba el título de emperador y tenía precedencia sobre los otros príncipes. Cada rey gobernaba una tribu, dividida en clanes. La tierra pertenecía a los caciques. Pero todo individuo que cultivaba un predio gozaba de su usufructo. Una parte de las tierras pertenecía al Estado. Eran los bienes comunales o *calpulis*, que el gobierno repartía entre los que no poseían tierras, con la obligación de cultivarlas y el derecho a disfrutarlas vitaliciamente. En la sociedad azteca no había esclavos, aparte los prisioneros. Tampoco puede decirse que hubiera «clases». Un hombre, aunque procediera de familia pobre, podía «hacer carrera» en el campo de su competencia, fuera agricultor, artesano o guerrero. El Estado azteca, monarquía hereditaria por su constitución, era, socialmente, una democracia, aunque la selección por méritos reemplazaba el sistema electivo. Y era, en efecto, frecuente que un simple labriego llegara a jefe de clan. Sólo contaba el trabajo. Un noble decía a su hijo: «Dedícate a la agricultura, o a hacer mosaicos de plumas, o a cualquier otra profesión honorable. Lo mismo hicieron tus antepasados. ¿Cómo, si no, hubiera podido atender a sus necesidades? Nadie ha oído decir que la nobleza baste a sostener al hombre noble.» Los profesionales eran numerosos. Además del trabajo de la tierra, los aztecas se dedicaban a las técnicas de los metales, al comercio, a los diferentes oficios manuales. En el valle de México, los hombres vivían felices, a condición de aceptar ciegamente las leyes inexorables de la guerra y de la religión.

Pues el Estado azteca no habría logrado nunca su unidad de no haberse apoyado en una rígida armadura eclesiástica y militar. ¿Quién se hubiera atrevido a eludir —en nombre de la libertad de pensar— las duras exigencias de un código no escrito, pero más imperativo que si lo fuera? La obligación que tenía el ciudadano azteca de participar en periódicas expediciones militares y —más horrible aún— de apaciguar con sacrificios humanos la ira de los dioses no se discutían. Por otra parte, la vida de un hombre tenía poca importancia. Muerto en la guerra o inmolado en el altar, no hacía más que servir de instrumento necesario a la comunidad. Lo sabía de antemano. Y le parecía muy natural.

¡Extraña religión la de los aztecas! Rica en símbolos maravillosos y, sin embargo, práctica. Unía la más alta moral a unas costumbres repugnantes. Divinidades titulares de nombres encantadores: Nuestra Señora del Traje de Turquesa, Pluma Flor (la diosa de las flores), Pabellón de Obsidiana, Dios de la Casa de la Aurora... Los grandes dioses: el Hechicero-Pájaro-Mosca (Huitzilopochtli), la Serpiente con Plumas (Quetzalcóatl), señores de la guerra y de la ciencia; el Tláloc, dios de la lluvia y ordenador de las cosechas. Fiestas religiosas, ora agrestes, ora sagradas, pero siempre inspiradas por las estaciones. Un ritual bárbaro e ingenuo a la vez, desde el concurso de cucañas hasta el desuello de doncellas vivas. Y, sin embargo, por encima del panteón azteca poblado de figuras siniestras, una moral y una doctrina curiosamente próximas al cristianismo. «Viste al desnudo y da de comer al hambriento, pues debes recordar que son carne de tu carne.» Así predicaban los vicarios del gran sacerdote. Y también proclamaban la existencia del purgatorio, del cielo y del infierno. Pero en esta religión implacable, el amor no existía. Los actos de la liturgia se sucedían automáticamente, como el tictac de un reloj. Y una sangre monótona corría sin cesar por los teocalis.

Los conquistadores rojos

Comienza el siglo XVI. En Tenochtitlán, la prestigiosa isla surgida de las aguas como un milagro de cristal, reina Moctezuma. La ciudad sigue siendo bella. Pero pasa una sombra sobre la laguna, de un azul de acero. Los últimos años han sido malos. La tierra ha temblado varias veces. Han muerto misteriosamente rebaños enteros. Se han perdido muchas cosechas. ¿Qué significan estos presagios? Nada bueno, sobre todo si se relacionan con una noticia que corre por las calles de Tenochtitlán. Parece que unos hombres blancos, transportados por embarcaciones grandes como ciudades, cruzan frente a las costas, no lejos del valle. Moctezuma se encoge de hombros. Esas lejanas amenazas no le impedirán celebrar el Fuego Nuevo. Pues acaba de cumplirse un ciclo azteca —cincuenta y dos años—. Con este motivo, se apagará el fuego de los altares: va a comenzar un nuevo ciclo y las llamas muertas deben ser reemplazadas por una llama nueva.

Esta ceremonia del Fuego Nuevo —diez años antes del viaje de Hernández de Córdoba a Yucatán— será la última fiesta religiosa de la tecnocracia azteca.

Cinco días antes, los habitantes de Tenochtitlán dejan apagar sus hogares. Ayunan y se lamentan. Son los cinco días nefastos del fin del ciclo. Cuando llega la noche del quinto día, se dirige a la Colina de la Estrella una gran muchedumbre —jefes de clan con ricos mantos, músicos tocando el tambor, funcionarios empenachados con plumas—. A la cabeza, el cortejo de los sacerdotes. Visten largas túnicas negras. Todavía les corre por las orejas la sangre de las mortificaciones. Toda la noche, los sacerdotes, congregados en la cima de la colina sagrada, escrutan el firmamento. ¡Qué lentamente asciende en el cielo esa constelación que señalará el fin del mundo o su nuevo comienzo! Todos aquellos perfiles agudos, tendidos hacia el cenit... Pero ya las estrellas han acabado su curso. Es la señal esperada. Entonces, los sacerdotes hunden un hierro rojo en el pecho abierto de un cautivo ya inmolado. Comienza un nuevo ciclo. El pueblo de Tenochtitlán rompe en un clamor salvaje que apaga las fanfarrias de los bígaros marinos, el tintineo de las sonajas de conchas, el penetrante silbido de las flautas de hueso. Antes de volver a casa, todo el mundo se acerca a encender las antorchas en el fuego nuevo para pasearlas por la ciudad. La noche mexicana, color de tinta, está tachonada de mil puntos brillantes, como luciérnagas danzantes. Durante varios días, la gente canta, danza, se emborracha de pulque. Los Caballeros Jaguares y los Caballeros Águilas combaten en torneos mortales. Arrancan el corazón a otros cautivos. Los devotos se cortan la carne con cuchillos de obsidiana. Moctezuma está satisfecho. La fiesta ha sido hermosa. Acaso todos esos sacrificios conjuren los malos presagios: dos templos destruidos de repente, un cometa en pleno día, la aparición de una columna de fuego, un desesperado alarido de mujer, una tempestad en el lago de Tezcuco... Y acaso esa sangre derramada a raudales alejará de las costas a esos hombres blancos y barbudos anunciados por las antiguas profecías y que ya están en camino.

Pues Moctezuma sabe que unos hombres blancos están en camino. El año anterior llegó a Tenochtitlán un esclavo de la costa. Había visto arribar a la playa de Chalchiuhuecán tres torres flotantes. O más bien tres montañas moviéndose en el mar. Ni la sangre de las codornices degolladas, ni la ciencia de los augures pudieron explicar aquel fenómeno pasmoso. Moctezuma mandó a su mayordomo a enterarse. El enviado del emperador se quedó aterrado al llegar a las orillas del golfo. Los enormes monstruos, amarrados a la orilla, habían vomitado unos seres de especie desconocida. Tenían la cara blanca como la greda, unas barbas rojizas o negras que les llegaban hasta la mitad del pecho, llevaban vestidos de todos los colores y blandían hacia el cielo unas lanzas de humo. Cuando el mayordomo volvió a Tenochtitlán, los fantásticos visitantes se habían vuelto a marchar. Las tres torres habían desaparecido en el mar oriental.

Moctezuma no duda de que los hombres misteriosos volverán. Por eso recibe sin sorpresa —¡pero con qué místico espanto!— la noticia del desembarco del capitán blanco en San Juan de Ulúa. ¡Esta vez se acabó su trono y su imperio! Vuelve Quetzalcóatl. El azteca no necesita consultar el espejo que lleva en la cabeza el pájaro mágico recientemente cogido por los cazadores, para distinguir un ejército que se dirige al palacio de sus antepasados. Al frente de ese ejército debe de ir Quetzalcóatl. Es alto, de tez clara y mirar pensativo. Lleva una larga cabellera y una barba de patriarca. En la cabeza, una mitra de piel de tigre empenachada de plumas. Colgándole de la cintura, un faldellín de plumas cubierto de estrellas de oro. En la mano izquierda, un escudo que lleva pintada la rosa de los vientos. Con la derecha aprieta fuertemente un cetro en forma de bastón. Camina como un sonámbulo, igual que caminaba, hace quinientos años, hacia el mar —ese mar «triste y nebuloso» que hoy le devuelve a la playa gris de donde se lanzó su balsa tejida de serpientes—. No ha mucho tiempo que el pueblo azteca cantaba, entre lágrimas, la huida de Quetzalcóatl: «¡Se ha ido mi señor, el de las gloriosas plumas finas! / Sólo quedan, lejos, las casas de turquesas, / las casas de las serpientes que tú dejaste en pie, / allá en Tollán...» El conquistador rojo vuelve. Vuelve para castigar a los malos y reconquistar su trono. ¿Qué debe hacer Moctezuma? Lo primero, comprobar —pues el emperador es tan astuto como cobarde— que el jefe extranjero es, en efecto, Quetzalcóatl. Imagina una estratagema. Decide enviar al país totonaca unos mensajeros cargados de presentes. Pero los elige de tal modo que recuerden a Quetzalcóatl su origen divino. Una mitra de piel de tigre, un manojo de plumas, alhajas en forma de serpiente, unos pendientes de turquesas... El dios no podría menos de estremecerse al reconocer las joyas con que él se ornaba y hasta sus propios emblemas. Mediante esta astuta maniobra, Moctezuma piensa cerciorarse de que el hombre blanco es en realidad la Serpiente con Plumas. Al mismo tiempo, espera que sus presentes apacigüen al Señor irritado. Sobre todo, los mensajeros deben observar atentamente la actitud del desconocido cuando reciba los regalos. El más leve estremecimiento significaría que recuerda y que es de verdad el anunciado por las profecías.

Los enviados de Moctezuma se ponen en camino hacia la costa. Al llegar a las cercanías del campamento español se encuentran con Tendile y se enteran por él de cosas precisas sobre los misteriosos hombres blancos. Es entonces cuando se celebra la primera entrevista de Cortés con los emisarios indios. En realidad, no aparece en el rostro del capitán general ningún estremecimiento, a no ser el de la codicia. Seguramente es lo bastante dueño de sí mismo como para evitar que su pueblo se dé cuenta de su origen divino. Los mensajeros aztecas, fieles a las recomendaciones de su señor, no dejan de escrutar, lo mismo que Tendile, la fisonomía de Cortés. No ha reaccionado ante los símbolos de la Serpiente con Plumas. Acaso sus palabras le traicionen. Pero la conversación no es fácil. Aguilar transmite a doña Marina, en el lenguaje de Tabasco, las frases de Cortés; doña Marina las repite, en lengua azteca, a Tendile y a sus compañeros. ¿Qué queda del primitivo sentido? Poca cosa. Pero lo bastante, sin embargo, para cazar al vuelo algunas alusiones a un emperador poderoso y a una religión de amor y de bondad. ¿No era esto lo que predicaba Quetzalcóatl?

Muchos de los enviados de Moctezuma están convencidos de la identidad de Cortés con la Serpiente con Plumas, y se disponen a prosternarse a sus pies. Tendile los detiene. Nada prueba que el extranjero sea en realidad Quetzalcóatl. Él, por su parte, lo duda mucho. Cuando Cortés propone una entrevista con Moctezuma, Tendile contesta con altivez: «¡Apenas acabas de llegar y ya quieres hablar con él!» ¿Habría recibido Cortés esta respuesta si Tendile le hubiera creído un dios? En realidad, el indio vacila entre dos sentimientos: duda que el capitán español sea la encarnación del mesías esperado y, sin embargo, le perturban ciertos indicios. Como el casco de oro, parecido al de Huitzilopochtli.

Moctezuma escucha con angustiada agitación el informe de Tendile, que ha vuelto a toda prisa a Tenochtitlán. Examina los dibujos hechos por los escribas. No comparte el escepticismo de Tendile. Al contrario, todo concuerda para afirmar la perfecta semejanza del jefe blanco con Quetzalcóatl. El emperador reúne a su consejo privado, convoca a sus poderosos amigos y aliados —los reyes de Tezcuco y de Tacuba— y los pone al corriente de la situación. ¿Qué conducta adoptar? Las opiniones difieren. Unos preconizan la sumisión total. Otros son partidarios de oponerse por la fuerza a la invasión en marcha. Moctezuma elige una solución intermedia. Decide enviar una nueva embajada a los extranjeros. Al frente de ella, y además de Tendile, pone a uno de sus cortesanos, llamado Quintalbor, elegido entre los más nobles. Elegido también por su parecido con Cortés, tal como le han reproducido los pintores aztecas. La idea ha sido del mismo emperador. Obsesionado por el origen divino de Cortés, espera que sus embajadores le traten como a un dios. Los sacerdotes adoptaban el aspecto exterior y el atuendo del dios al que servían. Así lo hará Quintalbor. Sosia de Cortés, vestido como él, rendirá homenaje a la divinidad de Quetzalcóatl. Además, Quintalbor es ducho en hechicería. Moctezuma confía en sus talentos y en sus demostraciones de magia para convencer a Cortés de que también él tiene un poder sobrenatural. En definitiva, las instrucciones de Moctezuma a sus em-

Los conquistadores rojos

bajadores son las siguientes: enterarse de las intenciones del señor blanco, colmarle de regalos y de atenciones, probar el efecto que producen en él los poderes mágicos y procurar que renuncie a seguir adelante en las tierras de Moctezuma. Segunda embajada, segundo regreso. Los resultados son negativos. El señor blanco no ha ocultado su intención —más firme que nunca— de hacer una visita a Moctezuma. Ha aceptado los presentes, se ha mostrado muy complacido por ellos y corresponde enviando al monarca indio un sillón apolillado y un tocado irrisorio. Ha apreciado la sesión de magia, pero sin ver en ella otra cosa que unos juegos de prestidigitación. Finalmente, ha dado orden a sus tropas de que se preparen para ponerse en marcha. Moctezuma está aterrado por estas noticias. Se pasea como un insensato por los escalones de su palacio. Se retuerce las manos, gimiendo por su suerte y por la de sus hijos. ¡Qué va a ser de ellos cuando le maten los soldados de Quetzalcóatl! ¡Que los escondan en seguida, antes de que los capturen los guerreros blancos! No duerme, no come. Ni sus mujeres, ni sus danzantes, ni sus músicos pueden distraerle de su horrible preocupación. Espera, con la docilidad dolorosa de un condenado a muerte, que vengan a arrancarle el trono, el imperio y la vida.

La actitud de Moctezuma —ese temblor, esa aceptación— ante la amenaza española confunde a su gente. Pues el hombre es valiente. Ha demostrado en muchas batallas su valor físico y su desprecio a la muerte. Y ahora, sólo por unas vagas indicaciones, está petrificado. Como el toro que, con el estoque ensangrentado clavado en el testuz, se queda inmóvil un momento antes de acostarse y de recibir el golpe de gracia del puntillero.

Verdad es que el déspota de Tenochtitlán tiene más de una razón para no sentir la conciencia tranquila. Desde hace dos siglos, él y sus antecesores no han hecho más que extender su imperio. ¡Pero por qué medios! Los ejércitos aztecas han rebasado el valle de México, han invadido las tierras meridionales y han llegado hasta el mar oriental. No queda una sola tribu que no haya sido atada al carro azteca, como un cuerpo ensangrentado conducido al suplicio. Ni una tribu que no entregue oro a Moctezuma para sus arcas, mujeres para sus placeres, hombres para la guerra y corazones vivos para los sacrificios. Desde las ruinas de Tollán hasta Cempoala no hay un solo camino que no hayan hollado los soldados imperiales con las lanzas de obsidiana en alto, y los recaudadores de impuestos —quizá más temidos aún— llevando en la mano un palo provisto de un gancho, y, en la otra, un ramillete de aromáticas rosas, mientras les abanican el arrogante rostro. Moctezuma el «Arquero del Cielo», Axayacatl, Ahuitzotl... Nombres que no se osaba pronunciar. En la inauguración del templo consagrado a Huitzilopochtli fueron inmolados veinte mil prisioneros. Durante cuatro días consecutivos no dejó de correr la sangre en negros arroyos por las gradas y hasta los pies de los jefes aliados, petrificados de espanto bajo la aguda mirada del césar adornado con plumas. Desde que Moctezuma, «el Señor Impetuoso y Respetable», sucedió a Ahuitzotl, la situación de los pueblos vasallos no ha hecho más que empeorar. ¡Qué decir de los pueblos enemigos! «¡Quién no es esclavo de Moctezuma!», exclamaba orgullosamente un cortesano. En efecto, centenares de miles de esclavos penan, sangran y mueren por el rey de la laguna. Es en verdad el heredero de los conquistadores rojos —rojos por su rostro pintarrajeado, rojos por la sangre que derraman en el ara de los teocalis— que llegaron de Aztlán desnudos y hambrientos y ahora se refocilan en tierras robadas. Moctezuma reafirma la feroz continuidad de este poder que sus tíos y sus padres han venido forjando desde hace doscientos años. Y aún lo endurece más. Al mismo tiempo que acentúa el rigor de su autoridad, le exalta un vértigo sagrado. Levanta nuevos templos y anega a Huitzilopochtli en sangre de cautivos. Esta garantía sobrenatural le tranquiliza. Por eso nunca ha prestado oído al clamor de odio que viene a estrellarse contra la playa del lago de Tezcuco. Sabe lo fácil que es aplastarlo. No tiene más que evocar la terrorífica silueta de Huitzilopochtli, a quien él representa. Moctezuma, aliado, colaborador, ejecutor y representante del dios de la guerra, no teme a nada ni a nadie. Está seguro de su fuerza y de su derecho. Gran sacerdote y soberano, ¡qué mejor garantía! ¿Por qué no había de tener la conciencia tranquila, cuando sus actos están justificados y sancionados por el sello divino? ¿Por qué ha de temer a Cortés, cuando ha tenido que luchar con adversarios mucho más temibles? Y, sin embargo, Moctezuma tiene miedo.

Realmente, la actitud del indio, si la aislamos del mundo azteca, saturado de magia y de irrealidad, es inexplicable. El miedo de Moctezuma es metafísico. Tiene su origen en

Los conquistadores rojos 179

símbolos sagrados, que imponen a la sociedad azteca su ritmo de vida y muerte. En la aurora de los tiempos se unieron el primer dios y la primera diosa. De este matrimonio monstruoso nacieron cuatro hijos: Xipe, Tezcatlipoca, Quetzalcóatl y Huitzilopochtli. Su vida condiciona la de los hombres. Pueden morir, pero la sangre los resucita. Por eso, la base de la religión azteca es el holocausto. Para que vivan los dioses hace falta sangre —el *chalchiualt*—. Pero he aquí que estalla la guerra entre los cuatro hermanos. Quetzalcóatl ha fundado en Tollán un reino de paz. Tezcatlipoca, celoso del poder de su hermano —él es cojo, contrahecho y lleva sobre la frente un espejo humeante—, le arroja de Tollán, le empuja hacia el mar y se instala en su hogar. No por mucho tiempo. He aquí a Huitzilopochtli, el dios de la guerra, el hijo del Sol, el Hechicero-Pájaro-Mosca, el descubridor de México. Viene a la cabeza de las hordas aztecas. Es él el que canta a «la guerra florida»: «¡Acóplense las águilas y los tigres mientras chocan los escudos!» Es él el que conduce a los aztecas por los caminos de la victoria. Es él quien forja la grandeza de la dinastía de Tenochtitlán y eleva a un pueblo miserable al rango de potencia tutelar. Pero el dios solar es vulnerable. Puede morir. Para mantener su vida hace falta la sangre de los hombres. También para su gloria. A cambio de la sangre de los hombres, Huitzilopochtli protege las armas de los aztecas y les asegura la existencia. La sangre de los inmolados, constantemente renovada y derramada a torrentes, transfunde al dios una eterna juventud y se mezcla tan íntimamente con su propia sangre, que forma, en realidad, una sola sangre y participa a la vez de la naturaleza divina y de la humana. Eucaristía siniestra, ósmosis misteriosa que tiene lugar en el altar de los teocalis, entre el estallido de los corazones arrancados.

Y este paso solemne que ahora se acerca es el de Quetzalcóatl, el mesías vengador. Su retorno significa la derrota y la muerte de su hermano enemigo Huitzilopochtli. Dos príncipes contrarios no pueden coexistir. Y el primer paso de la Serpiente con Plumas, antes de modelar un nuevo tipo humano a su imagen, será sin duda destruir los ídolos antiguos y precipitar en las sombras al dios de la guerra. Reedificará las ruinas de su palacio de jade, en Tollán, y de su templo, en Teotihuacán, y restituirá la supremacía al pueblo tolteca. ¿Qué será entonces de Moctezuma, servidor de Huitzilopochtli? Su poder temporal es inseparable del espiritual.

Moctezuma es, a la vez, el jefe de los guerreros y de los sacerdotes —*tlacatecutli*— y ha obrado siempre por voluntad del dios de la guerra. Está perdido. Decir que Moctezuma ya no cree en el dios no basta: para él, el dios ha muerto. Y con él, el imperio. Llega la noche —acaso la última— en Tenochtitlán. La laguna es como un charco de sangre. Moctezuma ve ya la soledad, su palacio desierto, sus servidores fugitivos y sus vasallos volviendo contra él la punta de sus lanzas. ¿Qué puede hacer? Nada más que esperar, de rodillas, a que le aplasten las columnas rotas del panteón azteca. A menos de ordenar a su pueblo que se dé muerte según los ritos consagrados. La idea de este suicidio colectivo y grandioso le fascina. ¡Qué funerales para una divinidad difunta!

CAPÍTULO IV

Dos mundos frente a frente

Cuatrocientos españoles, cuatrocientos auxiliares de Cempoala, un millar de *tamemes* o cargadores, quince caballos, diez cañones pesados, cuatro piezas de artillería más ligeras y unos cuantos indios: esto es el pequeño ejército que, en el mes de agosto de 1519, marcha a través de la opresora selva del país totonaca hacia la montaña de Cofre de Perote. No llegan a mil combatientes, la mitad de los cuales no son seguros. ¿Cómo reaccionarán en fuego los reclutas de Cempoala? ¡No importa! Nunca fue Cortés tan optimista. Él lo ha preparado todo para triunfar. Dios hará lo demás.

Batalla en Tlaxcala

Dos caminos tenía Cortés para llegar a la meseta mexicana: el del norte, por Jalapa; el del sur, por Orizaba. Eligió el del norte, más corto. La consigna del capitán general era ir de prisa y derecho a la meta.

Dos mundos frente a frente

A la cabeza del ejército galopaba el alférez en un caballo tordo enarbolando el estandarte de la expedición. Detrás de él iba Cortés, rodeado por doña Marina —ahora su amante—, Alvarado, Olid y el padre Olmedo. Detrás, los infantes españoles, la artillería, la impedimenta y el grupo de lanceros y de arcabuceros. Cerraban la marcha los mercenarios totonecas y los nobles de Cempoala. Ondulaban al viento las plumas de los dignatarios indios y tremolaba la percalina de las banderas. Tambores y trompetas ritmaban el paso de los guerreros. Relucían al sol cimeras y corazas.

Hasta Jalapa, la selva espesa y húmeda. Los españoles jadeaban bajo sus armaduras rellenas de algodón —en previsión de las flechas—. No tardaron en temblar de frío. Tuvieron que escalar la primera cordillera, seguir la siniestra falda de un volcán —el Cofre de Perote— y atravesar desfiladeros de dimensiones grandiosas. Aquel inmenso territorio estaba casi deshabitado. Sólo unas cuantas chozas miserables testimoniaban la presencia del hombre. A veces salían al encuentro del ejército algunos individuos y les hacían ofrenda de unas aves. Pero la mayoría huían. Sobre todo los caballos, que hacían gran ruido, espantaban a aquellos pobres seres. El eco de las fanfarrias militares repercutía lúgubremente en la dura pantalla de los montes.

Las únicas heridas que la tropa sufría eran, alternativamente, las del calor y del frío, igualmente excesivos, según se marchara por los llanos o por las montañas elevadas. Una noche, el ejército llegó a una población importante. Las casas estaban bien construidas y blanqueadas como en Andalucía. Los habitantes no huían, sino al contrario: se acercaban a los extranjeros y los miraban asombrados. Trece pirámides dominaban la ciudad. Al pie de cada una había montones de huesos. Por el aspecto belicoso de la gente, la mirada oblicua de los sacerdotes que custodiaban las pirámides y el estilo militar de las casas, los españoles comprendieron que habían llegado a la frontera del reino prohibido. Pronto iban a hollar los dominios de Moctezuma. ¡Atención!

En realidad, la expedición no había adelantado tanto como creía. La ciudad que Cortés había elegido para acampar se llamaba Xocotlán. Estaba a varios días de camino de Tlaxcala. El capitán general, por los informes recogidos en Cempoala, ponía grandes esperanzas en Tlaxcala.

Esta ciudad, enemiga secular de Tenochtitlán, era el centro de la resistencia contra Moctezuma. El emperador indio no había podido nunca dominar por completo aquel foco de rebelión. Por eso Cortés se proponía atizar esta llama y ganarse a los tlaxcaltecas como nuevos y poderosos aliados. Utilizar las disensiones interiores de un país confederado para adueñarse de él ha sido siempre un procedimiento clásico de casi seguro éxito.

Cortés era audaz, pero prudente. Antes de ponerse en marcha hacia Tlaxcala decidió enviar a la ciudad, como embajadores, a cuatro de los nobles de Cempoala que le acompañaban. Feliz idea, pues los totonacas eran aliados de los tlaxcaltecas. Después de varios días de espera y no viendo volver a sus plenipotenciarios, Cortés ordenó levantar el campo de Xocotlán. A las pocas leguas de marcha, el ejército español encontró el camino interceptado por una muralla de piedra. Se extendía a través del valle, de una montaña a otra. Esta especie de muralla de China, levantada por los tlaxcaltecas para delimitar su provincia, los protegía de los totonacas, amigos hoy, enemigos, acaso, mañana. ¡Y qué advertencia para los españoles! Una vez atravesada esta temible fortificación, ¿quién podía asegurarles que la pasarían de nuevo? Allí ya no tenían barcos, sino un muro que les cerraba la retirada y la sombría silueta de los teocalis destacándose sobre el cielo hostil. ¡Como para helar los corazones más intrépidos! Pero Cortés no conocía el miedo. Mandó enarbolar el estandarte —«¡Hermanos y compañeros, sigamos la santa cruz...!»— y, espoleando a su caballo, pasó el primero el umbral de piedra.

Un poco más lejos, la expedición se encontró con los cuatro embajadores que volvían de Tlaxcala. Por su aspecto mohíno, Cortés comprendió que las noticias eran malas. Contra lo que esperaba el capitán general, los tlaxcaltecas rechazaban su alianza. Su voluntad de independencia superaba a su tradicional odio a los aztecas. Los mandaba un gran jefe de guerra: Xicotenga.

El primer encuentro tuvo lugar en las cercanías de Atalaya. Tres mil tlaxcaltecas intentaron oponerse al avance español. Cortés los dispersó fácilmente con la ayuda de unos cuantos cañonazos. Al día siguiente, la cosa fue más seria. Los tlaxcaltecas se habían reagrupado y reforzado: seis mil indios cayeron, entre tremendos alaridos, sobre la vanguardia española. Su arma principal consistía en una especie de maza de madera que llevaba en el extremo una punta de obsidiana tan cortante como una navaja de afeitar. Arma terrible en el cuer-

Dos mundos frente a frente

po a cuerpo, pero ineficaz ante las dos armas de los españoles: la artillería y la caballería. Este hecho no pasó inadvertido a los tlaxcaltecas, quienes, muy ingeniosamente, atrajeron a la tropa de Cortés a una quebrada donde no eran utilizables los caballos ni los cañones. Al mismo tiempo, conectaron con los efectivos de Xicotenga. Ahora se enfrentaba con los españoles un ejército de cuarenta mil tlaxcaltecas mandados por Xicotenga. Muy valientes tenían que ser los compañeros de Cortés para no huir ante aquel mar multicolor —plumas y banderas— y aquel huracán de sonidos —la voz vibrante de los cuernos de guerra y el fúnebre tam-tam de los *teponaztles*— que amenazaba arrollarlos. Más de un soldado debió de recordar los relatos de su infancia: el alud de los almorávides, rostro cubierto de negro y lanza en ristre, en la llanura de Zalaca. La misma furia, el mismo redoblar de los tambores. Los españoles, estoicos bajo la lluvia de flechas y de piedras, haciendo grandes molinetes con sus espadas para esquivar los golpes de las mazas indias, los empujaron a la llanura, adoptando a la inversa la maniobra de los tlaxcaltecas. Y en campo raso, los soldados de Cortés recuperaron la ventaja. Las filas enemigas, derribadas por las balas de cañón, atropelladas por las cargas de caballería, se dispersaron. Cortés había vencido por segunda vez. Sus pérdidas eran mínimas: un caballo y unos cuantos hombres heridos. Y la leyenda de su invulnerabilidad se iba extendiendo entre los indios, amigos o enemigos. De aquí el nombre de *teules*, sinónimo de semidioses, que dieron desde entonces a los españoles.

Cortés, a la vez que se batía como un león, reiteraba los ofrecimientos de paz a Xicotenga. Pero éste, a pesar de sus reveses y de su convicción, cada vez más firme, de que sus adversarios pertenecían a una raza de superhombres, no cedía. Resolvió lanzar contra el ejército de Cortés un ataque muy importante. Puso en línea cinco cuerpos de tropa, compuestos por toda la población útil de Tlaxcala y de los pueblos circundantes. Además del armamento habitual —arcos y flechas, hondas, lanzas con punta de cobre, mazas con hoja de obsidiana—, los indios llevaban escudos de bambú y cascos de cuero. Por otra parte, y con el propósito de aterrorizar al enemigo, Xicotenga mandó a sus soldados que se pintaran la cara y se pusieran encima de los cascos unos penachos en forma de cabezas de serpiente y de jaguares. A los españoles no dejaba de preocuparles la preparación de aquella terrible ofensiva. La noche anterior a la batalla la pasaron rezando. La batalla estalló en la madrugada con gran estruendo de gritos y chocar de armas. Un mar vociferante —Cortés calculó en cien mil los guerreros puestos en línea— subió al asalto de las posiciones españolas, que se encontraban entonces no lejos de la ciudad de Tzompantzinco.

Fue en verdad la batalla «peligrosa e dudosa». Las armas españolas e indias, aunque diferentes, se equilibraban. Los tlaxcaltecas tenían a su favor el número; los españoles, la calidad. Una nube de proyectiles oscurecía el cielo. Pero un solo cañonazo bastaba para sembrar el pánico entre los indios. No obstante, parecía que sus reservas eran inagotables. Apenas segada una fila enemiga por la artillería de Cortés o derribada por el pecho de los caballos, la reemplazaba otra. Los españoles vacilaban bajo el peso de un combate que comenzaban a creer perdido. Pero tuvieron la fortuna de herir mortalmente a varios jefes indios de los más prestigiosos, y esto desmoralizó al adversario. Por otra parte, surgieron rivalidades entre los oficiales tlaxcaltecas y los de las poblaciones vecinas. La muerte de los principales jefes y las querellas del mando destruyeron la unidad del ejército indio, y éste se replegó en desorden. Muy oportunamente para los españoles, porque no podían más.

Esta vez, Cortés se hallaba en excelente posición para renovar sus ofrecimientos de paz a Xicotenga. El jefe del estado de Tlaxcala dudaba todavía. El pueblo y el poder civil deseaban el fin de las hostilidades con Cortés, pero el partido militar quería seguir la lucha contra los invasores. Programa ambicioso, pero que parecía destinado al fracaso después de lo ocurrido en Tzompantzinco. El partido militar había perdido sus mejores elementos, la unión sagrada se había roto. Cortés acampaba a la puertas de Tlaxcala. No había más remedio que ceder. Y Xicotenga, con la muerte en el alma, aceptó la alianza que no podía rechazar. Decidió enviar a su padre, viejo y ciego, y a algunos dignatarios tlaxcaltecas, entre ellos Maximatzín —que había sido siempre favorable a Cortés—, a parlamentar con el conquistador. Los señores de Tlaxcala, introducidos ante su nuevo aliado, se arrodillaron a sus pies y quemaron incienso. Luego tomó la palabra, en nombre de la delegación, el anciano Xicotenga —venerable cacique de Tlaxcala—. Por primera vez dio a Cortés aquel nombre de Malinche —el de su compañera—, que no tardarían en repetir todos los pueblos de Anáhuac, y le habló así: «Malinche, Malinche, muchas veces te hemos suplicado que nos perdones, pues acabamos de salir de una guerra. Si te hemos presentado batalla fue por defendernos de Moctezuma el malo y su gran poder, pues creíamos que eras de los suyos...» Después de confesarse arrepentido, el anciano Xicotenga rogó a Cortés que no aplazara más su visita a Tlaxcala, donde, prometió, «te serviremos con nuestras personas y con nuestros bienes». El capitán general contestó con oportunidad y cortesía. Las nobles palabras y el humo del incienso habían borrado hasta el recuerdo de los recientes combates. Ahora, las puntas de obsidiana sólo debían servir para volverlas, de común acuerdo, contra un mismo enemigo: Moctezuma. Quedaba firmada la paz, concluida la alianza. Los gastos los pagaba el soberano de Tenochtitlán.

Al día siguiente, Xicotenga el Viejo y los otros dignatarios tomaron el camino de Tlaxcala. Detrás de ellos, Cortés, seguido de su ejército.

A la entrada de la capital esperaba a los conquistadores una cohorte imponente. En primer término, los cuatro *tlatoanis* que gobernaban respectivamente los cuatro cantones que constituían el estado de Tlaxcala. Luego, sus oficiales, soberbiamente adornados de plumas y de mantas de vivos colores. Por último, los sacerdotes, vestidos de luengas túnicas y capas negras —sus cabelleras manchadas de sangre y sus orejas recortadas causaban gran repugnancia a los españoles—, quemando incienso al paso del ejército victorioso. La multitud aclamaba a los jinetes y les tiraba flores. El color de su piel y de sus barbas, el acero de sus espadas, el pelaje y la forma de sus cabalgaduras, eran otros tantos atributos insólitos que sólo a dioses podían pertenecer.

A los españoles, por su parte, les causaba gran admiración Tlaxcala. Era una ciudad muy poblada, construida a dos mil metros de altitud sobre cuatro colinas unidas entre ellas por recintos de espesos muros. Las casas eran bajas; las calles, estrechas, y el tipo arquitectónico, muy macizo. Aquellas callejuelas tortuosas y laberínticas, aquellos edificios pegados a las faldas de las montañas, la forma de las colinas, los jardines que circundaban la ciudad, ¿no eran Granada, sin la Alhambra, pero con su huerta? La misma aridez parda de la llanura, el mismo argentino cantar del río —aquí, el Atoyac; allá, el Genil—, la misma luz resplandeciente sobre un paisaje casi oriental. Y, como Sierra Nevada, la cordillera mexicana se recortaba brutalmente sobre un cielo color turquesa. Impresionado por esta semejanza, Cortés pudo escribir a Carlos V: «La ciudad es tan grande y de tanta admiración, que aunque mucho de lo que della podría decir deje, lo poco que diré es casi increíble, porque es muy mayor que Granada y muy más fuerte, y de tan buenos edificios y de mucha más gente que Granada tenía al tiempo que se ganó...»

¡Qué estimulante para aquellos conquistadores en marcha esa evocación de Granada, símbolo de la Reconquista!

La abundancia de los mercados y el orden riguroso que reinaba en Tlaxcala causaron una gran impresión a los españoles. Tiendas bien abastecidas y buen orden: indicios de buena salud política. El país tlaxcalteca se extendía alrededor de la ciudad, en una circunferencia de doscientos kilómetros. El campo era fértil y producía en abundancia cereales, frutas, plantas forrajeras y especialmente el agave o maguey —variedad de amarilis—, que servía a la vez para la fabricación de tejidos y para hacer el pulque, bebida corriente al mismo tiempo que brebaje ritual.

Una rica ciudad, una tierra fecunda... Pero este agradable cuadro tenía una sombra: la amenaza azteca, que presionaba en las fronteras.

Una proeza insensata: la conquista del Popocatépetl

La gran habilidad de Cortés fue transformar en colaboración sincera una alianza impuesta primero por las armas. Supo, conservando su prestigio militar, convencer a los tlaxcaltecas de sus buenas intenciones. ¿No estaba el interés de los tlaxtaltecas en unirse a él para acabar con el poder de Moctezuma, empresa que ellos solos no podrían nunca llevar a término? Unidos a los *teules*, los valientes soldados tlaxtaltecas romperían fácilmente el yugo azteca. Este claro lenguaje les llegó al corazón a los tlatoanis. Pronunciando el nombre de Moctezuma, Cortés ponía el dedo en la llaga siempre viva. Y el viejo Xicotenga, levantando hacia el cielo los temblorosos brazos y los ciegos ojos, dirigía al español esta lamentación patética: «Nosotros somos pobres, Malinche, porque esos mexicanos traidores y perversos y Moctezuma, su señor, nos han quitado todo lo que teníamos.» La primera intención de Cortés al entrar en Tlaxcala había sido destruir los ídolos. Pero el padre Olmedo le disuadió de hacerlo. Este gesto inhábil hubiera producido pésimo efecto en la población india. Era mejor conducirla suavemente a la religión de Cristo y no herir las creencias que hasta entonces habían sostenido su moral. Cortés siguió este prudente consejo. Pero mandó hacer una iglesia no lejos de los teocalis. De este modo, bárbaros y cristianos celebraban sus cultos uno junto a otro y el mismo humo de copal envolvía el altar católico y el ara panteísta.

Cortés, al mismo tiempo que menudeaba los contactos con los jefes tlaxcaltecas, se iba informando de la fuerza azteca. Pero le era difícil conseguir noticias exactas sobre los efectivos militares de Moctezuma y su disposición estratégica. No obstante, aun descontando la parte de la exageración y del temor, el capitán general sabía lo suficiente para darse cuenta de que se las tendría que haber con un adversario temible.

Entre tanto, los compañeros de Cortés realizaron una proeza «deportiva» que dejó pasmados a los tlaxcaltecas y contribuyó mucho a confirmar la fama de invencibilidad de los españoles: la subida al Popocatépetl.

México tiene en su cuerpo principal una extensa altiplanicie formada por la prolongación de la gigantesca cordillera de los Andes que bordea las costas occidentales de América del Sur. Esta enorme espina montañosa atraviesa las estrechas regiones de América Central, se agacha en el istmo de Tehuantepec, se levanta de nuevo y, al llegar a México, se bifurca en dos ramas: la Sierra Madre oriental y la occidental. Las dos ramas de esta formidable tenaza encierran tres mesetas: la del sur, la central o Anáhuac y la septentrional. La meseta central, corazón del imperio, está bordeada por un cordón volcánico del que emergen algunos conos muy altos: el Orizaba, de 5.453 metros; el Iztaccihualtl o «Dama Blanca», de 5.286, y el siniestro Popocatépetl o «Montaña Humeante», que culmina con 5.452 metros.

En todos los tiempos, los indios habían considerado al Popocatépetl como el dios del fuego. Le habían consagrado templos y habían creado ídolos encargados de interceder cerca de él. Las divinidades infernales debían de estar satisfechas, pues desde hacía doscientos años no se oía la voz enfurruñada del volcán. Ahora bien, en el mismo momento en que Cortés ganaba la batalla de Tlaxcala, el volcán habló. Una espesa columna de humo y cenizas ascendió derecha al cielo, mientras corría una lava incandescente por las faldas de la montaña. Tembló, además, la tierra. Era evidente la relación entre la cólera del volcán y la llegada de los españoles. Faltaba interpretar el fenómeno. ¿Qué ordenaba el Popocatépetl? ¿La sumisión a los *teules*, o la insurrección? ¿Contra quiénes iba su furor, contra los españoles o contra los indios?

Cortés, resuelto a sacar el máximo partido de sus armas psicológicas, no podía menos de aprobar la proposición de Diego de Ordaz de intentar la subida al Popocatépetl. La aventura era muy arriesgada; para emprenderla se necesitaba la chispa de locura y el ribete de inconsciencia que caracterizaba a los conquistadores.

Una mañana, Ordaz salió de Tlaxcala acompañado de nueve españoles y seguido de unos cuantos cargadores indios. En la primera etapa llegaron hasta el límite de los bosques de pinos, a unos 4.000 metros de altitud —Tlaxcala estaba a 2.000—. Pasaron la noche a la intemperie, en la meseta de Tlamacas, lugar sagrado donde se hallaban los templos. Los aullidos de los coyotes, el tronar de las explosiones y el estrépito de las lavas componían una sinfonía plutónica. Los indios se negaron a seguir adelante. Los intrépidos españoles continuaron su camino. Después de atravesar dos barrancas, llegaron al pie del volcán. Allí comenzaba el reino de la ceniza y del fuego. Resbalando en la piedra pómez o hundiéndose en la ceniza abrasadora, Diego de Ordaz y sus compañeros llegaron a los campos de nieve, a 4.800 metros de altitud. Ya no estaba lejos la cumbre. Pero, a partir de los 5.000 metros, los españoles sufrieron un verdadero martirio. Calzados con alpargatas, les mordía los pies, alternativamente, el hielo y el fuego. Les entraba un sueño invencible. Les faltaba el aliento. El volcán, a intervalos regulares, vomitaba escorias y carbones incandescentes. Cuando paraba el monstruo, los españoles, titubeantes de fatiga, intoxicados por los vapores sulfurosos, avanzaban unos pasos y en seguida se derrumbaban sobre la piedra trepidante. Por fin, y a costa de esfuerzos sobrehumanos, llegaron a la cima del Popocatépetl, al pie mismo del cráter.

Y los hombres de Cortés, al socaire de una roca, contemplaron el paisaje mexicano. Tlaxcala, con sus campos de maíz y de maguey, no era más grande que un puñado de granos de mijo. Pero se distinguía una línea gris que partía de Tlaxcala, atravesaba Cholula, pasaba entre el Popocatépetl y el Iztaccihualtl y acababa en el lago de Tezcuco. Era el camino de Tenochtitlán. La ciudad de Moctezuma relucía en medio del lago. Las calzadas que unían la isla imperial con la tierra firme parecían tenues hilos de araña. Al este, la montaña de Cofre de Perote —ya conocida de los españoles—; después, el rey de los picos mexicanos: el Orizaba. Desde lo alto del Popocatépetl pudieron, pues, los compañeros de Cortés apreciar lo que habían conquistado y lo que les faltaba por conquistar.

El suelo temblaba como una chapa de hierro. Un torbellino de vapores y de llamas envolvía a los españoles. Habían desafiado y vencido al dios del fuego. Una última mirada a Tenochtitlán, entrevista en un resplandor de incendio. Y, después de recoger unos bloques de hielo, Ordaz y sus compañeros emprendieron el descenso.

Descenso penoso, pero retorno triunfal. Esta vez, los indios ya no dudaban del poder de los españoles. O la divinidad de la montaña había capitulado ante los españoles, o, al manifestarse, quería dar a entender a su pueblo que dabía obedecer a Malinche, encarnación de Quetzalcóatl. Por segunda vez, Cortés cogió la pluma y dio cuenta a Carlos V de la insensata proeza: «...llegaron muy cerca de lo alto; y tanto, que estando arriba comenzó a salir aquel humo, y dicen que salía con tanto ímpetu y ruido, que parescía que toda la sierra se caía abajo...»

Carlos V dio mucha importancia a la hazaña de Diego de Ordaz. Le otorgó la ejecutoria de nobleza, cuyas armas representaban una montaña ardiendo sobre campo de gules.

Dos años después, Cortés envió otra expedición al Popocatépetl, esta vez no para demostrar la valentía española, sino con un fin más directamente militar: recoger azufre para fabricar pólvora. Como el volcán está ahora en calma, la tarea de la expedición —mandada por Francisco de Montana— es más fácil. Estos españoles siguen el mismo itinerario que sus predecesores. Llegan más fácilmente que ellos al cono del volcán, logran instalar un cabrestante al borde mismo del cráter y sacan de éste gran cantidad de azufre.

Pero no se puede quitar a Diego de Ordaz y a sus compañeros el mérito de la idea y el valor de haberla realizado. Fueron los primeros conquistadores del Popocatépetl. Y habían de pasar tres siglos para que se repitiera —en 1827— la proeza.

La ascensión en plena actividad, realizada por diez españoles en alpargatas, con la capa arrollada a los riñones y sin otra cosa en que apoyarse que la punta de la espada, es un intermedio heroico en el drama de la conquista.

Un alto sangriento en Cholula, la ciudad santa

Los españoles permanecieron diecisiete días en Tlaxcala. Los soldados descansaban, pero Cortés desplegaba una gran actividad política. Afianzaba su alianza con los tlaxcaltecas, acumulaba información sobre Tenochtitlán y preparaba su próximo salto hacia la capital azteca.

Durante su estancia en Tlaxcala, Cortés recibió dos sucesivas embajadas de Moctezuma. El emperador indio estaba enterado, por sus espías, de todo lo que hacían los españoles. No ignoraba las furiosas batallas ante Tlaxcala y la paz subsiguiente. La proeza de Diego de Ordaz le confirmaba en la certidumbre de que aquellos guerreros blancos eran de origen divino. Nada se les resistía, ni las fuerzas de los hombres ni las de la naturaleza. Lo único que se podía hacer era apaciguarlos con regalos y alejarlos de Tenochtitlán.

¡Extraña situación la de los embajadores aztecas! Pasaban las líneas tlaxcaltecas provistos de un salvoconducto, y se encontraban bajo la protección de un general español. Su calidad de diplomáticos y la garantía de Cortés les permitía circular con toda libertad por la ciudad y hasta tomar parte en las entrevistas que el capitán español celebraba con los jefes locales. Ambas partes sabían muy bien que, un día u otro, estallaría la guerra entre Tenochtitlán y Tlaxcala. Entre tanto, confrontaban cortésmente sus respectivos puntos de vista.

En su primera misión cerca de Cortés, los embajadores aztecas le transmitieron la proposición de Moctezuma de someterse al rey de España y pagarle regularmente un alto tributo, a condición de que el capitán español se volviera a su

Dos mundos frente a frente

país. Tenochtitlán —añadieron— no tenía recursos suficientes para recibir dignamente al jefe blanco. La proposición iba acompañada de suntuosos presentes. Cortés aceptó los regalos, pero reiteró su firme intención de ir a visitar a Moctezuma. En la segunda embajada cambió el tono. Moctezuma se mostraba extrañado de que un gran señor como Cortés perdiera tanto tiempo junto a aquellos miserables tlaxcaltecas, que no servían ni para esclavos. Le invitaba cordialmente a su capital. Estos mensajes contradictorios revelaban la angustiosa preocupación de Moctezuma. Si no se podía apartar al jefe blanco del camino mexicano, acaso conviniera, por el contrario, atraerle, para poner a prueba su invulnerabilidad.

Cortés reunió su ejército y dio la señal de partida. El camino para Tenochtitlán pasaba por Cholula, la ciudad santa de los aztecas. Dominando los trescientos sesenta teocalis se alzaba una pirámide gigantesca, consagrada a Quetzalcóatl. Columnas de peregrinos acudían cada año a las ceremonias rituales: seis mil víctimas eran sacrificadas a los dioses. Los tlaxcaltecas eran enemigos de los cholultecas, aliados éstos de Moctezuma. Por eso intentaron con todas sus fuerzas disuadir a Cortés de pasar por Cholula. Viendo que, para el capitán general, la perspectiva de peligro era más un estímulo que un obstáculo, los tlaxcaltecas le ofrecieron diez mil soldados para reforzar su ejército. Cortés no aceptó más que dos mil. Pero al salir de la ciudad, varios centenares de voluntarios se sumaron al contingente indio. En realidad, fueron cinco mil los tlaxcaltecas que seguían la bandera de Cortés.

La llanura parda, plantada de pitas como brazos enhiestos. Después Cholula. Desde lejos, los españoles creían estar viendo Toledo. En sus torres y en sus murallas había algo que recordaba a Castilla. Aquello olía a sagrado. Mientras los tlaxcaltecas acampaban fuera de la ciudad, los españoles eran acogidos con dignidad por los notables de Cholula. Humeaba en los braseros el incienso. Las palabras eran corteses, y los gestos, deferentes. Las doncellas echaban ramilletes de flores a los soldados. Los niños les salían al paso cantando. El pueblo cholulteca, apretujado en las terrazas o contra las paredes de las casas, miraba pasar a los jinetes españoles, a la infantería, los cañones arrastrados por los cempoalas y los furgones cargados de botín; su actitud era como la de cualquier multitud presenciando un desfile militar. Ni un grito hostil, ni siquiera contra los mercenarios indios. Aparentemente, la acogida era correcta, casi cordial. La población ponía buena cara. Demasiado buena. Aquel entusiasmo no le gustaba nada a Cortés. Cholula apestaba a mentira. No había más que sorprender el gesto ladino de los cholultecas cuando se cruzaban con un soldado español. Sobre la ciudad consagrada pesaba una opresión solemne, como en vísperas de una catástrofe.

Algunos hechos sospechosos habían despertado la desconfianza del capitán general: el descubrimiento de afilados pinchos en hoyos hábilmente disimulados; la evacuación de los niños y de las mujeres cholultecas a las montañas; la falta repentina de víveres. Poco a poco se iba haciendo el vacío en torno a los españoles. Se encontraban aislados en el gran templo de Cholula que les habían destinado como residencia. Y la llegada de una tercera embajada de Moctezuma prohibiendo a Cortés el acceso a Tenochtitlán acabó de sumirle en gran preocupación. ¿Qué se estaba preparando?

Doña Marina, gracias a su gran conocimiento de la psicología india —la suya— y gracias también a las relaciones que había adquirido en el país —unos sacerdotes timoratos y una vieja chismosa que le ofrecía su hijo en matrimonio—, se enteró bien. Se estaba preparando algo, en efecto. Veinte mil soldados de Cholula y de Tenochtitlán estaban escondidos en las casas, esperando sólo la señal para lanzarse contra los españoles, cogerlos prisioneros y llevarlos, atados, al palacio de Moctezuma, no sin sacrificar antes algunos a las divinidades de Cholula. Tal era la voluntad de Huitzilopochtli, transmitida por Moctezuma.

El golpe estaba bien calculado, y por el mismo que había enviado a Cortés unas embajadas suplicantes. ¡Tantas palabras melosas y tan ricos presentes para disimular la traición! La reacción del español fue terrible. Después de prometer el silencio y la impunidad de los informadores, anunció oficialmente su partida y solicitó víveres y dos mil cargadores. La concentración tendría lugar en el gran patio del templo. Mientras tanto, mandó emplazar bien y en batería los cañones. ¿Cuál era su plan? Atraer el mayor número posible de cholultecas al interior del templo y, una vez que estuvieran en la imposibilidad de salir, despedazarlos con la artillería. Respondía a la trampa con la trampa, envolviendo a sus enemigos en la misma red que ellos le habían tendido.

Llegado el día, se aglomeró a las puertas del templo toda

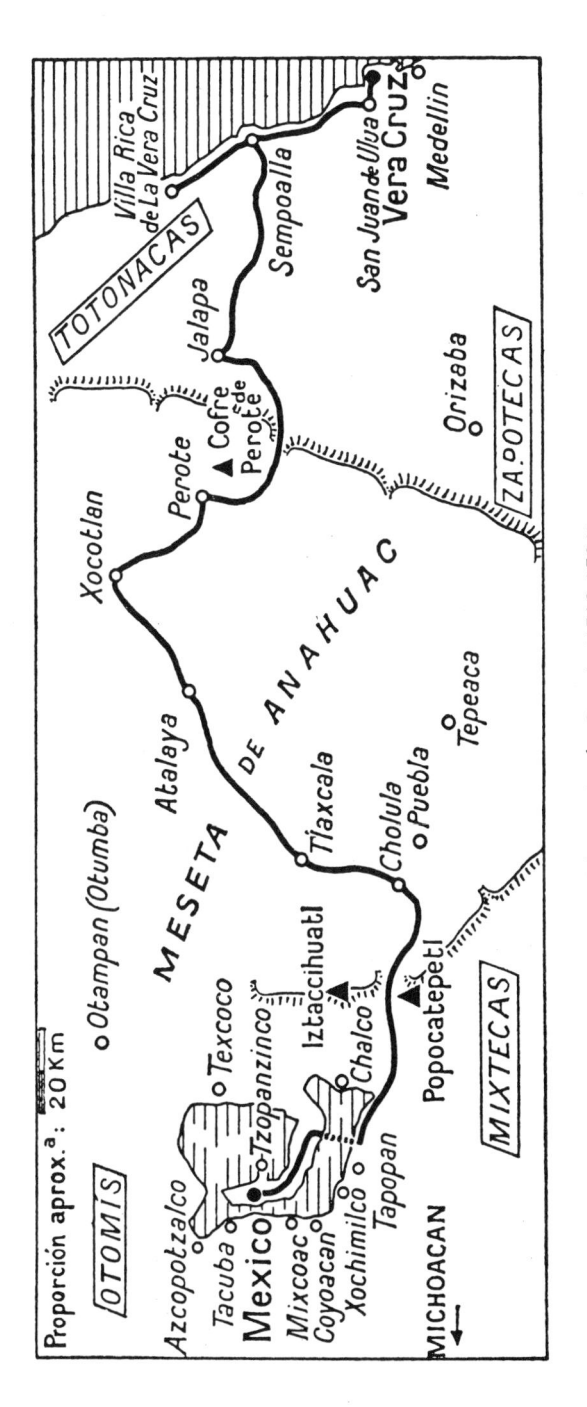

Itinerario de Cortés (1519-1521)

la población de Cholula —notables y plebe—. Los guerreros indios, por su parte, estaban dispuestos a atacar a los españoles, como se había previsto. Cortés avanzó unos pasos hacia la multitud, se cruzó de brazos y, con voz tonante, les habló, aproximadamente, de esta manera: «¡Señores de Cholula, hemos venido a vosotros como amigos, y resulta que preparáis armas y cuerdas para nuestra perdición...! Las leyes de nuestro emperador ordenan que traiciones tales sean castigadas. Vuestro castigo será la muerte.» Las palabras de Cortés, traducidas por doña Marina, sembraron la consternación en los cholultecas. Fue inútil que trataran de justificarse atribuyendo la responsabilidad a Moctezuma. El capitán general no admitió disculpas: Mandó disparar un tiro de arcabuz —señal convenida para la artillería—, y el cañón se puso a retumbar. El humo y las llamas invadieron el patio del templo. Los cholultecas, a pesar de su valentía, quedaron rápidamente fuera de combate. Segados por las balas de cañón, aterrados por el bombardeo, los que no habían perecido intentaron huir. Pero, a las puertas de la ciudad, les cerraron el paso los tlaxcaltecas, que se tomaron el desquite de una tutela aborrecida. La primera parte de la batalla duró dos horas, en las cuales perdieron la vida tres mil cholultecas. Se prolongó tres horas más en las afueras de la ciudad. A Cortés le costó trabajo conseguir que los tlaxcaltecas dieran por terminado el combate: mataban, saqueaban e incendiaban con un celo salvaje. Ardían las casas y se hundían los teocalis. Los alaridos de los niños y de las mujeres quemados vivos, el retumbar de los cañones y el grito de guerra de los tlaxcaltecas eran el toque funeral por la ciudad santa. Dos días duró el incendio. Cholula había pagado. Entonces Cortés extendió su brazo vencedor sobre la silenciosa ciudad. Ahora estaba bajo su protección.

Los españoles se acordaron durante mucho tiempo de la matanza de Cholula. El patio del templo convertido en matadero, el insoportable olor a podrido y a carne quemada... Fue quizás el episodio más horrible de la campaña. Pero la posición de Cortés quedó consolidada. Catorce días transcurrieron entre la caída de la ciudad y la partida de los españoles. En este breve plazo, Cortés tuvo tiempo de realizar una doble y magistral jugada política: reconciliar a los tlaxcaltecas con los cholultecas y conseguir, si no una alianza, al menos la neutralidad de los últimos. No se apartaba de su inflexible línea de conducta: mantener las divisiones locales cuando le eran útiles y procurar suprimirlas cuando en ello veía ventaja; adquirir el mayor número posible de aliados; en una palabra, conquistar el país —con las armas o con buenas palabras— a medida que lo iba ocupando. Pero su objetivo esencial era evitar la formación de un frente en su retaguardia. ¡Sobre todo, ningún enemigo a la espalda!

Cortés no se sorprendió apenas cuando llegó hasta él una nueva embajada de Moctezuma. Ahora ya conocía al hombre. Naturalmente, los mensajeros transmitieron al capitán general el sentimiento del monarca por los enojosos acontecimientos de Cholula. Moctezuma estaba desolado por la conducta de los cholultecas y deploraba que Cortés no los hubiera castigado con más severidad. Le rogaba encarecidamente que fuera a visitarle a Tenochtitlán. En realidad, para el emperador había sido un durísimo golpe el fracaso de su plan. Había pasado dos días en oración, impetrando los consejos de Huitzilopochtli. El dios, apaciguado de momento por el holocausto de algunas víctimas, pronunció su sentencia: ¡dejar entrar a Malinche en Tenochtitlán!

Una vez allí, sería fácil exterminarlos, a él y a los suyos. Veredicto implacable. Por lo demás, Moctezuma no estaba completamente seguro de haberlo interpretado bien.

Cortés fingió creer las buenas palabras de los enviados aztecas. Ni por un momento les dio a entender que conocía la parte que había tomado Moctezuma en la maquinación cholulteca. En realidad, era conveniente que el ejército español entrara en la capital mexicana como amigo, al menos oficialmente. Y Cortés, disimulando su repugnancia ante tanta mentira —la duplicidad de Moctezuma era evidente—, despidió con finas palabras a la embajada india. Pasados unos días, estaría en Tenochtitlán.

Cortés y Moctezuma, cara a cara

Última etapa antes de la ciudad imperial. No faltan ni cien kilómetros. La calzada pasaba, primeramente, por un alto desfiladero entre el Popocatépetl y el Iztaccihuatl. Después atravesaba enormes bosques de moreras y de cedros. Los españoles avanzaban con precaución, arma en mano y ojo avizor. Poco a poco, la llanura iba reemplazando a la sierra; los campos cultivados, a la estepa, y el verdor, a la roca. Por fin, los conquistadores se encontraron en el valle de Anáhuac. El paisaje era sensual y apacible. A lo lejos brillaba como una armadura el lago de Tezcuco. Colores tiernos. Sinfonía de verde y azul. ¿Era posible que en un país hecho para la felicidad reinara un emperador sanguinario? Y, sin embargo, de todas las poblaciones próximas a la capital —Chalco, Tlalmalalco, Amecameca— salían al encuentro de los españoles delegaciones que se quejaban amargamente del yugo de Moctezuma. ¡Vaya! ¡Conque tan cerca del palacio imperial, y se atrevían a murmurar! Aquello facilitaría la tarea de Cortés.

Pero Moctezuma, por su parte, reiteraba las muestras de deferencia. Su hermano, Cuitláhuac, rey de Iztapalapa, se había adelantado a recibir a Cortés a la salida de la sierra. Un poco después de Chalco se presentó Cacamatzin, rey de Tezcuco, al general español. Los dos jefes transmitieron las excusas de Moctezuma por no haber podido salir a su encuentro personalmente y se pusieron a su disposición para ayudarle. Al mismo tiempo, trataron de disuadir a Cortés de su viaje hasta Tenochtitlán. Suprema y vana tentativa para detener la marcha de los invasores. Cortés se limitó a sonreír. ¿Se iba a volver atrás ahora que la ciudad legendaria estaba sólo a un tiro de ballesta? Con el corazón rebosante de alegría, el conquistador tomó la calzada de Iztapalapa, seguido de sus españoles —parecían romanos en la vía triunfal—. Era el 8 de noviembre de 1519, fiesta de los Cuatro Santos Coronados, para la Iglesia católica. Fiesta del Amor, para los aztecas.

En sentido inverso, avanza hacia el ejército español un magnífico cortejo. Moctezuma, viendo que nada ha podido detener a Malinche, agotados todos los medios —los del cielo y los de la tierra— para conjurar la catástrofe, se decide a salir al encuentro de su adversario.

A la cabeza del cortejo, el emperador azteca, en su silla de manos rematada por un dosel de plumas verdes. En sus vestidos resplandecen el oro y las esmeraldas. Delante, unos esclavos barriendo el suelo. En torno a la majestad india marchan a pie los príncipes de su linaje y los sacerdotes de Huitzilopochtli. Criados con telas doradas, guirnaldas de flores y vasos de perfumes. Todos, menos el príncipe, van con los ojos clavados en el suelo, para no cruzar sus miradas con la del «Señor Impetuoso y Respetable». Cerrando la comitiva, los jefes ilustres, que han acudido desde Tlacopán, Tezcuco y Coyoacán a la llamada de Moctezuma. Son los «Águilas» y los

Dos mundos frente a frente

«Tigres», los grandes campeones de los torneos. Sus plumas cubiertas de pedrería relucen al sol mañanero. Nunca se vio en Tenochtitlán pareja concentración de nobles y de guerreros. Pero en todos aquellos rostros —la penitencia y la guerra han impreso en ellos sus estigmas sagrados— se nota una tristeza profundísima. ¿Qué se hicieron de sus desfiles victoriosos? Hoy, la flor de los caballeros aztecas tiene una cita con la esclavitud.

Al llegar a la mitad de la calzada de Iztapalapa se detiene el cortejo. Llega el otro. A la cabeza, Malinche, montado en un gran «ciervo». Le rodean cuatro capitanes, cabalgando también en «ciervos». Un soldado enarbola un estandarte. Detrás, una muchedumbre de hombres armados, de piel blanca y barba enmarañada. Son sin duda los «señores de la pólvora y del humo». Agitan pesadas lanzas que brillan como plata. Por último, ruedan por la calzada, con estrépito de tempestad, unos «carros de bronce». Detrás, miles de indios, entre los cuales reconoce Moctezuma a sus enemigos.

El alazán de Cortés y la silla de manos de Moctezuma se detienen frente a frente. Manda el azteca que le bajen de su silla, posa sus sandalias de oro en unas alfombras de algodón que acaban de tender en el suelo y avanza hacia los españoles apoyado en sus parientes, Cuitláhuac y Cacamatzin, reyes de Iztapalapa y de Tezcuco. Le acompañaban otros dos reyes, el de Tlacopán y el de Coyoacán. Cortés salta del caballo y se acerca a Moctezuma. Los dos hombres se saludan. Después se miran.

Los dos ejércitos permanecen inmóviles frente a frente. Un breve silencio tras el tumulto anterior. El viento agita las cimeras de los cascos de los españoles y el penacho de plumas de los dignatarios indios. Los dos jefes de guerra frente a frente y, detrás de ellos, sus estados mayores, petrificados, forman un grupo escultórico antiguo. Minuto verdaderamente histórico. Es el encuentro de dos mundos.

Moctezuma es alto, bien proporcionado, y sus desmesurados ademanes tienen la solemnidad de los gestos sacerdotales. Lleva el cabello largo y una barba rala. Su piel es ocre claro. Cortés, con casco y coraza, tiene los modales de un hidalgo que ha frecuentado los campamentos militares más que las cortes. Sus movimientos son vivos, y su rostro, polvoriento y tostado bajo la visera, expresa resolución. Su mirada es dura. Una espesa barba disimulaba la fuerte constitución de las mandíbulas. Cortés va forrado de hierro, como un caballero de la Edad Media. Moctezuma, adornado de joyas y plumas. Es verdaderamente el águila real. Dos hombres. Dos mundos. Cortés es un héroe del Renacimiento. Está convencido de la excelencia de la civilización de su tiempo y de la grandeza española, seguro de poseer la verdad. Sabe que tiene una misión que cumplir: enseñar a los indios la moral cristiana e imponerles la ley de Occidente. Su mensaje tiene el rigor de un dogma y se le debe una sumisión absoluta. Un solo dios: Cristo; un solo emperador: Carlos V; una sola patria: España. Cortés tiene la mentalidad de un cruzado. ¡Dios lo quiere! Y la oblicua mirada que echa al oro azteca y a los vigorosos indios no es la de un mercader de esclavos o de un avaricioso. Su codicia es política y, en cierto modo, mística. ¡Oro y siervos, desde luego! Mas para la España católica.

También Moctezuma es un héroe. Encarna, a la vez, el destino de un pueblo, la voluntad de los dioses y los signos de la religión. Pero el pueblo se muestra pasivo, los dioses se callan y la religión vacila. Moctezuma, como Cortés, no puede separarse de su misión. Él es el pueblo, el dios y la religión. Y sucumbe bajo este triple peso. ¿Se levantará? No antes de haber recibido del cielo la señal que espera. Pero esta señal tarda en manifestarse. Como los ídolos se callan —aunque no cesa de implorarlos y de bañar con sangre sus pies de arcilla—, Moctezuma es ese monarca indeciso que desde hace tres meses no sabe qué órdenes dar. Va retardando la batalla. Pues si Malinche es Quetzalcóatl, ¿como va él a tomar las armas contra un dios? El drama de Moctezuma es el drama de la fe. Ya no cree en Dios y, por tanto, ya no cree en sí mismo. Desesperación e indecisión. Cortés sí cree en Dios. La cruz bordada en su bandera tiene forma de espada. Sabe que vencerá. Así meditan los dos hombres, frente a frente. Pero la angustia y la irresolución del emperador no son visibles en su rostro de mármol.

Cortés le pone al cuello a Moctezuma un collar de perlas perfumadas con almizcle. El azteca le entrega en cambio una guirnalda de conchas y de camarones de oro. El español abre los brazos para abrazar a Moctezuma. Pero los príncipes evitan este gesto de lesa majestad. ¿Quién es Cortés para permitirse tocar al «Señor Impetuoso y Respetable»? Se cruzan unas palabras de cortesía, traducidas por doña Marina.

Dos mundos frente a frente

Luego el monarca indio vuelve a tomar el camino de Tenochtitlán, con todo su cortejo. Nobles, oficiales y criados se deslizan despacio por las losas de la calzada. Van mirando tristemente al suelo.

México

«...Nos quedamos admirados, y decíamos que parescía a las cosas de encantamiento que cuentan en el libro de Amadís... Y algunos de nuestros soldados decían que si aquello que vían, si era entre sueños...»

Estas palabras de Bernal Díaz del Castillo traducen muy bien la estupefacción de los españoles ante Tenochtitlán. Y el cronista añade:

«Y de que vimos cosas tan admirables no sabíamos qué nos decir, o si era verdad lo que por delante parescía, que por otra parte en tierra había grandes ciudades, y en la laguna otras muchas, e víamoslo todo lleno de canoas... y nosotros aun no llegábamos a cuatrocientos soldados...»

Cuatrocientos conquistadores en una ciudad de trescientos mil habitantes.

La capital azteca estaba en una isla de forma oval —constituida, a su vez, por antiguos islotes que se habían ido aglomerando poco a poco—, que emergía en el lago de Tezcuco. Comunicaba con la tierra firme, al norte, al oeste y al sur, por tres grandes diques o calzadas —verdaderas obras de arte— que convergían hacia el centro de la ciudad. Las calzadas estaban cortadas por canales que eran salvados por unos puentes levadizos. Bastaba levantarlos para cortar toda comunicación. La mayoría de las casas —unas sesenta mil en total— estaban construidas sobre pilares. Pocas calles, pero numerosos canales. Se iba de una casa a otra en piraguas. Abundaban los jardines —islotes de follaje y de flores en la superficie de la laguna—. Los jardines —formados en capas de barro— estaban separados entre ellos por una especie de encañizada. En esta agua cenagosa estaba escrita la historia de la ciudad. Un cuento de hadas... Empezó por un lago solitario. Después, en un trozo de cenagal, brotó una cosecha. Luego, una choza, una casa y, por último, una ciudad. Una ciudad acuática y vegetal, parecida a Venecia por sus puentes y sus canales. Pero, fuera de esto, no se parecía a ninguna otra ciudad de Occidente. Por encima de los tejados, verdes y azules, se alzaban las pirámides de los teocalis, de un bello color rojo oscuro. Al oeste, Tacuba, llamada también Tlacopán. Al norte, Tepeyac. Al sur, Iztapalapa. Al este, Tezcuco. Las ciudades vasallas se destacaban, blancas, sobre el azul

Tenochtitlán o México

oscuro del cielo. El acueducto de Chapultepec dibujaba en el horizonte su airoso arco. En el límite meridional del lago de México, el de Chalco, con otras ciudades en sus orillas: Mixcoac, Coyoacán, Tapopán y Xochimilco.

Las tres calzadas —la de Iztapalapa al sur, la de Tacuba al oeste y la de Tapeyac al norte— conducían al centro de Tenochtitlán. De Coyoacán partía otra calzada más pequeña que enlazaba con la parte central de la de Iztapalapa. En el punto de inserción de ambas había una fortaleza: Xoloc.

Dos mundos frente a frente

En la gran plaza cuadrada de Tenochtitlán estaban los principales edificios de la ciudad: templos, palacios y santuarios. Entre ellos, el palacio de Moctezuma y el de su padre, Axayacatl, que el emperador había asignado como residencia de los españoles. La plaza de Tenochtitlán era el centro político y religioso del Estado; en ella se reunían los jefes. Al norte de esta plaza arrancaba una avenida que conducía a Tlaltelolco —antes burgo independiente y ahora barrio de la capital—, terminando en otra gran plaza, tan importante como la primera. Era la plaza del mercado. En ella se podía adquirir de todo: oro, plumas, miel y esclavos. También se vendía tabaco, planta desconocida para los españoles, que miraban con estupor a los aztecas chupando unos largos tubos de caña y echando por la nariz el azulado humo. ¡Ridícula manía, muy digna de aquellos indios!

Una doble muralla separaba la plaza del mercado y sus arcos de un espacio cerrado donde estaban los templos de Tlaltelolco. El de Huitzilopochtli sobresalía de todos los demás. El dios de la guerra era el verdadero soberano del imperio azteca. Su maciza silueta, labrada en la roca viva con incrustaciones de jade y de turquesa, con una pesada decoración de collares de serpientes y de máscaras de oro, relucía lúgubremente en la sombra del tabernáculo.

El rumor de Tenochtitlán y su olor soprendían a los españoles. No reconocían en las avenidas aztecas ningún ruido familiar, ningún perfume de los de su país. Ni un chirrido de rueda de carreta, ni un relincho de bestia de carga. Todo se transportaba a lomo de hombre o en barcas. Ni gritos, ni discusiones violentas. Un murmullo monótono y suave, como el del mar. A veces, la vibración de un tambor de madera, la aguda queja de un bígaro o el golpe regular de una herramienta. ¡Y qué olores! Humo violento de salsas con especias, aroma obsesionante de los lirios, nubecillas de incienso y, de pronto, un horrible hedor a carnicería procedente de Tlaltelolco en los días de sacrificio.

¿Venecia o Toledo? En realidad, ni lo uno ni lo otro. No se puede comparar la edad de piedra con la edad de oro. Pero la barbarie no se veía. El paisaje suave, la fina arquitectura, la gracia tranquila de la gente daban a la ciudad azteca un aspecto amable. A primera vista, su belleza sorprendía, pero no inquietaba. Y los españoles podían saborear la voluptuosa calma de Tenochtitlán antes de que les fuera revelado el siniestro secreto de su grandeza. La llamarían siempre con el nombre elegido por el propio Mexitli-Huitzilopochtli dos siglos antes: México.

Cortés salió de Cempoala el 16 de agosto. Entra en México el 8 de noviembre. Tres meses para recorrer cuatrocientos kilómetros. Tiempo *record* teniendo en cuenta las dificultades de la empresa. Pues habiendo partido del litoral con cuatrocientos españoles, sin saber exactamente a dónde iba, se encuentra, al fin, en México. Está en la plaza, en el corazón del imperio azteca, en el palacio del padre de Moctezuma. El soberano le ha rendido homenaje. Se han incorporado a su ejército millares de soldados. Puede decir, un siglo antes del *Cid* de Corneille: «*Nous partîmes cinq cents...*» ¿Cómo ha realizado tan increíble hazaña? ¿Cómo ha podido, sobre todo, dominar tan fácilmente los centros de resistencia que encontraba en el camino? Hay en esto un hecho pasmoso: la desproporción de los ejércitos adversarios. En los combates de Tlaxcala, un español contra cien indios. ¿Se puede creer? Es natural que los cronistas, dejándose llevar del entusiasmo, tendieran a aumentar el número de los efectivos indios, sobre los cuales, por lo demás, nadie está de acuerdo. La misma incertidumbre se registra en cuanto a las tropas de Cortés. La cifra de cuatrocientos españoles parece, en efecto, muy aproximada a la verdad —todos los testimonios, incluido el del propio Cortés, concuerdan en este número, teniendo en cuenta la parte de la expedición que se quedó en Veracruz—, pero el número de indios varía según los cronistas. Cuando Cortés sale de Tlaxcala para Cholula, lleva con él varios miles de tlaxcaltecas. Bernal Díaz del Castillo indica la cifra de dos mil, mientras que Cortés, en sus *Cartas de relación*, habla de «cinco a seis mil». Debemos, pues, suponer que las cifras mencionadas por los historiadores —algunos de los cuales, entre ellos Díaz del Castillo, estaban presentes en los lugares de la aventura— han sido aumentadas o disminuidas según que se tratara de exagerar el peligro enemigo o de exaltar la valentía española.

Pero aun descontado esto, los éxitos militares de Cortés siguen siendo asombrosos. Los españoles eran valientes —a veces hasta la locura—, pero los indios también lo eran. Además, no temían a la muerte: para ellos, era la suprema recompensa reservada a los guerreros. En el plano humano —re-

La marcha de los conquistadores hacia Tenochtitlán

La batalla del gran teocali

sistencia física, espíritu de ofensiva, manejo de las armas blancas—, españoles e indios se igualaban, aunque los indios eran muy superiores en número. La superioridad de Cortés estaba en el orden táctico y material. Este excelente estratega recordaba las lecciones de su padre, el viejo capitán Monroy, que había guerreado en todos los campos de batalla de Europa. Cuando Cortés obliga a los tlaxcaltecas a batirse en el terreno elegido por él o cuando atrae a los cholultecas al interior del gran templo, bajo el fuego convergente de los cañones, debe la victoria a sus cualidades tácticas. Pero todos sabemos que, en definitiva y en todas las guerras del mundo, vence el que dispone de armas nuevas. El efecto de sorpresa y de terror vale más que el número y la valentía de los combatientes. Las armas nuevas de Cortés eran los caballos y los cañones. Aunque en pequeño número —quince caballos y diez cañones—, siembran el pánico y la muerte en las filas enemigas. Los mosquetes y los arcabuces —parece ser que ciertos cronistas los han contado como artillería ligera— completaban la obra de los cañones. Y junto a los caballos galopaban los perros —unos temibles perrazos amaestrados para la guerra.

Cortés tenía, pues, a su favor la ciencia militar, la caballería, la artillería, los perros y los sables de acero. Tenía en contra el número. Procurándose aliados, pensaba equilibrar primero e inclinar luego a su favor la desproporción de fuerzas. Y no tardó en lograrlo.

Una última observación para intentar explicar las victorias de Cortés. A veces, los indios, en el transcurso de un combate, flaqueaban sin razón aparente o parecían evitar voluntariamente el contacto, procurando no matar a los españoles. Esta actitud respondía a una exigencia religiosa: necesitaban prisioneros para inmolarlos vivos en el ara de los sacrificios. Matar a un enemigo en el campo de batalla es un acto incompleto. Un azteca creyente no ha hecho nada mientras no ha ofrecido a Huitzilopochtli su ración de sangre caliente y de corazones palpitantes.

¿Qué se puede pensar de Cortés una vez realizada su insensata marcha de Cempoala a México? ¿César o Parsifal? Es demasiado pronto para pronunciarse. Es verdad que ha ido a lo suyo sin preocuparse de los demás. Ha caído sobre México como un águila sobre su presa. Ha cañoneado al pueblo de Cholula después de atraerlo a una trampa —ardid indig-

La «Noche Triste»

no de un adversario leal—. Sus caballos y sus perros, sus mosquetes y sus arcabuces han impuesto a los pueblos de Anáhuac una guerra implacable. Un día, durante los combates de Tlaxcala, devolvió a Xicotenga cincuenta hombres de los suyos con las manos cortadas. Eran espías y se imponía un escarmiento. Cortés se defendía de esta manera. El enemigo era feroz y no cedía más que a la fuerza. ¿El enemigo? Pero, en realidad, ¿no era Cortés el agresor? Y si su causa era buena, ¿qué decir de la de los indios, que protegían a sus dioses y sus hogares? Desde el punto de vista jurídico y moral, inseparable del hecho histórico, nadie negará que los derechos de Cortés eran los derechos del más fuerte. Pero su deber de español tenía sus exigencias. La primera de todas, seguir adelante.

En todo caso, la acción de Cortés, legítima o no, es siempre prudente. Sólo recurre a la violencia en caso de necesidad absoluta y cuando su gente está en peligro. Antes de hacer la guerra ofrece la paz —*su* paz, naturalmente—. Si le engañan, castiga. Le repugnan las represalias, pero las emplea cuando es necesario. Sabe dormir al enemigo y acariciarle. Pero sabe también dominarle por la tremenda. Ostentar su fuerza para no tener que servirse de ella. Dividir para reinar. Desgastar al adversario. Cortés hizo suyas estas fórmulas mucho antes de que se hicieran célebres. Pero los procedimientos son clásicos. Este conquistador es más que un excelente general: tiene madera de hombre de Estado como eran los del Renacimiento. En Salamanca había leído no solamente a Platón, sino también a Maquiavelo.

CAPÍTULO V

La «Noche Triste»

Lo primero que hace Cortés cuando entra en el palacio de Axayacatl es ordenar una salva de artillería. Demostración necesaria. Quiere confirmar inmediatamente ante los indios de la capital aquella fama de dios blanco que le rodea desde que desembarcó en San Juan de Ulúa. ¡Él manda en el trueno, no se olvide! Con esto espera evitar la lucha, no por miedo, sino por ahorrar sus efectivos. Un buen capitán economiza la sangre de sus hombres. Por otra parte, ¿cual sería el resultado de una prueba de fuerza, cuatrocientos españoles contra el ejército de Moctezuma? Antes de llegar a ella, emplearía la diplomacia. Negociaría. Naturalmente, sin retirar la mano de la empuñadura de la espada, siempre dispuesto a sacarla. Ahora se juega la partida entre Moctezuma y él. De hombre a hombre.

Las fluctuaciones de Moctezuma

Cuando Moctezuma Xocoyetzin, hijo de Axayacatl, sucedió a su tío, Ahuitzotl, en el trono imperial —el mismo año en que Cristóbal Colón salía de Cádiz para su último viaje—, hacía ya tiempo que la elección no era más que una simple formalidad. Sólo quedaba el ceremonial. En realidad, desde hacía cien años, el soberano reinante designaba en vida a su sucesor. La monarquía azteca había pasado a ser hereditaria.

La evolución del poder ejecutivo en el valle de México va unida a la del régimen mismo. El paso del nomadismo anárquico a un régimen municipal, gubernamental después y, por último, imperial es consecutivo al desarrollo de Tenochtitlán. Pero este doble fenómeno correlativo no hubiera sido posible sin una clase dirigente. Las duras pruebas sufridas por los aztecas en los comienzos de su instalación en la laguna tenían que originar esa clase dirigente, formada sobre todo por militares. La selección sangrienta de los combates contribuyó a crear una nobleza de espada. Paralelamente, el clero fue adquiriendo una influencia progresiva, constituyéndose así una aristocracia eclesiástica y militar. Las necesidades de la vida municipal y de la defensa del territorio indujeron a la aristocracia azteca a elegir un jefe. Sus atribuciones, limitadas al principio en el espacio y en el tiempo, como las de los cónsules de Roma, se fueron extendiendo a la vez que la ciudad madre. Poco a poco, los electores fueron perdiendo poder. El jefe era elegido en el mismo clan, luego en la misma familia, hasta que fue admitido por todos el principio hereditario. La fundación de la dinastía azteca por los Acamapichtli con-

La «Noche Triste»

sagró la hegemonía de la tribu de Aztlán. Itzcóatl, tío abuelo de Moctezuma, al reunir bajo su cetro México, Tezcuco y Tlacopán, sentó las bases del imperio. ¡Un siglo apenas entre la llegada de la horda azteca a los pantanos de Tezcuco y el nacimiento del triple reino! ¿Quién hubiera predecido parejo destino a aquella jauría hambrienta que, en otro tiempo, daba escolta a la horrible efigie del Hechicero-Pájaro-Mosca llevada en andas?

Moctezuma era el último representante de la poderosa dinastía. Tenía los poderes de un monarca absoluto. Como jefe supremo o *tlacatecutli*, ejercía el mando civil y el militar. Además, en su calidad de gran sacerdote o *teotecutli*, era el ordenador del culto. En realidad, representaba a Dios en la tierra. Su reino espiritual tenía las majestuosas dimensiones del universo. En cuanto a su reino temporal, no se limitaba a los principados ribereños de la laguna. Moctezuma lo extendió, pacíficamente, absorbiendo poco a poco a los estados vecinos, cuyos señores —en virtud de matrimonios y herencias— eran todos parientes suyos. Además, había sometido por las armas a todas las ciudades importantes del valle de Anáhuac. A los que no había reducido a la esclavitud les imponía, bajo la apariencia de «tratados de alianza», su costosa amistad. O los tenía bajo la amenaza constante de su milicia situando guarniciones en las fronteras de ciertos territorios no incorporados al imperio. Posición cómoda para exigir fuertes tributos. Prácticamente, Moctezuma reinaba, en el norte, hasta el río Panuco; en el sur, hasta Guatemala; en el este, hasta el golfo de México. Había sojuzgado a los totonacas, a los zapotecas, a los otomias y a los tarascos. Sólo un Estado le era aún resueltamente hostil y contraatacaba con vigor: la república de Tlaxcala.

¡Curioso hombre este Moctezuma! Jefe militar de un valor indiscutible. Jefe religioso profundamente apegado a su fe. Soberano de derecho divino, entregado a los deberes de su misión. En el plano sagrado, piensa y obra como un monje fanático. Es un asceta —a ratos—. No deja de cumplir ningún rito de su religión: el ayuno, la penitencia y las sangrías litúrgicas. Al mismo tiempo, le gusta la grandeza. Su palacio tiene cien departamentos. Las paredes son de pórfido y de jade; los techos, de madera esculpida, y los suelos, de ciprés. Posee dos esposas y numerosas concubinas. Quinientos nobles, rutilantes de joyas y de plumas multicolores, velan noche y día por el emperador. Un riguroso ceremonial regula en cada detalle el protocolo de aquella corte magnífica y bárbara. Moctezuma come solo y servido por sacerdotes. Unos biombos dorados impiden que el vulgo vea al *tlacatecutli* comiendo. Sus minutas son refinadas. Mucha caza —que abunda en torno a la laguna— de pelo y pluma: codornices, perdices y cervatillos. Su bebida favorita es el chocolate, hecho con el grano del cacao, costosamente transportado de las tierras calientes. De postre, tortillas de maíz. Cuando acaba de comer, fuma tabaco en largos tubos de caña. Después se entretiene con sus bufones, sus enanos y sus juglares. De vez en cuando concede una audiencia. El visitante se acerca a su soberano con los ojos bajos y los pies descalzos. Hace tres reverencias y comienza su discurso con estas palabras: «Señor, mi señor, altísimo señor...»

Cerca del palacio imperial hay un arsenal lleno de armas variadas: matracas, corazas acolchadas con algodón, hondas y aquellas terribles mazas con hojas de obsidiana. Contiguo al arsenal, un almacén de ropa, donde están cuidadosamente colocados los indumentos de ceremonia, adornados con plumas. Luego la pajarera, con toda clase de pájaros, desde el águila real hasta el precioso pájaro mosca. Por último, el parque zoológico de Moctezuma: día y noche retumban en la plaza de México los rugidos de los ocelotes, jaguares, lobos, pumas y osos. Al emperador le gustan las fieras. En los grandes períodos de expiación, les echa a los prisioneros de guerra para que los devoren vivos.

Todo el mundo se acuerda del día en que los reyes de Tezcuco y de Tlacopán, en nombre del imperio, instauraron a Moctezuma en el *icpalli* —el trono— de Ahuitzotl. Le colocaron una corona en la cabeza y le pusieron unos grandes pendientes. El triarca subió lentamente las gradas del templo de Huitzilopochtli entre nubes de copal y ante los electores prosternados. Después de clavarse con mano firme las espinas de maguey en las orejas, en los brazos y en las piernas, cogió de un cesto unas codornices vivas, las degolló y salpicó con su sangre los muros del templo y la piedra de los sacrificios. Luego tomó en sus manos un incensario de oro y lanzó un chorro de humo azul hacia los cuatro puntos cardinales. Gesto grandioso con el que tomaba posesión del mundo. Al mismo tiempo se consagraba al dios de la guerra y prometía la felicidad a su pueblo. En el pináculo de la gloria, se mostraba

El dios Quetzalcóatl
(Escultura probablemente tolteca, siglo XI)

La cabeza del dios del Sol
(Cerámica zapoteca, siglos XIII o XIV)

La «Noche Triste»

humilde y benévolo. La gente pensaba que reinaría paternalmente. No había más que ver aquellos brazos abiertos y aquella sonrisa bondadosísima.

Han pasado más de quince años desde la entronización de Moctezuma. La promesa de felicidad no se ha cumplido. Poco tiempo bastó para que el nuevo emperador se quitara la careta de benevolencia. ¡Se acabó la suavidad! Aquel brazo piadosamente levantado hacia el cielo ha caído ahora sobre las tribus confederadas. Nunca más duro el cetro de la dinastía azteca.

Príncipe asceta, guardián intransigente de la fe, como Felipe II; monarca absoluto que magnifica la persona real, como Luis XIV; conquistador feroz, como Atila... Pero de todo esto no tiene más que las apariencias. ¿Qué le falta? El carácter. Duda de sí mismo, duda de su fuerza, duda de su dios. Cogido entre el deseo de conservar su trono y el de respetar la voluntad divina, noble aún de presencia, mas con el alma helada, se encuentra Moctezuma con Hernán Cortés. ¡Con qué gozo sacrificaría a Huitzilopochtli a esos extranjeros rebosantes de insolencia! Empresa criminal, si Cortés es la encarnación de Quetzalcóatl! En este conflicto entre dos divinidades, muda una de ellas y otra realmente humana, Moctezuma no sabe qué partido tomar.

Tal es el personaje a quien el general español se propone someter. Acompañado de sus leales —Alvarado, Sandoval, Velázquez de León y Ordaz— y de unos cuantos soldados, va a visitar al emperador. Intercambio de palabras amables. Moctezuma ofrece pequeños presentes a cada español. Con esta ocasión, los pone en guardia contra lo que los tlaxcaltecas hayan podido decirles sobre la supuestas riquezas imperiales. Es verdad que posee un poco de oro, heredado de sus antepasados, pero mucho menos de lo que se dice. Su palacio no es más que de piedra y de cal. Y él mismo, de carne y hueso, como los demás hombres. ¿Quién ha podido contar que se hacía pasar por un dios? Hasta llega a levantar su túnica para mostrar a todos su cuerpo perecedero. Los aztecas presentes se estremecen. ¡La trémula desnudez de su señor desvelada ante aquellos extranjeros! Gesto incomprensible para los nobles indios, pero con el que Moctezuma se propone subrayar su humildad ante Quetzalcóatl. Él no es nada más que un pobre hombre, servidor de los dioses. «¿De qué dioses?», pregunta Cortés. El emperador se estremece. Esperaba esta pregunta. No hay más que una respuesta posible: llevar a Malinche al templo de Huitzilopochtli. La visita de Cortés al dios de la guerra no podía ser más inoportuna. Después de subir los cinco pisos del teocali y los ciento catorce escalones que dan acceso a la terraza superior, los españoles llegan al santuario de Huitzilopochtli y de su compañero, Tezcatlipoca —el dios de hocico de cerdo y ojos de vidrio—, en el preciso momento en que los sacerdotes están terminando su siniestra tarea. Quinientos indios con el vientre abierto desde el esternón al pubis yacen al pie de los ídolos. Sus corazones palpitan aún, como los segmentos de una serpiente partida, en el brasero donde chisporrotea el copal. Los sacerdotes, sorprendidos de ver llegar al emperador y a sus huéspedes —tienen aún en la mano el cuchillo de obsidiana y les corre la sangre por sus negras capas—, suspenden la carnicería. Los españoles contemplan, mudos de horror, la fúnebre capilla. Las paredes están negras de sangre coagulada. El recinto está oscuro, pero no lo bastante para que no distingan, mezclados en un desorden macabro, caracolas marinas, cabelleras y corazones secos. En un rincón, el *teponaztle*, enorme tambor de piel de serpiente cuyo son melancólico se oye a varias leguas a la redonda. ¡Y ese olor a carne putrefacta! Cortés no puede sobreponerse a su repugnancia. ¿Ésos son los dioses que adora Moctezuma? ¿No sabe que son falsos? Y el español empieza su primer sermón. Hay que derribar aquellos crueles ídolos y sustituirlos por la imagen de la Virgen Santísima. Moctezuma recibe muy mal la proposición de Cortés. El pueblo azteca se lo debe todo a Huitzilopochtli. Está tan firme en las conciencias como en la piedra. ¡Que no vuelva Malinche a ultrajar a los dioses tutelares! Cortés no insiste. Todavía no ha llegado el momento. Se limita a obtener de Moctezuma autorización para construir una capilla en la que el padre Olmedo podrá celebrar el culto católico. Los españoles bajan, despacio y con náuseas, las gradas del teocali.

El juramento a Carlos V

Era evidente que aquella situación de paz armada no podía durar mucho tiempo. Vivían en un equívoco que la menor cosa podía romper. Por muy paciente que fuera Cortés y

La «Noche Triste»

por muy indeciso que estuviera Moctezuma, ambos se daban perfecta cuenta de la necesidad de una solución clara. Ciertos acontecimientos contribuyeron a precipitarla.

Buscando la mejor situación para construir la capilla, los españoles descubrieron la entrada de una cámara fuerte donde se guardaba el tesoro de Axayacatl. Los regalos del emperador y el botín recogido por los soldados de Cortés resultaban casi míseros al lado de aquel increíble almacén de oro y de piedras preciosas. Los españoles decidieron no revelar, por el momento, el descubrimiento, pero al poco tiempo comenzaron a murmurar. ¿Por qué aquella inacción y aquella disciplina que las contingencias militares no justificaban? Habían ido a batirse y a hacer fortuna. Y una de dos: o se batían, o se volvían a casa, después, naturalmente, de repartirse el botín —que ascendía a 162.000 pesos oro, unos 35 millones de francos de 1850—. En esto llegaron malas noticias de Villa Rica de Santa Cruz. En una salida de la guarnición española en dirección a Nautla, Cuauhpopoca, señor del lugar, tomó las armas contra el cuerpo expedicionario. A fin de cuentas, vencieron los españoles; pero resultaron mortalmente heridos seis —entre ellos Juan de Escalante, jefe de la guarnición—. Cuauhpopoca juzgó conveniente mandar a Moctezuma la cabeza de un español, Juan de Argüello. El emperador volvió la suya con repugnancia.

La escaramuza de Nautla impresionó mucho a los oficiales de Cortés. La muerte de sus compañeros era un duro golpe para el prestigio español, porque demostraba la vulnerabilidad de los *teules*. Por otra parte, sospechaban que Moctezuma no era ajeno a aquella traición. Si no querían perder las ventajas adquiridas, no había más remedio que dar un gran golpe inmediatamente. ¿Cuál? Apoderarse de la persona de Moctezuma.

Cortés, después de pensarlo mucho —la cosa era arriesgada—, se rindió a las razones de sus compañeros. Puso retenes de guardia en los puntos estratégicos y a la entrada de las calles y entró en el palacio imperial acompañado de su estado mayor.

La entrevista duró dos horas. Moctezuma, temblando de miedo, con las manos engarfiadas a los brazos de su sillón y la voz trémula, bajaba la cabeza ante los reproches de Cortés, que le traducía doña Marina. Suplicó al español que no le sometiera a un trato tan humillante. ¿Qué dirían sus ministros?

¿Qué pensarían de él sus súbditos? Ofreció en rehenes a su hijo y a sus dos hijas. Pero las palabras, como latigazos, de Cortés y la voz tonante de Velázquez de León dominaban el balbuceo del emperador. Por último, el *tlacatecutli* —aunque bastaba una señal a su guardia para que no saliera del palacio un español vivo— se sometió a la voluntad de Cortés. Y el pueblo de México pudo ver, aterrado, este espectáculo increíble: Moctezuma, derrumbado en una silla de manos, con el rostro bañado en lágrimas, era conducido al palacio de Axayacatl, su padre, en calidad de prisionero. Quetzalcóatl había hablado.

La reclusión del emperador en «residencia vigilada» cortó en seco las veleidades de resistencia de la ciudad azteca. Las calles, tan frecuentadas antes, estaban ahora desiertas, «como si hubiera en ellas un jaguar en libertad». Aunque Moctezuma conservaba, teóricamente, sus prerrogativas, todo el mundo sabía a qué atenerse. ¿Y quién obedece a un preso? Cortés se sentía ya lo bastante fuerte para destruir los dioses después de haber abatido a su representante en la tierra. Subió, pues, a lo alto del teocali y, armado con una barra de hierro, derribó las estatuas de Huitzilopochtli y de Tezcatlipoca. Cada golpe en la piedra resonaba en el corazón de los aztecas. Luego los españoles blanquearon con cal los ensangrentados muros y, en la misma ara de los sacrificios, levantaron un altar a la Virgen. En lo más alto de la capilla pusieron una cruz. Y el padre Olmedo celebró misa.

El soberano, cautivo; los dioses, derribados... ¿Podían sufrir los aztecas mayor humillación? Todavía les esperaba otra prueba. Un día ven llegar a la plaza de México al señor de Nautla, Cuauhpopoca, acompañado de su hijo y de quince nobles de su corte. Están encadenados y les mana la sangre a borbotones de sus heridas. Conducidos ante la justicia de Cortés y sometidos a tortura, confiesan que han obrado por orden de Moctezuma. El emperador lo niega. Le bajan del trono y le encadenan.

Cortés, decidido a aplastar hasta la posibilidad de una insurrección, mandó detener a Cacamatzin y a Cuitláhuac, reyes de Tezcuco y de Iztapalapa, así como al señor de Coyoacán. En unas semanas logró descabezar la monarquía azteca. Entonces, legalista como siempre, quiso una vez más poner el derecho de su parte y discurrió sancionar con un texto legal lo que había conseguido por la fuerza. Obligó a Moctezuma a

La «Noche Triste»

prestar juramento de fidelidad a Carlos V —Carlos I de España acababa de ser elegido emperador— y le conjuró a que obtuviera de sus súbditos el mismo juramento. El soberano, dócil a las órdenes de Cortés, convocó a sus jefes y a sus nobles. Con este motivo, los príncipes prisioneros se vieron momentáneamente libres de sus cadenas. Moctezuma, a solas con los suyos, reunidos en el salón principal del palacio de Axayacatl, los exhortó a que hicieran lo que pedía Malinche. Les recordó la profecía de Quetzalcóatl. En lo sucesivo, Huitzilopochtli dimitía ante el dios blanco y barbudo. Corrían las lágrimas por los rostros de los guerreros desarmados. Había que someterse. Al día siguiente, los jefes mexicanos, al frente de las tropas y ante el pueblo congregado, juraron fidelidad solemnemente al emperador desconocido. El escribano de Cortés levantó acta, para que nadie lo ignorase.

Los soldados de Cortés ya no podían censurarle por permanecer inactivo. Pero no eran hombres como para conformarse con la gloria. Tenían hambre de oro y acuciaban al general para que procediera a repartir el tesoro. No hacerlo así hubiera alterado gravemente la «moral» de los españoles. Cortés cedió a sus instancias. Con «permiso» de Moctezuma, se sacó de su cámara el tesoro de Axayacatl y se dio a cada uno su parte, sin olvidar la del rey de España —un quinto—. Moctezuma añadió a ésta su propio tesoro personal. Encargó a Cortés que se lo enviara a Carlos V, comentando irónicamente: «Disculpa la insignificancia de estos presentes, pero no me queda nada más. Ya me lo habéis quitado todo.»

En efecto, los españoles habían arramblado con todo. Su botín era enorme y casi imposible de calcular. Reducido, aproximadamente, a cifras modernas, ¡seis millones trescientos mil dólares oro! El botín personal de cada soldado, la fortuna de Moctezuma, el tesoro de Axayacatl y las contribuciones impuestas por el emperador a las provincias para las cajas de Carlos V constituían una acumulación de riquezas como ningún conquistador logró jamás. Los ciento sesenta y dos mil pesos oro habían sido ampliamente rebasados. Un río rutilante corría sin cesar a los pies de Cortés, y él vigilaba atentamente su curso, separando los joyeles y las piedras preciosas y fundiendo todo lo que era de oro. Cortés se reservó también, como el rey de España, el quinto del botín. Después del *quinto real*, el quinto del conquistador. Luego el ejército debía repartirse los tres quintos restantes. Según esta cuenta, a cada español tocaba una considerable fortuna. Y el caso es que no cesaban de quejarse. No entendían la aritmética de Cortés.

Un pueblo embrutecido de desesperación, los soldados acuartelados, los jefes ejecutados o cautivos, el tesoro nacional saqueado, los dioses mudos... Parece que ya no queda nada de la grandeza azteca. Cortés deja aún a Moctezuma una apariencia de autoridad, guardándolo en reserva para el caso, improbable, de una sublevación popular. Pero, en realidad, es él quien gobierna en lugar del soberano destronado de hecho. Cobra los impuestos, nombra a los funcionarios y, sobre todo, hace que sus lugartenientes exploren el país que consideran ya suyo. Manda pequeños destacamentos a buscar las regiones auríferas. Cortés necesita oro. Sus soldados murmuran que se guarda para él la mayor parte y no les reparte más que las migajas. Estas murmuraciones son fundadas. Cortés ama el oro.

Mientras el general afianza su poder en México, un doble peligro le amenaza. Dos enemigos, uno español y otro azteca, se aprestan a atacarle. En el norte de México, en Tlaltelolco, se organiza en el mayor secreto la resistencia contra los españoles. Su jefe es Cuauhtémoc, hijo de Ahuitzotl y primo hermano de Moctezuma. Por otra parte, una poderosa flota se dirige a toda vela hacia Villa Rica de la Vera Cruz. La manda Pánfilo de Narváez. Le envía Diego de Velázquez para detener a Cortés.

Es decir, en el momento en que Cortés recibe la sumisión de México y de Moctezuma a la España de Carlos V, se levantan otro México y otra España para discutir sus derechos y, si es posible, aplastarle.

Alvarado agua la fiesta

La verdad es que Cortés piensa poco en Cuba. La isla y sus propios principios, aunque cercanos en el tiempo —hace sólo catorce meses que salió de La Habana—, le parecen lejanos en el espacio. ¡Le separan de aquello tantas cosas! Las cordilleras, la matanza de Cholula, el valle de las ciudades resplandecientes, doña Marina... ¡Qué poca cosa resulta Cuba al lado de todo esto! Pero si Cortés no piensa en Cuba, Cuba

La «Noche Triste»

piensa en Cortés. No tardará en sentir los efectos de esta solicitud. Por el momento, el capitán general observa a Moctezuma. Su actitud ha cambiado. Desde que Cortés derribó la estatua de Huitzilopochtli para sustituirla por la de la Virgen y el Niño Jesús, Moctezuma está muy frío con los españoles. Seguramente piensa que Malinche se ha excedido. Cortés, queriendo salir de dudas, se presenta ante la majestad pagana. ¿Qué pasa? Moctezuma le pone en pocas palabras al corriente de la nueva situación. Por fin han hablado los dioses. Huitzilopochtli, dios de la guerra; Tláloc, dios de la lluvia; Xipe, dios de la primavera, y todos los demás han pronunciado su veredicto: ¡que sean inmolados todos los españoles en el ara de los sacrificios! Los dioses están hambrientos de corazones castellanos y sedientos de su sangre. La hora de la oblación no puede aplazarse más. Los capitanes de Cortés presentes en la entrevista se llevan la mano a la espada. Pero el general contiene el gesto. Él conoce a su hombre. ¡Que le dejen acabar! En efecto, la voz de Moctezuma se va tornando más suave. No dará oídos a la voz de los dioses. ¿Por qué? Porque Cortés es su amigo. Pero es necesario que los españoles salgan inmediatamente del país. Cortés tiene aún muchos recursos, y uno de los mejores es el de la paciencia. Hay que ganar tiempo. Se inclina, aparentemente, ante la voluntad del emperador. Pero le recuerda que no tiene barcos. La observación es·fundada, y Moctezuma concede sin dificultad al general español el plazo necesario para construir una pequeña flota. Cortés se propone utilizar este plazo para fines bien diferentes. ¿Abandonar, ante la amenaza india, lo que él llama ya la Nueva España? Ni uno solo de los cuatrocientos soldados piensa seriamente en tal cosa. Han comprometido en la aventura no sólo su vida y su honor, sino también su alma. Y no van a escapar como ratas al primer gruñido de ese tirano exótico. ¿Que están cercados por cuatrocientos mil hombres? ¡Vaya una cosa! Uno contra mil: la proporción es justa. ¿No vale un castellano por mil indios?

Pasan unas semanas. Los carpinteros de Cortés han puesto manos a la obra. La orden oficial es darse prisa, pero la consigna secreta es dar largas. El capitán español, fingiendo interesarse por el astillero, se dedica a consolidar su posición en la capital mexicana. Menudea los contactos con los jefes aliados, sin dejar, por ello, de prodigar sonrisas a Moctezuma. Pero no se le oculta la fragilidad de su situación. No son más que un puñado de hombres frente a mil peligros. La inferioridad numérica de las tropas españolas acabará por dar el triunfo a los aztecas si no llegan rápidamente a México los refuerzos solicitados por Cortés. El silencio de Montejo y de Portocarrero es alarmante. ¿Habrán fracasado en su misión? Todos los españoles dirigen sus miradas a la costa, allá lejos, al este. ¡Cuánto tardan los soldados de Carlos V!

Una mañana del mes de mayo de 1520, Moctezuma convoca a Cortés. Nunca fue tan torcida su mirada ni tan melosas sus palabras. Acaba de recibir de Cempoala una noticia sorprendente: han echado el ancla en San Juan de Ulúa dieciocho naves. Cortés se estremece de alegría. ¡Ya están ahí los refuerzos españoles! ¡Se ha salvado la situación! El emperador, sin abandonar su irritante cortesía, tiende al general un rollo de hojas de maguey en el que sus escribas han dibujado el acontecimiento: barcos, caballos, cañones... La pintura es exacta. A la cabeza de los hombres que desembarcan se destaca uno por su gran corpulencia, su alta estatura y el plumero que ondea en la cimera de su casco. Cortés frunce el entrecejo: ha reconocido a Pánfilo de Narváez, lugarteniente de Diego Velázquez. La armada no viene de España, sino de Cuba.

Cortés se hacía ilusiones con respecto a Velázquez al imaginar que podía renunciar a su venganza. Los triunfos de su antiguo subordinado, convertido en capitán general «por elección», no habían hecho más que exasperar el rencor del gobernador de Cuba. Y estaba más resuelto que nunca a castigar a Cortés por su desobediencia y a volver a tomar por su cuenta la expedición mexicana. Cuando pasó cerca de Cuba el barco donde iban los embajadores de Cortés —Montejo y Portocarrero—, Velázquez procuró apresarlo. Pero la tripulación, bien aleccionada a la partida, se las arregló para burlar la maniobra de Velázquez. El quid estaba en pasar sin que los vieran el estrecho de Florida y la costa occidental de Cuba. Y así se hizo, con gran habilidad. La embajada de Cortés llegó, pues, a Sevilla sin tropiezos. De Sevilla siguió a Barcelona, luego a La Coruña y, por último, a Tordesillas, residencia de la reina Juana, adonde había ido Carlos de España para despedirse de su madre antes de volver a Alemania, que acababa de elegirle emperador. Los emisarios de Cortés pasaron antes por Medellín para llevar al capitán Martín Cortés de Monroy noticias frescas de su hijo. Le convencieron de que los acompañara a la corte, para dar más fuerza a la embajada. El joven Carlos V, aunque muy preocupado por los asuntos de España —las Cortes de Castilla no estaban muy conformes con el príncipe flamenco, y Juan de Padilla preparaba la resistencia—, se mostró interesado por el informe de los dos capitanes. Pero no era la primera vez que oía hablar del Nuevo Mundo. Al mismo tiempo que las misivas de Cortés, recibía otras de Velázquez. El gobernador de Cuba tenía sitiado al soberano. Hasta había en la corte un partido «velazquista», fuertemente apoyado por personajes poderosos, entre ellos el obispo de Burgos, Rodríguez de Fonseca, presidente del Consejo de Indias. Después de Cristóbal Colón, Hernán Cortés... Ciertamente, aquel obispo tan encopetado no amaba a los conquistadores. Fue, pues, necesaria toda la elocuencia del venerable don Martín para conquistar la benevolencia del emperador. Carlos de Austria no podía ser insensible al rudo lenguaje del hidalgo, muy orgulloso de sus heridas de antaño. Admiraba la valentía. Pero, antes de pronunciarse por Cortés o por Velázquez, esperaba resultados más concluyentes. En el espíritu del monarca adolescente —¡tenía sólo veinte años!—, ya el sentido político se imponía al entusiasmo.

Entonces fue cuando Velázquez, juzgando insuficiente su influencia en la corte, decidió reforzarla con una acción directa contra Cortés. Sin atender a los consejos de moderación de Diego Colón, virrey de las Indias —del que dependía—, el gobernador de Cuba envió a la costa mexicana una importante expedición, compuesta de dieciocho navíos y de novecientos soldados, entre ellos ochenta jinetes, otros tantos arcabuceros, ciento cincuenta ballesteros, dos artilleros, veinte cañones y mil cubanos. Mandaba estas fuerzas, muy superiores a las de Cortés, Pánfilo de Narváez. Su misión era precisa: deponer a Cortés, hacerle prisionero y llevárselo a Velázquez, muerto o vivo.

Narváez acampó en Cempoala, dispuesto a la defensa o al ataque. Moctezuma, en su palacio, medita una alianza con este otro capitán blanco. Ya han establecido negociaciones secretas. Uno y otro van tejiendo en torno a Cortés una tela de acero. ¿Qué va a hacer el conquistador? Esta vez irá derecho al fin. Sin pérdida de tiempo, reúne una parte de sus fuerzas —setenta hombres— y se dirige a Cempoala. Antes ha enviado a Narváez una carta conciliadora proponiéndole compartir el poder, fiel a su táctica de no lanzarse al combate hasta haber agotado la posibilidades de un arreglo pacífico. Lo que no le ha impedido, por otra parte, enviar emisarios a Velázquez de León y a Rodrigo de Rangel —que estaban explorando el país— para que se unan a él en el camino con sus tropas. Antes de salir de México, Cortés entrega el mando a Alvarado. Alvarado estima en lo que vale el honor que le ha hecho Cortés. Pero su orgullo no está exento de inquietud. Cuando oye perderse en la lejanía el ruido de los cascos de los caballos en la calzada de Iztapalapa, le acomete una gran angustia. Está solo. Solo para defender a la vez México, a Moctezuma y el tesoro. ¿De qué fuerzas dispone? De ochenta españoles y cuatrocientos tlaxcaltecas. Efectivos suficientes para garantizar la policía si la ciudad permanece tranquila, pero incapaces de hacer frente a una sublevación. Y precisamente la capital azteca parece emerger de su sopor. Se despereza y gruñe, como un gigante que se despierta. Porque es la gran fiesta anual de Toxcatl, que se celebra en el mes de mayo, cuando comienza la estación de las lluvias, en honor de los dioses Huitzilopochtli y Texcatlipoca. A Cortés le ha parecido político autorizar la manifestación, a condición de que no se ofreciera ningún sacrificio humano. Música y danzas, pero no sangre, aparte la de las codornices.

Alvarado, asomado a una de las ventanas del palacio de Axayacatl, observa a la multitud que va creciendo de hora en hora. El capitán tiene buen porte, con su armadura rutilante y su barba de oro rojizo. Los indios le llaman *Tonatiuh* —Dios Solar—. Pero, hoy, el pueblo azteca no tiene ojos más que para los actores de la fiesta. En el centro de la plaza campea la estatua de Huitzilopochtli, arrojada del templo por Cortés. En torno al ídolo se aglomeran los guerreros cubiertos con insignias, los sacerdotes pintarrajeados de negro, las doncellas con brazos y piernas adornadas de plumas rojas y los niños agitando palmas. Los danzarines, al son de las flautas y los tambores, golpean acompasadamente el polvoriento suelo. Los niños desfilan uno a uno ante los sacerdotes, que les hacen, encima del ombligo y en los brazos, la incisión ritual de consagración a los dioses. La muchedumbre ondula como una gran serpiente abigarrada. Flamean al sol los penachos de los nobles, las alhajas de ópalo, los brazaletes de

La «Noche Triste»

oro, los pectorales de esmeraldas. Parece el abanico giratorio de un pavo real haciendo la rueda. Y del pueblo delirante asciende un cántico en honor del dios de las batallas. Modulado al principio por los sacerdotes, lo recogen las tribus y se va amplificando hasta ser un ronco conjuro ritmado por el mugido de los bígaros y el tam-tam de los tambores. Alvarado está inquieto. Siente subir la fiebre de aquella multitud fanatizada. Atento al bárbaro clamor, va notando sus matices sucesivos: imploración, amor, odio por útimo. El canto religioso se ha tornado grito de guerra. No necesita entender el lenguaje azteca para adivinar que ya no se trata de la lluvia benéfica, sino de «beber la sangre y comer la carne de aquellos hombres». Por lo demás, sólo hay que ver aquellos rostros gesticulantes que se tornan, de Huitzilopochtli, hacia el palacio de Axayacatl. Alvarado es un soldado valentísimo. Pero comienza a sentir una cosa que acaso es miedo. Aquella fiesta se parece mucho al *sabbat*. ¡Y son cerca de dos mil en la plaza! ¿Qué conviene hacer, o, mejor, qué haría Cortés? Nunca lamentó tanto Alvarado la ausencia del general. Sólo él tiene genio. Mientras Alvarado medita, indeciso, uno de sus espías le dice al oído que los sacerdotes, faltando a los compromisos contraídos, se proponen sacrificar dos jóvenes. Esto acaba con los escrúpulos de Alvarado y le da un pretexto legítimo para intervenir. Por lo demás, no le disgusta nada arremeter contra aquella canalla. Hombre del pueblo, a medio camino entre la Edad Media y el Renacimiento, tiene el temperamento y las violencias de un soldadote, a la vez que el alma ingenua de un cruzado. Estos contrastes no son raros entre los conquistadores. Alvarado, hijo de los que lucharon contra Israel y el islam, odia la herejía, y más aún el paganismo. ¡Amor al oro, desde luego! Pero también defensa de la fe. ¡Sus al infiel! Como en Granada.

De pronto resuena una trompeta española dominando el clamor de la multitud. La vibración del cobre saca de su embriaguez al pueblo indio. Los danzantes se paran. La letanía salvaje se corta en seco. Aprovechando la sorpresa, Alvarado da una orden concisa. Los españoles se agrupan en formación de combate. Salen de las vainas las espadas. Se levantan los escudos. Mientras unos grupos de soldados cierran las salidas, otros se mezclan con la multitud. Comienza la matanza. Los aztecas, cercados por todas partes, están condenados a perecer. La plaza mayor de México ya no es más que un campo de batalla. Maniobran las lanzas, hieren los puñales, corre la sangre. Los españoles enloquecen. Matar es para ellos una manera de librarse de la angustia y de la pasiva excitación de los últimos días. Desahogo atroz —a puñetazos, a patadas— que durante unas horas convierte a aquellos soldados en unas bestias ciegas.

Pero he aquí que un ruido de tempestad apaga el largo gemido que sube de la plaza abarrotada de cadáveres. Miles y miles de guerreros llegan por las dos avenidas hacia la plaza de Axayacatl. Vienen de Tlaltelolco. Los hombres de Alvarado, salpicados de sangre, cargados de botín, se retiran en desorden a los cuarteles españoles. Ya no hay que pensar en salvar el honor. Ante esa masa vociferante que, con un estrépito de terremoto, corre hacia la guarnición, no queda más recurso que huir y parapetarse. Las azagayas de tres arpones y las flechas con punta de obsidiana oscurecen el cielo. Es como «una nube amarilla» suspendida sobre la cabeza de los españoles. No son más que ochenta, y la marea india va subiendo, subiendo...

Es un milagro que Alvarado y sus hombres hayan podido refugiarse a tiempo en el palacio de Axayacatl. ¿Pero resistirán mucho tiempo los muros a los furiosos asaltos de las legiones aztecas? Dirigen el sitio los guerreros más famosos: los Príncipes, los Águilas y los Tigres. Ni mosquetes ni cañones logran abrir brecha en el espesor del ejército asaltante. Y los tabiques de madera comienzan a ceder. Entonces, Alvarado decide jugar su última carta: Moctezuma. Le empujan a la terraza del palacio. Alvarado saca la espada y apoya la punta en el pecho del *tlacatecutli*. Se oye apenas la voz sin timbre del emperador arengando a su pueblo. Entre manto, el estrépito se atenúa y acaba por extinguirse. Aquella frágil silueta coronada de una diadema ya no es más que el fantasma de un rey. Pero su palabra es aún la de un dios. Los últimos rayos del sol poniente avivan el color cobrizo de los mil rostros bárbaros mirando al triste soberano. El triste soberano ha hablado. Hay que hacer la paz con *Tonatiuh*. Una paz seguramente muy precaria, sospechan todos. Caen al suelo las flechas, se bajan los escudos. Las tribus pueden volverse a sus poblados. Centenares de canoas surcan el lago de Tezcuco. En el polvo violeta del crepúsculo no se oye más que el chapoteo de los remos tajando la superficie del agua.

La «Noche Triste»

Alvarado se enjuga la frente. La advertencia ha sido elocuente. Pero al capitán no se le oculta la gravedad de la situación. Lo que ha conseguido Moctezuma es sólo una suspensión de armas. Los asaltantes se han retirado, lo cual no significa que hayan capitulado. Se reagrupan en la sombra y prosiguen el combate a su manera. Con una rapidez prodigiosa obstruyen los canales, cierran las calles y cortan las conducciones de agua. Queman las naves en construcción. La intención de los aztecas está bien clara: encerrar a los españoles en México, cortarles toda posibilidad de retirada y sitiarlos. Pero el ejército indio, antes de emprender las operaciones, espera informes sobre el resultado de las negociaciones entre Cortés y Narváez.

Pasan tres largas semanas. Y, una mañana de verano, retumba de nuevo en la calzada de Iztapalapa un estrépito de cabalgada. Brillan al sol centenares de cascos de acero. Vibra en el polvo una selva de lanzas. Guanteletes al aire en señal de saludo. En lo alto de la muralla suenan las trompetas de la guarnición española. Cortés está de regreso.

La expedición del capitán general ha tenido un éxito superior a toda esperanza. Habiendo salido de México con setenta españoles, encuentra en Cholula los refuerzos de Velázquez de León —ciento cincuenta soldados— y de Rodríguez de Rangel —ciento diez—. Trescientos treinta hombres en total, a los que pronto se incorporan el centenar de españoles acuartelados en Villa Rica. Llega Cortés a las puertas de Cempoala. Narváez ha dispuesto las tropas en las alturas que dominan el gran teocali. Él está durmiendo tranquilamente en la cúspide de la pirámide. Cortés conferencia con Gonzalo Sandoval, que, desde la muerte de Juan de Escalante, manda la guarnición de Villa Rica. Se ponen de acuerdo. La noche es muy oscura. Llueve torrencialmente. En muy poco tiempo, los españoles de Cortés y de Sandoval atraviesan el río, sorprenden a los centinelas de Narváez, arrollan a las avanzadillas y entran en Cempoala. Truena el cañón, pero demasiado tarde. Cortés ya está en la plaza. Rápido como el rayo, escala, espada en mano, las gradas del teocali. Ya está frente a frente a Narváez. Se baten. Durante toda la noche y hasta el alba del día siguiente, los españoles de México y los de Cuba luchan ferozmente. La victoria no acaba de decidirse. Cortés pierde tres hombres, pero Cristóbal de Olid se apodera de la artillería de Narváez. Al amanecer, la victoria se decide a favor de Cortés. Sus hombres han incendiado un teocali, y Narváez ha perdido un ojo. Cortés recibe la sumisión del lugarteniente de Velázquez como un gran señor: abre los brazos al enemigo de ayer, ahora prisionero suyo. Después de este gesto caballeresco, toma posesión de la flota y del ejército cubanos. Son desarmadas las dieciocho naves e incorporados a las tropas de Cortés los efectivos de Narváez. El capitán general ha ganado una vez más. Había llegado a Cempoala con un puñado de hombres, y vuelve al frente de mil trescientos combatientes españoles y de varios millares de indios que ha recogido en el camino. Ha realizado la proeza de incorporar a su servicio a los que tenían la misión de aniquilarle. Ahora se dedica a hacer propaganda entre los soldados de Narváez. Les predice una entrada triunfal en México. ¿No es él, para los indios, Quetzalcóatl, el dios blanco? Un correo que llega a toda prisa de la capital azteca modera este optimismo. Las noticias son malas. Cortés disimula su preocupación. Apresura a marchas forzadas su vuelta a México.

¿Y aquel recibimiento entusiasta? La verdad es que las calles están desiertas. Un silencio de muerte envuelve la ciudad. Los capitanes de Narváez ríen sarcásticamente. ¿Conque ésta era la gloriosa llegada prometida por Cortés? Al general le cuesta gran esfuerzo contener su ira. Para empezar, la emprende contra Alvarado. ¡Enhorabuena por el desaguisado! Luego, ya en el patio de Axayacatl, ve que se le acerca Moctezuma con la mano tendida. Cortés aparta brutalmente el brazo del emperador. ¿Qué demonios quiere de él ese «perro»? —no se recata de escupirle a la cara el insulto—. Cortés echa la culpa de la siniestra jornada de Toxcatl a Alvarado —por su estupidez— y a Moctezuma —por su debilidad y su doblez—. Dominando su ira, examina la situación. Es trágica. Ahora comprende por qué estaba tan expedita la calzada de Iztapalapa: convenía dejar entrar a los españoles en México para encerrarlos como en una trampa. La estratagema estaba bien planeada. Cortés no se consolaba de haberse dejado coger tontamente. ¡Qué lección de estrategia para aquel estratega!

En el transcurso de una noche y con esa rapidez de los pri-

La «Noche Triste»

mitivos, los patriotas aztecas cortan los puentes, levantan barricadas y obstruyen los canales. Llegan refuerzos de todas partes. Ocupan las calzadas —impidiendo así la salida de los españoles— y se aprestan a sitiar la ciudad. Eligen un jefe: Cuitláhuac, hermano de Moctezuma. Comienza el sitio. Cortés ordena a Diego de Ordaz que intente un reconocimiento, al frente de cuatrocientos soldados. Parten en buen orden a paso cadencioso, como una legión romana. Pero, apenas franqueadas las puertas de México, arremete contra ellos un huracán. Flechas, piedras y jabalinas surcan el abrasado cielo. Surgen grupos de indios por doquiera. Diego de Ordaz y sus hombres se retiran haciendo grandes molinetes con sus espadas. Al día siguiente, el propio Cortés repite la tentativa de su lugarteniente y se ve obligado a retirarse apresuradamente bajo una lluvia de proyectiles enemigos. La coyuntura es grave. Cercados los españoles y fracasados los intentos de salida, falta el agua y escasean cada vez más los víveres. Los sitiadores disparan flechas inflamadas que van incendiando bastantes edificios. Una nube de humo y de hollín cubre el palacio de Axayacatl. ¿Van a morir los hidalgos?

Cortés volvió a México el 24 de junio, día de San Juan. Está acabando el mes. El campamento español, bajo furiosa presión de los guerreros aztecas, borrachos de pulque y exaltados por sus sacerdotes, se va estrechando de hora en hora. Los sitiados sufren graves pérdidas. Ya no intentan siquiera salir de sus posiciones: hay que agarrarse a ellas a todo trance. ¿Pero cómo contener indefinidamente la oleada, que se renueva de continuo, de los indios agresores? Cortés decide utilizar a Moctezuma. Aunque ya no es nada para el pueblo azteca. La elección de su hermano para el poder supremo ha anulado definitivamente el escaso prestigio que conservaba aún. Pero, sin embargo, acaso la voz del emperador destronado despierte en la conciencia de las tribus el eco de terrores antiguos.

Sacan de sus habitaciones al regio rehén. Le echan sobre los hombros un manto de plumas. Le ponen una diadema en la frente y un cetro en la mano. Con estas insignias se presenta, en la terraza del palacio de su padre, ante su pueblo. *Ecce homo!* El fantoche toma la palabra, protegido por los escuderos españoles. Una voz sin timbre, un discurso torpe, unas manos trémulas... ¿Es ése el semidiós que reinaba hasta Guatemala? Un maniquí disfrazado de rey, eso es ahora el gran Moctezuma. Sin embargo, los sitiadores han bajado las lanzas y prestan oído. No se rompe tan fácilmente con dieciocho años de reverencia. ¿Qué susurra esa apagada voz? Exhorta a los aztecas —¡cuán débilmente!— a deponer las armas. Los españoles son lo más fuertes. Hay que ceder. Un prolongado clamor de indignación acoge la declaración del irrisorio príncipe. El abucheo corta el debilísimo hilo de voz. Una andanada de proyectiles cae sobre la terraza. Los españoles levantan sus escudos para proteger al emperador. ¡Demasiado tarde! Moctezuma cae herido de una pedrada en mitad de la frente. Se lo llevan. Se niega a que le curen, se arranca el vendaje, llama a la muerte a grandes gritos. A las pocas horas muere. ¿De resultas de la herida o rematado por los españoles? En todo caso, muerto de espada castellana o de honda azteca, se lleva a la tumba su secreto. Entre Huitzilopochtli y Quetzalcóatl, su incertidumbre le ha martirizado. Y su mísero fin —aquella especie de renunciamiento a sí mismo— es el de un desesperado. Como Judas ahorcándose en el campo del alfarero.

La muerte de Moctezuma agrava aún más la situación de los españoles. El consejo de las tribus ratifica la elección de Cuitláhuac. Los aztecas, galvanizados por su nuevo rey, refuerzan el sitio y van ganando terreno. Se suceden sin tregua los ataques y los contraataques. Los españoles son desalojados del palacio de Axayacatl y trasladan sus cuarteles a las casas contiguas al gran palacio. No para mucho tiempo. El incendio los desaloja de nuevo. De retroceso en retroceso se encuentran en el templo de Huitzilopochtli. No les queda más recurso que refugiarse en la pirámide. Los castellanos se acordarán siempre de esta ascensión. Espada y escudo en alto, suben una a una las gradas del teocali, todavía en manos de los indios. Primera terraza, segunda terraza... Cada escalón conquistado es una victoria. Los aztecas son arrojados a los caminos de ronda o ruedan escalones abajo. Por fin, los españoles llegan a la tercera terraza y luego a la plataforma última. Abajo, la batalla es terrible. Arde toda la ciudad.

Los españoles están seguros, provisionalmente. Pero condenados a perecer. No les queda ni un gramo de maíz, ni una gota de agua. Heridos y muertos se asan bajo el terrible sol de junio. Y en torno al teocali, la jauría indígena, silenciosa de pronto, acecha el momento en que la presa, exhausta, se dejará devorar. Cortés ha intentado lo imposible por perforar

Cerámica representando un sacerdote del «Culto de la Lluvia»
(Obra zapoteca, siglo XV)

Estatua de piedra de Xiuhtecuhtli, dios del Fuego
(Azteca, siglo XV)

La «Noche Triste»

la espesa muralla humana de las tribus aztecas. Hasta ha hecho construir cuatro *mantas* o torres de combate montadas sobre ruedas y protegidas por la caballería. Los ballesteros, apostados en el interior, disparan proyectiles a granel. Pocos minutos bastan al enemigo, encaramado en las techumbres de las casas, para inutilizar los «tanques» españoles. ¿Se ha perdido la partida? Todavía no. Queda una posibilidad, la última: forzar el cerco. Que es como intentar lo imposible. ¿Quién va a pensar que unos centenares de españoles exhaustos puedan atravesar la enorme masa india? Pero los nervios no pueden más. Y antes de morir de hambre o rendirse, los soldados de Cortés prefieren jugarse el todo por el todo. ¿Los van a inmolar vivos bajo el cuchillo de los sacerdotes? ¡Qué fin más innoble para unos caballeros!

Día 1 de julio. Hace sólo una semana que empezó el bloqueo. ¿Es posible? ¿Han bastado siete días para invertir la situación? Cortés, con la muerte en el alma, da la orden de retirada. El momento parece propicio. Botello, el soldado astrólogo, ha leído en las estrellas que hay que partir esta misma noche. Si no, será demasiado tarde. México está envuelto en tinieblas. Llueve. El plan del general consiste en salir a tierra firme por el único camino que no está todavía completamente cortado: el de la calzada oeste. Una vez en Tocuba, la columna española subirá hacia el norte, bordeará el lago de Tezcuco y tomará, por Otampán, el camino de Tlaxcala. El proyecto es temerario. Pero la alternativa es categórica: huir o perecer.

Para franquear las brechas de la calzada de Tocuba —los aztecas la han roto en varios puntos— construyen un puente portátil de madera. Los hombres se concentran. El padre Olmedo dice misa. Todo está dispuesto para la salida. ¿No han olvidado nada? Sí, el oro. Importa unos setecientos mil pesos. El general no sabe si cargar con ello o no. Es un peso suplementario que retardará la marcha de los soldados. Pero los españoles exigen el oro. ¿Se lo van a dejar a esos perros infieles? No: los soldados se reparten el fabuloso tesoro a la humeante luz de las antorchas. Oro —en barras, en polvo, en pepitas— y las joyas arrancadas a los cadáveres aztecas. Se llenan los bolsillos, lo meten en los arzones de las sillas. Y ahora, ¡adelante! La voz de mando retumba seguramente por última vez —¡es tan débil la esperanza del retorno! —en la ciudad mexicana. Los héroes de Tenochtitlán, que llegaran al son de las trompetas, escapan atropelladamente. La tiniebla se adensa más aún y cae el agua a torrentes sobre el ejército que huye. La columna se interna en la calzada. Primero, el puente portátil. Después, Sandoval, a la cabeza de la vanguardia. Cortés manda el centro. Cierran la marcha Alvarado y Velázquez de León, al frente de la retaguardia, protegida por la artillería. En total mil cien españoles —el resto han muerto o han caído prisioneros—, varios miles de aliados indios, unas cuantas mujeres —entre ellas doña Marina—, unos treinta cañones y cerca de cien caballos. La consigna es callar e ir de prisa. Los guerreros aztecas están durmiendo. El estrépito del trueno y del granizo apaga el ruido del ejército en marcha, que progresa lentamente por la calzada. ¡Todo va bien! Pero, de pronto, un grito agudísimo de mujer da la alarma. El campamento indio despierta. Ráfagas de flechas y de piedras caen sobre los españoles. A cada lado de la calzada, una fila ininterrumpida de canoas opone una barrera viva al avance de los soldados de Cortés. Lejos, en lo más alto del teocali, unos sacerdotes enloquecidos tocan el *teponaztle*. Este redoble continuo —dijérase la voz del dios de la guerra— toca a rebato por la retirada española. El puente portátil se rompe. Los caballos resbalan en el pavimento, y los hombres, con su carga de oro, se hunden en el agua y se ahogan. Sus cadáveres tapan las brechas. Cada cual procura salvarse como puede sobre los muertos. Lo importante es llegar a tierra firme. Los soldados españoles caen al lago fulminados por las mazas aztecas. Algunos aprietan todavía entre sus brazos un cofre de alhajas. A la pálida luz del alba reluce en todo el charco el oro de Axayacatl.

De brecha en brecha, los españoles llegan a la orilla de Tacuba. El último que pone pie en ella es Alvarado. Ha perdido su escudo y le han matado el caballo que montaba. Está gravemente herido. Responsable de la retaguardia, está encargado de cubrir la retirada. Ya no quedan españoles en la calzada y puede, por tanto, intentar salvar su vida. ¿Le darán tiempo? Los indios alargan ya sus manos hacia él. Sin vacilar, el coloso, embadurnado de fango y de sangre, clava su lanza en la laguna y, alzándose como un saltador de pértiga, va a caer a la otra orilla, con gran estrépito de armadura.

Los aztecas han renunciado a perseguir a los españoles en tierra firme. Están muy ocupados en despojar a los muertos

La «Noche Triste»

que flotan junto a la calzada. Pero prefieren los heridos a estos cadáveres fastuosos. Aquélllos viven aún. Los cargan de cadenas y los llevan a México, cuidando de que conserven el aliento. ¡Qué magnífica cosecha de corazones para Huitzilopochtli! Cortés y los suyos se refugian en la colina de los Remedios, que domina Tacuba. Hacen el recuento. Noche más amarga jamás la conoció nadie. El general se retira bajo un ciprés. Se echa a llorar. Y todos los españoles con él... El árbol de la «Noche Triste».

Este solsticio de verano no ha sido propicio a Cortés. En una semana ha pasado por la más embriagadora victoria —el golpe magistral de Cempoala— y la más humillante derrota. ¡Qué vergüenza! El león español se ha dejado coger en la red como un pajarillo. Ha escapado de milagro. Esta vez, el número ha vencido a la ciencia. Cortés lanzó en las calles de México los primeros carros de asalto del Nuevo Mundo. En pocos minutos dieron fin de ellos las azagayas indias. Moctezuma ha muerto. Por poco que valiera, era útil a Cortés. Aquel maniquí era para él como el cadáver ecuestre del Cid Campeador para Alfonso VI de Castilla. Un estandarte y un escudo. ¿Qué le queda ahora? Cuatrocientos cuarenta soldados, doce ballesteros, siete fusileros y veinte caballos. Unos cuantos cañones inutilizables, un centenar de tlaxcaltecas y apenas ya ningún oficial. Los mejores, con excepción de Alvarado, han perecido. En cuanto al tesoro, ha naufragado en las aguas de Tacuba. ¿Será que el oro trae desgracia? Cortés no anda lejos de pensarlo.

Y, sin embargo, la derrota de Cortés lleva en sí el germen de próximas victorias. Esa sombra chorreando agua que parece formar un solo cuerpo con el negro ciprés está elaborando un hombre nuevo. Entre sus derrumbados compañeros, ninguno duda de que Cortés está ganando en este preciso momento su verdadera victoria: el triunfo sobre sí mismo. Se ha secado las lágrimas. Vuelve la cabeza hacia la laguna, no para decirle adiós, sino un hasta la vista cargado de amenazas. Ya no se oye sollozar a los conquistadores en la noche mexicana.

CAPÍTULO VI

La agonía azteca

Cuatrocientos cuarenta soldados. No eran más cuando entraron en México. ¿Por qué, pues, desesperar ahora? Cortés levanta los ánimos, reúne a su gente y da orden de ponerse en camino. ¿Dirección? Tlaxcala.
El odio que los indígenas de Tlaxcala tenían a los aztecas era más fuerte que su sentimiento racial. Este odio salvó a los españoles. Pues se hubieran podido tragar de un bocado a aquella mísera tropa —tuvo que sufrir en Otampán un terrible asalto de los perseguidores aztecas— arrastrando unos cañones inservibles y más ansiosa de reposo que de conquistas. Y, sin embargo, Xicotenga, rodeado de los ancianos, recibe a Cortés, a la entrada de la ciudad, como a un gran jefe de guerra. Se abrazan. Corren las lágrimas. El prestigio de Malinche sigue intacto. Intacta también la hostilidad salvaje de los tlaxcaltecas contra la tribu de Aztlán.
Pasan varias semanas. Período de reposo para los españoles. Curan sus heridas y reparan sus fuerzas. Período de intensa reflexión para Cortés. Aunque seriamente herido también —en la cabeza y en una mano—, trabaja. Redacta su informe a Carlos V, busca las causas de su derrota, las descubre y las medita. ¿Cuál ha sido su error? Querer apoderarse de México por el interior, cuando la ciudad está rodeada de agua y, por lo tanto, expuesta continuamente a ataques de flanco por parte de las tribus ribereñas del lago. Para tomar y conservar México hay que dominar las aguas, es decir, apoderarse de la laguna de Tezcuco. Una vez dueño del lago, Cortés no tendrá más que extender la mano hacia la ciudad azteca para cogerla como fruta madura. Este general vencido que, en vez de entregarse a la desesperación, analiza su fracaso e inmediatamente madura su plan de victoria es un caso ejemplar de los reflejos de un jefe. Saca la lección de la desgracia y

La agonía azteca

luego, a la luz de la misma, prepara el porvenir. Así es como proceden los grandes capitanes. Para llevar a cabo su designio, Cortés necesita una flota y un ejército. Por el momento, no tiene ni lo uno ni lo otro. Pero en seis meses construirá una flota y formará un ejército. En primer lugar, la flota.

Cortés envía a la costa una partida de tlaxcaltecas, bajo mando español, encargada de recuperar lo que todavía pueda utilizarse de los barcos echados a pique el año anterior: maderas, jarcias, hierros y material de puentes. Todo esto es transportado en el mayor secreto desde San Juan de Ulúa hasta Tlaxcala. Después, los carpinteros, con el material de desecho y la madera que se procuran sobre el terreno, emprenden la construcción de trece bergantines —naves ligeras de dos mástiles y un solo puente—. En realidad, los obreros de Cortés hacen piezas de barco para montarlas luego en el mismo lugar de botadura. Terminado el trabajo, el general ordena transportar los bergantines desmontados de Tlaxcala a Tezcuco. Millares de esclavos indios realizan la inaudita tarea de transportar a lo largo de ochenta kilómetos toda una flota en piezas sueltas. Una vez al borde de la laguna, se arman los bergantines. Ya no queda más que lanzarlos al agua. Para ello hay que abrir un canal de dos kilómetros de largo por cuatro metros de ancho. En esta empresa trabajan cuarenta mil indios bajo el látigo tlaxcalteca. En la primavera del año 1522 quedan anclados en el lago de Tezcuco los trece bergantines, cada uno de ellos armado de un cañón y escoltado por dieciséis mil canoas aliadas.

Paralelamente a la construcción de los navíos, el general español reconstruye su ejército. Empieza por reunir los restos dispersos de su compañía. Mientras tanto, Velázquez —que ignora los acontecimientos mexicanos y cree a Narváez dueño de la situación— envía una expedición complementaria a Villa Rica de la Vera Cruz. Cortés se apodera fácilmente de los hombres y del material nada más desembarcar. Gracias a estos refuerzos inesperados puede reunir quinientos cincuenta soldados, entre ellos ochenta arcabuceros y cuarenta jinetes. Además, está bien abastecido de municiones y de armas: mosquetes, ballestas y pólvora. Después completa sus efectivos alternando la diplomacia con la guerrilla. Veinticinco mil indios se incorporan, de grado o por fuerza, a la bandera española.

En unos meses ha enderezado la situación. El vencido de Tacuba dispone ahora de una base naval y de un ejército de refresco. No espera más que el momento favorable para lanzar su contraataque.

«El águila que desciende»

¿Qué pasa en México mientras se prolonga la vela de armas en el campo español? La primera reacción de los aztecas después de la retirada de Cortés fue la de un pueblo libre. Durante unos días, un viento de locura sopló sobre la laguna. La multitud india seguía ensañándose con los cadáveres españoles, despojados y desnudos. A los desdichados supervivientes los tendían en el ara de los sacrificios: los sacerdotes les abrían el pecho de un solo golpe de cuchillo de obsidiana y, lentamente, presentaban al pueblo azteca los corazones chorreantes, como una hostia bárbara. Huitzilopochtli —¿no era él el verdadero vencedor?— había recuperado su puesto en el santuario profanado. Y otra vez en los altares los ídolos gesticulantes, con sus plumas de quetzal y sus caretas de turquesas. En los rostros de los aztecas resplandecía una alegría salvaje. La ciudad entera era un canto triunfal. «Tiembla la tierra. La nación mexicana entona su canto. Águilas y tigres se ponen a danzar cuando la oyen.» Lúgubre himno cuyos ecos torturaban la agonía de los prisioneros españoles.

En esto, murió Cuitláhuac, de viruelas —llevadas a México por los soldados de Narváez—. El Consejo de las tribus eligió para reemplazarle a Cuauhtémoc, hijo de Ahuitzotl. Esto no era más que confirmar oficialmente un poder que Cuauhtémoc detentaba desde hacía tiempo. Durante el reinado mismo de Moctezuma, Cuauhtémoc preparaba y dirigía la resistencia contra los españoles en los suburbios de Tlaltelolco. La «Noche Triste» fue obra suya. Esta vez, el héroe secreto iba a enfrentarse con el enemigo cara a cara.

Cuauhtémoc, predestinado por su alto nacimiento a cargos soberanos, había sido educado con vistas al trono. Ingresado desde muy niño en Calmécac —el seminario de los hijos de rey—, aprendió en él las ciencias religiosas y el arte de la guerra, al mismo tiempo que endurecía su cuerpo con el ayuno y las maceraciones. Sus primeros maestros fueron, pues, la penitencia y el dolor. Junto a su primo Moctezuma, se cubrió de gloria en los combates de Tlaxcala. Después se retiró a esperar su hora en su señorío de Tlaltelolco. La hora de Cuauhtémoc acaba de sonar. Conducido por los jefes y los sacerdotes, se traslada a pie desde su palacio al templo de Huitzilopochtli. Lleva sobre los hombros el manto real, y en la mano derecha balancea un incensario donde humea el copal. Se prosterna ante el santuario. Le reza al dios cruel. Ese dios cruel lo es ya él mismo. «Ahora yo soy tu boca y tu rostro y tus orejas y tus dientes y tus uñas, por mísero y pobre que sea.» Se vuelve hacia su pueblo. Por encima de aquel mar de cabezas inclinadas, el nuevo emperador contempla las fronteras invisibles de su imperio. ¡Ah, si no se tratara más que de conservarlo! Pero hay que reconquistarlo. El hijo de Ahuitzotl, responsable de la grandeza azteca, tiene conciencia del peligro que le amenaza. Acaso es el único que presiente el drama. Mientras las tribus ofrecen su confianza animal al débil indio coronado, éste se pregunta si no será él el último soberano de la dinastía de Aztlán. Encarnación de la patria, ¿sabrá salvarla? ¿O arrastrará en su caída al pueblo mexicano? Le obsesiona un nombre, el suyo: Cuauhtémoc significa «el águila que desciende».

No ofrece duda para nadie que Malinche está preparando una ofensiva de gran estilo. Los espías de ambas partes están bien informados. Es inminente el ataque a México. ¿Por dónde y cuándo? Las intenciones de Cortés son impenetrables. Esta vez tendrá de su parte la sorpresa. Pero Cuauhtémoc no permanece inactivo. Se prepara para el choque. En previsión de un asedio que considera inevitable, manda evacuar a los inútiles: mujeres, niños, ancianos y enfermos. Ensanchan los fosos, ponen trampas, hacen fortificaciones a toda prisa... Acumulan en los arsenales armas y municiones. Cuauhtémoc, al mismo tiempo que se ocupa de su dispositivo de defensa, se esfuerza por ganar a su causa al mayor número posible de tribus. Invoca «la unión sagrada» y exalta la comunidad de raza. Para todos los pueblos confederados del valle de México no puede haber más que un enemigo: el blanco. Política inteligente pero tardía. Era la primera vez que un rey azteca englobaba en una misma unión nacional a todas las tribus del *imperium*. Esto era desconocer las leyes del rencor y del odio. El puño azteca se abría demasiado tarde. ¿Olvidar el pasado? Dos siglos de esclavitud no se digieren en unos días. La sola palabra «azteca» hacía rechinar los dientes. Tarascos, tlaxcaltecas, cempoaltecas se acordaban de los suyos inmolados en los altares mexicanos o reducidos a la esclavitud. Sordos a la súplica de Cuauhtémoc: «¡Patria!», los antiguos esclavos de Moctezuma acudían al llamamiento de Cortés: «¡Liberación!», o sea: venganza. Cuauhtémoc, y el pueblo azteca con él, pagaban las culpas de los tiranos de México. Los acontecimientos se precipitan. El 28 de diciembre de 1520, el ejército español se encuentra ante Tezcuco en orden de batalla. La guerra ha comenzado.

México, sitiado

Cortés ha dividido su ejército en tres cuerpos y situado cada uno en la cabeza de una de las calzadas. Su plan consiste en lanzar las columnas, protegidas en sus flancos por los bergantines, hacia la ciudad mexicana. La flota española, a medida que vaya progresando, destruirá las embarcaciones aztecas. Las columnas de asalto se encontrarán en el centro de la ciudad. Este tipo de ofensiva —clásico en las guerras europeas— se experimentaba por primera vez en el Nuevo Mundo.

Antes de poner en marcha su gran maniobra terrestre-naval, Cortés inicia una serie de pequeños ataques. Hostigando al adversario con golpes de mano rápidos, le fatiga, tantea sus defensas y, al mismo tiempo, prueba sus propios medios. Pasan cinco meses. Y una mañana del mes de mayo de 1521 —lunes de Pentecostés—, Cortés da orden de atacar. Las tres columnas se ponen en movimiento. Avanzan lentamente por las calzadas. Simultáneamente apareja la flota. Mientras los bergantines limpian metódicamente la laguna a cañonazos, los infantes españoles se abren paso en las calzadas. La operación empieza favorablemente. Las conoas aztecas, bajo el fuego de la flota, no logran fácilmente aproximarse a las calzadas. Los soldados de Cortés, cubiertos por ambos flancos, van ganando terreno. Prudentemente, pues la consigna del general es categórica: evitar a todo trance el cerco. El cuidado de preservar las retaguardias y de no avanzar más que sobre seguro retarda la marcha de los españoles. Dos pasos adelante, uno atrás. Por otra parte, las operaciones no son posibles más que de día. Cuando llega la noche, los asaltantes se reti-

La agonía azteca

ran a sus cuarteles de Tezcuco, cabeza de puente de la invasión española. Los aztecas, a favor de la oscuridad, destruyen el trabajo realizado en el día por los hombres de Cortés. Cortan los puentes y abren nuevas brechas en las calzadas. Al día siguiente hay que volver a empezar.

Cortés, cansado de tejer esta tela de Penélope, inventa un nuevo sistema. Lanza por delante a sus aliados indios con la misión de preparar el terreno, es decir, de desmantelar los obstáculos acumulados por los aztecas y utilizar los escombros para llenar las brechas. Los aliados ocupan las calzadas en los intervalos de los combates militares. En cuanto se inicia un contraataque, se repliegan y dejan el sitio a los españoles. Así van avanzando los soldados de Cortés por las vías que les han preparado los mercenarios indios.

El camino de Tezcuco a la ciudad de Cuauhtémoc es largo. Un día, los españoles se dejan llevar por el entusiasmo y llegan a los suburbios de México. Cortés intenta un asalto. Es rechazado. Caen prisioneros sesenta y dos españoles. El ejército se retira precipitadamente. Pero puede ver rodar por las gradas del gran teocali los cadáveres de sus compañeros con el pecho abierto. Envueltos en una nube de polvo ocre y bajo una lluvia de flechas, los españoles refluyen hacia Tezcuco. El fúnebre tam-tam del *teponaztle* y el ulular de los bígaros hacen comprender a Cortés que la partida no está ganada todavía.

El general reagrupa a sus tropas. Le llegan de la costa nuevos refuerzos. Ahora son más de novecientos españoles. Los contingentes indios varían según los días y las circunstancias. Su número depende de la suerte de los combates. Las deserciones son frecuentes en ambos campos. Pero los veinticinco mil aliados que Cortés se llevó de Tlaxcala se han cuadruplicado por lo menos desde el comienzo de la campaña. Las enormes masas humanas movilizadas por una y otra parte y provistas de un material idéntico tienden a equilibrarse. Parece que no va a llegar nunca la decisión final.

Cortés reflexiona. Su ejército es demasiado débil numéricamente para tomar la plaza por asalto. ¿Ir metiendo el diente a las defensas enemigas? Son coriáceas y están sembradas de trampas. Sería como limar una barra de hierro. Pero hay que poner término a este conflicto que se va eternizando. ¿Proponer un armisticio? Cortés ya lo ha intentado. Sus insinuaciones de paz a Cuauhtémoc no han obtenido más respuesta que una carcajada desdeñosa. Sólo queda una solución: el bloqueo de México. Ni la fuerza, ni el cansancio, ni la diplomacia han podido con los aztecas. ¿Resistirán al hambre, esa lívida aliada de los generales? Con el sitio de México termina la última página de la historia azteca. La agonía de la tribu de Aztlán dura setenta y cinco días. Cortés ha mandado destruir el acueducto de Chapultepec, que abastecía de agua potable a México. Todas las salidas de la ciudad están bloqueadas. La flota rodea completamente la isla mexicana. Cada intento de salida es detenido a cañonazos. El general ha espaciado sus ataques. Se conforma con progresar muy lentamente a lo largo de las calzadas, sin acercarse demasiado a la ciudad sitiada. A los aztecas no les queda ya nada que comer ni que beber. Beben la sangre de los cadáveres tlaxcaltecas. Comen lagartos o el cuero de sus escudos. Los sitiados mueren a centenares. Pero los supervivientes no cesan de batirse, masticando la hierba salada de la laguna. Mientras quede en la plaza una piedra o una azagaya, la arrojarán contra los españoles. Cortés reitera una y otra vez las ofertas de paz. Cuauhtémoc las rechaza obstinadamente. México ya no es más que un enorme osario, sobre el que siguen flotando Águilas y Tigres. Con el insoportable olor a podredumbre se mezcla ahora el del copal que los hambrientos sacerdotes queman a los pies de Huitzilopochtli.

El ejército español rodea la ciudad. Ha franqueado todas las calzadas y va ocupando metódicamente cada barrio, uno tras otro. Los soldados tienenque saltar sobre montones de cadáveres. Han perecido cincuenta mil aztecas. Los que viven aún, intentan huir arrojándose al agua con sus mujeres y sus hijos. Los tlaxcaltecas, locos de alegría, persiguen a esa mísera caza. ¡Qué orgía! Matan a quince mil. Y, al pasar los prisioneros aztecas, vociferan: «¡Muera esa raza de corazones rabiosos!»

Día 13 de agosto de 1521. La ciudad ha capitulado. Sin embargo, Cuauhtémoc, refugiado en un islote con un puñado de leales, libra su último combate. La roja luz del crepúsculo ilumina esa pesada espada de obsidiana que hiende el aire sin parar —símbolo postrero de la grandeza azteca—. Indios y españoles tienen los ojos fijos en la espada roja de sol y de sangre. Por fin desciende y cae. El imperio azteca ha muerto.

Cuauhtémoc, enteramente cercado, salta a una canoa. Intenta llegar a tierra firme. Anochece. La piragua se desliza y

La agonía azteca

se confunde con los juncos. Mosquetes y ballestas apuntan al fugitivo. El jefe de los Hombres está perdido. Pero, en el momento en que van a disparar los españoles, vibra en la noche la voz de Cuauhtémoc: «¡Llevadme ante Malinche!» Se apoderan del señor azteca y le llevan a la terraza del palacio de Axayacatl reconquistado. El vencedor y el vencido se miran fijamente. Cuauhtémoc se acerca a Cortés y le dice: «Señor Malinche: ya he hecho lo que soy obligado en defensa de mi ciudad, y no puedo más, y pues vengo por fuerza y preso ante tu persona y poder, toma ese puñal que tienes en la cinta y mátame luego con él.» Y el gallardo emperador, con gesto rápido, arranca un puñal del cinturón de Cortés y, presentándoselo por la empuñadura, exclama: «¡Toma este puñal y mátame!»

El triunfo de Cortés

El imperio mexicano es ahora el imperio de la muerte. El suelo está como después de un terremoto. De los trescientos mil habitantes de México, sólo quedan unos cuantos millares, ¡y en qué estado! Toda la nobleza azteca ha perecido. Se acabaron los Príncipes, los Águilas, los Tigres. «¡Eran esmeraldas y las rompieron!»

México ya no es más que un sepulcro hormigueante.

Contraste... El primer gesto de Cortés es ofrecer un banquete a sus soldados. Precisamente acaba de llegar un barco de Cuba cargado de barriles y de cerdos. ¡Vino de España y jamones, qué suerte! El festín se celebra en Coyoacán. Con el vino de la Mancha, los conquistadores pierden la cabeza. Después de la «Noche Triste», la noche loca. El canto exótico de la voluptuosidad sube de los bosques de Coyoacán hasta México, aquel cementerio gimiente.

Los soldados de Cortés están ahítos de tocino, de vino y de caricias. ¿Se contentarán con el amor y la orgía? ¡Ni pensarlo! Sienten la mordedura de otro apetito: el del oro. Ya han rebuscado en los escombros de la ciudad. La cosecha ha sido menguada: abanicos, pendientes de mimbre ribeteados de plata, plumas de garza... Un simple entretenimiento. ¿Dónde está el oro? Se lo preguntan a Cortés. ¡Ah, si pudiera arreglárselas con los suyos tan fácilmente como con los aliados indios! Éstos se habían vuelto a sus poblados, muy

satisfechos con regalos insignificantes —mantos de sacerdotes, penachos de jefes— que el general les había distribuido. ¡Y qué mejores trofeos que las magras de carne azteca salada y secada al sol! En sus pueblos festejan el triunfo con estos macabros restos. ¡Qué delicia para aquellos guerreros que satisfacen así un hambre dos veces secular!
¿Dónde está el oro? Esta pregunta —que tiene tono de acusación—, Cortés se la transmite a Cuauhtémoc. El último soberano azteca ha salvado la vida. El general le ha tomado bajo su protección. En apariencia, Cuauhtémoc es tratado con los honores debidos a su rango. Pero no se deja engañar por estas atenciones. Sabe bien que Cortés le guarda en reserva para algún último chantaje. ¿Dónde está el oro? Cuauhtémoc no lo sabe. Cortés insiste. ¿Dónde lo han escondido? El indio sigue mudo. Entonces le amarran, con dos señores de su séquito, a un potro de madera. Le untan de aceite los pies y las manos. Acercan los tizones. La carne crepita. Como una de las víctimas se lamenta, Cuauhtémoc le fulmina con la mirada y le dice: «¿Y yo? ¿Estoy acaso en un lecho de rosas?» Cortés, viendo que no puede sacar nada del azteca, suspende la tortura.
Los vencedores hacen sondeos en las aguas del lago y registran todas las casas. El metal es recuperado partícula a partícula. Todas esas rebañaduras de oro acaban por constituir mucho oro. Cortés manda fundirlo todo, se queda con el quinto del rey de España y con el suyo y reparte el resto entre los soldados. El pueblo azteca —sus dioses y sus reyes suprimidos, sus jefes muertos y su ejército destruido— es ahora tan mísero como en el alba de las primeras edades.
La guerra ha terminado. Ha llegado la hora de España. Lo importante para Cortés es ahora conseguir que Carlos V reconozca su conquista. Hacía ya diez meses —en el momento de fundar Segura de la Frontera— había propuesto al emperador llamar al territorio conquistado «Nueva España de la Mar Océana». Carlos V ha aprobado el nombre, pero Cortés ha de esperar hasta un año después de la conquista de México para recibir de Valladolid el nombramiento de gobernador y capitán general de Nueva España.
El triunfo de Cortés es total. Ahora tiene que afianzar su conquista. En primer lugar, manda aplanar los escombros de México y construir en medio de la laguna una nueva ciudad. Se borra todo recuerdo de la presencia azteca. En el lugar del

La agonía azteca

gran teocali, la catedral de San Francisco. En el sitio de la pajarera de Moctezuma, un convento franciscano. En el centro de la ciudad, la Plaza Mayor, donde pronto se reúnen las tertulias españolas. El palacio de Cortés supera en esplendor al de Axayacatl. Trece iglesias dan testimonio del verdadero Dios. En cuatro años, los esclavos indios borran el rostro de la antigua Tenochtitlán. Por amarga paradoja, son manos aztecas las que modelan en la piedra mexicana la primera capital del imperio español.

Una vez construida la primera ciudad, hay que poblarla. Dos mil familias llegan de España para instalarse —y, a ser posible, hacer fortuna— en la colonia que se está creando. El sistema económico adoptado es el de los *repartimientos*, ya adoptado en las Antillas. Cada español inmigrado recibe una concesión de tierra y mano de obra indígena, siendo cosa suya el obtener de una y otra el máximo rendimiento. Se importan de la metrópoli plantas y semillas. Gracias a las aguas del acueducto de Chapultepec —lo primero de que se preocupa Cortés es de repararlo—, renacen los jardines y brotan en el suelo la viña y el olivo. Los primeros ensayos de cultivo dan resultados excelentes. El naranjo y el melocotonero, la caña de azúcar y el algodón se acomodan muy bien al clima mexicano. Poco a poco se van multiplicando las casas. Con un patio y sus columnas, recuerdan a aquellos expatriados las casas solariegas del sur español. Torres almenadas, huertas parecidas a la vega granadina, conventos como fortalezas, olor picante a jazmines... ¿No es esto Andalucía rediviva bajo el sol del Anáhuac?

El rey de Nueva España ha encontrado por fin un papel a su medida: el de un príncipe de leyenda. Nadie reconocería en este fastuoso señor de hoy al raído bachiller de Salamanca, al desafortunado plantador de Cuba ni al fugitivo de la «Noche Triste». En la residencia que se ha hecho en Coyoacán —la prefiere a su palacio de México— tiene una corte de rey, con sus consejeros, sus gentileshombres de cámara, su casa civil y militar. Come en vajilla de oro. No se mueve sino rodeado de lacayos de espada y pajes. A cualquier hora del día y de la noche están dispuestos para distraerle, a una simple señal de su mano, los bufones y los músicos del gobernador. Las mujeres —el color le importa poco— se reparten sus favores. ¿Un Don Juan? Es, en efecto, la época en que frecuenta los palacios ducales de Sevilla este tipo de hombre, vestido de terciopelo negro y la espada bajo el brazo. Cortés será el Don Juan del Nuevo Mundo. ¡Cuántas Ineses, cuántas Elviras oliendo a claveles de España! ¡Cuántas «Frescor de Rocío» y «Brisas Matinales» de exóticos aromas indios! El conquistador no se ha separado nunca de sus «aliadas» indias y españolas. Las antiguas —María de Estrada la Asturiana y la favorita doña Marina, y todas las que lleva en su séquito desde Cuba a Tabasco— son las preferidas. No es más que justicia. Han hecho la guerra, como los hombres. Han padecido la siniestra retirada de México. Han curado a los heridos y enterrado a los muertos. Cortés las considera como compañeras de armas. Pero la cohorte fiel se ha engrosado con nuevas reclutas: hijas de caciques entregadas a los vencedores por unos padres previsores, y damas españolas procedentes de Cuba o de la metrópoli. El general tiene su serrallo.

Una sombra en este cuadro galante: la llegada a México de Catalina Juárez, mujer legítima de Cortés. ¿Fueron los celos los que la incitaron a echarse a la mar o fue la ambición? La corte del general es también un salón, y Catalina quiere ser la reina de este salón. Mal acogida por su marido, la granadina se esfuerza por algún tiempo —apenas tres meses— en desempeñar el difícil papel de «generala».

Una etiqueta rigurosa regula los movimientos de aquella corte bárbara todavía y castellana ya. Pues Cortés ha restablecido en sus cargos a los altos dignatarios locales. El mismo Cuauhtémoc, aunque prisionero de hecho, ostenta el título de gobernador de México. De esta manera, y so color de generosidad, el general transfería a la administración india las delicadas responsabilidades del reclutamiento de la mano de obra, de los impuestos y del mantenimiento del orden. En consecuencia, todo un abigarrado mundo se aglomera a las puertas del gobernador: alcaldes e intendentes en misión, capitanes que van a recibir órdenes, jefes indígenas silenciosos y graves... Y en torno a esa misma mesa, bajo el follaje de Coyoacán, se reúnen los funcionarios de Valladolid y los caciques de la laguna. Catalina preside los banquetes, recibe las visitas. Cortés no disimula su descontento. La presencia de Catalina revive en él el quemante recuerdo de aquella boda forzada. ¿Ha olvidado Catalina que se casó con ella por escapar de los alguaciles? Cortés intenta hacerla entrar en razón. Pero en vano. La esposa legítima le persigue con sus recriminaciones y exige continuamente nuevos honores. Una mañana

La agonía azteca

encontraron a Catalina muerta en su lecho. Parece ser que estrangulada. ¿Por quién? Los pasatiempos de Cortés y sus disgustos conyugales no le desvían de su objetivo esencial: terminar su conquista. Ha llegado el momento de confirmarle su carácter evangélico. A instancia suya envían de España misiones religiosas para comenzar la lucha contra la idolatría. Los adelantados de la conquista espiritual serán los franciscanos y los dominicos. Por lo pronto, y antes de toda evangelización popular, son conducidos al bautismo los jefes indios y sus familias. Cortés pone grandes esperanzas en la eficacia del ejemplo de estas conversiones espectaculares. En primer lugar, Cuauhtémoc, previa su instrucción religiosa. ¿Qué le queda de esta enseñanza? ¿Ha recibido verdaderamente el soplo de la gracia o finge la sumisión a Cristo con el secreto pensamiento de una última estratagema? El caso es que dócilmente se deja bautizar. De rodillas, con los hombros desnudos y las manos juntas. Detrás de él, sus padrinos: Hernán Cortés y Pedro de Alvarado. En segundo plano, doña Marina. Y alrededor, una comitiva de jinetes españoles y de caciques emplumados. Mientras su heraldo toca la trompeta, corre el agua lustral por la frente del hijo de Ahuitzotl. Ha renunciado a los dioses aztecas, al menos en apariencia. Ahora se llama Hernán de Alvarado Cuauhtémoc.

El crepúsculo del héroe

Cortés ha triunfado... Pero en el cielo de su gloria apuntan ya los signos nefastos. A un éxito fulgurante no podían menos de seguir los disgustos. A partir de la creación del nuevo México, el sol empieza a declinar.

El principal enemigo de Cortés es España. Carlos V, seducido al principio por la personalidad del conquistador —y por sus presentes—, presta oído cada vez más complaciente a los consejeros que reprueban la política colonial de Cortés. Con mucha habilidad subrayan al gran emperador el peligro que representa para su propio poder el del gobernador de Nueva España. Tiene más oro y pronto tendrá más soldados que el propio Carlos V. Hay que limitar el poder de Cortés. Este lenguaje no es nuevo. Así hablaban los enemigos de Colón, un cuarto de siglo antes, a los Reyes Católicos. El que sigue conduciendo el juego es el obispo Fonseca.

Se envían a México comisarios y luego investigadores, que se instalan junto a Cortés y vigilan su actuación. Pero todavía no se habla de suplantarle. Es el único que domina la situación. Derribar a Cortés sería perder Nueva España. Los magistrados españoles contemporizan.

Mientras Fonseca intriga en Valladolid, se infiltra la traición hasta en el personal más allegado a Cortés. El general, entusiasmado por su victoria contra los aztecas, comete la imprudencia de llamar a Narváez. Esto es meter al enemigo en casa. Se conspira en el campamento español y hasta en las antesalas del palacio de Cortés. Cuauhtémoc, animado por las disensiones de los jefes blancos, sale de su prolongado silencio. Dirige a las tribus una proclama patética en la que evoca la grandeza del pasado. Más aún: declara ilegítimos los poderes de Cortés y recuerda que México es de los mexicanos. ¡A ellos incumbe defender su patrimonio! «Yo, el gran señor Cuauhtémoc, no he dejado nunca de velar por las aguas de la laguna.» La orden de resistencia es formal. Pero no será obedecida. Las tribus conservan desde luego el recuerdo de sus glorias pasadas, pero es más vivo aún el de sus reveses recientes. Agachan la cabeza y lloran. Cuauhtémoc vuelve a su mutismo.

Cortés, despreciando los peligros que le rodean, ensancha su conquista. Envía a sus lugartenientes a la costa del golfo de México —desde el río Panuco hasta Yucatán—, a la del Pacífico —hasta la altura de la actual San Francisco— y a Michoacán. Pero su ambición no se limita a explorar y abarcar todo México. Busca un estrecho que dé paso al Mar del Sur y abra así a Carlos V la ruta de las especias. Con este objetivo, confía a Cristóbal de Olid el mando de una expedición a Honduras. Al poco tiempo de partir Olid se entera Cortés de la traición de su viejo compañero de armas. Olid se ha dirigido a Cuba, ha pactado con Diego Velázquez y se dirige a Honduras por su propia cuenta. Lo mismo había hecho Cortés cinco años antes, cuando se emancipó de Velázquez. El general se enfurece. Organiza una columna y, a la cabeza de la misma, se dirige a Honduras. Se lleva consigo a Cuauhtémoc.

Precedido de sus músicos, rodeado de su corte, seguido de los jefes vencidos, Cortés se lanza hacia lo desconocido. Selvas, cenagales, ríos... La expedición se abre paso a través de

La agonía azteca

la espesura. Atraviesan ríos, escalan sierras. En el camino, y dando fe a testimonios sospechosos, Cortés, obsesionado por la traición, condena a muerte a Cuauhtémoc. La ejecución tiene lugar en la plaza de un pueblo maya. Amarran una cuerda a la rama de una ceiba, el árbol totémico de los mayas. Conducen a Cuauhtémoc al lugar del suplicio. Al pasar ante Cortés, pronuncia estas palabras: «¡Oh Malinche! Bien sabía yo hace tiempo que me reservabas esta muerte y bien conocía la falsedad de tus palabras!» Le pasan al cuello el nudo corredizo y tiran de la cuerda. Cae, fulminada, el águila.

Una vez quemados los despojos y aventadas sus cenizas, Cortés prosigue su camino. Después de mil penalidades llega a Honduras. No encuentra allí a Cristóbal de Olid —asesinado por sus compañeros—, pero sí —lo que es peor— una expedición española enviada de Darién por el gobernador Pedrarias Dávila. Cortés no será el primero. El contacto de las dos columnas es tempestuoso. Llegan a las manos. Pero Cortés calma las susceptibilidades, apacigua los ánimos y pone las bases de una colonia. Después se vuelve a México.

El paseo de Cortés ha durado año y medio. En su ausencia se han desatado conspiradores e intrigantes. ¿No habían anunciado la muerte de Cuauhtémoc? Cada cual acechaba la presa codiciada. El retorno de Cortés deja helados a los conjurados. Hay que volver al orden. Mientras tanto, Carlos V tiene los ojos fijos en Nueva España. Menudean las visitas de investigadores con poderes cada vez más amplios. Al principio, Cortés trataba a los emisarios del Consejo de Indias con desdeñosa altivez. ¡Esos golillas! Él no tratará más que con el emperador. En esta lucha sorda con la burocracia de la época, el capitán general gana el primer juego. No le ha costado mucho desprenderse del mediocre Cristóbal de Tapia. Hasta ha logrado anular la influencia del obispo Fonseca y provocar la caída en desgracia de Diego Velázquez. Pero la intervención del poder metropolitano va siendo cada vez más insistente. Se suceden los *missi dominici:* Luis Ponce de León, Aguilar, Estrada... Éste llega a amenazar con el destierro al conquistador de Nueva España. Esta vez, la cosa pasa de la raya. Cortés decide ir en persona a justificarse ante Carlos V. Embarca para la metrópoli y se presenta al emperador en Toledo. Va rebatiendo uno por uno los agravios que le imputan —entre ellos abuso de poder personal, explotación de los indios y asesinato de su mujer—, y los refuta con grave elocuencia. Dos césares frente a frente. Cortés es el de la guerra de las Galias. Comienza el relato de sus campañas. El emperador le escucha. Le hace preguntas. ¿Cómo son los indios? ¿Y el país? Cortés coge una hoja de pergamino, la estruja, la hace una bola y la echa sobre la mesa del emperador. ¡Ahí tiene el mapa de Nueva España! Este país, erizado de picos, abismado de valles, achichonado de montañas, es inhumano. Y, sin embargo, unos hombres lo han conquistado para mayor gloria de Su Majestad Católica. Carlos V queda convencido. Colma de honores a Cortés: los títulos de «almirante de la Mar del Sur» y de «marqués del Valle» —del valle de Oaxaca, al sudeste de México, con la posesión inalienable del mismo para él y sus descendientes—. Carlos V le cuelga al cuello el collar de la orden de Santiago. Por último, Cortés se casa con la sobrina del duque de Béjar, uno de los personajes más cimeros de la corte. Es cosa de pensar que Cortés, a los seis años de la conquista de México, se encuentra en el pináculo del triunfo. Pero no es así. Como contrapartida a los honores otorgados al general, se crea en México una Audiencia. Se constituye Nueva España en virreinato. Y reinará en México Antonio de Mendoza en nombre de Carlos V.

Cortés, de regreso en México, se dedica por algún tiempo a su nuevo papel de plantador. ¡Como en Cuba! Toma posesión de su territorio de Oaxaca y se consagra a explotarlo. Pero no tarda en sentirse estrecho en su palacio de Cuernavaca. ¿Le toman acaso por un viejo? No tiene aún cincuenta años y es rico. Organiza a sus expensas una expedición y se lanza hacia el norte. Durante cuatro años explora la costa del Pacífico y descubre la Baja California. Funda colonias y planta su pendón en las riberas desérticas. Lleva sus exploraciones hasta el grado 30 de latitud norte. En esta insensata aventura se le va gran parte de su fortuna y lleva a la muerte a centenares de españoles, sin beneficio para la Corona. Mendoza le prohíbe proseguir tal empresa, costosa en oro y en vidas humanas. Cortés, con la muerte en el alma, contempla una vez más el valle mexicano. Luego embarca para España.

Su retorno a España ¿significa acaso que el conquistador renuncia? ¡Como si Cortés fuera de los que aceptan la derrota! Mientras le quede un soplo de vida, lo empleará en reclamar justicia. Nueva España es suya. ¡Que se la devuelvan! El filme durará siete años más. Dos secuencias —una heroica y otra fúnebre— acaban el retrato del héroe.

La agonía azteca

Primera secuencia. Argel. Carlos V ha resuelto emprender una acción de castigo contra la capital de la piratería berberisca. Las galeras imperiales se han hecho a la mar Pero al llegar al puerto africano las acomete una violenta tempestad. Los soldados españoles, después de un desastroso combate terrestre, reembarcan precipitadamente. Son perseguidos por los corsarios de Barbarroja. La derrota es total. Catorce galeras estrelladas contra los arrecifes. Cien navíos hundidos. Los otros llegan difícilmente a Cartagena. Junto a Carlos V, derrumbado en la popa del navío almirante, vocifera un hombre viejo asegurando que él se apoderará de Argel si quieren seguirle. La voz se pierde en el chasquido de las velas. Y, por otra parte, ¡quién va a escuchar las palabras de un loco! Ese simple soldado con el cabello blanco es Hernán Cortés. La expedición a Argel es su última aventura. En ella emplea las fuerzas y el dinero que le quedan. En la batalla pierde tres esmeraldas que fueron de Moctezuma. Una lluvia tenebrosa cubre la flota derrotada. La misma lluvia que en México, durante la retirada. La sombra de la «Noche Triste» borra la visión del desastre.

Segunda secuencia. Un pueblo andaluz, a siete kilómetros de Sevilla: Castilleja de la Cuesta. Cortés se dispone a partir para Nueva España. Quiere morir en ella. Se aproxima la hora. El conquistador tiene sesenta y dos años. Pero su cuerpo, agotado por trabajos sobrehumanos, traiciona la voluntad de su corazón. La muerte no le da tiempo a aparejar. Le coge en plena marcha. Hernán Cortés expira no a orillas de la laguna azteca, sino bajo el cielo de Andalucía. Soledad, indiferencia y pobreza: tales son los compañeros que velan su agonía.

Gesto de Carlos V poniendo sobre el pecho de Cortés la cruz de Santiago, mientras los funcionarios preparan la sucesión del conquistador. ¡Tantos honores y tantas zalemas para disimular una destitución! Los últimos años de Cortés dedicados a solicitar del emperador una audiencia indefinidamente aplazada. El espectro del gran hombre en las antesalas oficiales. Molesta, importuna a todo el mundo. ¿Pero cómo hacérselo ver? ¡Ah, cuánto se parece Cortés a Cristóbal Colón en la última etapa de su vida! Cuarenta años antes se representaba el mismo drama en Valladolid, en torno al palacio del rey Fernando. Cortés, como Cristóbal Colón, reivindica un poder que le niegan. Lo mismo que él, muere casi pobre, después de haber enriquecido el Tesoro real y haber dado a Carlos V, según sus propias palabras, «más provincias que villas había heredado de sus padres y abuelos». Como él, muere solo y abandonado de aquellos cuya fortuna había hecho.

¿Se interrogaría Cortés al declinar la jornada mexicana? ¿Se acordaría de la sangre derramada, del oro arrancado a los cadáveres, de los esclavos que penaban bajo el látigo de los conquistadores? ¿Pensaría en las cenizas de Cuauhtémoc arrojadas al viento de la selva panameña? A juzgar por su testamento y por los testimonios de sus contemporáneos, Cortés, en el ocaso de su vida, parecía más imbuido de un místico orgullo que transido de contrición. No es el conquistador devorado por su conquista, sino el que, al fin, ha triunfado. De la conquista, él se fija sólo en su sentido espiritual. Todos los personajes que ha sido —capitán, jefe de ejército, traficante de oro, explorador— expresan las fisonomías sucesivas y necesarias de un solo personaje: el defensor de la fe. La victoria que más le enorgullece es haber plantado la cruz en lo alto de los teocalis. ¿Su principal enemigo? Huitzilopochtli, o sea el diablo. ¿Su señor? No Carlos V, sino Jesucristo. «Esta obra que Dios hizo por mi medio...» Con esta frase, Cortés se define a sí mismo: fue el instrumento de Dios. Enarboló el crucifijo al mismo tiempo que la espada. Pero la causa era justa. Al menos, él lo creía así.

Ningún monumento conmemora hoy en México la prodigiosa aventura de Cortés. Sus cenizas, conservadas durante cerca de tres siglos en el hospital de Jesús de Nazaret, las dispersaron los revolucionarios. ¡Como las del último rey azteca! ¿Pero ni una piedra recuerda la gesta del conquistador? Sí, sí, una estatua: la de Cuauhtémoc.

TERCERA PARTE
FRANCISCO PIZARRO EN EL PERÚ O LA GUERRA EN EL PAÍS DEL COMUNISMO INCA

Primeramente antes de empezar dicho mi testamento, declaro que ha muchos años que yo he deseado tener orden de advertir a la Católica Majestad del Rey Don Felipe, nuestro Señor, viendo cuán católico y cristianísimo es, y cuán celoso del servicio de Dios nuestro Señor, por lo que toca al descargo de mi ánima, a causa de haber sido yo mucha parte en el descubrimiento, conquista y población de estos reinos, cuando los quitamos a los que eran Señores Incas, y los poseían y regían como suyos propios, y los pusimos debajo de la real corona, que entienda Su Majestad Católica que los dichos Incas los tenían gobernados de tal manera que en todos ellos no había un ladrón, ni hombre vicioso, ni hombre holgazán, ni una mujer adúltera ni mala..., y que los montes y minas, pastos, caza y madera, y todo género de aprovechamientos estaba gobernado y repartido de suerte que cada uno conocía y tenía hacienda sin que otro ninguno se la ocupase o tomase..., y que las cosas de guerra, aunque eran muchas, no impedían a las del comercio..., y que en todo, desde lo mayor hasta lo más menudo, tenía su orden y concierto con mucho acierto..., y que entienda Su Majestad que el intento que me mueve a hacer esta relación es por descargo de mi conciencia..., pues habemos destruido con nuestro mal ejemplo gente de tanto gobierno como eran estos naturales...

(Extracto del testamento del padre Mancio Sierra Lejesema, otorgado el 15 de septiembre de 1589 ante Jerónimo Sánchez de Quesada, escribano público, en la ciudad de Cuzco.)

CAPÍTULO PRIMERO

El Imperio del Sol

El mismo año en que Hernán Cortés recibe de Carlos V el título de capitán general de Nueva España; el mismo también en que el emperador, después de haber dominado, no sin dificultad, la insurrección de los comuneros, toma efectiva posesión del reino español, en Panamá no se habla de otra cosa que del viaje del regidor Pascual de Andogaya. Después de recorrer y explorar la costa occidental de Tierra Firme, Andogaya ha traído de su expedición singulares noticias. En primer lugar, la seguridad de un vasto continente al sudoeste del golfo de Darién. Además, ha encontrado piraguas tripuladas por indios que repetían siempre, señalando a la costa: «*Pirú, Pirú...*» Un río que probablemente conducía al interior de las tierras. Los relatos de aquellos indígenas hacían alusión a un poderoso imperio gobernado por un soberano de origen divino y fabulosamente rico. En aquel país de sueño, el oro reemplazaba a la piedra.

Tal es la relación que hace Andogaya al gobernador Pedrarias Dávila. El adelantado, en su fuero interno, da gracias a Balboa. Su infortunado yerno, al descubrir el Mar del Sur, había apuntado bien. El camino del oro parte de Panamá.

Las palabras de Andogaya corren de boca en boca. Se comentan. Se interpretan. En los trópicos, las cabezas están calientes y cualquier cosa las hace arder. Brota la chispa e inflama aquellos cerebros españoles. El triunfo de Cortés en México y de Carlos V en Valaldolid —consagrando la realidad del imperio— exalta menos a los conquistadores de Panamá que la vaga promesa de aquel reino desconocido: la tierra del *Pirú*.

Tres hombres audaces

Pero los conquistadores de Tierra Firme no son hombres que se contenten mucho tiempo con quimeras. No basta imaginar aquel nuevo El Dorado: había que ir a verlo. Tres intrépidos mozos van a abrir, en las aguas del Pacífico y a través de la selva tropical, el surco que ampliará la conquista hacia el sur y la prolongará hasta Tierra del Fuego.

Francisco Pizarro. ¡Antiguo conocido! Lo hemos visto, simple marinero, navegando con Diego de Colón. Después, sirviendo sucesivamente a las órdenes de Hojeda, de Balboa, de Pedrarias Dávila y de Cortés. Cambia de amo según las circunstancias. Sobre todo, según los intereses inmediatos. Núñez de Balboa fue su jefe y compañero y, sin embargo, no repara en prenderle y entregarle al verdugo. Entre los conquistadores, es uno de los más duros. Ni una chispa de amor en ese corazón que sólo late por el oro. ¿Pero acaso fue amado él alguna vez? Hijo natural de un coronel español y de una mujer cualquiera, nace clandestinamente en Trujillo (Extremadura), a cincuenta kilómetros de Yuste, donde había de morir Carlos V. Su madre le abandona en las escalinatas de una iglesia. Cuentan que su primera nodriza fue una cerda. A no ser por ella, hubiera perecido. En cuanto aprende a andar, empieza a ganarse la vida. Como porquerizo. Al llegar a la adolescencia, se alista en el ejército de Italia. Como simple soldado. Nunca pasa de este grado. ¿Acaso se puede confiar un mando, por modesto que sea, a un analfabeto? Pues Pizarro no sabe ni siquiera firmar. Cansado de arrastrar su arcabuz por los caminos italianos, sin gloria ni provecho —fuera de algunas menguadas rapiñas—, vuelve a Sevilla. ¿Qué ha de hacer un aventurero de su especie sino embarcarse para las Islas? Le alistan en una carabela como simple marinero. Tiene cuarenta años. Porquerizo, simple soldado, marinero... Hasta la edad madura no habrá desempeñado más que tareas bajas. ¡Y en qué compañía! Los pícaros de Extremadura, la soldadesca de los campamentos y los desesperados sin fe ni ley que escapaban de la horca embarcando para el oeste. ¿Dios? ¿Patria? ¿Rey? Palabras que apenas se pronunciaban entre la gente que rodeaba a Pizarro. En cuanto al honor, el «punto de honra», era una delicadeza buena para

El Imperio del Sol

los hidalgos. Lo único que importaba era hacer fortuna. Y eso, la fortuna, es lo que Pizarro va a buscar al Nuevo Mundo. A los diez años de llegar a las Islas, la ha conseguido. Las perlas del golfo de Paria y el oro de Panamá han convertido a Francisco Pizarro en uno de los colonos más ricos de Tierra Firme. ¡Qué desquite para el bastardo de Trujillo!

Diego de Almagro. El mejor amigo de Pizarro y su compañero de armas. También él es un expósito, abandonado, según dicen, en el pórtico de una iglesia de Malagón, cerca de Ciudad Real. Y también él, como Pizarro, ha hecho fortuna en las Islas. Valiente y de una resistencia a toda prueba, es igualmente analfabeto. Un bruto ambicioso, pero con una especie de seducción vulgar. Sabe ser simpático a sus horas, al contrario que Pizarro, cuyo puño de acero no se abre jamás, salvo en las postrimerías de su vida, cuando ya se puede permitir el lujo de parecer bueno.

Hernando de Luque. Este sacerdote fue a Panamá a enseñar, lo cual no le impidió hacer buenos negocios. El maestro de escuela es ahora rico. Al lado de los conquistadores veteranos —han rebasado la cincuentena—, Luque pasa por neófito. Los relatos de Andogaya se le han subido a la cabeza. Da saltos de alegría por las calles. Le llaman «Luque el Loco», juego de palabras que su exaltación justifica. Ya se está viendo descubridor de la tierra del *Pirú*.

Éstos son los tres hombres —Pizarro, Almagro y Luque— que van a comprobar las confusas indicaciones de Andogaya y a darles realidad. Constituyen una especie de sociedad por acciones y se comprometen ante notario a repartirse los beneficios de la expedición. Pues se trata nada menos que de explorar el misterioso imperio del sur y apoderarse de él.

En las fronteras del país del Perú

En este sindicato, cada cual tiene su papel. Pizarro es el jefe militar. Almagro recluta y organiza. Luque administra. Un soldado, un intendente, un financiero. En realidad, quien manda es Pizarro. En cuanto a Luque, se limitará a seguir de lejos los viajes de los dos conquistadores. Se quedará en la costa mientras sus consocios se pierden en la niebla de oro del Pacífico.

La expedición proyectada nada tiene de mística. Aquí

no se trata de convertir ni de civilizar. El objetivo es bien concreto: hacer fortuna —¡y qué fortuna, si han de creer los discursos del cogulla!—. Lo cual no impedirá que, llegado el momento, se enarbolen al gran viento de los Andes cruces y pendones. ¿Contradicción? No para aquellos hombres hijos de la Edad Media. Aunque la finalidad perseguida no es, en realidad, la evangelización, ésta se llevará a cabo de todos modos. Los compañeros de Pizarro, como los de Cortés, están imbuidos de dogmatismo. Su fe es sólida como la roca. El reflejo religioso les es tan natural como el instinto de la conquista. Por lo demás, ambos se complementan. El derecho y el deber. Penetrados de uno y otro, los conquistadores muestran el mismo ardor en subyugar los cuerpos que en catequizar los espíritus. Y con la misma sinceridad, pues se les puede tildar de todo menos de hipocresía. Convencidos de la inferioridad racial de los indios y de su propia excelencia, no dudando ni por un momento de la legitimidad de las bulas pontificias ni de la justa hegemonía española, persuadidos hasta el tuétano de la preeminencia de la Iglesia católica, ¿por qué aquellos rudos aventureros de Castilla y de Extremadura habían de sentir ni sombra de remordimiento o de duda? Tienen la seguridad de que Dios y el rey están con ellos. Esta tranquila convicción les hace tener la conciencia tranquila. Los libra de los perturbadores escrúpulos. No, nada de hipocresía, sino una cándida sumisión a leyes indiscutidas. Y una vez más, como en el camino de México, el chocar de las espadas y el murmullo de los rosarios ritmarán la marcha de los conquistadores.

Cuando, en noviembre de 1524, embarca Pizarro en Panamá, cree que la presa está muy cerca. Pero de la copa a los labios hay bastante camino. Pizarro y sus compañeros no entrarán en la capital misteriosa hasta noviembre de 1532, pasados ocho años, día por día. Ocho años de pruebas inauditas, de esfuerzos increíbles —contra la naturaleza y contra los hombres—, que hacen dudar que aquellos españoles fueran de carne y hueso: tal resistencia muestra su cuerpo. Sí, una resistencia física prodigiosa. Y también el miedo al jefe. ¡Cualquiera no tiembla ante Francisco Pizarro! De estatura mediana, pero de complexión atlética, sólidamente apoyado en fuertes muslos, el antiguo porquerizo de Trujillo sabe hacerse obedecer. Su tostado rostro, prolongado por una luenga barba negra, es severo. Habla poco y no se ríe jamás. Sus oficiales le detestan en secreto. Sus soldados le temen. Pero unos y otros le obedecen aunque no le quieran. Porque con su sola brutal presencia impone respeto. Por otra parte, da el ejemplo, durmiendo en el suelo y siempre a la cabeza de su gente. No hay más remedio que seguirle. ¡Adelante, pues! ¡Pero ay de los que rezonguen o le traicionen! Los aniquila sin piedad. Para llevar a término una tarea sobrehumana hacía falta sin duda un héroe inhumano.

Debidamente provisto de la autorización del gobernador Pedrarias Dávila, Pizarro toma rumbo al sur. La expedición es modesta: dos navíos y ciento catorce soldados y marineros. Pero esto no es más que una vanguardia. Están en curso los preparativos de Almagro, que espera unirse pronto a su socio. Por el momento, Pizarro se limita a una simple exploración. Su primer objetivo es la desembocadura del río Pirú —en realidad, el río San Juan—. Para llegar a ella invierte varias semanas de una navegación penosa. Ancla uno de sus navíos en la costa, toma tierra y decide dejar descansar a una parte de sus hombres, mientas Montenegro, uno de sus oficiales, prosigue la exploración.

¿Pero es aquí donde comienza el famoso imperio? Una bahía siniestra, barrida por los vientos e infestada de caimanes. Nada que comer, fuera de la amarga fruta de los mangles. Mientras regresa Montenegro, Pizarro procura entrar en contacto con los indígenas. Éstos huyen al acercarse él. Van pasando los días. El hambre se enseñorea del campamento español. Se ven reducidos a masticar el cuero de los cinturones. Aquella bahía desolada merece el nombre de Puerto del Hambre que Pizarro le pone. Al cabo de mes y medio torna Montenegro a su base. Ha llegado hasta la isla de las Perlas, pero no trae ningún informe interesante. Entonces deciden explorar el interior de las tierras. Los españoles no van lejos. Al llegar a un promontorio —Pueblo Quemado—, caen en una emboscada tendida por los indios. Pizarro deja cinco hombres sobre el terreno y él mismo está a punto de perecer. La tropa española reeembarca bajo una lluvia de flechas. Y emprenden el triste regreso a Panamá.

Mientras tanto, Almagro no había permanecido inactivo. Al poco tiempo de la expedición de Pizarro se había embarcado con setenta hombres en dirección al sur, en busca de su socio. En el viaje descubrió el río San Juan y también él intentó establecerse en Pueblo Quemado, cuando Pizarro acababa de ser expulsado de allí. A los indios, animados por su reciente victoria, les costó poco poner en fuga a la gente de Almagro, el cual perdió un ojo en la lucha. Desesperando de encontrar a Pizarro y muy quebrantado por sus reveses, retrocedió hacia el istmo.

Pizarro y Almagro se encuentran por fin en Chichama, cerca de su punto de partida. Confrontan sus averiguaciones. Son todavía vagas pero concordantes. No hay duda de que existe al sur de Panamá un vasto reino y minas de oro inagotables. Ahora más que nunca, el negocio promete ser productivo. Es el momento de ratificar el famoso contrato tripartito. En primer lugar hay que eliminar de la combinación a Pedrarias Dávila, que, al olor del metal, se muestra de pronto exigente. ¿No es él, al fin y al cabo, el representante de Su Majestad en Tierra Firme? Pizarro se acuerda de que las pretensiones de Diego Velázquez estuvieron a punto de hacer fracasar la campaña de Cortés, y, aleccionado por este precedente, consigue que Pedrarias renuncie a todos los derechos sobre las tierras a descubrir, contra el pago inmediato de mil pesos. Luque, cada vez más entusiasmado por el proyecto, aporta a la asociación veinte mil pesos, a cambio de que se le reserve el tercio de las riquezas conquistadas. Pizarro y Almagro juran ante los Evangelios respetar los términos del contrato y, como ni el uno ni el otro saben escribir, atestiguan su buena fe con una gran cruz a modo de firma. Después del contrato de Cristóbal Colón con los Reyes Católicos, el de los tres hombres de Panamá es, probablemente, el documento jurídico más audaz que se ha redactado en el transcurso de los siglos. No cabe mayor locura que repartirse de antemano un tesoro más que hipotético. Y, sin embargo, aquellos locos iban a tener razón.

A los dos años de su primera tentativa, Pizarro y Almagro se hacen de nuevo a la mar. La flotilla se compone de dos navíos de bastante tonelaje, más ocho canoas auxiliares. Los efectivos son de ciento sesenta españoles —que no son precisamente la flor y nata, ¿pero acaso se alistan ángeles para un viaje a ls infiernos?— y cierto número de esclavos negros. Llevan caballos, recordando los servicios que estos animales prestaron a Cortés. Conduce el timón —¡y con qué mano tan experimentada!— el famoso piloto Bartolomé Ruiz. El tiempo es bueno. Los auspicios, favorables.

El itinerario es el mismo que el del primer viaje: la bahía

Francisco Pizarro en el Perú
(noviembre de 1524 - junio de 1541)

de San Miguel, la isla de las Perlas, el puerto de Las Peñas, el cabo Corrientes... Desembarcan en la desembocadura del río San Juan, en la costa de la actual Colombia. El lugar es lúgubre. Una costa cenagosa cubierta de manglares inmóviles. Un silencio inquietante. De vez en cuando, una flecha que no se sabe de dónde sale atraviesa la garganta a un español. Los tres capitanes se separan. Almagro ha podido recoger algunas perlas y joyas de oro en una *razzia* en el primer pueblo indio. Lo suficiente para servir de cebo a los reclutas que todavía vacilan. Vuelve a Panamá en busca de refuerzos. Pizarro decide acampar a la orilla del río, para adquirir noticias sobre el país. Ruiz sigue camino al sur. Descubre la isla del Gallo, pasa la línea del ecuador y dobla el cabo Pasado, frente a las islas Galápagos. En el camino encuentra una balsa, singular embarcación tripulada por unos mercaderes. Ruiz los interroga. ¿De dónde vienen? De Túmbez. Los indios describen con grandes gestos la maravillosa ciudad. Extienden telas policromas, sacan collares de perlas, escurren entre sus manos el fluido polvo de oro. Todo esto lo han comprado en Túmbez. Pero más al sur hay ciudades más opulentas. Acosados a preguntas, los mercaderes indios se callan. Tiemblan de miedo. ¡Cuidado con los extranjeros que intenten penetrar en el reino prohibido!

Ruiz retorna al río San Juan. El campamento de Pizarro se encuentra en lamentable estado. Los indígenas no han cesado de hostigar a los españoles, burlándose del pelo que llevan en el mentón, diciendo que están formados de espuma del mar y acribillándolos a flechazos. Afortunadamente, Almagro llega de Panamá con ochenta hombres de refuerzo. Los tres capitanes unen sus fuerzas y se encaminan de nuevo hacia el sur. A medida que van avanzando va cambiando el paisaje. En lugar de la arena de las playas, aparecen campos cultivados y pueblos. Los expedicionarios desembarcan. Pero la población se muestra hostil en todas partes. La expedición ha de estar constantemente en guardia y a veces medirse con un adversario combativo. Avanzan paso a paso, ojo avizor y arma en mano. Llegan a Tacamez. Millares de indios —llevan clavos de oro incrustados en las mejillas— cierran a los españoles la entrada en la ciudad. ¿Qué hacer? ¿Presentar batalla? La partida es desigual. La expedición se retira. Almagro va a pedir refuerzos a Panamá, mientras Pizarro y Ruiz se instalan en la isla del Gallo.

El Imperio del Sol

En Panamá hay novedades. Pedro de los Ríos acaba de suceder a Pedrarias Dávila como gobernador de Tierra Firme. Este nombramiento priva de un aliado a Pizarro, pues Pedro de los Ríos quiere poner término a aquellos viajes fracasados que hasta entonces no han dado ningún resultado práctico. Mueren inútilmente hombres que podrían ser empleados con eficacia en Panamá. Y además se dice que Pizarro y Almagro andan a la greña. Se dice también que en la isla del Gallo se está cociendo la rebelión. El escorbuto, el hambre y las flechas indias han exasperado a los mercenarios de Pizarro. Están como lobos prestos a devorarse unos a otros. Una mañana, la gente de Pizarro, congregada en la costa, ve apuntar una vela en el horizonte. ¡Por fin! ¡Almagro y sus hombres de relevo! El navío atraca. Toma tierra un oficial: es Juan Tafur, lugarteniente de Pedro de los Ríos. Tiende a Pizarro una misiva del gobernador. En ella le ordena que deje volver a Panamá a los hombres que lo deseen. ¡Si él se empeña en proseguir solo su insensata empresa, allá él! Pizarro permanece impávido, sin decir palabra. ¿Cómo oponerse a una orden tan terminante? Los hombres se entienden con la mirada. Casi todos están deseando huir de la isla maldita. Pero Pizarro no les quita ojo. Es como un domador frente a las fieras irritadas. El momento es grave. En él se va a decidir la suerte de la conquista.

De pronto, Pizarro —no puede contenerse más— se planta de un salto ante su gente indecisa. Saca un puñal del cinto, traza una gran raya en la arena y ruge, señalando al sur: «Compañeros, por ahí se va a la muerte, al hambre y a la desesperación. Por el otro lado, a la felicidad. Por ahí, al Perú y a la riqueza. Por el otro lado, a Panamá y a la miseria. ¡Elegid, castellanos! Yo voy hacia el sur.» Y de un salto pasa la raya simbólica. Silencio. Los hombres le miran una vez más. Luego, Bartolomé Ruiz salta a su vez. Doce compañeros siguen su ejemplo. Los demás se dirigen al barco de Tafur. Tiénen traza de desertores, pero no disimulan que se sienten liberados. Al poco rato, la nave gubernamental parte rumbo al istmo. En la isla del Gallo no quedan más que Pizarro y sus doce hombres, «los doce de la fama». Una lluvia opaca y caliente dobla los mangles.

Doce exactamente, pues Bartolomé Ruiz se ha marchado con los desertores para guiarlos por el camino de retorno. Cuando los haya dejado en buen puerto, volverá. ¿Quiénes son estos doce insensatos? Algunos de ellos ascenderán a hidalgos. Otros lo son ya. Los hay castellanos: Alfonso Briseño, de Benavente: Juan de Torre, Francisco de Cuéllar. Alonso de Trujillo es compatriota de Pizarro. Cristóbal de Peralta —su mote es: *ad summum per alta*— es natural de Baeza, y Alonso de Molina nació en Úbeda. Ambos son andaluces, como Nicolás de Ribera, natural de Olvera, y García, de Jerez. Pedro de Candía es griego; él es quien, al poco tiempo, incendia diez poblaciones y, para expiar su crimen, enciende diez lámparas ante el altar de la Virgen. Domingo de Soria Luce, Pedro Alcón y Martín de Paz completan la docena. Reunidos en torno al terrible Pizarro, no esperan más que la orden de partir hacia el imperio del Perú. Pues ahora ya se pronuncia el nombre.

Mientras vuelve Ruiz, Pizarro decide trasladar su real a una isla vecina —la Gorgona—, a seis leguas de la del Gallo. El sitio parece mejor. Hay fuentes y madera blanda. Se puede encender fuego. Pero faltan alimentos. Sólo hay guindillas, camarones, culebras y a veces —¡gran suerte!— huevos de iguana, que los conquistadores cogen con sus celadas. Disputan a los animales este amargo manjar. ¡Y qué animales! Feroces, como los pumas y los jaguares. Inmundos, como los sapos y los yacarés. ¿De qué acero están forjados esos españoles para no sucumbir a las mordeduras de las serpientes, a los zarpazos de las fieras? Verdad es que no se desprenden ni de día ni de noche de sus cotas de malla. Duermen —si se puede llamar dormir a aquel aletargarse lúcido— calzados, acorazados y espada en mano. Hay que defenderse en todo momento. Pero, en la pegajosa tiniebla, prestan más atención aún al suave vuelo del vampiro que al paso de las fieras. El monstruo está al acecho, esperando, para consumar su orgía de sangre, la hora del sueño.

Durante siete meses, los compañeros de Pizarro chapotean en el lodo fétido. Los pesados caballos —¡pues tienen caballos!—, forrados de hierro como en las Cruzadas, se hunden hasta el pecho. Aquel barrizal movedizo se traga a los hombres y a los animales. ¿Cómo viven aún los conquistadores, devorados por los mosquitos, temblando de fiebre, calados por la lluvia, jadeando bajo las armaduras? Por fin, una mañana, vuelve Bartolomé Ruiz. Transmite a Pizarro un ultimátum de Pedro de los Ríos. Le da un plazo de seis meses para volver a Panamá. ¡Seis meses! No hay un momento que

El Imperio del Sol

perder. Y la pequeña tropa se embarca, no hacia el norte, naturalmente, sino hacia el sur.

Pasada la línea ecuatorial cambia la decoración. La costa se ha vestido de un maravilloso ropaje tropical. En primer plano, un tapiz esplendoroso de pedrería: flores e insectos multicolores. En los pliegues de la cortina vegetal, guacamayos y monos sostienen un ensordecedor coloquio. En segundo plano, ya no se vislumbra la selva, sino las altas líneas de la cordillera y, visibles ya, las nevadas vertientes del Chimborazo. La expedición dobla el cabo de Santa Elena, con su playa cubierta de conchas purpúreas. Cruza Santa Clara, la isla de los Muertos —tan bien nombrada, pues grandes lagunas de sal la cubren como un sudario—. Para unos días en la isla de Puna. He aquí, por fin, el golfo de Guayaquil. ¡Qué aire tan dulce! ¡Y ese cielo que ya no es verde-gris, sino que parece de zafiro! Doblan un último promontorio y, de pronto, el vigía lanza un grito y extiende el brazo... ¡Túmbez! Esa ciudad que se extiende en el repliegue del golfo es, en efecto, Túmbez. Miles de casas cúbicas, palacios y templos espejean al sol del ecuador. Un puerto —un verdadero puerto, como no han visto otro desde Sevilla— se abre al carcomido barco de los conquistadores. Una abigarrada multitud aglomerada en los muelles contempla la carabela española. Estupefacción por ambas partes. Esa torre flotante, esos hombres blancos con pelos en la cara y vestidos de hierro... Después de la manigua atroz, esta ciudad luminosa... «¡Son dioses!», musita el pueblo de Túmbez. «¿Será esto el fin de la pesadilla?», piensan los españoles.

El primero en bajar a tierra es Pedro de Candía, seguido a poco de Molina y de algunos más. Todos opinan que hay que ser prudentes. Un funcionario local recibe a los extranjeros y los pasea por la ciudad. Está protegida por una muralla fortificada y una importante guarnición. No hay que pensar en apoderarse de ella. Pizarro se limita a establecer contactos políticos con las autoridades indígenas. Se cruzan cortesías. Pedro de Candía, excelente tirador, hace maravillas con su arcabuz. Pizarro recibe como presentes vasos de oro, telas preciosas y joyas. Zalemas y sonrisas. Se separan como buenos amigos. Los españoles reembarcan, llevándose con ellos algunos indígenas de Túmbez y unas cuantas llamas, aquellos animales extraños que no habían visto nunca, servidores fieles al mismo tiempo que divinidades.

Pizarro lleva a Panamá mucho más que tesoros: una cosecha de informes. Ha averiguado —esta vez de buena fuente— que a varios centenares de kilómetros al sur de Túmbez y al otro lado de las montañas hay un rey muy poderoso que reina en un imperio inmenso. Estaba en lucha con un rey vecino que se disponía a quitarle su trono. Esta información era muy satisfactoria para Pizarro. Como Cortés en México, pensaba explotar la rivalidad de dos príncipes y aplicar a su vez la fórmula de Maquiavelo: *Divide ut regnes.* Los tres años de penalidades no habrán sido inútiles. Ahora, Pizarro conoce el nombre de los que gobiernan en el Perú: los incas. Más aún: sabe el secreto de su debilidad. Y echa a Túmbez una mirada que es ya la de un vencedor.

El comunismo incaico: de los Hijos del Sol a las leyes sociales

Tirando una línea desde Quito, capital del Ecuador actual, hasta Trujillo, en la costa peruana del Pacífico, y prolongándola hasta el lago Titicaca, en la frontera peruano-boliviana, resulta un ángulo obtuso muy abierto que abarca el imperio incaico —el Tahuantisuyu—. En el apogeo de su poderío, este imperio rebasaba el Perú, el Ecuador y Bolivia y absorbía casi la totalidad de la Argentina y de Chile. Territorio inmenso y que, sin embargo, presenta al viajero tres aspectos muy definidos. La *costa*, estrecha y mirando al océano Pacífico. La cordillera de los Andes. Entre la dos vertientes, una altiplanicie tapizada por la *sierra* y su *puna* color ceniza. Es refugio de llamas, guarida de águilas, pero también patria de emperadores-dioses. Por último, al este, la selva prolonga hasta el Brasil su vellón tenebroso. Paisaje trágico y desconcertante, que se puede definir con una palabra: soledad. A veces, un pastor arreando su rebaño. ¿Piensa quizás en el pastor de oro que, en el jardín de Cuzco, guardaba antaño vicuñas de oro con ojos de esmeralda?

En una curiosa coincidencia con la leyenda azteca, la tradición india cuenta las proezas de un semidiós blanco que, viniendo del mar, manifestó su poder fulminando una montaña. «Espíritu del abismo, fundador de la luz celeste.» Vira-

El Imperio del Sol

cocha (1) poseía también —como todos los precursores— los atributos de conductor de pueblos. Modelaba hombres, no de barro, sino de piedra. Y estas estatuas se animaban. Un día, después de asombrar al mundo con sus prodigios, Viracocha desapareció de nuevo hacia el norte, camino del mar.

Pasado mucho tiempo —años o siglos—, llega un hombre al altiplano andino, procedente del lago Titicaca. Es Manco Cápac. Le acompaña Mama Ocllo, su esposa y su hermana al mismo tiempo. He aquí el primer Hijo del Sol.

¿Quién habitaba entonces el futuro imperio incaico y desde cuándo? Topográficamente y de norte a sur, se ordenaban una serie de confederaciones en torno a unos centros principales. Los chibchas, en Bogotá. En Quito, los caras —una raza de gigantes—, que dieron la dinastía de los squiris. Los chimus tenían su capital en Chanchan, cerca de Trujillo. Procedían de la ola malayo-polinésica que, desde milenios, batía la costa del Pacífico desde México a la Tierra del Fuego. Los quechuas, antepasados de los peruanos, se habían instalado en las mesetas andinas, en el país del soroche o mal de las alturas. Su capital era el Cuzco. Por último, al sur, en la frontera de la actual Bolivia, a orillas del lago Titicaca, los aimaraes, fundadores de Tiahuanaco.

Parece que estos pueblos vivían en buena armonía. Pero su moral era rudimentaria. Adoraban árboles o animales. Ineptos en el arte de gobernar, eran maestros en el trabajo de la piedra. Pachacámac, el Cuzco, Macchu-Pichu... Enigmas. Esas ruinas aún en pie, esos lienzos de murallas, esos rostros terroríficos tallados en la roca, esas estofas y esos guacos cubiertos de signos incomprensibles testimonian que, antes de llegar los incas, reinaba en el altiplano andino una civilización bárbara pero, en ciertos aspectos, muy elevada. Seguramente no se sabrá nunca quiénes eran los hombres, las leyes y los dioses que durante dos mil años —acaso mucho más: algunos hablan de diez mil— se impusieron entre Bogotá y el lago Titicaca, antes de que las dinastías incas asumieran el mando del imperio.

Manco Cápac partió, pues, de Tiahuanaco. El primer conquistador inca emprendía su aventura en el mismo momento en que Quetzalcóatl realizaba la unidad de Yucatán. Dos ac-

---
(1) Algunos historiadores modernos escriben *Huiracocha*. — N. de la T.

tos simultáneos, pero no coordinados. Pues, por extraño que parezca, el imperio incaico y el imperio azteca ni se hicieron jamás la guerra ni se aliaron nunca. Se ignoraban. Sin embargo, no era tan largo el camino de Mayapán a Cuzco. No había más que seguir la estrecha cinta de la América Central. ¡Ah, si se hubiera realizado esta conjunción! Una alianza entre Moctezuma y Atahualpa, los monarcas reinantes en el momento de la conquista española, hubiera dificultado mucho las empresas de Cortés y de Pizarro. Pero el inca no sabía nada del azteca. Y el azteca no conocía al inca.

¿Cómo podían ignorarse el imperio incaico y el imperio azteca? Sin embargo, se ignoraban. Los grandes reinos indios de América vivían replegados en sí mismos. Cuando Cortés encontró a Moctezuma, hacía veinte años que los españoles estaban en Santo Domingo —a tres mil kilómetros de México—. El emperador azteca no sabía nada. Y los squiris de Quito no sospechaban que a mil doscientos kilómetros de ellos —en Panamá— había hombres blancos. ¿Cómo iban a imaginar la existencia de tierras y de pueblos al otro lado del mar «oriental»?

La América precolombina, muy ocupada en darse leyes, en alimentar a su gente, en venerar a sus dioses, no miraba casi nunca hacia el este. No se sabe —no se sabrá jamás— lo que imaginaban los incas y los aztecas allende las tierras conocidas o allende unos mares igualmente tenebrosos para ellos. Por lo demás, era tan grande el orgullo de los soberanos, que no podían concebir más imperios que el suyo. Y los aztecas habían dividido el mundo en zonas correspondientes a los cuatro puntos cardinales, cada una de ellas habitada por un dios. El poder de este dios se confundía con la naturaleza del clima. En el norte reinaba el siniestro «Señor de la Muerte». En el este residían el dios de la lluvia y el de las nubes. Concordancia climática sin relación con la geografía. Los primeros americanos, muy adelantados en el campo de la astronomía, conocían mejor el cielo que la tierra. Sabían seguir los movimientos del Sol, de la Luna y de los astros. Pero ignoraban los límites del mundo. No tenían el sentido de las dimensiones geográficas y consideraban el universo como una inmensa tierra firme rodeada de agua, a imagen de Tenochtitlán. Ninguna curiosidad en este aspecto. Ni ninguna doctrina. Y aunque, por otra parte, los habitantes primitivos de América hubieran presentado la existencia de un continen-

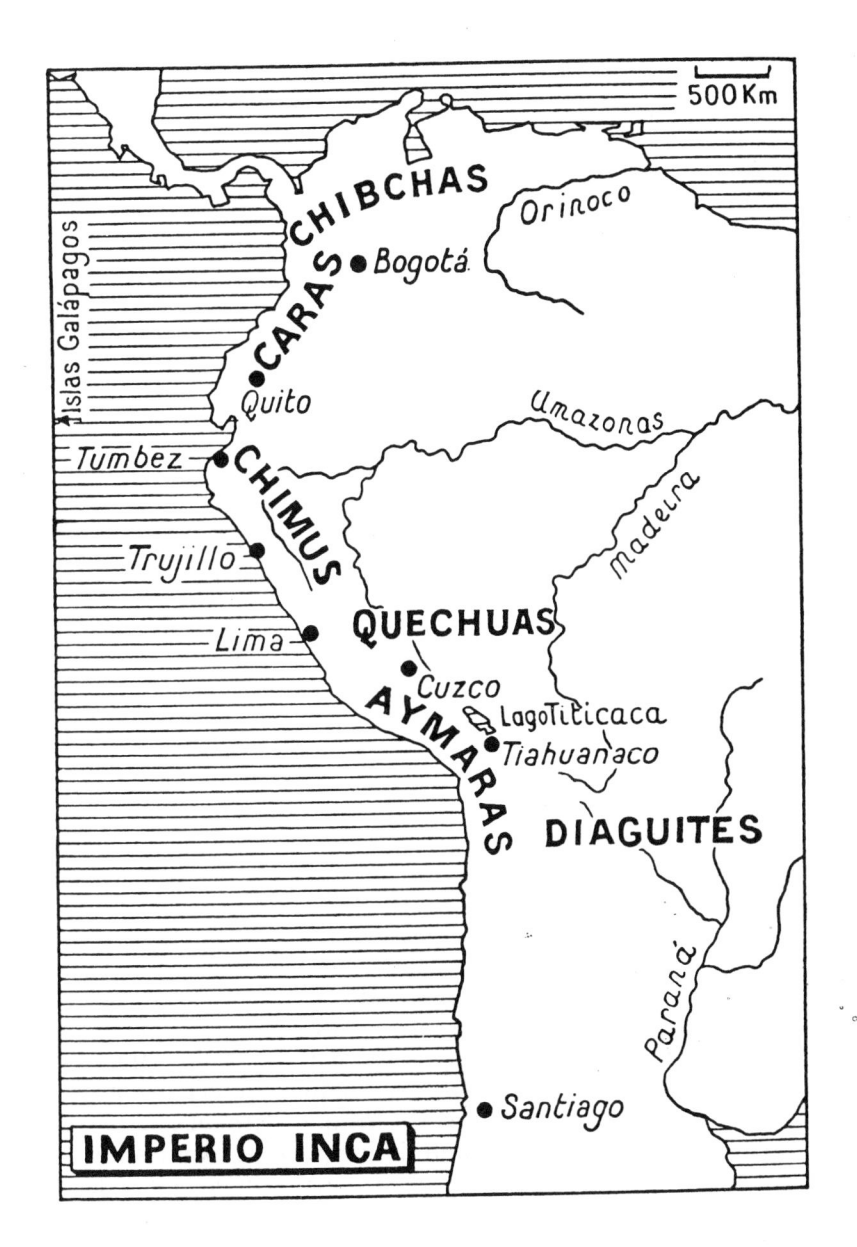

El imperio inca

te al este, los pobres medios náuticos de que disponían no les habrían permitido el acceso al mismo. Hubo intercambios humanos por vía marítima entre el Japón y Australia, por una parte, y América. Probablemente, audaces navegantes negros se lanzaron de la costa africana —Guinea o el Congo— hacia América del Sur y arribaron a su lado brasileño. Pero nada permite suponer que hubiera tentativas análogas en el sentido inverso. En todo caso, si las hubo, fracasaron, porque a la insuficiente calidad de las flotas indias se sumaba el hecho de que las corrientes marinas y los vientos alisios les eran contrarios. Se puede imaginar juncos chinos o japoneses llevados por las corrientes a las costas norteamericanas, o embarcaciones congolesas impulsadas hacia América del Sur. Pero estos efímeros enlaces eran en sentido único. Los primeros americanos que pusieron pie en el Viejo Continente, después de atravesar el Atlántico, fueron los que Colón trajo de vuelta de su primer viaje. Antes que ellos, ninguno de los suyos se había lanzado a la Mar Océana.

¡Tiahuanaco! Una ciudad ciclópea construida en un terraplén gigantesco, a casi tres mil novecientos metros de altitud, en pleno corazón de las altas tierras andinas. Por el *glacis* azul-negro del lago legendario se deslizan entre salpicaduras de oro unas piraguas de totora —una especie de junco—. Alrededor, cumbres de siete mil metros forman un anfiteatro violeta que se confunde con el tierno azul del cielo. Paisaje impresionante, pues el hombre ha dejado en él le huella hercúlea de un genio cuyo sentido y cuya inspiración son oscuros, pero rebasan los límites de lo posible. Júzguese.

La originalidad de Tiahuanaco radica en la superposición de arquitecturas sucesivas que marcan las épocas de una de las ciudades más antiguas del mundo —a creer a la tradición, la más antigua—. Piedras enormes, mal labradas pero con rostros humanos en relieve, testimonian que, en los tiempos más remotos de la prehistoria, existía una ciudad a orillas del lago Titicaca. ¿Hemos de creer a los que afirman que la primitiva Tiahuanaco fue refugio de los pueblos expulsados de su hábitat en el momento de las grandes conmociones de la era terciaria? Según esta hipótesis, los atlantes que sobrevivieron al hundimiento de la isla encantada fueron a parar a las mesetas andinas. E introdujeron en el Perú la industria del bronce. La aparición del hierro como material de construcción caracteriza la segunda época. Ésta corresponde a

El Imperio del Sol

una especie de perfección nunca igualada en el arte de tallar la piedra.

Tiahuanaco es en realidad la reunión de dos ciudades: Acapana, «el *belvedere*», y Pumapuncu, «la puerta de los pumas», distantes una de otra apenas un kilómetro. De Pumapuncu no quedan más que enormes bloques monolíticos, pilares de algún templo o palacio de justicia. Algunos de estos bloques se encuentran en el suelo en bruto o a medio tallar. Es probable que los obreros, sorprendidos por un cataclismo, abandonaran precipitadamente sus tajos después de haber llevado hasta ellos aquellas piedras colosales. ¿Qué epidemia, qué invasión, qué terremoto hizo de tal modo el vacío en las inmediaciones de Pumapuncu? También en el Alto Egipto, en la cantera de Asuán, se ve el desierto sembrado de rocas que los canteros desbastaron apenas. Ese gesto inacabado de los pilones faraónicos, esas piedras abandonadas por los esclavos aimaraes, sugieren, con más elocuencia aún que el trazado de los bajorrelieves, la dramática imagen de un pueblo aterrado, huyendo, bajo un cielo negro, de no se sabe qué espantosa catástrofe.

Acapana comprende dos recintos, a varios metros de elevación y señalados con grandes pilares triangulares. En el interior de esos recintos, unos bloques dispersos, unas plataformas derribadas, unas gigantescas estatuas mutiladas. En torno serpentean restos de canalizaciones. Fortaleza o templo, Acapana no ha revelado su secreto. La materia de los monumentos es bella: una mezcla de piedras rojas de origen volcánico y de piedras grises. Y, sin embargo, las canteras están lejos de Tiahuanaco. La más próxima dista seis o siete kilómetros. La más lejana, pero la mejor, está a sesenta. ¿Cómo se las arreglaron los antiguos peruanos para transportar esos bloques gigantescos, algunos de los cuales pesan más de quince mil kilos? Seguramente conocían la palanca. También es probable que utilizaran el transporte fluvial o bien que hicieran canales por los que se deslizarían hasta los tajos los monstruosos monolitos, arrancados de las entrañas de la tierra con instrumentos de los que no conocemos ni la forma ni la materia. En el mismo momento, los hermanos mediterráneos de los constructores de Acapana construían pirámides, erigían obeliscos, plantaban columnas de granito a orillas del Nilo. Todavía estamos viendo a aquellos millones de esclavos, con las espaldas franjeadas de latigazos, chorreando sudor y sangre, caminar de la cantera de Asuán al Valle de los Reyes, de la cantera de Kayapa al templo de Acapana. Doble teoría paralela separada por un océano. Pero los dioses son semejantes y las piedras no serán nunca lo bastante pesadas ni lo bastante bellas —ni su grano lo bastante puro— para satisfacer las exigencias de un culto despiadado, el del Sol. Pues el Sol es dios lo mismo en Egipto que en el Perú. Se llama Inti en el altiplano andino, y Amón Ra en el delta del Nilo. Y las mismas divinidades secundarias, hostiles o benéficas, pueblan los panteones egipcios y los incaicos. ¡Turbadora semejanza entre dos modos de construir y de adorar! No obstante, más de diez mil kilómetros separan el pórtico del Evergete, en Karnak, de la Puerta del Sol, en Tiahuanaco.

La Puerta del Sol, labrada en un solo bloque —tres metros sesenta y tres centímetros de alto, cincuenta centímetros de ancho—, señala la entrada del reino desaparecido. Maciza y, sin embargo, finamente proporcionada, demuestra una técnica sabia. Recuerda la Puerta de los Leones de Micenas. ¿Qué Agamenón levantó ese orgulloso pórtico y qué triunfo celebraba con él? En el centro del monumento, una figura enigmática, tocada con una aureola y con un cetro en cada mano, rodeada de cabezas humanas rematados en picos de halcón. Unos seres extraños, con alas y colas y que llevan también un cetro, parecen revolotear en torno a la figura principal, como un burlesco enjambre de abejas y como los corifeos de una danza sagrada. Entre los pilares, cuyos ángulos y cuyas estatuas permanecen inmunes al desgaste del tiempo, el dintel indescifrable de la Puerta del Sol es el único vestigio completo de la antigua Tiahuanaco. Pero no proyecta ninguna luz sobre lo que era la ciudad ciclópea cuando Manco Cápac y su esposa incestuosa dejaron, en el año mil de la era cristiana, las orillas del lago Titicaca para civilizar lo que ellos creían el mundo.

. Cuando el aimará Manco Cápac llega al Cuzco, capital de los quechuas, reina allí un monarca. Pero es un monarca de paja, un maniquí. En realidad, son los señores quienes mandan. Pues, en el país del Cuzco, el régimen es feudal. Las intrigas de los nobles se dedican a minar lo poco que queda del poder real. La inestabilidad política, los excesos y las pretensiones de un feudalismo cada vez más exigente influyen en las costumbres. El clero se esfuerza en vano por contener la

El Imperio del Sol

inmoralidad de los medios dirigentes. Por otra parte, lo hace con un celo bastante tibio. Pues en el plan político ha hecho causa común con el feudalismo. La conspiración de los señores y de los sacerdotes contra el rey, largamente urdida en la sombra, acaba por estallar. El soberano es arrojado de su palacio. Sale de la capital. Huye a la montaña. Es entonces cuando Manco Cápac asume el poder. Dotado de un talento político poco común, inventa —o adopta— la fórmula de la religión de Estado y, apoyándose en el clero, domeña el feudalismo. Puestos en su sitio los señores, burocratizados los sacerdotes, no le queda más que sujetar con su mano de hierro las cabezas doblegadas de su nuevo pueblo. En lo sucesivo, reunirá bajo su corona a los quechuas y a los aimaraes. Para guardar sus fronteras y mantener el orden interior creará un ejército fuerte y disciplinado. Sus frecuentes alusiones a su origen divino le facilitarán las cosas. ¿Cómo oponerse al que ha dicho: «Viracocha y el Sol, mi padre, en su sabiduría, han decidido la suerte de mi raza y el camino triunfal que han de seguir mis descendientes...»? Con Manco Cápac comienza la dinastía de los incas.

Mientras se desarrollan estos acontecimientos en el Cuzco, Europa pasa por una crisis singularmente semejante. En Inglaterra, en Portugal, en Toscana, triunfan los señores feudales. Pero en Francia, el advenimiento de los Capetos anuncia el declive y luego la muerte del poder feudal. Luis el Gordo, con el apoyo del clero, inicia una lucha sin cuartel contra los señores y les hace devolver sus rapiñas. Restaura la autoridad real, hace hereditaria la corona y centraliza el poder. Se acabaron los grandes vasallos y su arrogancia. Los manda a sus dominios. El rey de Francia es el rey. Y la Iglesia, a su diestra.

Es interesante subrayar esta analogía. No hay nada nuevo cuando se trata del gobierno de los hombres.

Manco Cápac deja, al morir, un Estado de dimensiones todavía relativamente modestas, pero dotado de una armadura administrativa y política que asegurará su pervivencia. Sinchi Roca, su sucesor, acaba con las últimas veleidades de resistencia de los señores. Más aún: se apodera de sus tierras y las anexiona a la corona inca. Con esto reafirma el doble carácter de la política que los soberanos del Cuzco se proponen practicar y practicarán en realidad hasta la conquista española: mantener la paz y la unidad interiores, extender el imperio lo más posible. Cada monarca inca lega a su heredero estas dos consignas. Ninguno de ellos las traiciona. La continuidad y la firmeza, durante cinco siglos, de esta política, llevada con vigor, es el secreto de la construcción imperial que, cuando desembarca Pizarro en San Mateo, abarca el Ecuador, el Perú, Bolivia y la mayor parte de la Argentina y de Chile.

Doscientos años antes de asumir el poder Manco Cápac, un gran peligro está a punto de caer sobre el imperio. Viene del sudoeste. Unas tribus trashumantes del Paraguay han decidido unirse. Forman una vasta confederación, organizan un ejército y avanzan hacia Bolivia. Los paraguayos, enardecidos por sus primeros triunfos —dominan fácilmente a los chiriguanas—, se dirigen hacia las altiplanicies. Pero, sin darles tiempo siquiera a poner sitio al Cuzco, Inti Yupanqui, el quinto inca, les inflige una sangrienta derrota. Después los somete, extendiendo hacia el sur el territorio que heredó de sus antecesores. Al mismo tiempo lleva sus ejércitos hacia el mar, no lejos de Arequipa, cerca de la frontera boliviana. Hace falta tener salidas al mar. En lo sucesivo, los incas dominan el Pacífico en toda la costa peruana.

Este movimiento hacia el mar proseguirá con Yahuar Huácac y con Pachacútec, que sojuzga la confederación chimu. Túpac, el décimo soberano de la dinastía, continúa y completa esta inaudita expansión. Hacia el norte, somete a las tribus de Quito y la bahía de Guayaquil, es decir, todo el Ecuador. Hacia el sur, emprende una campaña en Chile, con un éxito superior a toda esperanza. Cuando Huayana, su hijo, sube al trono —el mismo año en que ocupa Isabel el de Castilla—, su poder y su jurisdicción se extienden desde Quito hasta Santiago. Traslada su residencia del Cuzco a Quito. Desde allí, Huayna —que ahora es Huayna Cápac— dirige y se esfuerza por coordinar los movimientos de su desmesurado imperio. Y, además, ¡qué excelente observatorio para vigilar a las tribus caras y chimus, todavía efervescentes! Y acaso, también, una cabeza de puente hacia el misterioso norte.

Mantener la paz y la unidad interiores. Extender el imperio al máximo. ¿Por qué medios? El imperio incaico se realiza a saltos sucesivos. El método era sencillo e implicaba dos tiempos. Primero, la expedición militar hacia un punto designado. El sometimiento del adversario por las armas. Después, la ocupación de la provincia conquistada. Las leyes del vence-

El Imperio del Sol

dor pasaban a ser las del vencido. Los prisioneros eran liberados. Los jefes y los funcionarios hacían acto de sumisión al inca. Se procedía a hacer el censo de la población. Los enemigos de la víspera se convertían en aliados. Los soldados derrotados pasaban a las filas incaicas, engrosando el ejército imperial. En suma: inmediatamente después de la acción militar venía la conquista política. Y el soberano supremo, como el *imperator* romano, procuraba, más que aplastar al adversario, adquirir nuevos súbditos. Absorción y no destrucción. A veces se evitaba la guerra. En este caso, la expansión se conseguía por vía diplomática. El tratado de alianza reemplazaba al ultimátum. O bien se celebraban, con gran pompa, bodas políticas. Lloque Yupanqui contribuyó así, casándose con la hija de un poderoso vecino, a ensanchar el imperio.

Si los medios puestos en práctica por los incas para conseguir sus adquisiciones territoriales podían inspirarse en cierta improvisación —teniendo en cuenta situaciones locales—, en cambio, los que se empleaban en la organización interior eran invariables. Los cuadros del Estado incaico tenían la rigidez del hierro.

La base del sistema social era el *ayllu*, en su origen simple familia, convertida, por extensión, en clan y tribu. El jefe del *ayllu* llevaba el nombre de *cápac*. Se le llamaba también *inca cápac*, aplicándose el término *inca* no a la función, sino a la tribu. Posteriormente se produjo una confusión entre el nombre de la tribu y el del jefe. Los incas cápacs, elegidos al principio por la comunidad, fueron formando poco a poco una aristocracia, un colegio de nobles, luego una dinastía. Para que no se discutiera su poder, los cápacs hicieron valer ante el pueblo un origen divino. Como procedían del Sol —Inti— y podían volver a él cuando les diera la gana, constituían un vivero de jefes, el núcleo escogido, cuya cabeza era el inca supremo.

El poder del inca era absoluto, aunque atentamente controlado y limitado por su Consejo. Pero su autoridad sobre el pueblo la ejercía plenamente. Autoridad a la vez bondadosa y tiránica. Un paternalismo de dios —¿acaso no era dios?— amalgamado con la dureza de un dictador implacable. Padre y juez. Nada debía escapar a su intervención, ni siquiera los más íntimos pensamientos de sus súbditos. Reinaba también sobre las conciencias. Nadie tenía derecho a mirar de frente a aquella majestad cegadora.

¿Cómo funcionaba esta enorme máquina administrativa y social? Todas las tierras del imperio pertenecían de derecho al inca. Pero, en la práctica, se dividían en tres partes iguales: la del Sol, la del Estado y la de la comunidad. Cada familia recibía una fracción de la parte comunal, llamada *topo*. Esta fracción de tierra le pertenecía en propiedad, con la reserva de que no podía ser ni alienada ni dejada en barbecho. Era proporcional al número de miembros de la familia y volvía al Estado cuando la familia se extinguía. La asignación de un *topo* a los cultivadores no los eximía de servir en las tierras del Estado desde los veinticinco hasta los cincuenta años. Esta especie de servicio físico obligatorio era como un impuesto. Los cultivadores conservaban el producto de sus cosechas y eran propietarios de sus casas y de sus ganados. En cuanto a los productos de las tierras del Sol y del Estado, se dedicaban normalmente a las necesidades del clero y de la nación. Los ciudadanos, al llegar a los cincuenta años, pasaban a vivir a expensas del Estado.

El inca reinaba inaccesible al vulgo, encerrado en su palacio resplandeciente de oro. La minoría escogida —sacerdotes, militares, altos funcionarios— organizaba y dirigía. Y después —sin clase media y mucho menos burguesía—, el pueblo, sin transición. El pueblo, cuya función esencial era hacer la guerra y trabajar la tierra. Pues la noción de trabajo presidía el sistema social. Sobre todo, ¡nada de ociosos! Los ociosos propagan el peor de los ejemplos, el de la pereza. Así, pues, la obligación del trabajo y su corolario, el control del rendimiento, no lo discutía nadie. Por otra parte, los incas procuraban hacer la labor soportable, hasta atrayente. Trabajo con alegría. Los peruanos, cuando les tocaba el turno de cultivar las tierras del Sol, se vestían de fiesta y se iban al trabajo cantando. Los días de fiesta en que no se trabajaba eran numerosos. Pero no libres. Ejercicios rituales, danzas y canciones consagradas al inca, loas al régimen. En el reino de los Hijos del Sol, todo estaba «dirigido», hasta los placeres.

La estrecha dependencia en que se encontraba el pueblo con respecto al Estado, el hecho de que sacaba de él —y sólo de él— sus medios de existencia, su razón de ser, su vida, le daban una mentalidad especial. ¿Por qué se iba a preocupar el peruano de sus hijos, si el Estado se cuidaba de ellos en su lugar y proveía a su establecimiento? ¿Por qué iba a economizar en la cosecha, si al año siguiente podía contar con otra co-

El Imperio del Sol

secha equivalente? Si venían malas, allí estaban los graneros públicos rebosantes de cereales destinados a la comunidad. ¿Por qué iba a atesorar para la vejez, si el Estado le aseguraba un retiro a partir de los cincuenta años? ¿Por qué, en fin, iba a envidiar a la minoría escogida, que le eximía de reflexionar y de prever? ¿Qué le pedían? Obediencia. Nada más. ¿Qué le daban en cambio? La seguridad. Que no quiere decir la felicidad. Pero esta extraña palabra no le decía nada. No se la habían enseñado nunca.

El Estado incaico, socialista y jerarquizado, era también religioso. El panteón de los incas, menos poblado que el azteca, estaba presidido por el Sol, Inti, padre de la dinastía. Su esposa era la Luna. Otros dos dioses: Pachacámac y Viracocha, «el espíritu de las entrañas ardientes de la tierra y de la lava hirviente», están representados en los templos. Como la nación incaica se formó de la unión, bajo un solo cetro, de varios pueblos diferentes —aimaraes, chimus, caras—, cada uno de ellos aportó sus dioses. El poder central creyó político dejar a las tribus sojuzgadas o aliadas la libertad de su culto. Pero, por encima de estas divinidades secundarias, había un dios oficial: Inti.

El esplendor del templo de Coricancha o «Casa de Oro» erigido en el Cuzco en honor de Inti consagra la gloria de la religión de Estado. Pues Inti no es solamente el dios de los incas: es su padre. Se comprende que pusieran empeño en subrayar ante el pueblo con el más grandioso de los monumentos esta alianza divina. Había que deslumbrar a aquellos primitivos, para que no les pasara por la mente ni siquiera la sombra de una duda. Una triple muralla de piedras pulimentadas yuxtapuestas rodeaba el templo del Sol. En el interior, salas dedicadas a Inti, luego a la Luna, al rayo, al planeta Venus, al arco iris y a las estrellas, se sucedían en fila. Los muros interiores estaban enteramente chapados de oro. Un numeroso personal habitaba en el templo. Sacerdotes de todas clases, desde el cápac hasta los que preparaban la chicha; vestales dedicadas a cuidar del fuego sagrado; oráculos y servidores. Las momias de los incas difuntos montaban una guardia fúnebre sentadas en sillas de oro o en bancos de piedra con incrustaciones de esmeraldas.

Así funcionaba la pesada máquina incaica, bajo el signo de la seguridad social y de la paz cívica. Los delitos eran raros, más que por el rigor de los castigos porque el delito no tentaba. ¿Para qué robar al vecino lo que se tiene en la propia casa o lo que el Estado da sin dificultad? Y para matar hay que codiciar, amar u odiar. Las hormigas del hormiguero incaico ignoraban la pasión. Por otra parte, la policía hubiera previsto su gesto antes de que lo realizara. La policía, secreta o pública, estaba en todas partes, en cada esquina, en cada casa. Era el auxiliar más temible del poder.

Todo estaba previsto para que el pueblo no tuviera nunca motivo de descontento. En el Cuzco no había pobres. Las viudas eran sostenidas, los inválidos recibían una pensión, en forma de ropa y víveres, pues la moneda no existía. Los incapaces de trabajar vivían a expensas de la comunidad. Sin embargo, estaban obligados a entregar al inca, cada año, un tubo de insectos. Tributo simbólico que justificaba su derecho a la vida.

Este mundo implacable y transparente era bastante parecido a esos relojes antiguos cuyo mecanismo se ve tras un cristal. Ni un grano de polvo en las ruedas. Ni una mancha en el mármol inmaculado del plinto. Una perfección inexorable.

A finales del reinado de Huayna Cápac, y cuando puede considerar realizada la unidad del imperio, sus vigías de la región de Túmbez le informan de que «grandes casas flotantes», llenas de «monstruos barbudos», pasan frente a las costas del golfo de Guayaquil. Antes de que pueda tomar disposiciones, el emperador muere. En su testamento divide en dos su enorme herencia. El sur del imperio, con su capital, el Cuzco, para Huáscar, su hijo legítimo. El norte, centrado en Quito, para su hijo natural, Atahualpa. Los dos príncipes toman posesión de sus respectivos reinos. Aunque muy lejos uno de otro —Huáscar en el Cuzco, Atahualpa en Quito—, se soportan difícilmente. No tardarán en enfrentarse. ¿Piensan acaso estos hermanos enemigos que, rompiendo su alianza, van a herir de muerte el imperio del Sol?

En el mismo momento en que Huayna Cápac expira en Quito y sus dos hijos le suceden espiándose con odio, Francisco I es derrotado en Pavía por los españoles. Y unos españoles, conducidos —¡con qué mano de hierro!— por Pizarro, ponen pie en territorio incaico, en el país de los chimus.

Aquellos «monstruos barbudos» que ensombrecieron la agonía del viejo emperador indio son, en efecto, españoles, vencedores ayer del rey de Francia, en busca hoy de una pre-

El Imperio del Sol

sa a la medida de su hambre. Encontraron un mundo estático, matemático y frío como una constelación de piedra. Los españoles rompieron aquel reloj minucioso.

He aquí que va a eclipsarse y después a desaparecer en los limbos de la historia esa América anterior a Cristóbal Colón. Intentemos captar sus movimientos y sorprender su arquitectura esencial.

Un incesante forcejeo de tribus. Las más robustas —o las más astutas— dominan a las más débiles. Primacía de la ley del más fuerte.

Invasiones, *raids* procedentes casi siempre del norte y que se dirigen hacia el sur —del desierto a la selva, de los glaciares a las playas calurosas—. Alimento y calor.

Períodos de paz, a veces bienestar, alternando con épocas de malestar y de hambre.

Precediendo a los ejércitos, los sacerdotes, llevando a sus dioses como custodias. Así, el lábaro de Constantino, después de su victoria contra Majencio, detentaba estas palabras: «*In hoc signo vinces.*» Así, las águilas imperiales, coronando la frente de las tropas romanas, aseguraban la inmortalidad al soldado. «Con este signo vencerás.» El signo eterno de los dioses testimoniando que el cielo aprueba al guerrero y que la causa es buena.

¿Qué dioses son éstos? Diferentes y numerosos, aunque todos con un aire de familia. Evangélicos como Quetzalcóatl, sanguinarios como Huitzilopochtli, benéficos como Inti, todos coinciden en un punto: sin ellos, el hombre no es nada ni puede nada. Tienen que obedecer. No hay salvación personal.

En las hordas primero, en las tribus después, en los pueblos por último, se destacan jefes, conquistadores, generales. Son a la vez generales y sacerdotes. La coraza y la toga. Se imponen dictadores. Pero su carrera no suele ser larga. Su fin acostumbra ser trágico. Otros ocupan su lugar. Son ellos los que, apartándose voluntariamente del rebaño para ponerse a la cabeza del mismo, fuerzan la adhesión del pueblo: no es el pueblo quien los elige. Mística del jefe. Mística también del elegido, siguiendo o precediendo a la tradición mosaica del conductor de pueblos, al mismo tiempo gran sacerdote y capitán de ejército. A veces, mesías. Pastor cuyo cayado es cetro y báculo. A veces hace brotar agua de las rocas.

No solamente generales y magos, sino también sabios. La

palabra no es excesiva. Los incas no son solamente arquitectos, agrimensores, astrónomos y cartógrafos. Son, probablemente, los padres de la cirugía. Haciendo mascar coca a sus enfermos, se anticipan a la cocaína e inventan la anestesia. Más aún: practican la trepanación. En 1953, unos cirujanos peruanos, apasionados por la arqueología, encontraron en las ruinas de una especie de facultad de medicina de los incas unos bisturíes de obsidiana. Intentaron operar a un herido grave utilizando aquellos instrumentos. Abrieron el cráneo del paciente, extirparon un coágulo sanguíneo de la zona parietal izquierda y recurrieron, para la sutura, al procedimiento del «torniquete incaico». La operación duró catorce minutos y salió perfectamente. ¡Emocionante escena la de esas manos modernas enguantadas de caucho manejando los instrumentos de los cirujanos incas, sus remotos antepasados! Se ve brillar bajo el fuego del espéculo la arista de los bisturíes color de lava.

Se hacen imperios, se deshacen y se vuelven a hacer. ¿Imperios? Más bien confederaciones provisionales que un vendaval disloca. Tierras inmensas. Yucatán, ese pequeño cuerno que avanza hacia La Habana en el mar de las Anmillas, es más grande que Francia. El imperio incaico abarca casi la totalidad de América del Sur. Pero no hay que engañarse: sólo una décima parte de esas tierras está poblada. La red que los conquistadores rojos tendieron de México a Santiago tiene las mallas muy grandes. Hay capitales suntuosas: Tenochtitlán, Cuzco, Tiahuanaco... Algunas tienen más de doscientos mil habitantes. Pero entre estas poderosas ciudades se extienden zonas tenebrosas. Tenebrosas pero habitadas. Esos monstruos humanos —gigantes o pigmeos— que se arrastran como larvas bajo bóvedas de follaje más espesas que el arco de las catedrales, ¿son ciudadanos del imperio? Ciertamente que no. Pero pueden llegar a serlo. Por el momento, ¿quién se atrevería a internarse en el siniestro magma de las selvas milenarias, donde el reptar de los hombres produce un ruido de murciélago y se confunde con la crujiente agitación de los insectos?

Los imperios indios, sólidamente articulados en torno a ciudades madres, jalonadas sus fronteras de fortalezas provistas de armas y de hombres —como los *pucaraes* incaicos, semejantes a las atalayas sarracenas que erizaban la cresta de los Pirineos—, están rodeados y atravesados por *no man's*

Entrada de Cortés en Tlaxcala después de la batalla de Otumba
(Pintura al óleo sobre cobre. De la serie de veintitrés cuadros de la Conquista, del Museo de América, copiados de los grabados de Historia de la conquista de México, *de Antonio Solís)*

Cortés a caballo recibiendo un collar de un indio de Chalchihuites, y el ataque al gran *cu* o templo de México
(Primeras escenas de la Conquista en el códice Vaticano-Ríos)

La muerte del inca 273

lands sin fin. Tierras de nadie, en las que, sin embargo, se ejerce la soberanía nominal del azteca y del inca. Nadie puede ignorar la ley.
Fragilidad de esos imperios, a merced de una invasión, de un terremoto o de una revolución palatina. Pues son vulnerables, no en el talón, como Aquiles, sino en la cabeza.
En fin, códigos que, en lo esencial, varían poco. Pues las leyes de la política y de la economía son tan inmutables como las leyes físicas y tan inflexibles como la gravitación de los astros.

CAPÍTULO II

La muerte del inca

¿Pizarro en Panamá? ¡Qué sorpresa! Le creían muerto. Algunos le deseaban muerto. Pedro de los Ríos recibe fríamente a su subordinado. ¡Ha tardado mucho tiempo en volver a su base! Se ve bien que el gobernador no quiere a Pizarro. Este turbulento perturba su administración. Pedro de los Ríos echa una mirada desdeñosa al botín recogido por Pizarro. Bagatelas nada más. Sin embargo, las llamas le merecen una sonrisa. Estos animales le hacen gracia, con sus ojos lánguidos, su pescuezo oscilante, sus orejitas rectas y puntiagudas, su meneo de grupa y su lana espesa que las arropa como una pelliza. En cuanto a los indígenas de Túmbez, los ignora. Unos salvajes como los demás, buenos para esclavos. ¿Era necesario ir tan lejos para traer tan poca cosa? El gobernador espera que Pizarro se quede tranquilo. Sus jugarretas han durado ya demasiado.
¿Quedarse tranquilo? Eso no entra en los cálculos de Pizarro. Al contrario, no piensa más que en dejar la colonia de Panamá y volverse al sur, libre de la tutela de Pedro de los Ríos. ¿Cómo decírselo sin que se enfurezca? Pero a Pizarro no le faltan nunca las palabras. Fríamente informa al gobernador de su proyecto: organizar una nueva expedición al Perú. Pero

necesita medios importantes en material y en hombres, es decir, ayuda. Pedro de los Ríos suelta la carcajada. ¿Ayuda? No será la suya. Como superior administrativo de Pizarro, le ordena, por el contrario, que renuncie a sus costosas fantasías y vuelva a su puesto entre los colonos de Panamá. Se enzarza una discusión fulgurante como un paso de esgrima. La obstinación brutal de Pizarro frente al autoritarismo de Pedro de los Ríos. El primero debe obediencia al segundo. ¿Le obedecerá? ¡No!, pues por encima del gobernador de Panamá está una instancia suprema. En Toledo.

Ante don Carlos

Apenas desembarca Pizarro en Sanlúcar de Barrameda, le prenden los alguaciles. Conducido a Sevilla bajo buena escolta, es encarcelado en la prisión municipal. ¿De qué se le acusa? De un viejo asunto de deuda no pagada, en los tiempos de la colonización de Darién. El acreedor no es otro que el bachiller Enciso, gobernador efímero de Santa María la Antigua. ¡Mal principio para una embajada! Pero Pizarro encuentra un apoyo inesperado en la persona de Hernán Cortés, a la sazón de visita en la corte. El vencedor de México intercede cerca del rey y consigue que conceda audiencia a Pizarro. Gesto caballeresco que honra mucho a Cortés. El hombre que ha triunfado —todavía está, por unos meses, en el apogeo de su gloria— tiende la mano al aspirante a la gloria. Desinterés raro entre los conquistadores. Acaso piensa Cortés que ya nada puede frenar su propio encumbramiento. Pizarro no le estorba. Y, por otra parte, ha llegado a ese momento de la carrera en que se siente la necesidad de formar discípulos. Más que para asegurar el relevo, para completar la propia personalidad.

Toledo. Verano de 1528. No ha mucho que nació el futuro Felipe II. La corte de España está de fiesta. ¡Un heredero varón! Esto compensa los reveses que en los mismos momentos está sufriendo Carlos V en los campos de batalla italianos. Toledo resplandece de sol bajo su caparazón de piedra ocre. Un pelotón de caballeros entra por el puente de Alcántara y se dirige al trote al palacio imperial: Francisco Pizarro y sus leales. De la isla de Gorgona a Toledo; ¡qué camino! Carlos V está de buen humor y acoge con benevolencia a los conquista-

La muerte del inca

dores. El antiguo porquerizo de Extremadura dobla la rodilla ante el más poderoso emperador del mundo. Carlos V, mientras escucha los relatos de Pizarro, pasa una mano distraída por el espeso vellón de las llamas y sopesa las joyas peruanas. Se inclina sobre los mapas dibujados por Bartolomé Ruiz. ¡Todo eso es muy interesante, aunque muy impreciso! ¿Vale el asunto la pena de sacrificarle la preciosa sangre de los caballeros españoles? Pizarro se crece. En el reino del Perú no sólo hay oro que ganar, sino también almas para Cristo y territorios para España. Pizarro ha tocado la fibra sensible.

Ha recordado discretamente al emperador el mandato espiritual que recibió del papa y el concepto hegemónico que le legaron los Habsburgos. Carlos V tiene a bien apoyar la causa de Pizarro ante el Consejo de Indias.

Al cabo de unos meses, la reina, en ausencia del emperador, firma en Toledo una capitulación reservando a Pizarro el privilegio de la conquista del Perú, llamado por anticipado «Nueva Castilla». El bastardo de Trujillo se convierte en capitán general de por vida y juez supremo de la nueva provincia, y recibe además el collar de la Orden de Santiago. Sus doce compañeros de la isla del Gallo —trece con Ruiz— no quedan olvidados. Los pecheros se encuentran con ejecutorias de nobleza. Los hidalgos reciben la consagración de «caballeros de la espada dorada». Luque es nombrado obispo de Túmbez, a reserva de la autorización pontificia, y protector universal de los indios. A Bartolomé Ruiz se le otorga el título de «Gran piloto de la Mar del Sur». En fin, no se olvida a nadie, ni siquiera a Almagro, a quien se le da el mando de una fortaleza en Túmbez. De los tres asociados, es el que sale peor, aunque se le asigna «en el papel» un sueldo anual de cien mil maravedís..., a cobrar de las futuras rentas de las tierras por descubrir. La Corona, más generosa de honores que de dinero, concede a Pizarro una módica subvención para los primeros gastos de la expedición. Pero la mayor parte de las cargas financieras corre por cuenta de Pizarro, que, con arreglo a los términos del contrato, ha de reclutar y equipar doscientos cincuenta hombres y embarcar para el Perú dentro de un plazo de seis meses.

Lo primero que hace Pizarro en posesión de sus nuevas dignidades es visitar su pueblo natal, Trujillo. Se comprende que no pudiera resistir al deseo de mostrar su cruz de caballero de Santiago a sus compañeros de infancia. ¡Capitán general y favorito del emperador! Es como para inflar de orgullo al antiguo porquerizo. Hace sonar sus espuelas. Fanfarronea. Da amistosos golpes en las costillas a los compinches de antaño. Seguramente aspira por última vez el olor de su juventud. Al mismo tiempo, recluta gente. En primer lugar, a sus tres hermanos: Hernando, Gonzalo y Juan, y a su medio hermano, Martín de Alcántara. También a otros. Pero se alistan pocos. La gente de Trujillo no se deja convencer fácilmente. ¿El Perú? ¡Está muy lejos! El plazo real expira y Pizarro no ha podido reunir el contingente fijado por el contrato. ¿Qué hacer? Partir de todos modos. Es, además, el consejo que le da Cortés. Seguir adelante sin esperar demasiado ha sido la táctica del héroe de México. Una mañana del mes de enero de 1530, Pizarro, en Sanlúcar de Barrameda, manda largar las velas de sus tres navíos y se hace a la mar.

La verdadera partida

Veinticinco años antes desembarcaba Cristóbal Colón en este mismo puerto de Sanlúcar, de vuelta de su último viaje. Continuidad del Descubrimiento. Invisible cadena que une a los conquistadores y a los puertos. Poderosa sombra del genovés, padre del Nuevo Mundo. Hoy, Francisco Pizarro navega hacia el oeste, no en busca del Gran Kan, sino del inca. También él —como Colón antaño— lleva en el bolsillo un contrato con el rey de España. Pero los tiempos han cambiado. Pizarro sabe adónde va, o, al menos, puede imaginarlo. ¡Hay precedentes! Su contrato es preciso. No ha olvidado nada. Es un contrato de comerciante. Cristóbal Colón era como un ciego inspirado. Su fe hacía veces de certidumbre. En las capitulaciones de Santa Fe había un sobrentendido místico inspirado por Isabel. Dios conducía las carabelas de Colón. Las de Pizarro llevan hombres duros. Entre ellos, algunos religiosos, impuestos por la Corona, tienen la misión de velar por el carácter evangélico de la conquista. Harán todo lo posible, pero les será difícil contener a la jauría...

Después de hacer escala en las Canarias —¡en la isla Gomera, a la que dio lustre Colón!— y en Santa María, la flotilla de Pizarro ancla en Nombre de Dios, en Panamá. Están en el

La muerte del inca

muelle Luque y Almagro. La entrevista de Pizarro y Almagro es tempestuosa. ¡El mando de una fortaleza! ¡Eso es todo lo que el nuevo «capitán general» ha obtenido de Carlos V para el socio del primer momento! Gracias a la diplomacia de Luque y a las promesas de Pizarro, se evita por un pelo el rompimiento entre los antiguos compañeros de aventura. Pero el veneno queda dentro. De él morirán los dos conquistadores. Pero no ahora.

Al año de salir de España, Pizarro embarca en Panamá para el Perú. Dispone de tres naves, ciento ochenta y tres hombres y veintisiete caballos. Su expedición ha sido minuciosamente preparada. Pizarro no ha olvidado nada, ni siquiera llevarse un «maestro de cuentas», Antonio Navarra, y un tesorero, Alonso Riquelme. La Iglesia va representada por el dominico Vicente de Valverde. La partida es solemne. El obispo de Panamá bendice la flota y el ejército. Se izan las banderas en los palos mayores. Las tres carabelas zarpan a los sones del *Ave maris stella*. Antes de separarse, Pizarro y Almagro —que se queda en Panamá para preparar refuerzos— parten la hostia. Bajo los signos conjugados de la fe y de España, comienza la verdadera conquista del Perú.

El primer objetivo es Túmbez. Pero los vientos contrarios obligan a la flotilla a echar el ancla en la bahía de San Mateo, a cien leguas de la meta. Pizarro y su gente seguirán el camino por tierra. Atraviesan la provincia de Coaque. Hacen alto en pueblos densos y bien construidos. Los acogen con afabilidad. Pero los conquistadores no pueden resistir a la necesidad de saquear a sus huéspedes. En las casas hay objetos de oro y esmeraldas. Recogen un importante botín. Reservado el quinto real, Pizarro procede al reparto. Una vez servidos los soldados, el capitán general manda a las colonias españolas de Panamá y Nicaragua unas muestras del botín. ¡Ésta es la buena propaganda! Da excelentes resultados. Atraídos por el metal y por las gemas, otros conquistadores se suman a Pizarro. Treinta hombres —entre ellos Juan Flores y Sebastián Belalcázar— se incorporan a la expedición en Puerto Viejo, que Pizarro acaba de fundar en la bahía de Guayaquil. Todo iría muy bien si no fuera porque los pinchazos de las plantas tropicales causan estragos en los españoles. ¡Pero qué importan los verrugones y las úlceras! Pizarro fustiga a toda su gente. No hay tiempo que perder.

Se acerca la estación de las lluvias. ¡Mal momento para

lanzarse al interior de las tierras! Pizarro instala su real en la isla de Puna, frente a Túmbez. Los indios intentan un ataque, que es rechazado fácilmente. Al mismo tiempo, Hernando de Soto, procedente de Nicaragua, se une a Pizarro con dos navíos y cien hombres. El capitán recibe con los brazos abiertos este precioso refuerzo. Soto ha dado ya pruebas de su valía. Es un gran compañero y un magnífico espadachín. Y, además, es también de Extremadura, la provincia de los conquistadores.

Pizarro se va informando mientras sus hombres se curan las llagas como pueden —extirpan de la carne las pinchos de los cactos con las puntas de las lanzas—. El capitán, siguiendo el ejemplo de Cortés, forma intérpretes entre los indios capturados. Gracias a ellos se entera de lo que ocurre en el reino peruano. La querella entre los hermanos enemigos —Huáscar y Atahualpa— ha entrado en una fase aguda. Atahualpa, con el pretexto de rendir homenaje a su hermano, ha abandonado su residencia de Quito y se dirige al Cuzco al frente de un poderoso ejército. En el camino, el inca levanta otros contingentes, somete a los caciques, extermina a los partidarios de Huáscar. Por su parte, el hijo legítimo de Huayna Cápac —es poco combativo y le interesa más su amante, «Estrella de Oro», que su trono— sale al encuentro de su medio hermano. El choque tiene lugar en las inmediaciones de Cajamarca, a medio camino entre el Cuzco y Quito. La superioridad numérica del ejército de Atahualpa es aplastante. Las tropas de Huáscar quedan fuera de combate y se repliegan hacia la capital peruana. Huáscar cae prisionero y es conducido, bien custodiado, al Cuzco. Atahualpa triunfa.

Éstas son las noticias —se propagan rápidamente a pesar de las enormes distancias— que llegan a conocimiento de Pizarro. El legítimo soberano del Perú camina encadenado hacia el Cuzco. Atahualpa, provisionalmente acantonado en Cajamarca, prepara su entrada triunfal en la ciudad de los incas. Un trono derribado. Otro, poco seguro aún. ¿Puede haber coyuntura más favorable para los designios de Pizarro? ¡Adelante, a Cajamarca!

En las alturas de los cóndores

A Cortés le precedía una leyenda en el camino de México. Quetzalcóatl cumplía su profecía. El dios blanco volvía a tomar posesión de sus altares. Este mito, más que nada, había hecho posible la victoria de Cortés. Pizarro, obseso por su modelo, fomenta la creencia entre los indígenas de que él es un hijo de Viracocha, el dios de Tiahuanaco, blanco también. La misma estratagema mística sirve a los dos conquistadores. Entre los peruanos es aún más eficaz, porque Viracocha dispone del trueno, y Pizarro tiene cañones. La pólvora, los caballos, las relucientes armaduras... Todo un aparato terrorífico. ¿Qué duda cabe de que Viracocha es el ordenador de esta marcha que comienza?

El ejército de Pizarro pasa de la isla de Puna a Túmbez, desciende hacia el sur y llega al río Piura. Aquí, Pizarro funda una colonia, San Miguel. Luego se lanza hacia la cordillera. ¿Cuántos son los españoles? Ciento diez de infantería y sesenta y siete de caballería. Pero de estos ciento setenta y siete hombres hay que rebajar cinco jinetes y cuatro infantes que al salir de San Miguel se vuelven atrás. No quedan más que ciento sesenta y ocho, tres veces menos que los compañeros de Cortés al salir de Tlaxcala.

La meseta de Cajamarca se extiende entre la cadena occidental y la central de la cordillera de los Andes. De Túmbez a Cajamarca hay unos quinientos kilómetros a vuelo de pájaro. Pero la expedición de Pizarro tarda más de dos meses en recorrer esta distancia. Dos meses para pasar del horno del desierto de Sechura —al nivel del mar— a la fría zona de Cajamarca —cerca de tres mil metros de altitud—. Mientras están en la costa peruana, los españoles no encuentran ni un árbol ni una fuente. El sol los abrasa. La sed los vuelve locos. Luego llegan al pie de la cordillera. Hay senderos abiertos en el basalto. Los conquistadores los siguen. Cuanto más suben, más se ensancha el paisaje. Al doblar una cornisa, los españoles se encuentran frente a frente con los glaciares eternos. El cielo es de un azul traslúcido. Un sol frío ilumina verticalmente las cumbres. De vez en cuando, una mata de jaras, una chumbera, una cascada, recuerdan a los españoles un paisaje extremeño —desmesuradamente ampliado—. Hasta los más duros se enjugan una lágrima. ¿Es que han vuelto a la sierra de Gredos? Pero, más allá, el horizonte cambia. La nieve sucede a la piedra. Los soldados tiritan bajo su armadura. Los caballos, helados, se niegan a seguir adelante. Ha desaparecido el espejismo. Ya no es el valle del Tajo, sino una especie de infierno helado. En estas altas tierras andinas sólo viven algunos animales: la llama, con su bello ropaje de pintas pardo; la alpaca, con su espeso vellón negro; la esquiva vicuña, cuya lana sirve para trenzar el turbante regio del inca. Y el cóndor, invisible en la llanura y que sólo aparece en las cumbres.

Ciento seis hombres de infantería y sesenta y dos jinetes caminan por los acantilados, al filo del abismo. Si no estuviera allí Pizarro, ¡cuántos se volverían atrás! Pero el capitán vela. ¡Prohibido quejarse! Vestido de hierro, como un caballero de la Edad Media, se ha echado sobre la coraza la capa de los nobles. Va a la cabeza de su gente. Es tal su poder sobre los hombres, que ni uno rechista. No necesita hablar para que le obedezcan. Le basta una mirada. Nadie la puede sostener.

Los españoles han llegado a las cimas donde vuelan los cóndores. Señal de gran altitud. Cajamarca no está lejos. Pizarro ha recibido ya dos embajadas de Atahualpa. La primera le anima a seguir su camino. Pero la segunda pretende disuadirle de continuar adelante. De la misma manera intentaba Moctezuma frenar la marcha de Cortés enviándole mensajes contradictorios. Idéntica congoja en los dos príncipes, pero la posición de Atahualpa es más débil que la del soberano azteca. Atahualpa acaba apenas de subir al trono. Su poder, aunque ratificado por el Consejo incaico, se lo ha arrancado por las armas a Huáscar y es producto de una usurpación. Y el hijo legítimo de Huayna Cápac tiene aún sus partidarios. Éstos se han acercado ya a Pizarro. ¡Qué buena ocasión para hacer el papel de árbitro! Y empieza ya a prodigar palabras amables a los partidarios de ambas partes. ¡Él no desea más que el bien de los habitantes de este país!

Una bella tarde, los españoles —después de haber atravesado pasos vertiginosos y franqueado abismos por puentes de lianas— entran en el valle de Cajamarca. Frente a ellos, el terreno se escalona en la montaña. De la base a la cumbre, jardines y terrazas. Miles de tiendas de campaña restallan al viento del atardecer: el campamento de Atahualpa.

Pizarro decide acampar en Cajamarca, abandonada por el

La muerte del inca

inca. La ciudad está callada y desierta. La población ha huido a la montaña. Los ciento sesenta y ocho soldados de Pizarro se encuentran muy anchos en la despoblada ciudad. Se instalan sin reparos en el propio palacio de Atahualpa. Luego celebran consejo. Lo primero que se impone, con toda evidencia, es tomar inmediatamente contacto con el rey peruano. La cosa urge. Pizarro encarga a Hernando de Soto —el más brillante de sus lugartenientes— preparar las vías. La misma noche en que entran los españoles en Cajamarca, Soto, al frente de veinte jinetes, se dirige al trote al campamento de Atahualpa, a cuatro kilómetros de la ciudad. Todo el mundo ha salido de las tiendas para ver pasar la cabalgata. Los peruanos están pasmados. ¿Qué seres fabulosos son ésos, vestidos de metal y llevados por unos animales desconocidos? La embajada española se abre paso entre la multitud y llega a la residencia de Atahualpa. Es una bella mansión, precedida de un gran patio. El suelo es de arena fina y, en el centro, un depósito de piedra tallada distribuye a la vez agua caliente y agua fría. Junto a él, un grupo de señores. Se puede suponer la importancia de sus cargos por la abigarrada brillantez del atuendo. Atahualpa se distingue de los demás por la sencillez del suyo. Está acurrucado a la turca en una especie de sillón bajo. No se le distinguiría de los nobles si no fuera por la diadema, hurtada a Huáscar, que le ciñe la frente. Su rostro es bello: un perfil de ave de presa tallado en caoba.

¿Cómo iniciar el diálogo? El inca guarda silencio y no se digna contestar a las frases corteses que le traduce el intérprete. ¿Hay que reemplazar la palabra por el gesto? Hernando de Soto es un brillante jinete. Lo va a demostrar. Se encarama ligero en su caballo. Con las piernas pegadas a los flancos del corcel, forma con él un solo cuerpo. Dijérase un centauro acorazado de hierro. Apenas una presión de la rodilla, un roce de la brida, y el caballo sale al galope, gira, caracolea, se encabrita, permanece un instante sobre las patas traseras y vuelve a caer sobre las cuatro herraduras entre un surtidor de chispas. Durante esta exhibición ecuestre, Atahualpa no parpadea. A lo sumo, lo hace imperceptiblemente cuando Soto, para demostrar su maestría, lanza el caballo hacia un grupo de peruanos, que huyen aterrados. El estremecimiento de Atahualpa no ha sido de miedo, sino de vergüenza por los suyos. Condenará a muerte a esos cobardes. Mientras tanto, Hernando Pizarro y quince jinetes se incorporan a los de Soto en el campamento peruano. Se cruzan palabras entre ambas partes. Poco a poco se va rompiendo el hielo. Hernando asegura que las intenciones de su hermano, simple enviado del rey de España, son buenas. Atahualpa declara que está bien dispuesto hacia los extranjeros, a condición de que devuelvan a sus súbditos el botín que les cogieron en Túmbez. En todo caso, acepta una entrevista con Francisco Pizarro al día siguiente. Se separan como buenos amigos —al menos en apariencia—, después de beber chicha. Cada uno ha mostrado al otro de qué es capaz. Atahualpa ha hecho ejecutar a algunos de sus soldados ante los ojos de los españoles. Hernando de Soto ha representado su número de circo como un verdadero maestro de equitación. El inca ejerce un poder absoluto sobre sus súbditos. Le pertenecen en cuerpo y alma. El español domina a los monstruos. Cada campo se apunta tantos, a la vez que mide la potencia del adversario eventual. ¡Pero tienen buen cuidado de que no se note! Los rostros permanecen impasibles. Todos fingen indiferencia. Todos «farolean».

El sacrilegio útil

En realidad, este «faroleo» recíproco disimulaba, por ambas partes, una gran angustia. Atahualpa recordaba viejas leyendas oídas a su padre. El insólito aspecto de los extranjeros, su misterioso origen, aquellas alusiones que hacían a un poderoso emperador blanco, los identificaban bastante con los descendientes de Viracocha. Atahualpa, cuando acababa de arrebatar por la fuerza el imperio a su hermano, ¿tendría que entablar combate, para conservarlo, con los guerreros blancos? ¿O debía interpretar la llegada de los extranjeros como un aviso de los dioses? ¡Esclavitud y muerte para el usurpador!

Mientras el peruano se debate con su conciencia, la embajada española se vuelve a Cajamarca. Los caballeros están preocupados. No es la promesa de Atahualpa lo que los inquieta, sino la desproporción de los ejércitos que se enfrentan. Han podido calcular el número de soldados del inca. Son cien, acaso doscientos por cada español. Y si su armamento

La muerte del inca

es primitivo —dardos, jabalinas, hondas y lazos—, cuentan por la cantidad. Mil flechas bien disparadas causan tanto estrago como un cañonazo. Ahora es enteramente de noche en Cajamarca. Pero en las faldas de la montaña palpita un extenso resplandor: las hogueras del vivac del ejército incaico. Hernando Pizarro y Soto informan al capitán general. Francisco Pizarro no se achica, pero no ignora la gravedad de la situación. Sólo con un golpe de audacia podrá dominarla. ¿Cuál? Una vez más, Pizarro evoca la campaña de México. Cortés, cuando se veía apurado, solía inspirarse en Plutarco, en César o en algún otro de esta talla. El clásico de Pizarro es Cortés. El arresto de Moctezuma ordenado por Cortés facilitó mucho el asunto mexicano. ¿Por qué no tender a Atahualpa la misma red en que cayó el emperador azteca? Una vez el inca a buen recaudo, Pizarro se compromete a dominar todo el país. Expone su proyecto a sus lugartenientes. ¡Apoderarse de Atahualpa! La empresa es temeraria. No son más que unas docenas de españoles contra miles de peruanos. ¡Y ese imperio al que acaban de llegar sabe Dios hasta dónde llega! Pero ha hablado Pizarro: no queda más que obedecer.

Vela de armas. No es cuestión de dormir. Por otra parte, nadie tiene ganas de dormir. Pizarro estudia su plan de batalla. La cita de Atahualpa debe tener lugar en la plaza mayor de Cajamarca —pues así la llaman ya los españoles—. Es un amplio espacio de terreno rodeado en tres de sus lados por edificios bajos y rectangulares, bastante parecidos a cuarteles militares. El del centro —el más importante— tiene delante un gran patio con árboles. La disposición de los locales se presta perfectamente a una operación táctica análoga a la que Cortés realizara con éxito en Cholula. Pizarro divide su caballería en cuerpos —cada uno de ellos mandado por uno de sus hermanos—, que distribuye y esconde en los edificios. Hace lo mismo con la infantería, cuyo mando se reserva. En cuanto a la artillería, a las órdenes de Pedro de Candía, la instala en el interior de una especie de fortaleza o *pucará*. Pizarro no conserva con él más que unos cuantos soldados, destinados a engañar al inca en cuanto a la importancia real de los efectivos españoles. Toda su gente está camuflada y bien situada. ¡Prohibición absoluta de moverse antes de la señal convenida! Ya puede venir el inca: encontrará con quien hablar.

Pero Pizarro, antes de ordenar su dispositivo de combate,

se ha puesto en regla con Dios. La dura jornada que se prepara será la jornada de España, naturalmente. Y también la de Francisco Pizarro. Pero ante todo será la jornada de la cruz. El padre Valverde ha confesado a los soldados y a los capitanes. Ha celebrado la misa a la luz de la antorchas. Han comulgado todos los conquistadores. El sermón no lo ha pronunciado el dominico, sino Pizarro. El despiadado guerrero ha mezclado en su arenga a la Virgen de Guadalupe, la vocación católica de España, la necesidad de convertir a los idólatras. ¿Se creen que no han venido al Perú más que para hacer fortuna? Dios reclama su parte, y ya es hora de dársela. El resplandor de las antorchas ilumina el casco, la armadura y los brazales del jefe. Con su mano enguantada de hierro sostiene sólidamente la espada. ¿Es el arcángel San Miguel dispuesto a derribar al demonio? ¿Qué tiene de común este sombrío predicador con el saqueador de los templos peruanos? En realidad, el hombre es el mismo. Pizarro siente la pasión del oro y el odio al diablo. Este hombre fuera de la ley respeta la ley divina. Cada conquistador, de rodillas ante el altar improvisado, está seguro de que es hijo de Dios. Todos se dan golpes en el pecho, musitan el *mea culpa*, lloran por sus pecados. Algunos, hasta se disciplinan. Y todos entonan el canto de Israel: *Exsurge, Domine, et judica causam tuam!* Pues la causa de Pizarro es sin duda la de Dios.

Amanece. Suena en la clara mañana la trompeta española. La cumbre de los Andes se tiñe de color de rosa. El valle va absorbiendo despacio las brumas de la noche. A través de la calina del alba aparecen, mágicamente, los jardines colgantes —¿qué Semíramis inca los dibujó?—. Pizarro y algunos compañeros, agrupados en la plaza, escrutan el horizonte. El resto de la gente está escondida en los edificios. La jornada será dura.

Pizarro sabe por sus espías lo que pasa en el campamento peruano. También Atahualpa ha hecho los preparativos de lucha. Ha encomendado el mando de sus tropas —unos cinco mil indios— a uno de sus mejores jefes: Ruminagui. Parece que el inca proyecta una maniobra de cerco, pues ordena a Ruminagui que ocupe los pasos por donde los españoles han penetrado en el valle de Cajamarca. Cortar al adversario toda posibilidad de retirada, cercarlos y capturarlos: tal parece ser el plan de Atahualpa. En todo caso, el ejército peruano se ha puesto en marcha por caminos de montaña desconocidos

La muerte del inca

para los españoles. El campamento indio está desierto. No queda ni una sola tienda. Silencio total en el valle. ¿Dónde está el ejército? Transcurre la mañana. Los nervios están tensos. ¿Qué trama Atahualpa? Pizarro se impacienta. Cualquier solución —aunque sea sangrienta— es preferible a esta expectativa. Por fin, un mensajero solicita ver al capitán. Atahualpa presenta sus excusas a los extranjeros, pero no podrá acudir a la cita el día y en el lugar convenidos. El encuentro tendrá lugar al día siguiente, a las puertas de la ciudad. A Pizarro no le gusta nada este aplazamiento. Sabe por experiencia que una batalla aplazada es, casi siempre, una batalla perdida. Sus hombres están aún exaltados por un ardor místico y guerrero. ¿Les durará hasta el día siguiente? El mensajero vuelve a su señor con una invitación de Pizarro a comer. La respuesta no se hace esperar. Contra lo que creía Pizarro, el inca acepta su invitación. El monarca llega acompañado de una escolta sin armas. Cree que se trata de una visita de amistad al jefe extranjero.

¡Una visita de amistad! Pizarro se estremece de alegría. Agradecerá a su manera este paso amistoso. Pasa revista a sus tropas, a las guarniciones de los caballos; comprueba el buen estado de la artillería. La pólvora está seca, y el filo de las espadas, afilado como una navaja de afeitar. Los jinetes les oprimen el morro a los caballos para que no puedan relinchar. Los artilleros han cargado los cañones. Los arcabuceros están en posición de fuego. Todo está dispuesto para el banquete de amistad.

Anochece. Un temblor de plumas y de estofas anuncia la llegada del inca. Trescientos indios, vestidos de librea roja, preceden al cortejo. Barren el suelo con palmas, para que ninguna impureza manche los pies de la cohorte real. A continuación vienen unos esclavos portadores de vasos de oro y martillos de plata. Luego, unos oficiales de uniforme azul, distendidas las orejas por unos pesados pendientes. Son los *orejones*. Reclutados entre las familias más nobles del Perú, educados en el arte y en la práctica de la guerra, constituyen un cuerpo escogido y forman la guardia pretoriana del inca. Por último, el palanquín de Atahualpa, a hombros de sus principales dignatarios, guarnecido de plumas de guacamayo y de placas de oro. El trono es también de oro. Detrás del palanquín regio, los familiares del emperador en literas. El atuendo de Atahualpa, modesto ayer, es hoy suntuoso. Lleva en la cabeza, además de la diadema ritual, una corona rematada de plumas blancas y negras. En torno al cuello, un collar de esmeraldas. Sobre el pecho, un pectoral de oro y piedras preciosas. Su porte es digno, estático, impasible. Sin embargo, echa de vez en cuando a la muchedumbre peruana esa mirada inquieta de quien no está acostumbrado a mandar o de quien duda de su poder. ¡Hace tan poco tiempo que lleva el cetro! Llega el cortejo a la plaza de Cajamarca. Está vacía. Entra en el patio que da acceso al palacio. Está desierto. ¡Qué silencio en este parador de caravanas, antes tan ruidoso de gritos! El inca se inclina ante sus cortesanos y les pregunta: «¿Dónde están los extranjeros?»

¿Cómo están situadas las piezas del tablero? Atahualpa, en el patio del palacio, con sus cien peruanos sin armas. Pizarro y los suyos, apostados en el interior. La tropa española, escondida en los edificios vecinos. Ruminagui y sus cinco mil indios rodean Cajamarca. Las tropas españolas y las de Ruminagui no esperan más que una señal de sus respectivos amos para entrar en acción. ¿Estamos en el teatro? En el proscenio, dos jefes de guerra se disponen a darse el abrazo tradicional. ¿Se repetirá el grandioso episodio de la calzada de Iztapalapa entre Cortés y Moctezuma? ¡No! Este beso será el beso de Judas. Detrás de los montantes, los soldados no esperan más que una señal para invadir el escenario y matarse unos a otros. ¿Quién dará esta señal? ¡Un sacerdote...! Vicente de Valverde.

El padre Valverde sale, en efecto, del palacio, con el crucifijo en una mano y la Biblia en la otra. Se adelanta al encuentro de Atahualpa. El silencio se hace aún más profundo, si es posible. Valverde toma la palabra. En primer lugar, una lección de catecismo: el misterio de la Trinidad, la creación del cielo y de la tierra, el pecado original, la redención de Cristo. Luego, una lección de política: el papa, sucesor de San Pedro, ha repartido el mundo entre los príncipes cristianos y ha adjudicado el Perú al emperador Carlos V. Finalmente, un ultimátum: si el emperador se niega a someterse de buen grado a Pizarro, representante de Carlos V, habrá de hacerlo por la fuerza. Un intérprete va traduciendo el discurso del dominico. El inca está pasmado. ¿Qué es eso que le viene a contar el extranjero con su reparto del mundo? Todo este país y todo lo que contiene fue conquistado por su padre y por sus ante-

La muerte del inca

pasados. Huáscar, su hermano, lo heredó del padre, y ahora es él, Atahualpa, vencedor de Huáscar, quien lo posee legítimamente. ¿Qué tiene que ver San Pedro en este asunto? En cuanto a ese Dios a la vez trino y uno, jamás oyó hablar de él. Atahualpa no conoce más que a Pachacámac y, en tiempos más remotos, a Viracocha —emanaciones ambos del Sol, el Dios Supremo—. Pero él está deseando instruirse. ¿De dónde le viene su saber al sacerdote extranjero? «¡De este libro!», contesta el dominico tendiéndole la Biblia. Atahualpa la coge, le da vueltas en las manos. Seguramente espera que el libro le hable. Como la Biblia permanece muda, la tira al suelo. Valverde, indignado por semejante sacrilegio, se retira a toda prisa al palacio. Se dirige a Pizarro, le pone en guardia contra los peligros que le amenazan —¡los campos están llenos de indios, mientras ellos discuten con ese perro lleno de soberbia!— y le aconseja que pase a la ofensiva. Absuelve de antemano a todos los españoles: «Salid a él, que yo os absuelvo.» Entonces, Francisco Pizarro agita un pañuelo blanco. Es la señal convenida. A ella responde, desde lo alto de la fortaleza, un disparo de mosquete. Inmediatamente, los españoles salen de sus escondrijos al grito de «¡Santiago y a ellos!» Retumba el cañón. La caballería irrumpe a su vez en la plaza como un huracán. Avanza la infantería a paso de carga. En unos minutos, los españoles, armas en ristre, ocupan la plaza mayor. Los peruanos, aterrados por el ataque, retroceden. Sin embargo, su superioridad numérica es aplastante: cinco mil de los suyos acaban de llegar tras el cortejo real. Pero se quedan petrificados de estupor. Los lanceros a caballo se abren paso fácilmente entre aquella multitud lacia. Los arcabuceros disparan sobre ella. Bajo el fuego de las culebrinas, los peruanos caen a centenares. ¡Qué carnicería! Los *orejones*, desesperados de estar sin armas, se ciñen en torno al inca, formando con sus cuerpos una muralla viva. Los soldados españoles golpean con sus sables el palanquín de oro y de plumas. Cede y se derrumba. Caen también, derribados, los palanquineros crispados a las andas. Y el inca mismo. Ya siente en la garganta y en el pecho la punta de las espadas. ¡Está perdido! Pero Pizarro acude a él. Aparta con su brazo los golpes que le dirigen. Es tan ceñido el cuerpo a cuerpo y tan furiosa la pelea, que el capitán resulta herido por sus propios soldados. Con la mano sangrando, agarra por el pelo a Atahualpa y, llevándole como a un toro arrastrado, pone en lugar seguro a la irrisoria majestad. ¡Buena presa! Mientras una parte de la caballería persigue a los fugitivos, comienza la rebusca. Registran las literas desvencijadas, desvalijan los cadáveres —¿dos mil, cinco mil?—, husmean hasta el último rincón del campamento peruano. ¡Qué botín! Estofas, vajilla de oro y de plata, muebles de maderas preciosas. En fin, una suerte que los vencedores no esperaban: varios centenares de mujeres que acuden voluntariamente a entregarse como prisioneras. ¡Oro y cautivas hermosas! Esta vez, los conquistadores viven su sueño. Ocho años de miserias. Un día de gloria. ¡Les ha costado cara la victoria! Los «caballeros de la espada dorada» pueden disfrutarla a satisfacción.

Durante todo el tiempo de la batalla, Ruminagui —¡suprema esperanza!— permaneció en el puesto que le había asignado Atahualpa. Sus tropas están situadas a la entrada de los desfiladeros que dominan el valle. El general peruano espera a su vez la señal de su señor. Pero el retumbar de la artillería —la montaña vibra con sus ecos— y el galope furioso de los caballos informan a Ruminagui de que la partida está perdida. La señal no llegará. La galopada se aproxima. Ya se oye el roce del acero y el grito furioso de los españoles: «¡Santiago!» El indio no se dejará sorprender. Reúne a sus cinco mil soldados y da la orden de retirada. De Cajamarca a Quito hay doscientas cincuenta leguas. Ruminagui recorrerá el camino de un tirón. La noche favorece la huida de los guerreros indios. El valle de Cajamarca ya no es más que silencio y tinieblas.

Una apuesta fantástica: el tesoro de Atahualpa

Los españoles celebran con una orgía la victoria de Cajamarca. Sólo Pizarro conserva la cabeza fría. Ha mandado encerrar a Atahualpa en uno de los edificios más seguros de la ciudad. Le custodia una guardia escogida con cuidado. Precaución que parece inútil, pues el regio cautivo acepta su suerte con una sumisión total. ¡Los dioses han hablado, hágase su voluntad! Puede recibir a su guisa a sus ministros y a sus mujeres. Le han dejado las apariencias del poder. Pero

El presbítero Juan Díaz bautiza al cacique ciego Xicotencatl y a otros señores tlaxcaltecas
(Fragmento del lienzo de Tlaxcala)

Cerámica *chimu* procedente del valle de Chicama
(Norte del Perú)

La muerte del inca

nadie —ni Atahualpa ni Pizarro— se engaña con esa comedia. El inca sabe que no es más que un rehén en poder de un vencedor despiadado. Tarde o temprano, tendrá que pagar. Espera que Pizarro fije el precio.

Poco a poco, los habitantes de Cajamarca han ido volviendo a sus hogares. La ciudad se anima. Se reanuda la vida como si nada hubiera ocurrido. El pueblo peruano, acostumbrado desde siglos a la obediencia pasiva, acepta sin rechistar su nueva situación. Ha cambiado de amos, nada más. Los de hoy no son ni más ni menos blandos que los de ayer.

Pizarro piensa enviar a su emperador el quinto más formidable que haya pasado nunca el mar. Espera suplantar a Cortés y que el Perú eclipse a México. Con esta intención guarda en reserva a Atahualpa. El poder nominal que le ha dejado tendrá su justificación. La estancia donde ha encerrado al inca mide siete metros de largo por cinco de ancho. Pizarro invita a Atahualpa, como rescate de su libertad, a llenar de oro su habitación. ¿Hasta qué altura? El inca levanta el brazo: dos metros. Trazan una raya en la pared. ¡Un bloque de oro de setenta metros cúbicos! Ésta es la fantástica apuesta que el monarca peruano se compromete a mantener. Si no hay bastante oro, se completará con plata.

Inmediatamente se ponen en camino mensajeros del inca. Hay que buscar por todo el imperio, desde Quito hasta el Cuzco. Y de prisa, porque Pizarro apremia. Para mayor rapidez, los recaudadores van en literas. Recorren quince kilómetros por hora, pues los silleteros caminan a paso de carga y son relevados a menudo. En caso de urgencia, pasan las andas a los *chasquis* —los correos del inca—, escalonados a lo largo de las vías imperiales. Los enviados de Atahualpa llevan en la mano el *kipu*, cuyas cuerdas de colores traducen la orden del soberano. Las ruedas del sistema incaico están todavía bien engrasadas. Nadie discute la voluntad del señor.

Expira el plazo de dos meses fijado por Pizarro. El montón de oro va subiendo, pero no ha llegado a la altura convenida. ¿Qué pasa? El inca sonríe. ¡Un poco de paciencia! ¿No basta que todos los caminos que van a Cajamarca estén surcados de literas llenas de objetos preciosos? ¡No hay prisa! Pero Pizarro no es del mismo parecer. Acaba de llegar Almagro con ciento cincuenta hombres y ochenta y cuatro caballos. El socio tiene los dientes largos. Reclama su parte.

¡Otro que no se conforma con promesas! Pizarro se enfada. Tiene una excelente noticia que comunicar al inca. Hernando de Soto, que había salido de avanzada hacia el Cuzco, ha tomado contacto con Huáscar. Aunque prisionero, el hijo legítimo de Huayna Cápac no ha renunciado a sus derechos al trono paterno. También él ha prometido a los españoles rescatar su corona a un altísimo precio. Huáscar pretende llenar la habitación de Cajamarca no hasta la altura de un hombre, sino hasta el techo y más arriba.

El tiro da en el blanco. Atahualpa ya no sonríe. Unos días más tarde, Huáscar perece ahogado en su prisión del Cuzco por orden de Atahualpa. Antes de morir pronuncia estas palabras proféticas: «Yo he sido poco tiempo señor y rey de este país, pero el traidor de mi hermano no lo será mucho más que yo.»

Julio de 1533. Se ha llegado al límite fijado por Atahualpa. La habitación del inca está llena de oro y plata. Pizarro se encuentra con una fortuna como no la poseía en sus arcas ningún soberano de Europa ni ningún banquero. ¡52.000 marcos de plata y 1.326.500 pesos de oro! Este montón de metal representaría en 1950 la cantidad de 1.197.775.000 francos franceses —valor nominal—. Pizarro procede al reparto del enorme botín. En primer lugar, 1.080.000.000 para el rey de España. ¡Un quinto que excede muchísimo al quinto! Pero Pizarro quiere dar un gran golpe. ¿Carlos V ama el oro? Pues tendrá oro de verdad.

Hernando Pizarro tiene derecho a 27.000.000. Hernando de Soto, a 13.500.000. Quedan 6.550.000 para la caballería, y 3.225.000 para la infantería. En cuanto a Francisco Pizarro, se adjudica la placa de oro de Atahualpa, que vale 67.500.000. Va bien servido. ¿No es de justicia?

Atahualpa ha pagado. ¿Recobrará su trono, o al menos su libertad? Parece justo que así sea. Pero la justicia de los conquistadores resuelve otra cosa. El inca, aun preso, aun arruinado, es una amenaza para la autoridad española. Para los peruanos, es el Hijo del Sol, el último dios del Olimpo inca, el heredero de Tahuantisuyu. No basta con haber conquistado su reino, vaciado su tesoro y sometido su ejército; hay que destruir al hombre mismo.

Nada más fácil que probar la culpabilidad de un inocente cuando se está decidido a condenarle. Constituyen un tribunal. Citan a unos testigos de cargo. El más agresivo es un pe-

La muerte del inca

ruano, Felipillo, que hace de intérprete entre los españoles y los peruanos. Acusa a su señor de conspirar con Ruminagui. Atahualpa se encoge de hombros. La acusación es absurda. Con guardias de vista como está él, ¿cómo va a poder comunicarse con su antiguo general, actualmente en Quito, que dista de Cajamarca cerca de mil kilómetros? Demasiado conoce él los móviles que inspiran a Felipillo. El traidor está enamorado de su favorita. La muerte del inca favorecerá sus amores. Pero el tribunal toma en consideración el testimonio de Felipillo. Atahualpa, rebelde al rey de España, es también acusado de haber usurpado el trono del Perú, asesinado a su hermano, practicado la poligamia y ofrecido sacrificios a los falsos dioses. Se pronuncia el veredicto: el monarca indio será quemado vivo. En el último momento le ofrecen el bautismo. Acepta. Gracias a eso obtiene la merced de morir estrangulado.

En la misma plaza de Cajamarca donde, nueve meses atrás, había aparecido Atahualpa en su palanquín de plumas, levantan el patíbulo. Acompañado de Valverde y de Francisco Pizarro, seguido de una numerosa muchedumbre, aparece el inca. Ahora se llama Juan de Atahualpa, pues su patrón es el Bautista. El neófito cristiano es amarrado al poste. Le echan al cuello el nudo corredizo. Aprietan. El inca se queda con los ojos fijos en Pizarro. El último emperador inca, el Hijo del Sol, ha muerto. En garrote vil.

El 15 de noviembre de 1532 entra Pizarro en Cajamarca. El 29 de agosto es ahorcado Atahualpa. En nueve meses, Pizarro y sus ciento sesenta y ocho soldados han conquistado un territorio que pronto se extenderá, entre el océano Pacífico y los Andes, desde el paralelo 2 de latitud norte hasta el 32 de latitud sur. Un imperio tan vasto como España, Francia, Alemania y la antigua Austria-Hungría juntas. Un pueblo de doce millones de hombres, desde el Ecuador a Chile. Una civilización elevada. Dos siglos de dinastía inca. Tradiciones guerreras. Cuadros que pudieran parecer eternos. Jefes políticos prudentísimos. Todo eso pulverizado en nueve meses por unos pocos españoles. Un antiguo porquerizo arrastra de la melena al dios rey y lo encarcela. ¿Cuál fue su delito? Levantar el montón de oro más enorme que se vio jamás. En agradecimiento, le estrangulan. Una muchedumbre sombría asiste al hundimiento de su patria y de sus dioses. No hace un gesto por retardar lo que parece inexorable. Y, sin embargo, ¡le sería tan fácil despeñar por las pendientes de la sierra andina a ese puñado de conquistadores! Pero prefiere dejarse devorar.

Bien mirado, Pizarro tenía todos los elementos para triunfar en su proeza. En primer lugar, la pólvora, los caballos y las espadas bien templadas. El acero contra la piedra. El efecto de la sorpresa y de las armas nuevas no se inventó ayer. Aterrorizar al adversario con máquinas «modernas»: el procedimiento data de las primeras batallas humanas. Además, Pizarro llega precedido de una leyenda, la del dios blanco vengador, del que tiene todas las apariencias. Identidad de Quetzalcóatl y Viracocha. Por último, llega en el momento oportuno. Huáscar y Atahualpa se disputan el imperio. El fruto que los dos hermanos se arrancan cae en manos de Pizarro. Los dos incas perecen. El español queda dueño de la situación.

Pero el principal aliado de Pizarro fue el régimen incaico mismo. Aquel país se creía el mundo. Tahuantisuyu: las cuatro partes del mundo. Oriente, mediodía, poniente y septentrión. En el universo incaico —autártico y autárcico— no podía haber lugar para una quinta parte del mundo. Para los señores del Perú no existían el espacio ni el tiempo. El pueblo desconocía la palabra «mañana». Las leyes y las estadísticas se aplicaban a lo eterno. La máquina, construida para un movimiento perpetuo, estaba bien engrasada. ¡Demasiado bien! Para pararla, le bastó a Pizarro bloquear la palanca de mando apoderándose de Atahualpa. El legislador peruano no había previsto este golpe de fuerza. ¡Laguna sorprendente en un sistema fundado en la previsión! ¿Pero no hubiera sido sacrilegio inscribir el asesinato del dios en el cálculo de probabilidades? La debilidad del régimen estaba en que, con dar a la cabeza, se derrumbaba todo el edificio. Los funcionarios, separados del inca, ya no sabían administrar. Las minorías dirigentes estaban desconcertadas. Cierto que quedaba el pueblo. Pero a éste le habían enseñado una sola cosa: a obedecer. Y obedecía. Doce millones de peruanos, sí, pero diez millones de muñecos mecánicos. Mientras unos miles de súbditos superiores se dedicaban a tareas distinguidas —los cirujanos practicaban la trepanación y conocían la cocaína, los arquitectos dibujaban acueductos y caminos, los astrónomos estudiaban las estrellas—, el pueblo, vestido de fiesta, labraba la tierra y recogía las cosechas entonando loas al Sol. Le habían enseñado que el trabajo es alegre. Aquel pueblo amorfo y triste trabajaba gozosamente. Durante diez generaciones, diez millones de indios habían oído salmodiar: «El inca lo sabe todo. El inca no puede equivocarse. El inca es inmortal.» Pero, de pronto, la monótona voz se calla. El inca ha muerto. ¿Qué hacer cuando no se sabe más que obedecer? Diez millones de esclavos ofrecen las muñecas a las cadenas españolas.

CAPÍTULO III

Guerra entre los conquistadores

Al día siguiente de la ejecución de Atahualpa, le dedican unos funerales solemnes. El padre Valverde celebra la misa de difuntos. Todos los españoles, en traje de ceremonia, rodean el catafalco. Mientras los conquistadores entonan el réquiem, el dominico da la absolución. Pizarro va de luto. Lleva una banda negra a través de la coraza; una escarapela de crespón flota en la empuñadura de su espada. Tiene cara de hombre desesperado.

Llegada la noche, y ya enterrados cristianamente los despojos de Atahualpa, una cohorte de fieles desentierran al inca y le trasladan, en el mayor secreto, a Quito, su patria. Ruminagui se hace cargo del cadáver regio y convoca a todo el pueblo indio. Después de las pompas de la Iglesia, la ceremonia incaica. Atahualpa es inhumado por segunda vez. Le han abierto una fosa junto a la de su padre, Huayna Cápac. Las compañeras del difunto se apuñalan una a una sobre la tumba de su señor.

Cuzco, la Roma de los incas

Pizarro, libre ya de Atahualpa y de Huáscar, piensa en elegirles un sucesor. Simbólico, naturalmente, pero necesita a su lado un príncipe inca para entrar en Cuzco. Hay dos candidatos: Túpac, hermano de Atahualpa, y Manco, hijo de Huáscar. El primero reside en Quito; el segundo, en Cuzco. Pizarro opta por Manco. Recibe en su campamento al hijo de Huáscar y, a cambio de su apoyo, le promete coronarle en Cuzco. Queda concluida la alianza. Ya no hay nada que impida proseguir la aventura. Para ir de Cajamarca a Cuzco, los españoles toman el gran camino que enlaza el norte con el sur a través de las altiplanicies andinas. Es el «Camino del Inca». Parte de Pasto, atraviesa Quito, Tumipampa, Cajamarca, Huamachuco, Vilcas, Cuzco, bordea el lago Titicaca y se interna más lejos aún hacia el sur. Construido en duro mortero, soporta fácilmente el peso de los jinetes armados y de los cañones. Casi constantemente rectilíneo, el «Camino del Inca» se adapta a la naturaleza del terreno. Gradas para escalar la montaña, puentes colgantes para pasar los ríos, calzadas terraplenadas para atravesar los cenagales. No falta nada, ni siquiera los postes indicadores. El suelo es plano y liso. Ni una onza de barro macula su impecable limpieza. Los españoles están pasmados. No pueden menos de comparar estas vías perfectamente pavimentadas con los polvorientos caminos de Castilla la Vieja. Los que han hecho la guerra en Italia recuerdan las vías romanas. Comparadas con los caminos reales del Perú, no valen nada. Y Pizarro comienza a entender uno de los secretos del poderío incaico. Para centralizar la administración del enorme imperio —desde Colombia a Chile— hacía falta una gran red de caminos. El sistema político se apoyaba en un problema de comunicaciones. Los incas lo habían resuelto. Buenos caminos, jalonados de hosterías y de postas; equipos de acarreadores dispuestos a partir inmediatamente; correos, en fin, minuciosamente estudiados, permitían al emperador enviar y recibir mensajes; a la intendencia, distribuir mercancías; a la policía, establecer relaciones en un tiempo mínimo. Una orden del inca tardaba diez días para ir de Cuzco a Quito. ¡Cerca de dos mil kilómetros! Pero los *chasquis* se relevaban sin interrupción y corrían día

Guerra entre los conquistadores

y noche. Los caminos peruanos eran los nervios —constantemente tensos y vibrantes— que transmitían al cerebro imperial el menor estremecimiento de aquel gran cuerpo dócil: el Estado comunista incaico.

Día 15 de noviembre de 1532, dos horas antes de anochecer. Los españoles están llegando a Cuzco. Hace un año justo que entraron en Cajamarca. Ayer cruzaron la frontera del imperio. Hoy están en el corazón del mismo. Todo, en efecto, va a converger en Cuzco: los desfiladeros, los caminos y los canales, como los pensamientos y las oraciones. Cuzco es para los peruanos lo que fue Roma para los latinos: la capital económica, política y religiosa. El horizonte es severo. Una vegetación escasa, un cielo de un azul brillante. Cuzco está a tres mil trescientos ochenta metros de altitud —¡como el Etna!—. El paisaje es mineral: cuarzo, esquisto, pizarra. ¿Por qué elegirían los primeros incas este valle pedregoso para fundar en él su capital? Dijérase que los precursores necesitaban la alianza del espacio y de la aridez. Las grandes civilizaciones se han formado en los desiertos. Desde la seca llanura de Babilonia hasta la roca de Manhattan.

Las murallas de Ávila cabrían enteras a la sombra de las murallas ciclópeas que rodean Cuzco. Sin embargo, se abren ante Pizarro. Han entrado los españoles. Desfilan arcabuz al hombro y espada en mano. He aquí los barrios de Cuzco, el de «la cola del puma» y el de «la serpiente de plata». He aquí la fortaleza de Saxahuaman y sus tres torres bajas. He aquí el templo del Sol: cuatro edificios de oro y plata rodeados de un triple muro de granito. En el interior, la imagen del Sol, de oro. Alrededor, las momias de los incas difuntos sentadas en sillas de oro. Las paredes están chapadas de oro. El jardín sagrado está lleno de flores y de animales recortados en hojas de oro. No es, pues, extraño que el templo del Sol o *Caricancha* se llamara también «el Paraje del Oro». He aquí, ahora, la «plaza de las fiestas» o plaza de Armas. En la misma época en que moría Jesús de Jerusalén, el gran sacerdote del Sol ofrecía al astro rey, en esta plaza, un cuenco de maíz fermentado. Flagelantes y monjes castrados desfilaban lentamente. Los ritos no han cambiado desde hace mil quinientos años. Resulta que el día en que entran los españoles en Cuzco es el de una gran fiesta religiosa. En las calles de la ciudad peruana, los soldados de Pizarro tropiezan con cortejos sacros. Grupos de levitas llevan en paveses los ídolos de oro macizo. Los escoltan danzantes vestidos con túnicas negras. Los flagelantes se disciplinan hasta hacerse sangre. ¡Oro y sangre! Como en Sevilla. ¿Están los españoles en la fiesta del Corpus? Esos mancebos que desfilan rítmicamente, esos penitentes, esos «pasos»... Pero la ilusión dura poco. Esa mascarada pagana es un insulto a la verdadera fe. Los andaluces se acuerdan de la Virgen de los Dolores y de su manto resplandeciente. Espada en alto irrumpen entre la multitud. Los indios responden con piedras y jabalinas. Se enreda la pelea. Los peruanos, superiores en número, son muy pronto aplastados por la furia española. El cántico al Sol ha cesado. Ya no se oye más que el chocar de las armaduras, el crepitar de los arcabuces y los gritos de los heridos. Pero los hombres de Pizarro buscan, más que sangre, oro. Tienden hacia los ídolos las manos entumecidas de haber pegado tan fuerte. Y comienza el saqueo de Cuzco. En los palacios, en los templos, en las casas. Una locura de codicia impulsa a los españoles. Sin embargo, no hace tanto tiempo que recibieron su parte del tesoro de Atahualpa. Son ricos. Pero no lo bastante. Se procede precipitadamente al reparto del botín. Ningún soldado en campaña cobró jamás soldada tan fantástica. Los conquistadores no saben qué hacer con su fortuna. Los avaros la guardan en escondrijos. Los pródigos, que no encuentran manera de gastar tanta riqueza, la arriesgan al azar del juego. Con lo que se juegan en una tirada de dados habría para subsistir toda una vida. Un soldado de caballería llamado Leguizano recibe como parte del botín un disco de oro macizo que representa la imagen del dios Sol. Una noche de orgía se lo juega a la dobladilla. Pierde. Queda arruinado, pero su mala suerte pasará a la historia en forma proverbial: «Jugar el sol antes que salga.»

Cuzco —la ciudad imperial «en la que cada calle, cada fortaleza, cada piedra era considerada como un misterio sagrado»— no existe ya. Desde ahora mismo y sin esperar más, Pizarro se propone convertir en una ciudad española la que fue capital de los incas. Este conquistador es también arquitecto. Traza el plano de la nueva ciudad. Grandes arterias reemplazarán la red de las calles. Claustros y conventos surgirán sobre las ruinas de los cuatrocientos templos incaicos. En el santuario de Viracocha se elevará la catedral de Santo Domingo, y en las hornacinas consagradas a las lágrimas de oro derramadas por el Sol se pondrán imágenes de santos. Miradores y balcones adornarán las cuadradas mansiones de los nobles peruanos. Este trabajo de reconstrucción no será cosa de un día. Por lo demás, ¡qué más le da a ese pueblo pasivo trabajar para el inca o para el rey de España!

El pacto de Riobamba

Mientras Pizarro hace el inventario de su victoria, llega al campamento español una noticia sorprendente. Pedro de Alvarado ha desembarcado en Puerto Viejo, en la costa ecuatoriana, al frente de quinientos soldados, doscientos caballos y un importante destacamento de mercenarios indios. ¡Alvarado, el segundo de Cortés, el héroe de Tacuba! ¿Qué quiere el hombre de la barba roja? Tomar parte en el festín, seguro. Pizarro se entera por sus informadores de que Alvarado se dirige hacia Quito a marchas forzadas. Al mismo tiempo —una mala noticia no llega nunca sola— avisan a Pizarro de que Ruminagui ha reunido fuerzas importantes y se apresta a tomarse el desquite. Quito es ahora el centro de la resistencia peruana. Hay que hacer frente a la doble amenaza. Pizarro designa a Almagro y a Belalcázar para salir al encuentro de los indios de Ruminagui y de los españoles de Pedro de Alvarado. Los dos destacamentos se ponen en camino hacia el norte.

Pedro de Alvarado no está en el Ecuador por casualidad, sino siguiendo una marcha triunfal. Enviado por Cortés a explorar el sur, salió de México con unos cuantos hombres intrépidos. La tropa, abriéndose camino con la espada a través de la terrible manigua de Chiapas, descubre Guatemala. Alvarado —¡ese gran diablo de capitán que ha adorado siempre los honores!— se proclama gobernador de Guatemala. El emperador, informado de la proeza de Alvarado, ratifica el título que él mismo se asignó. Alvarado, animado por el favor del príncipe, solicita autorización para seguir avanzando hacia el sur. Se la conceden. Le señalan una zona de influencia fuera de la sometida a Pizarro. Estas delimitaciones son vagas. ¿Cómo va a poder la administración regia trazar en el pergamino las fronteras de un país casi desconocido? Permitir a Alvarado poner pie en el Perú era darle carta blanca. Por lo demás, Alvarado así lo entiende.

En primer lugar, Belalcázar tiene que entendérselas con

Ruminagui. El encuentro tiene lugar a las puertas de Quito. El jefe indio no tiene la madera de Cuauthémoc, pero, de todos modos, encarna la resistencia. Los españoles rompen los cuadros, matan o apresan a los jefes; las minorías dirigentes se muestran incapaces. Sobre este triste fondo se destaca la silueta de Ruminagui como un guerrero en pie en medio de los muertos. Encarna a la patria, pero no ya a la dinastía. No necesita ceñirse a la frente la diadema real para ser el rey. Ruminagui es un rudo soldado. No se para en matices, se bate. Lo cual no le impide practicar cierto humor feroz. En el momento en que los españoles se aproximan a Quito, el indio les dice a sus mujeres: «Ya llegan los cristianos. Os podréis divertir.» La broma es buena. Las mujeres se echan a reír. ¡Buena la hacen! Este acceso de alegría a destiempo les cuesta la vida: Ruminagui manda que las decapiten a todas.

Frente a los doce mil hombres del indio, Belalcázar alinea a doscientos cincuenta de infantería y ochenta de caballería. Una vez más, la ciencia militar y el valor de los españoles se imponen al número. Belalcázar ha dividido sus tropas en pequeños grupos volantes que se trasladan muy rápidamente de un punto a otro. Hostigan al ejército de Ruminagui como enjambres de avispas. Estas picaduras le hacen perder la cohesión. Verse atacados por todas partes a la vez, no saber por dónde van a venir los golpes y no poder, por tanto, prevenirlos a tiempo, desmoraliza a los guerreros indios. Se aturrullan, giran sobre sí mismos, intentan acudir a todas partes, se agotan en inútiles carreras. No tardan en ser presa del pánico. Aprovechando su desconcierto, Belalcázar los empuja poco a poco hacia la llanura. Esta táctica, inventada por Cortés, ha dado buenos resultados. La llanura es la posibilidad de desplegar la caballería y de envolver al adversario. En cuanto el capitán español considera a los peruanos bastante fatigados, lanza contra ellos sus caballos. Unos cuantos cañonazos acaban de aterrorizarlos. Las furiosas exhortaciones de Ruminagui se pierden entre los gemidos de sus soldados. Por más que vocifera que los españoles son hombres como los demás, no le creen. Esos seres que relucen al sol y corren sobre cuatro pies no pueden menos de ser dioses. Son dueños del rayo. Y, para darles la razón, llega un aliado inesperado en ayuda de Belalcázar: el Cotopaxi. Por una coincidencia que los españoles reciben como providencial, el volcán, dormido durante mucho tiempo, entra de pronto en erupción. ¿Cómo

Guerra entre los conquistadores

dudar que los extranjeros son de raza divina? ¡Ni el mismo inca tenía poder sobre el fuego de las montañas! Los indios sueltan sus armas y huyen bajo una lluvia de escoria y de cenizas. Ruminagui, seguido de sus oficiales, abandona Quito. En un último gesto de rabia, prende fuego al palacio de Huayna Cápac. Luego desaparece tras las cumbres del norte.

Mientras Belalcázar se batía a las puertas de Quito, Almagro exploraba la costa en busca de Pedro de Alvarado. Al compañero de Cortés no había quien lo cogiera. Le habían visto desembarcar en Puerto Viejo y tomar la dirección de la montaña. ¿Pero cómo encontrar a un puñado de hombres en los cerrados arcabucos de la selva ecuatorial? Almagro retrocede y se dirige a Quito. Llega a tiempo para ayudar a Belalcázar a dominar la resistencia de Ruminagui. Al mismo tiempo que colabora en la victoria común, limpiando los suburbios de la ciudad, saca su parte de botín. Luego, dejando a Belalcázar dueño y gobernador de Quito, se vuelve a Cuzco.

El Ecuador es una escalera que sube del océano Pacífico a las cumbres de los Andes —las «penínsulas del cielo»—. En el último rellano de esta gigantesca escalera se levanta una ciudad: Quito, capital de las nubes, futura «Luz de América». Ahora que la han evacuado Ruminagui y los suyos, Quito es siniestra como un cráter de volcán, pero palpita aún con una vida secreta, como un nido de cóndores. Los españoles avanzan paso a paso por las desiertas calles. Templos, torres y tumbas... Belalcázar está pensando ya en clavar cruces en las cúpulas. Mientras tanto, da a la ciudad santa de los squiris el nombre de San Francisco de Quito.

Alvarado no se ha perdido. Trepa por la escalera del Ecuador, marcha tras marcha. Sigue a través de la cordillera una de las expediciones más duras que el hombre realizara jamás. Los españoles de Alvarado avanzan a trompicones por las heladas pistas de la «avenida de los volcanes». Matan sus caballos para comerlos. A guisa de bebida chupan nieve. Sesenta de ellos mueren de frío. Entre la víctimas figura un soldado acompañado de su mujer y de sus dos hijas pequeñas. No pudiendo hacer nada por socorrerlas, las coge en sus brazos y se deja morir con ellas. Tampoco se libra la pequeña tropa de los furores plutonianos del Cotopaxi y del Chimborazo. Pesadas nubes de humo y ceniza, explosiones tronitonantes y lluvia de azufre completan la decoración. ¡Que no vengan a hablarles del infierno a estos buenos cristianos! Están en él.

Finalmente, después de salvar pasos vertiginosos y estar cien veces a punto de romperse la crisma, los españoles llegan a la llanura de Riobamba. Reciben el pago de sus penalidades. Ayer aún se creían en el infierno. Hoy pisan las verdes praderas del paraíso. La provincia de Riobamba se encuentra en medio de la sierra, en el inmenso valle comprendido entre las dos ramas de la cordillera andina. Es el país de la primavera eterna. Rosas, lilas, tulipanes y ¡hasta claveles andaluces! Cascadas, pájaros, frutas... Profusión tal de aguas, de colores y de aromas embriaga a los conquistadores. ¿Para qué ir más lejos? Deben instalarse en esta maravillosa provincia. Los habitantes de Riobamba no están dispuestos a dejarse desposeer. Los españoles, despejados por el ataque indio, emprenden el combate. En la primera fila de los atacantes figuran mujeres. Llevan el carcaj a la espalda y no son las menos ágiles en manejar el arco. Una batalla mitológica —¡oh recuerdo de Escitia!— enfrenta en la llanura ecuatorial a los jinetes españoles y a las mujeres arqueros. Centauros contra amazonas.

Antes de llegar a Cuzco se entera Almagro de que Alvarado está a cien kilómetros de Quito. Belalcázar recibe la misma información. Ambos se dirigen a Riobamba al frente de una columna. Alvarado espera a pie firme a sus buenos compatriotas. ¿Aceptará el combate? La cosa es aventurada. Ha podido rechazar la ofensiva de los indios de Riobamba. ¿Pero qué podrán hacer sus fatigadas tropas contra las frescas de Almagro y de Belalcázar? También estos dos capitanes vacilan. Bien quisieran poner fuera de combate a Alvarado, pero a poca costa. No tardan en avistarse ambas columnas. Los jefes establecen contacto. Acuerdan las condiciones del combate como si se tratara de un duelo. ¿No están entre caballeros? En el momento de sacar la espada se arrepienten. La sangre española es demasiado preciosa para dilapidarla. En vez de conseguir por las armas la expulsión de Alvarado, ¿por qué no comprarla? Almagro le ofrece cien mil pesos a cambio de que se vuelva hacia la costa, a su gobierno de Guatemala. Alvarado acepta la transacción. No es mal negocio para él. Pues lo que no ha dicho es que, a través de su peligroso viaje entre Túmbez y Riobamba, ha recogido una buena cosecha de oro y esmeraldas. ¡La fortuna vale tanto como el poder! Queda

Guerra entre los conquistadores

acordado que los cien mil pesos se los entregará personalmente Francisco Pizarro. Concluido el acuerdo, Belalcázar se vuelve a Quito. Alvarado y Almagro se encaminan a Pachacámac, donde se encuentra Pizarro. No habrá batalla fratricida. Al menos por ahora.

Preludio de la discordia

Francisco Pizarro ha pagado sus cien mil pesos a Pedro de Alvarado. Trato hecho, trato cumplido. El «Dios Solar», con su escarcela llena hasta reventar y con buenas palabras, se ha vuelto a Guatemala. ¡Un serio peligro eliminado! Ahora, Pizarro puede pensar en construir. Pues ésta parece ser su principal preocupación.

Empieza por fundar un puerto en la costa peruana. Le da el nombre de su villa natal: Trujillo. También Cortés había fundado Medellín. Pero Pizarro, más avisado que su modelo, decide establecer la futura capital del Perú no en donde estaba la anterior, sino en otro sitio. No es bueno entronizar a los dioses nuevos en los antiguos santuarios. Después de mucho buscar, Pizarro elige un lugar situado en el valle del Rímac, a menos de diez kilómetros del mar. Entre el futuro puerto del Callao y la desembocadura del río Rímac. El Callao dará acceso al Pacífico, y el Rímac conduce al interior. El lugar elegido por Pizarro, excelente desde el punto de vista comercial y político, es, además, sano. El clima recuerda el de Andalucía. La nueva ciudad, fundada el día de la Epifanía, se llamará Ciudad de los Reyes. Más adelante será Lima.

Su nueva vocación de constructor ¿absorbe a Pizarro hasta el punto de hacerle olvidar sus responsabilidades de jefe? Sin embargo, se pone a construir sobre un suelo todavía poco seguro. No se puede hacer ilusiones a este respecto. Sus dos hermanos, Juan y Gonzalo, están en Cuzco, donde se entienden mal con Almagro. Belalcázar está en Quito, luchando con los elementos indígenas rebeldes. Su otro hermano, Hernando, está en España. Él, a orillas del Pacífico. ¡Muy lejos los unos de los otros! ¿Y qué confianza se puede tener en el inca Manco, que debe de estar mordiendo el freno en su palacio del Cuzco? ¿Es el valle del Rímac, entre los albañiles indios, el sitio de Pizarro? El polvo de las obras —que no es ya el de los campos de batalla— empaña la plata de su coraza. ¿Acaso cree que la guerra se ha acabado? En esto vuelve de España Hernando Pizarro. Ha visto al emperador. El oro del Perú ha producido su efecto. ¡Hay que recompensar a los conquistadores del oro! Hernando saca de su jubón un fajo de pergaminos. Son los regalos de Carlos V. A Francisco Pizarro se le otorga el título de marqués de Altabillos. Se le asigna todo el norte del Perú, con el nombre de Nueva Castilla. A Almagro, el sur del Perú o Nueva Toledo. El padre Valverde es nombrado obispo de Cuzco. Hernando Pizarro, caballero de Santiago. Los favorecidos se felicitan, se abrazan. Y, sin embargo, las decisiones imperiales contienen el germen de futuras discordias. ¿Dónde acaba el sur y dónde empieza el norte del Perú? El tiempo de los geógrafos no ha llegado aún. Almagro y Pizarro delimitarán sus fronteras a estocadas.

Y, en primer lugar, ¿a quién pertenece Cuzco? Almagro reclama su posesión. Juan y Gonzalo Pizarro se la disputan. ¿Van a batirse? Están ya en los preliminares. Francisco Pizarro, advertido por los suyos, vuelve a toda prisa de Lima a Cuzco, dejando por un tiempo sus sueños de urbanista. Los dos socios —¿lo son todavía?— caen en brazos uno del otro. Se conocen desde hace treinta años. Han corrido juntos los campos de batalla de Italia. Son ellos los que abrieron la vía del oro, ¡y a qué precio! ¿Van ahora a alienar su patrimonio común y romper una vieja amistad por una mala inteligencia? Pizarro se compromete a no hacer nunca nada contra Almagro. Éste promete dejar el campo libre a Pizarro en un radio de ciento treinta leguas a partir de Cuzco. Queda convenido que buscará más al sur una provincia de su gusto. Si no la encuentra, compartirá el poder con Pizarro. Los dos conquistadores, para dar a su juramento una sanción divina, cruzan las manos sobre una hostia consagrada. Almagro, dirigiéndose al santo sacramento, exclama con voz fuerte: «¡Señor, si violo mi juramento, quiero que me confundas y me castigues en mi carne y en mi alma!» Después de esta espectacular ceremonia, Almagro y Pizarro se separan. El primero se va hacia el sur. El segundo, después de encomendar a sus hermanos Juan y Gonzalo el gobierno de Cuzco y la custodia de Manco, se vuelve hacia Lima. La ruptura entre Almagro y Pizarro se ha evitado por un pelo.

Pasan unos meses. Hernando Pizarro está de viaje. Alma-

Guerra entre los conquistadores

gro no da señales de vida. El marqués —así llaman desde ahora a Francisco Pizarro— se consagra a la construcción de Lima. Parece que ha perdido la afición a las armas. Le devora una pasión única: la de la piedra. Está incubando amorosamente a esa ciudad que crece, que tiene ya miradores, iglesias de atormentadas fachadas, palacios con pesadas puertas talladas en las maderas ecuatoriales. Es «su» ciudad...

Una vez más, graves acontecimientos van a arrancar al marqués de sus trabajos de paz. El inca Manco ha logrado burlar la vigilancia de los hermanos Pizarro y ha huido de Cuzco. Ha levantado el estandarte de la rebelión. En unas semanas pone en pie de guerra un ejército de doscientos mil indios. Luego, volviendo hacia Cuzco a la cabeza de sus tropas, el príncipe peruano ataca a la ciudad. Hernando Pizarro —que ha podido llegar a tiempo a la ciudad sitiada— toma el mando de las fuerzas españolas con Juan y Gonzalo. En cuanto al marqués, está bloqueado en Lima. Los indios han cortado las comunicaciones entre las dos ciudades. El honor de España está en manos de los tres hermanos de Francisco Pizarro. Éste, prisionero en Lima y consciente de la amenaza que pesa sobre el Perú español, pide socorro a los gobernadores de las islas y de la tierra firme.

¡Cómo no había de pensar Hernando Pizarro en México! El recuerdo de la «Noche Triste» y de la derrota de Cortés le galvaniza. ¿Se va a dejar encerrar en Cuzco? Hernando está decidido a hacer cuanto sea por romper el cerco de los indios. Cueste lo que cueste, tiene que mantenerse en la ciudad. Si no, él y los suyos están perdidos. El sitio comienza con una lluvia de flechas inflamadas. Cuzco está ardiendo, con excepción de los edificios de piedra. El nudo de la batalla se encuentra en la fortaleza de Saxahuaman. El colosal *blockhaus* es ocupado alternativamente por los españoles y por los peruanos. Durante varios meses, los adversarios se encarnizan en los enormes muros, parecidos a los tajamares acorazados de las naves antiguas. La acometividad de los soldados indios asombra a los combatientes españoles. ¿Éste es el pueblo que creían inerte? Pero, poco a poco, los combates van siendo favorables a Pizarro. Hernando logra desalojar definitivamente a los indios de Saxahuaman. Desde aquí dirige y orienta las operaciones. Tiene el dolor de ver morir junto a él a su hermano Juan, herido en la cabeza por una piedra de honda. Al poco tiempo, el último defensor peruano, con el rostro untado de tierra, se arroja desde lo alto de la fortaleza. Antes lanza sobre los cadáveres españoles su maza estrellada de puntas de bronce. Este teatral suicidio anuncia la derrota de Manco. El inca levanta el sitio y se repliega al sur. Los españoles van a ganar. Hernando Pizarro ya no tiene más que extender los brazos hacia la victoria en marcha. Pero será otro el que la coja al paso. Otro a quien no esperaban: Almagro.

Almagro, enterado de lo que ocurría en Cuzco, había interrumpido su expedición para acudir en ayuda de Hernando Pizarro. Este gesto, generoso en apariencia, encubría una intención pérfida. Almagro le tenía a Cuzco el mismo amor que el marqués sentía por Lima. No volaba en ayuda de los Pizarro: acudía a la conquista de Cuzco. No le desagradaba encontrar ardiendo y mutilada la ciudad que él había dejado en pleno renacimiento. También él, como el marqués, lo quería todo nuevo. Mas, para ser el amo, tenía que dominar los últimos impulsos de la resistencia peruana, es decir, acabar lo que Hernando Pizarro había comenzado.

Esto de verse cogido por la espalda por el destacamento de Almagro no lo esperaba Manco. Al salir de Cuzco cae en la emboscada española. No puede más. Sólo procura escapar. Su retirada estratégica se convierte en una huida desordenada. Durante mucho tiempo, los soldados de Almagro persiguen al infortunado príncipe. No encuentra refugio hasta las montañas desérticas, en las afueras del Amazonas. Allí anuncia al pueblo que los dioses le han abandonado. ¡Que depongan las armas! La partida está perdida. En un concierto de alaridos y lamentos, las compañeras del inca y sus últimos partidarios se dan muerte. Un gran silencio cae sobre la última hazaña del nieto de Manco Cápac.

Almagro entra en Cuzco. Exige de los hermanos Pizarro que le entreguen la ciudad. Le pertenece. ¡Osada pretensión! ¿Qué hace Almagro de la promesa jurada al marqués? ¿Ha olvidado el juramento sobre la hostia? Almagro alega un hecho nuevo: ha recibido patentes de Su Majestad otorgándole la posesión de Cuzco. Hernando y Gonzalo no lo entienden así. Cuzco es feudo de los Pizarro. Almagro, fuera de sí, prende y encarcela a Hernando y a Gonzalo, se proclama gobernador y manda que se celebra en la catedral un tedéum en honor suyo.

Vencedor del inca, desembarazado de los hermanos Pizarro, dueño de Cuzco, sólo le falta a Almagro, para coronar su triunfo, desafiar a un útimo adversario: el propio marqués.

¿Le llevará su ambición al extremo de hacer armas contra su amigo de la juventud? Pero la juventud y la amistad cuentan poco ante una perspectiva tan tentadora: la posesión del Perú y de su oro. Y Almagro, los dientes apretados, la memoria y el corazón vacíos de recuerdos, se pone en marcha hacia Lima. Gonzalo Pizarro permanece encarcelado. En cambio, Hernando acompaña a la tropa. Almagro piensa que acaso podrá serle de alguna utilidad. Como rehén o como plenipotenciario.

Una vez más, las cosas se arreglan, gracias a la intervención de un sacerdote, fray Francisco de Bobadilla, provincial de la orden de la Merced. El religioso concierta una entrevista de Almagro con Francisco Pizarro en un lugar llamado Chinche. Los dos conquistadores se abordan con cordialidad y se abrazan, como en tiempos de su juventud. Se establecen las bases de un acuerdo. Almagro seguirá siendo gobernador de Cuzco hasta que el emperador comunique su decisión. Hernando Pizarro será libertado a condición de que vuelva a España. El marqués invita a su amigo a cenar. Pero el ágape es interrumpido por un caballero que se acerca a Almagro y le dice unas palabras al oído. Gonzalo se ha escapado de la cárcel y ha organizado una celada para asesinar a Almagro. Éste sale corriendo y monta a caballo. Los cascos de su cabalgadura hacen volar los guijarros del camino. Se vuelve y se despide del marqués con un gesto de la mano. Es el adiós definitivo: no se volverán a ver.

Al día siguiente, Francisco Pizarro recibe un despacho del emperador. Los dos capitanes son confirmados en sus posesiones, lo que quiere decir que el marqués es dueño de Cuzco. Hay que desalojar de allí a Almagro. Con la muerte en el alma —pues la resolución no le gusta nada—, Pizarro ordena a su hermano Hernando que marche a Cuzco. Almagro recoge el reto. No devolverá al marqués la ciudad santa de los incas. Pero tampoco se siente con fuerzas para combatir. Es viejo —¡sesenta y tres años!— y ya le pesa la espada. Encomienda el mando de sus tropas a Orgóñez y se refugia en las alturas que dominan Cuzco. Desde allí podrá seguir las peripecias de la batalla. Pues habrá batalla. Los dados están tirados. Va a estallar la guerra fratricida, tanto tiempo aplazada.

El duelo de las Salinas

En un duelo se enfrentan, en efecto, los españoles de Hernando Pizarro y los de Almagro. Se ventila una querella. Pero la lid no será regulada por la cortesía. Los seiscientos hombres de Almagro y los ochocientos de Pizarro pelean como perros. ¿Han olvidado que sirven al mismo rey y que han nacido casi todos en Extremadura? ¿Qué intereses particulares los azuzan de tal modo unos contra otros?

El encuentro tiene lugar en la llanada de Las Salinas —así llamada por las charcas saladas que hay en ella—, a cuatro kilómetros de Cuzco. Comienza el combate. Hernando Pizarro ha elegido como maestro de campo a Pedro de Valdivia, el futuro vencedor de los araucanos. Orgóñez está rodeado de nobles ya probados, entre ellos Francisco de Chaves y Juan Tello. Los dos ejércitos se enfrentan con furia. Los peruanos, agrupados en las colinas, sienten un gozo imprevisto: el de ver cómo sus enemigos se tirotean, se acometen, se destripan como si se tratara de indios. ¡Ahora les toca a ellos presenciar el espectáculo! Los soldados de Almagro no tardan en perder pie. Tienen más lanzas que el adversario, pero menos armas de fuego. Es la pólvora lo que decide. El ejército de Almagro se va retirando hacia la montaña. Orgóñez, herido de un arcabuzazo en la cabeza, cae en una emboscada cuando se dispone a reagrupar a sus tropas. Vencido por el número, tiende su espada a un oficial de Hernando Pizarro. Pero la consigna de Pizarro es: «¡No hay cuartel!», ni siquiera para un hidalgo. Y Orgóñez, en el momento de apearse del caballo, recibe un tiro a bocajarro. Se derrumba. La muerte del jefe precipita la desbandada. El partido de Almagro ha perdido.

Este Almagro de hoy ¿es realmente el Almagro lleno de arrogancia que no hace tanto tiempo imponía su ley a los hermanos Pizarro? Atado como un saco a lomos de una mula, tal es su mísera entrada en Cuzco. Ha perdido toda fuerza e implora perdón a su vencedor. Pero Hernando Pizarro no está dispuesto a la indulgencia. Encarcela a Almagro e inmediatamente manda instruirle proceso. Unos golillas muy tiesos pasan por el tamiz los menores hechos y gestos de Almagro ¡desde que salió de Panamá! No les es difícil presentar las pruebas de su culpabilidad. Almagro se ha opuesto con las armas en la mano a la voluntad del marqués. Se ha apoderado de Cuzco. Ha entrado con su ejército «a banderas desplegadas» en los territorios dependientes de la autoridad de Francisco Pizarro. Acusado de alta traición, es condenado a muerte. Cuando le notifican la sentencia, el preso pierde la poca dignidad que le quedaba. Cae a los pies de Hernando Pizarro, suplicándole que no le inflija un fin tan ignominioso. ¿No le devolvió él la libertad cuando le tenía en su poder? Y, remontándose más atrás, le recuerda la parte que él, Almagro, tomó en la fortuna de Francisco Pizarro. Pero Hernando se mantiene inflexible. Con voz glacial invita a Almagro a encomendar su alma a Dios. «¿Cómo no he de temer la muerte yo, si el mismo Jesucristo la temió?» ¡Mucho tenía que amar la vida aquel viejo inválido y deshonrado para hacer tan miserable confesión!

Almagro recibe los últimos sacramentos. Antes ha hecho testamento, dejando por herederos al emperador y a su hijo Diego. Luego le echan la cuerda al cuello. Y el compañero de Pizarro muere en garrote vil, como Atahualpa. Luego arrastran su cadáver a la gran plaza de Cuzco. El verdugo corta la cabeza de un hachazo y la muestra al pueblo. Pero al día siguiente le dedican unos solemnes funerales en la capilla del convento de la Merced. Hernando Pizarro preside el duelo. Los peruanos —testigos del suplicio y de los funerales— están estupefactos. Ayer rodaba sobre el tajo la cabeza de Almagro. Hoy, Hernando Pizarro entona el réquiem. Le corren las lágrimas por la cara. ¿Qué significa «ese exceso de honor y ese exceso de ignominia?»

El fin del marqués

El marqués se entera con profunda pena de la ejecución de Almagro. ¡Él no pedía tanto! Pero su pena se atenúa con un real alivio. El pacto concluido hace quince años ha quedado roto. Francisco Pizarro es libre. Puede consagrarse, sin miedo y sin reservas, a terminar su obra.

Año 1541. El marqués tiene sesenta y seis años. Ha renunciado definitivamente a las expediciones militares, para realizar su verdadera pasión: construir. Lima es ya una ciudad importante. Han surgido otras: Huamanga, Chuquisaca, Arequipa... En el fastuoso palacio que le han hecho, con arreglo a planos suyos, en medio de la plaza de Lima, Francisco Pizarro es como un rey. Sin embargo, el amo del Perú es «demócrata», o, al menos, presume de serlo a ratos. Ha jugado a la pelota con sus criados en su patio, plantado de naranjos. Se pasea por las calles sin escolta, con una capa negra, un sombrero blanco y un simple puñal al cinto. Un día, paseando a la orilla de un río, se tira al agua para salvar a un indio que se estaba ahogando. Pero también sabe representar el papel de soberano. Con la edad y el ejercicio del poder ha adquirido una verdadera majestad. Es de ver en el gran salón del palacio, envuelto en su hopalanda de púrpura o en las pieles de marta que Cortés le mandó de México.

La repugnancia del marqués a la guerra es ya definitiva. ¿Cansancio de las armas o remordimiento? Construye, administra, gobierna. Pero no quiere ni conquistar ni pelear. Esto se lo ha dejado a sus lugartenientes. Pedro de Candía está en Titicaca; Gonzalo Pizarro, explorando el Perú oriental; Pedro de Valdivia prosigue la conquista de Chile, comenzada por Almagro. En cuanto a Hernando Pizarro, se volvió a España. ¡Buena la hizo! Los partidarios que tenía Almagro en la corte han convencido al emperador de la felonía de Hernando. Y éste acabará sus días, centenario, en la cárcel. Juan Pizarro murió en el sitio de Cuzco. El marqués está solo.

¿Ha pasado la época de las conjuras? No: se está preparando otra en la sombra. El jefe es Diego Almagro, hijo del ajusticiado. Este mestizo —su madre era una india de Panamá— ha agrupado en torno suyo a todos los elementos hostiles a Francisco Pizarro. Son numerosos, aun contando sólo a los compañeros de Almagro, que arden en deseos de vengar su muerte. Los leales del marqués no han dejado de ponerle en guardia contra el peligro que le amenaza. Pero el viejo jefe no hace caso de tales advertencias y rechaza toda precaución. Cada vez más lejano, más metido en sí mismo, sigue acariciando su sueño imperial. Tal desdén de la muerte es señal inequívoca de que el marqués habita en esas altas regiones solitarias donde el hombre convertido en héroe cree en su estrella y nada más que en su estrella. ¡Qué le importa a Francisco Pizarro ese chocar de espadas que se acerca! A él, sólo Dios le puede juzgar.

Un domingo de junio, el marqués ha invitado a su mesa a algunos amigos eminentes, entre ellos al obispo de Quito, a Francisco de Chaves y a su lugarteniente, Juan Velázquez. Es

Guerra entre los conquistadores

mediodía, entre doce y una. Por la ventana abierta llega un rumor a los oídos de los convidados. Los gritos se van haciendo más distintos: «¡Muera el tirano!» ¿Quién es el tirano? Francisco Pizarro. Llegan frente al palacio unos diez hombres armados. Los manda un oficial, Juan de Herrada, lugarteniente de Diego Almagro. El marqués, con gran calma, manda cerrar todas las puertas y se retira a sus habitaciones para quitarse la hopalanda roja y ponerse una armadura. Mientras tanto, Francisco de Chaves intenta parlamentar. Entreabre la puerta. Los partidarios de Almagro irrumpen por ella y penetran en el interior del palacio. Chaves, acribillado a estocadas, sucumbe gimiendo: «¿Qué es esto? ¡Así se trata a los amigos!» Los conjurados se lanzan por la escalera y entran en el salón. Están ante la habitación del marqués. Al acercarse el pelotón de asaltantes, los familiares de Francisco Pizarro han huido. Saltaron a la calle por las ventanas, incluso Juan Velázquez, que, para tener las manos libres, sujetaba con los dientes su bastón de mando. El marqués sale de su habitación. No le dan tiempo a atarse las correas de la coraza. Protegiéndose con el escudo, acomete a sus adversarios espada en mano. Cinco españoles se baten a su lado. Pero no tarda en quedarse solo. Solo contra diez. Molinetes, estocadas, paradas... Los hombres de Almagro están pasmados. Ese viejo de cerca de setenta años maneja la espada como un joven escudero. Juan de Herrada se asoma a la ventana para pedir refuerzos. Ahora son veinte contra Pizarro solo. Llueven los golpes sobre ese hombre que permanece en pie. ¿Será invulnerable? Pero ya no puede más. Se le relaja el brazo. Es como un ciervo rendido. Una última estocada y el marqués se derrumba, herido en la garganta. Pide confesión. Luego, ya sin poder hablar, moja la mano en su propia sangre y traza en el suelo una gran cruz. Besa esta cruz de sangre y expira, con la boca pegada a la imagen de Cristo.

«Donde se pueden ver las cosas del mundo y variedades de la fortuna, que en tan breve tiempo un caballero que tan grandes tierras y reinos había descubierto y gobernado, y poseído tan grandes riquezas y dado tanta renta y haciendas como no se hallara haber repartido (respecto del tiempo) el más poderoso príncipe del mundo, viniese a ser muerto sin confesión, ni dejar otro orden en su ánima ni en su descendencia, por mano de doce hombres en medio del día y estando

en una ciudad donde todos los vecinos eran criados y deudos y soldados y amigos suyos, y que a todos los había dado de comer muy prósperamente, sin que nadie le viniera a socorrer; antes le huyesen y desamparasen criados que tenía en su casa, y que le enterrasen tan ignominiosamente como está dicho, y que de tanta riqueza y prosperidad como había poseído, en un momento viniese a no haber en toda su hacienda con qué comprar la cera de su enterramiento...»
¿Es Bossuet quien se expresa así? Pudiera creerse, por el acento y el estilo de esta bella oración fúnebre. El autor es un contemporáneo de Pizarro, el cronista Agustín de Zárate. Resume bien la prodigiosa curva de este destino sin ejemplo.

El rasgo característico de este destino es la continuidad en la ascensión, pero no la continuidad del hombre. En cada momento de la vida de Pizarro surge un Pizarro nuevo. El Cortés de México —el marqués del Valle— no es tan diferente del bachiller de Salamanca, ni siquiera del adolescente de Medellín que se imaginaba ya conquistador. Cristóbal Colón agonizante acaricia las mismas quimeras que en Porto Santo. Nada de eso en Pizarro. Hay en él tantos personajes nuevos como épocas de su vida. El porquerizo de Trujillo. El soldado de fortuna. El hombre para todo menester de los capitanes de la Mar del Sur. El plantador de las islas. El marino pertinaz que se incrusta como una concha reluciente en las rocas de Puerto del Hambre. El vencedor de los Andes. El carcelero de Atahualpa. El constructor de ciudades. El marqués con manto de púrpura. Todas estas figuras se mezclan como se mezclan, al barajarlas, las de un juego de naipes. Una sota. Un rey. Y es inútil buscarles un aire de familia. ¿Pues qué puede tener de común este patriarca vestido de púrpura —como un cónsul romano— con el soldado de las guerras de Italia y el saqueador de Túmbez?

Sin embargo, dos de estas imágenes —la del comienzo y la del final— dan al personaje una especie de unidad moral. Un recién nacido es abandonado en la escalinata de una iglesia de Extremadura. Conserva la vida por pura casualidad. Está ya solo a la edad en que hasta la criatura más humilde se halla rodeada de cuidados. Pasados sesenta y seis años, el conquistador del Perú sucumbe bajo el hierro de los conjurados, como Julio César. Los asesinos, consumado el golpe, se quedan pasmados. ¡Han matado a Pizarro! Luego escapan como ladrones. Nadie osa tocar el cadáver, por miedo a comprometerse. Por fin, un hombre de Trujillo y su mujer le llevan a la iglesia más próxima, le amortajan y le entierran. A pesar de la prisa temerosa con que actúan, se detienen a envolver al marqués en el gran manto blanco de la orden de Santiago y a ponerle las espuelas. Francisco Pizarro ha muerto solo. Es decir, que desde el primer día de su existencia hasta el último no ha tenido más amor ni más compañero que él mismo. Ha permanecido constantemente fiel a esta austera soledad. Y hay que subrayar, además, que él la ha querido. Al final de su vida era ya el único clima que su orgullo podía soportar. El que se cree elegido de Dios e intérprete de la historia no puede tolerar a nadie.

CUARTA PARTE

FRAILES CONTRA CAPITANES O EL PROCESO DE LOS CONQUISTADORES

¿Quién os ha autorizado a marcarnos el rostro con un hierro rojo?

(Pregunta de un jefe araucano a don Francisco Núñez Pineda y Bascuñán, capitán español.)

CAPÍTULO PRIMERO

La Araucania

Pizarro ha muerto. Después de los dos hombres, dos partidos: los «pizarristas» y los «almagristas». Resulta, pues, que la guerra civil no ha terminado ni en Las Salinas ni con la muerte de los dos jefes. Por el contrario, se aviva. Es inútil que el hijo de Almagro se proclame gobernador del Perú: nadie le reconoce este título, salvo la camarilla que rodea al mestizo. El desorden no puede ser mayor. A los peruanos se les presenta una última ocasión de sacudirse la tutela española. No la aprovechan. Y, sin embargo, ¡cuán favorable era la coyuntura! ¡Ah, si hubieran tenido un jefe como Cuauhtémoc! Carlos V, enterado de la situación, se asusta. ¿Se le va a escapar una de las colonias de la que tanto espera? Manda al Perú a un juez con plenos poderes, Vaca de Castro.

Liquidación de la aventura peruana

Vaca de Castro, hábil y prudente, se guarda muy bien de abordar de frente al adversario. Los focos de insurrección están en Cuzco y en Lima. Vaca de Castro los evitará. Fijará su residencia en Quito. Bien recibido por Belalcázar, comienza su investigación, recoge informaciones, forma su expediente. Se da cuenta muy pronto de que sólo una acción militar, apoyada en los elementos fieles al difunto marqués, podrá lograr el orden y la paz.
El encuentro decisivo tiene lugar en la montaña de Chupas, a unos kilómetros de Guamanga. A la cabeza de los

pizarristas marchan los capitanes más valientes de la conquista: Álvarez Holguín, Pedro de Vergara y, sobre todo, el terrible Francisco de Carvajal, apodado «el demonio de los Andes». Veterano de las guerras de Italia, antiguo maestro de campo de Gonzalo Pizarro, Carvajal es un coloso tan temido por sus soldados como por sus iguales. Aunque pasa bastante de los setenta años, su brutalidad y su fuerza física son todavía proverbiales. Como lo es su fama de borracho. Cristóbal de Barrientos lleva el estandarte real. A los almagristas los manda Diego Almagro en persona, rodeado de oficiales, entre los que hay algunos —como Pedro de Candía— que figuraron entre los primeros compañeros de Francisco Pizarro. ¡Uno de los «doce» con los rebeldes! En cuanto a Vaca de Castro, se queda en la retaguardia con unos cuantos jinetes. No quiere participar personalmente en la batalla. Este «licenciado» no es hombre de guerra.

Las tropas pizarristas, mejor equipadas, más numerosas y estimuladas por la garantía imperial, dominan sin gran dificultad al pequeño ejército almagrista. Pero la batalla es dura. Tan revueltos están los adversarios, que no se distinguirían unos a otros si no fuera por el color de las cintas. Las de los hombres de Vaca de Castro son rojas, y las de los soldados de Diego Almagro, blancas. El mestizo, al ver que la batalla se decide en contra suya, huye a Cuzco. Sus tropas se retiran también a la desbandada. Cuando llega la noche, no queda ni un almagrista en el campo de batalla. A los pocos días, Vaca de Castro —después de mandar enterrar a los muertos y decapitar a los prisioneros que habían tomado parte en el asesinato del marqués— entra triunfalmente en Cuzco. Lo primero que hace es proclamarse gobernador del Perú. Esta vez, el nombramiento es legal. Vaca de Castro lo ha traído en el bolsillo desde España. Lo segundo, decapitar al hijo de Almagro en la plaza mayor de Cuzco. En el mismo lugar donde, cuatro años antes, fue decapitado su padre.

El suplicio de los dos Almagro significa el fin de los almagristas. ¿Y los pizarristas? La mayoría de ellos han formado bajo la bandera del rey. No todos. Uno de ellos se reserva: Gonzalo Pizarro. Desde que llegó a Quito Vaca de Castro, el mayor de los cuatro hermanos Pizarro —¿se puede contar entre los vivos a Hernando, que está purgando su pena en España?— le ha formulado de dientes afuera su sumisión. Hasta le ha ofrecido fríamente sus servicios. Pero Vaca de

La Araucania

Castro, aceptando la sumisión de Gonzalo, declina cortésmente el ofrecimiento de sus servicios. Por el momento, prefiere su neutralidad a su alianza. Por una especie de pacto tácito, Gonzalo se mantiene voluntariamente al margen del conflicto entre pizarristas y almagristas. Mientras se desarrolla el drama y durante el gobierno de Vaca de Castro, se queda en sus tierras de Chuquisaca, no lejos del lago Titicaca, donde hace la vida tranquila de un gran propietario. Breve entreacto antes del último cuadro.

Vaca de Castro, no sin trabajo, ha restablecido el orden en el Perú. Dando por terminada su misión, solicita del emperador su relevo. El emperador le complace nombrándole un sucesor: Blasco Núñez Vela. Éste desembarca en Túmbez con el título de virrey y acompañado por un numeroso estado mayor: corregidores con togas carmesí, contadores, oficiales de la Corona. Nunca había llegado de la metrópoli delegación tan imponente. El nuevo virrey, interpretando la voluntad de Carlos V, pretende demostrar sin lugar a dudas que se ha acabado el reinado de los aventureros. En lo sucesivo no habrá más que un solo señor: el rey de España. Pero Núñez Vela no se limita a llevar consigo el real sello —dentro de un cofre a lomos de un palafrén con gualdrapas de oro— y las varas de la justicia. Está encargado de aplicar en el Perú las «Leyes Nuevas» que acaban de ser promulgadas en Valladolid. Quedan suprimidas la esclavitud y las «encomiendas». Los indios son libres y leales vasallos de Su Majestad. Se ordena a todos los conquistadores —y particularmente a los funcionarios, a los eclesiásticos y a los partidarios de Almagro y de Pizarro— que liberen inmediatamente a sus esclavos. En suma, la misión de Núñez Vela se propone nada menos que privar de todo poder a los conquistadores del Perú y desposeerlos de las ventajas que han adquirido. Misión peligrosa, destinada al fracaso, teniendo en cuenta el carácter de Núñez Vela: colérico, dogmático y brutal.

La reacción no se hace esperar. Los conquistadores, reunidos en torno a Gonzalo Pizarro —¿qué mejor jefe para ellos?—, forman un ejército en el sur y se dirigen a Lima. El virrey no espera a que lleguen los insurrectos: huye hacia Quito. Gonzalo entra vencedor en el desierto palacio donde fue asesinado el marqués. La breve estancia en él de Núñez Vela ha dejado pocas huellas. Gonzalo tiene aún buen porte. Españoles y peruanos reconocen en él al ágil jinete que, hace ya mucho tiempo, caracoleaba ante los estupefactos ojos de Atahualpa. Nadie se opone a reconocer a Gonzalo Pizarro como gobernador del Perú. Detrás de él va el viejo Carvajal, ebrio de orgullo y de chicha, embutido en su coraza de oro. Pero Gonzalo no se dará por satisfecho hasta que no tenga el pellejo de Núñez Vela. Marcha hacia Quito, persigue por las montañas al desdichado virrey, le coge y manda decapitarle inmediatamente. Cae una cabeza y se ha jugado la partida. Luego Gonzalo vuelve a Lima e instaura en el palacio de su hermano una corte de déspota oriental. Ese nombre fulgurante de Pizarro, que parecía extinguido con la muerte de Francisco, sueña Gonzalo con inmortalizarlo. El gran Pizarro será él. Ha despedido a los funcionarios del rey. El rey es él.

¿Quién va a poder retorcerle el cuello a ese cóndor con las alas inmensamente desplegadas? Un fraile. Pedro de Lagasca, consejero del Santo Oficio. Esta vez, Carlos V tiene buena mano. La llegada de Lagasca al Perú pasó casi inadvertida. ¿A qué iba? A hacer, simplemente, una investigación por encargo de Su Majestad. Pero este hombrecillo flacucho y vestido con una sotana raída tiene unas singulares dotes de autoridad. Habla poco, pero a una sola palabra suya se calla todo el mundo. Un gesto, y todo el mundo le obedece. Cita por separado a todos los que de cerca o de lejos están en relación con Gonzalo. Los convence de su felonía. Se gana a algunos de los principales capitanes, especialmente a Pedro de Valdivia. Por último, logra levantar un ejército de dos mil hombres. Se libra una gran batalla a las puertas de Cuzco, en la llanura de Xaguixaguana. Gonzalo Pizarro es derrotado. El mismo día de su derrota le juzgan y le condenan a muerte, e inmediatamente le decapitan. Cuelgan su cabeza en la gran horca de Lima con esta inscripción: «Ésta es la cabeza de Gonzalo Pizarro, traidor y rebelde a su rey.» Al mismo tiempo son ahorcados nueve capitanes y es descuartizado Carvajal.

Después de pasar nueve meses en el Perú, Pedro de Lagasca se vuelve a España. Salió pobre y regresa pobre. Pero ha ganado un imperio para la Corona. Este clérigo de sotana raída y cara triste ha instaurado la paz y restaurado la administración y las finanzas de la colonia. Ya no hay ni pizarristas ni almagristas. Ahora, Carlos V domina firmemente el Perú. Esta reconquista es obra de Lagasca. La virtud logra a veces tales triunfos. En el primer plano del sangriento fresco peruano —cabezas cortadas, el viejo Carvajal arrastrado por cuatro caballos y perdiendo las tripas— se destaca el frío rostro de un fraile que convierte la *Tierra de Pirú* en Nueva Castilla y funda cerca del lago Titicaca la futura capital de Bolivia: Nuestra Señora de la Paz.

Primeras batallas en Chile

La forma geográfica de Chile es extravagante. Una correa estirada entre las cumbres de la cordillera de los Andes y el océano Pacífico, formando una franja litoral de cuatro mil kilómetros de largo y un ancho máximo de trescientos. Una franja que abarca cuarenta grados de latitud. Toda la gama de los climas, desde el desierto subtropical hasta la zona casi polar de Tierra del Fuego. Al norte, los grandes desiertos de Atacama, las inmensas llanuras de salitre color de plomo fundido. En el centro, el gran valle, templado por un eterno verano. Al sur, otra vez el desierto: el país de los fiordos y de los glaciares. Dominando esta estrecha cornisa, la cordillera y sus cimas de más de seis mil metros. Chile —vertiente de los Andes que se mete en las aguas del Pacífico— está oprimido entre la montaña y el océano.

Llegar a Chile por mar era ya posible en el siglo XVI. Los navegantes no tenían más que seguir adelante con sus carabelas para abordar la costa del «Valle del Paraíso» —Valparaíso, el futuro gran puerto del tráfico austral—. Pero llegar a Chile por el norte y por vía terrestre... Tenían que ser locos los que osaran semejante aventura, y héroes los que le dieran cima. En suma, conquistadores.

El primer adelantado de Chile fue Diego de Almagro, padre. Al compañero de Pizarro, después del compromiso de Cuzco y la decisión de Carlos V adjudicándole el sur del Perú, no le faltaba más que una cosa: conquistar su reino. Se puso a ello inmediatamente y se lanzó hacia el sur. La expedición era importante: quinientos setenta españoles y quince mil indios. Además de sus dos lugartenientes —Gómez de Alvarado y Ruy Díaz—, Almagro llevaba consigo al inca Paulo, hermano de Manco. Precaución útil en caso de conflicto con los indígenas. Desdeñando el aviso de los jefes peruanos, que le aconsejaban seguir la costa, Almagro se lanzó directamente por la cordillera. El inmenso frío y una espesa nieve sorprendieron a los españoles, mal calzados y ligeramente vestidos.

Almagro, sin preocuparse de las pérdidas humanas —ciento cincuenta españoles y diez mil indios perecieron helados—, prosigue la terrible ascensión. Al regreso, pasados seis meses, encontrarán en los campos de nieve grupos de soldados petrificados por el hielo, en pie y con las bridas de los caballos entre las manos —macabras estatuas ecuestres—. Al llegar a la cumbre de los Andes, emprende el descenso hasta Coquimbo. Desde aquí llega a la desembocadura del río Aconcagua. Hasta entonces no había encontrado ninguna resistencia por parte de las tribus indias. La presencia a su lado de un Hijo del Sol daba cierta validez a la expedición. Pero cuando los españoles llegaron al río Rapel, cambió la situación. Allí fue donde, cerca de un siglo antes, deshicieron los promaucas al ejército de Sinquiruca, general de Yupanqui, que iba a someterlos. Desde entonces, el Rapel era el límite del imperio incaico. A la otra parte del río, los promaucas vivían libres de toda dependencia y exentos de tributos. Desde entonces, los incas, por muy poderosos que fueran, no cruzaron nunca en armas la frontera del Rapel.

El orgullo de Almagro se rebelaba ante la sola idea de retroceder. Él, ¡castellano!, pasaría por donde los peruanos no pudieron pasar. Dio orden de atravesar el río. Pero al otro lado los esperaban los promaucas lanza en mano. La pelea era inevitable. Los soldados indígenas, desconcertados al principio por el aparato militar de los españoles, contraatacaron en seguida con tal vigor, que Almagro y los suyos tuvieron que replegarse dejando muertos y heridos sobre el terreno. El retorno a Cuzco fue siniestro. Las altiplanicies de Atacama, más feroces que las cimas de los Andes, estuvieron a punto de acabar con la expedición. Un glacis de ochocientos kilómetros de largo, sin una planta, sin un liquen —de memoria de hombre, allí no se había visto nunca llover—, donde abundaba, sin embargo, una especie de putrefacción desecada. Sólo la sangre de las batallas humedecía a veces aquel humus —vestigios de árboles o de algas prehistóricos—, mezclado con sales y otras materias minerales. Hasta los buitres huían de Atacama. Pero los hombres libraban allí duros combates por la posesión del abono y del hierro. Los españoles estuvieron a punto de perder la razón recorriendo el «Desierto del Salitre», paisaje fantasmal donde la deslumbradora reverberación del sol dibujaba en los campos de nitrato largos espectros movedizos. Los compañeros petrificados en el hielo

La Araucania

acabaron de aterrar a los conquistadores. En resumen, la campaña de Almagro —brillante proeza «deportiva»— se saldó con un fracaso. La interminable caminata no les había procurado oro ni posesiones. Volvían a Cuzco con las manos vacías. La continuación ya la conocemos. Al año de su regreso, Almagro murió ahorcado.

Un ejemplar de raza: Pedro de Valdivia

Probablemente, la autoridad moral de Francisco Pizarro y las armas de Hernando no habrían bastado para vencer a Almagro si no hubiese contribuido a ello Pedro de Valdivia. Eliminado Almagro, Nueva Toledo quedaba libre. Le correspondía por derecho a Valdivia, que había dado la medida de sus talentos militares y de su lealtad.

Valdivia era un recién llegado. Nacido en Villanueva de la Serena, a diez kilómetros de Medellín, patria de Cortés —¡siempre Extremadura!—, había guerreado valientemente en Italia antes de partir para América. Después de buscar durante algún tiempo su vía en Tierra Firme, acabó por incorporarse a las filas del marqués. Maestro de campo de Hernando Pizarro en la batalla de Las Salinas, fue el principal artesano de la victoria de los pizarristas. Buen mozo, de palabra elocuente, maneras nobles, joven aún —treinta años—, Pedro de Valdivia era pintiparado para abrir a España el camino del sur, penosamente iniciado por Almagro. El marqués, sin hacer caso de las reclamaciones de Francisco Camargo y de Sancho de Hoz —se decían autorizados por la Corona para explorar el sur—, nombró a Pedro de Valdivia teniente gobernador de Chile.

Aleccionado por la desdichada experiencia de Almagro, Valdivia, antes de ponerse en camino, estudió y puso en práctica todo lo que podía facilitar el éxito de la empresa. Con sus ciento cincuenta soldados españoles, reforzados por un importante contingente de indios, llevó artesanos, obreros, «técnicos» provistos de las herramientas necesarias para construir, plantar y producir. No llevaba sólo caballos, sino también cerdos y aves. No solamente pólvora, sino también simientes. Después de la conquista, Valdivia veía ya la colonización.

La expedición siguió el mismo camino, a la inversa, que la

de Diego Almagro. La cordillera, el desierto de Atacama, Copiapó, Coquimbo... Los españoles, oblicuando hacia el mar, descubrieron un fértil valle al pie del cual se abría una rada. Valdivia dio a este valle paradisíaco, cubierto de almendros en flor, el nombre de Valparaíso. Siguiendo por el interior de las tierras, los conquistadores llegaron a las orillas de otro río: el Mapocho. El lugar le pareció propicio a Valdivia para fundar en él una ciudad. Como se encontraba en el fin del mundo, llamó a la futura ciudad Santiago del Nuevo Extremo. Fiel a las tradiciones de procedimiento de sus antecesores, Valdivia, sin esperar a poner la primera piedra de la nueva ciudad, formó un consejo municipal, un cabildo, levantando acta ante notario. A los cuatro meses, moría asesinado el marqués. Inmediatamente se reúne el cabildo y reconoce como gobernador y capitán general de Chile al «muy magnífico señor Pedro de Valdivia, en el nombre de Dios, de Santa María la bendita y del apóstol Santiago».

Ya tenemos a Pedro de Valdivia elevado, por un artificio legal, al poder supremo. Pero reina sobre un desierto. Ha llegado el momento de organizar el territorio del que, muerto el marqués, es él el único señor. Sin esperar a que el sucesor de Francisco Pizarro le ratifique los poderes, Valdivia pone manos a la obra. ¿Su doctrina? Cabe en pocas palabras: «La mejor mina que conozco es el trigo, el vino y el ganado.» Los caballos de batalla, enganchados a arados primitivos, se convierten en animales de labor. Los soldados españoles podan la vid y ordeñan las vacas. ¿Es que el grito de guerra de los conquistadores se va a transformar en canto virgiliano? Pasan los meses. Santiago va tomando traza de aldea, luego de pueblo grande. Pero los compañeros de Valdivia se cansan. Falta la mano de obra indígena. Por otra parte, la población no es segura. Las frecuentes incursiones de los promaucas destruyen en un día el trabajo de varias semanas. Valdivia envía al Perú a Monroy, uno de sus oficiales, en busca de refuerzos. Monroy vuelve al frente de cincuenta jinetes, al mismo tiempo que ancla en Valparaíso un navío lleno de armas, de ropa y de víveres. No necesita más Valdivia para que se renueve su optimismo. Extiende sus conquistas. Pedro Bohón funda la población de La Serena en el valle de Coquimbo. Crece el trigo y se anuncia una buena cosecha. ¡Qué hermoso país y que poético nombre! *Chili* o *Thili* es el zorzal indio.

Mientras Valdivia saborea los goces del poder —y los del

La Araucania

amor con la hermosa Inés Suárez—, la guerra civil ensangrienta el Perú. Ha comenzado el último acto. Pedro de Lagasca se va a enfrentar con Gonzalo Pizarro. Valdivia decide hacer su papel en este drama. Llega a Cuzco cuando la partida está aún indecisa y a tiempo para tomar parte en la batalla de Xaguixaguana. Poniendo a disposición de Lagasca su ciencia militar, le asegura la victoria. El delegado del emperador, en prueba de gratitud, confirma a Valdivia en sus funciones de capitán y gobernador general de Chile —o Nueva Extremadura—. Pero el austero licenciado le pone a Valdivia dos condiciones: que pague sus deudas y que rompa con Inés Suárez. Si necesita una mujer, nada le impide mandar a buscar a su esposa legítima, que está pudriéndose en Badajoz. Así se gana la causa del rey y se salva la moral.

Valdivia, al regresar a Santiago, que ahora es de verdad *su* capital, toma medidas enérgicas. Organiza las finanzas, la administración y la policía. ¡No hay gobierno posible sin orden interior y sin economía! Y prosigue la conquista. Francisco de Aguirre pacifica Coquimbo y reconstruye La Serena, incendiada por los indios. Valdivia se pone en persona al frente de una columna y mete una arriesgada cuña hacia el sur. Llega a la población de Penco, a orillas del Pacífico, la toma y le da el nombre de Concepción. ¿No habrá nada que detenga a la caballería de Extremadura? Valdivia, ambicioso de espacio, sale de la población conquistada a la conquista de otra. ¡Ir apoderándose de pueblos y soñar con transformarlos en ciudades! El juego es embriagador. Pero he aquí que Valdivia llega a orillas del río Bío-Bío...

En la Araucania

El Bío-Bío es el límite natural del Chile central. Pasado este río se entra en el Chile meridional. El panorama cambia. Los Andes pierden altura y anchura. Los valles son más amplios. Hace más frío. Llueve. La gran isla de Chiloé no está lejos. Preside la entrada al mundo insular y helado donde termina Chile. Más abajo aún está el archipiélago de Tierra del Fuego, barrido por las ráfagas polares. Confluencia del Pacífico y del Atlántico.

Pero el Bío-Bío no sólo separa dos regiones de Chile: marca la frontera de Araucania. Jamás se aventuraron los incas más allá del Bío-Bío. Sabían lo que les hubiera costado. Su ciencia militar y sus armas no podían nada contra aquel pueblo inaprehensible, disimulado en la espesura de los bosques: los araucanos.

Físicamente, los araucanos se parecían a los asiáticos: cabeza grande de pómulos salientes, labios abultados, nariz chata, ojos oblicuos. En cambio, eran altos y bien formados. Diestros en la carrera, excelentes nadadores, hábiles en el manejo de la maza, magníficos tiradores de flechas, los araucanos poseían en el más alto grado la astucia y el valor. Con todas estas cualidades, eran los mejores cazadores de toda América del Sur. Eran también los guerreros más feroces. Entre la caza y la pesca, los araucanos practicaban la agricultura y la ganadería. Con el maíz fermentado fabricaban la chicha, y con la lana de vicuña se hacían ponchos. Se alimentaban generalmente de pescado, de caza y de legumbres, pero preferían la carne de los hombres. Su industria era rudimentaria: cosían con espinas de pescado las pieles de los animales para vestirse, y usaban herramientas de piedra. Para distraerse tocaban la flauta —unas flautas hechas con tibias—. Eran poco dados a los goces de la familia. La mujer no contaba. Se compraba y se vendía como un objeto. A los hijos los adiestraban desde la más tierna edad en la caza y en la guerra. No existía una verdadera organización social y política. Al araucano no le gustaba la vida en común. Taciturno y altanero, buscaba la soledad. Cuando, en su errante caminar, encontraba por casualidad un sitio que le gustaba, se quedaba en él. Se hacía una choza —una ruca— y encendía su primera lumbre. Desdeñoso de sus semejantes, el araucano temía a Dios —el Gran Espíritu del Universo—, y adoraba a los astros. Creía a la vez en la inmortalidad del alma y en la inmortalidad del cuerpo. Por eso dedicaba muchas atenciones y cuidados a los cadáveres de los suyos. Enterraba a sus muertos en fosas cuadradas, con el busto erguido, y depositaba junto a ellos sus armas, herramientas y alimentos. Cada año, una matrona abría las tumbas y lavaba y vestía a los esqueletos. En fin, la jerarquía era simple: los jefes militares se llamaban toquis, y los administrativos, ulmenes. Un detalle: aquel pueblo duro hablaba una lengua armoniosa, de inflexiones cantarinas. ¿Qué irónico demiurgo había puesto en los labios de aquellos primitivos el lenguaje de la elocuencia y del amor?

Los conquistadores de Chile

Mientras Valdivia permaneció lejos de sus fronteras, los araucanos no se movieron. Lo que pasaba en el norte no les interesaba. El relinchar de los caballos españoles a orillas del Bío-Bío los alarmó. Como lobos que, sorprendidos en su guarida, se reúnen en manadas ante el peligro, los araucanos formaron un ejército de cuatro mil hombres que, bajo el mando del toqui Ayavilu, salió al encuentro de los españoles. El primer choque tuvo lugar no lejos del Bío-Bío, en la llanura de Andalien.

Cuatro mil araucanos lanza en alto y manejando la maza... Valdivia se pregunta si no será mejor evitar el contacto y escapar. Sabe lo bastante de cosas de guerra para sospechar que no va a aplastar a los araucanos como aplastó a los promaucas. Por otra parte, era inútil proponerles un acuerdo. Pero que no se diga que un capitán español ha eludido el combate. Y Valdivia da orden de disparar.

La primera descarga de mosquetes basta para detener a los araucanos. No temían a los hombres, pero respetaban a los dioses. ¡El rayo había caído sobre ellos en señal de reprobación! La segunda descarga derriba al toqui Ayavilu y a sus mejores capitanes. La caballería, lanzada al galope, completa el efecto del terror. Los araucanos recogen a sus muertos y se retiran en un orden impresionante. Valdivia ha vencido. Embriagado por el triunfo, prosigue su avance. Tiene el campo libre. La cabalgada continúa. Ha llegado el momento, para el conquistador, de inmortalizar su nombre. Se lo da a un río y a una ciudad: Valdivia, a orillas del Valdivia. Antes había bautizado La Serena con el nombre de su pueblo natal. Brotan ciudades como setas: Nueva Imperial, Villarica...

Los araucanos se han reagrupado en las selvas tenebrosas. En sustitución de Ayavilu, muerto en la batalla de Andalien, eligen a otro toqui: Lincoyán. El nuevo jefe es prudente. Predica la sumisión al invasor. ¿Va a ser, pues, dominada la Araucania? Una torpeza tremenda de Valdivia provocó la cólera de aquel pueblo que, con un poco de habilidad, probablemente hubiera podido ser neutralizado. Valdivia, en la borrachera de la victoria y creyendo que así demostraba su fuerza, devolvió mutilados a sus pagos a los prisioneros capturados en los campos de Andalien. Este acto inútilmente bárbaro le costó caro.

De cómo unas tribus se convierten en un pueblo

La primera reacción de los araucanos contra los españoles fue la del instinto. Cada uno de ellos defendía su propia vida, como un animal acosado por el cazador. Su propia vida, no la de los demás. El cruel ultraje cometido en las personas de cuatrocientos de los suyos inspiró a los araucanos el sentido de la comunidad. De ahora en adelante son solidarios. Sólo les falta un jefe para coordinar estas aspiraciones confusas y hacer de la comunidad araucana una patria. Este jefe no tarda en surgir. Un territorio invadido, unos hombres armados que se reúnen, un tribuno de palabra irresistible: así nacen los nacionalismos.

El que ha tomado a su cargo la salvación y el honor de los araucanos se llama Colocolo. Es un anciano famoso por su ciencia y, desde hace mucho tiempo, retirado de la vida pública. El paso del Bío-Bío por los españoles y la insolente hazaña de Valdivia arranca de sus meditaciones solitarias al prudente anciano. Reúne a los ulmenes y se pone de acuerdo con ellos. El Néstor indio —su elocuencia es célebre— suplica a sus compañeros que se sacudan la tutela extranjera antes de que sea demasiado tarde. La mitad del país está ya ocupada. Hay prisa. Los ulmenes quedan convencidos. Acuerdan levantar un ejército. Nombran un toqui: Caupolicán. Ahora hay que aprovechar el momento favorable.

Mientras se organiza en el mayor secreto la resistencia araucana, Valdivia va extendiendo su penetración. En poco tiempo somete, al menos en apariencia, a todas las provincias meridionales. Ha hecho construir tres fortines en las inmediaciones de Concepción: Tucapel, Arauco y Purén. Gracias a estos fortines, que distan entre ellos unos treinta kilómetros y tienen una guardia muy bien armada, Valdivia domina el país y espera conservarlo. Sin apartar los ojos de su conquista, arregla sus asuntos sentimentales. ¿Quién es esa Inés Suárez a la que, por voluntad de Lagasca, debe Valdivia abandonar? Cuando llegó a Santiago, a los pocos meses de fundada la ciudad, Inés Suárez era la primera española que se había atrevido a emprender tan temible viaje. La guiaba el amor. Iba a reunirse con su marido, Rodrigo, compañero de Valdivia. Compartía los peligros de los soldados, durmiendo en el suelo y viviendo lo mismo que ellos. Tiradora excelente, abatía a un indio a cien metros, igual que un hombre. Además, era bella. Valdivia no podía menos de interesarse por aquella amazona española. Inés, que había ido a Chile por amor, se quedó en Chile por amor. Pero el objeto de su amor había cambiado. Valdivia, fiel a su compromiso, se resigna, con la muerte en el alma, a enviar a España a su compañera de los malos tiempos. Al mismo tiempo, ruega a su mujer legítima que vaya a reunirse con él en Santiago. Doña Mariana de Gaete, muy bella también, amaba apasionadamente a su marido. La invitación de Valdivia colmaba sus más vivos deseos. La reunión de los dos esposos causó gran satisfacción en la colonia española. Aquellos conquistadores —en plena influencia de los libros de caballerías— necesitaban una dama para ennoblecer sus pensamientos, una princesa para conducirlos a la victoria.

Este intermedio galante no aparta a Valdivia de su tarea: el aplastamiento definitivo de los araucanos. Se consagra a ella con método y cree que está cerca de la meta. Pero el intrépido general estaba mal informado. Un día, encontrándose él en Concepción, recibe una grave noticia: el fuerte de Tucapel está sitiado por un destacamento araucano. Valdivia reúne a toda prisa a unos cuantos hombres y se dirige a Tucapel. Cree que se trata de una simple escaramuza. ¡Bien poco va a tardar en dar el merecido castigo a la insolencia de esos bárbaros! Cuando el capitán general llega al fuerte, se encuentra ante un montón de ruinas. De la guarnición española no queda más que un brazo cortado. Sin tiempo aún para sobreponerse a su estupor, Valdivia se ve rodeado por un considerable ejército, el de Caupolicán. La trampa estaba bien tendida. No son más que cincuenta jinetes españoles y tres mil mercenarios indios contra diez mil araucanos formados en orden de batalla. Y detrás de la masa de los combatientes se adivinan otras tropas, dispuestas a intervenir. Rendirse o morir: a Valdivia no le queda otra alternativa. Opta por morir. La batalla tiene lugar en la llanura pantanosa de Tucapel, nefasta para la caballería. Durante muchas horas, la batalla permanece indecisa. ¿Quién ganará? Pero de pronto deserta de las filas españolas un auxiliar indio. Es Lautaro, un araucano de dieciséis años que Valdivia había cogido y había hecho paje suyo. A Lautaro se le despiertan de pronto los sentimientos patrióticos y se pasa al campo de sus hermanos. Los apostrofa enérgicamente. ¿Por qué han de tener miedo a esos extranjeros? Son hombres como los demás, ¡él los conoce bien! Se pone a la cabeza del ejército araucano y hace frente, lanza en ristre, a sus aliados de un momento antes. Los araucanos, electrizados por este gesto heroico, se rehacen con vigor y lanzan un último asalto contra los soldados españoles. Ni uno solo de éstos sale vivo de la pelea. Pedro de Valdivia cae prisionero. Le arrastran a los pies de Caupolicán y de Lautaro, y es este niño el que pronuncia la sentencia: muerte. Pero se la harán esperar tres días, durante los cuales, despedazado vivo, tajada a tajada, servirá de alimento a sus verdugos.

Mariana de Gaete, desesperada por la horrible muerte de su marido, se retira a una ermita y funda el culto de la Virgen de la Soledad.

Una herencia difícil

El testamento de Valdivia designaba para sucederle a uno de los tres capitanes siguientes: Alderete, Aguirre o Villagra. Como Alderete se encontraba en España, el poder fue compartido entre Aguirre y Villagra. Mientras el primero domina el norte de Chile, el segundo intenta mantenerse en el sur. Quiroga manda la plaza de Santiago.

La victoria de Tucapel había sobreexcitado a los araucanos. Y no pensaban quedarse en esto. No se darían punto de reposo mientras un solo español hollara el suelo de Araucanía. El viejo Colocolo menudeaba sus arengas a los ulmenes: «¡Ilustres defensores de la patria, oh caciques...!» Como todos ardían en deseos de obtener un mando en el ejército libertador, Colocolo inventó una prueba para seleccionarlos: se daría la lanza de jefe al que más tiempo sostuviera con el brazo estirado un grueso madero. Caupolicán siguió siendo generalísimo, pero Lautaro desempeñaba junto a él las funciones de vicetoqui. El joven héroe, con la frente nimbada de gloria, es como un semidiós.

Después de un tiempo de descanso, se reanudan las hostilidades. Caupolicán pone sitio a Imperial. Lautaro ataca a la vez a Valdivia y a Concepción. Valdivia resiste, pero Concepción capitula. Los españoles, acosados por todas partes, se atrincheran en Santiago. Lautaro sigue avanzando. Tras él desfilan en buen orden seiscientos araucanos, escogidos entre los mejores, y tres mil auxiliares. Ya está a orillas del Bío-Bío. No tiene más que pasar el río para entrar en los suburbios de Santiago. Y una vez tomado Santiago, ¿por qué no ha de subir hasta el Perú? Al intrépido adolescente nada le parece imposible. Pero a la otra orilla del funesto río está esperando Villagra. Abre el fuego. Los arqueros indios disparan sus flechas. Una de ellas le atraviesa el pecho a Lautaro. Ha muerto el primer caudillo chileno. ¿Cómo no habrían de acordarse los españoles del pastor Viriato, vencedor de las centurias romanas?

Desaparecido Lautaro, sólo queda Caupolicán para resistir el peso de las armas españolas. Su experiencia y su edad le inclinan a la prudencia. Levanta el sitio de Imperial y de Valdivia y se contenta con apostar un cordón defensivo en las fronteras de la Araucania. Presiente que el tiempo de las ofensivas pasó ya. En esto, el virrey del Perú, Andrés Hurtado de Mendoza, decide acabar con la resistencia araucana. Los asuntos de Chile le irritan. ¡Tantas pérdidas humanas y tantas fatigas —sin contar los humillantes reveses—, para un resultado casi nulo! Manda a su hijo, García, que vaya a Chile y se haga cargo del gobierno. El nuevo gobernador desembarca en La Serena con trescientos cincuenta hombres, víveres y municiones. Lo primero que hace es meter en la cárcel a Villagra y a Aguirre. ¡Ay de los vencidos! Después estudia el terreno, tantea la resistencia enemiga con una serie de pequeñas operaciones locales. En fin, se entera de la situación. A pesar de su juventud —¡veintiún años!—, García, probablemente aleccionado por su padre, maniobra con paciencia y sin prisa.

García ha establecido su cuartel general en la isla de Quiriquina, frente a Coquimbo. Caupolicán se ha instalado en la costa, a la entrada de Concepción: acampa a orillas del Bío-Bío. El río frontera sigue siendo el caballo de batalla. Araucanos y españoles lo pasan alternativamente. Ambas partes saben bien que la posesión definitiva del Bío-Bío decidirá la suerte de la conquista. Y se lo disputan encarnizadamente.

Los adversarios pasan varios días observándose. Las escaramuzas que se libran no modifican sus respectivas posiciones. En vista de lo cual, García decide emprender una ac-

La Araucania

ción de importancia. Cogerá a los araucanos por la espalda. Prepara una pequeña escuadra y embarca en Coquimbo camino de Concepción. Frente a Valparaíso, cae sobre las naves de García una violenta tempestad. Los auxiliares indios ven un presagio nefasto en esta manifestación de la naturaleza. No cabe duda de que los dioses se declaran contra los españoles. Y estos mercenarios chilenos, en el paroxismo del terror, ven en el cielo, surcado de relámpagos, el rostro de Lautaro, monstruosamente grande. El cronista Pedro de Oña cuenta más tarde esta aparición:

> *Vi su cabeza, casi un casco mondo*
> *con cual, y a cual por ella largo pelo,*
> *sus ojos, que alegrauan tierra y cielo,*
> *sumidos en un triste abysmo hondo.*
> . . . .
> *Su boca, ya de lobo, y más escura,*
> *lanzaua espesso humo por aliento,*
> *sudaua un engrossado humor sangriento*
> *su lasso cuerpo, y lobrega figura.*
> *Y por la fiera llaga, y abertura,*
> *que tanto apressuró su fin violento,*
> *mostraua el coraçón, que fue tan brauo,*
> *vertiendo, ya no fango, sino tabo* (1).

Imagen romántica que ilustra bien la huella que había dejado en la memoria de los araucanos la breve epopeya del joven Lautaro.

La flota de García se libra del naufragio por milagro. Ancla en Talcahuano, muy cerca de Concepción. Apenas desembarcan, los españoles son atacados por la vanguardia de Caupolicán. Pero esta vez son fuertes y están bien armados. Los araucanos tienen que ceder terreno. El destacamento de García —seiscientos hombres— atraviesa el Bío-Bío, persigue al enemigo y le obliga a combatir cerca de un pantano. Ésta es la «batalla de la Lagunilla». La columna india, mandada por el toqui Galvarino, sufre una derrota total. Tal vez hubiera acabado definitivamente con la resistencia de los araucanos si García no hubiese repetido, imprudentemente, la acción de Valdivia devolviendo a su pueblo, con las manos cortadas, al

---

(1) Sangre corrupta. *(Aclaración del autor.)*

cacique vencido. Creyendo hacer un escarmiento, lo que hacía era reanimar el espíritu de la rebelión.

El retorno de Galvarino levantando al cielo sus muñecas mutiladas es saludado con un clamor de odio. La muerte de Lautaro había consternado a los araucanos. El suplicio del toqui reaviva su patriotismo. El pueblo entero responde al llamamiento de Caupolicán. Niños que se apoderan de las armas de sus padres. Mujeres que arrancan el cuchillo o la lanza de las manos de los maridos muertos. Los ancianos exhortan a la juventud. Pero no hace falta. Toda la Araucania está en pie contra el invasor. García y Caupolicán están de nuevo frente a frente en la llanura de Melipuru. Los efectivos del toqui son imponentes. Pero García pone en línea tropas selectas, que ahora conocen ya la técnica especial de esta clase de lucha. Valerosos capitanes encuadran el ejército español, entre ellos Ercilla y Zúñiga, que, en los momentos perdidos, escribirá *La Araucana*. La partida está muy igualada. Durante mucho tiempo se preguntan quién va a ganar, si los españoles o los araucanos. Pero la artillería de García y sus caballos dan cuenta al fin de la furia india. Caupolicán abandona la lucha y se retira hacia el sur. García de Mendoza pone los cimientos de una población en el lugar donde obtuvo la victoria: Cañete.

Estos edificios que se levantan en el campo de Melipuru no son viviendas, sino construcciones militares. Cañete será una plaza fuerte. Para mandarla, García ha elegido a un hombre despiadado: Alonso de Reinoso. El nuevo gobernador implanta un régimen de terror. Pasa a cuchillo a todos los prisioneros araucanos. Caupolicán, acompañado de su vieja guardia, ronda en torno a Cañete como un animal rabioso. Busca un punto débil por donde poder herir. Si no puede vencer, quiere al menos vengarse. Pero no le será dado este amargo placer. Más aún: todavía le falta sufrir una última prueba, la traición. Vendido por uno de los suyos, cae en una emboscada y comparece ante Alonso de Reinoso. Loco de alegría por tener a merced suya al generalísimo del ejército araucano, el gobernador piensa sacar de su presa el máximo partido posible. También él, como sus antecesores, hará un escarmiento. Trasladan solemnemente a Caupolicán a la plaza mayor de Cañete, le empalan en un poste afilado y una compañía de arqueros acribilla a flechazos al mártir irrisorio.

La Araucania

Colocolo muerto de pena, Lautaro caído en la lid, Caupolicán muerto en aquel suplicio, ¿qué van a hacer los araucanos? Han perdido al sabio, al hombre y al guerrero —esa trilogía mística indispensable para crear un pueblo—. Pero el fanatismo de los araucanos debía menos a las virtudes de sus jefes que a la misteriosa llamada de la selva natal. Los que encarnaban a la patria han muerto, pero la patria está viva. Los araucanos prosiguen la lucha sin dudarlo un instante. La proseguirán hasta 1850, tres siglos después de haber fundado Valdivia la ciudad de Concepción. Sólo entonces será posible hablar de una especie de asimilación, que no sumisión. Una cadena de héroes asegura el constante relevo del heroísmo. A los treinta años de la muerte de Lautaro, un adolescente, Nangoniel, toma el fuerte de Arauco y muere, como su antepasado, de una flecha en el corazón. Aproximadamente en la misma época, una araucana, Janequeo, toma el mando del ejército y derrota a las tropas de Sotomayor, capitán general de Chile. Poco después, Sotomayor en persona tiene que medirse con un joven príncipe, Quintunguenu. El mito de la juventud inspirará siempre la bravura araucana.

Al margen de la epopeya araucana, va progresando la exploración de Chile. En el norte, los españoles han llegado a Tucumán. En el sur, Ercilla ha costeado todo el archipiélago de Chiloé —¡en una pequeña barca, ni siquiera lastrada!—, mientras Juan Ladrillero exploraba el estrecho de Magallanes. El pendón de Castilla flota en Punta Arenas. El mismo año en que Felipe II sucede a Carlos V en el trono de España, los conquistadores han fundado la ciudad más austral del mundo, a 53 grados de latitud sur.

Hernán Cortés desembarca en la costa mexicana en 1519 y se apodera de México en 1521. La conquista duró dos años. Francisco Pizarro desembarca en Túmbez en 1531 y Atahualpa es ejecutado en 1533. Otros dos años para conquistar el Perú.

Pedro de Valdivia funda Santiago en 1541. Llega al río Bío-Bío en 1550. Villagra crea la ciudad de Osorno en 1558. La conquista de Chile exigió diecisiete años.

Es decir, que mientras les bastaron a los españoles unos meses para dominar dos viejos imperios y desarticular un sistema político muy adelantado, necesitaron muchos años para afianzar su dominación sobre un pueblo rudo y sin tradición. Y, además, esta dominación fue precaria durante mucho tiempo. Fueron los araucanos —¡esos «salvajes»!— los que resistieron contra el invasor, mientras que los incas y los aztecas, creyéndose muy astutos, negociaban con él. Entre estos bárbaros y aquellos nobles, ¿de qué lado estaba la verdadera nobleza? Porque, exceptuando el breve período que ilustran Cuauhtémoc y Ruminagui, las dos grandes dinastías de la América precolombina se dejaron llevar suavemente hacia la servidumbre. Y su pueblo lo siguió. No ocurrió así con los araucanos; desde el primer choque, aquellos misántropos hicieron la unión sagrada, aquellos insumisos se disciplinaron. ¡Cuántas veces lanzaron a los españoles al otro lado del Bío-Bío! Comparada con la soberbia inercia de los Hijos del Sol y de los señores de Aztlán, la obstinada bravura de un puñado de caníbales da qué pensar. Pero hay un precedente. ¡Recuérdese! Cuando, en noviembre de 1493, desembarcó Cristóbal Colón en la Martinica, los caribes le recibieron con una nube de flechas envenenadas. Tuvo que reembarcar precipitadamente. La misma acogida le hicieron en las islas del Viento. En Guadalupe había mujeres entre los defensores caribes. Durante varios siglos, los soldados o los frailes que intentaban poner pie en las Pequeñas Antillas caían acribillados de flechas. Ponce de León estuvo a punto de perder allí la vida. En 1748, los firmantes del tratado de Aquisgrán convinieron la independencia de los caribes.

La Conquista se inicia dominando a los caribes y termina venciendo a los araucanos. Los españoles, en la aurora y en el crepúsculo de su batalla por la posesión del Nuevo Mundo, tropiezan con el mismo obstáculo: la furia de los primitivos. Esto quiere decir que el apego a la tierra natal —un reflejo casi animal— no tiene nada que ver con el genio político. Que a los conquistadores les dieran más quehacer los guerrilleros araucanos que las legiones de Moctezuma no es cosa nueva. También los partos tuvieron en jaque al imperio romano.

CAPÍTULO II

Del Río de la Plata al Meschacebé

Cristóbal Colón desembarca en las Antillas en octubre de 1492. Pedro de Valdivia funda Santiago de Extremadura en 1541. La era de las grandes conquistas, que se inicia en el momento en que los marineros españoles, muertos de cansancio, borrachos de aire marino —y más aún de leyendas—, cantan un tedéum en la playa de San Salvador, termina en el momento en que Valdivia pone la primera piedra de la capital chilena a orillas del Mapocho. División teórica, desde luego, pero adaptada a la realidad de los hechos. La Conquista —o sea el período heroico de la guerra y de la improvisación— ha durado cincuenta años. ¡Medio siglo para apoderarse del Nuevo Mundo! ¡Buen *record*!

Pero los españoles no limitaron su ambición a la conquista de los grandes imperios americanos —azteca e inca— y a la ocupación de «puntos de apoyo» litorales o en las desembocaduras de los ríos. Desde el segundo cuarto del siglo XVI y aun antes, los conquistadores, alejándose audazmente de sus bases, penetran en el interior del continente. Por lo pronto, se trataba de explorar más que de conquistar. ¿Conquistar qué, por otra parte? Los medios de que disponían los españoles no eran nada ante la inmensidad de las tierras descubiertas. Lo importante era no morir en ellas. Las columnas conquistadoras se quedaban en expediciones científicas. Preparaban el camino a los hombres de mañana.

Las «cabezas de puente» de las exploraciones españolas partían de regiones ya conquistadas y sólidamente dominadas. Las tres principales eran, de norte a sur, México, América Central y el Perú. México, Panamá, Cuzco. De estas tres bases se lanzaron los españoles en busca de un *plus ultra* cuyos horizontes tenían el color del mar.

Recorramos una vez más, de norte a sur —antes de abandonarlo—, el camino real de los conquistadores. De año en año se va ensanchando, rebasa la selva, atraviesa ríos y se quiebra contra los océanos. En poco tiempo da la vuelta, o casi, a ese mundo en creación: el imperio hispanoamericano.

Los conquistadores del Meschacebé

El primer conquistador que llega a las regiones septentrionales —el primero también que obedece a la atracción del norte, mientras los otros se dirigían al sur— es Cortés. El vencedor de México, con su título de capitán general, pero destituido de su mando, organizó a su costa expediciones desafortunadas en dirección al norte. Partiendo de Acapulco con tres navíos, siguió la costa del Pacífico hasta el fondo del golfo de California: el golfo de Cortés. Pero las colonias fundadas por el infatigable conquistador —Santa Cruz y Guaymas— tuvieron una vida efímera. De trescientos veinte colonos, veintitrés murieron de fiebres. Los demás exigieron regresar a México. Prácticamente, el balance de la empresa fue un fracaso, pero, de todos modos, Cortés fue el descubridor de California.

Por un irónico capricho del destino, es Pánfilo de Narváez —el irreductible enemigo de Cortés— quien repite y prolonga el avance del marqués del Valle hacia el norte. Esta vez, no por el oeste de México, sino por el este. Antes, California; ahora, Florida.

Reaparece, pues, el gran vencido de Cempoala, el capitán humillado. Se le creía fuera de combate. Pero el eclipse del astro principal —Cortés— permite brillar a esta estrella de segundo orden. Narváez fleta cuatro navíos y reúne bajo su pendón cuatrocientos soldados y ochenta caballos, de armas y de tiro. Pues la experiencia ha enseñado que el caballo, instrumento de conquista, es también la herramienta esencial de la colonización: apenas desembarazado de su arnés de hierro, le enganchan al arado. La flotilla de Narváez ancla en la bahía de Tampa, en la costa occidental de Florida. Desembarcan. El conquistador, con trescientos hombres, se interna en la selva camino del norte.

¡Florida! Inviernos tibios, largas playas de arena, naranjas y pomelos de Tampa, islotes paradisíacos, largos veranos

Del Río de la Plata al Meschacebé

dionisíacos... Por el momento, la expedición de Narváez progresa penosamente a lo largo de una península baja y pantanosa, erizada de espesos bosques. De vez en cuando, un lago. Al cabo de una caminata fatigosísima, los españoles llegan a un pueblo: Apalache. Narváez instala en él su campamento. Los colonos que envía al este y al oeste en busca de minas de oro regresan sin haber encontrado nada. ¡Hala! Hay que volverse con las manos vacías. Al llegar de retorno a la costa, ven, ya lejos, los navíos que huyen. Los cien hombres dejados al cuidado de la flota se habían cansado. ¡Que se fastidien los que quedan! ¿Qué va a hacer Narváez? Manda construir unas balsas: unos maderos atados con crin de los caballos. A guisa de velas, los jubones de los expedicionarios. Y lanzan al mar estas embarcaciones primitivas. Se orientan como pueden hacia el oeste, con la esperanza de llegar a Pánuco. En el camino, un vendaval arroja cuatro de las embarcaciones a la costa, en la desembocadura del Misisipí —el Meschacebé de los indios—, no lejos de Nueva Orleans. La quinta balsa —en la que iba Narváez— naufraga en alta mar. El lugarteniente de Diego Velázquez perece ahogado.

Un hombre más afortunado que su capitán llega a una isla, cerca de Galveston. Es Núñez Cabeza de Vaca. Prisionero de los indios, consigue amansarlos haciendo de curandero. Unas cuantas señales de la cruz trazadas oportunamente, y hele aquí considerado como un gran hechicero. Una vez adormecida la desconfianza de los indios, el taumaturgo improvisado se apresura a dejarlos plantados. Acompañado de un soldado moro llamado Esteban y de otros dos compañeros, echa para delante hacia el norte. Ocho años tardan en conectar con el mando español de México. ¡Pero qué viaje!

Atravesaron a pie y de parte a parte los Estados Unidos de América: Misisipí, Arkansas, Colorado, Nuevo México y Arizona. Cabeza de Vaca, después de seguir el valle del Sonora y errar por el desierto de Chihuahua, encuentra en Culiacán —en Sinaloa, costa californiana— a Melchor Díaz, jefe del territorio. Es fácil imaginar el abrazo que se darían los dos españoles. Sin embargo, esta proeza disimulaba, como la de Cortés, un fracaso.

Cuando vuelve a México, Cabeza de Vaca cuenta maravillas de lo que ha visto en su expedición. ¿Pero qué es, a fin de cuentas, lo que ha visto? Pues este intrépido aventurero, este matamoros, es también un charlatán, como los demás.

Lo cual no impide que se preste atención a sus enfáticos discursos. Que existe un «misterio septentrional» es cosa que nadie pone en duda. Que el país visitado por Cabeza de Vaca sea el de las famosas «Siete Ciudades», muchos comienzan a creerlo. Y no se puede saber más mientras no vaya una expedición importante a comprobar lo que cuenta Cabeza de Vaca. Esta expedición la organiza un conquistador célebre: Hernando de Soto.

El héroe de Darién, el lugarteniente de Pizarro, se había retirado a España cuando se rompieron las hostilidades entre su jefe y Almagro. ¿Pero cómo resistir a las solicitudes halagadoras —«Sólo vos podéis llevar a bien...»— y permanecer sordo a la llamada íntima de un orgullo que se creía ya satisfecho? Hernando de Soto dice adiós —y no sabía que era un adiós definitivo— a su fastuoso retiro de Extremadura y embarca en Sanlúcar de Barrameda. Diez navíos, mil hombres y trescientos cincuenta caballos: una verdadera armada. Después de una breve escala en La Habana, la expedición desembarca en Florida. Soto deja un centenar de hombres para guardar las naves y se encamina inmediatamente al norte. Primera etapa: Apalache. Segunda etapa: Mobile, en la frontera entre Alabama y Misisipí. Allí, a los ocho años de su embajada cerca de Atahualpa, Hernando de Soto entabla batalla con los guerreros indios. No ha perdido su antigua combatividad y derrota al adversario. Luego realiza un inmenso circuito a través de Alabama y Tennessee, pasa el Misisipí, atraviesa Arkansas y se interna en las fértiles llanuras de Oklahoma. En el camino, los españoles tropiezan con la resistencia encarnizada de las tribus indígenas, sumariamente equipadas, pero animadas por el hosco valor de los primitivos. No tienen más armas que una especie de hacha, pero la manejan bien. Y practican una costumbre particular: la de despedazar a sus enemigos y arrancarles la piel del cráneo y la cabellera. El *tomahawk* y el *scalp*, cosa nueva para los españoles. Hernando de Soto acude a la diplomacia, es decir, a la astucia. Pero ahora no tiene que tratar, como en el Perú, con un poder organizado. ¿Con quién va a parlamentar? Por otra parte, la mentalidad y las circunstancias de los indígenas no se prestan a las cabalgadas teatrales. Y Hernando de Soto, renunciando a los métodos de negociación, recurre a los de la fuerza. El hierro y el fuego. Sobre todo, el fuego. Los indios de Misisipí viven en casas de madera con techumbres de paja.

Del Río de la Plata al Meschacebé 339

Una simple tea y ya está ardiendo todo el pueblo. Montones de cenizas, mujeres indias que sacrifican sus cabelleras sobre la tumba de sus esposos, gritos de guerra, alaridos de dolor... Hernando de Soto, espada en mano y acorazado como un caballero medieval, avanza en un paisaje de tragedia. Esta marcha entre sangre y llamas parece una huida. Los españoles se extravían, se hunden en los cenagales, vuelven sobre sus pasos. Otra vez el Misisipí. Al cabo de las leguas y de las fatigas, se aproximan a la meta. ¿A qué meta? Hernando de Soto asegura conocerla. Pero no llegará al fin de su quimera. Derribado por las fiebres, muere en el camino, a la edad de cuarenta y dos años. Para evitar que sus despojos caigan en manos de los indios, sus compañeros le echan a lo más hondo del Misisipí. Hernando de Soto descansará en el seno del viejo Meschacebé, «Padre de las Aguas», su conquista.

Los españoles han perdido a su capitán. Pero proseguirán a pesar de ello su loca aventura. Hace ya tiempo que se desprendieron de sus viejos harapos y de sus botas agujereadas. Ahora van descalzos y cubiertos con pieles de animales, como una horda nómada de la prehistoria. Se dirigen al oeste. Una mañana vislumbran en el horizonte una línea azulada: las Montañas Rocosas. Entre ellos hay algunos que pasaron con Francisco Pizarro la cordillera de los Andes. No han olvidado lo que les costó. Y les da vértigo aquella barrera que parece elevarse ante ellos hasta el cenit. Sólo lo imposible podía hacer retroceder a aquellos valientes. Con la desesperación en el alma, vuelven la espalda a las Montañas Rocosas —sin sospechar que eran la prolongación de la cordillera— y tornan hacia el Misisipí.

Desde la partida, la tropa de Hernando de Soto ha disminuido mucho: ya no son más que trescientos hombres con unos cuantos caballos. Casi todos los oficiales han perecido. Faltan víveres. Pero no valor. ¡Buena falta hace para llevar a término ese plan tan audaz: bajar por el Misisipí hasta el mar y, desde la desembocadura, ir a México! Pues no hay que pensar en volverse a los navíos que quedaron anclados en la costa de Florida. Además, el precedente de Narváez hiela los mejores propósitos. ¿Quién va a pensar seriamente que los navíos de Hernando de Soto han esperado el regreso de la expedición? No queda otro recurso —de no morir en el sitio— que llegar al mar siguiendo el curso del Misisipí. Construyen siete embarcaciones y las botan al río. En el momento en que los españoles van a partir, les cierran el paso un millar de piraguas. Los españoles consiguen milagrosamente romper la barrera. Y se alejan hacia el sur, remando a toda prisa, bajo una ráfaga de proyectiles. Pero los indios no abandonan la partida: persiguen a los extranjeros, que tardan varios días de una navegación furibunda en dejar atrás y perder de vista a sus perseguidores. No olvidarán fácilmente aquellas siniestras piraguas pintadas de azul y negro, que los acosaban como gaviotas de agresivo pico. A las tres semanas están en las bocas del Misisipí, en el golfo de México. Oblicuando francamente hacia el oeste, siguen la costa en dirección a México. Pero una tempestad deja tan maltrechas las míseras embarcaciones, que tienen que abandonarlas y ganar la costa a nado. La última etapa la harán a pie. ¡A pie y en qué estado! El centinela español del primer puesto de Pánuco presenta armas a un tropel de soldados medio muertos, casi desnudos, con el pelo y la barba enmarañados, los ojos brillantes de fiebre en un rostro negro y crispado. Un alférez casi moribundo saca aún fuerzas de no se sabe dónde para enarbolar el deshilachado pendón de Hernando de Soto. No quedan ya muchos de la valiente compañía. Rodean a los sobrevivientes, los acosan a preguntas. ¿Han encontrado las «Siete Ciudades»?

Al mismo tiempo que la expedición de Hernando de Soto subía el Misisipí hasta la mitad de su curso y divisaba las Montañas Rocosas, el virrey de México, Antonio de Mendoza, interesado por los relatos de Cabeza de Vaca, encomendaba a Francisco Vázquez de Coronado, jefe de Culiacán, una misión de reconocimiento. A la vanguardia iban el moro Esteban y un religioso, el padre Marcos de Niza. Los dos españoles, escoltados por unos cuantos indios, siguieron el valle de la Sonora y penetraron en el corazón de Arizona. Cuanto más avanzaban, más parecía confirmarse la existencia de una gran ciudad septentrional. No tardaron en dar vista a una importante aglomeración. Los indígenas la llamaban Cibola. Sin seguir adelante, el padre Niza plantó una cruz sobre un montículo de piedra, en señal de anexión, y se volvió al punto de partida, convencido de haber visto una de las «Siete Ciudades».

No le fue difícil transmitir esta convicción a Coronado. Nadie puso en duda el maravillado relato del religioso. Por lo demás, cuanto menos creíble era una cosa, más la creían los conquistadores. ¡Por fin habían encontrado el camino de las

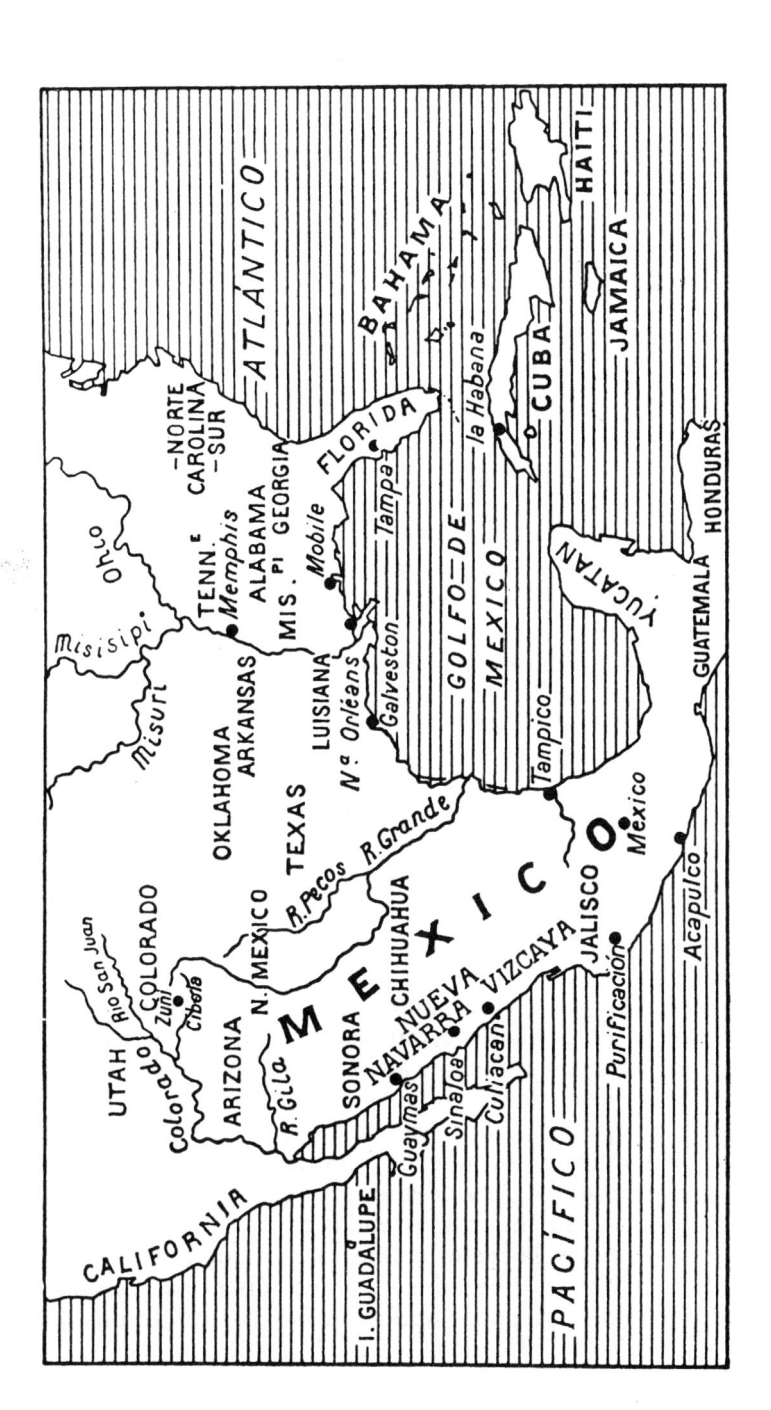

Los conquistadores del norte

«Siete Ciudades»! Ya no faltaba más que tomar posesión de ellas en nombre del rey de España. Y se puso en camino de la nueva Tierra Prometida una expedición mandada por el propio Coronado. Estaba formada por un millar de hombres —españoles e indios—, numeroso ganado y material. El itinerario fue el mismo que siguió Niza: el valle del Sonora, el río Gila... Después de atravesar montañas e inmensos bosques de pinos, la colonia dio vista a Zuñi, en la frontera entre Arizona y Nuevo México. Aquello era Cibola.

¡Cibola! Unas chozas de barro y de piedra encaramadas en un peñasco. Callejuelas angostas. Un riachuelo esmirriado. ¡Y qué paisaje más hostil! Una altiplanicie calcárea a dos mil metros de altitud. Ni un árbol, ni una brizna de hierba. La tierra era seca y pelada. Un clima variable, alternando los rigores del frío con la quemadura de un sol implacable. ¿Esto eran las «Siete Ciudades» de Cibola? ¿Qué burla era ésa? Y los españoles se desahogaban con palabras amargas sobre las visiones del padre Niza. Nadie duda de que el clérigo estaba mal de la cabeza. No tanto. Se encontraban, en efecto, en los *pueblos* de Nuevo México. Pero aquellos pueblos, constituidos por casas de tres y cuatro pisos, estaban rodeados de una muralla flanqueada de atalayas. De lejos y al resplandor bermejo del poniente podían semejar alguna ciudad mora. Don Quijote tomaba las ventas por castillos. ¿Qué tiene de extraño que unos conquistadores —aquellos caballeros errantes, padres espirituales del héroe de la Mancha— creyeran ver ciudades de piedra y torres almenadas allí donde no había más que unas pobres aldeas? ¿No tiene el adobe, cuando caen sobre él los postreros rayos del sol, el oscuro color del granito?

A Coronado no le costó mucho trabajo conquistar Cibola, o sea Zuñi, y los poblados circundantes. ¿Qé armas podían oponer los indígenas al fuego y a la pólvora de los españoles? Por lo demás, no tardaron en hacerse amigos los invasores y el pueblo conquistado. Los españoles, en la imposibilidad de dar un nombre a sus nuevos súbditos, les llamaron los *pueblos*. Estos *pueblos*, procedentes probablemente del norte, se habían hecho las primeras viviendas en las cavernas. Su industria era entonces la cestería. Más tarde, aquellos trogloditas de Nuevo México, liberados de algún misterioso peligro, abandonaron sus viviendas subterráneas y construyeron sus curiosos pueblos fortificados. Los *pueblos*, agricultores y se-

Del Río de la Plata al Meschacebé 343

dentarios, tejían la lana de las cabras, sobresalían en la cerámica y curtían la piel del ciervo y del antílope. Sus costumbres eran pacíficas. Profundamente religiosos, adoraban al Sol. Todas las mañanas, al amanecer, un sacerdote, desde la terraza más alta —como un muecín de los musulmanes—, invitaba al pueblo a la oración. En el solsticio de verano se celebraba la gran fiesta de las flautas. Cuando empezaba la época de la caza, la danza de los bisontes era el preludio de la partida de los cazadores, sin más armas que un arco y unas flechas con punta de conchas marinas. Por lo demás, la coreografía jugaba un gran papel en todos los actos de la comunidad. Los ritos sagrados iban acompañados de danzas; los cantores llevaban el compás a palmadas, como en Andalucía. Las fiestas de la Germinación, las del Fuego Nuevo —¿tomadas de la liturgia azteca o inspiradas en ella?—, las del Agua, se celebraban danzando. En Cibola, las mujeres eran bellas. Iban a las fuentes con el busto erguido y sosteniendo con una mano en la cabeza una especie de ánfora, como las mujeres de la antigua Grecia. No sólo poseían belleza, sino que ejercían también una parte importante del poder. Mandaban en la casa y ocupaban el primer lugar en los consejos de la ciudad. Sus hermandades, muy activas, se ocupaban de política tanto como de religión. Las mujeres de los *pueblos* no se contentaban con educar a sus hijos: gobernaban a los hombres. Fueron seguramente las primeras concejalas.

Así, pues, los *pueblos* podían considerarse, por su organización social y religiosa, como gente civilizada. Estaban situados entre los cazadores nómadas de América del Norte y los señores de México y del Perú. Civilizaciones de transición, fruto de una civilización espontánea, con singulares contrastes —la herramienta era neolítica, pero el feminismo registraba allí su primera victoria—, fue acaso la de los *pueblos* precursora de la civilización azteca. ¿Cuántos eran? Unos treinta mil hombres, poca cosa teniendo en cuenta que el país de Cibola se extendía por los Estados Unidos, desde Colorado, Arizona y Nuevo México, rebasando incluso un poco por Sonora y Chihuahua, hasta México. Pero los *pueblos* no vivían simultáneamente en tan vasto territorio. Dos grandes ríos lo surcaban: el Colorado y el Río Grande. El Colorado, antes de desembocar en el golfo de California, recibía el San Juan en el norte y el Gila en el sur. El Río Grande, frontera actual entre

México y los Estados Unidos en gran parte de su curso, desembocaba en el golfo de México. Los dos ríos estaban muy próximos en su curso alto. Los *pueblos* pasaban de uno a otro sin que se pudiera hablar de verdadera migración. El centro de gravedad de sus poblaciones era Zuñi, capital de Cibola entonces y después, ya que, con el nombre de «reservas indias», todavía viven en aquel lugar los descendientes de las tribus precolombinas. Especímenes y recuerdo. Los últimos «pieles rojas».

Coronado siguió durante varios meses, en torno a Cibola, una ronda absurda y extenuante. Era tal su loca ambición de oro, que aceptaba sin pestañear las fábulas más increíbles. Bastaba que un indio le señalara —muchas veces por burla— un vago punto en el espacio para que Coronado se dirigiera hacia allí inmediatamente. Ya se tratara de una ciudad fortificada llamada Cicuye —a orillas del río Pecos—, cuyo jefe oficiaba bajo un árbol gigantesco del que colgaban campanillas de oro —el viento las agitaba por la noche y el príncipe dormía al son de aquella música de oro—, o bien era el imperio de Quivira —a orillas del río Arkansas—, en el que había peces semejantes a caballos —¿hipocampos?—. Cada vez era una decepción. Y cada vez volvían a partir en pos de otra quimera. En las indicaciones de los indígenas había un fondo de verdad. No faltaba oro en las inmediaciones de Cibola. Pero estaba bajo tierra.

Había que poner término a esta carrera en pos de fantasmas. Coronado y sus hombres tornaron a México, donde el virrey los recibió como a vencidos, es decir, mal. Y, sin embargo, uno de ellos, López de Cárdenas, en una expedición hacia el norte, había descubierto por casualidad una maralla natural que superaba en su realidad a las bellezas ilusorias de las «Siete Ciudades»: el Gran Cañón del Colorado. Fue uno de los momentos más grandiosos de la Conquista. Ante aquel paisaje de creación del mundo, aquel abismo insondable que arrastraba las aguas del Diluvio, aquellos bloques de piedra tan altos como la Giralda, los españoles se santiguaron. Aquellos «cristianos viejos» reconocían la mano de Dios.

Mientras Coronado se agotaba en los desiertos de Nuevo México, ocurrirían graves acontecimientos en la provincia de Jalisco, perteneciente a su jurisdicción. Los indios de Sinaloa, exasperados por la presencia española, levantaron la bandera

Del Río de la Plata al Meschacebé

de la insurrección aliados con las tribus de Zacatecas. Después de incendiar las iglesias y degollar a una parte de la guarnición de Jalisco, los rebeldes se retiraron a las montañas del norte de Guadalajara. Oñate, que desempeñaba las funciones de gobernador en ausencia de Coronado, se encontraba prácticamente sitiado en Jalisco, a la espera del asalto de los indios. Sin embargo, pudo hacer llegar al virrey un aviso desesperado. La cosa puso en grave apuro a Antonio de Mendoza. No tenía a mano efectivos suficientes para socorrer inmediata y eficazmente a su subordinado. Por otra parte, la fama de los indios de Zacatecas era poco tranquilizadora: con ellos no había cuartel, sino la muerte tras refinados suplicios. Por muy valiente que se sea... Entonces surge el hombre providencial: Pedro de Alvarado.

¡Conque vamos a ver de nuevo al «Dios Solar», al favorito de los grandes conquistadores, al héroe de México y de Guatemala! Le habíamos dejado en el momento en que, concluido el pacto de Riobamba, se despedía cortésmente de Pizarro con cien mil pesos en el bolsillo, precio de su renuncia a los negocios del Perú. Después se había ido a España. El tiempo de desafiar en duelo a Hernando Pizarro, responsable de la ejecución de Almagro, amigo de Alvarado, reconciliarse con su mujer y obtener la aprobación de Carlos V a sus proyectos. Hecho lo cual se volvió al Nuevo Mundo. Con el consentimiento del emperador y con sus propios capitales —el Habsburgo era más generoso de palabras que de subvenciones—, Alvarado estaba decidido a organizar una expedición a la China y a las islas de las especias. El proyecto era ambicioso. Se trataba nada menos que de atravesar, partiendo de la costa mexicana, todo el Pacífico. Pero, al final del viaje, ¡la fortuna!

Los astilleros navales de México y de Guatemala trabajaron de firme para el antiguo lugarteniente de Cortés. Pero pagaba a tocateja. En unos meses están armados nueve navíos y reunidos en el pequeño puerto de Acaxatla, no lejos del istmo de Tehuantepec. Todo está a punto. Izan pendones, y la flota de Alvarado leva anclas en dirección al puerto de la Purificación, camino de Jalisco. Durante la escala en la Purificación, Alvarado se entera del peligro que amenaza a Oñate. No le conoce, ¿pero acaso hace falta? ¿Va a dejar perecer bajo las flechas indias a un capitán español? Manda desembarcar a toda su gente, cargar las velas y ensillar los caballos. Ya no se trata de las Molucas, sino de salvar a un capitán de Su Majestad.

Un centenar de jinetes, espada en alto, aparecen en los peñones de Guadalajara. ¡Ya era hora! Oñate iba a sucumbir a los asaltos de los guerreros rojos de Zacatecas. La llegada en tromba de Alvarado invierte la situación. Era conocido en toda América, desde México a Chile, y sus hazañas se emparejaban con las de los héroes de la *Ilíada*. En pie sobre los estribos, bien sujeta la espada con el guantelete de hierro, el gigante de la barba rútila está tan terrible como en los tiempos en que contenía a la plebe azteca o protegía tranquilamente a los fugitivos de Tacuba. Se ha puesto la coraza, como en los mejores tiempos. No cabe duda de que es el «Dios Solar». Los indios, subyugados, retroceden. Se abre el cerco. Oñate respira. ¡Salvado! Pero he aquí que en lo más duro de la pelea —que tiene lugar en la escarpada cima de un peñón—, resbala un caballo en las piedras de un sendero. Pierde el equilibrio y se despeña por la ladera a cuyo pie combate Alvarado. No le da tiempo a desviarse y recibe el caballo sobre el cuerpo. El peso del animal, reforzado con los arreos de batalla, aplasta contra el suelo a Pedro de Alvarado.

La aventura española en América del Norte termina con el gesto caballeresco de Alvarado abandonando el camino de las especias para volar en socorro de un compañero a punto de soltar la espada. Una luz pura aureola ese cadáver destrozado. Acaso nadie más necesitado que Alvarado, para redimir un pasado sangriento, de un *bel morir*. ¿Hay un solo indio del istmo que haya olvidado la invasión de Guatemala por las columnas de Alvarado? Desde México a Tehuantepec, simple paseo militar, la cosa se agravó poco después de Chiapas. El conquistador, irritado por ver frenado su avance por los elementos indígenas, lanzó todas sus fuerzas contra un adversario prácticamente desarmado. Los combates fueron tan mortíferos, que a una de las provincias conquistadas se le dio el nombre de *Xequiquel:* «Bajo la sangre». Si la operación guatemalteca pesa mucho en el pasado de Alvarado, hay que abonar en su activo el generoso gesto que le costó la vida. Cierto que el haber tendido una mano fraterna a Oñate no le absuelve de sus pecados. Pero nos resulta más simpático con esa prueba de que su corazón no latía sólo por el oro. Vemos humanizarse, enternecerse, una fisonomía que hasta entonces ostentaba sólo una especie de grandeza brutal. No se conocía más que su penacho. En el breve instante de su muerte se vislumbraba su alma, liberada de las codicias de la tierra.

Acaso nunca los españoles hicieron tan tremendos esfuerzos como para penetrar en «el misterio septentrional». Esfuerzos sobrehumanos, esfuerzos estériles. El balance de la expedición al norte es negativo. ¡Ah, si Hernando de Soto, en su expedición desde Florida, hubiera enlazado con Coronado, procedente de California! Sin embargo, sus caminos se cruzaron, pero cada uno de ellos trabajaba por su propia cuenta. El descubrimiento del Misisipí, el deslumbramiento del Gran Cañón del Colorado, las almenas de las «Siete Ciudades»: bellas estampas y bellos recuerdos que contar —adornándolos— en las veladas de Extremadura. La *realidad* de América del Norte —lo mismo sus recursos naturales que sus contornos geográficos— se les escapó totalmente a los conquistadores. Esta presa gigantesca, por más que la atacaron por sus flancos, el oriental y el occidental, no cayó en sus manos: dijérase que retrocedía a medida que ellos avanzaban. Los mejores —incluidos Hernando de Soto y Pedro de Alvarado, los dos brillantes lugartenientes— se empeñaron en vano. Seguramente faltó al principio una autoridad soberana que coordinara y planificara aquellas incursiones aventuradas. Seguramente también, el primer impulso imprimido a la Conquista por las carabelas de Cristóbal Colón influyó en este fracaso. La tradición y la rutina llevaban casi maquinalmente las naves españolas a las misma aguas, a las mismas bases, siguiendo las estelas conocidas. Estas razones —y otras, más sutiles, dependientes de los políticos continentales— determinaron que América del Norte, descubierta en gran parte por los súbditos de Carlos V, quedara excluida, en provecho de los rezagados anglosajones, del imperio español.

El espejismo de El Dorado

La conquista de América Central, seriamente iniciada por Pedrarias Dávila, Cristóbal de Olid y el propio Hernán Cortés, fue terminada por una serie de expediciones locales cuyos jefes no tenían la talla de un Pizarro o de un Hernando de Soto, pero que sabían muy bien llevar el asunto. Las columnas conquistadoras partían simultáneamente de México y de

Panamá. Esta doble corriente en sentido inverso provocaba encuentros que a veces acababan en tragedia. Tal el ocurrido en Honduras entre Cortés y los hombres de Pedrarias Dávila. Cada uno pretendía entrar en su casa y no cedía. ¿En virtud de qué? Singulares «cotos de caza», violentamente disputados y que pasaban de mano en mano según las fortunas de la armas. Pues, naturalmente, no se respetaba el derecho del primer ocupante. Sólo el del más fuerte regulaba la posesión. Por un tiempo. Posesión, en efecto, precaria, constantemente amenazada por las expediciones rivales.

La historia de la conquista de América Central es la de una confusa querella. Es un fulgurante torneo de capitanes que alternativamente se instalan como dueños y luego ceden el sitio a otros recién llegados, más numerosos o mejor armados. ¡Y suerte cuando estos desalojos no van acompañados de sangrientos arreglos de cuentas! ¿Saben siquiera dónde están y adónde van esos conquistadores audacísimos? La mayoría de ellos no tienen la menor idea. Este istmo de dos mil kilómetros que une México con Colombia no tiene más que un nombre: Guatemala. Honduras, Salvador, Nicaragua, Costa Rica y Panamá no son más que provincias. Hasta el siglo XIX no llegarán a ser repúblicas. Pero muy pronto cada provincia tiene su conquistador. Espinosa y González Dávila salen de Panamá, entran en Costa Rica y, siguiendo adelante, se encuentran con el cacique Nicarao, soberano de Nicaragua. Hernández de Córdoba, siguiendo las huellas de aquéllos, explora el río San Juan y el contorno de los lagos de Managua y de Nicaragua. Continúa el avance hacia el norte y se encuentra en Honduras con González Dávila. No irá muy lejos. Dávila le presenta batalla, le derrota y le obliga a volver a Panamá. En esto desembarca en Honduras Cristóbal de Olid, que viene de México al frente de cuatrocientos hombres. Esta vez, el adversario es importante. Olid es uno de los mejores capitanes de Cortés. Coge prisionero a González Dávila, pero le trata con generosidad. Eliminado Dávila, ¿quedará Olid dueño de Honduras? En la embriaguez de la victoria, Cristóbal de Olid olvida demasiado pronto el objeto preciso de su misión: buscar un paso entre los dos océanos. ¡Una misión de geógrafo! Se comprende que Cristóbal de Olid apuntara más alto. Fue uno de los conquistadores de México por cuenta de Cortés, y considera que ha llegado el momento de hacerse un reino a su medida. ¡Ahora le toca a él! Cortés se entera del

Del Río de la Plata al Meschacebé

asunto y encarga inmediatamente a Francisco de las Casas que se apodere del rebelde. Doblemente rebelde, porque, como se recuerda, Olid había hablado con Velázquez al pasar por Cuba. Pero Las Casas subestima al adversario. Después de una corta batalla, es él el vencido y capturado. Lo mismo que con Dávila, Olid se hace el magnánimo ¡Está tan seguro de sí mismo! Invita a sus dos prisioneros a un banquete entre compañeros de armas. Y en el momento en que los conquistadores levantan sus copas en honor del rey de España, González Dávila y Francisco de las Casas —no han tardado mucho en ponerse de acuerdo— apuñalan a Cristóbal de Olid.

El campo queda libre para nuevas aventuras y nuevos aventureros. A la cabeza se destaca la voluminosa silueta de Pedro de Alvarado. «Este infelice y malaventurado tirano», le llama el dominico Bartolomé de las Casas. Tirano, en efecto, Alvarado —acabamos de verlo— ha trazado, desde México a las fronteras de Nicaragua, un surco de sangre. Distribuye a sus soldados las mujeres indígenas, carga a los hombres con las cadenas de la esclavitud y destruye sin escrúpulos todo lo que se opone a sus designios. Sus cóleras son proverbiales, como aquel día en que, creyendo encontrar oro por el testimonio de los informadores locales, comprueba que el oro es cobre. ¡Cuántas veces se equivocó, culpando de sus equivocaciones a sus informadores indios y vengándose de ellos cruelmente! Brutal —con sus ribetes de jovialidd que tiñe de una falsa indulgencia sus más terribles enojos—, valiente hasta la insensatez, adorador de todo lo que brilla y cuesta caro, Alvarado es el gallo de América Central. Fundador de Santiago de los Caballeros y de San Salvador, extiende sus dominios hasta Costa Rica. Fastuoso y sensual como un Médicis, aficionado a las bellas armaduras como un Menelao, reina libremente desde Guatemala a Panamá durante cerca de veinte años, con los intermedios que conocemos en España y en el Perú. Veinte años de triunfos militares —fáciles y sin gloria—. Preferimos olvidar a ese sátrapa chabacano presidiendo las matanzas de guatemaltecos o asistiendo a sus horribles festines —suelta una estruendosa carcajada acariciando su macizo collar de oro—, para recordar sólo al héroe de la «Noche Triste» o del peñón de Guadalajara.

En realidad y durante mucho tiempo, los españoles no hicieron más que pasar por América Central. La estructura física del país —su relieve atormentado, su suelo inestable sacudido por frecuentes seísmos, sus tierras bajas cubiertas de una selva densa y enmarañada de lianas— se prestaba mal a fundaciones duraderas. Ese largo pasillo sembrado de asechanzas era, para los conquistadores procedentes de México, la ruta terrestre de la costa firme, al mismo tiempo que una vía de acceso a la región de Darién. Era también el camino a El Dorado.

¡El Dorado! Después de la Atlántida, la Fuente de Juventud, Antilia, el país de las «Siete Ciudades», éste es otro de los edenes en los que los conquistadores creían a ojos cerrados. El Dorado lleva el nombre de su soberano. Es un rey desnudo untado todo él de grasa y, encima, de polvo de oro. Al atardecer, resplandece en su barca bajo los rayos del sol poniente. Cuando se baña, todo ese oro se disuelve en el agua, y una mancha de fuego tiembla en la superficie del lago. Los españoles han oído hablar tanto a los indios del Perú del reino del Hombre Dorado, que no dudan de su existencia. ¿Pero quién le ha visto? ¿Dónde se encuentra? ¿En Colombia? ¿En Venezuela? ¿En Guayana? Al fin y al cabo, qué más da. Para los conquistadores, el tiempo y el espacio no cuentan. Buscarán El Dorado en el Ecuador, en Colombia, en Venezuela y en Guayana.

Gonzalo Pizarro sale de Quito con trescientos cuarenta españoles y cuatro mil indios. No es sólo el oro lo que le atrae, sino también la canela, que, según dicen, abunda en El Dorado. El antiguo sueño de las especias ¿tomará consistencia en el país del rey del oro? Gonzalo trepa por la cordillera de los Andes, vuelve a bajarla, encuentra un río, el Napo, y lo sigue en todo su curso. Va a parar a un río más grande, el Marañón. Inmediatamente se ponen a construir un bergantín. Lo manda Francisco de Orellana —¡otro más de Trujillo!—. La expedición se divide en dos. Orellana navega por el río. Gonzalo sigue algún tiempo la orilla del mismo. Pero se ve obligado a detenerse. La lluvia caliente que no ha cesado de caer desde la partida les pudre las calzas, les enroñece las espadas y les corrompe los víveres. Gonzalo Pizarro y los hombres que le quedan —más de la mitad han sucumbido— vuelven a Quito sin haber descubierto El Dorado. Pero traen canela. Mientras tanto, Orellana realiza una proeza increíble. Navegando con su bergantín, recorre el Marañón —el río de las amazonas—, el río Negro, el Orinoco hasta su delta y llega al mar. Una vez en las aguas del Atlántico, pasa ante el golfo de Paria y se di-

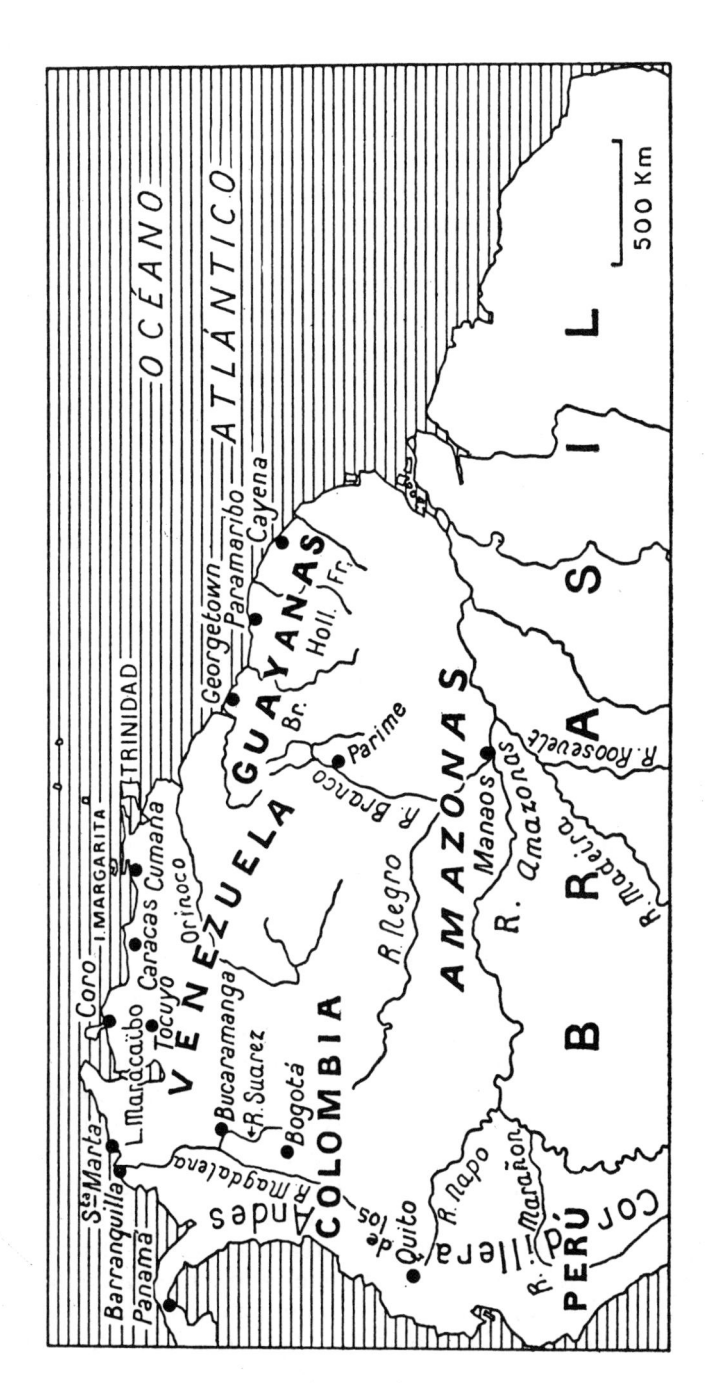

El espejismo de El Dorado

rige a Haití. No será ésta su última etapa. Se va a España a contar él mismo al emperador su extraordinaria odisea. En ocho meses de navegación fluvial, Orellana atravesó América del Sur desde Quito a Paria, trazando una curva sinuosa que abarcaba el Perú, Amazonia, Guayana y Venezuela. Confiesa que sólo tuvo miedo una vez: cuando se encontró frente a unas mujeres de cabellera larga y tez clara que manejaban el arco con más destreza que los hombres. No encontró El Dorado, pero descubrió y bautizó el río de las amazonas.

Ahora van a buscar El Dorado partiendo de las costas colombiana y venezolana. Ambas son ya conocidas. Hace más de treinta años que unos conquistadores ilustres —Hojeda y Juan de la Cosa— pusieron el pie en el litoral de Colombia, que, desde el cabo de la Vela a Darién, se llama Nueva Andalucía. Bastidas fundó Santa Marta; Pedro de Heredia se internó por la orilla occidental del Magdalena y llevó su expedición desde Cartagena hasta Antioquia, al pie de la cordillera. Pero estas audaces aventuras fueron, por el contrario, estériles. Cosa de violar sepulturas, saquear, capturar esclavos... Es la ley del capricho. El nombramiento por Carlos V de un gobernador responsable pone fin a este bandidismo heroico.

Otro conquistador de gran talla también va a ir en busca del Hombre Dorado. Es Jiménez de Quesada. ¿Águila o halcón? Águila, desde luego. Nombrado por el rey para las funciones de auditor y de gran maestre de justicia de la provincia de Santa Marta —situada en la costa noroeste de Colombia, entre el cabo de la Vela y Barranquilla—, Quesada, tan pronto desembarca en Tierra Firme, es encargado por el gobernador, Hernando de Lugo, de explorar el sur siguiendo el río Magdalena. Esta vez, la dirección es la verdadera. Van derechos a El Dorado. Quesada se pone en camino.

Setecientos españoles, cinco veces más de indios, cien caballos... Los efectivos clásicos, con poca diferencia. Lo nuevo, en una expedición de este tipo, es la personalidad del jefe. Jiménez de Quesada, austero hasta el ascetismo, de una piedad minuciosa, encarna bien el tipo de «santo laico», exacto en la oración pero atento a los asuntos del mundo. Es de esos grandes virtuosos que trabajan ardientemente por la salvación de su alma, sin dejar por eso de atender a lo temporal, y que, viviendo en el siglo, observan estrictamente los tres votos monásticos. Dos sacerdotes asisten a Quesada. Esto demuestra

Del Río de la Plata al Meschacebé

que el rígido auditor no piensa tomar consejo más que de la Iglesia. Va en busca de El Dorado no por el oro, sino por la católica España y por Dios. La intención era pura. La acción, no tanto. ¡Ah, si sólo hubiese dependido de él...!

La expedición sigue penosamente, desde Santa Marta, el curso del Magdalena. El país no es más que un vasto cenagal cubierto de un follaje espeso que hay que ir abatiendo a golpes de hacha. Innumerables corrientes de agua fangosa discurren en meandros por el blando suelo, más parecido a limo que a tierra firme. Esta vez, el suplicio de los conquistadores es el hambre. Procuran engañarla con los recursos habituales: reptiles, caballos reventados, cuero de los cinturones y hasta algo más horrible: los cadáveres de los mercenarios indios y, en ocasiones extremas, los de sus propios compañeros. ¡Y Jiménez de Quesada teniendo que cerrar los ojos!

Sólo una sexta parte de la columna conquistadora llega a la confluencia del Magdalena con el río Suárez, en las inmediaciones de Bucaramanga. Al final de la selva, un amplio valle... Los españoles creen que se despiertan de una pesadilla. Les salen al encuentro unos indios sonrientes. Hablan una lengua que los intérpretes no conocen. Son indios chibchas.

La historia de los chibchas viene a ser, en un plano más modesto, la de los aztecas y los incas. En su origen se encuentra la misma leyenda: un semidiós, héroe y sabio —se llama Bochica—, padre de la civilización, que, después de fulminar una montaña, desaparece por el este. Este mesías, descendiente del Sol, es el ídolo de los chibchas. Le levantan altares, le rinden culto. Bochica figura, en el panteón precolombino, junto a Quetzalcóatl y Viracocha. Se confunde con ellos.

Los chibchas vivían desde siglos en Colombia. Pobladores de las altiplanicies del sur y de las montañas del norte, se concentraban principalmente en la meseta de Bogotá. Allí, emergiendo de los limbos de la anarquía, nació y floreció la civilización chibcha. El nacimiento del Estado colombiano fue precedido y preparado por una larga querella de señores. Como siempre ocurre, no se llegó a instaurar el poder supremo sino a costa de violentas eliminaciones. El asesino que no era asesinado a su vez, reinaba. En el momento en que Quesada conducía su tropa de fantasmas a lo largo del río Suárez, ya se había realizado la unidad chibcha en forma de una confederación de tribus, cada una de las cuales estaba mandada por un cipa o por un zaque. En suma, una especie de ducados dirigidos por una especie de archiduque: Bogotá, cipa de la ciudad de su nombre. Una curiosa ley de sucesión transmitía la herencia de tío a sobrino y no de padre a hijo. Los cipas y los zaques tenían que ser hijos de una hermana del monarca difunto. La iniciación —como la de los futuros soberanos aztecas— era larga y severa. Los príncipes chibchas acumulaban el poder político y la autoridad sacerdotal. Los preparaban para este doble papel con ayunos y maceraciones. La legislación era sumaria pero justa. Y lo mismo la administración, que tenía en cuenta las necesidades de cada uno y no imponía a nadie contribuciones superiores a sus posibilidades. Los chibchas, buenos agricultores —grandes especialistas de la coca—, eran también excelentes metalúrgicos y ceramistas de buen gusto. Mucho antes de la llegada de los españoles exportaban al Perú sus estatuillas hechas con una aleación de oro y de cobre, y vasos de cristal de roca tallado que causaban gran admiración a los incas. Sus viviendas eran primitivas: las paredes, de troncos de árboles unidos con una mezcla de tierra y paja; las techumbres, de paja, en forma de pirámide. Tal era la civilización de los chibchas —arcaica todavía, pero lo suficientemente adelantada para que se puedan ver en ella las bases de una construcción política, acaso hasta la promesa de un imperio—. Ciento cincuenta españoles sojuzgaron en unos días al viejo pueblo de Bochica. La confederación cipa se integra, en efecto, en un imperio: el de Carlos V.

Nuevamente asistimos a la pasmosa proeza de una compañía española apoderándose casi sin lucha de un país dos veces más grande que Francia y de una capital de veinte mil habitantes. La cosa resulta más fácil aún que en Cajamarca. Aquí ni siquiera hay la comedia de las negociaciones, el simulacro de combate y el mantenimiento de una soberanía que dieron a la victoria de Pizarro contra los incas las apariencias de una colaboración, ya que no de una alianza. El triunfo es total. Pero, al igual que en el Perú, la división de los jefes indígenas favoreció la acción de los conquistadores. Jiménez de Quesada se fue apoderando uno por uno de los reyezuelos precolombinos. El zaque de Hunza —Tunja— y los de Sogamoso y Tundama se dejan prender casi sin resistencia. En cuanto a Bogotá, ha huido a la sabana. Los españoles toman posesión de la ciudad de los cipas sin encontrar en ella alma viviente. Las puertas de los templos están chapadas de oro y tachonadas de clavos de esmeraldas. Arrancan las puertas, registran las casas, torturan a los prisioneros para averiguar más. ¿Dónde esté el oro? La eterna pregunta. Nadie se opone al avance de los conquistadores, a no ser una naturaleza hostil. La región atravesada por el río Neiva es tan fúnebre, que los españoles le dan el nombre de «Valle de las Tristezas». Llanuras, cañadas, mesetas... ¿No tendrá, pues, ningún testigo esta marcha triunfal? Pues sí. De vuelta a Bogotá, y a unos kilómetros de la ciudad, los hombres de Quesada advierten que no están solos. Hay dos campamentos en la llanura, a respetable distancia. El primero es español, seguro. El segundo presenta un aspecto extraño. ¿Quiénes son esos soldados que hablan con un acento gutural?

El jefe del primer campamento es conocido: Belalcázar, el conquistador del Ecuador. Se aburría en Quito, y la tentación de El Dorado no podía dejar indiferente al antiguo capitán de Francisco Pizarro. Desde la capital ecuatoriana había subido al valle del Cauca y llegado a las inmediaciones de Bogotá siguiendo la orilla izquierda del Magdalena.

El segundo campamento era de un capitán alemán, Nicolás Federman. Por primera vez, un conquistador español se encontraba en su camino con un conquistador extranjero. ¡Los alemanes exploraban bien la Tierra Firme, en busca también de El Dorado! Esto no podía gustarle nada al severo Jiménez de Quesada. Sin embargo, los poderes de los alemanes estaban en toda regla. Diez años antes, Carlos V había dado «licencia y facultad» a los hermanos Alfinger para emprender la conquista de la región de Maracaibo. Se trataba ante todo de una empresa financiera, subvencionada por los Welser, banqueros de Habsburgo. Acreedores de la Corona de España, esperaban cobrar por este medio. Pensaban que las perlas cogidas en la costa y la exploración de las minas de oro en el interior producirían a los concesionarios grandes beneficios. Una parte de ellos se destinaría al pago de las deudas españolas y el resto contribuiría a engrosar el Tesoro imperial, duramente sangrado por las guerras. El cálculo era hábil. Pero el resultado no respondió, ni con mucho, a las esperanzas. Alfinger, en cuanto a explotaciones mineras, se contentó con instalar una *ranchería* a orillas del lago Maracaibo. Después de su muerte —ocurrida en una emboscda indígena—, la concesión fue transferida a Hobermuth, llamado generalmente Espira —por el lugar de su nacimiento, Spira—. Al cabo de inútiles exploraciones hacia los Andes, Espira se asoció con Federman, protegido de los Welser, y los dos se esforzaron por organizar en Coro una colonia alemana. Y Federman, más audaz o más afortunado que su compatriota, consiguió penetrar en el reino chibcha.

Así se encontraron inesperadamente en el llano de Bogotá los colonos de Belalcázar, procedentes de Quito; los de Federman, de Coro, y los de Quesada, de Santa Marta. Es decir, del sur, del este y del oeste. Encuentro grandioso que podía ser sangriento. Pero los tres capitanes se acuerdan a tiempo de que son súbditos del mismo emperador. ¡Nobleza obliga! ¿Van a dar a los indios de Bogotá el espectáculo de pelearse entre ellos? Se saludan con la espada, la envainan, se abrazan y celebran su encuentro con un banquete de venado. Luego llegan a un acuerdo. Belalcázar abandona la partida y vuelve a Quito. El alemán, hombre práctico, cede su destacamento a Quesada mediante el pago de diez mil pesos de oro.

La misión de Jiménez de Quesada ha terminado. A falta de El Dorado, ha descubierto la futura Colombia, depósito de oro y de esmeraldas. Antes de embarcar para España funda la ciudad de Santa Fe de Bogotá y da a su conquista el nombre de Nuevo Reino de Granada, en recuerdo de su patria. Rígido y severo como siempre, se presenta ante el emperador y le rinde cuentas de su viaje. Con voz inalterablemente fría describe el duro itinerario; las tumbas del valle del Magdalena, llenas hasta los bordes de alhajas y de animales esculpidos en oro; la rendición de los señores chibchas; la soledad de los valles... Pero se anima al evocar el valor de sus compañeros. Y aun al evocar a aquellos miles de almas que ignoran al verdadero Dios. Ahora, aquel territorio necesita un gobernador que no sea él. Quesada no espera más, para volver a embarcar, que las órdenes de su emperador. Pues no duda que el emperador le confirmará en sus funciones. En esto se equivocaba. Aquel justo no entendía nada de la psicología de los príncipes. El puesto de gobernador del Nuevo Reino de Granada se lo dará Carlos V no a Jiménez de Quesada, su fundador, sino a un joven intrigante: el hijo de Hernando de Lugo.

El Dorado, que no se halló ni en el Ecuador, ni en Colombia, ni en Venezuela, ¿estará en Guayana? ¿En ese infierno? Con un clima cálido y húmedo, lluvias violentas, una selva impenetrable, este país es el más desolado de los territorios

Del Río de la Plata al Meschacebé 357

explorados por los conquistadores. Acaso se encuentren algunas pepitas de oro diseminadas por los aluviones fluviales. Acaso, buscando bien, se distingan, en la espesura de la selva guayanesca, los esbeltos fustes de los árboles de palo de rosa. Mas para explorar la más ínfima parte de esta región —un poco menos que Francia—, necesitarían los conquistadores un ejército de madereros y unas herramientas no inventadas aún. Y no son más que unos cuantos hombres provistos de una espada y un machete. Sin embargo, se obstinan. Guayana será su tumba. Diego de Ordaz —el vencedor del Popocatépetl— anda errante durante cuatro años a lo largo del río Negro. Y allí muere. Pedro de Ursúa se encamina derecho al legendario lago Parimo codiciando Manaos, la Ciudad del Oro. ¡Una más! No ha ido muy lejos cuando cae derribado por una lluvia de flechas indias. Sus compañeros le rinden honores y continúan estoicos una empresa perdida de antemano. En el llano de Manaos, confines de la selva insondable y del reino acuático del Amazonas, los fieles de Diego Ordaz, tiritando de fiebre bajo el amarillo sol de las Guayanas, renuncian por fin a El Dorado.

¿Es el recuerdo de aquellas marchas siniestras a través de matorrales infinitos? Al renunciar a El Dorado, los españoles abandonan Guayana. Francia podrá instalar allí a sus presidiarios; Holanda, construir sus *polders;* la Gran Bretaña, anexionarla a sus dominios. Tres Guayanas que, pasados tres siglos, suministran a Europa y a los Estados Unidos oro, diamantes, bases estratégicas y, sobre todo, bauxita, madre del aluminio. Por falta de perseverancia —por falta de medios—, España, descubridora de Guayana, no tendrá sitio en ella. Única fisura en el bloque hispanoamericano, exceptuando Brasil, voluntariamente abandonado.

El fracaso de España en Guayana tiene un eco: el de Alemania en Venezuela. La capitulación de Federman en las altiplanicies de Bogotá no puso fin a las expediciones alemanas, pero la concesión imperial había expirado sin que sus beneficiarios hubieran explorado ni siquiera la cuarta parte de lo que les había sido adjudicado «en el papel», es decir, todas las tierras comprendidas entre el cabo de la Vela y Cumaná, incluidas las islas vecinas y el interior del país. No obstante, un puñado de aventureros alemanes persistieron. Uno de los Welser, acompañado de Hutten, llevó la exploración de Venezuela hasta Tocuyo. No pasaron de allí. Un destacamento español mandado por Juan de Carvajal los prendió y los ejecutó. Durante algún tiempo, los alemanes pudieron mantenerse en Coro —difícilmente, pues sus duros métodos rebelaron contra ellos a españoles e indios—. ¿Pero tan limpia tenían la conciencia un Carvajal y un Lope de Aguirre? Por lo demás, ambos terminaron su carrera ahorcados. Mientras los Welser presentaban a la corte de España una instancia pidiendo, ya que no una renovación de la concesión, al menos su mantenimiento en los territorios que ocupaban, en la laguna de Maracaibo se jugaba una partida feroz y astuta entre conquistadores y reitres alemanes por la posesión de Venezuela. Les importaban poco los argumentos jurídicos. Peleaban, simplemente. Triquiñuelas corteses en Valladolid, guerra a cuchillo en Coro. En ambos terrenos, los alemanes salen derrotados. Al cabo de diez años de pleito, lo pierden. Y son los españoles —Villegas, Villacinda, Fajardo— los que ponen las primeras piedras a las ciudades venezolanas. Nadie se acuerda de Hutten ni de Federman, pero sí del capitán Losada, fundador de Santiago de León de Caracas, futura capital de Venezuela. Los alemanes, eliminados de la Conquista, se tomarán el desquite, pasados trescientos años, en el Brasil, colonizando el Estado de Santa Catalina. Otro desquite: el mismo año en que Espira se perdía en la cordillera, otro alemán, Cronberger, instalaba en México la primera prensa de América.

¿No existía, pues, El Dorado? Pues sí, en potencia. Detrás de los conquistadores, armados sólo de espadas y arcabuces, los técnicos modernos forzaron a El Dorado a soltar su oro. Herramientas y máquinas abrieron el vientre del suelo virgen, impenetrable para los hombres de Carlos V. En Colombia, plata, platino y esmeraldas, las más bellas del mundo. En Guayana, esencias raras, diamantes y aluminio para proveer a todas las industrias bélicas del Globo. En Venezuela, más aún: petróleo, el oro negro del siglo XX.

El Río de la Plata, camino del Perú

Hacia el grado 35 de latitud sur, una gran bahía en forma de embudo escota ampliamente el litoral atlántico de América del Sur. Es el Río de la Plata. El Plata, desembocadura común del Paraná y del Uruguay, es la vía natural de penetración hacia el corazón del continente. En tiempos de la Con-

Del Río de la Plata al Meschacebé 359

quista, el país conocido por el nombre de Río de la Plata comprendía los actuales territorios de la Argentina, Paraguay, Uruguay y Bolivia.

Desde muy pronto, el Plata había atraído la curiosidad de los conquistadores. Impresionados por las dimensiones de aquel estuario —una embocadura de doscientos treinta kilómetros de anchura—, lo recorrieron mucho tiempo y con precaución antes de decidirse a desembarcar. Pero no tardaron en comprender que el Plata podía ofrecerles un camino al Perú más corto que el de Panamá y el del estrecho de Magallanes. Atravesar el continente por la parte que comienza a estrecharse, en vez de contornearlo por el norte o por el sur, representaba una gran economía de tiempo y de dinero. Además, el objetivo era doble. Había que acortar la distancia entre España y el Perú, pero había también que llegar más rápidamente al Pacífico, es decir, a la China y a las islas de las especias.

Precursores heroicos prepararon el camino a los adelantados. Díaz de Solís fue el primero que se lanzó a buscar el famoso estrecho que diera paso del Atlántico al Pacífico, entonces recientemente descubierto por Balboa. Tocó en las costas del Brasil, ancló en un puerto al que llamó Nuestra Señora de la Candelaria, al sudoeste del Uruguay, y dio el nombre de Mar Dulce al Río de la Plata. Murió, atravesado por una flecha india, a orillas del río que había conquistado. Pasados once años, Sebastián Caboto —entre tanto, Magallanes había encontrado su estrecho— repetía el itinerario de Solís, pero, subiendo hacia el norte por la orilla del río Paraná, lo prolongó hasta el Paraguay. El camino estaba, pues, bien abierto cuando Pedro de Mendoza, uno de los más nobles caballeros de la corte de España, zarpó del puerto de Bonanza en dirección al Río de la Plata.

La expedición era importante: once navíos, mil hombres, ganado y material considerable. El hidalgo apuntaba alto. Le rodeaba un brillante estado mayor, en el cual destacaban las altivas siluetas de Juan de Ayolas, Martínez de Irala y Felipe de Cáceres, todos ellos hombres de mérito y de buen linaje. La flota llegó sin inconvenientes al Río de la Plata. El primer gesto de Mendoza —obsesionado sin duda por la figura de Cristóbal Colón— fue fundar a la orilla derecha del río descubierto por Solís una ciudad a la que puso el nombre de Nuestra Señora Santa María del Buen Aire, la futura Buenos

Aires. Pero la misión de Mendoza fue de corta duración. Después de avanzar a lo largo del Paraná hasta la posición de Corpus Christi, retrocedió, tal vez asaltado por algún presentimiento, y murió en el mar en el camino de vuelta.

Mientras los españoles se esfuerzan por hacer habitables las chozas de Santa María del Buen Aire —en el mismo sitio donde habían de surgir más tarde los rascacielos de Buenos Aires—, Juan de Ayolas hereda el puesto de Mendoza. No por mucho tiempo. A los dos meses de morir su antecesor, Ayolas cae en una emboscada india y pierde la vida, con la cabeza aplastada por las boleadoras de los indígenas querandíes. Pero en esos dos meses había subido el Paraná hasta el Paraguay y dejado una posesión en la confluencia del Paraguay con el Pilcomayo. Esta posta entre Buenos Aires y el Perú recibió el nombre virginal de Asunción. Estaba escrito que Mendoza y Ayolas tuvieran tiempo, pese a una carrera tan corta, de poner la primera piedra de las capitales de la Argentina y del Paraguay: Buenos Aires y Asunción.

Mendoza había designado a Ayolas como sucesor suyo. El de Ayolas fue elegido por los españoles del Río de la Plata. Todos los votos recayeron en Martínez de Irala, capitán autoritario y ambicioso, pero de gran prestigio. Ratificada su elección por el rey, Irala puso manos a la obra. Comenzó por centralizar en Asunción el gobierno de la colonia, no dejando en Buenos Aires más personal que el necesario para las operaciones marítimas. Siguiendo la idea de Juan de Ayolas, pensaba hacer de Asunción una base de partida para el Perú. Cuando se disponía a ponerse en camino, recibió una noticia desagradable: acababa de desembarcar en Santa Catalina un nuevo adelantado. Este importuno no era otro que Núñez Cabeza de Vaca, el curandero de los indios, el héroe del norte. La entrevista de los dos capitanes en Asunción fue, aparentemente, muy cordial. Cada uno, disimulando su mal humor, hizo grandes protestas de amistad. ¿Acaso no se necesitaban mutuamente? Por otra parte, sus instrucciones concordaban en todos sus puntos: se trataba de establecer las comunicaciones con el Perú. ¿Por qué, pues, habían de batirse, si perseguían un fin común? En prueba de confianza, Cabeza de Vaca nombró en el acto a Ayolas maestre de campo suyo, es decir, su segundo. Una vez de acuerdo los dos jefes, sólo faltaba abrir aquel camino del Perú que había de acortar la distancia entre la España metropolitana y su imperio.

Del Río de la Plata al Meschacebé 361

Un terreno difícil, una población hostil, disentimientos internos retardaron indefinidamente la conexión de los hombres del Plata y los del Perú. Para llegar a Cuzco había que atravesar el Chaco y el altiplano boliviano, es decir, vencer una naturaleza de tipo variable —desde la pampa, con su viento ululante, hasta las montañas bolivianas de seis mil

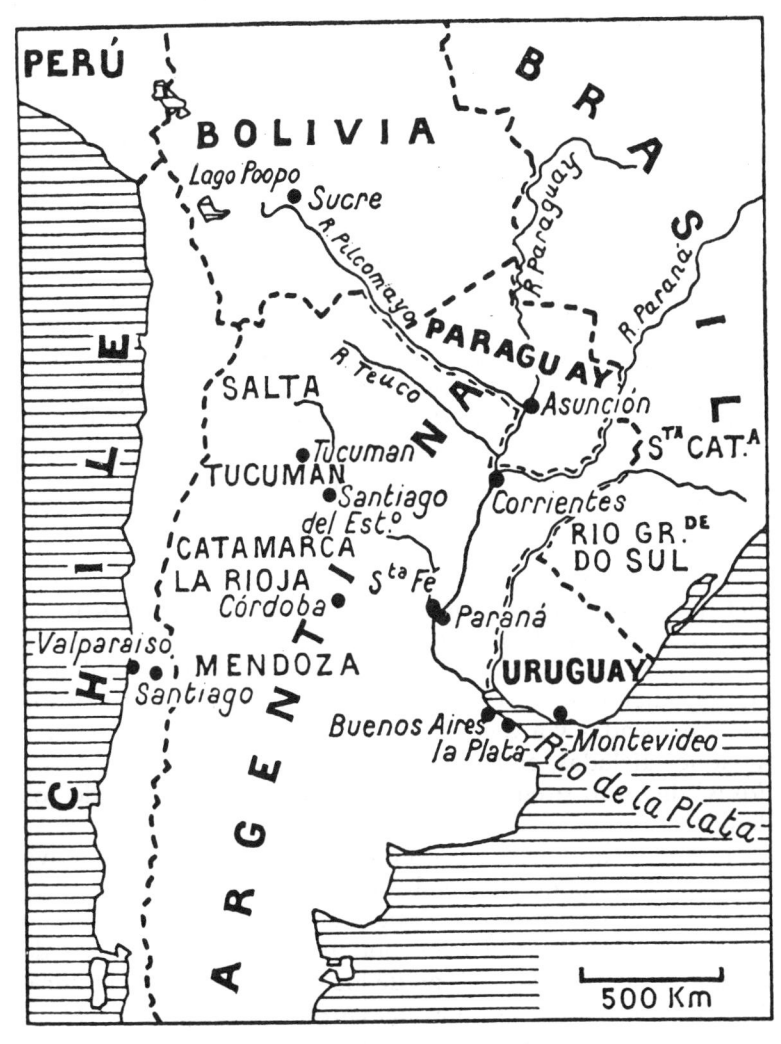

El Río de la Plata, camino del Perú

metros de altitud—. Había también que estar constantemente en guardia contra la población indígena. Eran innumerables aquellas tribus trashumantes —querandíes, charrúas, guenoas—, entre las cuales resultaban civilizados los diaguitas y los guaraníes. Los diaguitas ocupaban las actuales provincias argentinas de Salta, Catamarca, la Rioja, Tucumán y Mendoza. Sojuzgados pronto por los incas, no tenían organización política propia. Dependían de la autoridad de un curaca, gobernador delegado del emperador peruano. Pero eran muy belicosos y manejaban con destreza la honda y el lazo. Los guaraníes vivían a orillas del Paraná y del Paraguay y en la parte meridional del Brasil. Más adelantados que los diaguitas, se gobernaban por sí mismos. El conjunto de sus tribus, gracias a una jerarquía elemental, constituía una especie de sociedad: cincuenta familias formaban un grupo mandado por un cacique, y estos grupos formaban, a su vez, una tribu presidida por una asamblea superior. Los guaraníes, aunque de aspecto suave y triste, se tornaban temibles en el combate. Instruidos desde niños en el manejo del arco y de la maza —armas primitivas, pero que rara vez erraban el blanco—, los guaraníes y los diaguitas, como todas las tribus del Río de la Plata, sabían hacer la guerra.

Una naturaleza rebelde, unos indígenas batalladores... De todos modos, a los españoles les hubiera costado menos vencer estos dos obstáculos si hubiesen sabido dominar sus propias querellas. En la región del Plata, más aún que en otros sitios, cada cual trabajaba por su cuenta. Ni exploración metódica ni ningún plan de conjunto. *Entradas* —así llamaban a las expediciones de reconocimiento— individuales, directas como estocadas y a veces mortales también como estocadas. Acciones aisladas, en fin. Pero ello no impedía que los *entradores* vigilaran atenta y celosamente los progresos de los demás.

Los dos capitanes, impotentes para coordinar los movimientos de la conquista, se observaban. Cada uno tenía su camarilla. Los partidarios de Cabeza de Vaca eran los *leales*, en oposición a los *tumultuarios*, que apoyaban los intereses de Irala. Pues la fingida amistad de los dos hombres había durado poco. Se habían quitado las caretas. Cabeza de Vaca, al regreso de una expedición al oeste, fue capturado por la guardia de Irala, encarcelado en Asunción por supuesta conspiración y embarcado para España. ¡Mandarle a Carlos V a su

Del Río de la Plata al Meschacebé

adelantado con grilletes en los pies! El golpe era de una audacia insólita.

Una vez eliminado Cabeza de Vaca, a Irala le quedaba el campo libre. Estaba solo en la arena. Y arrancó con la cabeza baja. A los dos años de expulsar a Cabeza de Vaca, llega al lago Titicaca y luego a Cuzco. Así se realiza la conexión del lago Titicaca y el Perú. Irala, loco de orgullo, se presentó ante Pedro de Lagasca, que gobernaba por entonces a los incas. Se disponía a recibir parabienes, al mismo tiempo que el título de gobernador, y ya abría los brazos para el espaldarazo. Pero, ¡ay!, la acogida fue glacial. Desde hacía mucho tiempo sabía Lagasca que, al otro lado del altiplano boliviano, unos españoles intentaban establecer contacto con él. Con su mirada de águila, los veía venir. Los estaba esperando. No para estrecharlos contra su corazón, sino para hacer saber duramente a aquellos aventureros que el tiempo de la aventura había pasado ya. No había más que un amo, Carlos V, cuya delegación ostentaba y ejercía él, Lagasca. A Irala y a sus compañeros no les tocaba más que alinearse y bajo su obediencia. Irala no consiguió ni siquiera la confirmación en sus funciones de gobernador de la Plata. Sin embargo, le parecía lo natural. ¿Pero cómo iba a sancionar Lagasca, el austero defensor de la legalidad, un grado arrancado por la violencia a su titular legítimo? Irala volvía a Asunción como simple capitán a las órdenes del virrey. Pero, a pesar de esta derrota de amor propio, ¡qué gran victoria! Trazando en el mapa de América una línea quebrada Buenos Aires - Asunción - Cuzco, reuniendo así las dos fachadas del continente: la del Atlántico con la del Pacífico, Irala remató el glorioso esquema del imperio español.

La expedición de Irala al Perú duró más de un año. En su ausencia, la colonia de Asunción, entregada a las intrigas de los *leales* y de los *tumultuarios*, cambió varias veces de amos. Pretendientes ambiciosos ensayaron sucesivamente el poder. Algunos soñaban con conservarlo, como Diego de Abreu. Ya era hora de que volviera Irala. Le costó trabajo meter en cintura a todo el mundo. Durante diez años más gobernó en el Paraguay, duramente pero con acierto. Unos meses antes de su muerte recibió un pergamino del rey comunicándole oficialmente su nombramiento de gobernador.

Irala designó como sucesor suyo a su yerno Gonzalo de Mendoza, que murió a los dos años de ejercer el poder. El nuevo gobernador fue Ortiz de Vergara, otro yerno de Irala. Esta monótona ronda de adelantados dura hasta finales del siglo XVI. Mientras la *gobernación* de la Plata, a la espera de ascender a virreinato, buscaba su equilibrio administrativo —¡cuántas experiencias desdichadas antes de lograrlo!—, unos audaces conquistadores proseguían la exploración del país. Nufrio de Chaves funda Santa Cruz de la Sierra, y Díaz de Melgarejo, Ciudad Real. Nacen otras ciudades: Córdoba, Corrientes, Tucumán, Santiago del Estero, Santa Fe... Como si fuera más fácil edificar ciudades que hacer una buena política colonial.

La conquista del Río de la Plata fue obra de larga duración. Comenzada en 1536, cuando Pedro de Mendoza desembarcó en la desembocadura del Paraná, apenas había terminado a finales del siglo XVII. Durante mucho tiempo, los españoles establecidos a uno y otro lado de la Cordillera Real —¡tan bien nombrada!— se ignoraban. Las únicas noticias que tenían unos de otros se las daban los indígenas. Los conquistadores de Asunción sabían que en Cuzco mandaba un jefe blanco. Los conquistadores del Perú oían hablar de jefes blancos en el país de los guaraníes. Y un doble movimiento en sentido inverso envolvía los Andes: al mismo tiempo que los españoles del Perú y de Chile intentaban tomar por la espalda las regiones del sudoeste, los del Río de la Plata se dirigían hacia el noroeste. Este gigantesco juego al escondite acabó al fin, como hemos visto, con el encuentro de Irala y Lagasca. Pero no por eso dejó de reinar el desorden en la colonia meridional. La alternación de jefes electos y de jefes designados personalmente —que acumulaban los vicios del sistema electivo y los del nepotismo—, las vacilaciones de un poder central demasiado lejano, las disputas locales, comprometieron la pacificación del territorio. La incorporación del Río de la Plata al virreinato del Perú no era como para facilitar las cosas. Demasiados hombres —¡y cuán diferentes!— eran llamados a decir su opinión en los asuntos del Plata. Entre estos hombres había una querella permanente, que existe desde que hay colonias: una querella de orígenes. Los capitanes que habían ido directamente de España al Río de la Plata tenían la presunción de los hombres nuevos. Eran, en su mayoría, hombres jóvenes, imbuidos de su personalidad y jactándose del favor imperial. Anunciaban una nueva promoción de conquistadores. Pero los procedentes del Perú eran perros viejos,

Del Río de la Plata al Meschacebé

que hacían valer sus derechos adquiridos y no estaban dispuestos a dejárselos arrebatar. Estos veteranos de la Conquista no se dejaban desbancar por los teóricos llegados de la metrópoli. En lugar de repartirse la presa, los lobos jóvenes y los lobos viejos se la arrancaban a dentelladas.

De esta suerte, el Río de la Plata, descubierto por Solís en 1516, explorado por Sebastián Caboto en 1526 y ocupado por Pedro de Mendoza en 1536 —de diez en diez años—, no se constituyó en virreinato independiente del Perú hasta 1776, doscientos sesenta años después de su conquista. Pero, mientras tanto, Juan de Garay había realizado en 1580 un gesto decisivo. Salió de Asunción al frente de sesenta y seis españoles, llegó a Santa María del Buen Aire, abandonada hacía cuarenta años por orden de Ayolas, y, sobre las ruinas, trazó, con su equipo, el plano de una ciudad cuadriculada, un tipo inspirado en los urbanistas romanos. Fueron trazadas en la arena vías rectilíneas que se cortaban en ángulo recto y erigidos en torno a la plaza mayor los tres primeros edificios: una iglesia, un ayuntamiento y una escuela. Después se construyeron las viviendas. Cada uno de los sesenta y seis españoles recibió un lote, y aun antes de poner la primera piedra de la futura ciudad tenía ya su cabildo, su cura y sus jueces. Gesto verdaderamente decisivo, y por doble concepto. El centro de gravedad del Río de la Plata pasaba de las llanuras pantanosas del Paraguay al litoral atlántico. Sobre los escombros del campamento levantado por Mendoza nace Buenos Aires. Pasados cuatrocientos años, la capital de la Argentina será la ciudad más importante del Nuevo Mundo y su obra maestra. Tres veces más grande que París, con una extensión de treinta kilómetros. Pero sus anchas arterias tiradas a cordel y geométricamente entrecruzadas reproducen, a enorme escala, la primitiva cuadrícula trazada por Juan de Garay. Y los símbolos de su vocación católica e imperial —la Argentina es la cabeza de la América latina— los inventó también Juan de Garay. Eligió como patrón de Buenos Aires a San Martín, el centurión que partió su capa con un pobre, y, como blasón, un escudo de armas con un águila negra, la cruz de la orden de Calatrava y cuatro aguiluchos encima.

Los conquistadores han cerrado el circuito: desde el Río de la Plata al Misisipí, desde los *pueblos* de Nuevo México a la Tierra del Fuego. ¿Qué vamos a hacer ahora? ¿Quedarnos en

Buenos Aires? El itinerario ha terminado, pero falta una peregrinación: Haití. Más que para tornar al punto de partida, encontrarnos de nuevo con el Cristóbal Colón del primer viaje y volver a ver la *Santa María* anclando en la antigua Hispaniola, para recoger el eco de una voz inflexible.

CAPÍTULO III

La voz de un justo: Bartolomé de las Casas

Santo Domingo, en Haití, al nacer el siglo XVI.
Cristóbal Colón acaba de fundar en la gran isla antillana la primera colonia del Nuevo Mundo. Los colonos españoles pasan pronto de unos centenares a unos millares. Les habían dicho que el oro estaba al alcance de la mano y que la selva rebosaba maderas preciosas y especias. Todos ansiaban internarse en las tierras, descubrir otras nuevas y ser gobernadores de ellas. La realidad es muy distinta. Hambre, miseria y enfermedades son las compañeras habituales de los españoles. El clima es engañoso. Parece delicioso, pero, a la larga, debilita y agota. Esa brisa que agita suavemente las grandes flores tropicales se infla a veces hasta transformarse en un furioso vendaval. El otoño —¡que no acaba nunca!— trae lluvias sofocantes. ¡Es preferible el infierno de los veranos a esta pesadísima humedad! Trae con ella las fiebres, que acaban con los colonos. ¡Ah, el trabajo no es fácil! Si los conquistadores hacen fortuna, habrá de ser en verdad con el sudor de sus frentes... Gracias a que hay esclavos...

Pasan los años. Un domingo del 1510, en la iglesia de Santo Domingo, sube al púlpito, con paso más firme aún que de costumbre, fray Antonio de Montesinos. Tomando como tema de su sermón el texto del Evangelio *Vox clamantis in deserto*, apostrofa duramente a los feligreses. ¿Van a seguir mucho tiempo explotando a los indios? ¿Qué mandan los edictos reales? Emplear a los indígenas, que les eran «encomendados» a condición de enseñarles la fe cristiana y protegerlos. La difunta reina Isabel fue terminante en este punto. En realidad, las encomiendas se han convertido en mercado de esclavos, y los encomenderos, en negreros. Los colonos españoles están en trance de perder sus almas.

Un estremecimiento mal contenido pasa por la concurrencia. Se ve que ese lenguaje brutal no les gusta. ¿Está bien desanimar a las buenas voluntades ahora que la isla de Haití comienza a cumplir sus promesas? Diego Colón, hijo del descubridor, acaba de suceder a Ovando como gobernador de Haití. Ha llegado a Santo Domingo con la cabeza llena de proyectos, acompañado de hombres resueltos, como Diego Velázquez. Su propósito es claro: proseguir la Conquista, explorar las islas vecinas y acabar la exploración de Haití y de Cuba. Programa ambicioso que cuadra mal con las censuras de Montesinos. Los conquistadores necesitan consignas heroicas y no sermones. ¿Apiadarse de los indios? ¡Como si el honor de un caballero español no valiera por cien conciencias de salvajes! Los colonos, por su parte, piensan lo mismo. ¡Bastante han tiritado de fiebre en sus chozas de paja! Ahora viven en casas de piedra y comienzan poco a poco a enriquecerse. ¿Les van a pedir que roturen ellos la tierra en lugar de hacerlo los esclavos? Pero el dominico se preocupa poco de agradar. Y baja del púlpito satisfecho de sí mismo. ¿Se da cuenta del alcance de sus palabras? Pues ese alcance rebasa singularmente las costas de Haití. En efecto, por primera vez y aun antes de que se hablara oficialmente de colonias, el padre Montesinos acaba de plantear el problema colonial.

Mientras conquistadores y colonos vuelven de mal humor a sus casas, uno de ellos —joven aún, alto y un poco encorvado—, inmóvil en lo último de la capilla, parece estupefacto. Sin embargo, no es el primer sermón que oye. Asiste asiduamente a los oficios y comulga a menudo. ¿A qué se debe que esta mañana su alma se derrita de amor a los indios? A Bartolomé de las Casas le ha tocado la gracia.

El padre de Bartolomé, don Francisco, fiel compañero de Cristóbal Colón, le había acompañado en sus últimos viajes. Era de rancia nobleza. El antepasado de Las Casas —un simple soldado llamado Casaus, originario del Lemosín— había guerreado contra los moros bajo las banderas de Fernando III el Santo, dos siglos atrás. Como se distinguió por su valentía en la toma de Sevilla, el piadoso monarca le otorgó la ejecutoria de nobleza. Por las venas de Bartolomé de las Casas corría, pues, sangre de un mercenario francés.

La juventud de Las Casas se repartió entre el estudio y los viajes. Apenas graduado en Salamanca —Letras y Derecho—, embarcó con su padre. Durante diez años, el joven licenciado vivió la existencia aventurera de los conquistadores, guerreando contra los caribes y abriéndose a estocadas el camino de la fortuna. Destino común a todos los hijos de familia de la época. Pasaban sin transición de las aulas al campo de batalla y renovaban —a veces con peligro de su vida— las proezas que acababan de oír contar. Los dos maestros de Bartolomé de las Casas fueron Santo Tomás y Cristóbal Colón: la razón y la locura, paradójicamente asociadas para hacer un hombre cabal. En la primera parte de su juventud, Bartolomé olvida a Santo Tomás. Es un conquistador. No más cruel que otro cualquiera. Pero tan ávido de poder y de riqueza como los demás. En todo caso, preocupándose muy poco de la moral y del derecho. Después hereda de su padre extensas tierras en las cercanías de Santo Domingo. Y ya le tenemos convertido en uno de los plantadores más ricos de las islas. Tiene a su servicio un ejército de esclavos. Su explotación prospera. Bartolomé es un hombre feliz. Por lo menos, él se cree feliz.

¡Con qué horror repudia ahora a ese hombre colmado de bienes! El sermón del padre Montesinos le hace descubrirse a sí mismo. ¡Se acabó el conquistador, se acabó el colono! Ahora es un hombre de Dios y, pronto, un sacerdote. Devuelve la libertad a sus esclavos y se desprende de todos sus bienes. A los pocos meses de su conversión recibe las órdenes sacerdotales en Santiago de Cuba. La primera misa celebrada por Bartolomé de las Casas marca una fecha importante en la historia evangélica del Nuevo Mundo. Es, en efecto, la primera misa solemne que se canta en Cuba. Día de tumulto y de regocijo. Millares de indios se aglomeran en la capital cubana. Han acudido de todas partes, no sólo para asistir a la ordenación de Las Casas: es, además, el día que les ha señalado Velázquez para llevar el oro con el fin de marcarlo con el sello del rey de España.

El primer curato que desempeña Bartolomé de las Casas es el de Zanguarama, la parroquia más mísera de Cuba. Al mismo tiempo desempeña las funciones de limosnero militar

La voz de un justo: Bartolomé de las Casas 369

y acompaña a Velázquez y a Narváez en sus expediciones. Frena el cruel ardor de los soldados y se interpone entre españoles e indios. Después vuelve a los Dominicos. Ha comenzado su vida pública. Este fraile desprovisto de todo, que se alimenta de harina de cazabe y duerme en el suelo, va a batallar con los príncipes y con sus seguidores. En primer lugar acomete contra el «requerimiento». ¿Qué institución es ésta? Todo conquistador, antes de tomar posesión de un territorio, debe intimar a los indios a aceptar la predicación de la fe católica. Si se inclinan ante este requerimiento, conservarán la vida, la libertad y sus bienes. Si lo rechazan, quedarán reducidos a la esclavitud y desposeídos. ¿No es España dueña de América en virtud de la bula del papa Alejandro VI? ¿Y no fue Josué el primero en practicar el «requerimiento» intimando a los habitantes de Jericó a que le entregaran la ciudad, conforme a la voluntad divina? Hoy, el pueblo elegido es el español. Bartolomé de las Casas se rebela contra este procedimiento farisaico. Cristo ha dicho: «Id y enseñad a todas las gentes.» Con la persuasión y la dulzura, no con la amenaza. El indio es un hombre libre y debe ser tratado como tal. Las Casas predica con el ejemplo. Funda una colonia en una de las regiones más siniestras de Guatemala. Sus únicas armas son la caridad evangélica y la bondad. Nada de cañones, nada de cadenas. Bartolomé da a esta comunidad hispano-india el nombre de Vera Paz. Y, en efecto, la paz y la felicidad reinan allí durante mucho tiempo. El éxito es completo. En aquel falansterio cristiano se vive feliz. Pero semejante experimento tenía que ser efímero. El islote de paz era batido por el oleaje feroz de las tribus vecinas. Un día, Vera Paz se ve atacada por los paganos. Incendian las casas y matan a una gran parte de los sacerdotes. Hay una represión sangrienta. No todos los indios son «buenos salvajes».

Pero Bartolomé de las Casas no se desanima por tan poco. Lo que él persigue con apasionado empeño es que se instituyan leyes justas para la protección de los indios. Asedia con sus visitas y hostiga con sus cartas a los poderes metropolitanos. Primer viaje a España. El rey Fernando está ya cerca de la muerte. Los indios le interesan menos que el problema de la sucesión. ¡Ah, si viviera Isabel! El obispo Fonseca desconfía de Bartolomé de las Casas. ¿A quién se le ocurre mezclar los sentimientos con los negocios? El cardenal Jiménez de Cisneros es más comprensivo. Los primeros resultados obtenidos por Las Casas han sido magros: el envío a las Indias Occidentales de una misión de frailes jerónimos, su propio nombramiento de «Protector de los indios» —título simbólico que él convertirá en realidad— y una cuantas enmiendas de detalle al principio del «requerimiento». Segundo viaje. El cardenal Cisneros ha muerto. Reina Carlos V. Al joven emperador le interesa lo que pasa en el Nuevo Mundo. Pero no entiende bien los asuntos coloniales. Ha delegado en el Consejo de Indias, recién creado, el cuidado de ocuparse de ellos. Sin embargo, a instancias de Las Casas, promulga unas ordenanzas en favor de los indios. Bartolomé de las Casas lucha palmo a palmo. A fuerza de tenacidad —¡no hay manera de sacudirse a ese importuno!—, arranca al gobierno central unos textos legales que restringen los poderes de los conquistadores y dotan a los indios de una armadura protectora. En lo sucesivo, las empresas coloniales serán intervenidas por religiosos, queda suprimida la esclavitu y el «requerimiento» perderá su carácter absoluto, para ser una simple exhortación. Las encomiendas quedan abolidas.

Pero de Valladolid a Cuba hay mucho trecho. La humanidad oficial demostrada por la corte de España encuentra poco eco en las colonias del Nuevo Mundo. En las islas y en Tierra Firme manda la lucha por la vida. Para obtener de los territorios conquistados un rendimiento máximo hace falta una mano de obra numerosa y aclimatada. Esos trabajadores forzados y no remunerados —¿con qué los van a pagar?— ¿son acaso esclavos? ¡Cuestión de palabras! Llámeseles peones, y en paz. En todo caso, sin ellos no hay colonización posible. ¡Ese demonio de iluminado está saboteando la Conquista! Y, naturalmente, los conquistadores se ponen a dificultarle la tarea. Le persiguen sinuosamente. Llegan hasta enfrentarle un sacerdote secular que desde el púlpito se burla cruelmente del quimérico empeño de Las Casas. En resumidas cuentas, ¿qué es lo que ha inventado ese conquistador «retirado de los negocios»? Ya hace tiempo que las leyes de Burgos fijaron los deberes de los colonos: prohibición de obligar a los indios a cargar fardos, de pegarles y de encarcelarlos. Velar por la aplicación de las leyes es cosa de los funcionarios y no del clero. ¡Y qué concepto más singular de la justicia eso de sugerir a los plantadores que reemplacen a los esclavos indios por negros! ¿Acaso la humanidad de los cobrizos de América es superior a la de los negros de África? El cura carga con entusiasmo. ¡Ahí es nada, poder zumbar a los dominicos con la protección de los conquistadores y con toda impunidad! Pero esa burla no le trajo suerte al imprudente cura. De regreso en España, intentó seguir denigrando la obra de Las Casas. ¡Buena la hizo! Un día, cuando estaba predicando en la catedral de Burgos, el Santo Oficio le echó mano. ¡Demasiado hablador!

Bartolomé de las Casas, indiferente al alboroto levantado por su acción, la prosigue sin tregua. En la peligrosa partida que está jugando contra los principios y los hombres, gana y pierde alternativamente. Cree haber ganado cuando se promulgan las «Leyes Nuevas»: supresión —definitiva esta vez— de la esclavitud y prohibición a los españoles de utilizar gratuitamente los servicios de los indios, los cuales pasan a ser súbditos de la Corona. ¡Qué cañonazo! ¿No era poner el fulminante a la pólvora liberar bruscamente a millares de esclavos y convertirlos en vasallos? Estalla la insurrección en las islas y se propaga a Tierra Firme. Cada conquistador interpreta a su manera las ordenanzas de Valladolid. En el Perú, Gonzalo Pizarro toma las armas contra las tropas de Carlos V y se hace proclamar gobernador. El virrey Núñez Vela es decapitado por los rebeldes. Los comisarios regios son recibidos a tiros. Los colonos, privados de mano de obra, amenazan con abandonar el Nuevo Mundo. Algunos embarcan, en efecto, para España. La cuestión india se complica con el problema de la inmigración negra. Pues, siguiendo la recomendación de Las Casas, se han llevado a América trabajadores africanos, más resistentes que los débiles indios. ¿Cuál va a ser la suerte de esos negros, cada vez más numerosos? Por un imperdonable olvido del legislador, las «Leyes Nuevas» no son para ellos. Seguirán siendo esclavos. Los indios se regocijan. Los negros se sublevan. El desorden se agrava al extremo. Ante la seria amenaza que representa para el imperio la aplicación de las «Leyes Nuevas», se introducen en ellas algunas enmiendas, respetando los principios. Pero la injusticia subsiste, aunque atenuada.

Bartolomé de las Casas tiene setenta años. Le ofrecen el obispado de Cuzco. Lo rechaza. El cargo tiene rentas demasiado pingües, y aquel antiguo rico odia la riqueza. En cambio, acepta el obispado de Chiapas. No hay comarca más insalubre en todo México. El Estado de Chiapas se encuentra en el extremo sur, entre la costa del Pacífico y Guatemala, lindando con el istmo de Tehuantepec. La nueva residencia de Bartolomé de las Casas está en medio de las «tierras calientes», barridas alternativamente por el ardiente soplo del Pacífico y por el cierzo helado de la sierra de Chiapas. Clima penoso, población mísera. Pero la colonia española es importante. Las plantaciones prosperan: cacao, vainilla, caña de azúcar y el sagú o *marantha indica*, que se saca del árbol del pan. Pero la prosperidad de los colonos sólo es posible a costa de la explotación de los indios. El obispo de Chiapas, en vista de que sus exhortaciones y sus amenazas no producen ningún efecto en los españoles, ordena a sus sacerdotes que nieguen la absolución a los propietarios de esclavos. Decisión arriesgada pero eficaz. Los colonos españoles, por brutales y codiciosos que fueran, seguían siendo apasionadamente católicos. ¿Estar en pecado mortal? No podía haber peor sanción para aquellos intrépidos mozos que temblaban a la sola idea del infierno. Por fin, Bartolomé de las Casas había tocado el punto vulnerable.

¿Fue demasiado lejos el padre Las Casas en su empeño por acabar con la esclavitud? ¿Tenía derecho a emplear sus poderes sacramentales para hacer triunfar sus principios? En todo caso, su decisión produce tal ira en la colonia española, que el obispo Las Casas se ve obligado a escapar de Chiapas y refugiarse en México. Su posición personal es muy difícil. Todo el mundo está contra él, menos los indios. Éstos le besan el borde del hábito y se prosternan a su paso. Es para ellos la encarnación del dios blanco anunciado por todas las tradiciones precolombinas. Amor y ciencia.

Vilipendiado por la mayoría de los colonos, soportado de mala gana por los funcionarios regios, incomprendido por el clero, Bartolomé de las Casas vuelve a tomar el camino de España. Será su vigesimocuarta y última travesía. Nos imaginamos al gran anciano bendiciendo, antes de embarcar, a la muchedumbre india. Luego la carabela tesa sus velas y se aleja de la costa. Centenares de piraguas la escoltan hasta alta mar. La carabela desaparece en el horizonte.

Bartolomé de las Casas llega a Valladolid. ¿Se va a retirar? No. Los veinte años que le quedan de vida los dedica a terminar su obra. En lo sucesivo, la partida no se juega ya en tierras de Indias, sino en la capital de España. Y será aún más dramática, pues Bartolomé habrá de medirse con temi-

La voz de un justo: Bartolomé de las Casas

bles adversarios. Publica la *Brevísima relación de la destrucción de las Indias*, la más terrible requisitoria que jamás se escribiera contra las expediciones coloniales. Siguiendo, país por país, toda la historia de la Conquista, parece demostrar —apoyándose en hechos y en cifras— que no ha sido más que una empresa de exterminio. ¿Balance de cuarenta años de conquista? Quince millones de cadáveres indios, muertos de fatiga, de hambre, de enfermedades epidémicas o caídos en los combates. Pueblos arrasados, poblaciones enteras pasadas a cuchillo, el desierto y la ruina. ¿Responsables? Los conquistadores. La *Brevísima relación* es un toque a muerto por la raza americana. Pero se va formando una reacción contra Las Casas. Se levantan protestas. Se refutan acusaciones, se discuten sus cifras. El padre Montolina, el capitán Vargas Machuca, el historiador Saavedra Fajardo piensan de manera muy distinta. La Conquista no ha sido lo que dice Las Casas, sino una verdadera *conquista*, en el sentido místico de la palabra. Los conquistadores han cosechado miles de gavillas de almas. En cuanto a los indios, es absurdo defenderlos. «Comen carne humana, van desnudos, son mentirosos, imprevisores, borrachos, ingratos, crueles...» Durante algún tiempo, el debate se queda en puramente informativo. Se hurga en los informes de la Audiencia, se compulsan los archivos, se recogen testimonios. Hay dos bandos: a favor y en contra de los conquistadores. Cada uno alaba a los suyos —exagerando, con la mala fe sincera de los apasionados—. El «buen salvaje» frente al conquistador sin escrúpulos, o bien, a la inversa, el colono humanitario frente al feroz caribe. ¡Disputa estéril! Pero cuando entra en la liza Juan Ginés de Sepúlveda, la discusión se eleva. Esta vez se plantea el principio: ¿es justo hacer la guerra a los indios? Sí, afirma Sepúlveda en su memoria titulada *Democrates alter, sive de justis belli causis apud Indos*. La memoria obtiene la plena aprobación del arzobispo de Sevilla, presidente del Consejo de Indias. Sólo le falta, para su publicación, la aprobación del Consejo de Castilla. Una simple formalidad... si Las Casas no tomara cartas en el asunto. El viejo obispo —cuya opinión pesa aún en las altas esferas del reino— consigue que se prohíba la publicación del *Democrates alter*. Sepúlveda no se da por vencido. Tampoco él es un cualquiera. Tiene poderosas relaciones en España y en Italia. Y recibe como una afrenta la decisión del Consejo. Coge la pluma y confirma enérgicamente su punto de vista. Se constituye en Valladolid un tribunal compuesto por funcionarios y teólogos. Las Casas y Sepúlveda comparecen sucesivamente ante él para exponer sus ideas.

¿Cuál es la doctrina de Sepúlveda? Apoyándose en los principios de Santo Tomás, pretende que la guerra es justa siempre que la ordene la autoridad legítima, se haga por una causa justa y con una intención pura. Por tanto, la guerra contra los indios es justa, puesto que es el único medio de obligarlos a renunciar a sus prácticas salvajes y de imponerles un sistema político y moral fundado en el cristianismo. ¿Se puede reducir a la esclavitud a los indios? Sí, contesta Sepúlveda, pues su naturaleza es inferior y justifica la sumisión a las naturalezas superiores. ¿No distingue Aristóteles entre los hombres los que pueden entrar legítimamente en la categoría de esclavos? Las Casas rechaza con violencia la teoría de Sepúlveda. La guerra no es justa desde el momento en que es un sistema de opresión. No hay naturalezas inferiores y naturalezas superiores, sino hombres iguales en derechos. Los indios y los negros pueden, lo mismo que los españoles, entrar en la civilización. Y el padre Las Casas aprovecha la ocasión para condenar lo que antes había aconsejado imprudentemente: que se recurra a los trabajadores negros.

La controversia de Valladolid dura varios meses. Sepúlveda y Las Casas defienden infatigablemente sus respectivas tesis. Los jueces acaban por separarse sin haber tomado una resolución. Seguramente el problema era superior a sus facultades. Pero, en la práctica, triunfa Bartolomé de las Casas. Se prohíben los escritos de Sepúlveda, y el obispo de Chiapas puede morir en paz a los noventa y dos años. Toda América toma parte en el duelo.

La muerte de Bartolomé de las Casas no desarma a sus enemigos. Todavía se discute apasionadamente al hombre y la obra. Discusión fácil. Pues es forzoso admitir que, muchas veces, su celo apostólico le extraviaba. Se le reprocha el haber añadido dos ceros al número de víctimas de la Conquista. Se imputa a su *Brevísima relación* —más nutrida, en verdad, de pasión que de espíritu crítico— la incomprensión de los franceses, de los ingleses y de los alemanes respecto a la colonización española. Se deplora que comprometiera, por una actitud ciegamente generosa, la obra de sus compatriotas. No se explica que los poderes públicos permitieran aquel «sabotaje» de una empresa nacional. Se llega hasta insinuar que

Las Casas, al aprobar la utilización de esclavos negros, velaba por supuestos intereses suyos en las compañías portuguesas que se dedicaban a la trata de negros. Exceptuando este último punto, habría que dar la razón a los enemigos del «Protector de los indios» si la acción de éste no quedara justificada por una estancia más alta. El hecho de que fuera sectario, ingenuo, más enamorado de la justicia que de la verdad; de que, con su pasión evangélica, perjudicara la causa de su país; de que este clérigo sintiera a veces una especie de placer «deportivo» en romper lanzas con los poderes del día, no modifica la fisonomía esencial del personaje. No está mal que, en ciertas circunstancias, frente a problemas que interesan a lo humano, se levante un sectario. La eficacia de un contraveneno radica en su violencia. ¿Qué antídoto más seguro contra los excesos de los conquistadores que la caridad fustigadora de un Bartolomé de las Casas? El obispo de Chiapas no era un santo, pero sí «un hombre justo y temeroso de Dios». Para combatir la iniquidad era necesario este apasionado por la justicia.

Contradicciones de la Conquista. Cuando Cristóbal Colón desembarca en Haití, la isla tiene un millón de habitantes. Veinte años más tarde quedan mil. Pero, en el mismo período de tiempo, los españoles ganan todo México para la fe católica. Jiménez de Quesada, conquistador de Colombia, ordena a sus soldados que traten bien a los indígenas y que respeten sus bienes. La Conquista, humana en un sitio, es atroz en otro. Oro y sangre. Pero también, a veces, el abrazo fraternal de un jefe español y de un cacique indio. Contradicciones de la Conquista, reflejos de lo que no ha acabado de torturar a los reyes de España. Han recibido del papa el mandato de convertir a los indios. Pero tienen también que dominar el Nuevo Mundo y sacar de él oro para financiar sus guerras europeas. Este doble imperativo —espiritual y temporal— exige virtudes opuestas: la dulzura y la violencia. A las almas se las domina con el amor; a los cuerpos, con la fuerza. Los soberanos españoles, en la imposibilidad de resolver tal contradicción, se esfuerzan por poner de su parte el derecho. La consulta de Valladolid es una de las manifestaciones de esta preocupación. Es verdad que la obsesión de dar a sus empresas coloniales un aparato evangélico y legal encubre un propósito político. Hay que demostrar al mundo que la Conquista es justa. Pero los reyes de España, al recurrir a teólogos y juristas afirman también su «intención» sincera de poner de acuerdo su conciencia y su misión.

El 22 Floreal Año VIII se rinde en el Instituto de Francia un homenaje público a Bartolomé de las Casas. La Revolución francesa saluda en él al «Ornamento de Ambos Mundos» y al «Amigo del género humano». Cuando todavía existía la esclavitud —en las Indias, en los Estados Unidos y en las colonias francesas—, Bartolomé aparecía como un precursor. ¡Todos los hombres son iguales! El obispo de Chiapas se adelanta así en dos siglos y medio a la «Declaración de los derechos del hombre y del ciudadano».

Antes de dejar a Bartolomé de las Casas se impone una observación. Si se levantó con indomable valor contra los abusos de los conquistadores, si fue el primero en reclamar la abolición de la esclavitud, en cambio no puso nunca en duda la validez de la bula del papa Alejandro VI adjudicando el Nuevo Mundo a España, a condición de que instruyera en la fe católica a los pueblos conquistados. Es decir, que Bartolomé de las Casas admite la colonización, siempre que se respeten las libertades del hombre. Ataca los procedimientos, no el principio en sí. El rey es el delegado de la Providencia. Las Casas es un «anticonquistador», no un «anticolonialista». ¡Qué decir de su contemporáneo Francisco de Vitoria! Para este otro dominico —profesor de la Universidad de Salamanca—, los príncipes cristianos no tienen ningún derecho sobre los infieles. La donación pontifical es un acto diplomático, sin relación con la conquista. Qué rafaga de emoción debía de pasar por las frías aulas cuando Vitoria exclamaba: «No es justa causa de guerra la diferencia de religión... Los príncipes cristianos, ni aun con la autoridad del papa, pueden hacer coacción en los bárbaros por causa de pecados contra la ley de la naturaleza, ni castigarlos a causa de ellos. La extensión del imperio no es justa causa de guerra.» Cuatro siglos antes de que se hablara de «objeción de conciencia», Vitoria se atrevió a decir: «Los súbditos no pueden combatir, ni aun por orden del príncipe, si saben con evidencia que la guerra es injusta.» Pero, en plena expansión colonial, ¿podía un maestro de universidad dar así, *ex cathedra*, lecciones a Carlos V? ¿En el momento en que el emperador llevaba sus armas contra los príncipes luteranos y Francisco Pizarro conquistaba el fabuloso reino de los incas?

La solemne advertencia de Francisco de Vitoria en Salamanca. El alegato de Bartolomé de las Casas en Valladolid... El eco de estas dos voces mezcladas y complementarias está aún muy lejos de extinguirse.

CAPÍTULO IV

Canto fúnebre por los conquistadores

«Llegará un tiempo en que el océano soltará las ligaduras con que rodea las cosas, un tiempo en que será revelada la inmensa tierra, y Tetis descubrirá nuevos mundos, y Tule no será ya el límite del mundo.» La misteriosa profecía de Séneca se ha cumplido. Pasados quince siglos, el grito de Rodrigo de Triana —«¡Tierra!»— en la noche del 11 de octubre de 1492 responde a la predicción del filósofo cordobés. Dos españoles se saludan a través del espacio y del tiempo. No sólo se ha rebasado Tule: ha surgido un mundo de las tinieblas, en un resplandor de aurora. ¡Y qué mundo! Se extiende desde California a Chile, desde las Antillas a la Patagonia, comprendida toda la América Central, con la longitud de diez mil kilómetros, setenta y siete grados de latitud y veinticinco millones de kilómetros cuadrados. Es el imperio español, treinta veces más grande que España. Gracias al plumazo de un Borgia, le queda a los portugueses el Brasil, y, para los que llegan después, la húmeda Guayana y el gran norte glacial. España se ha quedado con la parte del león. Es justo. Fue la primera que llegó a la joven tierra americana.

Los primeros europeos en el Nuevo Mundo fueron, pues, los españoles. Nadie pretende discutirles esta prioridad. Pero, en el segundo cuarto del siglo XVI, otros occidentales siguen su estela. En primer lugar, franceses.

En 1534, Cabeza de Vaca atraviesa a pie América del Norte desde el litoral de Texas a la costa occidental de México. El mismo año, un francés, Jacques Cartier, embarcado en Saint-Malo, llega a Terranova y a la bahía de San Lorenzo. Descubrió el Canadá. En los años siguientes, la colonia del Canadá fue acercándose paulatinamente a los Grandes Lagos y al valle del Misisipí. Simultáneamente, Hernando de Soto subía por el Misisipí, mientras los franceses bajaban. A poco estuvo que los súbditos de Carlos V y los de Francisco I prosiguieran a orillas del Misisipí la guerra franco-española que en aquel mismo momento tenía lugar en las cercanías de Niza y de Perpiñán. Pero no llegaron a encontrarse. Otros franceses, navegando por las costas americanas, intentan clavar en aquellas tierras la bandera flordelisada de los Capetos. Jean Rimbault funda Charlefort cerca de la actual Savannah y llega a Florida. René Laudonnière bautiza Fort-Caroline. También América del Sur recibe la visita de los franceses. Jean Duperot embarca en *La Pélerine* y toca tierra en Pernambuco —hoy Recife—. El señor de Villegagnon, a consecuencia de unas diferencias con el rey —«enojándose en Francia y hasta teniendo algún disgusto en Bretaña»—, se expatria y funda en la bahía de Río una colonia protestante. El Dorado no deja de atraerlos, y también ellos buscan en Guayana y en Amazonia. Es digno de considerar que el paso de los franceses por las Guayanas y por el Brasil dejó en los indios un excelente recuerdo. La cortesía y la civilidad de ciertos caballeros —un tal señor De Vaux, por ejemplo— sorprendían a aquellos indígenas acostumbrados a la gravedad española o a la rigidez de los alemanes. Incluso ocurría a veces que los franceses tomaban las armas al lado de los indígenas contra el ocupante español o portugués. Siempre fue privilegio de las minorías europeas establecidas en un territorio dominado por otra potencia europea encontrar en las poblaciones conquistadas una simpatía suscitada en gran parte por el odio al conquistador. Más adelante, también a Francia le tocó su trozo de El Dorado: Guayana y sus sórdidas ciudades: Cayena, San Lorenzo de Maroní y Oyapoc. Un El Dorado siniestro que, después de haber sido la parienta pobre de las colonias francesas, pasó a ser, en 1947, el más atrasado de sus departamentos.

Los alemanes salieron peor librados aún que los franceses, pues a éstos, por desolada que fuera la tierra ecuatorial de la Guayana, algo les tocó del Nuevo Mundo, mientras que los enviados de los banqueros de Habsburgo se marcharon de

Venezuela con las manos vacías y sin esperanzas de volver. Lo mismo les ocurrió a los holandeses. Sólo algunos nombres en el mapa de América del Sur —el cabo de Orange, en la costa septentrional del Brasil; Waterhuys, Roohoeck, en la desembocadura del Amazonas— recuerdan su paso. Los futuros fundadores de New-Amsterdam —Nueva York— no hicieron más que rozar el continente meridional. En cuanto a los ingleses, tuvieron que esperar hasta Cromwell para darse cuenta de su vocación imperialista. Las incursiones de Fenton, de Withrington y de Cavendish en el litoral brasileño, la expedición de Walter Raleigh a lo largo del Orinoco en busca —¡también él!— de El Dorado, los desembarcos en Santo Domingo y en Cartagena del célebre corsario Francis Drake, no eran más que golpes de mano fructíferos o simples *performances*. Los ingleses, últimos en la conquista, son los primeros en el reparto. Pero en América del Sur se quedan, como Francia, sólo con un trozo de Guayana: el mejor, eso sí.

Cierto que se trataba en estos casos de tentativas aisladas, sin consecuencias, de echar la red al azar en el Mar Tenebroso. Estas expediciones, carentes de categoría y de espíritu político, no tenían ningún punto común con las de los españoles —bien maduradas, largamente preparadas y formando parte de un vasto plan homogéneo trazado por un emperador bajo la mirada benévola de un papa—. Pero el hecho es ése: franceses, alemanes, holandeses e ingleses —contemporáneos españoles de la Conquista—, embarcados en carabelas semejantes y con los mismos medios, navegaron hacia las mismas costas. ¿Con qué objeto? Con el de conquistar, sin duda alguna. Y aquí surge un problema de definición. Estos conquistadores ¿lo eran en el mismo sentido que los españoles? (1). La pregunta se extiende, más atrás, a Gengis Kan y a Kubilai —los conquistadores de Catay—, y, más acá, a Gallieni, a Savorgnan de Brazza, a Lyautey —fundadores del imperio francés— y a Ferdinand de Lesseps, el perforador de istmos. ¿Se les puede llamar conquistadores? El capitán Gouraud, cuando captura en medio de su campamento al jefe sudanés Samory, ¿se diferencia mucho de Francisco Pizarro

---

(1) El autor, como otros autores franceses, establece una sutil —e intraducible— diferencia de palabra entre *conquistadors* —los españoles— y *conquerants* —los demás—. Tal vez aplica la segunda —que es la verdaderamente francesa— a los conquistadores en potencia, y reserva la primera a los que lo fueron de hecho, los españoles. — *N. de la T.*

cuando se apodera de Atahualpa y le encarcela en su propio palacio? Y, en un plano espiritual, ¿no vemos el mismo acento tiernamente indignado en las exhortaciones de un Bartolomé de las Casas y en la de un Charles de Foucauld? Analogías seductoras. En realidad, el conquistador no se parece a nada. Es un español, es un producto de la España conquistadora y mística del siglo XVI, troquelado a su imagen y reflejando el oscuro resplandor de sus pasiones contradictorias. Lleva en sí, con una especie de ingenuidad terrible, a toda España. Es España. Y así como no se podría definir con un rasgo, reducir a una sola fórmula, el rostro histórico de la España de Carlos V, para ser justo hay que considerar sucesivamente los diversos aspectos del conquistador, a fin de obtener un retrato sincero, a igual distancia de la «leyenda negra» que de la fantasmagoría romántica.

Ni santos ni bandidos: hombres de España

Algunos juicios sobre los conquistadores...
Enrique Heine es categórico: «Son unos bandidos.» Según Ángel Ganivet, conquistaban «por necesidad espontánea, por impulso natural hacia la independencia, sin más propósito que revelar la grandeza que se escondía bajo su aparente pequeñez». Maurice Legendre afirma: «España, por medio de sus conquistadores, va a buscar fuera, a fuerza de energía, el ímpetu que, dentro de ella, tenía sólo en potencia y que le era indispensable para mantener su independencia.» Salvador de Madariaga reconoce en ellos el rasgo típicamente español: la coexistencia de tendencias contrarias.

Cada una de estas opiniones —incluso la de Heine, que detestaba a España y no la comprendía— tiene su parte de verdad. Los conquistadores, bandidos a ratos —en las crisis de pánico y de codicia—, no perdían jamás el sentido de la grandeza. Ésta es una de sus contradicciones. Pero la más patente es haber unido tan estrechamente el culto de sí mismos y el amor a la patria.

El pueblo español, cualquiera que sea su régimen político, es el menos *comunitario* que existe. No cree en el «alma colectiva», esa invención de los sociólogos, útil a veces como tema de propaganda, pero estéril como una teoría. ¿Cómo una colección de individuos va a formar un solo individuo, a menos de negar el alma personal? ¡Negar el alma! Un proverbio español dice que todo español «tiene su alma en su almario». Quiere decir que el español consideraba su alma como bien propio y que, guardándola bien guardada en su almario, pensaba en su salvación, preservando su secreto. El blasón esculpido en la portalada de la casa solariega, la espada colgada en la pared junto al crucifijo y el alma bajo llave... Orgullo y desprendimiento. Así es el español del siglo XVI. No tiene que dar cuenta de su alma más que a Dios. Calderón pone en boca del alcalde de Zalamea: «Al rey el alma y la vida / se ha de dar, pero el honor / es patrimonio del alma, / y el alma sólo es de Dios.» Honor y alma son, para todo español bien nacido, la suprema independencia. Ninguna ley —ni siquiera la voluntad del rey— puede nada contra esta facultad de entenderse directamente con Dios y de obrar en consecuencia. De aquí el individualismo de los conquistadores. Por encima de su jefe local, de los visitadores y de la persona del rey estaba Dios, es decir, la libertad de ser ellos mismos. Y habla de nuevo Ganivet para decir que el ideal jurídico de España sería que cada español tuviera en el bolsillo una carta de privilegio, compuesta de un solo artículo redactado en estos términos breves, claros y terminantes: «Este español está autorizado a hacer lo que le dé la gana.» ¿Una humorada? No, o apenas. Allende los Pirineos, en España, no se bromea sobre estas cosas. A ese privilegio exorbitante, aunque no escrito, adaptaba su actitud todo conquistador, pues, habiendo concluido un pacto íntimo con Dios, solía creerse exento del deber de obediencia.

Los conquistadores, aunque bravíamente individualistas, no dejaban por eso de ser ardientes patriotas. Cada español llevaba en el corazón un trozo de España, y muy a menudo lo bañaba en lágrimas solitarias. ¡Nostalgia de la patria chica! Andalucía dio la mayoría de los marinos, y Castilla, la mayoría de los soldados. Los marineros de Cristóbal Colón eran casi todos de Palos de Moguer. Los capitanes de la Conquista eran de Extremadura. Francisco Pizarro reclutó a sus compañeros en Trujillo, su pueblo natal. Cortés era de Medellín; Balboa, de Jerez de los Caballeros; Valdivia, de Villanueva de la Serena. ¿Cómo no iban a pensar constantemente los conquistadores en su casa solariega, y la tropa, en el pedazo de tierra que labraba el hermano mayor? Casas señoriales de puertas con grandes clavos o chozas de adobe eran evocadas por el mismo pensamiento. Ese paisaje de Extremadura abrasado de sol, con sus amplios horizontes tristes y su tierra color de estameña, obsesionaba a los conquistadores. Y daban a sus conquistas nombres de su tierra: Medellín, Guadalajara, Trujillo, Cáceres, Badajoz y muchos Santiago. Compensación de aquellos desterrados voluntarios, tan apegados a su patria, que, rascando la suela de sus botas, podían quizás encontrar un poco de la roja arcilla de la Tierra de Barros.

En presencia del rey

Ese conquistador resplandeciente de audacia, que se lleva trozos de imperio al galope de su caballo, que no atiende más que a lo que quiere... Se ve flotar su penacho sobre los caminos angostos de los Andes, en la inmensidad herbosa, a orillas de lagunas de reflejos plomizos, al borde de las corrientes de lava. Se ve avanzar, bordeando cráteres, a ese caballero nocturno, todo blanco de luna. ¿No le detendrá nada, salvo el amor de Dios? Sí, el amor del rey. Pues el conquistador no es solamente soldado de Dios. Es vasallo del monarca español. Su divisa es la de España: «Un monarca, un imperio y una espada.» Aunque quisiera sacudirse la tutela regia, no podría. Sólo uno lo intentó, Gonzalo Pizarro, y murió bajo el hacha del verdugo. El que no teme a los caribes, tiembla de miedo a caer en desgracia cerca del rey. A diez mil kilómetros de Valladolid, se le hiela el corazón a la sola idea de desagradar a Carlos V. Basta que le llegue —como un fuego fatuo saltando de ola en ola— un despacho con el real sello, para que le asalte una súbita preocupación. Un conquistador no tiene nunca la conciencia tranquila. ¿Qué se le puede reprochar? A una simple palabra del rey, no vacila en atravesar desiertos, montañas y océanos para ir a tomar órdenes, rendir cuentas y a veces entregarse a la justicia. Todos, hasta los más grandes, hicieron este humillante viaje: Cristóbal Colón —¡por tres veces!—, Cortés, los hermanos Pizarro... No había más remedio que avenirse a esta genuflexión ante la majestad cesárea si se quería obtener el pedazo de pergamino que legalizaba la empresa. Ni una sola carabela salió de un puerto español con rumbo al oeste sin llevar a bordo un representante del rey. Cuando Cristóbal Colón salió para su primer viaje, en 1492

―¡y hacia lo desconocido!―, le impusieron a Rodrigo de Escobedo y a Sánchez de Segovia, notario e inspector regios. El almirante de la Mar Océana, «Señor después de Dios», veía interponerse al rey entre Dios y él. Y ya para siempre se fundían en uno estos dos rostros. Los conquistadores, por mucho que se les subiera a la cabeza una fortuna repentina, no dejaron nunca de apartar de su botín el quinto para el Tesoro. Y si por acaso hacían trampa en las cuentas, bien sabían a lo que se exponían: no había más castigo que el garrote para todo el que cayera en la tentación de escamotear al rey su parte.

Desde que se inició la conquista ―es decir, cuando, más que de conquistar, se trataba de descubrir―, la monarquía española manifestó su voluntad de considerarla como asunto regio. El primer acto de la Conquista ―la salida de la *Santa María* del puerto de Palos― fue sancionado por el primer acto administrativo: las capitulaciones otorgadas al genovés por los Reyes Católicos. Al año siguiente, la monarquía precisa su calidad de dueño de aquella presa apenas imaginable aún. Se crea en Valladolid una administración suprema de los asuntos de Indias, que establece inmediatamente una delegación en Santo Domingo: fue la primera «Audiencia». Pasados diez años, se funda en Sevilla la «Casa de Contratación», con el cometido de velar por la aplicación de las leyes referentes al comercio con América. Registraba las naves que entraban en España o salían de ella y legislaba en lo civil y en lo criminal para todos los conflictos que surgieran en el tráfico con el Nuevo Mundo. La «Casa de Contratación» tenía también atribuciones propiamente marítimas: enrolaba a las tripulaciones, fijaba la fecha de salida de los barcos y su punto de destino y determinaba el flete y el tonelaje. Además, el piloto mayor desempeñaba las funciones de jefe de la navegación, consejero técnico y jefe de la marinería. La «Casa de Contratación» era, a a vez, una cámara de comercio, una oficina consular, una escuela naval y un servicio cartográfico.

A los ocho años de haber fundado la «Casa de Contratación», Fernando el Católico creó el Real Consejo de Indias, un verdadero Ministerio de Colonias, que ejercía su jurisdicción en todos los asuntos de Indias, fueran civiles, militares, comerciales o religiosos. De él dependían todas las funciones del Nuevo Mundo, desde la más importante a la más humilde. Carlos V reforzó los poderes del Consejo otorgándole su plena confianza, llegando hasta delegar en él la firma para todas las «cosas de justicia», con excepción de las concesiones de «favores y oficios». El Consejo tenía su sede en Madrid. Era, más que un directorio, una asamblea, formada sólo por siete consejeros, contando el presidente y el procurador fiscal. Las deliberaciones y las conferencias eran secretas, y sólo el rey podía asistir a ellas. Se examinaban minuciosamente los informes públicos y secretos —sobre todo los secretos— de los funcionarios de ultramar. Se dosificaba el aplauso, se estudiaban las sanciones. En fin, se administraba —de lejos—. Pero a los señores del Consejo de Indias les preocupaba una labor de mayor alcance que «el despacho de los asuntos corrientes»: la de dotar a aquella América, todavía efervescente, del aparato jurídico necesario para pasar algún día de la conquista a la colonización. Resultado de esta preocupación fueron las «Leyes de Indias». Los consejeros regios que las elaboraron crearon con ellas el primer Derecho colonial. La mayoría de estas leyes eran justas, aunque no resulte fácil aislar lo esencial de una legislación cuyos seis mil artículos abarcan las formas de actividad española en el Nuevo Mundo, desde el régimen escolar hasta la higiene corporal. Pero en esas leyes no se olvida nunca el respeto a la persona humana. Seguramente, los hombres de toga que las confeccionaron tuvieron presente el testamento de Isabel la Católica: «...suplico al rey mi señor muy afectuosamente, y encargo, y mando a la dicha princesa mi fija, e al dicho príncipe su marido, que (...) non consientan, ni den lugar a que los indios vezinos e moradores de las dichas Indias, e Tierra Firme, ganadas e por ganar, rescivan agravio alguno en sus personas ni bienes, mas manden que sean bien servidos, e justamente tratados...» (1). Las «Leyes de Indias», humanas y justas en sus principios, llevaban en sí el germen de las emancipaciones futuras. ¿Quién lo hubiera pensado en el Consejo de Indias? Pero la verdad es que la España imperial del siglo XVI, al llevar al Nuevo Mundo el sistema de «fueros» —con el nombre de «cabildos»—, preparaba el advenimiento de las democracias sudamericanas. ¿Qué eran, en realidad, los cabildos? Municipios locales cuyos miembros podían no ser españoles y que sólo podían ser designados por elección popular. En consecuen-

---

(1) Texto castellano tomado de «*Discursos varios de historia*, recogidos y compuestos por el Dr. Diego Josef Dormer», Zaragoza, 1683. — *N. de la T.*

cia, nada se oponía a que algunos de los consejeros municipales fueran indios. Los miembros de los cabildos administraban los bienes del municipio, velaban por la higiene pública, por el buen estado de los caminos y por el bienestar general. La institución de estas juntas locales, salidas del pueblo, subraya la pureza de las intenciones del Consejo de Indias. Y el poder central, al crear un tercer organismo, que se llamó Consulado de Indias, manifestaba su propósito de reglamentar la profesión de «cargadores» —es decir, armadores— y de evitar los abusos en este ramo. Esta multiplicidad de organismos y esta abundancia de textos legales demuestra cuán en serio tomaban los soberanos españoles su papel de protectores y de civilizadores de las Indias. Nunca dejaron de alimentar, a este respecto, las más ambiciosas esperanzas y las más nobles ilusiones.

Además de la administración metropolitana —la «Casa de Contratación», el Consejo de Indias y el Consulado de Indias—, había una administración local. En primer lugar, el virrey, nombrado directamente por el soberano. Este personaje omnipotente gozaba, en su territorio, de prerrogativas reales. Capitán general de mar y tierra, gran maestre de Justicia y de Finanzas, ejercía, de hecho, un poder absoluto. Sin embargo, cuando expiraba su mandato, estaba obligado a dar cuenta exacta y fiel del mismo. Esto era el «juicio de residencia». Esta exposición sincera, casi una confesión, encajaba muy bien en el espíritu de los legisladores. Era necesario que los funcionarios de Indias —incluso y sobre todo los altos funcionarios— sintiesen la constante presencia de la férula real.

En tiempos de Carlos V, la América española estaba dividida en dos virreinatos: el de México y el del Perú. Nueva Granada y Río de la Plata, subordinadas durante mucho tiempo al Perú, no ascendieron a virreinatos hasta mucho más tarde. Guatemala, Venezuela, Chile y Cuba eran capitanías generales. Las provincias de menor importancia se llamaban «gobernaciones»: eran administradas por gobernadores. Por último, cada provincia comprendía varios distritos situados bajo el mando de un corregidor. A la cabeza de cada municipio había un alcalde.

Entre los virreyes y los capitanes generales, el soberano nombraba los gobernadores y los corregidores. Éstos tenían que depositar una fianza antes de entrar en funciones y se les exigían sólidas garantías morales. Sus atribuciones eran las de un administrador colonial o de un funcionario de asuntos indígenas, más que las de un gobernador tal como hoy se entiende este cargo, pues estaban habilitados para juzgar los litigios civiles y criminales que surgieran de las encomiendas. En caso de apelación, el asunto pasaba en segunda o tercera instancia a las Reales Audiencias, que tenían su sede en las capitales. Los auditores, designados también por el rey, estaban sometidos a reglas muy severas: les estaba prohibido contraer matrimonio en el lugar de su residencia, asistir a ceremonias públicas, hacer amistad con los indios, ocuparse de negocios y prestar o recibir dinero. Los «oidores», que dependían directamente del Consejo de Indias, no obedecían a la autoridad del virrey, y a veces hasta le tenían a raya. Por último, las audiencias eran el último tramo intermedio entre la administración metropolitana y los gobernadores locales. Además, el rey enviaba «visitadores» con fines informativos. Lo que antecede nos permite sacar la consecuencia de que el monarca español no omitía ningún medio para estar al corriente de los asuntos de ultramar.

Las minuciosas precauciones que tomaba la monarquía española para elegir a su personal colonial, su desconfianza hacia sus servidores más probados, aquella cadena jerárquica que forjó, desde el gabinete regio hasta el alcalde del último pueblo mexicano, demuestran su conocimiento de los hombres. No se está seguro de nadie. Esta preocupación por asegurar la total independencia de los funcionarios encargados de juzgar a los indios y exigirles una perfecta integridad demuestra su interés por los indios. «Ningún indio podrá ser reducido a esclavitud..., pues todos son vasallos de la corona real de Castilla...» Isabel, Fernando, Carlos V y, más tarde, Felipe II emplean el mismo lenguaje. Un lenguaje que expresa una exigencia íntima, una buena fe, una convicción propias de estos príncipes cristianos formados en el Evangelio, para que no exista la «cuestión racial» No hay que olvidar que la primera carta colonial de los reyes de España proclamó la igualdad de indios y españoles ante la ley. Proclamación simbólica, es verdad, pero que denotaba ya en sus autores una preocupación humana en la que no hubiera pensado ningún otro soberano de Europa. La distinción entre *natives* y *subjects* no fue invento español.

Pero aunque el sistema estuviese bien concebido, pecaba por la base. La monarquía, en su ingenuo orgullo, consideraba los territorios del Nuevo Mundo como el Milanesado o Flandes, en los que bastaba con adaptar el esquema de la administración metropolitana. Se calcaba el cuadro de la organización real en el mapa de América, y ya estaba. Primer error —dogmático—. Los países eran diferentes. Los indígenas hablaban lenguas desconocidas. Durante mucho tiempo, españoles e indios no pudieron entenderse más que por señas. Hasta la segunda mitad del siglo XVI no emprendieron los españoles el sincero esfuerzo de asimilarse las costumbres y la mentalidad de los autóctonos. No cabe duda de que habrían debido empezar por ahí. La monarquía cometió otro error —éste psicológico— al conceder demasiado crédito a los informes de sus hechuras o de sus favoritos. Flaqueza inevitable teniendo en cuenta esa inmensa masa líquida que separaba de las colonias al Ministerio de Colonias. ¿Qué de extraño tiene, pues, que ciertos corregidores —cuya función principal consistía en ayudar y proteger a los indios— realizaran, durante sus cinco años reglamentarios de estancia, enormes ganancias, simplemente comprándoles a precio vil objetos que ellos mismos les habían vendido muy caros y con los que no sabían qué hacer: navajas de afeitar, medias de seda o escribanías? Lo cual no impedía que estos mismos corregidores velasen escrupulosamente porque los matrimonios mixtos se celebrasen con arreglo al rito romano.

Un conquistador suspiraba maliciosamente: «Lo que el rey manda, se obedece, no se cumple.» Este conquistador fue Belalcázar, el gobernador de Quito. No cabe mejor manera de decir que la ley se respetaba, pero no se aplicaba. Sin embargo, la actitud de Belalcázar —y la de algunos tiranuelos— con respecto al poder metropolitano es una excepción. La libertad de acción de los conquistadores era sólo aparente, y su omnipotencia, efímera. Las tentativas de rebelión, aunque triunfaran durante algún tiempo, acababan siempre por ser dominadas. Nunca se vio que un capitán español se sostuviera mucho tiempo en la ilegalidad. La mano del rey era lenta en pegar, pero, tarde o temprano, caía siempre sobre la cabeza del culpable. Y, por lejos que estuvieran, los ojos del rey no se apartaban nunca de los conquistadores en su marcha.

Románticos

«Hartos de altivas penas», «llenas las almas de un ensueño hazañoso y brutal», «cada noche esperando crepúsculos utópicos»: así evoca José María de Heredia, cubano descendiente de conquistadores —Alonso de Heredia fundó la ciudad de Tolú, a orillas del río Cauca—, a sus antepasados navegando hacia Cipango en busca del «mítico metal». Tenemos, pues, a los conquistadores ornados con todos los atributos románticos. No les falta nada: ni la violencia, ni el orgullo insoportable, ni el espejismo del oro, ni esa confusión del instinto con la imaginación. Otro rasgo común con los románticos: el estoicismo, teatral a veces, pero, por lo general, silencioso. Arrogantes y dignos cuando, envueltos en su agujereada capa, paseaban de punta a punta por la plazuela de su pueblo natal, a la espera de la aventura, los conquistadores lo seguían siendo ya metidos en plena aventura. «Yo soy una fuerza que camina...» Todo conquistador hubiera podido hacer esta orgullosa declaración del bandido caballero Hernani. A mitad de camino entre el *Romancero* y el *Romanticismo*, los conquistadores eran la prolongación del Cid y unos precursores de los héroes de Espronceda.

Sí, románticos, con toda la credulidad y el cándido asombro que van unidos a esta palabra. En el insensato pacto que concluyeron con el azar, los conquistadores aportaban esa inclinación a lo novelesco, ese buscar apasionadamente el riesgo y esa intensa curiosidad que los distinguieron siempre de unos simples y zafios soldados. Pero se diferenciaban de los románticos —esos eternos insatisfechos— en un punto. Los conquistadores no quedaron defraudados. Por una vez, la imaginación tenía que declararse vencida ante la realidad. Jamás aventurero alguno vivió aventura semejante. Jamás actor alguno actuó en parejo escenario. Aquella presa espléndida que los conquistadores veían al alcance de la mano la veían más hermosa aún de lo que era, porque el sol de los trópicos les calentaba el cerebro. Pero, de todos modos, el tesoro de Atahualpa y la pompa de los cortejos mexicanos no eran espejismos. ¡Nada de sueño ya! El bosque encantado de Brocelianda ya no era una leyenda: estaba allí, en aquella selva tangible, bañada en las sombras del crepúsculo. Amadís de

Canto fúnebre por los conquistadores

Gaula era Pedro de Alvarado. Un Bernal Díaz del Castillo se disponía a escribir de nuevo un libro de caballerías. Los conquistadores vivían, con los ojos muy abiertos, un delirio lúcido que no acababa.

A las proezas de los conquistadores no les han faltado cronistas. ¿Qué aedo cantará sus amores? ¡Oh!, no siempre fueron ellas —las mujeres indias, de tez aceitunada, con sus largas cabelleras adornadas de flores exóticas, balbuciendo palabras pueriles—; no siempre fueron ellas las que se adelantaron, con paso insolente, al encuentro de los españoles. Pero tampoco rechazaban sus solicitaciones, suponiendo que no las provocaran. ¡Quién sabe lo que pasaría en el corazón y en la carne de aquellas esposas de caciques! ¿Sumisión al más fuerte? ¿Curiosidad? Todo es posible. En todo caso, nunca se vio conquistador rechazado, cuando no era solicitado. Muy enamoradas tenían que estar las indias, o muy livianas tenían que ser, para infringir tan alegremente en favor de los españoles las reglas, en general muy estrictas, de su moral corriente; para servirlos como lo hicieron con una fidelidad que llegaba a veces hasta traicionar a sus hermanos. Recuérdese que, la misma noche en que cayó Cajamarca, las peruanas acudieron en tropel a ofrecerse al vencedor. Princesas del Sol o vestales, no parecían sentir ni sombra de resentimiento contra los que acababan de *limpiar* la ciudad. ¿Carecían, pues, de rencor aquellas Jimenas de pesados senos y cobriza tez, que hubieran podido, como la prometida corneliana, decir al conquistador: «¡Bah, no te odio!»? ¿Cedían a la atracción de lo desconocido, al prestigio del invasor? ¿O, más prácticas y por consejo del padre o del esposo, procuraban simplemente acogerse a la protección del escudo español? Las bellas salvajes se llevaron a la tumba su secreto.

No hay un conquistador —ni siquiera entre los más grandes— que no sucumbiera al amor indio. Hernán Cortés —ese Don Juan cuya carrera comenzó con una anécdota de alcoba— acaso no habría conquistado México si no hubiese empezado por conquistar a doña Marina. No se limitó a ésta: su residencia de Coyoacán estaba tan provista de favoritas como el serrallo del Gran Turco. Indias de nombres españoles —doña Inés, doña Elvira y tantas otras— compartían los favores de Malinche. Francisco Pizarro —¡ese barbudo!— vivía en concubinato con la propia hermana de Atahualpa, su víctima. Sólo Cristóbal Colón parece haber permanecido casto, torturado como estuvo hasta su muerte por su doble vínculo: su mujer y su amante, Felipa Muñiz de Perestrello y Beatriz Enríquez de Arana. El único o casi el único. Todos aquellos románticos tuvieron su romance. La historia de la Conquista está llena de historias de amor. Veamos algunas.

En el momento en que desembarca Pizarro en Túmbez, Atahualpa y Huáscar están en frías relaciones. Todavía no se han quitado la careta. Se observan. Es el período de «tensión diplomática». La llegada al Perú del jefe extranjero va a decidir la guerra o la paz entre los dos hijos de Huayna Cápac. Antes de lanzarse al asalto final, ¿no podrían intentar un arreglo? Por mucho que los absorba su propio interés, los dos príncipes incas se dan perfecta cuenta de que prolongando su discordia hacen el juego al invasor. Atahualpa da el primer paso. Envía a Huáscar un embajador con la misión de buscar un modo de avenencia. El embajador es Quilacu, uno de sus más brillantes capitanes. El apuesto oficial sale de Quito, llega a Cuzco y entra en el palacio real. Está ante el hijo legítimo del difunto emperador. Al lado de Huáscar se encuentra una muchacha, su amante, Estrella de Oro. Basta una simple mirada entre Quilacu y Estrella de Oro para que se enamoren perdidamente uno de otro. Un verdadero «flechazo». Quilacu pierde la cabeza, se olvida de su embajada y lleva su audacia hasta dirigir la palabra a Estrella de Oro. ¿Está pensando ya en raptarla? Por el momento, se conforma con sonreírle. Inconveniencia insólita e inmediatamente castigada. El plenipotenciario de Atahualpa es arrojado del palacio, no sin darle tiempo a cruzar con la princesa un guiño ya de complicidad. ¡Se volverán a ver! Mientras tanto, se rompen las negociaciones. El ejército de Atahualpa se pone en movimiento. Es la guerra. En el primer encuentro cae Quilacu gravemente herido. Pierde el conocimiento. Cuando lo recobra, ve junto a él a Estrella de Oro. Ha abandonado a su amante, renunciando a la posición de favorita del inca, y ha seguido al ejército. Para que no la reconozcan, se ha cortado la luenga cabellera. Disfrazada de adolescente, se ha mezclado con los esclavos que llevaban los bagajes y, como ellos, ha llevado su carga. El idilio apenas esbozado en Cuzco se desarrolla en medio de los combates. Será corto. Los dos caen prisioneros de los españoles, que los llevan ante Hernando de Soto. Este capitán sabe reconocer la verdadera nobleza. Se da cuenta en seguida de que los cautivos no son indios como los demás. Los interroga. Quilacu cuenta la historia de los dos. Hernando de Soto se conmueve. Se limpia una lágrima. El cuento es bonito, pero la mujer lo es más. Los toma bajo su protección. Quilacu muere de sus heridas. Hernando de Soto se casa con Estrella de Oro. Matrimonio de amor al mismo tiempo que de interés. Porque Estrella de Oro es hija única de un rico señor peruano y aporta a su marido una dote que hubieran envidiado las más opulentas herederas de Castilla: minas de oro y de plata y un ejército de obreros.

¡El oro y los amores del Perú! El día que se tomó Cuzco, el caballero Pedro de Barco pasó la puerta de la Casa de las Vírgenes, consagradas al Sol. ¡Son diez mil! Pedro de Barco echa el ojo a la que le parece más bella. La peruana, pasiva y sonriente, sigue al caballero. ¿No es el vencedor? ¡Pues la vestal se somete! Una noche ve en la plaza mayor de Cuzco a unos soldados jugándose a los dados un disco de oro que representa al Sol. ¡La efigie de Inti! La vestal no puede presenciar esta profanación sin estremecerse de horror. Hay que salvar al Sol. Y ella —¡tan frágil y tan suave!—, que no ha pedido nunca nada a Pedro de Barco, se arroja a sus brazos presa de una gran cólera religiosa. ¿Va a permitir que continúe aquella partida sacrílega? ¿Se olvida de que ella sigue siendo esposa del Sol? Pedro de Barco se encoge de hombros. ¡Capricho de mujer! Pero está enamorado. ¡Qué no hará uno por la mujer amada! El español se acerca a los jugadores, toma parte en la partida, juega y gana. Azar afortunado o trampa hábil, poco importa: Pedro de Barco devuelve a su amante la rutilante imagen de su esposo místico. Al día siguiente, Francisco Pizarro obliga a Pedro de Barco a restituir el disco de oro. Ha decidido que aquel símbolo del fetichismo sea roto a martillazos en la plaza mayor, ante todo el pueblo reunido. La reacción de Pedro no se hace esperar. Resulta sorprendente en un caballero español del siglo XVI. Con desprecio de la disciplina y de la fe, huye con su india y con el disco solar. El amor ha sido más fuerte que el honor. Salen en persecución de los fugitivos. Los dos jóvenes amantes, escoltados por viejos sacerdotes, se relevan para llevar la imagen del dios... Esa tropa que les sigue al galope... ¡Qué escena de leyenda! Pedro y sus compañeros llegan a orillas del lago Titicaca. La guardia de Pizarro les va pisando los talones. Hay que darse prisa. Se acercan dos piraguas, la acoplan con juncos

—totora—, meten en una de ellas el disco de oro, embarcan Pedro y la peruana y se alejan de la orilla a toda prisa. El crepúsculo envuelve la pesada balsa del oro, que boga lentamente entre los juncos. Se encienden antorchas en la orilla. Se destaca una barca, luego dos, luego tres. Su estela traza en el lago sagrado unas largas rayas luminosas. Los dos amantes están cercados. ¿Se rendirán? Cuando casi se tocan ya las barcas españolas y las dos piraguas indias, Pedro y su compañera levantan el disco y lo tiran al agua. Antes de que los cojan y, sin duda, los maten, salvarán por lo menos al dios. Pero el disco, en vez de hundirse, se inclina, se pone vertical y permanece así un instante sobre el agua, ya no amarillo, sino púrpura, por los reflejos de todos los rayos del crepúsculo. Los caballeros españoles lanzan un grito de estupor. Luego, el disco vacila, cae y se hunde en las aguas. Inti ha muerto. Mientras se realizaba el grandioso drama, Pedro y la india pudieron escapar a sus perseguidores. Ahora están ya fuera de su alcance. Es de noche. Pasan las horas. Se aproxima el alba. Pedro le dice, muy bajito, a su amiga: «La imagen de tu dios se ha hundido. ¿Dejará de obsesionar a los hombres?» La vestal, a guisa de respuesta, señala sonriendo el horizonte, por la parte oriental. Los primeros rayos del día comienzan a dorar la superficie del lago. El dios, muerto ayer en una roja apoteosis, renace en la belleza de la aurora.

«So color de religión...»

«So color de religión / van a buscar plata y oro / del descubierto tesoro...» Este severo juicio de Lope de Vega en su comedia *El Nuevo Mundo* invita, si no a una rectificación, sí al menos a un comentario. Cierto que la injusticia y el crimen cometidos en nombre de la religión sublevan el corazón y la conciencia. Cierto que los conquistadores utilizaron a veces los instrumentos de la fe para negocios terrenales. Ovando, por ejemplo, combatiendo en Cuba, dio la señal de la emboscada llevándose la mano a su cruz de caballero de Alcántara. Valverde, enarbolando la Biblia ante Atahualpa, avisaba a los españoles de Pizarro de que había llegado el momento del asalto. ¿Quién va a negar que, muchas veces, el aparato litúrgico tomó las apariencias de un cortejo fúnebre? No obstante, Lope de Vega se equivoca en un punto: las violencias de los conquistadores —raptos, robos, asesinatos— fueron a veces ejercidas en nombre de la religión, nunca «so color» de religión.

Los conquistadores eran sinceros. La legitimidad de la empresa estaba garantizada por las bulas pontificias. ¿Cómo iban a dudar de ella? Les habían metido en la cabeza que iban a una cruzada —acababa apenas de terminar la del islam— y que, después del judío y del mahometano, ahora se trataba de convertir al pagano. ¿Por qué había de extrañarles? Habían nacido en el odio y el terror a la herejía. Habían llorado de dulce emoción la noche de la toma de Granada, habían temblado ante la Inquisición, se habían estremecido ante el solo nombre de Lutero. ¡Cuántas veces, desde niños, habían escupido al pasar un moro y habían quemado un tenderete judío! La España del siglo XVI no era más que un inmenso monasterio ruidoso de oraciones y de campanas. Habían crecido a la sombra de las catedrales, respirando el olor del incienso al mismo tiempo que el del primer clavel, aprendiendo a hablar con nombres de santos. Los conquistadores, aunque iletrados en su mayoría, no necesitaban letras para sentirse con la misma alma fanática de los jinetes del Profeta que invadieron el viejo mundo grecolatino, de los cruzados que cayeron en tromba sobre las llanuras de Siria o de sus propios padres, conquistadores de Granada. La religión no era para los conquistadores un pretexto, sino un estandarte. La existencia de un Dios en tres personas, la inmortalidad del alma, el pecado, el Juicio Final, eran cosas que a nadie se le ocurría discutir. Ni siquiera se hablaba de ellas. Eran la evidencia misma. Aquellos hombres de guerra y de pasión habían conservado la fe de los niños pequeños. Sus confesiones eran sinceras, asistían a misa no sólo con presencia de cuerpo, sino también de espíritu. Los peores de ellos morían contritos. Atravesados de flechas, con la hoja de una espada en la garganta o atados al poste de tortura, pedían a grandes gritos la extremaunción. «So color de religión...» ¡Qué gran error! La fe de los conquistadores no era nunca exterior. Seguían siendo hombres de la Edad Media. Todavía no se había inventado la hipocresía religiosa. Aparecerá más tarde, con su negro manto cubriendo la iniquidad. El falso devoto es un personaje del siglo XVII. No nos imaginamos a Tartufo bajo la armadura de un caballero.

Los conquistadores creían en Dios fanáticamente y sin reservas. Pero creían también —y sobre todo— en el diablo. Un diablo de rostro multiforme, siempre horrible. Recuérdense las feroces divinidades mexicanas: Huitzilopochtli —el Hechicero-Pájaro-Mosca— y Tezcatlipoca —el Espejo Humeante—; el espantable Kinich Kakmo de los mayas; el Viracocha peruano, que simbolizaba la lava hirviente; los tótemes siniestros de los araucanos y de los diaguitas... Al lado de estos ídolos de Cuzco y de Tenochtitlán, el demonio medieval, con sus pitoncitos, su mirada lúbrica y su rabo enroscado como un sarmiento, parecía un «buen diablo». Aquellos españoles que, en ciertos anocheceres de Extremadura, creían que el vuelo de un murciélago era el diablo que pasaba, ¿cómo no se iban a estremecer de espanto ante aquellos monstruos de piedra que enseñaban los colmillos y tenían unos ojos relucientes que, al caer la noche, parecían animarse con una vida fantástica? ¿Cómo iban a presenciar sin náuseas un ceremonial azteca? Aquellos sacerdotes de negras túnicas y cabello trenzado que hurgaban con el cuchillo en el tórax de los efebos; aquellos cráneos humanos colocados en fila al pie de los teocalis; aquellos festines antropófagos en torno a las estatuas salpicadas de sangre corrompida y aquel hedor de osario que ni todos los perfumes de México podían disimular... Parejos espectáculos les helaban el alma a los conquistadores. Aquello superaba las pesadillas de su infancia. Allí estaba el mismísimo Satanás en persona. Celebraban su culto entre los cadáveres despedazados. Honraban su poder maléfico. Ya no era, como en España, aquel cómplice familiar al que se alejaba de un papirotazo o aquel espectro vergonzante que se metía furtivamente en las conciencias y que escapaba a una simple aspersión de agua bendita. Aquí, reinaba. Esculpido en granito, tachonado de piedras preciosas, encarnaba soberbiamente el Mal. Glorificaba el Pecado. Nada faltaba en aquella glorificación perfecta del infierno, ni siquiera las calderas en las que algunas tribus de la selva colombiana cocían vivos a sus enemigos. Sí, era Satanás, adornado de todas sus lúgubres seducciones.

¿Cómo extrañarse, pues, de la reacción de los españoles? Mirando al fondo de los santuarios indios veían al Príncipe de las Tinieblas entronizado en todo su macabro esplendor. Levantando la mirada hacia el cielo, distinguían la blanca silueta del Señor Santiago galopando a través de las nubes. En esta doble aparición surgía violenta la oposición entre lo verdadero y lo falso, el bien y el mal. El problema era sencillo, y el deber, perfectamente trazado. Los indios estaban posesos del demonio: había que exorcizarlos. En primer lugar, destruyendo el apoyo material del culto al demonio. Por eso los conquistadores, exaltados por el mismo celo ciego de los primeros cristianos rompiendo las estatuas romanas, derribaron los ídolos precolombinos, quemaron los rituales y los manuscritos que transmitían la tradición sagrada y pusieron, en fin, un santo ardor en abolir hasta el recuerdo mismo de las liturgias paganas. Creían hacer así obra pía y saludable. ¿Iconoclastas? ¿Vándalos? Epítetos son éstos que los hubieran escandalizado. ¿Dónde estaba en realidad el escándalo, sino en aquellos abortos de Satanás que servían tranquilos a su inmundo señor? Por lo demás, los conquistadores no se contentaban con derribar los ídolos. Para que el exorcismo fuera plenamente eficaz no bastaba expulsar a los demonios: había que instaurar en su lugar los símbolos de la verdadera fe. Como quien aplica una reliquia bendita al cuerpo comido de úlceras, así plantaban los soldados de Carlos V cruces en lo sumo de los teocalis, en las encrucijadas de los caminos. Sobre la piedra todavía pegajosa de sangre de las aras del holocausto levantaban altares a Nuestra Señora de Guadalupe. ¿Y el sentido de los matices? ¿Y el espíritu de tolerancia? ¡Eso no era cosa de ellos! Ya vendrían detrás otros que emplearían métodos más suaves. ¿Que a aquellos cristianos con ferradas botas y coraza les faltó a menudo el espíritu cristiano? ¿Que su fervor implacable carecía casi siempre de caridad? ¡Quién lo duda! Pero su fe y su buena fe eran absolutas. Ciertas actitudes de los conquistadores se explican, más aún que por el amor a Dios y al prójimo, por el horror a Belcebú. Claro que explicar no es absolver.

Oro y sangre

Idealismo. Realismo. Los conquistadores oscilaron siempre entre estos dos polos opuestos. ¿Soñadores u hombres de acción? ¿Era más fuerte la pasión del ensueño que la tendencia a la acción? ¿Dónde terminaba el sueño, dónde empezaba la acción? Todavía no se ha acabado de discutir sobre este tema. Pero hay un hecho indudable: desde el primer día en que los conquistadores pusieron el pie en tierra americana, demostraron su intención de no pasar por ella como simples viajeros, sino de instalarse y quedarse en ella. No esperaron a terminar la guerra para comenzar la paz. Es decir, para construir. Durante este período intermedio entre la conquista y la colonización, que se puede situar en medio del siglo XVI, los conquistadores pusieron los cimientos del edificio colonial que más tarde habían de completar los colonizadores. Para que aquellos cazadores de quimeras se revelaran como constructores y arquitectos excepcionales, tenían que ser también hombres prácticos.

Las primeras construcciones españolas en el Nuevo Mundo fueron, naturalmente, iglesias y palacios para los representantes del rey. Pero no tardaron en surgir como por encanto viviendas, hospitales y cuarteles. La mano de obra era numerosa y calificada. La albañilería y el trabajo en piedra eran artes en las que sobresalían extraordinariamente los indígenas. Pero los españoles, siguiendo instrucciones del propio rey, impusieron inmediatamente un tipo urbano particular, un sello nuevo que difería absolutamente del estilo local. Era el famoso «tablero de damas», inspirado en las tradiciones grecolatinas, aplicado al trazado de ciertas poblaciones de la Francia de la Edad Media y de la mayoría de las españolas. El plano era sencillo: una gran plaza central, cuadrangular, con la iglesia, el Ayuntamiento y la escuela. Calles paralelas que, cortándose en ángulo recto, formaban una cuadrícula regular. Los españoles trasplantaron, pues, a América un tipo arquitectónico heredado de los ocupantes romanos, que, a su vez, reprodujeron los modelos griegos. Curiosa supervivencia de un esquema varias veces milenario que, revisado por Vitruvio y adaptado por Hernán Cortés, reprodujo en México el Pireo.

Aunque los conquistadores no hubieran hecho más que descubrir el Nuevo Mundo, conquistar territorios, fundar ciudades, enseñar a millones de indígenas a venerar el nombre de Cristo y el de Carlos V, bastara y aun sobrara para merecer bien de la patria. Proezas tales justificarían por sí solas las mercedes reales: comendadurías, cruces de Santiago, espuelas de honor y marquesados. Pero el príncipe no habría tratado con tanto amor a sus capitanes de ultramar si no hubiese sacado de ellos o por ellos una sustancia entre todas preciosa: el oro. Los conquistadores fueron los buscadores y los proveedores de oro de los reyes de España.

Buscadores de oro, los españoles lo habían sido siempre. Desde la más remota antigüedad se explotaban minas de oro en la península. Estrabón habla incidentalmente de esto en su *Geografía*. Plinio es más preciso: expone la técnica empleada en la época para el tratamiento del oro: «Se golpea, se lava, se quema, se muele en polvo grueso y, por último, se tritura en un mortero.» En el siglo XVI todavía se empleaba este método. Los españoles no ignoraban, pues, que el oro podía encontrarse, bien en forma de escamas o pepitas mezcladas con la arena, bien formando parte de sulfuros, como el cuarzo. El oro en pepitas se sacaba de los ríos o de los aluviones. El oro mezclado con sulfuros se encontraba en minas. Cuando los conquistadores llegaron a América, también los indios conocían el oro. Pero lo buscaban de preferencia en los ríos. El procedimiento que utilizaban generalmente era el *lavado*. Echaban agua por una especie de tolva llamada *batea* y luego, poco a poco, la arena que contenía oro. El oro caía al fondo, donde era retenido por una tela metálica. El oro así recogido, una vez limpio de partículas terrosas, se fundía con plata, en una proporción, en peso, de una parte de oro por cuatro de plata. Después se trataba la aleación con ácido sulfúrico concentrado e hirviendo —de aquí la utilidad de los volcanes—, que disolvía todos los metales menos el oro. Esto se llamaba *refinación*. Estas dos operaciones las conocían los españoles, aunque practicaban, además, para refinar el oro, el procedimiento antiguo, también citado por Plinio y que consistía en sustituir el ácido sulfúrico por una mezcla de sulfato de cobre, esquisto y salitre.

Los españoles no sabían, pues, más que los indios sobre la extracción del oro. Pero perfeccionaron el sistema y le hicieron dar el máximo rendimiento. Empezaron por descubrir un nuevo procedimiento de purificación: «la amalgama en la arrastra». El mineral aurífero era triturado por equipos de mujeres y de ancianos. Luego lo depositaban en una superficie pavimentada llamada *arrastra*, que estaba rodeada de una zanja; pisoteado por animales y convertido en barro, se le echaba agua, luego mercurio y agua otra vez, con lo cual quedaba separado el oro de las materias impuras. Los españoles no se limitaron a perfeccionar la técnica: crearon una industria del oro. Bajo su impulso, la tierra americana dio a luz literalmente su tesoro escondido. Como el procedimiento de la busca del oro en los ríos les pareció arcaico e insuficientes sus resultados, los conquistadores ampliaron la explotación de las minas, empleando miles de indígenas en los terribles trabajos de horadar la montaña, extraer los sulfuros con pico y pala, triturarlos a mano, pulverizarlos en molinos... Luego venían el lavado y la refinación, tarea agradable comparada con la que realizaban bajo tierra los forzados del oro.

¡Con qué olfato adivinaban el metal! Cuando llegan a México, les sorprende comprobar que los indígenas no extraen más que plata. El oro no parece interesarles ya. Seguramente les bastan las reservas acumuladas por las dinastías de Aztlán, o acaso piensan que han agotado ya las reservas del subsuelo mexicano. En todo caso, los españoles no están conformes. ¿Van a dejar a los aztecas descansando sobre el montón de oro acumulado por sus antepasados? ¡Ni pensarlo! Y lo primero que hacen los conquistadores es poner a los indios a sacar oro, sin renunciar por eso a la plata. Tampoco la plata es desdeñable. Carvajal, capitán de Francisco Pizarro, descubrió en Bolivia las famosas minas de Potosí, al sur de La Paz, a cuatro mil doscientos metros de altitud. En la cima de esta montaña de plata, los españoles edificaron la ciudad más alta del mundo. Bajo un cielo incoloro, surgieron casas de estilo andaluz izando sus arabescos en torno a unos pozos tremendos. La «Casa de la Moneda», prisión y fortaleza a un tiempo, con su maciza portalada y su abrumador silencio, simboliza el poder del león de Castilla. Todo un mísero pueblo, recluido a perpetuidad, fabrica allí la moneda de plata del rey de España. Sin embargo, es preferible —¡cien veces preferible!— vivir y morir entre los muros ciclópeos de la «Casa de la Moneda» a bajar a la mina. En ésta se trabaja como trabajaban los esclavos de Salomón en las minas de Manica, explotadas para la reina de Saba. Y ciertas galerías de las minas peruanas —con sus negros fantasmas subiendo y bajando sin cesar— recuerdan el «Juicio Final» de Miguel Ángel, con sus convulsos racimos humanos que parecen formar una cadena siniestra.

¡Olfatear el oro! Exaltación y paciencia. ¡Qué acontecimiento cuando algún «cateador» de oro o de plata cree haber descubierto una mina! Toda la actividad de la región circundante queda paralizada. Se cierran la tiendas, el maestro de escuela suelta a sus alumnos, el cura manda echar las campanas al vuelo. Indios y españoles acuden al lugar del milagro.

La gente se entusiasma y se atropella. Si se confirma el hallazgo, se arma una fiesta en el mismo lugar donde se encontró el filón. Si no, todos vuelven a sus casas, no muy decepcionados: tan fuerte fue la emoción. Hecho curioso: españoles e indios manifiestan la misma gozosa exaltación, aunque para éstos el oro tenía el mismo valor que el cobre o el plomo, o menos aún, por su menor utilidad práctica. Además, el descubrimiento de una pepita anunciaba el martirio de una mina. Creyérase que los españoles habían contagiado a los indios su fiebre de oro y que, a cambio del metal, se creían buenos príncipes dispensándoles con largueza el espejismo de El Dorado.

El oro descubierto, una vez extraído, lavado, fundido en lingotes y metido en cajas o en barriles, había que transportarlo a España. Y las carabelas, mensajeras de esperanza y vehículos del Descubrimiento, van a desempeñar un nuevo papel: el de transportar el oro. Antes de terminar el siglo XVI se organiza ya un doble movimiento de carabelas entre España y el Nuevo Mundo: las que salen de los puertos españoles y las que vuelven. Más las primeras que las segundas.

En el mes de agosto de 1492 zarpan del puerto de Palos tres carabelas —la *Santa María*, la *Pinta* y la *Niña*—. El momento es solemne. Un aventurero genovés, rechazado sucesivamente por los portugueses, los franceses y los ingleses, a los que había ofrecido —¡oh, no de balde!— las llaves del Nuevo Mundo, se lanza al camino del oro por cuenta de los reyes de Castilla. ¡Tres carabelas! Las primeras. En 1506 serán veintidós; en 1507, treinta y dos; en 1510, cuarenta y seis. Pero llega a Sevilla una pasmosa noticia: Grijalva ha arribado a Yucatán y ha encontrado unos indígenas que, a cambio de su pacotilla, le han dado oro. Unas migajas en comparación con los montones de oro que se encuentran más al oeste. A los pocos meses, Cortés, que ha tomado contacto con los emisarios de Moctezuma, confirma el hecho. Las consecuencias de esta información no se hacen esperar: En 1510, setenta y una carabelas atraviesan el Atlántico. Y Carlos V, al cumplir los veinte años, recibe del futuro vencedor de México la respetable cantidad de setecientos kilos de oro. Dieciocho años antes, su abuela, Isabel la Católica, había estado a punto de recibir de Bobadilla, gobernador de Haití, media tonelada. Pero una parte del cargamento se perdió en el camino. El número de naves que zarpaban para las Indias Occidentales y la frecuencia de sus travesías variaban en función del mercado del oro americano.

Una salida de Sevilla hacia 1540... ¡Qué aglomeración en el muelle! Las familias de los marineros embarcados se codean con los ricos hidalgos que mandan la expedición, con los negociantes que han suministrado las mercancías y con los usureros judíos a la caza de algún negocio de última hora. Abrazos, recomendaciones finales, sollozos... Y el balanceo de las carabelas en las aguas violeta del puerto. Pues son varias. Pasó ya el tiempo en que las naves viajaban aisladas. La experiencia había sido cruel. En el transcurso de doce años, sólo habían vuelto a España doscientos setenta navíos de los cuatrocientos noventa que habían salido. ¡Cerca de la mitad perdidos! Las tormentas, las corrientes contrarias, los arrecifes... Sí, desde luego. Pero tanto como la naturaleza contribuyeron los hombres. En primer lugar, las flotas de las naciones rivales o en guerra —caliente o fría— con España. Los barcos franceses acechaban a las carabelas en las inmediaciones de las islas Canarias. Cristóbal Colón, al regreso de su tercer viaje, estuvo a punto de ser detenido frente al cabo San Vicente. Más temibles aún que las escuadras regulares de Francisco I y de Enrique VIII eran los corsarios. Operaban unas veces por su propia cuenta y otras por cuenta de los enemigos de España y de Portugal. En este caso, llevaban un nombramiento en debida forma y se reservaban, naturalmente, un buen beneficio del botín. El peligro de la piratería no era nuevo. Ya a principios del siglo, Fernando el Católico le había hecho frente construyendo poderosas carracas, a la manera de los portugueses, y situando en las Canarias navíos armados. Pero lo más grave fue cuando Florentino Verazzano, con un barco francés, se apoderó de las tres carabelas que llevaban al emperador el tesoro de Moctezuma enviado por Cortés. Esto dio lugar a una mala inteligencia entre el emperador y Cortés, que estuvo a punto de acabar con la empresa de éste. Carlos V, para evitar tales desastres, tan lesivos para el Tesoro y para el prestigio de España, ordenó que los navíos mercantes fuesen escoltados por barcos de guerra. Bajo esta decisión se ocultaba un propósito astuto. Los barcos de escolta, al mismo tiempo que protegían contra los corsarios a los navíos mercantes, los vigilaban. Conducían a buen puerto a las carabelas que les eran encomendadas y las volvían, con igual celo, al puerto de origen. ¡Así no había manera de negociar la carga de oro en un puerto extranjero, como lo habían hecho algunos traficantes! Era forzoso desembarcar en Sanlúcar, en Sevilla o en Cádiz, bajo la vigilancia de los funcionarios de la Casa de Contratación. Y no era fácil engañar a los contadores de Su Majestad.

La armada de las Indias se va alejando de la costa... ¡Qué orgullosa va, con sus esbeltas carabelas y sus macizas carracas! Manda la flota un capitán de altos vuelos: Blasco Núñez Vela, futuro virrey. Tan cargados van los barcos —telas policromas, fruslerías de vidrio, encajes bordados de lentejuelas—, que se sumergen hasta más arriba de las carenas. ¡Cuánto más pesarán una vez cambiada esta pacotilla por barras de oro! La armada desciende por el sur de las Canarias, se encuentra con los vientos alisios, se mete en ellos y pone rumbo a Cuba. Hasta ahora no hay miedo. Los corsarios ya no se arriesgan a atacar a las naves españolas en mitad de las aguas atlánticas. No es que hayan renunciado a dar caza al gavilán español. Lo que han hecho es cambiar el lugar de acecho. Ahora esperan a la armada a las mismas puertas del Nuevo Mundo. Pues puertas son las que, a través del archipiélago antillano —como una muralla—, abren de par en par sus batientes de cara a América. Dos puertas. Una —el canal de Florida, entre La Habana y las Bahamas— da acceso al golfo de México, es decir, a la costa de Veracruz. La otra —el canal del Viento, entre Cuba y Haití— vigila la entrada del mar de las Antillas. Por allí pasan los galeones para ir a Nombre de Dios, punto de partida hacia el Perú. Es decir, que la armada, al llegar a las islas, se escinde en dos expediciones: una de ellas va a buscar oro a México, mientras que la otra se dirige al istmo de Panamá para hacerse cargo del oro del Perú y de la plata de las minas de Potosí. Tan pronto como llega a Lima la noticia de haber arribado los veleros españoles al puerto de Nombre de Dios, el virrey del Perú ordena a la flota anclada en el Callao que suba por la costa del Pacífico hasta Panamá. Se desembarcan los cargamentos de oro y plata y se transportan a lomo de mula a través del istmo hasta Nombre de Dios. Ya no falta más que cargarlo en las carabelas.

Por eso los corsarios rondan por las inmediaciones del mar de las Antillas. Son numerosos y de todas las nacionalidades. Los hay franceses: los legendarios «Hermanos de la

Costa», instalados en la pequeña isla de la Tortuga, frente a las costas de Haití. Hostigan a los españoles y mantienen la presencia francesa en las Antillas. Son los antepasados de los *«seigneurs d'Haïti, de ces messieurs de la Guadeloupe et des bons gens de la Martinique»* (1) celebrados en un dicho del siglo XVIII. Hay —y, sobre todo, habrá— ingleses: William Hawkins, de Plymouth; Robert Reneger, de Southampton, y el rey de los piratas, Francis Drake, al que la reina Isabel hará caballero en recompensa a sus servicios. En San Juan de Ulúa, en Nombre de Dios, en la costas de Colombia y de Venezuela —en Santa Marta y en Cartagena—, menudean los golpes de mano. Habrá que esperar hasta el reinado de Felipe II para que un español, Pedro de Menéndez, organice un sistema de guardacostas y de protección de los convoyes que resultará eficaz por algún tiempo. Pero no se acaba con la piratería. Durará tanto como el imperio español. Los piratas se transmiten de un siglo a otro la tradición de la aventura. Cambian de nombre, pero son siempre los mismos. «Bucaneros» en el siglo XVII, «filibusteros» en el XVIII, no abandonan el mar de las Antillas hasta que dejan de surcarlo los galeones españoles. Cuentan siempre con complicidades misteriosas e inaprehensibles: el mar, la noche y, a veces, esclavos negros evadidos —como aquellos «cimarrones» de Panamá que, una noche de 1570, arramblaron con uno de los últimos tesoros del Perú en las mismas barbas de los centinelas españoles de Nombre de Dios.

Retorno a Sevilla... Los galeones, descargados de pacotilla pero cargados hasta la borda de oro mexicano y de plata extraída de las venas del Potosí, han puesto rumbo a España. Han pasado los estrechos canales antillanos sin caer en la emboscada de los corsarios. Ahora atraviesan en dirección norte, impulsados por las tibias aguas de la *Gulf-Stream* —descubierta por el piloto Alaminos—. En el mar de los Sargazos les ha dado alcance una flotilla que había salido de Colombia cargada de esmeraldas. Costean las Bermudas —descubiertas por el marinero Bermúdez—. ¡Ah, las Azores! Ya están cerca de Europa. La cañonera de escolta dispara de vez en cuando para ahuyentar a los piratas franceses que, procedentes de Dieppe, de La Rochela o de Saint-Malo, evolucionan

---

(1) «De los señores de Haití, de aquellos caballeros de Guadalupe y de las buenas gentes de la Martinica.»

Canto fúnebre por los conquistadores 403

como cuervos marinos en torno a los galeones. Las costas de España están ya a la vista. En el muelle esperan los funcionarios de la Casa de Contratación —que pesarán y sellarán el quinto del rey—, los mercaderes que suministraron la carga, señores y prelados, concesionarios en el Nuevo Mundo y el buen pueblo de Sevilla —la cabeza caliente y el estómago vacío—. El momento es tan emocionante, que se olvidan las barreras sociales. Los desarrapados de Triana se codean con los duques andaluces. Todo el mundo mira hacia el oeste. Están esperando a la armada. Y, ¡oh milagro!, el torrente de oro y plata que, desde Veracruz, viene trazando su rutilante estela en el azul zafiro de la Mar Océana entra en las cenagosas aguas del Guadalquivir. La armada ha llegado.

Sí. Un torrente de oro y plata. Dos cifras miden su curso. De 1503 —año en que Cristóbal Colón termina su cuarto viaje— a 1560 —año en que Francisco Fajardo pone las primeras piedras de Caracas—, el Nuevo Mundo ha suministrado a España ciento una toneladas de oro —¡más de cien mil kilos!— y quinientas setenta y siete toneladas de plata. Más tarde, la explotación de las minas del Potosí decuplicó la producción de plata: de 1560 a 1600 atravesaron el Atlántico seis mil ochocientas setenta y dos toneladas de plata. En cuarenta años, España recibió el doble del *stock* de plata existente en Europa antes de Cristóbal Colón. Si se añaden al metal precioso las joyas aztecas, las esmeraldas de Bogotá, las perlas de Venezuela, las pieles de castor de Nuevo México, las maderas preciosas de las Guayanas, el índigo, la vainilla y el cacao de las islas, resulta que Midas y Creso eran unos pobretones al lado de Carlos V. Comparado con este torrente, el Pactolo no es más que un mísero arroyuelo.

Pero la riqueza de España durará sólo algún tiempo, y el país no tarda en tocar los inconvenientes de una prodigiosa ventaja. La abundancia de oro determina el alza de los precios, sin estimular al mismo tiempo la producción. Una gran parte del tesoro monetario resulta estéril. Los grandes terratenientes, enriquecidos por la especulación, prefieren vivir del capital a invertirlo en trabajos agrícolas. La nobleza, descansando sobre sus laureles, desdeña el trabajo. Deja sus tierras en barbecho. Hasta se da el caso de que algunos hidalgos de alto rango se hacen prestamistas a rédito semanal, en vez de procurar aumentar el producto de sus haciendas. Y, además, hay que sostener un clero innumerable, una burocracia cada vez más gravosa, una muchedumbre de parásitos que llenan las antesalas de El Escorial mendigando pensiones o beneficios. Nada más caro que una política de grandeza. ¿Quiere esto decir que España se va a morir de hambre sobre su montaña de oro? No, mas para vivir en pie de gran potencia —es decir, para sostener su rango en Europa y, sobre todo, proveer a las necesidades de su imperio americano— tiene que comprar en el extranjero lo que no puede fabricar: el lino y el cáñamo de Normandía, los «cañamazos» de Bretaña, los lienzos de Saint-Brieuc, los paños ingleses y, sobre todo, las maderas duras del Báltico para construir las embarcaciones. De esta suerte, el oro y la plata importados de América se exportan, amonedados, a Francia, Inglaterra y Holanda para pagar las mercancías que necesitan España y su imperio. La consecuencia de este estado de cosas es paradójica. Mientras la España de Felipe II y de Felipe III está en guerra con la Holanda rebelde, la Inglaterra anglicana y la Francia hugonote, los negociantes de estos países trafican activamente con el mercado de Sevilla. ¡Tampoco esto es nuevo! Y los pedidos españoles son tan considerables, que tienen por efecto incrementar la industria de estos tres países y contribuir a su prosperidad. España, enemiga y cliente a la vez de Francia, Inglaterra y los Países Bajos, acaba por no ser más que un canal conductor de oro entre el Atlántico y los Pirineos, hasta que el poderío basado en el metal cede —irremediablemente— ante el poderío fundado en la industria.

Pero antes de llegar a esto le queda a España medio siglo para sacar el mejor partido del oro americano. En 1540, Carlos V no sueña con sacar fruto de su herencia. Su ambición es más grandiosa. Las tres coronas que ha ceñido —la de Carlomagno, la del rey de los lombardos y la del rey de los romanos— no le bastan. Quiere dominar el mundo. Mientras sigan brillando en el cielo de Europa las coronas de los Capetos y de los Tudores, no habrá realizado el Habsburgo el designio para el que se cree predestinado. Si necesita oro, no es para «colocarlo» o transformarlo en productos fabricados, sino para pagar al contado los suministros militares, las soldadas y las armas. En una palabra: oro para guerrear. Gracias al metal inmediatamente disponible, Carlos V tiene a raya a Francia, aunque su población es doble que la de España —quince millones de habitantes contra ocho—, mucho más

Canto fúnebre por los conquistadores

ricos sus recursos naturales y con un ejército regular de dos mil quinientos soldados concentrados en el territorio nacional, contra mil novecientos españoles dispersos entre la península ibérica, el reino de Nápoles y Holanda. Pero Francia carece de dinero, y a Carlos V le sobra. Por eso puede ser, movilizando las fuerzas del imperio, una amenaza permanente para la monarquía francesa y para la inglesa. A los mil novecientos soldados de infantería y a lo tres mil de caballería ligera de su ejército, agrega Carlos V varios miles de mercenarios. ¡Tiene de sobra con qué pagarlos! Con un galeón de América paga un regimiento. Carlos V ha ganado la batalla del oro.

Pasado un siglo, Colbert —aquel genial hombrecillo morenucho y raído, que no podía soportar las maneras españolas— hace esta amarga observación: «Vemos los reinados de Carlos V, de Felipe II, de Felipe III y hasta de Felipe IV con tal abundancia de dinero por el descubrimiento de las Indias Occidentales, que toda Europa ha visto a esa Casa de un simple archiduque de Austria, sin ninguna consideración en el mundo, llegar, en el transcurso de sesenta u ochenta años, a reinar sobre todos los Estados de Borgoña, de Aragón, de Castilla, de Portugal, de Nápoles y de Milán; unir a todos estos Estados la Corona de Inglaterra y de Irlanda por el matrimonio de Felipe con María Tudor; hacer el imperio casi hereditario para esos príncipes; disputar la preeminencia a la Corona de nuestros reyes; poner a nuestro reino, con sus prácticas secretas y sus armas, en inminente peligro de pasar a manos extranjeras, y aspirar, en fin, al imperio de toda Europa, es decir, del mundo entero.» Pensar que sólo el oro, esparcido sin cuento, había convertido a España, durante algún tiempo, en reina del universo, exasperaba al ministro francés. Que España fuera rica irritaba a aquel patriota. Pero le enfurecía más aún que gastara sin tasa. Esto era una especie de inmoralidad que volvía loco a aquel devoto de la economía. A Colbert no le gustaba la gente que vivía con más lujo del que sus medios le permitían. Se lo dijo así a un superintendente de finanzas.

Otra mirada a los conquistadores. La última.

Ya sabemos cómo vivieron. ¿Pero cómo murieron? ¿Seguramente en la opulencia y en la gloria? Esa lluvia de oro que inundaba a los príncipes... ¡Algunas salpicaduras tuvieron que llegarles a los que rompieron las nubes! Y nos imaginamos los palacios suntuosos —o al menos confortables— en que acabarían sus días los conquistadores. Los capitanes de la Conquista, una vez hecha fortuna, volverían a sus casas solariegas y harían en ellas grandes reformas. Los que sabían de letras escribirían sus memorias. Los nostálgicos del poder tendrían un empleo honorífico en la corte. En cuanto a los soldados rasos, tornarían ricos a sus pueblos de La Mancha o de Extremadura y comprarían tierras. En las tertulias sin fin contarían sus campañas, narrarían historias de caribes, tesoros y princesas. Exhibirían con orgullo enormes cicatrices. Heridas tales no se pescaban todos los días. ¡Figuraos! Cimitarras con corte de obsidiana, dardos envenenados con el jugo del manzanillo... Harían a los chicos dar chupadas de tabaco mexicano... Pero una cosa es la imaginación y otra la realidad. La mayoría de los conquistadores sucumbieron en la tarea. Accidente, enfermedad o muerte violenta. Los que sobrevivieron acabaron sus días en el olvido y algunos en la pobreza. Parece increíble que estuviera reservada suerte tan funesta a unas empresas que empezaron con tan brillantes auspicios. Y, sin embargo, los ejemplos abundan. He aquí algunos, escogidos entre los más ilustres.

El primero de todos, el del Descubridor, Cristóbal Colón. Muere en Valladolid repudiado por el rey al que tanta gloria había dado. Juan de la Cosa, padre de los pilotos atlánticos, perece acribillado de flechas. Núñez de Balboa, decapitado por orden de su suegro. Díaz de Solís, lapidado. Nicuesa, perdido en el mar. Ponce de León, con una flecha en mitad del corazón. Hernando de Córdoba, herido por los indios. Hernando de Soto, víctima de las fiebres. Pedro de Alvarado, aplastado por un caballo. Juan de Escalante, muerto por los indígenas de Veracruz. Hernán Cortés muere pobre y solo en un pueblo andaluz. Pánfilo de Narváez, ahogado. Bastidas, apuñalado por uno de sus lugartenientes. Pedro de Valdivia, devorado por los antropófagos araucanos. Diego de Ordaz, muerto de insolación. Pedro de Mendoza, muerto en el mar. ¿Y qué decir de los conquistadores del Perú? Hernando Pizarro hace morir a Almagro en garrote. El hijo de éste asesina a Francisco Pizarro. Vaca de Castro manda decapitar al joven Almagro. Gonzalo Pizarro, antes de ser condenado a muerte por Lagasca, mata a Núñez de Vela. Cincuenta capitanes mueren ahorcados. Ni uno de los que gobernaron el Perú durante un cuarto de siglo —salvo Lagasca— murió de muerte natural.

Mas para qué seguir esta lúgubre convocatoria a la que no va a responder nadie. Ahora ya sabemos bien que la alianza de España con el Nuevo Mundo fue sellada con sangre. Y también sabemos que no fueron legión los que disfrutaron plenamente de la aventura. ¿Será cierto, pues, que la riqueza adquirida por la violencia no trae suerte y que el oro injustamente ganado lleva en sí una maldición? Por la llameante frente de Mammón pasa una sombra. ¿Es el perfil desmelenado de la diosa Némesis? El historiador ofrece al novelista este buen tema de meditación y este motivo de alegoría.

El drama ha terminado. Cae lentamente el telón sobre la pirámide de cadáveres, como en el quinto acto de una tragedia de Shakespeare. Ya está, se acabó. Va a empezar otra obra. ¿Cuál es su prólogo?

La dura jornada de la Conquista acaba de terminar entre reflejos de oro y sangre. ¡Fúnebre apoteosis! Cae la noche sobre el campo de batalla de los conquistadores. Silencio. Pero, al alba, van surgiendo fantasmas, uno a uno, en la sombra que palidece lentamente. Ya es de día. La luz mañanera va dibujando poco a poco los contornos de esos seres, iluminando con una claridad de plata sus resueltos rostros. ¡Qué visión más extraña! No llevan casco ni coraza, sino el hábito de sayal del fraile o el severo jubón del hombre de leyes. No llevan en la mano la espada, sino la paleta de albañil, la vara de marfil del alcalde o la lanza del caballero. Al principio, no son más que unos pocos. Pero muy pronto forman un pueblo innumerable que emerge de la noche. Recogen a los muertos. Los entierran. El campo de batalla es ahora cementerio. Luego, en filas cerradas, codo con codo, como las falanges de Esparta, se dirigen a Occidente. Son los colonizadores.

Sevilla, marzo de 1951.
París, julio de 1953.

APÉNDICES

ALGUNOS DATOS

ENSAYO DE UNA CRONOLOGÍA COMPARADA DE LA CONQUISTA

10.000 años antes de Jesucristo: ¿Hundimiento de la Atlántida?
33 años de la era cristiana: Jesucristo muere en la cruz.
200 a 300 años después de Jesucristo: Civilizaciones Medias en México.
476: Ruina del Imperio Romano de Occidente.
509: Clodoveo, dueño de la Galia.
500 a 700: Llegada de los toltecas al valle de México.
622: Hégira.
800: Carlomagno, emperador de Occidente.
900: Los chichimecas invaden México.
900 a 1000: Quetzalcóatl, al frente de los toltecas, conquista Yucatán y somete a los tzentales, a los itzales y a los mayas. Quetzalcóatl desciende hacia el sur y desaparece.
1000: Manco Cápac y Momo Ocllo, procedentes del lago Titicaca, fundan Cuzco.
1100: Formación del imperio incaico.
1096-1291: Cruzadas.
1100: Destrucción de los toltecas en Tula.
1168: Comienzo de la inmigración de los aztecas e invención del calendario mexicano.
1227: Muerte de Gengis Kan, fundador del primer imperio mongol.
1232: Fundación de la dinastía chichimeca en Tezcuco.
1236: Toma de Córdoba por San Fernando.
1260: Los hermanos Marco, Nicolo y Mateo Polo salen de Venecia para la India y la China.
1271: Regreso de los hermanos Polo a Venecia.
1279: Kubilai, el Gran Kan, nieto de Gengis Kan, somete toda la China.
1294: Muerte de Kubilai.
1205: Regreso de Marco Polo a Venecia.
1350: Fundación de Tenochtitlán o México.
1368: La dinastía mongol de los Yuan, fundada por Kubilai, es suplantada por la de los Ming.
1375: Aparición de la «carta mundial catalana».
1418 a 1472: Reinado de Netzahualcóyotl en Tezcuco.
1422: Sube al trono de Francia Carlos VII.
1431: Muere en la hoguera Juana de Arco.
1436: Gutenberg inventa la imprenta.
1440: Moctezuma I sucede a Itzcóatl.
1450: Túpac Inca Yupanqui comienza la guerra de conquista hacia Chile.
1451: ¿Nace en Génova Cristóbal Colón?
1452: Nacimiento de Leonardo de Vinci.
1453: Termina la guerra de los Cien Años. Mahomet II toma Constantinopla.
1460: Muerte del infante Enrique el Navegante.
1461: Muere Carlos VII y le sucede en el trono de Francia Luis XI.
1468: Muere Gutenberg en Maguncia.
1469: Axayacatl sucede a Moctezuma I. Construcción del gran calendario de piedra. Unidad de México.
1470: Fernando, rey de Navarra. Comienza la supremacía chibcha sobre las demás tribus que ocupan el territorio de Colombia.
1474: Isabel, reina de Castilla. Cristóbal Colón escribe a Toscanelli.

1475: Nace en Trujillo Francisco Pizarro.
1482: Muere Toscanelli.
1483: Visita de Cristóbal Colón al rey Juan II de Portugal.
1484: Cristóbal Colón sale de Portugal para España. Lleva a su hijo Diego al convento de la Rábida.
1485: Diego de Cao descubre el Congo.
Advenimiento de los Tudor en Inglaterra.
Nacimiento de Hernán Cortés en Medellín (Extremadura).
1486: Los Reyes Católicos reciben en Córdoba a Cristóbal Colón. Éste conoce a Beatriz de Arana.
1487: Bartolomé Díaz llega al cabo de Buena Esperanza.
1488: Nace en Córdoba Hernando Colón, hijo de Cristóbal Colón y de Beatriz de Arana.
1491: Nacimiento de Ignacio de Loyola.
Cristóbal Colón va a ver a los Reyes Católicos en el campamento de Santa Fe.
1492: Muere en Francia Lorenzo de Médicis, el Magnífico.
Es nombrado papa Alejandro VI (Borgia).
Martín Behaim construye un globo terrestre.
2 de enero: Los Reyes Católicos toman Granada.
31 de marzo: Edicto de proscripción contra los judíos.
17 de abril: Capitulaciones de Santa Fe.
12 de mayo: Cristóbal Colón va a Palos.
3 de agosto: Cristóbal Colón leva anclas.
9 de agosto: Cristóbal Colón hace escala en Canarias para reparar una avería del timón de la *Pinta*.
6 de septiembre: Cristóbal Colón sale de Canarias.
17 de septiembre: Por primera vez creen ver tierra.
25 de septiembre: Por segunda vez creen ver tierra.
7 de octubre: Por tercera vez creen ver tierra.
12 de octubre: Cristóbal Colón descubre América. (En realidad, la isla de Walting, de las Bahamas, Antillas Británicas.)
15 de octubre: Cristóbal Colón descubre Santa María de la Concepción.
15 de octubre: Cristóbal Colón descubre Isabela.
28 de octubre: Cristóbal Colón descubre Cuba.
21 de noviembre: Martín Alonso se separa de la flotilla.
6 de diciembre: Cristóbal Colón descubre la Hispaniola (Haití).
24 de diciembre: Encalla la *Santa María*. Construcción del fuerte «Navidad».
1493: 4 de enero: La *Niña* sale de «Navidad».
6 de enero: Reaparece la *Pinta*.
16 de enero: Cristóbal Colón vuelve a España.
14 de febrero: Terrible tormenta; desaparece de nuevo la *Pinta*.
18 de febrero: La *Niña* hace escala en Santa María de las Azores.
4 de marzo: La *Niña* y la *Pinta* están de regreso en Palos.
15 (?) de abril: Los Reyes Católicos reciben a Cristóbal Colón en Barcelona.
2 de mayo: Bula del papa Alejandro VI fijando las zonas de influencia de Portugal y de España.
25 de septiembre: Segunda salida de Cristóbal Colón de Cádiz.
Del 12 al 15 de noviembre: Cristóbal Colón descubre las Pequeñas Antillas: Dominica, Marigalante, Guadalupe, Once Mil Vírgenes, Montserrat, Santa María la Redonda y la Antigua, La Deseada y Puerto Rico.
7 de diciembre: Fundación de Isabela.
1494: 12 de marzo: Cristóbal Colón se encamina hacia la montaña de Cibao, en Haití.
13 de mayo: Cristóbal Colón descubre Jamaica.
7 de junio: Tratado de Tordesillas entre España y Portugal fijando los límites de influencia de los dos países.
1495: Muerte de Juan II de Portugal.
10 de abril: Pragmática de los Reyes Católicos disponiendo la libertad de comercio para todos los españoles.
1496: 10 de marzo: Cristóbal Colón regresa a España.

Apéndices

11 de junio: Cristóbal Colón desembarca en Cádiz de regreso de su segundo viaje.
Agosto: Cristóbal Colón es recibido en Burgos por los Reyes Católicos.
1497: 2 de junio: Real edicto modificando la pragmática del 10 de abril de 1495 a favor de Cristóbal Colón.
1498: 30 de mayo: Cristóbal Colón inicia en Sanlúcar de Barrameda su tercer viaje.
Julio: Cristóbal Colón descubre la isla de Trinidad.
4 de agosto: Cristóbal Colón entra en el golfo de Paria, se encuentra ante el delta del Orinoco y pone pie en el continente americano.
15 de agosto: Cristóbal Colón descubre la isla Margarita.
30 de agosto: Cristóbal Colón arriba a la Hispaniola.
1498: Vasco de Gama dobla el cabo de Buena Esperanza.
1499: En la primavera, Alonso de Hojeda, Juan de la Cosa y Américo Vespucio descubren Venezuela.
1500: Huayna Cápac, hijo de Túpac Yupanqui, conquista el reino de Quito.
Sistema de Copérnico.
Vicente Yáñez Pinzón descubre la costa del Brasil.
Cabral toca también en el Brasil.
24 de febrero: Nacimiento de Carlos V.
27 de agosto: Bobadilla llega a la Hispaniola.
25 de noviembre: Llegan a Cádiz Cristóbal Colón encadenado y sus dos hermanos.
17 de diciembre: Cristóbal Colón y sus dos hermanos son recibidos en Granada por los Reyes Católicos.
1502: Febrero: Sale para la Hispaniola Nicolás de Ovando.
11 de mayo: Sale de Cádiz Cristóbal Colón para emprender su cuarto viaje.
15 de junio: Cristóbal Colón descubre la isla de Santa María y la Martinica.
1503: Moctezuma II sucede a Axayacatl.
1504: Muere Isabel la Católica.
7 de noviembre: Cristóbal Colón entra en Sanlúcar de Barrameda de regreso de su último viaje.
1506: 21 de mayo: Muerte de Cristóbal Colón.
1507: Juan Díaz de Solís y Vicente Pinzón descubren Yucatán.
1512: Ponce de León descubre la Florida.
1513: 6 de septiembre: Balboa sale de la bahía de San Miguel (istmo de Panamá) para descubrir la Mar del Sur.
26 de septiembre: Balboa descubre la Mar del Sur.
1515: Pánfilo de Narváez funda La Habana.
1516: Muere Fernando el Católico.
1517: Velázquez desembarca en Yucatán.
El futuro Carlos V toma posesión del reino de España.
Es ejecutado Balboa en Acla por orden de su suegro, Pedro Arias de Ávila (Pedrarias Dávila).
1519: Muere en Amboise Leonardo de Vinci.
21 de abril (Jueves Santo): Cortés arriba a San Juan de Ulúa.
Viernes Santo: Cortés desembarca en México.
Magallanes parte para dar la vuelta al mundo.
Carlos I de España pasa a ser Carlos V.
Cuauhtémoc sucede a Moctezuma II.
5 de septiembre: Cortés entra en Tlaxcala.
Octubre: Batalla de Cholula.
1 de noviembre: Cortés se apodera de Cholula y se dirige a México.
8 de noviembre: Encuentro de Cortés con Moctezuma.
1520: 25 de abril: Pánfilo de Narváez desembarca en San Juan de Ulúa.
25 de junio: Los españoles son sitiados en México.
30 de junio: Los españoles abandonan México; es la «Noche Triste».
Magallanes descubre el estrecho que lleva su nombre.
1521: 20 de mayo (lunes de Pentecostés): Cortés pone sitio a México.
13 de agosto: México se rinde a los españoles.
Muerte de Magallanes en Filipinas.
1522: Regresa a España la expedición de Magallanes.

15 de octubre: Carlos V nombra a Cortés capitán general, gobernador y jefe supremo de la expedición de México (Nueva España).
Pascual de Andagoya emprende la primera expedición al Perú.
1523: Alvarado conquista Guatemala.
12 de septiembre: Cuauhtémoc promulga la «Carta de reparto de la Gran Laguna» de Tezcuco.
1524: Advenimiento de Tiquesusha, último cipa de los chibchas antes de la conquista española.
Gonzalo Dávila desembarca en Honduras.
12 de octubre: Salida de Hernán Cortés para Hibueras (Honduras).
Noviembre: Francisco Pizarro embarca en Panamá para el Perú.
1525: Bastidas funda Santa Marta (en Colombia).
25 de febrero: Muerte de Cuauhtémoc y de Tetlepanquetzin.
1526: Expedición de Cortés a Honduras.
10 de marzo: Almagro, Luque y Pizarro hacen un contrato en Chimaca.
Lucas Vázquez de Ayllón intenta explorar Florida.
1527: Muerte de Bastidas.
Muerte de Maquiavelo.
1527-1531: Diego de Ordaz explora Las Guayanas.
1528: Cortés se traslada a España para justificarse ante Carlos V de las faltas de que le acusan. Recibe el título de marqués del Valle de Oaxaca.
Se crea en México una Real Audiencia.
En la primavera, Pizarro vuelve a España y Carlos V le otorga los títulos de gobernador, capitán general, alguacil mayor vitalicio y adelantado del Perú.
Pánfilo de Narváez repite la tentativa de Ayllón en Florida.
1529: El rey de España concede unas capitulaciones a Pizarro.
Alfinger, enviado por los Welser, banqueros de Habsburgo, explora Venezuela.
1530: Guzmán explora y funda Culiacán.
1531: Atahualpa hace prisionero a su hermano Huáscar.
Muerte de Alfinger.

1532: 15 de noviembre: Pizarro llega al valle de Cajamarca.
16 de noviembre: Acto de fuerza de Pizarro contra Atahualpa.
1533: Enero: Pedro de Heredia funda Cartagena en Colombia.
29 de agosto: Suplicio de Atahualpa.
15 de noviembre: Entran en Cuzco los españoles de Pizarro.
1534: Nueva España, virreinato. Es nombrado virrey Antonio de Mendoza.
1535: 24 de agosto: Pedro de Mendoza sale al frente de una expedición para colonizar Río de la Plata. Embarca en el puerto de Bonanza.
Almagro funda Trujillo.
Pizarro funda la Ciudad de los Reyes (Lima).
Espira parte en busca de El Dorado.
Almagro emprende la conquista de Chile.
1536: A principios de año, Mendoza funda Puerto de Nuestra Señora del Buen Aire.
6 de abril: Una expedición mandada por Gonzalo Jiménez de Quesada explora el río Magdalena y conquista el imperio de los chibchas y Bogotá.
1537: Abril: Almagro ataca a Cuzco.
Junio: Muere Mendoza.
Agosto: Juan de Salazar funda Asunción.
Lorenzaccio asesina a Alejandro de Médicis, primer duque de Florencia.
1538: 26 de abril: Almagro es derrotado por Gonzalo Pizarro.
Julio: Almagro muere en garrote por orden de Gonzalo Pizarro.
6 de agosto: Jiménez de Quesada funda la ciudad de Bogotá.
1539: Pizarro nombra a Valdivia lugarteniente general de Chile.
Hernando de Soto desembarca en Florida y explora el Misisipí.
1539-1556: Irala gobierna el Paraguay.
1540: Cortés vuelve definitivamente a España.
Valdivia emprende la conquista de Chile.
García López de Cardeñas llega al Gran Cañón del Colorado.
Partida de Federman en busca de El Dorado.

colección grandes biografías

CUARTA PARTE

FRAILES CONTRA CAPITANES
O EL PROCESO DE LOS CONQUISTADORES

I.	La Araucania	315
II.	Del Río de la Plata al Meschacebé	335
III.	La voz de un justo: Bartolomé de las Casas	366
IV.	Canto fúnebre por los conquistadores	377

APÉNDICES

Algunos datos. Ensayo de una cronología comparada de la Conquista	411
Algunas equivalencias de medidas y monedas	417
Algunos nombres del tiempo de la Conquista	419
Algunos libros esenciales sobre la conquista de la América eapañola	421
Índice de ilustraciones en el texto	427
Índice de láminas	428

ÍNDICE DE MATERIAS

Prólogo 5

PRIMERA PARTE
MAESE CRISTÓBAL EL INFORTUNADO O EL ERROR DE DESCUBRIR UN MUNDO

I.	En busca del Gran Kan	23
II.	El grito de Bermejo	48
III.	El esquivo Cipango	69
IV.	Su mejor descubrimiento, el de sí mismo	91

SEGUNDA PARTE
HERNÁN CORTÉS Y SUS COMPAÑEROS A LA CONQUISTA DE MÉXICO O EL RETORNO DEL DIOS BLANCO

I.	América	113
II.	Un hijo de familia prueba suerte	137
III.	Los conquistadores rojos	162
IV.	Dos mundos frente a frente	180
V.	La «Noche Triste»	205
VI.	La agonía azteca	228

TERCERA PARTE
FRANCISCO PIZARRO EN EL PERÚ O LA GUERRA EN EL PAÍS DEL COMUNISMO INCA

I.	El Imperio del Sol	247
II.	La muerte del inca	273
III.	Guerra entre los conquistadores	293

ÍNDICE DE LÁMINAS

	Frente a pág.
Fernando el Católico	16
Cristóbal Colón	17
Fernando Magallanes	32
Hernán Cortés	33
El emperador Carlos V	48
Cerámica de origen precolombino	49
Máscara de piedra verde semitranslúcida	64
Pirámide del Sol, de Teotihuacán	65
Relieves del templo de Quetzalcóatl	65
El dios Quetzalcóatl	128
La cabeza del dios Sol	129
Cerámica representando un sacerdote del «Culto de la Lluvia»	144
Estatua de piedra de Xiuhtecuhtli, dios del Fuego	145
Entrada de Cortés en Tlaxcala después de la batalla de Otumba	208
Primeras escenas de la Conquista en el códice Vaticano-Ríos	209
Fragmento del lienzo de Tlaxcala	224
Cerámica chimu procedente del valle de Chicama	225

ÍNDICE DE ILUSTRACIONES EN EL TEXTO

Itinerario de Marco Polo	19
Islas descubiertas por Colón	24
Mapa de Toscanelli	35
Cristóbal Colón en busca del Gran Kan	71
Cristóbal Colón en busca de Cipango	89
El viaje de Vasco de Gama	97
América 1550	124
América 1950	125
El año en que Cortés se lanza a la conquista del imperio azteca, Magallanes parte para su viaje alrededor del mundo (20 septiembre 1519 - 6 septiembre 1522)	139
En las proximidades del imperio azteca	155
El imperio azteca	165
Itinerario de Cortés (1519-1521)	193
Tenochtitlán o México	200
La marcha de los conquistadores haciä Tenochtitlán	203
La batalla del gran teocali	203
Francisco Pizarro en el Perú (noviembre 1524 - junio 1541)	253
El imperio inca	261
Los conquistadores de Chile	325
Los conquistadores del norte	341
El espejismo de El Dorado	351
El Río de la Plata, camino del Perú	361

ÍNDICES

Apéndices

CLAVIJERO: *Storia antica de Mexico*. Gesena, 1780.
LANDA: *Relation des choses de Yucatan*.
PRESCOTT: *History of the conquest of Mexico*. París, 1844.
HÉCTOR PÉREZ MARTÍNEZ: *Guatemoc, vie et mort de la culture aztèque*. París, 1952.
R. RICARD: *Humanisme et colonisation aux origines de l'Amérique espagnole. — Lettres d'humanité*. Association Guillaume Budé. París, 1951.
SALVADOR DE MADARIAGA: *Hernán Cortés*. Buenos Aires, 1951.
GEORGE DELAMARE: *L'empire oublié, l'aventure mexicane*. París, 1935.

Perú

MONTESINOS: *Mémoires historiques sur l'ancien Pérou*. París, 1840.
PRESCOTT: *History of the conquest of Peru*. Londres, 1916.
AGUSTÍN ZÁRATE: *Histoire de la découverte et de la conquête du Pérou*, 2 volúmenes.
CIEZA DE LEÓN: *La Crónica del Perú*. Madrid, 1922.
FERNANDO MONTESINOS: *Memorias antiguas, historicales y políticas del Perú*. Madrid, 1882.
LOUIS BAUDIN: *La vie de François Pizarre*. París, 1930.

Chile

ROBERTO LEVILLIER: *Nueva crónica de la conquista del Tucumán*, 3 vols. Buenos Aires, 1926-1932.
ABBÉ EYZAGUIRRE: *Histoire du Chili*, 3 vols. Lille, 1855.
PAUL MORAND: *Air Indien*. París, 1932.
ALONSO DE ERCILLA: *La Araucana*.

LA AMÉRICA ESPAÑOLA

Obras de conjunto

H.-D. BARBAGELATA: *L'Amérique espagnole*. París, 1949.
LÓPEZ DE GOMARA: *Historia general de las Indias*, 2 vols. Madrid, 1932.
R. S. GOTTERILL: *Histoire des Amériques*. París, 1946.
JEAN GOTTMANN: *L'Amérique*. París, 1949.
JUAN ORTEGA RUBIO: *Historia de América*, 3 vols. Madrid, 1917.
CARLOS PEREYRA: *Historia de América española*, 8 vols. Madrid, 1920-1926.
ANDRÉ SIEGFRIED: *Amérique latine*. París, 1933.
GEORGES LAFOND: *Géographie économique de l'Amérique latine*. París, 1947.

Esta bibliografía no tiene la pretensión de ser completa. Permitirá al lector a quien interese *Los conquistadores* informarse más a fondo sobre ellos. Pero no bastaría una biblioteca entera para agotar el tema. Hemos citado más de una vez algunos libros porque tratan de la América precolombina del Descubrimiento y de la Conquista. Hay que advertir, por último, que la presente bibliografía se refiere únicamente al período de la América precolombina —antes de Colón— y a las del Descubrimiento y la Conquista. La presente historia se detiene a mediados del siglo XVI. Existe una abundante y preciosa bibliografía sobre la colonización, la liberación, la independencia y la expansión de la América española. Pero no entra en esta obra. Ésa es otra historia...

422 — Los conquistadores del Imperio español

Bibliografía colombina (Libros y documentos referentes a Colón). Madrid, 1892.
Christoforo Colombo, documenti a prove della sua appartenenza a Genova, obra publicada por el municipio de Génova en 1931.
S. J. Ricardo Cappa: *Colón y los españoles.* Madrid, 1925.
J.-B. Charcot: *Christophe Colomb vu par un marin.* París, 1928.
Oviedo y Valdés: *Historia general de las Indias,* 4 vols. Madrid, 1851-1855.
Antonio de Herrera: *Historia general de los hechos de los castellanos en las islas y Tierra Firme del Mar Oceano,* 1601-1615.
Professeur H.-H. Houben: *Christophe Colomb.* París, 1935.
Henry Harrise: *Bibliotheca americana vetustissima.* París, 1872.
M. F. Navarrete: *Relation des quatre voyages entrepris par C. Colomb pour la découverte du nouveau monde de 1492 à 1504,* 3 vols. París, 1829.
Vignaud: *Histoire antique de la grande entreprise de Colomb.*
Zárate: *Histoire de la découverte et de la conquête du Pérou.*
Jean Babelon: *L'Amérique des Conquistadores.* París, 1947.
Jean Descola: *Histoire de l'Espagne chrétienne.* París, 1951. (*Historia de la España cristiana.* Madrid, 1953.)
Marcelino Menéndez y Pelayo: *Historia de España.* Madrid, 1941.
Maurice Legendre: *Nouvelle histoire d'Espagne.* París, 1938.
Dr. Orjan Olsen: *La conquête de la terre,* 2. vols. París, 1944.
Salvador de Madariaga: *Cristóbal Colón.* Buenos Aires, 1947.
V. Blasco Ibáñez: *La merveilleuse aventure de Christophe Colomb.*

LA CONQUISTA

Obras de conjunto

F. A. Kirkpatrick: *Les Conquistadores espagnols.* París, 1935.
Colonel Langlois: *L'Amérique pré-colombienne et la Conquête européenne.* París, 1928.
Louis Bertrand: *Histoire d'Espagne.* París, 1932.
H. D. Barbagelata: *Histoire de l'Amérique espagnole.* París, 1949.
Jean Babelon: *L'Amérique des Conquistadores.* París, 1947.
Jean Descola: *Histoire de l'Espagne chrétienne.* París, 1951. (*Historia de la España cristiana.* Madrid, 1953.)
Marcelino Menéndez y Pelayo: *Historia de España.* Madrid, 1941.
Dr. Orjean Olsen: *Conquête de la terre* (segundo y tercer volúmenes). París, 1944.
Alvar Núñez Cabeza de Vaca: *Naufragios y comentarios.* Madrid, 1930.
Inca Garcilaso de la Vega: *Los Comentarios Reales.*
Bartolomé de las Casas: *Historia de las Indias.*

Antillas y América Central. — México

Hernán Cortés: *Cartas de relación de Méjico,* 2 vols. Madrid, 1932.
Bernal Díaz del Castillo: *Historia verdadera de la conquista de la Nueva España.*
Antonio de Solís: *Historia de la conquista de Méjico.* Madrid, 1851.
Niceto de Zamacois: *Historia de Méjico.* Madrid, 1876.
Pére Charlevoix: *Histoire de l'isle espagnole de Saint-Domingue.* París, 1731.
Abbé Brasseur de Boubourg: *Histoire des nations civilisées du Méxique et de l'Amérique Centrale.* París, 1860.
Barón Alexandre de Humboldt: *Essai politique sur l'île de Cuba.* París, 1826.
Lucas Fernández Piedrahita: *Historia general de la conquista del Nuevo Reino de Granada.* Bogotá, 1881.

ALGUNOS LIBROS ESENCIALES SOBRE LA CONQUISTA DE LA AMÉRICA ESPAÑOLA

AMÉRICA PRECOLOMBINA

COLONEL LANGLOIS: *L'Amérique pré-colombienne et la Conquête européenne.*
H.-D. BARBAGATELA: *Histoire de l'Amérique espagnole.*
BAILLY D'ENGEL: *Essai sur cette question, quand et comment l'Amérique a-t-elle été peuplée.*
GAGNON: *Origine de la civilisation de l'Amérique pre-colombienne.*
NADAILLAC: *L'Amérique prehistorique.*
POSNANSKY: *Templos y viviendas prehispánicos.* La Paz, 1921.
RIVET: *Les élements constitutifs des civilisations du N.-O. et O. sud-américains. — Les origines de l'homme américain.* Antropologie, vol. VIII. 1926.
VIGNAUD: *Le problème du peuplement initial de l'Amérique,* J. S. A. P., volumen XIV.
BRASSEUR DE BOUBOURG: *Les livres sacrés et les mythes de l'antiquité américaine.* París, 1861.
ALCIDE D'ORBIGNY: *L'homme américain.* París, 1840.
NARCISO SENTENACH: *Ensayo sobre la América precolombina.* Toledo, 1898.
RAOUL D'HARCOURT: *L'Amérique avant Colomb.* París, 1840.
DR. MAX UHLE: *Estado actual de la prehistoria ecuatoriana,* folleto. Quito, 1929.
F. AMEGHINO: *La antigüedad del hombre en el Plata,* 2 vols. Buenos Aires, 1918.
Ars Américana: Récentes études illustrés publiées à Paris, sous le direction du DR. PAUL RIVET.
JEAN BABELON: *Les Mayas.* París, 1933.
MIGUEL SOLA: *Historia del arte precolombino.* Barcelona, 1936.
ARTURO CAPDEVILA: *Los incas.* Barcelona, 1937.
JEAN GENET: *Esquisse d'une civilisation oubliée.* París, 1927.
GEORGE C. VAILLANT: *Les Aztèques du Mexique.* París, 1951.
ROGER DÉVIGNE: *Un continent disparu, l'Atlantide.* París, 1925.
ARBÉ TH. MOREUX: *L'Atlantide a-t-elle existé?* París, 1924.
LOUIS BAUDIN: *Les Incas du Pérou.* París, 1947.

EL DESCUBRIMIENTO

MARTÍN FERNÁNDEZ DE NAVARRETE: *Colección de los viajes y descubrimientos que hicieron por mar los españoles desde fines del siglo XV,* 5 vols. Madrid, 1825-1837.
FRAY BARTOLOMÉ DE LAS CASAS: *Historia de las Indias,* 5 vols. Madrid, 1875.
FERNANDO COLÓN: *Historia del Almirante.* Madrid, 1892.
BARÓN A. DE HUMBOLDT: *Cristóbal Colón y descubrimiento de América,* 2 vols. Madrid, 1892.

ALGUNOS NOMBRES DEL TIEMPO DE LA CONQUISTA

África
Islas Afortunadas = Islas Canarias.

Asia
Cambaluc = Pekín.
Catay = China.
Cipango = Japón.
Quinsay = Hang-Cheu.

América del Norte
Cibola (o país de las «Siete Ciudades» o de los pueblos) = Zuñi (actual reserva de indios).
Florida (o isla de Bimini) = Florida.
Meschacebé = Misisipí.
Nueva España = México.
Nueva Navarra y Nueva Vizcaya = Costa californiana.

América Central y Antillas
Anailia (o isla de las «Siete Ciudades») = Antillas.
Baracoa = Santiago de Cuba.
Borinquen = Puerto Rico.
Hispaniola = Haití.
Juana = Cuba.
Hibueras = Honduras.
La Mar del Sur = Océano Pacífico.
La Mar del Norte = Océano Atlántico.
Nombre de Dios = Colón (Panamá).
San Cristóbal de la Habana = La Habana.
San Salvador (Guanahani) = Isla Watling (en el archipiélago de las Lucayas o Bahamas).
Castilla del Oro = la costa de América Central, desde Honduras a Darién.

América del Sur
Ciudad de los Reyes = Lima.
Nueva Castilla = Norte del Perú.
Pernambuco = Recife.
Nueva Toledo = Sur del Perú.
Tierra Firme (o Costa Firme) = Región del golfo de Darién; por extensión, este término se aplicó más tarde a la parte del continente que mira al sur de las Antillas: Panamá, Colombia y Venezuela; después, al conjunto de los territorios situados en América del Sur y pertenecientes a la Corona de España.
El Dorado = Las Guayanas.
Nueva Andalucía = La costa colombiana, desde Darién al cabo de la Vela.
Nueva Extremadura = Chile.
Nueva Granada (o Nuevo Reino de Granada) = Colombia.

Apéndices

Coronado llega a la frontera de Arizona.
1541: 12 de febrero: Valdivia funda Santiago de Extremadura (futuro Santiago de Chile).
16 de junio: Pizarro es asesinado por los hombres del hijo de Almagro.
Muerte de Soto en Florida.
Muerte de Alvarado.
1541-1545: Los banqueros Welser financian una exploración al Río de la Plata.
1542: 16 de septiembre: Muerte violenta del hijo de Almagro.
Fin de los almagristas.
1543: Agosto: Carlos V nombra virrey del Perú a Núñez de Vela.
Muerte de Copérnico.
1547: 2 de diciembre: Muere Cortés en Castilleja de la Cuesta (Andalucía).
1548: Muere decapitado Gonzalo Pizarro.
1550: Marzo: Valdivia funda la ciudad de Concepción (hoy Penco) y llega al Bío-Bío.
1553: Diciembre: Caupolicán y Lautaro matan a los españoles en el fuerte de Tucapel.
1554: Enero: Muerte de Valdivia.
1556: Los Welser pierden el pleito en los tribunales españoles.
Muerte de Bartolomé de las Casas.
1558: Termina la guerra contra los araucanos y muere Caupolicán.
1560: Francisco Fajardo funda Caracas, capital de Venezuela.
1562: Son trasladados a México los restos de Cortés.
1564: Muerte de Miguel Ángel.
Nacimiento de Galileo en Pisa.
1567: Losada, capitán de Pedro Ponce de León, funda de nuevo Santiago de León en Caracas.
1573: Juan de Garay funda Santa Fe. Jerónimo Luis de Cabrera funda Córdoba.

ALGUNAS EQUIVALENCIAS DE MEDIDAS Y MONEDAS

UNIDADES DE MEDIDA

Legua: medida itineraria antigua.

Legua de posta: 4 kilómetros.

Legua terrestre o común: 4 kilómetros y 444 metros.

Legua marina: 5 kilómetros y 555 metros.

Tonelada: medida de capacidad para el aforo de un barco equivalente a 1 metro cúbico y 440 dc.

MONEDAS

El castellano era equivalente al peso de oro, pero éste no era, en realidad, una moneda, sino una medida de peso correspondiente a 4 gramos y 218 miligramos de oro fino y que se empleaba corrientemente como moneda.

1 ducado: 3 gramos y 485 miligramos de oro fino, o 6 ducados igual a 5 pesos de oro.

1 pieza de a ocho equivalía a 7/10 de un ducado de oro.

100 reales de oro se llamaban una isabelina y equivalían a 8 gramos y 40 centigramos de oro.